T. A. Frey
**Die Ordnung des Staubs**
Ein Fantasy Roman

**Über den Roman**
Bei *Die Ordnung des Staubs* handelt es sich um einen düsteren Fantasy Roman. Die Handlung spielt sich in einem Inselimperium ab, das sich in vielen Gesichtspunkten von unserer Gesellschaft unterscheidet, ihr in anderen jedoch sehr ähnelt. Die namensgebende Ordnung prägt die Menschen des Imperiums in jeder Hinsicht. Während gewöhnliche Kinder nach der Geburt von ihren Eltern getrennt werden, gibt es wenige Familiendynastien, welche die wirtschaftliche und politische Kontrolle ausüben. Die Währung ihrer Macht ist der blutrote Staub – seltene Kristalle mit außergewöhnlichen, energetischen Eigenschaften.

Die Erzählung konzentriert sich auf mehrere Episoden aus der Lebensgeschichte der Protagonistin Riya. Schon als Kind glänzt sie durch Wortgewandtheit und Gerissenheit, steht jedoch immer im Schatten ihres Freundes Zikon. Die Beziehung der beiden wird sich auch im Erwachsenenalter fortsetzen, wenn sie den Vokanv Dynastien ihre Macht streitig machen, um selbst zu den Herrschern des Imperiums aufzusteigen.


**Über den Autor**
T. A. Frey wurde 1998 in Leer in Ostfriesland geboren und studierte Wirtschaftsingenieurwesen in Hamburg. Seit seiner Kindheit kann er sich insbesondere für die düsteren und bisweilen morbiden Facetten des Fantasy-Genres sowie das Kreieren und Entfalten komplexer Welten begeistern, wofür er Einflüsse zeitgenössischer Gesellschaft hinzuzieht. Weitere Inspiration für sein Schreiben findet er auch im Film, unter anderem in Werken des Science-Fiction Kinos und des New Hollywood.

T. A. Frey

# Die Ordnung des Staubs

Die Deutsche Nationalbibliothek verzeichnet diese Publikation in der Deutschen Nationalbibliografie; detaillierte bibliografische Daten sind im Internet über http://dnb.dnb.de abrufbar.

Die automatisierte Analyse des Werkes, um daraus Informationen insbesondere über Muster, Trends und Korrelationen gemäß §44b UrhG („Text und Data Mining") zu gewinnen, ist untersagt.

1. Auflage 2024

| | |
|---|---|
| Urheberrecht | Copyright © 2024 T. A. Frey |
| Umschlag | Studio Agazar |
| Lektorat | Karin Engels |
| Verlag: | BoD · Books on Demand GmbH, In de Tarpen 42, 22848 Norderstedt |
| Druck : | Libri Plureos GmbH, Friedensallee 273, 22763 Hamburg |
| ISBN: | 978-3-7597-9389-8 |
| E-Mail | ta-frey@outlook.com |
| Instagram | ta.frey |

# Inhaltsverzeichnis

| | |
|---|---:|
| Zurück | 7 |
| Erster Teil: Inz | 15 |
| Zweiter Teil: Rakvanne | 101 |
| Dritter Teil: Aschvonin | 233 |
| Vierter Teil: Menschen | 334 |
| Vorwärts | 422 |
| Schaubild: Die Ordnung des Staubs | 432 |
| Figurenübersicht | 433 |

## **Zurück**

Der Wind peitschte das Wasser gegen die Insel, die nicht wie ein bewohnbares Stück Land wirkte, sondern wie ein einzelner Felsen, der achtlos von den Göttern ins Meer geschmissen worden war. Der Name des Felsens lautete Nunk-Niket und es handelte sich um eine der kleinsten und einsamsten Inseln überhaupt – ein auf dem Teller zurückgebliebener Krümel, ein Splitter der Splitter.

Wenn das Brausen der Böen nicht so ohrenbetäubend gewesen wäre, hätte die in die Jahre gekommene Frau am Bug des Einmasters wohl verstanden, was der junge Bootsmann ihr zurief. In dem Getöse konnte jedoch sie nur vermuten, dass er sie auf das hinwies, was sie bereits wusste: Sie hatten ihr Ziel erreicht.

»Ich will die erste sein, die einen Fuß auf dieses götterverlassene Gestein setzt«, brüllte sie durch das Rauschen, als die Kette des Ankers rasselnd über das Deck geschleift wurde.

Kapitän Kindraza war im Begriff, das Beiboot zu besteigen. Ihr mit kobaltblau gefärbten Strähnen durchzogenes Haar flatterte vor ihrer Nase, als sie nickte und die alte Frau herbeiwinkte. »In Ordnung«, brüllte sie zurück. »Aber ich kann euch nicht alleine gehen lassen!«

*Natürlich nicht. Jeder, aber auch wirklich jeder hat mir von dieser Reise abgeraten, ganz besonders Sella.*

Die alte Frau sah an ihrem wehenden, pelzbesetzten Umhang nach unten, der ihr in diesem Augenblick nicht ganz so wetterfest vorkam wie vom Schneider angepriesen. Wie immer trug sie ihr Kurzschwert mit dem glatten Horngriff und der dünnen, geschwungenen Schneide darunter. Sie hatte es seit einer Ewigkeit nicht mehr verwenden müssen und war ohnehin nie seine größte Meisterin gewesen. Letzteres würde sich auch heute nicht ändern, ersteres, wenn alles nach Plan verlief, schon.

Eine knappe Diskussion, ein vom Wellengang unsäglich

in die Länge gezogenes Anrudern und ein mühseliges Erklimmen der Felsküste später stand die ältere Frau oben auf dem Gestein und sah der jüngeren dabei zu, wie sie die Gegend auskundschaftete, Schwert und Staubpeitsche stets griffbereit. Als sie selbst eine junge Frau gewesen war, hatte sie ihre Haare häufig ebenso farbenfroh färben lassen – wer hatte das in diesem Alter nicht? Seit einer gewissen Zeit blieb sie jedoch bei ihrem natürlichen Blond, in das sich immer häufiger Spuren von Grau einschlichen. Sie musste das nicht mehr verbergen. Wenn man so viel erlebt hatte wie sie, dann kümmerte man sich nicht mehr so sehr um solche Dinge, wenngleich sie ihre Kleider nach wie vor zunächst mit dem Auge und erst danach mit dem prüfenden Handgriff wählte.

Gewiss hätte sie eine Frau wie Kindraza früher attraktiv gefunden. Sie war mit ihren weichen Bewegungen, den eng anliegenden Kleidern aus Wolle und Leder und ihrem angestrengten, aber klaren Profil ein Blickfang in dieser stürmischen Landschaft, in der sonst nur harte Dinge existierten. Aber das markante Äußere war nicht der einzige Grund. Es hatte etwas an sich, wenn Menschen sich den Gefahren des Meeres aussetzten. Seefahren war in gewisser Weise ein Glückspiel, so wie eine Wette mit Sturm und Ozean. Es war für die alte Frau ein Nervenkitzel gewesen, nicht zu wissen, ob sie vielleicht die letzte Geliebte eines Steuermannes oder einer einfachen Matrosin gewesen war.

Etwa einen halben Zwitekt landeinwärts stieg der Schnupfen in die Nase und die Augen begannen unweigerlich zu tränen. Dennoch stellte die alte Frau bald fest, dass dieser karge Streifen Sturmlandes doch nicht ganz unbewachsen war.

*Zvarngras.*

Vor ihnen erstreckten sich große Flächen und es schien überall darauf zu wachsen. Fast bis zu ihren Köpfen hätten die salbeifarbenen Gräser gereicht, wenn sie einmal aufrecht gestanden hätten. Stattdessen flatterten sie auf Hüfthöhe im Wind, wie eine Fahne hoch über einer Burg oder dem Tor einer Stadt. Es handelte sich um die gleiche Sorte langer Halme, aus der auch Kindrazas Peitsche hergestellt war, sowie der Gegenstand in der Tasche der alten Frau, den sie im Gehen permanent durch ihre feuchten Finger gleiten ließ und der so voller verwaschener Erinnerungen steckte.

*Im Gegensatz zu gewöhnlichen Gewächsen sind die Zvarngrashalme robust und dehnbar genug, um den Winden standzuhalten,* erkannte sie.

»Wir müssen das Feld umgehen«, rief Kapitän Kindraza keuchend. Sie ging ein Stück voraus und beschrieb mit den Armen einen großen Bogen.

»Wie?«, rief die alte Frau zurück. »Willst du dir etwa nicht gerne den Arsch wundpeitschen lassen?«

Ein Witz, um die Nerven zu beruhigen. Er war notwendig, denn sie hatte in diesem Augenblick etwas anderes entdeckt, das in der Ferne hinter dem Zvarngras aufgetaucht war: Eine kleine Hütte, von der dünner Dampf aufstieg.

*Das muss es sein. Wenn ich ihn jemals finde, dann heute.*

»Ein anderes Mal vielleicht.« Nachdem Kindraza kurz gezögert und vermutlich überlegt hatte, ob eine allzu kokette Reaktion wohl unangemessen wäre, zeigte sie so etwas wie ein Grinsen.

Unter dem durchfeuchteten Mantel fror die alte Frau, als der Wind von der Seite gegen sie prallte, doch sie bemerkte es kaum. Sie konnte nur an *ihn* denken und daran, dass sie ihm gleich begegnen könnte.

Urplötzlich hatte sie eine vielversprechende Nachricht erhalten und war unverzüglich auf das Boot gestiegen. Und nun stand sie hier im Sturm zwischen peitschenden Gräsern, als wäre seitdem keine Stunde vergangen.

Das Zvarngras war viel zu schnell umrundet.

Für den kleinen Holzbau, der sich nun direkt vor ihr an einen Felsen schmiegte, schien das Wort Haus eher unangebracht. Es sprang nicht ins Auge, wie er aussah, sondern was alles daran fehlte. Kein Weg, keine Umzäunung, keine Fenster, nur ein kantiger Klumpen wackligen Holzes mit einem Latrinenhäuschen daneben. Dass er den Stürmen mitten im Meer überhaupt standhalten konnte, war eine wundersame und zugleich seine einzige Qualität. In einer Nische auf dem Dach nistete ein taubenähnlicher Vogel mit auffällig feuerrotem Gefieder, dessen rhythmisches Piepsen das Pfeifen des Windes überlagerte.

Kindraza rümpfte die Nase und näherte sich vorsichtig der Tür. »Ich werde hineingehen und sicherstellen, dass keine Gefahr ...«

»Nein!«, schnitt die alte Frau ihr das Wort ab. »Ich gehe alleine rein.«

»Das kann ich nicht ...«

»Wirst du aber. Schließlich befehle ich es dir!« Sie erschrak ein wenig über die Dringlichkeit ihrer eigenen Stimme. Jeder Partikel ihres Körpers war so gespannt, dass sie bei jeder Gelegenheit aus der Haut fahren konnte.

»Wenn euch etwas geschieht, dann brauche ich diese Insel nicht mehr zu verlassen«, protestierte die jüngere Frau.

»Ich bin nicht diejenige, der etwas geschehen wird«, sagte die Ältere. Sie sprach mit der Stimme der Anführerin, die sie sich vor Jahren angeeignet hatte und die jedes Widerwort im Keim zu ersticken vermochte. Gleichzeitig fühlte sie den Griff ihres Schwertes.

Kindraza senkte den widerwilligen Blick, machte einen Schritt rückwärts und deutete ein *Hereinspaziert* mit ihrem Arm an.

Die alte Frau zögerte, bevor sie an die Tür klopfte. Sie war weit darüber hinaus, wegen eines Treffens nervös zu werden. Eigentlich war sie das nur bei ein paar Gelegenheiten wirklich gewesen und da waren meist wilde Bestien beteiligt gewesen. Aber das hier war anders. Möglicherweise erwartete sie hinter dieser Tür der bitterste Teil ihrer Vergangenheit und das ließ ihr die Knie schlackern wie einst die Reifeprüfung im Kivkhaus.

Ihre Faust fand die Tür und ... es geschah nichts.

Noch immer stieg Rauch aus dem kleinen Loch im Dach. Es musste jemand dort sein. Ein zweites Mal klopfte sie, ein zweites Mal gab es keine Reaktion. Oder doch? Da war etwas ganz Leises, ein Summen – nein, ein Pfeifen. Es kam eindeutig aus ...

*Rumms!*

Ein metallisches Rumpeln und ein gellender Schrei drangen durch die Tür, dann ein gedämpftes Fluchen und Murmeln. Der exotische Vogel flatterte vom Dach empor. Kapitän Kindraza nahm ihr Schwert in die rechte und die Peitsche in die linke Hand.

Erstaunt stellte die alte Frau fest, dass die Tür nicht verriegelt war und sich unter einem Quietschen einen Spalt öffnen ließ, bis sie auf einen Widerstand stieß.

In der Hütte war es im Vergleich zur stürmischen Umgebung ziemlich stickig, was vor allem daran lag, dass die Luft von aufgewirbeltem Staub durchsetzt war, der sofort im Rachen kratzte. Durch einige Ritzen in den Wänden drang Licht. Ein knisternder Ofen an der Querseite sonderte den Rauch ab, den sie schon aus der Ferne erblickt hatte.

Mit bedachten Bewegungen zog sie ihr Schwert unter dem Pelzumhang hervor und zwängte sich in den Raum.

Jemand sprach mit einer vom Alter piepsig-heiseren Stimme. »Besucher! Wir haben Besucher, Gudo. Lange hatten wir keine Besucher mehr. Keine Besucher seit Langem.« Dieser Jemand war dürr, in eine karierte Decke eingewickelt und hatte seine langen, verklebten Haare offensichtlich selbst gestutzt, und das nicht gerade filigran. Vor seinen Füßen lag ein altgedienter Blechtopf, der auf den Boden gefallen war.

Als die alte Frau ganz in den Raum trat, drehte der Mann sich schlagartig um. Seine Augen waren eingefallen und in einem Wulst aus Falten vergraben, aber sie hatten denselben Schimmer, den sie suchte. Seine Haut wirkte abgenutzt und in lediger Weise braungebrannt – eigentlich war sie zu braun.

Ein unangenehmer Geruch stieg ihr in die Nase und ließ sie diese rümpfen. Zunächst dachte sie an Leder, doch dann kam ihr eher ein verendendes Tier in den Sinn.

Sie fixierte ihn, wollte ihn durchschauen. Er hingegen schien keinerlei Wiedererkennen zu empfinden. War es möglich, dass sie sich irrte? Und wer sollte dieser Gudo sein, mit dem er redete?

Der Sonderling klopfte gegen die Wand. Dann hob er den Zeigefinger und lauschte. »Gudo ist wohl gegangen, ja. Er scheint gegangen zu sein. Weg. Einfach weg. Kommt bestimmt wieder.« Er trug seine Worte in einem merkwürdigen Singsang vor. *Ein Gebet?*

Die alte Frau sagte nichts. Jahrzehntelang hatte sie über diesen Augenblick nachgedacht und jetzt wusste sie nicht, wie sie reagieren sollte. Hielt man sie zum Narren? Die Nachricht könnte eine falsche Fährte gewesen sein. War diese sonderbare Gestalt wirklich derjenige, für den sie ihn hielt? Dessen Leben sie mit der Klinge in ihrer Hand ein Ende bereiten sollte?

Sie zuckte zusammen, als er sich mit weit aufgerissenen Augen auf sie zubewegte. Erkannte er sie jetzt?

»Du hast einen schönen Stoff an dir. Einen sehr schönen Stoff hast du an«, sagte er abgehackt melodisch. Er fühlte die nasse Textur ihres Umhangs, ließ seine Hand von unten nach oben gleiten und tätschelte den Pelz wie ein braves Haustier. Den Umstand, dass ihre Klinge keine Handbreit von ihm entfernt war, schien er gar nicht zu erkennen.

*Er ist es nicht,* dachte die alte Frau. *Das hier ist nur ein verrückter Einsiedler, dem der Wind den Verstand weich gepustet hat. Man hat uns einer falschen Fährte nachjagen lassen.*

»Was für ein Scheißort.«

Sie hatte gar nicht bemerkt, dass Kindraza nach ihr den Raum betreten hatte. Mit dem Finger fuhr sie über den Tisch, der die Eingangstür blockierte, und pustete angewidert den dabei gesammelten Dreck von ihrem Finger.

»Wir sollten umkehren«, sagte die alte Frau. »Diese gesamte Unternehmung war Wahnsinn, eine einzige Verschwendung von Zeit.«

»Ich hatte auch einmal so einen Zwirn, ja. So einen Zwirn, den hatte ich auch einmal, mit Pelz. Den habe ich nicht gemocht, hab ihn nie getragen. Aber ich hatte einen. Ich bin ein vermögender Mann, müsst ihr wissen, ziemlich vermögend bin ich sogar. Jede Menge roter Staub. Blutroter. Mein Erbe.«

Kindraza gluckste. »Ach was.«

»Es wartet auf mich, steht mir rechtmäßig zu. Mein Erbe. Alle sind sie neidisch darauf, alle sind sie neidisch und unwürdig. Ich muss nur die Insel verlassen, dann wartet der Staub auf mich.«

Die alte Frau horchte auf. Jede Menge roter Staub. Der, den sie suchte, würde sicherlich glauben, dass ihm einiges davon zustünde. Könnte er etwa doch ...

»So viel, dass er mich zum Imperator machen wird, zum Obersten Inz-Kur. Zu dem wird der blutrote Staub mich machen, wenn ich die Insel verlasse, nicht wahr Gudo?«

»Er kommt tatsächlich nur Schwachsinn aus seinem Mund. Ihr habt recht, lasst uns von diesem götterverlassenen Landstrich verschwinden. Ich habe noch jede Menge Aufträge auf Jukrevink und ihr habt gewiss noch mehr zu tun.«

»Nein«, sagte die alte Frau. »Er sagt die richtigen Dinge, sie sind nur wirr. Ich muss ihm etwas zeigen.«

Sie fasste den Gegenstand in ihrer Tasche, holte ihn heraus und hielt ihn dem Sonderling vor die Nase.

»Erkennst du auch das?«

Er betrachtete das Objekt, das ein aus Zvarngras geflochtenes Band mit zwei kurzen, aus glänzendem Metall gefertigten Stangen an den Enden war. Es leuchtete ein Moment der Erkenntnis in seinen müden Augen. Dann wurde die Erkenntnis zu Furcht. Er starrte darauf wie auf ein bissiges Tier, das ihn jederzeit anspringen konnte. Hektisch sah er sich um und zog sich in die Ecke des Raumes zurück. »Neider, Neider«, kreischte er, hielt die Hand vor die Augen, um sich vor dem Anblick dieses kleinen Kinderspielzeugs zu schützen.

»Du erinnerst dich«, stellte die alte Frau fest. »Irgendwo hinter dem Staub in deinem hinterhältigen Schädel weißt du um seine Bedeutung.« Sie verspürte den dringenden Impuls, ihre Klinge in seinen Bauch zu rammen und darin herumzudrehen, bis er sich nicht mehr regte. Aber sie hatte gelernt, ihre Impulse zu unterdrücken und es gelang ihr auch dieses Mal. Sie musste mit ihm sprechen, ergründen, was mit ihm geschehen war. Und erst danach musste sie das tun, wovon sie schon fantasiert hatte, als sie noch eine junge Frau und ganz allein gewesen war: Ihn umbringen.

# Erster Teil: Inz

Frühsommer 370 JdS

## 1

*Einen Sieg. Wir brauchen nur noch einen einzigen.*
Riya warf einen letzten Blick auf den von frenetischen Zuschauern umringten Kampfplatz und zog sich in den Schatten des Gebäudes zurück. Zuvor sog sie noch einmal die Luft in ihre Lungen, denn so eine Aufregung bot sich sogar in ihrem Leben selten. Sie wollte sie am liebsten vollständig inhalieren, die nervöse Anspannung, die in der Luft lag und für die meisten eine bedrückende Schnur um die Brust war, für sie aber wie ein Elixier der Lebendigkeit.

Die Stellen der Buchmacher, einschließlich ihrer eigenen, waren schon seit ein paar Minuten nicht mehr besetzt. Alle fieberten auf das Finale hin, den großen Höhepunkt des fünftägigen Schauspiels am Rande von Keten-Zvir, wo die besten Nachwuchskämpfer miteinander um Ruhm und Ehre rangen. Um Rum, Ehre und um eine Scheißladung Staub.

Dass alle so gespannt auf das anstehende Spektakel waren, hatte einen Vorteil für Riya: Sie konnte sich unbemerkt durch das marode, aber durch die steinerne Struktur solide Gebäude zu den Vorbereitungsräumen schleichen. Nur ein letzter Wachmann beaufsichtigte träge den Zugang – einer ihrer eigenen Leute. Er hob zum Gruß die Klinge, als Riya ihn passierte. Problemlos verschaffte sie sich dort Zugang, wo sie von allen Personen am wenigsten hätte sein dürfen. Normalerweise würde sie so ein Risiko nicht eingehen. Heute tat sie es.

Im spärlich beleuchteten Vorbereitungsraum roch es nach Schweiß und nach etwas seltsam Süßlichen, das Riya nicht zuordnen konnte. Sie sagte sich, dass dies der Duft von Potenzial sein musste, denn Potenzial war das, was ohne Zweifel hier vorherrschte. Das Potenzial zu Ziks und ihrem ganz großen Wurf.

Zik war schon vor ihr angekommen und redete ohne Pause auf Festn ein, der im Begriff war, seinen behaarten Oberkörper mit einem Öl einzureiben, wie es angeblich die Gladiatoren der Alten Fahrer getan hatten. Es war ein langer Prozess, schließlich war der kurzhaarige Kämpfer so muskelbepackt, dass er annähernd doppelt so viel Fläche einreiben musste wie ein gewöhnlicher Mensch. Auch Riya legte Wert darauf, ihren Lidschatten akkurat aufzutragen und ihre Haare ordentlich zu flechten, doch für Festn schien dies nicht nur ein Akt der Pflege zu sein, sondern ein heiliges Ritual.

»Keine Fehler, Festn«, mahnte Zik. Er hatte die Arme hinter seinem Rücken verschränkt und bewegte sich von einem Ende der grauen Kammer zum anderen. Wie immer standen seine dichten Brauen in tiefem Ernst. »Konzentriere dich auf die Grundlagen und nimm dich nicht selbst aus dem Rennen. Je länger du in der Defensive bleibst, desto stärker wird sich der Kampf zu deinen Gunsten wenden. Nur sichere Angriffe.«

Der Kämpfer war verwirrt, was sich in seinem geschwollenen Gesicht durch ein Senken der Augenbrauen bemerkbar machte. Kein Wunder, er war immerhin nicht dafür bekannt, ewig um den Gegner herumzutänzeln, sondern dafür, so kräftig zuzuschlagen, dass Schädel und Rippen knackten.

»Weißt du noch, was ich damals auf Satlik zu dir gesagt habe, als du kein Geld hattest und bis zum Kinn in der Scheiße stecktest?«

Festn rümpfte die Nase. »Dass ich es auf Jukrevink weit bringen werde.«

»Wenn du mir vertraust.«

»Hmpf.«

Zik wandte sich Riya zu. »Was sagen die Einsätze? Alles nach Plan?«

Riya nickte. »Über zwei Laden und ein Zylinder auf Aksund. Dazu sechs Zylinder auf seinen Sieg ohne eingesteckten Treffer und weitere sieben auf Kampfende durch den ersten Peitschentreffer. Sie konnten unseren Quoten nicht widerstehen.«

»Das können sie nie.« Zik knackte die Finger und ging zur Wand, an der ein Arsenal stumpfer und scharfer Schwerter und Spieße hing, die den Kämpfern zusätzlich zu ihrer eigenen Ausstattung zur Verfügung standen.

Seine olivgrüne Weste war bedeutend schlichter als Riyas modern geschnittener Mantel mit dem hohen Kragen und den roten Nähten, die zu den geflochtenen Strähnen in ihrem ansonsten dunkel gefärbten Haar passten. Hin und wieder dachte Riya darüber nach, wie es wäre, ebenso wenig auf die Urteile der Leute zu geben, aber sie besaß einfach nicht die gleichen Eigenschaften wie Zik. Obwohl er weder der Stärkste noch der Stilvollste in diesem Raum war, hatte er eine Aura der Dominanz an sich. Selbst wenn er nur die mageren Lippen aufeinanderpresste, löste er Respekt aus, wo auch immer er war.

»Es ist wirklich wichtig, dass du den Kampf hinauszögerst«, sagte Riya, um ihren Partner zu unterstützen. »Zu deinem eigenen Besten.«

»Hmpf. Warum soll ich ihm den Angriff überlassen? Ich bin kräftiger als er. Schneller.«

»Das ist nicht das Wichtigste«, entgegnete Riya. »Wie viel Staub hast du und wie viel hat er? Seine Ausrüstung ist deiner überlegen.«

Da Festn noch immer skeptisch zu sein schien, suchte sie nach einer Beschreibung, die ihren Punkt besser veranschaulichen konnte. »Nimm es mir nicht krumm, aber ... stell dir einen großen Transportkahn vor, der zwar stabil ist aber kaum bewaffnet. Und dann stell dir eine Korvette vor, die bis an die Zähne mit Harpunen und kampfeslustigen Piraten besetzt ist. Wenn es zu einem Scharmützel kommt, weiß ich, auf welches Schiff ich setzen würde.«

»Hmpf.«

»Festn.« Zik hatte sich wieder dem Raum zugewandt und hielt eine der breiteren Klingen in der Hand, die nicht so stark geschwungen war wie die anderen Exemplare. In geübter Manier ließ er sie dreimal vor sich durch die Luft wirbeln, bevor er sie dem Athleten in die Hand drückte. Den Griff ließ er vorerst nicht los, sondern lehnte sich stattdessen nah zu Festn hinüber. »Willst du auf der großen Bühne kämpfen?«

Festn fletschte die Zähne und nickte.

»Und habe ich jemals falsch gelegen mit einer Taktik, die ich dir empfohlen habe?«

»Äh ... nein.«

»Dann höre auf zu zweifeln und konzentriere dich auf deine Aufgabe. Wenn du tust, was wir sagen, wirst du schon bald um mehr Staub kämpfen, als du aufbewahren kannst.«

Die Aussicht auf Reichtum hatte einen Ausdruck der Entschlossenheit in Festns Blick treten lassen. Verstanden hatte er den Plan mit Sicherheit trotzdem nicht, aber zumindest wehrte er sich nicht mehr dagegen.

»Ich sehe, du weißt, worum es geht«, schaltete Riya sich wieder ein. »Wir kennen Aksund ganz genau, also kannst du uns glauben, dass du am ehesten gewinnen kannst, wenn du einen langen Kampf daraus machst.«

»Tu es einfach.« Zik drückte Festn das Schwert in die Hand und ging aus dem Vorbereitungsraum. Riya folgte ihm.

Um keine Aufmerksamkeit zu erregen, verließen sie die kleine Arena am Stadtrand von Keten-Zvir, umkreisten sie in einem großzügigen Bogen und betraten sie wieder von der anderen Seite. Gerade rechtzeitig gelangten sie zu ihren Plätzen. Von ihren Sitzen konnte man den mit sandfarbenen Platten ausgelegten Kampfplatz und die sicher dreitausend Zuschauer gut überblicken. Festn stand bereits dort und wartete auf seinen Gegner.

Die Sonne brannte heute außergewöhnlich heiß und auf dieser erhöhten Position war man völlig ungeschützt. Zwar war Keten-Zvir in den Fels geschlagen und durch die abgesenkte Lage nicht so sehr den Stürmen ausgesetzt wie andere Städte auf Jukrevink oder gar den Splittern, aber trotzdem war es erstaunlich, wie wenig Abkühlung die Winde heute brachten. Das Wetter schlug sich darin nieder, dass die Männer und Frauen um sie herum farbenprächtige Hüte verschiedenster Größe trugen, die jedoch alle mit dem gleichen ausladenden Schirm und dem gleichen seitlich herabhängenden Hutband ausgestattet waren, so wie es der neuesten Mode entsprach.

Riya brummte ärgerlich. Sie hätte ihren schicken Sonnenhut, der mit dem rötlichen Akzent perfekt zu ihrem Mantel passte, am Morgen noch aufgesetzt, ihn dann aber doch nicht mitgenommen. Zik hatte sie dafür verspottet, dass sie fast eine ganze Staubkugel für ein dekoratives Stück Stoff bezahlt hatte, aber angesichts der Sonne hätte er seine Worte vielleicht bereut. Das hätte für Riya ein Triumph über ihren langhaarigen Partner sein können, und die waren – bei Jennav – selten und kostbar.

»Aksund! Aksund!«, skandierte die Menschenmenge auf den Rängen. Die Zuschauer waren erpicht darauf, den beliebten Kämpfer und früheren Notar Aksund ven Amsinnvimd zu sehen, dessen Name soeben von dem stimmgewaltigen Mann in der Mitte des Kampfplatzes verkündet worden war. Sie ließen ein rhythmisches Klatschen folgen und riefen dann wieder: »Aksund! Aksund! Aksund!«

Riya bemerkte, dass sie lächelte. Sie genoss die Aufregung, den Energiestoß in ihrem Körper, welchen die Gesänge auslösten. Es war die Magie des Spiels und des Kampfes, der Reiz der Auseinandersetzung, deren Ausgang man vielleicht schätzen, aber niemals mit völliger Sicherheit voraussagen konnte.

Zik zeigte keine Regung. Er war weder aufgeregt noch gleichgültig. Für ihn war der Kampf einfach nur ein Mittel zum Zweck und dieser Zweck war ein satter Gewinn in ihren Kassen.

Der umjubelte Aksund trat aus dem Schatten des Tores und gestikulierte dabei nicht zu knapp. Wie ein Priester, der seinen Gläubigen eine Reliquie präsentiert, hob er seine Staubpeitsche mit beiden Händen über den Kopf, sodass der rote Schein der in das Zvarngras eingearbeiteten Staubkristalle seine säuberlich polierte Leichtmetallrüstung glänzen ließ.

Das Leuchten des Staubs war ein Zeichen dafür, dass er mit Energie aufgeladen war und diese im Kampf nach und nach auf das Zvarngras übertragen würde. Das Gras war neben Wasser und der Haut von Menschen und Tieren das einzig bekannte Material mit dieser Eigenschaft. Die Energie befand sich beim Zvarngras in einem instabileren Stadium als im Wasser, entlud sich jedoch nicht so explosiv wie beim Aufeinandertreffen mit der Haut.

Zusätzlich zur Peitsche befand sich an seinem Gurt ein feingeschwungenes Kurzschwert mit einer quadratischen Platte aus Gold als Handschutz am Ende des Griffs. Das Schwert allein war vermutlich teurer als Festns gesamte Ausrüstung – von der Staubpeitsche ganz zu schweigen.

»Glaubst du, Festn wird sich an den Plan halten?«, fragte Riya. Ihre Worte wurden vom Getöse der Zuschauer beinahe verschluckt. »Er ist nicht gerade der Hellste.«

»Das hat nichts mit Glauben zu tun«, sagte Zik, lehnte sich selbstsicher in seinem Stuhl zurück und streckte die Arme aus. »Ich weiß, dass er dazu in der Lage ist. Nur deswegen habe ich ihn nach Jukrevink gelotst. Er wird dich überraschen, Spitz.«

Riya schmunzelte über den Kosenamen. Es war, als hätte sie alles an sich verändert, seit sie ihn erhalten hatte, Zik jedoch nichts an sich. Während Riya die Farbe ihrer Strähnen, Spitzen oder des ganzen Schopfes mindestens ein Dutzend Mal verändert hatte, fiel sein Haar noch immer im gleichen natürlichen Blond mit einem rötlichen Stich über seine Schultern. Er war noch immer schlank und wohl in Form, wenn auch nicht in einer Weise wie Festn. Er war einfach vollkommen funktional, widmete all seine Entscheidungen seinem Lebensziel. Und dieses – ihr gemeinsames – Lebensziel hatte sich ebenfalls kein bisschen verändert.

Ein klingelndes Geräusch neben ihrem Ohr ließ Riya aufschrecken. Es ging von dem gläsernen Kelch aus, den ein Bediensteter ihr auf einem Tablett reichte. Sie nahm ihn entgegen. Zik lehnte einsilbig ab, deswegen entließ Riya den Diener mit einem gezwungenen Lächeln zu seiner nächsten Station – einer konkurrierenden Buchmacherin, bei der Riya vorhin erst mehrere Zylinder Staub über einen Mittelsmann auf Festn setzen lassen hatte.

»Ich habe Festn noch nie gegen jemand so Gestandenen kämpfen sehen. Vielleicht hast du dich in ihm geirrt.« Riya nippte an dem süßen Saft. Sie lockte Zik gerne aus der Reserve und hoffte dann, ein kleines Loch in den Mantel seiner Souveränität zu piksen, was allerdings nur selten funktionierte.

»Habe ich nicht. Wenn überhaupt, dann habe ich ihn bislang unter Wert verkauft. Es wäre möglich, dass er Aksund sogar ohne uns schlagen könnte.«

Riya hob die Braue. »Aber du bist dir nicht sicher. Sonst hätten wir uns nicht diese ganze Mühe machen müssen. Nicht diese Risiken in Kauf nehmen müssen.«

»Das einzige Risiko, das mich kümmert, ist das Risiko, dass Festn diesen Kampf verliert. Und egal, wie gut er ist, ich will dieses Risiko so klein wie möglich halten.«

»Ich wette, er landet höchstens einen Treffer unter, na ja ... normalen Umständen«, sagte Riya.

»Wette akzeptiert«, sagte Zik. Spielte da ein kurzes Lächeln um seine Lippen? »Zwanzig Kugeln?«

Riya zögerte. Zwanzig Kugeln entsprachen einem halben Zylinder Staub. Es war nicht so, dass sie danach arm wäre, aber wenig war es auch nicht. Andererseits: Wenn Festn unangefochten siegen sollte, dann hätten sie beide einen Gewinn verbucht, der zwanzig Kugeln um mehrere Größenordnungen überstieg.

Zik starrte sie mit fragend geweiteten Augen an. Er setzte dadurch noch mehr auf die gleiche Karte. War er sich tatsächlich so sicher mit Festn?

»In Ordnung«, sagte Riya, bevor ihr Zögern allzu lang andauerte. Zik brummte zufrieden und lehnte sich noch weiter gegen die Stofflehne seines Sitzes.

Wenige Augenblicke später blies jemand am Rand des Kampfplatzes in eine Tröte und erklärte den Kampf damit für eröffnet. Er würde erst beendet sein, wenn ein Kämpfer aufgab, oder die Kampfrichter entschieden, dass ohne ihr Eingreifen jemand zu Tode kommen würde – was trotzdem häufig genug geschah.

Das Jubeln der Zuschauer legte sich, als die beiden Kämpfer sich langsam einander näherten. Als sie sich knapp außer Angriffsreichweite befanden, begannen sie vorsichtig, einander zu umkreisen. Aksund hatte sein Schwert in die rechte Hand genommen und führte mit der linken seine Staubpeitsche. Wieder und wieder täuschte er Schwünge an, wobei die roten Staubkristalle jedes Mal ein bisschen stärker aufleuchteten. Eine Berührung mit dem Zvarngras und Festns nur von einem einfachen Lederschutz bedeckter Körper würde einem furchtbaren Energieschlag ausgesetzt.

*Ein grausames Genie, wer sich diese Waffe ausgedacht hat.* Die Herstellung der Staubpeitsche bedurfte minutiöser Feinarbeit. In das Zvarngras wurden Halterungen eingeflochten, in die man Kristalle einsetzen konnte, die etwas größer sein mussten als die gewöhnlichen Staubkörner. Jemand wie Aksund konnte sie sich leisten, denn er war einer der Vokanv. Wenn man jedoch wie Riya, Zik oder der Großteil der Bevölkerung in einem Kivkhaus groß wurde und kein Erbe der Vokanv Linie erhielt, musste man enorme Leistungen vollbringen, um eine solche Waffe bezahlen zu können.

Festn machte einen Ausfallschritt nach vorn und deutete einen verheerenden Schwung mit seinem Schwert an. Jedoch kam es dazu nicht. Aksund hatte mit dem Angriff gerechnet, wich nach hinten und ließ seine Peitsche mit einem warnenden Knall durch die Luft schnellen. Die Zuschauer raunten und Riya freute sich innerlich darüber, dass ihre Wette nicht schon halb verloren war.

»Das war Absicht«, sagte Zik unbeeindruckt.

Festn zog eine noch grimmigere Miene als vorher, sofern das möglich war. Hastig, aber nicht überstürzt, tänzelte er nach hinten, als Aksund seinerseits begann, das Schwert in seine Richtung zu stoßen. Es waren halbherzige Angriffe, die Festn aus der Reserve locken sollten. Er durfte sich nicht zu leichtfertigen Angriffen hinreißen lassen, schließlich war die glimmende Peitsche die wahre Bedrohung. Ihr Führer wartete nur auf den richtigen Augenblick, sie erneut zu schwingen.

Der Muskelberg, der Riyas und Ziks Ambitionen auf seinen Schultern trug, wich so weit zurück, dass er beinahe in Spuckreichweite der Zuschauer in seinem Rücken gelangte. Aksund stolzierte vor ihm her und wies zwischen seinen Angriffen immer wieder auf seine makellose Rüstung. Fliederfarben war auf dem Brustharnisch das Wappen des Schmieds eingraviert, der den Kämpfer offenbar nicht schlecht für das Tragen seiner Ausrüstung entlohnte. Die Zuschauer johlten lauter, je länger er das Schauspiel trieb, verstummten jedoch, als Festn wie aus dem Nichts zur Seite wich und einen Stoß in die Seite landete. Zwar traf er keine verwundbare Stelle, hinterließ aber immerhin eine Delle in der nagelneuen Rüstung.

»Eins«, zählte Zik und Riya verdrehte die Augen. Sie stellte fest, dass sie ins Schwitzen kam. Es lag nicht nur daran, dass der Kampf über die Zukunft ihres Geschäfts entscheiden würde. Sie wollte gegen Zik gewinnen.

Der Getroffene strauchelte und Riya war sicher, dass Festn jetzt nachsetzen würde. Aber der Gigant, der eigentlich der Inbegriff von Aggressivität war, blieb passiv – wie Zik es ihm aufgetragen hatte. Während er seinen Gegner umrundete, klopfte er sich provokant auf die Brust und rief damit Jubel und Schmähungen im Publikum hervor.

Die Geste zeigte Wirkung. Aksund spuckte auf den Boden, wirbelte herum und ließ die Peitsche durch die Luft sausen. In mehrfachen Umdrehungen kam er auf Festn zu und zog dabei einen tiefroten Schweif um sich, der zu schnell wieder verschwunden war, um ihn wirklich zu erfassen. Festn grunzte und warf sich nach hinten. Er rollte sich ab und zog sich bis zum gegenüberliegenden Ende der Arena zurück.

Die gleiche Prozedur wiederholte sich mit leichten Variationen so oft, bis die Zuschauer unruhig wurden. Festn hielt sich tatsächlich an den Plan.

»Das ist kein Wettlaufen«, brüllte eine Frau unter ihnen und erhielt Zuspruch von den Beistehenden.

Die Stimmung übertrug sich auf Aksund. Er beschleunigte seine Angriffe und zeigte, dass er sein volles Potenzial noch nicht ausgeschöpft hatte. Als würde er Kraft aus dem Staub an seiner Peitsche ziehen, preschte er vor und peitschte auf Festn ein – augenscheinlich unkontrolliert, aber schnell genug, um kaum einen Gegenangriff zuzulassen. Der rote Wirbel vibrierte in wechselnder Intensität durch die Luft vor Festn, der sich wegduckte und große Sätze zurück machte, bis er mit dem Rücken gegen die Wand zum Publikum stieß.

Riya lehnte sich zur Seite, als müsse sie selbst der Peitsche ausweichen, und hielt den Atem an. Saft tropfte auf ihre Strümpfe, weil sie völlig ausblendete, dass sie das Glas noch immer in der Hand hielt.

Festn strauchelte. Aksund schoss auf ihn zu und drehte seinen Oberkörper zur Seite, um die Peitsche auf Höhe des Brustkorbs zu schwingen. Doch er hatte nicht damit gerechnet, dass Festn sein Schwert nicht zur Verteidigung hochriss, sondern es seinerseits schwang. Peitsche und Klinge trafen im selben Moment auf das Fleisch des Kontrahenten. Blutrote Funken und Blutspritzer stoben in die Luft und vermengten sich.

Aksund schrie auf und prallte gegen die Wand. Blut quoll aus seiner Hüfte, wo seine Rüstung verwundbar war. Allerdings hatte es ihn nicht so schwer erwischt wie Festn. Der energetische Einschlag der Peitsche hatte ihn bewegungsunfähig am Boden gelassen. Sein Oberarm zuckte krampfartig und der Lederschutz war zerteilt. Über seine Brust zog sich eine widerwärtige Wunde wie von einer schweren Verbrennung. Das Publikum war verstummt und rang genauso nach Atem.

»Wette gewonnen«, sagte Zik.

»Wette gewonnen? Wette gewonnen?« Riya konnte nicht glauben, was sie hörte und fuhr wütend zu Zik herum. »Die Wette kümmert mich einen Dreck, er hat den Kampf verloren!«

Zik schmunzelte nur, als spräche er mit einem Kind, das zu aufgeregt war, um zu verstehen, was um es herum passierte. »Die Kristalle waren schon fast entladen. Sieh.«

Der bevormundende Tonfall machte Riya wütend. Sie wollte etwas erwidern, aber dann sah sie tatsächlich, was er gemeint hatte. Sie sah, dass Festn sich trotz des Treffers, der ihn völlig hätte lähmen müssen, wieder auf die Beine kämpfte – behäbig zwar, aber trotzdem sicher rappelte er sich auf. Er stand nur wenige Augenblicke nach Aksund, der völlig entgeistert zwischen Peitsche und Gegner hin und her blickte. Sie schien nicht mehr so stark zu leuchten, wie noch zu Beginn des Kampfes.

*Na endlich*, dachte Riya.

»Eine weitere Investition mit hoher Rendite«, kommentierte Zik kühl. Er hatte seinen Staub spielen lassen, um die Kristalle an Aksunds Peitsche mit solchen auszutauschen, die nur noch über wenig Energie verfügten. Sie hatten sich mit der Dauer des Kampfes fast vollständig entladen und trugen jetzt nur noch ein schwaches Glimmen in sich.

Mit einem wütenden Schrei erweckte Aksund die Zuschauer aus ihrer Starre und stürmte trotz seiner Verletzung auf Festn zu. Dieser wich mühsam in die Mitte des Platzes und steckte einen weiteren Treffer der Peitsche ein, der bis auf Schmerzen jedoch kaum noch eine Reaktion hervorrief. Diese Waffe war nicht darauf ausgelegt, ohne die Kraft von Inz zu wirken.

Als Aksund in seinem blinden Zorn ein weiteres Mal vorpreschte, machte Festn einen Schritt zur Seite, brachte seinen Gegner mit einem Tritt zu Fall und beförderte dessen Schwert mit seinem Stiefel außer Reichweite.

Aksund lag am Boden und verfügte lediglich über seine entladene Staubpeitsche. Daran war keine Spur von Rot mehr, sondern nur noch die trübe Salbeifarbe der geflochtenen Zvarngrashalme. Festn hielt ihm seine Klinge unters Kinn.

»Euer Sieger!«, brüllte der Arenameister von der gegenüberliegenden Seite. »Festn Varin-Unitiv! Ein Mann aus den Reihen des Volkes. Seht ihn, euren Helden für die Spiele des Inz-Juvenk! *Einer von uns!*«

Einige im Publikum schwenkten wütend die Fäuste.

»Das kann doch nicht sein!«

»Betrogen hat er!«

Jemand unter Riya richtete seinen Zorn gegen den Verlierer. »Du hast mich ein Vermögen gekostet, du fauler Hurensohn!«

Unvermittelt sackte Festn auf die Knie. Er holte etwas hervor, das wie ein kleiner Kieselstein aussah, küsste es und hob es dann über seinen Kopf.

»Vayschan«, rief er mit einer Urgewalt, der kein wütender Zuschauer etwas entgegenhalten konnte. »Vayschan, ich rufe dich, meine Fürstin und Liebhaberin. Deine Kraft fließt durch meine Arme. Die Kraft von Stein, die Kraft von Erz. Sie führte damals deine Hacke und sie führt heute dein Schwert. Sieh den Staub, den ich dir erringe, Vayschan. Ich bin dein auserwählter Streiter!«

Anschließend verfiel Festn in ein rhythmisches Summen, das von Härte geprägt war – die rituelle Gebetsmelodie seiner angerufenen Göttin. Die Stimmung vieler Zuschauer schlug wegen der seltsamen Darbietung um, denn sie erfüllte die wichtigste Bedingung für einen erfolgreichen Kämpfer: Sie war unterhaltsam. Wer nicht nur siegte, sondern dabei noch in Erinnerung blieb, dem war die Gunst der Zuschauer auf den Kampfplätzen von Jukrevink gewiss.

Riya verzog unangenehm berührt das Gesicht. Das Anbeten der älteren Naturgötter – von Inz einmal abgesehen – wurde in ihren Kreisen höchstens noch zu ausgewählten Anlässen praktiziert. Es fühlte sich irgendwie zu ... urtümlich an. Aber wahrscheinlich war das auf den Splittern, von denen Festn stammte, nicht ungewöhnlich.

»Er ist wirklich einer vom alten Schlag«, stellte sie fest.

Zik zuckte die Achseln. »Solange er so kämpfen kann, soll er anbeten, was er will. Und solange er mir deinen Staub einbringt, erst recht.«

Riya versuchte das verdammte Lächeln zu ignorieren, das siegessicher wie eh und je um seine Lippen spielte. »Ich zahle dir die Kugeln später«, murrte sie. Natürlich hatte sie eine solche Summe nicht einfach so in ihrer Tasche.

Sie drängelten sich anschließend durch die Menge der Zuschauer in Richtung der Annahmestellen der Buchmacher. Während wenige zufrieden ihren Gewinn abholten oder ihn auf ein Bankkonto überschreiben ließen, hatte sich vor ihrem Stand – das Schild trug den Namen *Sprung & Glas* – bereits eine Traube empörter Leute gebildet, die ihren Staub zurückforderten.

Man hörte allerhand Theorien über Betrug und den Ausgang des Kampfes, allerdings widersprachen sie sich alle gegenseitig. Sie würden als Bewältigungsmechanismus abgetan werden – nicht mehr und nicht weniger. Am Ende waren sie doch selbst schuld an ihren Verlusten. Sie hatten an die Unfehlbarkeit ihres Favoriten geglaubt und waren leichtgläubig in die Falle getappt. Wer riskant spielte, der konnte eben verlieren.

In der Hierarchie von Sprung & Glas, einem traditionsreichen Buchmachergeschäft in Keten-Zvir, standen Zik und Riya gemeinsam an der Spitze. Noch vor wenigen Jahren hatten sie dem Besitzer Kalavreyus unterstanden, doch inzwischen hatte sich dieser zur Ruhe gesetzt und wurde nur noch in wichtigen Angelegenheiten konsultiert. Die beiden hatten damit die Verantwortung über eine Handvoll Sicherheitsleute, zwei Rechenmeister, sieben Verkäufer und zwei für die Werbung im Volk zuständige Frauen. Und ganz nebenbei auch für das gigantische Vermögen des Geschäfts, das sie gewissermaßen für Kalavreyus einsetzten und vermehrten.

Riya übernahm tagtägliche Aufgaben, hielt Kontakte und blieb über Wettkämpfe und Athleten in der Stadt auf dem Laufenden. Zik hatte dadurch den Freiraum, auf Reisen zu gehen, um unbekannte Kämpfer wie Festn für ihre Zwecke zu gewinnen und Strategien auszuarbeiten, die ihnen Vorteile gegenüber den zahlreichen anderen Buchmachern einbrachten. Es war ein Zusammenspiel, das ihnen beiden lag, und das nur funktionierte, weil sie ihre gegenseitigen Eigenarten schon seit Kindestagen kannten. Riya wusste, dass niemand sie so gut kannte wie Zik und dass sie darüber hinaus so ziemlich die Einzige war, die überhaupt etwas Persönliches über ihn wusste.

Die wütenden Leute vor ihrem Stand wurden immer lauter. Ihr Aufseher Lekov hatte den Griff seiner gigantischen Klinge gepackt. Sein blassgelbes Gewand war stellenweise ausgewölbt von dem dicken Lederschutz, den er darunter trug. Seine Größe und die starke Bräunung seiner Haut verschafften ihm nicht nur Respekt, sondern auch den

Ruf, besonders viel Blut der Alten Fahrer in sich zu tragen. Unbeeindruckt von den Beschimpfungen der Verlierer drängelte er eine Schneise frei, durch die Zik und Riya passieren konnten.

»Die anderen Buchmacher haben schon abgebaut«, sagte Riya.

Zik verstand, was sie ihm sagen wollte: *Wir gehen besser, bevor es noch hitziger wird.*

Riya gab ihren Leuten, die gerade mit dem Abbau der großen Quotentafeln beschäftigt waren, letzte Instruktionen. Den eingenommenen Staub hatten sie schon lange aus der Arena transportiert und ihre Gewinne bei den anderen Buchmachern würden sie abholen, wenn sich die Lage beruhigt hatte. Dann nahmen sie einen der zahlreichen Seitenausgänge zum östlichen Randbezirk von Keten-Zvir.

## 2

In den Ostbezirken von Keten-Zvir ruhten Ziks Augen stets wachsam auf den natürlichen Felsstrukturen, die von den Alten Fahrern schon vor Urzeiten zu einer Straße geglättet worden waren. Riya überließ ihm die Sorgen und richtete den Blick stattdessen auf die Dächer der Stadt im Felsen. Als sie beide Kinder gewesen waren, hatte man an den Dächern sofort erkannt, ob man sich in einem vermögenden Bezirk befand oder ob die Leute dort eher mit Silber zahlten. Inzwischen musste man schon einige Schritte zurücklegen, um sich sicher zu sein, denn mittlerweile hatte auch das ärmere Volk teilweise damit begonnen, seine Dächer stets nach der neuesten Mode oder persönlichen Vorliebe zu färben, wenngleich es zumeist nur eine dünne und schnell abblätternde Farbschicht auftragen konnte, anstatt neue Ziegel zu brennen. *Das Dach ist das Haar des Hauses*, lautete ein Sprichwort und dementsprechend legte man Wert auf seine Gestaltung, wenn man etwas auf sich hielt und nicht gerade wie Zik war.

Als sie weiter Richtung Westen kamen, entdeckte Riya die ersten prächtigen Steinbauten, die schwarz-blau bedacht waren und mit staubtragendem Silber und verschlungenen Ornamenten geschmückt waren. Über einen dünnen Steg patrouillierte ein Dachwächter, der von den Hauseignern angestellt worden war, um ihre Besitztümer zu überblicken.

»Ich wette, dass Jarestev immer noch Kinder in Vokvaram tyrannisiert«, entließ Riya einen aufblitzenden Gedanken.

»Du denkst an den Tag, als wir uns heimlich auf die Dächer stahlen«, stellte Zik fest. Er wischte sich mit dem Handrücken ein paar Schweißperlen von der Stirn.

»Ja. Den vergesse ich so schnell nicht.«

»Ich habe die Prügel meines Lebens dafür bekommen.«

»Dafür hast du die kleinen Staubkristalle behalten«, sagte Riya mit gespieltem Vorwurf. *Und sie wahrscheinlich bis heute nicht ausgegeben ...*

»Hoher Einsatz, hoher Gewinn«, sagte Zik und ein kurzes Lächeln umspielte seine Lippen. »Aber ein zweites Mal hätte ich mir so etwas nicht erlauben können, dann hätte Jarestev mich gewiss verstoßen.«

»Der Mann war aber auch ein harter Knochen.« Riya erschauerte bei dem Gedanken an den strengen, durchdringenden Blick von Ziks Kivk.

Zik zuckte die Achseln. »Immerhin hat er mich Disziplin gelehrt und war nicht so ein Schwätzer wie dein Kivk ...« Er verzog für einen Moment die länglichen Züge, als würde er nachdenken.

»Mik-Ter?«

»Genau.«

Eine ins Gestein geschlagene Treppe führte sie zu einer höheren Ebene des Viertels. Eine vollkommen mit Schmutz bedeckte Arbeiterin machte sich an einem Holzgerüst zu schaffen, das um das Skelett eines einst prächtigen Rundbaus gehüllt war. Es handelte sich um das alte

Schauspielhaus, in dem unter der Förderung des vorherigen Inz-Kur von Jukrevink groteske Stücke voller Dunkelheit und Folter inszeniert worden waren. Einmal hatte Riya dort ein Stück angesehen, bei dem die Schausteller nichts anderes taten, als sich unter schmerzhaft aussehenden Verrenkungen umeinander zu winden, um eine Art menschliches Wollknäuel zu formen, und dabei stöhnende Laute von sich zu geben, die bis heute in ihren Alpträumen widerhallten.

Für Riya hatte den bizarren Aufführungen zumeist das Spektakel gefehlt, das man in einem Arenakampf erleben konnte. Obwohl sie die Kunst schätzte, weinte sie dem Schauspielhaus daher, wie viele andere, keine Tränen nach und freute sich darauf, dass die Arbeiter dort das größte Barbier- und Kleiderwerk der Stadt errichteten, welches den Namen *Salon des Melvris* tragen sollte.

Hinter dem Baugerüst bogen sie in eine kleine Seitenstraße, die sich auf der Höhe des ersten Stocks der untenstehenden Häuser befand. Sie war menschenleer.

»Mik-Ter hat tatsächlich viel geredet und vieles davon habe ich noch nie in meinem Leben gebraucht«, gab Riya zu und strich sich die Haare hinter das Ohr. »Aber irgendwie mochte ich ihn auch. Sein Geplapper enthielt auch immer ein Stück Wahrheit.«

Zik gluckste. »Ein winziges Stück vielleicht. Er hat dir allerhand Schwachsinn ...«

Er stockte.

Jemand huschte auf dem mattgrünen Dach über ihnen entlang. *Schon wieder ein Dachwächter?*

Es war eine Frau, wie Riya beim zweiten Hinsehen erkannte, die nun unbeholfen an einem Steinvorsprung hinunterkletterte. Sie ließ sich vor sie fallen und versperrte den Durchgang. In der Hand hielt sie ein Messer.

Das war gewiss keine Dachwächterin. Sie gehörte höchstens zu den Gründen für deren Existenz. *Irrwa!*, fluchte Riya gedanklich. *Eine Dachräuberin.*

»Stehenbleiben«, krächzte die Frau schwer atmend. Schweiß perlte von ihrer Stirn, an der Wange war ihre Haut abgeschürft und mit Sprenkeln von Schmutz bedeckt.

»Du tust dir keinen Gefallen«, sagte Zik und fokussierte sich auf sie. Wenn er überhaupt Schrecken empfunden hatte, war dieser schnell verflogen.

Riya sah über beide Schultern und dann nach oben. Sonst war niemand in der Nähe. Die Frau hatte kurze, ungefärbte Haare und Sommersprossen über einem kantigen Mund. Die Hand, mit der sie den Dolch hielt, war gerötet wie von einer Verbrennung. Warum war sie nicht auf den Dächern geblieben? Ohne ihren Hut sah Riya lange nicht reich aus, von Ziks einfachen Kleidern ganz zu schweigen. Was erhoffte sich diese Frau?

»Verbrecher«, spuckte die Frau aus. Ihre Augenlider zitterten, als müsse sie Tränen zurückhalten.

Zik spuckte aus. »Du betitelst dich selbst, Dachräuberin? Warum stellst du uns nach? Hast du kein Silber von einer Zinne zu stehlen? Keinen Dachwächter zu bestechen, damit er wegsieht, wenn du den Staub davon schabst?«

Die Frau sah sie an, als höre sie die Worte nur, anstatt sie zu verstehen. Sie machte einen Schritt nach vorn und wedelte mit dem Messer durch die Luft.

»Du kannst ...«

»Halt den Mund!«, blaffte sie und fuchtelte wieder mit dem Messer. »Halt einfach den Mund!«

*Sie hält das Messer falsch*, dachte Riya und fühlte sich durch diese Erkenntnis plötzlich beruhigt. Die Frau führte es im Vordergriff und mit abgeknicktem Handgelenk. Sie sah eher danach aus, als wolle sie Gemüse schneiden und sicherlich keine effektive Stichattacke setzen. *Sie hat noch nie jemanden damit verletzt.*

Zik warf Riya einen Blick zu und nickte. Er hatte dasselbe erkannt und spannte jetzt die Muskeln an, um die Frau zu entwaffnen und sie zu überwältigen.

»Wie ist dein Name?«, hörte Riya sich fragen und erntete einen fragenden Blick von Zik.

»Was?«

»Dein Name. Wie lautet er?«

»Was? ... Dina.« Sie schnaubte und machte einen weiteren Schritt nach vorn. »Ihr werdet büßen für das, was ihr uns angetan habt.«

*Ich will dir doch nur helfen. Zik zerlegt dich ohne Probleme in Einzelteile ... solange du dich nicht vorher selbst erdolcht hast.*

Riya lehnte sich zu ihrem Partner und flüsterte: »Fünf Kugeln, dass ich sie ohne Kampf kleinkriege.«

Zik schnaubte verächtlich, nickte aber dann kaum merklich. Er blieb für Gewalt gewappnet.

»Du bist keine Dachräuberin, nicht wahr?«, wandte Riya sich wieder Dina zu.

»Ich habe euch beobachtet. Ihr stolziert durch die Stadt, als hättet ihr nicht Dutzende ins Elend gestürzt.«

Zikon seufzte. »Eine von denen also.«

»Du hast deine Wette verloren, Dina«, sagte Riya und schlug dabei einen besänftigenden Ton an. »Aber wir betreiben nur unser Geschäft.«

»Unsinn!« Zitternd erhob Dina das Messer vor sich. »Ihr stellt den Leuten eine Falle. Ihr wusstet doch irgendetwas!«

»Wie viel hast du verloren, Dina?«

»Tausend ... tausendeinundsiebzig Silberne«, antwortete Dina. Ihre Stimme geriet ins Beben, als sie die Summe aussprach. »Aber es waren nicht nur meine. Wir haben es gemeinsam gespart und ihr habt uns *betrogen*.«

Zik wurde wieder unruhig, deshalb legte Riya ihm die Hand auf den Arm. Sie konnte das gereizte Zucken seiner Muskeln spüren.

»Mit wem hast du gespart, Dina?«

»Mit den anderen aus der Zehnfelswäscherei. Es sollte unseren Lohn ausbessern. Sie haben sich auf mich verlassen, aber ihr ... die Ordnung des Staubs ... etwas anderes kümmert euch doch gar nicht mehr!«

Dinas Griff wurde immer wackliger, sodass jedem Laien klar sein musste, dass sie mit dem Messer keinen maßgeblichen Schaden anrichten würde. Riya hatte Mitleid mit der jungen Frau – eigentlich war sie eher ein Mädchen. Sie war leichtsinnig gewesen, hatte all ihre Ersparnisse auf einen einzigen Kämpfer gesetzt, anstatt ihr Investment zu streuen. Aber sie war nur eine einfache Wäscherin und hatte vermutlich keine Erfahrungen mit anderen Geschäften. Wenn Riya in ihrem Kivkhaus nicht eine der besten Schülerinnen gewesen wäre, dann könnte sie nun an derselben Stelle stehen.

»Tausend Silberstücke sagst du?« Riya strich sich den Umhang glatt und kramte dann in der Geldbörse an ihrem rotbraunen Ledergürtel. Sie spürte die gläsernen Murmeln, in denen der blutrote Staub schimmerte, und holte vier davon heraus – alle, die sie dabeihatte.

Sowohl Dina als auch Zik sahen sie entgeistert an. Dina war den Anblick von Staub offenbar nicht gewohnt.

»Du hast den Verstand verloren«, sagte Zik.

»Das ist mehr, als du gewonnen hättest«, sagte Riya und hielt Dina die Kugel hin. »Du kannst sie haben.«

»Ich ...« Dina biss sich auf die Lippe und sah über die Schulter. »Ich will von dir nichts haben!«

»Aus welchem Kivkhaus kommst du, Dina? Vokvaram?«

Dina nickte verbissen.

*Treffer*. Vokvaram war nicht nur das größte Kivkhaus in Keten-Zvir, sondern auf ganz Jukrevink. Nicht wenige wurden dort erzogen und blieben ihr ganzes Leben in der Stadt im Fels.

»So wie wir. Wir haben genauso angefangen wie du, Dina. Wir sind keine Monster, aber wir müssen, wie du, auch unser ganzes Leben für uns selbst sorgen. Die Ordnung des Staubs gilt für uns alle. Sei also nicht so töricht. Lass diese Gelegenheit nicht liegen.«

Dina sah sie aus dunkel unterlaufenen Augen an und ließ das Messer aus der Hand gleiten. Heftig atmend versuchte sie, ihre Absichten zu prüfen. Hinter ihrer Verbissenheit spielten sich die exakt gleichen Gedanken ab, die jeden Kritiker ihres Geschäfts einholten, wenn man ihm die Möglichkeit gab, selbst daran teilzuhaben. Manchmal glaubte Riya, dass die anfängliche Empörung, das darauffolgende Zögern und die Verachtung, die sogar am Ende bestehen blieb, auch nur ein Schauspiel waren, das aufgeführt wurde, um das eigene Gesicht vor dem inneren Selbst zu wahren, obwohl es nicht mehr zu wahren war.

»Es ist keine Falle«, sagte Riya. »Wenn wir gewollt hätten, dann hätten wir dir das Messer lange abgenommen.«

Das Mädchen schnaubte, machte langsam einen Schritt nach vorn und wollte die Kugeln entgegennehmen.

Riya hielt die Hand noch verschlossen, denn ihr fiel noch etwas ein – sie hatte es erst nach ihrer Zeit in Vokvaram wirklich verstanden. »Du solltest den Staub investieren, Dina. Gib ihn nicht leichtfertig aus. Du kannst dein eigenes Geschäft aufmachen … deine eigene Wäscherei vielleicht. Du könntest jemanden ein Jahr lang anstellen. Dann arbeitet der Staub für dich.«

Dina schnaubte, erwiderte aber nichts. Sie nahm die Kugeln, als Riya ihre Hand öffnete, und steckte sie hastig ein. Ohne etwas zu sagen oder das Messer aufzuheben, rannte sie in die entgegengesetzte Richtung und verschwand in den steinigen Gassen Keten-Zvirs.

Zik und Riya waren wieder allein zwischen den unbehauenen Basaltsteinen, welche je eine Wand der dicht an dicht stehenden Wohnhäuser bildeten.

Riya begann zu grinsen. »Wette gewonnen.«

»Ich kann nicht glauben, dass du ihr vier Kugeln überlassen hast«, sagte Zik kopfschüttelnd, als er das Messer aufhob. Er ließ es abschätzig durch die Hände gleiten, bevor er es lässig über die Schulter hob. »So war die Wette nicht gedacht.«

»Ich würde sagen, dass ich mich äußerst geschäftstüchtig gezeigt habe, um einen Gewinn von einer Kugel einzustreichen. Und das ohne Mühe.«

Riya kicherte. Dass sie Zik überlistet hatte, versetzte sie in Verzückung. Es war ein enorm befriedigendes Gefühl.

Zik schien ihre Erheiterung ganz und gar nicht zu teilen. Für einen Augenblick fragte sie sich, ob er so wütend auf sie war, dass er ihr das Messer direkt zwischen die Augen werfen würde.

Dann sauste die Klinge an ihrem Kopf vorbei und blieb in einem in die Gasse ragenden Schild mit der Aufschrift *Kleider Krone* hängen.

»Ich hätte sie problemlos außer Gefecht gesetzt.« Er holte sein eigenes Messer heraus, das er unter der Kleidung verborgen hatte.

»Sie hat mir leidgetan. Sie ist nur ein wenig jünger als wir. Vielleicht sind wir ihr in Vokvaram sogar einmal über den Weg gelaufen.«

»Wenn das so ist, dann kannst du Almosen an die halbe Stadt verteilen. Du hast die Kugeln an ihr verschwendet. Wahrscheinlich hat sie den Staub schon in wenigen Tagen verspielt.«

»Mag sein«, gab Riya zu. »Aber vielleicht beherzigt sie auch meinen Ratschlag und macht ein Geschäft daraus.«

»Wunschdenken. Sie wird sich vermutlich überteuerte Kleider kaufen und dann muss sie weiter in der Wäscherei schuften, anstatt ihr Wohlsein selbst in die Hand zu nehmen. Als Dachräuberin hätte sie zumindest das getan.«

»Verdammter Schwarzmaler.« Riya verdrehte die Augen. »Sie hat zumindest die Chance verdient und wir haben so viel Staub gewonnen heute, da tun mir die vier nicht mehr weh.«

»Wir brauchen jede Kugel, wenn einer von uns jemals Inz-Kur werden soll.«

»Mach dir keine Sorgen, Zik«, sagte Riya und versuchte, einen versöhnlichen Ton anzuschlagen. »Durch die Spiele werden wir so viel Staub verdienen, dass uns kaum noch jemand auf Jukrevink das Wasser reichen kann.«

Zik zögerte eine Weile, als würde er intensiv nachdenken. Doch dann entspannten sich auch seine Züge. »Ich nehme dich beim Wort, Spitz.«

Sie setzten sich wieder in Bewegung, um den Sitz von Sprung & Glas zu erreichen, bevor sie in der Sonne verbrannten. Sie passierten die Schneiderei, in deren Schild Dinas Messer feststeckte – genau im mittleren Zacken der namensgebenden Krone.

## 3

*Links.*
Abgewehrt.
*Nochmal links.*
Sauber zerteilt.
*Vorne.*
Rechtzeitig reagiert.

*Als Nächstes wird er von rechts werfen.* Kizzra machte sich darauf gefasst, sich blitzartig auf dem weichen und sattgrünen Grasboden zu wenden und den heranfliegenden Wasserballon mit seiner Klinge zu zerschneiden.

*Platsch.*

Ein harter Stoß gegen den Hinterkopf, gefolgt von kalter Nässe, die seinen Nacken traf und dann zwischen Rücken und Tunika versickerte, wo sie sich breitmachte und ihn erschauern ließ.

»Wer beim verdammten Aschvonin?« Kizzra fuhr herum und musste den Impuls unterdrücken, seine dünne und für eine Übung viel zu gründlich geschärfte Klinge durch die Luft zu wirbeln. Auch wenn ihm gerade danach war, wollte er seinen grinsenden Onkel Lendon nicht in Stücke schneiden.

»Ein Bewunderer der Kunst, den Rücken völlig ungedeckt zu lassen. Eine wundervolle Methode, um einen Kampf nicht unnötig in die Länge zu ziehen.«

Die drei Diener mit dem Auftrag, Kizzra abwechselnd und mit steigender Geschwindigkeit mit Ballons zu bewerfen, sahen betreten auf den Boden. Einer konnte sich ein Kichern jedoch nicht verkneifen.

Kizzra spuckte einen Wasserspritzer aus. Er musste sich sammeln ... diesen Drang loswerden, der ihn dazu treiben wollte, dumme Dinge zu tun oder zu sagen. Lendon kritisierte ihn auf seine sarkastische Art häufig dafür, dass er sein Herz für seinen Stand zu sehr auf der Zunge trug.

»Sehr lustig.«

Einer der Diener warf Kizzra ein Handtuch zu und er trocknete sich die frisch frisierten Haare ab.

»Kizzra ven Ankvina, Hoffnung unserer Vokanv Linie und Vergesser seiner Pflichten.«

»Was soll ich bitte ...«

Im selben Augenblick waberte das Echo eines harmonischen Summens über den Übungsplatz. Es kam aus der Richtung des Tempels. Lendon legte theatralisch die Handflächen aufeinander und hielt sie unter sein Kinn. In seiner Aufregung hatte Kizzra gar nicht bemerkt, dass sein Onkel in einen langen weißen Talar gekleidet war.

»... Das Gebet. Scheiße.«

Kizzra warf das Handtuch weg und setzte sich in Bewegung. Er hatte keine Zeit mehr, den rituellen Talar anzulegen, deshalb musste seine auf Beweglichkeit ausgelegte Tunika genügen. Im Sprinttempo überquerte er den Hof und passierte den westlichen Anbau des Palastes. Lange vergangen war die Zeit, da hier Bittsteller von ganz Nunk-Krevit auf eine Audienz bei ihrer Inz-Kur gewartet hatten. Es hatte sich inzwischen überall herumgesprochen, dass sie dazu nicht mehr bereit war.

Kizzra hielt auf den blass in der Ferne aufragenden Aquädukt von Prir zu, bis er den kleinen Tempel erreichte. Als er gebückt durch den niedrigen Eingang kam, schlug ihm plötzlich die ungedämpfte Vibration des tiefstimmigen Summens entgegen. Sie ließ sein Zwerchfell zittern und ging von den versammelten Priestern und Angehörigen des Hauses aus, die zwischen den zur Wand gewandten Statuen von Jennav verteilt waren. Die Priester trugen allesamt weiße Talare und warfen Kizzra vorwurfsvolle Blicke zu, als er sich in die Gemeinschaft einreihte und in die Melodie – sie war das Erste, woran er sich überhaupt erinnerte – einstimmte.

Als Gott der Nostalgie und des Stolzes auf vergangene Triumphe zeigte Jennav auf Abbildungen stets nur den Rücken und das lockig darüber fallende Haar. Deshalb sah man sich in diesem kleinen, dunklen Raum nur seiner Rückseite gegenüber. An die Stange in seiner Hand hatten die Priester das Banner von Kizzras Vokanv Linie gehängt: Eine seit kurzem blutrot gefärbte, krebsähnliche Kreatur mit vier kurzen Gliedmaßen an der Unterseite und scheinbar wahllos verteilten Auswüchsen am Oberkörper auf purpurnem Stoff.

Unter Einbeziehung einer gewissen künstlerischen Freiheit entsprach die Darstellung dem Wesen, das einen beträchtlichen Teil des Raumes einnahm – Yk, dem Uryghoy, der ihrer Vokanv Linie seit beinahe achtzig Jahren als Berater beistand.

Yk verharrte in seinem großen Salzwassertank an der Wand, die dem Eingang gegenüber lag. Kizzra wusste, dass er nicht so hörte, wie es ein Mensch tat, aber trotzdem schien er das Summen auch im Wasser noch irgendwie zu spüren. Vielleicht über einen der pockigen Auswüchse an seiner Kruste, die je nach Winkel der Betrachtung grünlich oder rötlich zu funkeln schienen und von den tiefschwarzen Mulden in seiner Panzerung kontrastiert wurden, die seine Augen waren.

Ob Yk sich darum scherte, beim zehntäglichen Gebet dabei zu sein? So etwas wie Gefühlsregung schien es bei ihm nicht zu geben, stattdessen war es ... Kizzra fehlte der passende Begriff. *Kälte? Zielstrebigkeit? Pragmatismus?* All das traf es einigermaßen, aber nicht vollkommen.

Yk tat nichts zum Spaß oder aus einer Laune heraus. Eigentlich tat er kaum etwas, außer im Tank zu existieren und nachzudenken. Vielleicht lag es daran, dass die Uryghoy die Welt in vollkommen anderer Weise wahrnahmen. Sie verfügten über ein ausgeprägtes logisches Denken und behielten den sachlichen Durchblick durch die kompliziertesten Zusammenhänge, wodurch sie wie Hellseher wirken konnten. Die Götter spielten jedoch in ihren Gedanken kaum eine Rolle, weil sie nicht wirklich mit Logik zu begreifen waren, zumindest vermutete Kizzra das. Warum sollte Yk also Teil des Gebets sein wollen?

Mit einem leisen Räuspern trat Lendon in den Tempel und stellte sich neben den Tank. Das Summen verstummte abrupt und Kizzras Onkel begann mit einer seiner üblichen Ansprachen. Sie handelte einmal mehr von lange verstorbenen Vorfahren, deren Namen Kizzra sich noch nie hatte merken können. In dieser Hinsicht wäre es tatsächlich einfacher gewesen, kein Vokanv zu sein, sondern wie der Großteil der Leute in irgendein Kivkhaus gesteckt zu werden. Sie erfuhren nicht einmal, wer die Erzeuger oder gar die Erzeuger der Erzeuger waren, also mussten sie es sich auch nicht merken.

Nur einen Namen vergaß Kizzra nie, denn es war sein eigener. Kizzra ven Hungra war der erste aus seiner Vokanv Linie gewesen, der vor Jahrhunderten lernte, mit den Uryghoy zu kommunizieren und von ihren außerordentlichen Fähigkeiten zu profitieren. Auf ihn ging das Banner zurück, das links und rechts von ihm hing.

»... Jennav legt seinen tröstenden Arm um uns, wenn wir an sie denken, und er wird seinen tröstenden Arm um unsere Abkömmlinge legen, wenn sie an uns denken«, schloss Lendon irgendwann die Predigt. Dann machte er Platz für einen der Priester – er war erstaunlich jung, höchstens ein paar Jahre älter als Kizzra –, welcher einen im Vergleich zu Lendon ziemlich pathetischen Ton an den Tag legte.

»Im Namen unserer Inz-Kur, Ankvina ven Kizzort, und Inz, dem Herrn des Staubs, schwöre ich euch ein auf die Ordnung des Staubs.«

Nun würde er die drei Grundpfeiler der Ordnung im Wechselspiel mit den Zuhörenden vortragen.

Er sagte: »Dem Obersten Inz-Kur die Treue des Militärs.«

Und alle sprachen wie zur Antwort: »So sei es zur Verteidigung der Ordnung gegen ihre Feinde.«

Wieder der Priester: »Dem Handel und Geschäft die Unantastbarkeit und Freiheit.«

Und die Antwort: »So sei es zum Wohlstand und zu der Gleichheit der Möglichkeiten.«

Vor dem letzten Gebot machte der Priester eine Atempause. Er legte besondere Betonung auf die folgenden Worte: »Den Inz-Kur Souveränität in ihrer Herrschaft und den eigenen Belangen.«

»So sei es zum Wohle der Menschen in der ganzen Welt.«

Mit dem letzten Wort begannen die Anwesenden erneut mit ihrem Summen. Gesummt wurde nun die Melodie von Inz, die noch tiefer vorgetragen wurde und sich gleichförmig schwingend um einen einzelnen Ton bewegte.

Kizzra stimmte diesmal ein, konnte die Füße aber nicht am nervösen Wippen hindern. Ein paar Minuten würde das noch so gehen, dann konnte er sich endlich wieder seinen Schwertübungen widmen. Er war geladen wie ein Staubkristall. Er musste besser werden, wenn er sich einen Namen als Arenakämpfer machen wollte, anstatt nur der Vokanv-Sohn der Inz-Kur von Nunk-Krevit zu sein, dem man alles in den Schoß gelegt hatte.

Als sich der achte Durchlauf der Melodie dem Ende neigte, trat unter das Summen ein langgezogener Laut, weit tiefer als die Stimmen der Menschen im Tempel. Er stammte aus dem Wassertank und dröhnte in den Ohren.

Kizzra schaute auf und riss schlagartig die Augen auf. Der Wassertank. Er zeigte seinen Namen in blassgrüner Schrift. Yks träge Glieder schmierten soeben den letzten Buchstaben an die Innenwand. Der Matsch, den er vom Tankboden genommen hatte, waberte durch das Wasser und die ersten Buchstaben verschwammen bereits. Aber es war eindeutig Kizzras Name.

Eine Gänsehaut kroch über seinen Nacken und sie stammte nicht von Lendons Wasserballon. Wann hatte Yk das letzte Mal jemand anderen als Lendon oder Kizzras Mutter zur Kommunikation aufgefordert. Verdammt, er forderte so gut wie nie jemanden dazu auf.

War Kizzra überhaupt noch in der Lage, ihn zu verstehen? Sicher, man hatte es ihm beigebracht, ein Sprecher zu sein, weil es Tradition in seiner Vokanv Linie war. Aber konnte er es noch nach so langer Zeit?

Seine Übungen mussten warten, so viel stand fest.

Die Talarträger beendeten die übrigen Durchläufe ihres Summens und verließen den kleinen Tempel. Yk sprach nicht vor großer Versammlung, das wusste jeder.

»Lendon ...«

Kizzras Onkel war der letzte, der ihn passierte. Er tätschelte ihm die Schulter. »Selbst unser alter Yk hat bemerkt, dass du langsam zum Mann wirst.« Er warf ihm ein ermutigendes Lächeln zu und verschwand dann im hellen Tageslicht.

Kizzra schluckte. Allein im quadratisch angelegten Raum fühlte er sich seltsam klein gegen den Wassertank, auch wenn Yk selbst nur ein kleines Stück länger war als er. Langsam machte er ein paar Schritte nach vorn, bis er das Glas anfassen konnte. Er hob den Blick und konnte jede Pocke und jeden der funkelnden Sprengsel an Yks Panzerung erkennen.

*Soll ich etwas sagen? Und wenn ja, was?*

Sein Blick wanderte von den stummelartigen Gliedern nach oben über den langen Körper, wobei er an jedem der

Auswüchse, die wie die Äste eines Baumes hervorragten, kurz hängenblieb. Er endete bei den tiefen, schwarzen Augen.

Kizzra fuhr zusammen, als Yk erneut einen seiner markerschütternden Laute von sich gab. Diesmal war das Grollen noch tiefer und langgezogener. Dann kamen zwei kürzere und dann ein noch längeres Geräusch. Bei Irrwa, war es früher auch schon so unheimlich gewesen? Oder hatte es damit zu tun, dass er im Gegensatz zu seinen Kindheitstagen plötzlich eine Verantwortung spürte? Musste er jetzt regelmäßig als Sprecher fungieren? Lag es daran, dass er inzwischen siebzehn war?

Mit einem rhythmischen Klickgeräusch riss Yks Botschaft ab.

*Mutter. Das Letzte heißt Mutter.*

Es schien plötzlich viel kälter im Raum zu werden. Kizzra hätte das verstehen sollen. Warum hatte er nicht genau auf die Länge der einzelnen Laute geachtet, sondern wieder einmal fünfzig Gedanken auf einmal angefangen, ohne einen einzigen zu beenden?

»Kannst du ... kannst du das noch einmal sagen?«

Yk verurteilte niemanden und konnte auch nicht die Augen verdrehen. Trotzdem kam Kizzra sich wie ein Tölpel vor.

Der Uryghoy wartete kurz und wiederholte dann seine Abfolge von Lauten, die irgendjemand, der weit klüger als Kizzra gewesen war, einmal entwickelt hatte, um eine schnellere als die schriftliche Verständigung mit den Uryghoy herzustellen.

*Zukunft ... Vokanv Linie ... Schwäche ... Gegner ... Staub in Besitz bringen ... Moore ... Führen ... Schützen ... Sprechen mit dir ... Verstand ... Mutte*r.

Kizzras Hände rieben wie wild über seine Hüften. Er war völlig aufgedreht.

*Sprechen mit dir.* Es waren ganz sicher diese Worte gewesen, auch wenn er zu eingerostet war, um jede

Einzelheit zu verstehen. Ein zweites Mal würde er jedenfalls nicht um Wiederholung bitten, deshalb sollte er schnellstmöglich den Sinn der Botschaft erkennen.

*Zukunft ... Vokanv Linie.* Damit musste Kizzra gemeint sein. Er sollte sie sein, die Zukunft. Er sollte zum Sprecher werden.

*Schwäche ... Gegner.* Er sollte sie im Kampf besiegen und ihren Staub in seinen Besitz bringen, zum Führer und Beschützer werden. Er musste es sich verdienen. Das musste er, weil seine Mutter es schon lange nicht mehr tat.

»Ich habe verstanden«, sagte Kizzra und presste mehr Luft aus der Lunge als beabsichtigt. »Hast du noch eine Botschaft?«

Yk sagte nichts mehr. Stattdessen zog er sich von der Glasscheibe zurück und trieb unerträglich langsam an den gleichen Platz, an dem er schon die ganze Zeit geschwommen war.

*Ich muss mehr üben. Ich muss der beste Kämpfer von Nunk-Krevit werden. Ach was, der beste Kämpfer des ganzen Imperiums.*

Kizzra konnte es kaum abwarten, sich wieder an die Arbeit zu machen. Talent war die eine Sache, aber Lendon hatte ihn gelehrt, dass es sehr viel harter Arbeit bedurfte, der Beste zu werden. Und nun war er überzeugter denn je, dass er diese Arbeit unbedingt investieren musste.

*Halt.* Auf dem Weg aus dem dunklen Tempel besann er sich des ersten Wortes, das er verstanden hatte. *Vorher muss ich mit Mutter sprechen. Ich muss ihr mitteilen, was Yk zu mir gesagt hat und sie um ihren Segen bitten.*

Bei der Vorstellung spürte er Irrwa in sich wirken. Die Göttin der Furcht und Sorge legte ihre kalte Hand um ihn und quälte ihn mit den Vorstellungen davon, was ihn empfangen würde.

Er ging über die Schwelle und trat mit einem mulmigen Gefühl in den Tag hinaus.

## 4

Kizzra hatte mehrere Stunden verstreichen lassen, bevor er sich endlich durchgerungen hatte, die neunundvierzig Stufen hinabzugehen, die zur Staubkammer des Palastes führten. Jede Stufe ließ das unangenehme Kribbeln in der Brust weiter anschwellen. Er versuchte, bei jedem Schritt so sicher aufzutreten, wie Lendon es ihm beigebracht hatte, aber das lenkte ihn genauso wenig ab wie das ständige Werfen und Fangen des altgedienten Schlüssels in seiner Hand.

Er fand sich vor dem gewaltigen Portal, einer Tür, die aus massivem Metall gegossen und so dick war, wie sein Unterarm lang. Unter einem brutalen Knacken der versteckten Zahnräder brachte er die drei an der linken Seite angebrachten Räder in die richtige Stellung. Jetzt musste er nur noch den Schlüssel drehen, eine der leichtesten Aufgaben überhaupt ... warum war es plötzlich so schwierig, seinen Arm zu bewegen?

*Sei kein Feigling. Du musst nur reden, nichts weiter. Und danach kannst du dich endlich wieder auf deine Übungen konzentrieren.*

Kizzra atmete tief durch und führte den Schlüssel in das Loch, in das er nur passte, weil die Zahnräder richtig ausgerichtet waren. Er zögerte noch einmal, schüttelte sich wie ein nasser Hund und fand die Courage, den Schlüssel zu drehen.

*Klick.*

Wie von Geisterhand öffnete sich das Portal einen Spalt. Es dröhnte, als Kizzra die beiden Türflügel auseinanderdrückte. Nach und nach gaben sie den Blick auf die Staubkammer frei. In der geräumigen Kammer war es düster und ein ganzes Stück kälter als draußen. Daran konnte auch das ausgeklügelte Zu- und Abluftsystem nichts ändern. Wenn man Kerzen oder Fackeln entzündete, dann schienen sie nur halb so viel Durchhaltevermögen zu haben wie an jedem anderen Ort. Die einzig nennenswerte Lichtquelle war die Unmenge an Staub, die hier lagerte. Sie tauchte den Raum in einen blutroten Schein, der die Dunkelheit aber nicht verbannte, sondern sich mit ihr vereinte und Kizzra das unsägliche Gefühl verlieh, an einem unweltlichen Platz zu sein – im Reich von Inz, dem jüngsten alten Gott des Staubs.

Überall war Staub in verschiedenen Behältnissen – Kugeln, Zylindern, Laden. Aber das genügte nicht. In der Mitte des Raumes stand ein Bett, das man nur mithilfe von einem der beidseitigen Aufgänge erreichen konnte. Die Liegefläche befand sich auf einem gläsernen Gehäuse, das fast so hoch war wie Kizzra und bis zum Rand mit Staub gefüllt war. Der größte Teil des blutroten Lichts ging davon aus.

Und auf dem Boden saß sie ... inmitten einer Sammlung von großen Papieren: die Inz-Kur der Insel Nunk-Niket – Ankvina ven Kizzort.

Mutters blasse Haut wurde rot angestrahlt. Sie war ein Schatten ihres früheren Selbst. Ihre natürliche Würde steckte schon seit einiger Zeit nicht mehr in ihrem abgemagerten Körper. Die kurzen Haare, einst kräftig silbern wie ihr früheres Wappen, waren fettig und ein aschfahler Fleck der Helligkeit im dunklen Raum. Wann hatte sie ihn zuletzt verlassen?

»Mutter ...« Sie schien Kizzra nicht zu hören, war zu vertieft in die Papiere. Kizzra näherte sich und deutete die Skizzen darauf als Baupläne. »Mutter!«

Mutter zuckte zusammen und sprang wie gestochen auf die Füße. Als sie sich umdrehte, musste man den Eindruck bekommen, dass sie angegriffen wurde. Es dauerte, bis ihre eigentlich weichen Züge schließlich so etwas wie Entspannung verrieten.

»Kizzra!«

Kizzra atmete erleichtert aus. Er hatte die Luft angehalten, seit er durch das Portal getreten war. Wenigstens erkannte sie ihn noch und hielt ihn noch nicht für ein Trugbild oder eine Wahnfantasie.

»Mutter, ich ...«

»Was ist das?« Die Herrscherin von Nunk-Krevit räusperte sich – das Räuspern entwickelte sich zu einem schmerzvollen Keuchen – und deutete auf seinen Kopf.

»Der Bart?« Kizzra war verwirrt. »Ich habe versucht, ihn wachsen lassen, um zu sehen ...«

»Nein!«, unterbrach Mutter. »Auf deinem Kopf.«

*Die Frisur.* Kizzra trug sie seit vielen Wochen so. Schwarz gefärbt, mit wenigen goldenen Strähnen. An den meisten Tagen ließ er sie so frisieren, dass sie so aussahen, als wäre er gerade nach einer unruhigen Nacht aufgestanden – gepflegt ungepflegt sozusagen. Hatte Mutter sie wirklich noch nicht an ihm gesehen? Oder hatte sie es vergessen?

»Es ist in Mode, die Haare so zu tragen, Mutter.«

*Das wüsstest du, wenn du diese Kammer einmal verlassen würdest ...*

»Mode. Das ist etwas für Leute, die den Eindruck erwecken wollen, Staub zu besitzen. Nichts für solche, die wirklich welchen haben.«

Kizzra zuckte mit den Schultern.

Seine Mutter schnaubte verächtlich und wendete sich ab. Dabei war im roten Licht zu sehen, dass sie an Wange und Nacken je eine neue Brandnarbe hatte, die vermutlich von Berührungen mit einer größeren Menge geladenen Staubs stammten. Lendons Zurede nützte nichts. Sie wurde tatsächlich immer unvorsichtiger.

»Was ist das? Die Papiere auf dem Boden?«, fragte Kizzra.

Mutter schlurfte hinüber zu ihrem Bett und setzte sich auf eine der Aufgangstreppen, wo sie den Kopf dem dicken Glas näherte. Ihre Augen blieben auf den Staub gerichtet, der sich unter dem Bett befand. Es war eine größere Menge, als irgendwo sonst auf Nunk-Krevit gesammelt war, vielleicht war das gesamte Gewicht sogar größer als das des Inz-Juvenk.

»Es handelt sich um technische Zeichnungen«, sagte Ankvina nach einer Weile. »Ich stehe in Kontakt mit einem begnadeten Konstrukteur. Er arbeitet zusammen mit einem Uryghoy, der für ihn Kalkulationen anstellt, die ein Mensch unmöglich durchführen könnte. Er ist in der Lage, unseren Staub auf revolutionäre Weise zu verwenden.« Ihre trüben Augen schienen plötzlich zu glühen, als sie ihren Sohn anblickte. Der Ausbruch der Leidenschaft weilte jedoch nur kurz, bevor sie den Blick wieder auf den Staub richtete.

Kizzra wusste, welchen Konstrukteur sie meinte. Er war ein kleiner Mann, sein Name lautete Jush-Vot und er war bisher dreimal in den Palast gekommen, hatte sich Gesprächen jedoch immer entzogen.

Er beäugte die Pläne. Dort waren allerhand merkwürdige Apparate mit Schläuchen und Metallgehäusen abgebildet. Auf einem Papier erkannte er ein Schwert, das seinem eigenen gar nicht unähnlich sah. Bisher war der Staub nur für Staubpeitschen verwendet worden, und die waren eher als ergänzende Waffe gedacht. Ein Schwert aus Zvarngras war wohl kaum herstellbar, denn es war einfach nicht hart genug.

Aufgebracht rieb Kizzra die Fingerknöchel gegeneinander. Was sollte das werden? Warum verbrachte Mutter mehr Zeit mit einem hinterlistigen Baumeister als mit Lendon und ihm? Sie war einmal die klügste Frau von Nunk-Krevit gewesen. Und jetzt?

*Ich will doch nur, dass du wieder normal bist. Ich will, dass wir beide wieder unsere Bestimmung erfüllen.*

»Yk hat heute zu mir gesprochen, Mutter.«

»Was ist geschehen?«

»Nichts. Noch nicht. Aber er hat gesagt, dass ich die Zukunft der Vokanv Linie bin. Dass ich sie schützen muss … sie führen.«

Mutter klebte förmlich an der Glasscheibe und war völlig auf den blutroten Berg darin fixiert, als wolle sie eins werden mit dem Ursprung des dunklen Waberns, das alle Wärme aus Kizzras Körper sog. Hörte sie ihm überhaupt zu?

»Und dass ich den Staub meiner Gegner in meinen Besitz bringen muss.«

Jetzt drehte sie sich zu ihm. »Ein wahres Wort. Etwas, das du endlich verstehen musst. Der Staub ist unser Einfluss. Symbol unserer Tüchtigkeit und Schläue. Inz ist die Grundlage unseres ganzen Daseins.«

Kizzra zögerte. Er warf den Kopf in den Nacken und sah zur Decke, deren kaum in Rot getauchte Schwärze plötzlich beinahe einladend wirkte.

Er schluckte und sagte die Worte, die schon seit Stunden durch seinen Kopf gingen: »Ich will beweisen, dass ich die nötige Stärke dazu habe, Mutter. Ich möchte an den Spielen des Inz-Juvenk teilnehmen und meine Gegner um ihren Staub bringen, so wie Yk es gesagt hat. Ich werde meine Fähigkeiten jeden Tag verbessern, bis mich niemand mehr schlagen kann. Ich bitte dich um deine Erlaubnis und um das nötige Antrittsgeld.«

Die zwei Laden Staub aufzubringen war ein Leichtes. Vermutlich könnte er jetzt gleich die erste mitnehmen, ohne dass Mutter es bemerken würde. Aber das war nicht die Art, wie Kizzra sich beweisen wollte.

Ankvina machte einen trockenen Laut aus der Kehle. »Du willst dein Leben aufs Spiel setzen für ein paar Zylinder? Das werde ich auf keinen Fall gestatten.« Abfällig schwenkte sie die Hand in seine Richtung und sah dann wieder zum Staub. »Hast du noch ein anderes Anliegen?«

»Es sterben nur noch sehr selten Kämpfer, Mutter. Es ist deutlich sicherer als früher.«

Sie griff auf das Bett und nahm eine Lade Staub herunter, die im Vergleich zum gigantischen Glaskasten kaum noch zu leuchten schien. Der Sicherheitsverschluss war noch immer geöffnet und sie klappte den gläsernen Behälter auf.

»Das ist etwas für arme Glücksritter«, sagte sie zum Staub. »Darin steckt nur wenig Staub. Der wahre Gewinn liegt bei den Kaufleuten und Buchmachern. Sie profitieren in Wirklichkeit von den Spielen.«

»Aber ich bin kein Buchmacher, Mutter. Auch kein Kaufmann. Lendon hat mich das Kämpfen gelehrt, darin bin ich einer der Besten.«

»Geh nach Keten-Zvir. Geh und sieh dir die Spiele an. Kämpfen wirst du nicht, sondern beobachten. Was diese Leute tun, wie sie reden und ihren Staub verdienen. Lerne davon. Lendon mag dich viel gelehrt haben, aber wie man ein Einkommen aufbaut, hat er noch nie verstanden.«

Das Kämpfen war vom Tisch. Eine der mächtigsten Frauen der Welt hatte es ihm untersagt. Verflucht, sogar Yk hatte es ihm aufgetragen! Bestand die einzige Möglichkeit, seine Mutter irgendwie zu erreichen, wirklich darin, diesen grässlich langweiligen Geschäften nachzugehen?

Es war nicht das erste Mal, dass all seine Ambitionen zunichtegemacht wurden. Nie gab es einen zufriedenstellenden Ausweg. Er hatte einmal darüber nachgedacht, sich den Notaren anzuschließen. Dann hätte er seine Fähigkeiten zumindest hin und wieder einsetzen können und würde ehrbar genannt, wenn auch nicht von seiner Mutter. Doch sie waren schnöde Langweiler und kaum jemand kannte ihre Namen.

Entmutigt senkte Kizzra den Blick. Am liebsten hätte er all die Zylinder und Kugeln zertrümmert, denn sie verdrehten seiner Mutter zunehmend den Kopf.

In einem letzten Versuch sah er Ankvina noch einmal ins Gesicht. »Dann musst du mich diese Dinge lehren, Mutter. Du besitzt dieses Wissen. Hilf mir, das zu verstehen.«

Mutter winkte ab. Ihre Nase schien fast im Staub zu versinken und ihre linke Gesichtshälfte versank in blutroter Dunkelheit. »Die Pläne, die ich dir zeigte, sind nicht die einzigen. Der Uryghoy des Konstrukteurs hat gesprochen, dass es einen Weg geben könnte, die Kraft des Staubs in mein schwaches Herz zu schicken.« Sie hob den Kopf, sodass ihr weißes Kinn vom letzten Schein des Staubs angeleuchtet wurde. »Eine Verlängerung des Lebens liegt im Staub. Kizzra, kannst du dir das vorstellen? Bei Inz, vielleicht sogar ewiges Leben!«

Wieder wendete Kizzra den Blick ab, weil er nichts mehr sehen wollte. Wer hatte ihr nur diese Ideen in den Kopf gesetzt? War es Inz, der sich ihrer auf verquere Weise bemächtigt hatte? Oder trieb ein anderer, arglistiger Gott ein Spiel mit ihrer Vokanv Linie. Wofür wurden sie bestraft?

»Geh hin, amüsiere dich und beobachte«, sagte Ankvina. »Du kannst anschließend zu mir kommen und mir sagen, was du gelernt hast.«

»Ja, Mutter.« Er seufzte niedergeschlagen. »Ich werde tun, was du von mir verlangst.«

Als Kizzra Richtung Ausgang trottete, hatte er jegliche Euphorie und Lust am Kämpfen verloren. Doch er würde trotzdem damit weitermachen, denn es blieb das Einzige, was ihn ablenken konnte. Und in wenigen Wochen würde er sich ein Schiff nach Jukrevink nehmen und die Buchmacher und Kaufleute bei ihren Geschäften beobachten, während seine Gegner sich ohne ihn in der Arena duellierten.

Er hätte das Portal am liebsten hinter sich zugeschlagen, aber dazu war es viel zu schwer.

## 5

Riyas Brust sank hinab, als sie die tief eingesogene Luft wieder ausstieß. Sie presste ihre Schultern in die Matratze und schloss die Augen. Die zwei hübsch zurechtgemachten Gesichter auf ihr – das eine von einer markant eckigen Augenpartie geprägt, das andere geradezu kantenlos – verschwammen langsam in der Dunkelheit. Trotzdem konnte sie immer noch spüren, dass sie da waren – seine Zunge, ihr warmer Atem, die Küsse der beiden. Kostbare Berührungen umschmeichelten zunächst ihre Beine und flossen dann wie Wasser über ihre Hüften nach innen und ließen sie in Ungeduld seufzen.

Sich endlich befreien von den Geschäften, den Diskussionen über Ausschüttungsquoten und Wahrscheinlichkeiten. Loslassen und Klarheit erlangen, nicht vergessen, worum es eigentlich ging. Zumindest für einen süßen Augenblick.

Wie ein reißender Strom bauten sich Empfindungen auf, die viel greifbarer waren – das Wirken des Fraylis in ihrem Leib, das es wie kaum ein anderes vermochte, den Geist zu vernebeln und ihn treiben zu lassen.

Nach und nach formten sich aus den zwei realen Gesichtern neue Züge vor ihren Augen. Es war keine der gewöhnlichen Fantasien ... das Mädchen, das sie auf der Straße getroffen hatten ... Dina. Sah sie ohne Schmutz so aus? Strahlte ihr Teint im dunklen Ton der Alten Fahrer? Taten es ihre Augen?

Der Strom wurde schneller und schickte Riyas Schiff zu ihrem Ziel. Doch der Fluss mündete nicht in ein Meer. Er verengte sich und spülte sie den Berg hinauf bis zu seiner Quelle. Steuermann und -frau rissen abwechselnd das Ruder an sich und trieben sie in die Richtung eines blutroten Leuchtens, dessen Ursprung an der Spitze lag. Je näher sie kam, desto mehr entfaltete das blitzende Zentrum des Leuchtens seine Anziehungskraft. Sie trieb immer weiter darauf zu, bis das Gefühl beinahe unerträglich wurde. Gleich könnte sie ihn anfassen. Gleich könnte sie den Gipfel ...

Ein donnerndes Klopfen ließ Riyas Tagträume erbeben. Bevor das Bild vor ihr verschwand, sah sie den Gipfel noch in weite Ferne rücken und das Zentrum des Leuchtens verschwand im Nichts. Sie floss wieder hinab in einen bewegungslosen See. Dann machte sie die Augen auf.

Zik stand in der Tür und blickte unlesbar in das Schlafgemach. Pal und Linna rissen sich unsanft aus ihrer verschlungenen Position um Riyas Hüften. Sie kniff schmerzhaft die Augen zusammen, als Linnas lange Nägel über ihren Oberschenkel kratzten, während die zierliche Frau mit dem rundlichen Gesicht und den weißen Haaren sich die Decke über den vollkommen entblößten Körper zog. Pal hingegen sprang auf und zog sich so hastig seine Unterkleider an, dass man denken musste, jemand wolle sie ihm stehlen.

Es war nicht das erste Mal, dass Riya das Bett mit den beiden teilte, deshalb wusste sie, dass sie nicht gerade verlegen darum waren, jeden Körperteil in jeder erdenklichen Position zu präsentieren. Schließlich verdienten sie damit ihr Silber. Hätte Riya sie unterbrochen, dann hätten sie den Akt unbeeindruckt fortgesetzt. Vielleicht hätten sie sie sogar noch zum Mitmachen eingeladen. Bei Zik war es natürlich etwas anderes. Er hatte diese Autorität, die ihm anhaftete wie einem Schlachter der Geruch des Todes. Sie erfüllte den Raum und konnte gar nicht ignoriert werden, außer man war dumm oder verdammt vermögend. Selbst vor Riya legte er sie nur selten ab.

»Was tust du …?«, fragte Riya, erst zur Hälfte im Hier und Jetzt. Ihre Oberschenkel zitterten noch immer erregt.

»Das sollte ich dich fragen«, sagte Zik. Er nahm einen der Kerzenhalter mit den violetten Bändern und betrachtete ihn wie ein Gericht aus einem fremden Land, von dem man nicht so recht weiß, ob man einen Bissen wagen sollte oder nicht.

»Die sind neu«, erklärte Riya. »Also beschmutze sie nicht mit deinen von Syphritanik verlassenen Fingern.« Der unbefriedigende Ausgang des Liebesspiels ließ sie grantig klingen.

»Dass Syphritanik die Kunst liebt, wusste ich. Dass er die Leute ihren Staub in den Wind schießen lässt, das ist mir neu.«

»Ich sehe mich da eher als Förderin von Talenten«, erwiderte Riya und erhielt für die Bemerkung einen Klaps von Linnas Handrücken. Sie ließ es wie einen Scherz klingen, weil sie keine Lust auf die immer gleiche Diskussion mit Zik hatte. Er würde ihr nur wieder vom Obersten Inz-Kur Ib-Raton Ik-Literdanz erzählen und davon, wie er sich durch Fleiß und Genügsamkeit vom einfachen Fleischerlehrling bis zum Imperator aller Inseln hochgearbeitet hatte – bis heute der einzige Imperator, der nicht aus einer bedeutenden Vokanv Linie, sondern aus einem Kivkhaus stammte.

»Gewiss«, brummte Zik, der sich sein figurbetonendes Leinenhemd in die abgetragene Hose gesteckt hatte. Dann wandte er sich an Riyas Gesellschaft. »Liv-Riya und ich müssen uns sprechen.«

Er wartete, bis alle sich angezogen hatten und Pal und Linna das Zimmer räumten. Dann deutete er auf den kleinen Tisch in der Ecke des Raumes, wo Riya sich ihm gegenübersetzte. Ein Rest des Tageslichts, den Riya als stimmungsvoll eingestuft hatte, drang durch die Vorhänge. In dieser Situation wirkte er aber eher verschwörerisch.

»Während du dich dem Hedonismus hingegeben hast, habe ich wichtige Informationen eingeholt.«

»Gut, dass ich dich habe. Wie sollte man nur das Geschäft führen, wenn man seinen Leuten ein paar Aufgaben anvertraut?«

Er seufzte, ließ sich aber nicht weiter auf das Geplänkel ein. »Es steht fest, gegen wen Festn bei den Spielen des Inz-Juvenk kämpfen wird.«

Riya blickte ihrem alten Freund in die Augen. »Raus mit der Sprache. Wer ist es?«

»Eine Frau. Pan-Renva ven Ir-Kann.«

»Eine verfluchte Vokanv. Mal wieder«, sagte Riya. Ihre Waffen wären also schärfer als Festns und ihre Panzerung dicker.

Zik nickte. »Sie ist kräftig. Hat ziemlich viel Erfahrung.«

»Ich weiß. Ich habe sie schon einmal kämpfen sehen. Auch ich kann nämlich hin und wieder nützliche Informationen einholen.«

»Und deswegen habe ich dich nach der Prüfung auch Kalavreyus empfohlen.« Er fletschte die Zähne. »Also, was sagst du voraus?«

Riya überlegte. Neben der Anleitung ihrer Untergebenen war es eine ihrer wichtigsten Aufgaben, immer zu wissen, wer wie gut kämpfte, sich hervortat oder zu einem Schatten der Erwartungen wurde. Auf jedem Kampfplatz, selbst bei kleinen Untergrundkämpfen in schäbigen Spelunken, hatte sie jemanden, der sie mit Informationen versorgte.

»Hm ... es ist nicht eindeutig. Festn hat sich einen Namen gemacht. Nach seinem Sieg über Aksund weiß jeder, dass er gefährlich ist. Ich denke nicht, dass es einen klaren Favoriten gibt. Die Quoten werden ausgeglichen sein.«

»Nicht gut. Wie soll man da einen vernünftigen Gewinn rausschlagen, ohne dass uns die Oberste Inz-Kur persönlich unter Beschuss nimmt?«

Riya nickte. Die Spiele des Inz-Juvenk waren eine völlig andere Angelegenheit als ein einfacher Schaukampf am Rande von Keten-Zvir. Mächtige Menschen von jeder Insel des Imperiums hatten Interesse daran. Wenn sich der Kampf wieder unvorhergesehen zu Festns Gunsten entwickeln sollte und Sprung & Glas mit den Quoten aus der Reihe tanzte, würden vielleicht die falschen Leute Nachforschungen anstellen.

»Möglicherweise ...« Riya überlegte, ob sie ihren Vorschlag tatsächlich aussprechen sollte. Zik war der Stratege und für gewöhnlich war er sehr gut darin. »Möglicherweise könnten wir Festn verlieren lassen. Die Quoten nur leicht in seine Richtung lenken und einen unauffälligen Gewinn einstreichen. Nicht der große Wurf, aber ...«

»Das ist doch zu wenig!« Zik knurrte wie ein gestochener Wachhund. Er stand auf und begann vor Riyas Bett auf-

und abzugehen. »Du hast mir nach dem Aksund-Kampf noch erzählt, dass wir in Staub schwimmen werden. Wir haben Jahre dafür gebraucht, einen unserer Kämpfer zu den Spielen zu bekommen. Sie sollten uns endlich näher an die Position des Obersten Inz-Kur bringen. Wenn Fran-Ila stirbt und wir nicht genügend Staub haben, um alle Anwärter zu überbieten, könnte es Jahrzehnte dauern, bis der Staub einen neuen Imperator kürt.«

»Vielleicht sollten wir erstmal mit Jukrevink anfangen, bevor wir auf den Platz des Imperators blicken«, sagte Riya und erhielt einen bohrenden Blick als Antwort. Zik hatte schon immer das gewinnen wollen, was ihm längst hätte gehören sollen, wenn die Launen seines Erzeugers nicht gewesen wären. Er wollte es in jeder Sekunde mehr als alles andere. Inzwischen hatte er es sogar noch auf die Stufe darüber abgesehen. Er wollte nicht nur Inz-Kur der Insel Jukrevink werden, sondern Oberster Inz-Kur des gesamten Imperiums. Und weil er es wollte, wollte Riya es auch.

»Mal davon abgesehen ...«, fuhr Riya fort und strich verlegen eine Strähne, die seit kurzem tiefviolett war, hinters Ohr, »Festn wird das nicht gefallen. Er hat seinen eigenen Stolz. Aber es wäre sicherer für uns, Zik. Und bei der Summe der Einsätze würde trotzdem mehr zusammenkommen, als wir je mit einem Kampf verdient haben.«

Gewaltsam die eigenen Wangen massierend, setzte Zik sich auf die Bettkante. »Ich hatte einfach gehofft, dass wir mehr Glück haben.«

Riya erkannte in einem Lichtstreifen, dass er dunkle Ringe unter den Augen hatte. Er wirkte blass, selbst für seine Verhältnisse. Sie setzte sich neben ihn auf die Bettkante. »Du zweifelst?«, fragte sie und musste dabei ziemlich überrascht klingen.

»Wir sind immer noch kleine Fische, selbst nach Jahren des Schuftens. Sieh doch Kalavreyus' Vermögen an. Es ist das Hundertfache von unseren. Und selbst er ist nicht ansatzweise der reichste Mann von Jukrevink. Ohne ausreichende Mittel können wir noch so viel richtig machen und kommen doch niemals ran. Ich dachte, dass wir irgendwie durchbrechen könnten.«

»Das werden wir auch. Wie wir es beschlossen haben, als wir noch in Vokvaram waren.«

»Ich habe das Gefühl, dass wir uns daran übernehmen«, gab er zu. »Dass wir alles opfern und am Ende doch nur irgendwer sind. Dann hätte mein Erzeuger seinen Willen doch gekriegt.«

»Das wird nicht passieren«, flüsterte Riya. »Es ist nicht so, wie wir es uns damals vorgestellt haben. Aber wir waren noch Kinder. Und sieh, wie weit wir es schon gebracht haben, Zik. Wir sind auf dem richtigen Weg. Langfristig werden wir es bis zum Inz-Kur bringen. Sogar zum Obersten Inz-Kur. Gemeinsam. Es wird noch Jahre dauern, aber dann stehen wir irgendwann beide beim Inz-Juvenk und stechen alle Vokanv aus ... Leute, die früher auf uns gespuckt hätten.«

Zik ließ es zu, dass Riya den Arm um seine Schultern legte. Es war wie damals. Sie hatten sich als Jugendliche aus ihrem Kivkhaus geschlichen und von den Dächern auf das sommerliche Keten-Zvir geblickt.

»Wenn ich damals gewusst hätte, wohin uns das alles führt ...«, murmelte Riya. »Als wir noch so naiv waren. Und ich dich beim Fallstein schlagen konnte.«

»Du wirst wieder ein bisschen sentimental, Spitz«, sagte Zik und schmunzelte. Gewiss dachte er an den gleichen Tag. Selbst unter seiner nüchternen Kruste.

»Damit du es nicht musst«, sagte Riya.

Zik löste sich aus ihrem Griff und seine langen Haare streiften dabei ihr Handgelenk. Als hätte ihn die Kraft des Staubs getroffen, marschierte er zur Tür. Am Griff hing noch Linnas seidenes Armband. Sie musste es in ihrer Eile vergessen haben, was Riya zum Anlass nehmen würde, das nächste Treffen nicht allzu lange hinauszuzögern.

»Kommst du?«, fragte Zik, halb durch die Tür.
»Wo willst du hin?«
»Zu Kalavreyus. Wir müssen die Mittel freisetzen, um die Einsätze bedienen zu können, die man auf Festn setzen wird. Und ich werde das besser nicht hinter seinem Rücken machen, sonst ersetzt er mich.«
»Schön«, sagte Riya. Sie knackte die Glieder, die noch immer ein wenig ungelöste Anspannung in sich trugen. »Aber erstmal ziehe ich mich richtig an und mache mich zurecht.«
»Tu, was du nicht lassen kannst«, sagte Zik und verschwand hinter dem Türrahmen. »Ich warte auf dich.«
Riya ging zum Fenster, zog die fliederfarbenen Vorhänge auseinander und betrachtete die ausladenden Dächer der Gegend, die seit diesem Jahr größtenteils in ein blasses Gold gefärbt waren, hier und dort mit königsblauen Zinnen oder Schornsteinen. Der Duft von Linnas Parfum hing noch in der Luft – ein Duft wie beim ersten Öffnen eines frischen Honigtopfes im Sommer.
Riya gehörten vier Zimmer eines Turms, den man an einem der höchsten Felsen in der Gegend errichtet hatte. Der Ausblick war jedes Staubkörnchen wert, das sie dafür investiert hatte. Ohne den Nebel hätte man bis zum Palast der Obersten Inz-Kur sehen können, wo der große blutrote Inz-Juvenk ruhte – der Nabel des gesamten Imperiums, die in einem Gegenstand kanalisierte Ordnung des Staubs.
Eines Tages würden, so Inz es wollte, Zik und Riya genau dort residieren. Und sie würden dafür sorgen, dass ihnen nie wieder ein Vokanv nachfolgen würde, sondern die Fähigsten und Tüchtigsten, die sich ihren Staub selbst verdient hatten.
Ein provokantes Gefühl war zwischen ihren Beinen zu spüren. Ihr Körper meldete wieder verwehrte Bedürfnisse an. Sie fragte sich, ob sie die Zeit nicht nutzen sollte, um nachzuholen, was Zik sie gekostet hatte.

Ihr kamen wieder ihre merkwürdigen Fantasien in den Sinn. Ob es Dina wohl besser ging? Ob sie sich mit den Kugeln etwas aufbaute, wie sie es tun sollte? Riya hoffte es – schon deswegen, weil es beweisen würde, dass Ziks Pessimismus tatsächlich nichts anderes war als das.

Vielleicht sollte sie häufiger ein wenig Staub an diejenigen geben, die sonst keinen hatten. Sie hatte es schon ein paar Mal getan und Zik sagte immer, dass sie als Inz-Kur viel mehr erreichen konnten und jedes Körnchen dafür brauchten. Aber konnte eine Spende keine sinnvolle Investition sein? Eine Investition in Menschen, deren Dankbarkeit viel fruchtbarer wäre als die eines beliebigen Herstellers von Rüstung, Schiff oder Spielgerät?

*Du träumst schon wieder*, sagte sie sich. *Aber du wirst einen Weg finden, um ihm zu beweisen, dass er nicht an dir zweifeln sollte.* Sie öffnete die restlichen Fenster und begann damit, sich zu schminken und die Haare zu frisieren.

# 6

Der Teppich unter Riyas Stiefeln war voller Staub und Krümel. Sie fügte dem Gemisch ein wenig Dreck von der Straße hinzu und der auf Ästhetik versessene Teil von ihr unterdrückte einen inneren Wutanfall über diese schändliche Behandlung der dunklen Holzmöbel, die vor Generationen schon ein Vermögen gekostet hatten.

Neben Zik wurde sie von Kalavreyus in sein altes Besprechungszimmer geführt, welches hinter seiner privaten Bibliothek lag und im Gegensatz zu dieser nur noch sehr unregelmäßig aufgesucht wurde. Am langen Tisch, wo früher eine Reihe an Stühlen gestanden hatte, war jetzt nur noch ein einziger, dafür aber äußerst ausladender Stuhl mit weichem, vergilbten Polster.

Der alte Mann, dem die Haare bis auf ein paar Überbleibsel längst ausgefallen waren, ließ sich ächzend hineinsinken und winkte Riya und Zik beiläufig heran. Er schloss die Augen und sagte: »Es ist wirklich lange her, dass ihr mir einen Besuch abgestattet habt.«

Die Arme waren, wie sein ganzer Körper, noch immer erstaunlich gut in Form, aber trotzdem wirkte er mit jedem Treffen sehniger und gebrechlicher. Seine Stimme klang inzwischen so kratzig, dass Riya das Bedürfnis unterdrücken musste, sich zu räuspern. Er nahm seine lange Pfeife von ihrem silbernen Ständer, steckte sie an einer Kerze auf dem Tisch an und begann zu paffen.

»Aber ich nehme es euch nicht übel«, sagte er und stieß Dampf in Richtung der staubbehangenen Decke. »Ich habe euch nicht zu meinen Nachfolgern auserkoren, damit ihr mir beim Sterben zuseht. Ich habe es getan, weil ich an eure Fähigkeit glaube, Sprung & Glas in meinem Geist weiterzuführen, so wie ich es einst in Jenna-Veens Geist tat.«

»Das haben wir vor«, sagte Zik. In Kalavreyus' Gegenwart legte sogar er Demut an den Tag. Schließlich handelte es sich bei dem alten Buchmacher um eine der vermögendsten Personen von Jukrevink und um seinen größten Förderer. »Genau genommen wollen wir jetzt schon alles daransetzen.«

»Es geht um die Spiele.« Kalavreyus stieß eine besonders große Dampfwolke aus. Schon vor Jahren hatte er die Kontrolle über das Tagesgeschäft vollkommen an Riya und Zik gegeben. Trotzdem wusste er in vielerlei Hinsicht noch immer viel mehr über das Buchmacher- und Glücksspielgeschäft, auch wenn Riya manche seiner Ansichten als … konservativ beschreiben würde. »Ihr wollt mich fragen, ob ihr die Reserven einsetzen solltet, um die Einsätze abzusichern.«

»Ja«, sagte Riya und Zik nickte.

»Ihr könntet diese Entscheidung selbst treffen, die Berechtigung hättet ihr.«

»Das wissen wir. Trotzdem stehen wir hier und fragen um Rat«, sagte Zik.

Kalavreyus lehnte sich in seinem Stuhl zurück, offensichtlich zufrieden mit der Antwort.

»Zikon Ziv-Vokvaram« – er paffte genüsslich – »und Liv-Riya Ik-Vokvaram. Als ich euch aus dem Kivkhaus geholt habe, sagten sie mir, es wäre eine schlechte Idee, euch so viel Verantwortung zu übertragen. Vor drei Jahren haben die gleichen Leute mir gesagt, dass ich die Kontrolle über das Geschäft nicht aus der Hand geben sollte, solange mein Verstand noch nicht verfault ist.«

»Sie lagen beide Male falsch«, entgegnete Zik. »Neider bleiben Neider.«

Der Alte schloss die Augen und legte den Kopf in den Nacken. Er wirkte, als würde er gedanklich eine ganze Gebetsmelodie summen, bevor er fortfuhr. »Deine Ambitionen stehen dir ins Gesicht geschrieben, Zikon. Du glaubst noch immer, dass man dich als Säugling enteignet hat. Und deshalb suchst du den Profit mehr als die meisten. Aber ein hoher Profit ist *immer*« – er lehnte sich wieder nach vorne und fixierte seine beiden Nachfolger – »mit einem Opfer verbunden. In der Regel ist das Opfer das Risiko, das du dafür eingehen musst … wenn auch nicht immer. Ich habe das Risiko immer gescheut, auf ein solides Geschäft gesetzt und es hat mir eine Menge Staub beschert.«

»Aber manche Gelegenheiten bieten sich nur einmal im Leben«, warf Riya ein. »Festn ist unser Kämpfer bei den Spielen. Meister Kalavreyus, die erste Lektion, die du uns über das Wetten vermittelt hast, lautete, dass entweder der Einsatz oder die Quote hoch sein müssen, um erfolgreich zu spielen. Dies ist ein riesiger Einsatz bei überschaubarem Risiko.«

Die nächste dichte Rauchwolke pustete Kalavreyus auf den Tisch, wo sich der Rauch mit dem aufgewirbelten Staub vermischte. Langsam wurde der muffige Geruch des Zimmers durch den aromatischen Duft des Tabaks überdeckt.

»Die Ordnung des Staubs war gut zu mir, auch wenn sie mich nie zu ihrem Inz-Kur auserwählt hat. Gut zum Imperium. Sie brachte Stabilität. Gleichgewicht.«

Riya war sich bei einer Sache ganz sicher: Der Umstand, dass sein Vermögen für die Position des Inz-Kur von Jukrevink nie ganz ausgereicht hatte, wurmte Kalavreyus selbst jetzt noch mehr, als er zugeben wollte. Zumindest schätzte Riya das so ein, wenn sie sich vor Augen hielt, wie tief er sich in den letzten Jahren in alles gestürzt hatte, was je über Herrscher und die Ordnung des Staubs aufgeschrieben worden war.

Sie wünschte, er möge die wie der Rauch im Raum schwebende Frage endlich beantworten. Stattdessen fuhr er fort: »Schlägt man eine der Schriften aus vergangenen Zeitaltern auf, ist stets von erbitterten Kämpfen um die Vorherrschaft die Rede. ›Jede Insel für sich selbst‹, sagen viele, die der Ordnung schaden wollen. Aber sie erkennen nicht, dass vor der Ordnung sogar jedes Dorf und jede Feste für sich war. Das endete mit dem Großen Schuss des Inz-Juvenk. Jetzt bringen wir die Fähigsten an die Spitze. Die sich den Umständen am besten anpassen. Die am besten verwalten können, was dort ist, und hinzufügen, was noch fehlt. Der Staub offenbart diese Stärke, sodass keiner sie verkennen kann.«

*Wir brauchen keine Legitimation der Ordnung*, dachte Riya. *Ein einfaches Nicken würde genügen, damit wir uns an die Vorbereitungen machen können.*

»Wie dem auch sei«, sagte der Alte, als hätte er ihre Gedanken gehört. »Mir gefällt der gute Wille, den ihr an den Tag legt. Und ihr tut gut daran, vorsichtig zu sein. Die Spiele sind nicht so berechenbar wie ein beliebiger Schaukampf. Es treffen zahlreiche Interessensgruppen von allen Inseln aufeinander ...« – er seufzte wie in Schmerzen und ließ eine lange Pause – »Ihr wollt meinen Segen. Ich will ihn euch geben.«

*Pivva! Na endlich.* Auch Zik stieß erleichtert Luft aus.

»Aber da ist noch eine Sache.« Genüsslich wiegte Kalavreyus seine Pfeife zwischen zwei Fingern und schürzte die Lippen. Er spielte dieses Gespräch so genussvoll aus wie ein Schauspieler, den man für eine letzte Aufführung aus dem Ruhestand geholt hatte. »Bedenkt das Risiko und schließt es aus, wo ihr könnt ... *Eshman* ... er hat mein Geschäft schon immer verabscheut. Er wird euch auf den Fersen sein. Fangt bei ihm an, stellt sicher, dass er eure Pläne nicht durchkreuzen kann.«

»Wir werden uns darum kümmern«, sagte Zik.

»Er wird versuchen, einen Keil zwischen euch zu treiben, so wie seine Vokanv-Mutter es vor dreißig Jahren bei meinen Partnern und mir versucht hat. Lasst euch nicht versuchen. Hinter seinen Worten stecken meist nur schnöde Drohungen.«

Zik und Riya stimmten zu.

Kalavreyus lehnte sich noch einmal zurück und machte eine winkende Handbewegung. Er wollte allein mit seinen Schriften und mit seiner Pfeife gelassen werden. Riya und Zik kamen dem Wunsch nach und verließen das prächtige, hoch gelegene Stadthaus, dessen schlangenartige Dachkante sich noch ein ganzes Stück über die Straße erstreckte.

Der Himmel über Keten-Zvir rief Bedrückung in Riya hervor. Die höchsten spitz aufstechenden Felsen schienen die dunklen Kumuluswolken zu durchbohren und Riya sah darin die Fangzähne eines Raubtieres. Es war kein Zufall, schließlich hatte ihr Gönner und Lehrmeister ihnen einen gefährlichen Auftrag aufgebürdet.

»Eshman wird unbequem werden«, las Zik ihre Gedanken und er hatte recht. Eshman war einer ihrer größten Konkurrenten im Buchmachergeschäft, auch wenn er länger keine Angriffe mehr auf Sprung & Glas unternommen hatte. Skrupellos wäre noch zu schmeichelhaft, um ihn zu beschreiben. Aber das war nicht das, was Riya wirkliche Angst machte. Wirkliche Angst machte die Tatsache, dass er der Einzige war, die seine Begleiter davon abhalten konnte, einem bei lebendigem Leib die Haut abzunagen. Ihm zu begegnen war die blanke Folter des Geistes, denn es gab kein Treffen mit Eshman, bei dem sich vier Augen auf gleicher Höhe begegneten. Kleine Mörder waren jedes Mal Teil der Gesellschaft.

»Ich werde zu ihm gehen«, sagte sie und löste ihren Blick vom dunklen Himmel.

»Bist du sicher? Wir könnten gemeinsam gehen.«

»Du weißt, wie er das auffassen würde. Es würde unsere Machtposition völlig untergraben, wenn du mir die Hand hältst. Außerdem wird er dadurch mehr preisgeben, wenn Kalavreyus richtig liegt.« Sie hatte die Entscheidung, allein zu Eshman zu gehen, schnell getroffen, ohne genauer darüber nachzudenken. Zik hatte ihr vorgeworfen, dass sie ihr gemeinsames Ziel nicht mit vollem Herzen verfolgte. Sie würde ihm das Gegenteil beweisen.

»Er wird mir nichts antun, weil er weiß, dass du Rache üben würdest.«

»Aschvonin würde in mir toben.«

»Besorg mir nur vorher die notwendigen Zahlen, damit ich etwas gegen ihn in der Hand habe.«

Zik nickte zufrieden. »Du bist entschlossen«, stellte er fest.

»Entschlossen wie nie«, sagte Riya. Sie hoffte, dass er das Beben ihrer Stimme und den Schweiß auf ihrer Wange nicht bemerkte. Um davon abzulenken, fügte sie hinzu: »Ich wette, er wird mir wenigstens vier von seinen Viechern aufhetzen. Sagen wir zehn Kugeln?«

»Wie soll ich das kontrollieren, wenn du allein zu ihm gehst?«

»Du wirst mir wohl vertrauen müssen.«

Riya hielt ihm die Hand zum Einschlag hin und bemühte sich, das Zittern auf ein Minimum zu reduzieren.

»In Ordnung«, sagte Zik und lachte trocken, bevor er einschlug, um die Wette zu besiegeln. »Ich vertraue dir.«

## 7

Vor Riya breitete sich eine Spielhölle aus, wie sie im Buche stand. Viele Menschen lachten, andere regten sich furchtbar auf und warfen Hände oder Fäuste in die Luft. Ein Aroma von Spektakel und Betäubung, von Gewinn und Verlust, lag in der Luft und das alles komprimiert auf engstem Raum. Zu jeder Sekunde schrie oder fluchte jemand; Leute drängten sich dicht an dicht, prahlten, diskutierten, manche verschwitzt, manche frisch aufgetakelt. All das geschah unter dem Licht von rot verglasten Leuchtern, die die Leute immer daran erinnern sollten, was sie hier gewinnen konnten.

Eigentlich hätte dies ein Ort sein sollen, an dem Riya sich zu Hause fühlte, doch ihre Halsschlagader platzte beinahe aus dem engen Kragen ihres seitlich ausgeschnittenen schwarzen Kleides mit der violetten Schärpe.

Hübsche, sparsam bekleidete Frauen und Männer brachten überteuerte und benebelnde Erfrischungen zu den Leuten, die an Kartenspielen teilnahmen, das Anschreiben aktueller Wettquoten beobachteten oder sich zum Hinterhof drängten, wo sich kleine Rylurne gegenseitig bekämpfen mussten.

Ein grimmiger Mann mit Armen wie Blasebälgen kam auf Riya zu und tastete sie von unten nach oben auf Waffen ab. Als er oben angekommen war und ihr in die Augen sah, dämmerte ihm plötzlich etwas. Seine Augen weiteten sich.

Riya nickte. *Richtig gesehen.*

Er deutete in den prall gefüllten Raum und wandte sich an einen der anderen Empfangsleute, flüsterte ihm etwas zu und hastete dann die Treppe am hinteren Ende des Raumes hinauf.

Riya wartete eine Weile und beobachtete die Spieler. Die meisten waren zwar schick, aber dennoch gewöhnlich angezogen, und spielten vermutlich eher für Silber oder einzelne Staubkugeln. Aber sie hatten sich diese schäbige Spielhölle namens *Des Gewinners Biss* ausgesucht, anstatt bei Sprung & Glas zu spielen. Warum? War es eine Sehnsucht nach Streit? Das Element der dreckigen Wirklichkeit in einem Laden wie diesem? Der Nervenkitzel und die anschließende Befriedigung, einen weiteren Besuch ohne gebrochene Nase überstanden zu haben?

Nach einer Weile bewegte sich wieder etwas auf der Treppe. Acht kleine Pfoten und zwei Lederstiefel stiegen Stufe für Stufe hinab. Die zwei Rylurne mit ihrem graubraunen Fell waren als erstes vollständig sichtbar. Sie waren etwas höher als ein menschlicher Kopf und etwa zweimal so lang. Ihre Augen waren klein und die Ohren kaum sichtbar, sodass sie wie haarige Bälle mit Pfoten aussahen. Ahnungslose hätten denken können, dass die Exemplare etwa so possierlich schienen wie die Welurne, ihre friedfertigen Artverwandten, aber der Eindruck täuschte. Riya wusste, zu welchen Verletzungen die Tiere trotz ihrer Größe imstande waren, wenn sie sich gemeinsam auf ein Opfer stürzten. Zudem wusste sie, dass nur der Träger der Stiefel, der nun ebenfalls vollständig zu sehen war, sie davon abhalten konnte.

Eshman ven Eshama war langhaarig und hatte seine gebräunte und inzwischen ledrig wirkende Haut an mehreren Stellen mit Tätowierungen geziert, die größtenteils wilde Bestien darstellten. Eine Kobra schlängelte sich seinen Arm hinauf und ein gewaltiges Gebiss zierte seinen Bauch. Riya konnte das sehen, weil der bald Vierzigjährige nur ein schwarzes Fell um die Brust und die Schultern trug, das Bauch, Arme und Beine völlig unbedeckt ließ. Um seine gelbgrün leuchtenden Augen zog sich eine schwarze Gesichtsbemalung und auf der Nase trug er einen silbernen Aufsatz wie ein kleines Horn.

Sie wusste auch, dass er sich künstlich bräunte, da er um jeden Preis seine noble Abstammung nach außen tragen wollte. Er sah sich als Ende einer langen, rein gebliebenen

Blutlinie, die bei den Alten Fahrern ihren Anfang genommen hatte.

Als die Gäste des Gewinners Biss bemerkten, dass der Besitzer im Raum stand, verflüchtigte sich der Lärm des Spielens nach und nach, bis man nur noch Relikte der Kampfgeräusche von draußen hörte. Alle schienen gespannt zu warten.

»Wir haben geschlossen, also verpisst euch«, verkündete Eshman und stemmte die Hände in die Hüften.

Als würden die Fassaden und Decken plötzlich auf den Boden rieseln, packten alle ihr Hab und Gut und flüchteten auf die Straße. Es dauerte keine zwei Minuten, bis sogar das Personal sich verzogen hatte und Riya ihrem ärgsten Konkurrenten vollkommen allein von Angesicht zu Angesicht gegenüberstand.

Nun, da der Lärm versiegt war, konnte Riya eindeutig das leise Hecheln der Rylurne hören. Es hatte eine kratzende Textur, als würde man mit einer Messerspitze über Stein streichen und löste eine subtile Beklemmung aus, die sich langsam steigerte und überbordend wurde, bis man Gedanken an das Abschneiden der Ohren verdrängen musste.

Der größere Rylurn, ein sichtlich vernarbtes Exemplar, offenbarte zwei Reihen spitzer Zähne, an denen noch einige Fetzen Fleisch von der letzten Mahlzeit klebten.

Zumindest waren es bis jetzt nur zwei Rylurne.

»Dem großen Aksund, Helden der Arenen von Jukrevink, versagt mitten im Kampf die Staubpeitsche und euer Geschäft melkt einen deftigen Profit aus der Sache. Man hätte meinen sollen, dass er sich gründlicher vorbereitet.«

Eshman beugte sich zu den Rylurnen und tätschelte sie. Daraufhin tapsten die niedlichen und ebenso bissigen Tiere auf Riya zu. Sie begannen damit, Riya zu umschleichen und dabei hin und wieder an ihren Stiefeln zu nagen.

Riya schluckte und versuchte, das Streifen des Fells an ihren Waden nicht wahrzunehmen. »Staubpeitschen sind nicht so verlässlich wie Stahl«, entgegnete sie. Ihre blauen Augen trafen die wölfischen ihres Gegners. »Anfällig für Fehler.«

»So scheint es.«

Ein Zerren an der Lasche an ihrer Hacke. Das Leder ihrer Stiefel würde Riyas Waden nicht lange gegen ihre Zähne schützen können. Sie musste etwas gegen diese Viecher unternehmen!

»Warum schickt Zikon sein hübsches Ellenbogenfräulein zu mir?«

»Wir pflegen keine romantische Beziehung«, sagte sie und verfluchte sich sofort für ihren ängstlichen Ton.

»Offensichtlich nicht.«

*Futter! Das wollen sie.*

Riya sah sich um und war plötzlich unsagbar froh über die Tatsache, dass man die Gäste hier für gewöhnlich teuer bewirtete. Gleich neben ihr auf einem kleinen Tisch, standen Teller mit Essensresten von den fortgejagten Gästen. Sie schnappte sich beiläufig die Hälfte einer blutigen Wurst und ließ sie ein großzügiges Stück hinter sich auf den Boden rollen.

Es funktionierte. Die gierigen Tiere ließen von ihrem zähen Stiefel ab und stürzten sich auf ihre neue Beute. Riya hatte endlich wieder Bewegungsfreiheit.

Eshman beobachtete sie angriffslustig und schnalzte die Zunge. Festns Sieg musste Eshmans Geschäft einiges gekostet haben, aber das war nicht der einzige Grund für die Verachtung. Seine Linie hatte Kalavreyus schon immer gehasst und er setzte diese Tradition nun mit Zik und Riya fort. Es war eine mehr als erbitterte Konkurrenz.

»Ihr seid ganz schön selbstbewusst für einen Mann, dessen billiges und vollkommen stilloses Geschäft seit Jahren nicht mehr vorwärts geht«, sagte Riya. »Um nicht zu sagen: *Der das Geschäft seiner Linie zugrunde richtet.*«

Mit dem Abfallen der Angst vor den Rylurnen bemerkte Riya, dass Eshman einen Geruch an sich hatte, den sie noch nie an einem Menschen wahrgenommen hatte. Er wirkte animalisch, aber nicht wie die Wildnis, sondern wie etwas zwischen Schlachthaus und Gerberei.

Etwas stupste seitlich gegen Riyas Kniekehle und sorgte dafür, dass sie beinahe hinfiel. In der Annahme, dass einer der zwei Rylurne zurückgekommen war, schaute sie nach unten und schreckte dann zusammen, als hätte sie den Inz-Juvenk selbst angefasst.

Dort war ein Rylurnweibchen von einer Größe, wie Riya noch nie eins gesehen hatte – ein Alphatier. Fast bis zur Hüfte reichte es ihr, aber das war nicht das Furchtbarste. Von dem eigentlich weichen Fell war kaum noch etwas übrig. Stattdessen verliefen tiefe Narben über den ganzen Körper. An mehreren Stellen sah es so aus, als hätte man eiserne Nägel in die Haut geschlagen, um das Tier zu quälen. Ein Teil des Unterkiefers fehlte vollständig und war durch eine hässliche Metallschiene ersetzt, an der ein viel zu langer Zahn aus dem Maul ragte. Das Hecheln des Weibchens war nicht kratzend, sondern kläglich pfeifend, aber dadurch trotzdem nicht erträglicher anzuhören.

Das Geschöpf war die Geburt aus einer hasserfüllten Vergewaltigung von Luyschen, Gott aller Tiere des Bodens, durch Rakvanne, Schmerz und Strafe selbst. Und diese arme Perversion der Götter tapste auf ihren Herren zu und ließ sich von ihm streicheln, rollte sich gar zu seinen Füßen zusammen wie ein Schoßhündchen.

»Was weiß Zikons Flittchen über mein Geschäft?«, fragte Eshman.

Riya antwortete nicht. Sie zitterte, weil die Grausamkeit sie völlig aus der Fassung gebracht hatte. Mit einem ganzen Rudel an bissigen Rylurnen hatte sie gerechnet, aber nicht damit.

*Er will dich einschüchtern*, sagte sie zu sich. *Und es gelingt ihm.*

Aber Riya war nicht Ziks Anhängsel. Sie war gleichberechtigte Partnerin in einer Beziehung, die viel stärker war, als ein Vokanv es sich ausmalen konnte. Und wenn sie diese Spielhölle verließ, würde Eshman das wissen.

»Ihr habt schon ein Drittel eures einstigen Vermögens eingebüßt«, sagte Riya und spürte, wie sich der Schock mit jedem Wort verflüchtigte. Es kam die Gewissheit, dass dieses furchterregende Wesen nichts weiter als menschengemachtes Grauen erfahren hatte, um so zu werden, wie es war. Menschen – Vokanv –, die sich für Götter hielten, aber alles andere waren als das.

Die Selbstsicherheit kehrte in ihre Stimme zurück, als sie fortfuhr: »Euer letzter großer Coup liegt schon sechs Jahre zurück. Die anderen Buchmacher machen bessere Quoten als ihr und haben einen besseren Ruf. Dieses schäbige Etablissement« – sie vollführte eine ausladende Geste in den Raum – »setzt längst mehr Silber als Staub um, weil niemand noch hierherkommt, der etwas auf sich hält. Im letzten Jahr waren es knapp dreißig Millionen Silber, aber nicht einmal sechzehn Laden Staub. Nicht zu vergessen, dass davon nur wenig bleibt, wenn man die Gewinnausschüttungen abrechnet.«

Zik hatte diese Zahlen innerhalb weniger Tage beschaffen können und dass sie stimmten, zeigte sich an Eshmans ausdrucksloser Miene.

»Du bist gekommen, um mich zu beleidigen«, erwiderte er nach langem Schweigen.

»Nein. Ich bin hier, um euch zu drohen.« Auch wenn die Rylurne noch blutdürstig hinter ihr waren, fühlte Riya, dass sie die Oberhand gewonnen hatte. »Wenn ihr versucht, uns irgendwie zu schaden, so wie ihr es schon früher getan habt, und sei es durch eine seltsame Quote oder irgendeine Form der Einflussnahme, dann werden wir all unsere Ressourcen bündeln und eurem Gewinner Zahn um Zahn ziehen, bis ihr nur noch eine schmutzige Spelunke am Stadtrand führen könnt.«

Die Tatsache, dass Eshman den Mund nicht mehr schließen konnte, löste ein kraftvolles Gefühl der Erregung in

Riya aus. Sie war beinahe selbst von ihrer Standfestigkeit überrascht.

»Ich dachte mir, dass ihr etwas vorhabt. Wessen Ausrüstung wird diesmal die Kraft der Götter verlassen? Humvash? Pan-Renva? Oder trifft es dieses Mal Festn?«

*Er weiß nicht, wie nahe Festn uns wirklich steht*, dachte Riya zufrieden. Sie hätte die vor Frust triefenden Worte nicht einmal genau anhören müssen, um das festzustellen.

»Seid vorsichtig«, sagte Riya. »Es braucht nicht viel, um euer gesamtes Vermächtnis in den Tekt zu spülen. Die wenigen Freunde, die ihr noch beim Inz-Kur habt, können im Handumdrehen zu unseren werden. Und nehmt gefälligst eure Viecher von mir, wenn ihr wollt, dass mein Bericht wohlwollend ausfällt!«

»Dein Bericht also?« Mit einem Mal entspannte sich Eshmans braungebranntes Gesicht wieder und Riya erkannte, dass sie einen Fehler gemacht hatte. Er pfiff in seine Fingerspitzen, woraufhin die zwei kleineren Rylurne sich zu ihrer gequälten Artgenossin gesellten. Sofort waren sie völlig handzahm und schmiegten sich zusammengerollt an Eshmans Stiefel.

»Es ist nichts Neues für dich, dass du die Nummer Zwei bei Sprung & Glas bist, nicht wahr? Zikon hält das Ruder in der Hand und lässt dich mitfahren. Auch wenn ihr nicht fickt, du bist trotzdem nur seine Hure. Da könnt ihr auf dem Papier noch so gleichberechtigt sein. Er ist einfach jemand, der die Kontrolle nicht aufgibt.«

»Ihr wisst nichts über unser Verhältnis.«

Es stimmte. Er wusste nicht, dass sie sich kannten, seit sie kleine Kinder in Vokvaram gewesen waren. Dass sie einander seit Jahren vertrauten. Dass sie geschworen hatten, den Weg bis zum Inz-Kur gemeinsam zu gehen.

»Sehnst du dich nicht danach, selbst die Anführerin zu sein? Selbst die Scheiße nach unten zu spülen, anstatt sie zu fressen? Ich kann dir sagen, dass es nichts Schöneres gibt, als eigenmächtig Entscheidungen zu treffen. Ich gebe zu, dass ich dir nicht so viel Rückgrat zugetraut hatte, aber ...«

Der vernarbte Rylurn gab ein fiepsendes Johlen von sich, das beinahe ein Winseln wurde. Das Weibchen wippte zu Eshmans Füßen hin und her, sodass man fast das Bedürfnis bekam, es zu streicheln und zu beruhigen.

»Sei ehrlich, meine Hübsche«, fuhr Eshman fort. »Du bist nicht aus eigenem Antrieb hergekommen. Oder wäre dir ohne deinen Zikon diese Idee in den Sinn gekommen? Ohne den alten Kalavreyus, diesen Pissfleck aus Rhusents Schwanz.«

»Unsinn!« Riya war hier, weil Kalavreyus gefordert hatte, dass sie ihre Konkurrentin einschüchtern sollten und weil sie Zik beweisen wollte, dass sie ebenso an ihr gemeinsames Ziel glaubte wie er. Aber trotzdem war sie aus freien Stücken hier. Zik hatte sie nicht einmal darum gebeten. Sie tat es, weil sie ihm ebenbürtig war und, genau wie er, schwierige Aufgaben übernehmen musste.

Eshmans Mundwinkel hoben sich, als er Riyas Zögern bemerkte. »Du könntest ihn rausdrängen. Mit meiner Hilfe. Wir spielen ihm etwas vor und nehmen ihn bei den Spielen aus, dann kannst du übernehmen. Und wir können friedlich koexistieren oder gar zusammenarbeiten. Vielleicht kann unser Verhältnis sogar ... intimer werden.« Er leckte sich über die Lippen.

Tatsächlich war er also völlig verzweifelt. Wie Zik gesagt hatte, verging Eshmans Einfluss nach und nach, so wie die Straffe seiner Haut.

»Ihr nehmt Rhusents Namen in den Mund und alles, was ihr sagt, stammt aus Eifersucht.«

»Ich bin einfach nur ehrlich. Und ich beobachte genau, was passiert ist, seit ihr das Geschäft von diesem gebrechlichen Überrest übernommen habt.«

Riya verging die Lust an dieser fruchtlosen Diskussion voller vulgärer Beleidigungen. Sie führte ins Nichts. »Ihr habt verstanden, was wir von euch wollen. Kommt uns in die Quere, und ihr seid ruiniert.«

Sie wandte sich zum Gehen.

Es war einiges Interessantes bei ihrem Besuch herausgekommen. Ob Eshman ihre Drohung beherzigte, würde die Zeit zeigen. Wenn nicht, dann würde er es bereuen.

»Denk besser darüber nach, was ich dir sagte. Sonst frisst du so lange seine Scheiße, bis du darum bettelst«, sagte Eshman hinter ihrem Rücken.

Riya blickte noch einmal zurück und sah, dass er einen der kleineren Rylurne auf den Arm nahm und seine langen Finger über die wulstige Stelle gleiten ließ, die bei anderen Tieren der Nacken war.

Riya beachtete ihn nicht weiter und schritt durch die Tür des Gewinners Biss ins Freie.

Während sie durch die Gassen ging, stellte sie fest, dass sie wütend war. Wie konnte dieser Widerling nur glauben, dass sie Zik jemals für ihn hintergehen würde? Es war völlig fern der Realität. Wie konnte ein so dummer Mensch so viel Staub besitzen?

Die Antwort auf diese Frage war natürlich einfach, jedoch machte sie das nicht weniger frustrierend. Die Vokanv waren wirklich der Fluch dieser Gesellschaft.

# 8

»Und dann ...« Riya zögerte, weil sie ihre Erzählung nicht auf der falschen Note enden lassen wollte.

»Hat er dir ein Angebot gemacht«, vervollständigte Zik.

»Ja. Er sagte, dass wir kooperieren könnten, wenn ich alleine Sprung & Glas führe. Kalavreyus hat es gewittert. Eshman will uns gegeneinander ausspielen.«

»Eigentlich ganz offensichtlich. Ihm bleibt sonst nichts mehr übrig. Noch hat er Ressourcen, aber sie schwinden. Opportunismus ist seine letzte Festung.«

»Jedenfalls weiß er nicht, wie groß unser Einfluss auf Festn ist«, fügte Riya hinzu.

»Wenn er dir nichts vorgemacht hat.« Zik sah sie skeptisch an. Er rieb sein altes, grünes Halstuch mit dem eingefassten Staubkristall in den Händen. Es war ein seltenes Anzeichen dafür, dass er nachdenklich war.

»Das hat er nicht. Ich kann Menschen wie ihn ziemlich gut einschätzen.«

*Menschen verstehen*, dachte sie. *Das ist etwas, das ich besser vermag als du. Immer das Schlechteste zu vermuten, ist fürs Geschäft nicht schlecht, aber das ist längst keine Wahrheit.*

»Hm.« Zik stand von seinem Stuhl auf und ging durch sein kleines Zimmer, in dem sich außer dem Bett, zwei Stühlen, einem Tisch, einer Truhe und einem Dokumentenregal nichts Nennenswertes befand. Er lebte zwar in einer guten Gegend, nahe der Küstenfelsen, aber das hatte praktische Gründe. Riya fragte sich, welche seiner Neigungen dazu geführt hatte, dass er wie ein Wäscher oder Tagelöhner hauste – seine mangelnde Wertschätzung von Kunst und Eleganz oder die Tatsache, dass er jedes winzige Staubkorn und jede Silbermünze wie seinen Augapfel hütete. Vermutlich war beides notwendig, um an einem so … kahlen Ort zu leben.

»Ich habe auch noch einiges über Pan-Renva in Erfahrung bringen können. Vielleicht ist sie besser erreichbar, als ich erst angenommen hatte. Aber das muss ich noch überprüfen lassen.«

»Das ist gut. Je mehr wir wissen, desto besser. Ach ja … übrigens hast du die Wette gewonnen.« Riya holte einen Beutel von ihrem Gürtel und zählte zehn Kugeln ab. Diesmal war es wirklich außerordentliches Pech gewesen, dass sie nicht gewonnen hatte. »Es waren nur drei Rylurne, auch wenn mir vier wesentlich …«

Sie stockte, weil in diesem Moment jemand wie getrieben gegen die Tür hämmerte. Zik stöhnte gereizt und öffnete. Draußen stand Lekov, der für Kalavreyus' und Sprung & Glas Sicherheit verantwortlich war. Es war ungewohnt, ihn so ohne sein riesiges Schwert zu sehen. Seltsamer war aber noch, wie rot angelaufen und verschwitzt sein dunkles Gesicht und wie verkrampft der Ausdruck darin war.

»Meister Kalavreyus«, hechelte er und Riya wusste, was geschehen war.

## 9

Kalavreyus' Körper lag unter einem schwarzen Tuch, in das silberne Muster gestickt waren. Um ihn versammelt waren alle, die ihm gedient hatten.

Da war er also, der größte Buchmacher von Jukrevink, genialer Geschäftsmann und bester Absolvent des Kivkhauses Ponkayin – der Meister der Gewinne höchstpersönlich. Genauso bewegungslos und still wie jemand, der das Varin im Namen trug und nie mehr als zwanzig Silbermünzen sein Eigen genannt hatte.

Im Grunde genommen war Riya nicht überrascht von seinem Tod. Auch wenn er äußerlich noch immer kräftig gewesen war – seit er das Geschäft abgegeben hatte, war seine Energie nach und nach abgeflossen, als hätten all die historischen Schriften, die er studiert hatte, sie ihm ausgesaugt, um selbst am Leben zu bleiben. Sie wusste auch nicht, ob sie traurig war, dass er nun einging in die stille Melodie des Uvrit, dem alten Gott des Todes. Er hatte Zik und sie gefördert und ihnen nach Vokvaram eine außerordentliche Gelegenheit geboten, allerdings hatte Riya abseits vom Geschäft nur selten mit ihm gesprochen. Sie fühlte sich einfach nur leichter in ihrem Inneren, wenngleich nicht erleichtert. War dies das Gefühl, das Vokanv verspürten, wenn ihre Erzeuger starben? Würde sie etwas anderes spüren, wenn sie die Nachricht erhielt, dass einer ihrer Kivk tot war, ganz besonders Mik-Ter?

»Er ist einfach umgekippt«, lautete der betretene Bericht des Haushälters. »Ich habe den Aufprall durch die Tür gehört.«

Riya betrachtete den dunklen Fleck auf dem Teppich, wo eine grünliche Flüssigkeit ausgelaufen war – grüner Tee aus Prir, viel zu bitter für Riyas Geschmack, aber Kalavreyus hatte ihn geliebt. Tasse und Teller lagen samt Besteck und Törtchen noch immer daneben.

Tenz-Ram Ik-Vokvaram, ein untersetzter Mann mit gepflegtem Schnurrbart, stand ebenfalls in der gemütlichen Stube. Er hielt – oder schüttelte – einen gelben Umschlag in den knochigen Fingern. Er war Kalavreyus' persönlicher Berater gewesen – ein äußerst pflichtbewusster Mann, zu dem Riya aber nie einen Draht gehabt hatte.

Wenn man sich immer ganz in Schwarz kleidete, dann konnte man das auf zwei Weisen tun: Man konnte aus dem Ablehnen der Mode eine Kunst machen und dabei den eleganten Charakter der Farblosigkeit an sich binden wie einen Mantel der Nacht. Oder man gab sich der Langeweile hin, weil man keinen Geschmack und keinerlei Inspiration hatte. Tenz-Ram verkörperte Letzteres.

»Was ist das?«, fragte Zik auf den Umschlag bezogen. Das waren seine ersten Worte, seit Lekov sie mit der Nachricht überrumpelt hatte. Kalavreyus war mehr sein Mentor gewesen als Riyas. Ihn hatte er als ersten entdeckt und unter seine Fittiche genommen.

»Sein Testament.«

Ziks Augen blitzten grünlich auf und Riya fuhr zusammen. Ein Testament war in Vokanv Linien eine gewöhnliche Sache, aber abseits davon gab es sie praktisch nie. Jeder einfache Mensch wuchs in einem Kivkhaus auf. Es gehörte zum guten Ton, dass das im Leben gesammelte Vermögen dahin zurückfloss. Wem sollte man es auch sonst anvertrauen? Die meisten Vertrauten waren im gleichen Alter wie ein Verstorbener, die Kivk waren sogar deutlich älter. Wenn man ihnen das Vermögen vermachte, war das in der Regel eine kurzfristige Anlage.

Ferner war es für die meisten Leute viel zu teuer, ein Testament bei der Notargilde zu sichern, was wohl der gewichtigere Grund war. Neben einem fünfzehnprozentigen Anteil verlangte die Gilde zwei Laden Staub, um nichts weiter zu tun, als Papiere und Durchsetzungsgewalt, die niemals zum Einsatz kommen musste, bereitzustellen. Allein die feste Zahlung entsprach somit einem Wert von etwa zweitausend Staubkugeln.

»Was steht darin?«, fragte Zik.

Tenz-Ram reichte ihm den Umschlag. Zik zögerte und öffnete ihn dann, wobei er sich schwertat, präzise Handgriffe zu tätigen. Seine Augen flogen über die Zeilen, stoppten mehrfach die Bewegung und wanderten wieder zurück.

»Wer weiß bis jetzt von Kalavreyus' Tod?«, fragte er.

»Alle hier. Die Bediensteten, Lekov, Liv-Riya und du selbst. Sonst niemand.«

»Gut.«

»Was steht da, Zik?«, fragte Riya.

Zik schaute gedankenverloren auf das Blatt Papier. Es dauerte, bevor er antwortete: »Dass er uns zweien sein Vermögen und sein Geschäft zu gleichen Teilen überträgt.«

Scharfe Luft zischte über die Lippen der Diener.

»Wie ... wie viel ist es?«

»Über, Liv-Riya ...« Tenz-Ram schluckte und atmete pfeifend aus, als müsste er einen Anfall zurückhalten. »Über zweihundertfünfunddreißig Laden Staub.«

Riyas Sicht wurde für kurze Zeit schummrig und sie bekam das Gefühl, als täte sich ein Abgrund in ihrem Magen auf. Das war hundertmal mehr, als sie je besessen hatte. Was könnte man damit nur alles anstellen? »Wir werden schlagartig zu den reichsten Jukrevinkern gehören.«

»Noch nicht genug, um auf die Stellung des Inz-Kur zu bieten, aber auf gutem Weg dahin«, sagte Zik und schüttelte sich.

Er gab Riya das Schreiben weiter. Ins Auge sprang das Siegel der Notargilde von Jukrevink am unteren Ende. Es belegte die Gültigkeit des Geschriebenen, zumindest wenn das entsprechende Gegenstück bei der Gilde vorlag. Damit könnte es nicht einmal von der Obersten Inz-Kur höchstpersönlich angefochten werden. Kalavreyus hatte eine Menge Staub investiert, damit die mächtige Truppe der Gilde seinen Willen durchsetzen würde.

*Wie ein Vokanv*, dachte Riya und wusste nicht, ob sie deswegen Scham oder Ermächtigung verspüren sollte.

Das Zimmer war völlig still, alle schauten in sich selbst hinein. Nur in Zik schien es zu arbeiten. Er rollte fieberhaft Haarsträhnen durch die Finger und dann war da noch diese Getriebenheit in seiner Miene. Riya hatte keine Ahnung, wie sie reagieren oder was sie sagen sollte, also unternahm sie nichts. Einen blutrot schimmernden Berg sah sie vor sich und danach die Dächer von Keten-Zvir. Dies war ein Meilenstein des Weges, den Zik und sie an jenem Tag auf den Dächern eingeschlagen hatten.

War sie jetzt so etwas wie eine Vokanv? Nein, dieser Gedanke war abscheulich und falsch. Sie hatte das Erbe durch ihre harte Arbeit gerechtfertigt, nicht durch eine glückliche Geburt.

»Niemand darf von dem Erbe erfahren«, flüsterte Zik.

»Wie bitte?«, fragte Tenz-Ram und es war nicht klar, ob er das Gesagte nicht verstanden hatte oder empört darüber war.

»Niemand darf von dem Erbe erfahren. Wir führen das Geschäft weiter, das ist alles. Alle sollen glauben, dass sein eigener Staub nach Ponkayin geht. Am besten wahrt hier sogar erstmal jeder das Schweigen über seinen Tod.«

»Wir müssen den Meister angemessen in der See bestatten«, protestierte Tenz-Ram.

»Das werden wir«, sagte Zik in ernstem Tonfall. »Sobald die Spiele vorbei sind. Bis dahin kein Wort, haben das alle hier verstanden?«

Nach und nach senkten die Anwesenden die Häupter. Was blieb ihnen auch übrig? Ihre Arbeit hing nun von

Riyas und Ziks Wohlwollen ab. Allerdings verstand Riya noch nicht, wozu die Geheimhaltung dienen sollte.

»Was hast du vor, Zik?«

Er antwortete nicht, gab nur einen vielsagenden Blick.

»Lasst uns allein«, sagte Riya, woraufhin die Versammelten ratlos dreinschauten.

»Macht schon. Geht alle in den Nebenraum. Und bewahrt das Schweigen, bei Valeryanne«, zischte Zik, als Lekov, Tenz-Ram und die anderen dem nachkamen.

Er rang mit sich, das konnte Riya ganz klar erkennen. Seine Souveränität war angekratzt und sein Blick nach wie vor nach innen gerichtet. Für ihn war das fast wie ein Zusammenbruch angesichts der Trauer. Kalavreyus' Tod setzte ihm mehr zu, als Riya erwartet hatte.

Er ging herüber zu dem versilberten Tischchen am Fenster, wo der Haushälter noch eine Kanne Tee vorbereitet hatte. Es war wohl noch nicht wirklich zu ihm durchgedrungen, dass die Nachfrage nach Prirer Tee sich in Luft aufgelöst hatte.

»Willst du auch was?«, fragte Zik, während er die grünliche Flüssigkeit in eine Tasse goss. »Zu Ehren des Meisters.«

Riya nickte. Zumindest könnte sie auf diese Weise ein Stück Respekt zollen. Für einen Mann aus einem gewöhnlichen Kivkhaus hatte Kalavreyus es unheimlich weit gebracht.

Sie nahm die Tasse entgegen und nippte daran, wobei sie dem Geruch so gut wie möglich auswich, weil er ihre Nase sonst von innen aufgerollt hätte. Der Tee war schon etwas abgekühlt, aber genauso bitter, wie sie ihn in Erinnerung hatte.

»Wie konnte er dieses Gesöff nur trinken?«, fragte Zik, nachdem er einen tiefen Zug genommen hatte. Riya schüttelte fragend den Kopf und kämpfte weiter mit jedem Schlückchen, bis sie schließlich aufgab und den Rest neben ihren Sessel stellte.

»Also, was hast du vor, Zik?«

»Gewinnen«, antwortete er, woraufhin er die Tasse in einem einzigen Zug leerte. »So viel, dass wir ernsthafte Ambitionen anmelden können, wenn es Zeit ist, den nächsten Inz-Kur zu bestimmen. Und gleichzeitig könnten wir ... uns der Konkurrenz entledigen.«

»Du sprichst von Eshman? Wie?«

»Wenn wir es schaffen, das Erbe einzusetzen, ohne dass man es bemerkt, dann könnten wir es fast verdoppeln.«

»Du willst so viel Staub aufs Spiel setzen?« Riya wurde schon bei der Vorstellung schwindelig. Sie liebte den Nervenkitzel, aber das klang wahnsinnig. Bei Irrwa, was ging in seinem Kopf vor, überhaupt auf diese Idee zu kommen?

»Ein Spiel, das wir kontrollieren. Festn wird ... Festn wird verlieren, so wie du es vorgeschlagen hast. Und unseren Staub werden wir bei den anderen Buchmachern gegen ihn setzen. Entweder der Einsatz oder die Quote, Riya, und diesmal ist es der Einsatz.« Man konnte beobachten, wie sich der Plan vor seinen Augen entfaltete, er ihn auf Herz und Nieren prüfte und immer zufriedener damit wurde.

»Sie werden wohl Verdacht schöpfen. Bei den Spielen kommen enorme Summen zusammen, aber das scheint mir doch etwas auffällig.«

»Nicht, wenn wir die Einsätze aufteilen. Es werden dutzende Buchmacher von allen Inseln des Reiches dort sein. Wir können die gesamte Höhe unserer Einsätze dadurch verschleiern. Aber wir fangen mit unseren Schattenspielern bei Eshman an.«

Riya dachte darüber nach. Es wäre nicht das erste Mal, dass sie auf Schattenspieler zurückgriffen, um ihre Intentionen zu verbergen. Unter Spielern und Buchmachern war es gängige Praxis, schweigsame Menschen anzuheuern, die Einsätze tätigten und den Gewinn später weitergaben. Sie waren nicht besonders schwierig aufzutreiben, wenn man die richtigen Kontakte besaß.

»Bist du sicher, dass Eshman uns überhaupt auszahlen könnte? Er hat noch immer viel Staub, aber große Verluste werden ihm unheimlich zusetzen.«

»Das wird er müssen. Sonst rücken ihm die Notare auf den Leib und dann kann er sich und seine Biester gleich vom Urfels ins Meer stürzen.«

Zik war nicht so verbissen wie Riya, wenn sie den Namen ihres Widersachers hörte, aber er war auch nicht erst vor wenigen Stunden von seinen Rylurnen umzingelt gewesen. »Ich halte es aber für wahrscheinlicher, dass er vorsichtig ist und wir nur einen kleinen Teil unserer Einsätze bei ihm unterbringen. Besonders, wenn dein Besuch Früchte getragen hat.«

Vielleicht hatte er recht. Riya hatte nicht damit gerechnet, jemals so viel Staub zur Verfügung zu haben. Wenn der Plan aufging, könnten sie sich in die ganz hohen Kreise befördern. Und wenn er fehlschlug – nun, dann war ihr Erbe verloren. Aber es war ein Erbe, mit dem sie nicht gerechnet hatte. Und obwohl die Summe so erschütternd war, so war die Aussicht, die Vokanv gemeinsam mit Zik vom Thron zu stoßen, dagegen doch das Größte, was sie in ihrem Leben jemals erreichen konnte. Es wäre ein neues Kapitel der Ordnung des Staubs.

Die Entscheidung, die eigentlich schwierig hätte sein sollen, erschien Riya plötzlich ganz einfach. Selbst wenn sie das Erbe verloren, dann hätten sie immerhin alles versucht, um den Traum eines Inz-Kur aus dem Kivkhaus Vokvaram wahr werden zu lassen – den Traum, den sie verfolgten, seit sie Kinder gewesen waren und für den jeder Vokanv sie verabscheuen würde.

Ihre Mundwinkel verzogen sich zu einem Grinsen. »Dann müssen wir nur noch Festn dazu kriegen, dass er verliert und trotzdem so aussieht, als wolle er gewinnen.«

»Überlass das mir«, sagte Zik selbstsicher schmunzelnd. Das gab auch Riya Hoffnung. Zik verlor niemals, also würde auch sie nicht verlieren.

Sie hatte noch eine halbe Tasse Tee, welcher inzwischen nur noch lauwarm war. Sie nahm die Tasse in die Hand und stürzte den bitteren Inhalt entschlossen hinunter. »Machen wir uns an die Arbeit.«

# Vokvaram I

Frühling 353 JdS

Riya rannte durch den Korridor und vorbei an einer Gruppe anderer Kinder. Sie warteten darauf, dass man ihre Haare gelb färbte. So wie die von Melvris, von dem letzte Woche im Tempel gepredigt worden war. Ihr Pech. Riya hatte etwas Wichtiges gehört. Während die anderen sich schön machten oder das zumindest versuchten, würde sie sich einen Platz in der ersten Reihe sichern.

Sie würde Vysn sehen.

So schnell sie konnte, setzte sie einen Fuß vor den anderen, denn sie wollte auf keinen Fall etwas verpassen.

Sie rannte ...

Sie fiel über einen Fuß.

Riya knallte auf den weißen Boden, genau auf ihr Knie und dann auf die Nase. Beides begann pochend zu schmerzen.

Die anderen Kinder kicherten. *Dummköpfe!*

Riya schniefte und wischte sich die Nase ab. Da war ein bisschen Blut an ihrem Finger, doch es war so wenig, dass sie es in der Hand verreiben konnte, ohne dass es auffiel.

Ken-Rav, der immer davon prahlte, dass er einer der Alten Fahrer war, sagte etwas, das Riya gekonnt überhörte. Er war eine Weichbirne, die sich für den Größten hielt, wie das die Weichbirnen eben machten.

Riya schaute Ken-Rav nicht einmal an, als sie wieder aufstand. Stattdessen klopfte sie nur ihre neuen Kleider ab, prüfte, ob sie die Beine gut bewegen konnte, und rannte dann weiter. Sie war schon um die Ecke, durch zwei weitere Korridore und durch die große Tür zur Wasserkammer verschwunden, bevor noch jemand nach ihr greifen konnte.

Knie und Nase waren völlig vergessen, als Riya sich in der Wasserkammer umschaute. Zum zweiten Mal in ihrem Leben durfte sie hier sein, wobei sie sich an das erste

Mal nicht erinnern konnte. Die einzige Sache, die ihr vertraut vorkam, war das Rauschen des Wassers am hinteren Ende des Raumes. Es plätscherte in einem Kreislauf in das große Becken in der Mitte hinein und wieder heraus.

Licht gab es kaum in der riesigen Kammer. Nur an den Wänden hingen Laternen und warfen einen schwachen Schein auf unzählige Rücken, die zum Becken hin immer dichter aneinander gedrängt waren. Einige Kinder waren schon da, vor allem aber war es hier voller Diener und an ihrer Statur erkannte Riya auch einige Kivk. Die ganzen Leute warteten darauf, dass Vysn endlich erschien, schließlich war er die wichtigste Person in ganz Vokvaram.

Sie drängelte sich an ein paar Leuten vorbei, bis sie ganz nah an die aus weißen Steinen gemeißelte Absperrung gelangte, die das große Becken vom Rest des Raumes trennte. Riya war zu klein, um über die Barriere in das Becken zu sehen. Nur an der hinteren Wand konnte sie ein paar Wasserranken erkennen, die in bunten Farben durch die ansonsten düstere Kammer leuchteten.

»Wen haben wir denn da?« Ein Gesicht mit dicken Lippen und Knubbelnase tauchte neben Riya auf und obwohl es so dunkel war, erkannte sie den Besitzer sofort.

»Mik-Ter!«

Mik-Ter war Riya von ihren drei Kivk der liebste. Andere sagten, dass er kein angesehener Kivk war, und zogen häufig über ihn her, aber das scherte sie nicht, denn im Gegensatz zu anderen Kivk war es immer lustig bei ihm. Immer hatte er ein neues Spiel zu zeigen oder etwas Spannendes zu erzählen.

»Bist du schon gespannt, Vysn zu sehen, Liv-Riya?«

Riya nickte. »Nimmst du mich hoch, damit ich reingucken kann?«

»Ich bin nicht mehr der Jüngste, und der Kräftigste war ich sowieso noch nie. Schau meinen Bauch an. Außerdem bist du ganz schön groß geworden.«

»Bitte!«

Mik-Ter seufzte. Er vollbrachte es, gleichzeitig zu grinsen und die Augen zu verdrehen. Dann packte er Riya an der Hüfte und hievte sie auf die Schultern. Sie war kurz in Versuchung, auf seiner Halbglatze zu trommeln, entschied allerdings, dass sie dafür mittlerweile zu alt war.

Ihre anderen Kivk hätten sie niemals auf die Schultern genommen. Riya hätte sich gar nicht getraut, Leutov oder Riz-Mila danach zu fragen. In ihren Augen schadete so etwas der Disziplin und trug auch nicht zu ihrer Konzentration oder zum Lernen bei.

Von den großen Schultern konnte man ganz einfach über den Beckenrand blicken. Was Riya dort sah, war wunderschön. Unter der Oberfläche waren fleckenweise bunte Farben zu sehen: Grün, Blau, Violett.

»Schau mal zur Decke«, sagte Mik-Ter. Riya sah auf und erkannte, dass auch dort die Farben zu sehen waren, wenn man genau darauf achtete. »Das sind Reflexionen vom Licht der Wasserpflanzen. Man hat sie in der ganzen Welt gesammelt und hier eingepflanzt. Und irgendwo dazwischen sitzt Vysn und macht es sich bequem.«

»Ich sehe Vysn nicht«, sagte Riya enttäuscht. Sie hatte schon so viel von ihm gehört – davon, wie alt er war und wie wichtig für Vokvaram –, deshalb wollte sie ihn endlich einmal zu Gesicht bekommen.

»Warte ab. Er wird schon bald herauskommen. Sieh doch, der Sprecher macht sich schon auf den Weg.«

Der Sprecher war ein alter Mann in einem feierlichen Talar mit Quasten, der von der Seite des Beckens her einen schmalen Steg aus weißem Stein entlang marschierte und bei einer kleinen Plattform in der Mitte anhielt.

»Und siehst du das?« Mik-Ters Kopf machte eine Bewegung in Richtung eines kleinen abgesperrten Raumes. »Dort werden Salz und andere Mineralstoffe aus dem Meer ins Wasser gegeben. Uryghoy wie Vysn brauchen genügend Salz, um zu überleben. Wenn sie mehrere Wochen auf dem Trockenen sitzen, dann werden sie ganz schwächlich.«

»Bestimmt schmeckt ihm das Wasser nur besser mit dem Salz.«

Ihr Kivk kicherte. »Wer weiß, vielleicht ist es auch dafür gedacht.«

»Was macht der Sprecher da an dem Steindings?« Riya zeigte auf einen weißen Pfeiler am Rand der Plattform.

»Das ist eine Vorrichtung, mit der man Vysn rufen kann.«

»Wie?«, fragte Riya.

»Geduld, Liv-Riya. Warte ab und du wirst es sehen.«

Der Sprecher beugte sich hinab und zog einen dicken Stift aus dem Pfeiler. Wenig später verschwand der Pfeiler Stück für Stück unter der Wasseroberfläche, während der Sprecher mit gehobenem Arm wartete. Riya hörte, dass die Leute hinter ihr tuschelten. Als sie den Kopf drehte, stellte sie fest, dass die Wasserkammer inzwischen sehr bevölkert war. Das mussten fast alle Kinder von Vokvaram sein, zumindest aus den höheren Stufen! Nur die Trottel, die unbedingt noch ihre Haare färben wollten, waren nicht gekommen.

»So, jetzt werde ich langsam müde«, sagte Mik-Ter und setzte Riya vorsichtig wieder auf den Boden. »Ich will mir ja keinen steifen Nacken einfangen.«

Jemand drängelte sich durch die Menge und stellte sich neben Riya an den Rand des Beckens – ein blonder Junge, ungefähr so alt und groß wie sie. Riz-Mila war auch eine seiner Kivk, deshalb kannte Riya ihn. Doch sie hatte noch nie mit ihm geredet, weil er so schweigsam war. Er klammerte sich an die Steine und streckte den Kopf nach vorne, sodass er gerade darüber hinwegsehen konnte.

Riya wollte darüber nachdenken, ob sie etwas zu ihm sagen sollte, aber dann passierte plötzlich etwas. Aus den Tiefen des Wassers erhob es sich – ein riesiges, buntes Ding. Deutlich größer als der Sprecher. *Vysn!*

Wie ein langgezogener Riesenkrebs mit Pocken und schimmernden Flecken an der Kruste sah er aus. Salziges Wasser rann an ihm herab, als er fast völlig aufgetaucht war. Es ließ die blauen und violetten Stellen und Auswüchse noch stärker leuchten. Erst sehr spät kam Riya in den Sinn, dass es dumm aussah, wie sie mit offenem Mund an der Absperrung zum Becken stand, woraufhin sie die Lippen gespannt aufeinanderpresste.

»Er ist wirklich wunderschön«, sagte sie.

Mik-Ter brummte zur Antwort.

Mit seinen vier winzigen Ärmchen an der Unterseite kroch Vysn an ein paar Stufen hoch, die vom Wasser zur Plattform führten. Er stand jetzt direkt neben dem Sprecher und ragte höher als jeder Erwachsene im Raum. Dann dröhnte ein tiefes, langanhaltendes Brummen durch die Wasserkammer. So etwas hatte Riya noch nie gehört. Das Geräusch ließ etwas in ihrer Brust bibbern und rumoren. Sie wollte alles hören und sich zugleich die Ohren zuhalten.

*Die Götter haben die Uryghoy noch großartiger und klüger als die Menschen gemacht,* dachte sie.

»Lasst die ersten Kinder kommen!«, übersetzte der Sprecher und winkte dahin, wo der Steg war.

Nach einem kurzen Zögern kamen fünf Männer und Frauen in gesprenkelten Talaren, deren tiefblaue Farben Vysns Kruste ähnelten, über den Steg gelaufen, alle mit einem zugedeckten Säugling im Arm. Sie stellten sich nebeneinander auf die Plattform. Kurz darauf trat die linke Frau vor, schlug das weiße Tuch vor der Stirn des Kindes beiseite und streckte das Kleine zu Vysn hin.

»Die Kinder kommen von ganz verschiedenen Frauen in Keten-Zvir. Jedes Neugeborene wird in ein Kivkhaus gebracht, damit es Erziehung und Bildung genießen kann. Außer die Vokanv natürlich, die bleiben bei ihrer Linie.«

Der Junge neben Riya schnaubte, als Mik-Ter das sagte. Er sah die Kinder mit einem Schmollmund an, als wäre er wütend auf sie, obwohl sie bisher nichts getan hatten, als auf die Welt zu kommen.

Wieder dröhnte Vysn durch die Wasserkammer, viel tiefer als ein Erwachsener. Dreimal dröhnte er insgesamt, wobei die Laute alle verschieden lang waren und einen anderen Rhythmus hatten.

»Jetzt sagt er die Namen der Kivk«, flüsterte Mik-Ter. »Vysn weiß ganz genau, welche Kinder zu welchen Kivk passen und welche Kivk sich besser nicht in die Quere kommen. Und er kann in wenigen Augenblicken planen, wo und wann genügend Zeit und Platz für die Kinder vorhanden sein wird.«

Der Sprecher wartete kurz und verkündete: »Gesegnet wurdest du von Uvran, mit dem Leben selbst, und gegeben an unser Kivkhaus. Jarestev ... Leutov ... Kanara-Inna. Dies seien deine Kivk, bis du die Prüfung abgelegt und deinen vollen Namen erworben hast. Leben und gedeihen sollst du in der Ordnung des Staubs! Wir heißen dich willkommen.«

Riya zuckte erschrocken zusammen, als es in ihrem Rücken plötzlich laut wurde. Die Leute hinter ihr summten gemeinsam die Melodie von Uvran, der alten Göttin der Geburt, um das Kind in Vokvaram zu begrüßen. Wie hatten sie es geschafft, alle gleichzeitig loszulegen?

Sie tat sich schwer, die Melodien der verschiedenen Götter auseinanderzuhalten, aber die von Uvran war einfach. Sie war kurz und bestand nur aus vier schnellen Abschnitten, die sehr eingängig waren, wenn so viele Leute sie auf einmal summten. Die gleiche Prozedur wiederholte sich bei den restlichen Kindern. Sie wurden Vysn präsentiert und bekamen binnen weniger Sekunden ihre Kivk zugewiesen, woraufhin der Sprecher die Begrüßungsformel sprach und die Leute zu summen begannen. Beim letzten Mal konnte Riya bereits mitsummen. Der Trick war, nach dem letzten Wort des Sprechers genauso lange zu warten, dass man einen tiefen Atemzug machen konnte.

»Hat Vysn mich auch angeschaut, als ich so klein war?«, fragte Riya, als fünf weitere Säuglinge auf die Plattform getragen wurden.

»Das hat er. Und ich bin froh, dass er mich als einen deiner Kivk ausgesucht hat.« Mik-Ter tätschelte ihr behutsam die Haare, die Riya seit ein paar Tagen länger wachsen lassen wollte. Sie hatte ein älteres Mädchen gesehen, das kurz vor ihrer Prüfung stand und die Haare sehr lang getragen hatte. Sie hatte unglaublich hübsch damit ausgesehen.

»Und danach haben Riz-Mila, Leutov und ich gemeinsam entschieden, dass du den Namen Liv-Riya tragen sollst. Riya ist nämlich ein Name der Alten Fahrer. Dazu einer mit Klang. Genau genommen war das meine Idee.« Mik-Ter kicherte stolz.

Immer mehr Kinder kamen an die Reihe. Am Anfang war Riya noch aufgeregt gewesen, aber irgendwann wurde die ganze Aufführung ziemlich langweilig. Sie hatte mitgezählt: Fünfunddreißig Kinder waren bis jetzt aufgenommen worden. Viele konnten also nicht mehr übrig sein, wenn man bedachte, dass jede zweite Woche – also alle zwanzig Tage – neue kamen.

*Zum Glück*, dachte sie. Ihre Ohren klingelten schon von dem ganzen Brummen, Dröhnen, Grummeln und Summen. In dem hohen Raum hallte das alles nach und verschwamm ineinander, bis sie ganz müde davon wurde.

»Bekommst du gar keine Kinder, Mik-Ter?«, fragte sie und rieb sich die Augen, die im Dunkel immer weniger erkannten. »Ich habe die Namen vieler anderer Kivk gehört, aber deinen noch gar nicht.«

»Nun ...«, antwortete er und kratzte sich verlegen an der Stirn. »Ich bin gewissermaßen ein altes Eisen. In der Regel bekomme ich im ganzen Jahr nur wenige Kinder von Vysn zugeordnet. Manchmal auch gar keine. Das liegt daran, dass ich zu meiner Zeit für meine Leistung bei der Prüfung nur den Namen Vik bekommen habe. Die meisten anderen Kivk tragen den Namen Ik, manche sogar Ziv.«

»Ich möchte auch den Namen Ziv tragen«, sagte Riya. »Ich möchte die Beste bei der Prüfung sein.«

Mik-Ter tätschelte sie noch einmal. Dieses Mal war es etwas kräftiger als vorhin. »Darüber kannst du dir noch früh genug Gedanken machen.«

»Dann sind wir wohl Gegenspieler.«

Das war von dem blonden Jungen neben ihr gekommen. Riya blickte ihn verdattert an. Er schaute zwar grimmig, aber nicht in gleicher Weise wie Ken-Rav oder die anderen Weichbirnen. Er sah mit seinen großen grünen Augen und dem wuscheligen Haar eigentlich nett aus. Es störte ihn nur irgendetwas.

»Ich werde den Namen Ziv tragen«, erklärte er.

»Verstehe.« Riya betrachtete seine dünnen Lippen, die bewegungslos aneinanderklebten, und erwiderte seinen entschlossenen Blick. Sie fragte sich, ob er einsam war.

Sie grinste ihn an. »Wollen wir nicht lieber Freunde sein? Ich kann dir deine Kleider verschönern, wie meine. Sieh her.«

Sie zeigte dem Jungen ihre Ärmel, in die sie kleine Fransen geschnitten hatte. Es ließ sie außergewöhnlich aussehen, wie eine einflussreiche Frau, nach der sich jeder umdrehte, wenn sie den Raum betrat.

»Bitte nicht«, entgegnete der Junge barsch.

Seine braunen Kleider – ein einfarbiges Hemd und eine etwas zu lange Hose – sahen so unspektakulär aus, dass es eigentlich Zeitverschwendung war, sie überhaupt anzusehen. Und wenn er Riyas Hilfe nicht wollte, dann hatte er sie auch nicht verdient.

»Warum bist du eigentlich so böse?«, fragte sie ihn.

»Weil diese Kinder verstoßen wurden. Alle Kinder werden verstoßen. Nur die Vokanv nicht.« Der Junge sprach ganz leise, fast nur zu sich selbst.

»Das ist doch ganz normal«, erklärte Riya entgeistert.

»Die Neugeborenen kommen ins Kivkhaus, das gehört sich so. Hat Mik-Ter gesagt.«

»Die Vokanv nicht. Für mich sollte das anders sein. Ich bin das Kind von Nomen-Virt, dem Inz-Kur von Jukrevink. Aber er wollte mich nicht haben und hat meine Mutter weggeschickt, obwohl er selbst ein Vokanv ist.«

»Woher weißt du das? Ich weiß nicht, von wem ich das Kind bin. Niemand weiß das.«

»Es ist einfach so.« Er verschränkte die Arme und sah demonstrativ in die andere Richtung.

»Kann es wahr sein, Mik-Ter?«

Riyas Kivk hatte alles mit angehört. Aber er zögerte, als wolle er die Frage nicht beantworten. »Hmm ... es ist nicht unmöglich. Viele Vokanv bekommen Kinder und wollen sie dann nicht in ihrer Linie haben. Meistens liegt es daran, wer der andere Erzeuger ist.«

»Siehst du. Es ist wahr.«

»Aber selbst wenn es so wäre, lieber Zikon« – der Junge stutzte, weil Mik-Ter seinen Namen kannte – »Du bist genau wie Liv-Riya und all die anderen Kinder in Vokvaram. Hast die gleiche Chance wie alle anderen auch. Die Prüfung ist ... nun ja ...« Er machte ein wehleidiges Gesicht, während er überlegte. Mik-Ter mochte die Prüfung nicht. Er sagte das nie so, aber Riya fand es einfach zu erkennen, weil er immer so merkwürdig drein sah, wenn er davon redete. »Wenigstens können alle sie ablegen. Jeder hat die Chance, sie zu meistern und auf diese Weise Erfolg zu finden. Du hast diese Chance, wie alle anderen auch, Zikon.«

»Ja«, sagte Zikon, während Vysn erneut dröhnte, dass die Mägen zitterten. »Und ich will der Beste in der Prüfung sein, um es dem Inz-Kur zu zeigen. Und danach werde ich reich und selbst der Inz-Kur. Dann mache ich alles besser als er und verstoße keine Kinder.«

»Du setzt dir hohe Ziele«, sagte Mik-Ter. »Das ist gut. Aber auch viele andere wollen Inz-Kur werden. Es gibt auch viele andere Berufe, die wichtig sind. Man baut

Gebäude, fährt zur See oder geht in die Lehre bei aufrichtigen Kaufleuten. Oder du wirst ein bescheidener Kivk, so wie ich. Falls es nicht funktioniert mit dem Inz-Kur, meine ich.«

»Es funktioniert aber.«

»... Mik-Ter. Dies seien deine Kivk ...«

Riyas Kivk hob freudig erregt die Augenbrauen. »Haben sie mich also doch noch nicht ganz vergessen.«

Riya gluckste. Mik-Ter war knuffig, wenn er sich freute, denn seine Backen bliesen sich auf und liefen ein wenig rot an.

»Ich sollte jetzt gehen. Wir sehen uns nachher im Unterricht.« Er zwinkerte Riya zu, gab ihr einen Klaps auf die Schulter und ließ sie mit Zikon allein.

»Du bist also Liv-Riya.«

»Ja. Und du bist Zikon.«

»Ja.«

»Ich habe dich bei Riz-Mila im Unterricht gesehen.«

»Ich dich auch.« Zikon zögerte kurz und fügte dann hinzu: »Sie hat dich getadelt, weil du *unziemliche* Scherze im Unterricht gemacht hast.«

»Die waren nicht unziemlich!«, sagte Riya und verschränkte empört die Arme. *Die blöde Evtsau versteht nur keine Witze.*

»Ein Seefahrer ohne Hände«, wiederholte er ihre Pointe und zum ersten Mal bewegten sich seine Mundwinkel und ließen ein Grinsen hinter den Lippen aufblitzen. »Ich habe nicht gelacht, weil ich keinen Ärger von Riz-Mila bekommen wollte.«

»Hmm ...«

Vysn sprach noch einmal zur versammelten Menge und der Sprecher verkündete die Kivk des letzten Kindes. Dann verbeugte er sich vor dem bunt leuchtenden U-ryghoy und verließ die Plattform. Vysn ließ sich noch ein wenig Zeit, bevor er selbst vom Gestein zurück ins Wasser kroch und wieder darin versank.

Riya streckte sich, um ins Becken zu schauen und erkannte, wie die dunkelblaue und violette Kruste langsam mit den bunten Wasserpflanzen verschwamm, bis sie gar nichts mehr erkennen konnte bis auf ein Gemisch von Farben im schwarzen Wasser. Sobald Vysn abgetaucht war, wurden die Versammelten entspannter und sprachen wieder wie gewöhnlich miteinander. Der übliche Lärm von Gesprächen stieg auf, als sie die Wasserkammer langsam verließen.

Sobald Riya aus der Wasserkammer in den taghellen Gang trat, umfing sie eine Unwirklichkeit, als wäre sie in einem Traum. Das Dröhnen in den Ohren und die überwältigende Helligkeit wirkten wie eine Betäubung und es fiel ihr einige Sekunden lang schwer, einen Fuß vor den anderen zu setzen.

»Riz-Mila ist eigentlich in Ordnung«, sagte Zikon, der sich schneller wieder gefangen hatte. »Jarestev ist aber mein bester Kivk. Er hat jedes Jahr die Besten bei der Prüfung.«

Riya brummte nachdenklich und blinzelte die bunten Lichter vor ihren Augen weg. Sie musste daran denken, was Mik-Ter gesagt hatte. Es war ganz schön schwierig, den Namen Ziv zu erhalten, weil es so viele Kinder in ihrem Alter gab. Und jedes Jahr konnte es nur ein Kind von Vokvaram schaffen.

»He«, sagte Zikon. »Willst du ... willst du Fallstein mit mir spielen? Es gibt hier einen Kranz, aber die anderen Kinder spielen es nicht, weil es ihnen zu alt ist. Ich brauche einen Partner zum Spielen.«

»Was ist das?«, brachte Riya heraus.

»Du kennst Fallstein nicht?« Zikon sah sie an, als hätte sie noch nie den Himmel gesehen. »Das kann ich nicht akzeptieren. Komm mit.«

Zikon nahm ihre Hand und führte sie durch mehrere hell erleuchtete Korridore in einen der Innenhöfe von Vokvaram. Sie standen nun vor einer der Gartenflächen, wo sich meistens nur die Kivk oder ältere Kinder aufhielten, deswegen kannte Riya sich nicht so gut aus. Ein paar Bäume wuchsen hier in geraden Reihen zwischen Beeten voller roter Mohnblumen. Eine Frau in einer schmutzigen Latzhose stocherte mit einer Harke in der Erde. Hier und dort waren Skulpturen aus weißem Stein errichtet. Sie alle hatten einen leeren Blick, deshalb spielte Riya hin und wieder mit dem Gedanken, ihnen schönere Augen mit Tinte zu schminken, wenn sie aus dem Gang einen flüchtigen Blick in einen der Gärten warf. Als sie die Pflanzen, die Menschen und das Licht betrachtete, stellte Riya fest, dass es in der Wasserkammer zwar schön, aber auch irgendwie bedrückend gewesen war.

»Hier lang«, sagte Zikon und führte sie hinter eine dichte Hecke. Die wenigen Leute, die hier im Garten waren, konnten diesen Bereich nicht einsehen, weil er von zwei hohen Hecken und einer weißen Wand begrenzt war. Inmitten der Fläche stand eine Statue mit ausgestreckter Hand und einem Haufen Körner darin. *Saatkörner.*

»Warte hier.« Der blonde Junge hielt den Finger hoch und verschwand dann wieder im Gebüsch. Kurze Zeit später kam er zurück und hatte beide Arme voll mit einem merkwürdigen Ding, das ein bisschen wie ein kleiner Kronleuchter aussah, und einem Leinensack.

»Das hier ist der Kranz. Man muss ihn irgendwo aufhängen«, erklärte er. Er ging zu der Statue und hängte den Kronleuchter, der eigentlich ein straffer Lederring mit einer festen Halterung an der Oberseite war, mit dem Haken an die ausgestreckte Hand der Statue. Ein-, zweimal zupfte er daran und lächelte zufrieden.

»Schau mal in den Sack.«

Riya tat wie geheißen und sah eine Menge verschiedenfarbiger Steine in Pyramidenform mit kleinen Ösen an den Spitzen. Außerdem war da ein unterarmlanges Band mit zwei kurzen Holzstücken an den Enden. Es fühlte sich in der Hand schwerer als gedacht an.

»Damit musst du werfen«, sagte Zikon und nahm ihr den Sack ab. Stück für Stück griff er sich die Spielsteine und hängte sie an den Kranz. Riya erkannte jetzt, dass sie genau dazu passten. Neun rote Steine hängte er dicht aneinander an Haken an der äußeren Seite des Lederrings und drei weiße an die Innenseite. Es blieb ein schwarzer Stein, der etwas größer war und drei Haken zur Befestigung aufwies. Mit ein bisschen Feinarbeit setzte er diese auf drei dünne Stangen, die vom Ring her zur Mitte verliefen und dort fast zusammenführten.

»Die roten Steine geben zehn Punkte, die weißen dreißig. Du musst versuchen, sie von unten mit den harten Enden zu treffen, damit sie auf den Boden fallen. Wir werfen abwechselnd von dieser Linie.«

Zikon bückte sich und malte mit Kreide einen großen, halbwegs runden Kreis um die Statue.

»Was ist mit dem schwarzen Stein?«, fragte Riya.

»Ohne Übung gelingt es dir nicht, ihn abzuwerfen.«

»Du unterschätzt mich«, sagte Riya und knackte die Finger, weil es ihr wie eine selbstbewusste Geste vorkam. »Ich werde ihn treffen.«

»Vielleicht, aber dann ist er noch lange nicht gefallen. Falls doch, bekommst du einhundert Punkte.«

*So viele?,* dachte sie verdutzt. *Dann ist dieser eine Stein mehr wert als alle roten oder alle weißen.*

»Du darfst anfangen.«

Riya nickte. Sie wollte gewinnen, auch wenn sie das Spiel noch nicht kannte. Zikon würde schon sehen, dass sie ihm gefährlicher werden konnte, als er dachte. Sie warf das Band mit den Holzstücken zweimal probeweise in die Luft und stellte sich danach mit den morgens erst geputzten Schuhen dicht hinter die Kreidelinie.

Sie zielte, sie schleuderte ... und traf einen roten Stein an der Seite.

»Scheiße!«, rief sie und hielt sich schnell die Hand vor den Mund, weil man es wohl im ganzen Garten hören musste. Obwohl sie getroffen hatte, war der Stein nicht von seinem Haken gefallen, sondern hatte nur gewackelt.

»Knapp«, stellte Zikon fest. »Man muss die Steine von unten treffen. Hier, ich zeige es dir.«

Daraufhin hob er das Wurfband auf, ging zum Rand des Kreises und schleuderte es seinerseits. Riya bemerkte, dass er es von unten warf und mit mehr Kraft als sie. Beim Zielen legte er den Kopf leicht schräg und kniff ein Auge zu, bevor er den linken Fuß vorstellte und sich beim Wurf nach vorne beugte.

Mit seiner Technik sausten gleich zwei rote Steine durch die Luft und landeten weit auseinander auf dem Boden.

»Zwanzig Punkte für mich«, sagte er und sammelte die Steine ein. Er schien sich gar nicht wirklich zu freuen, dabei war es ein beeindruckender Wurf gewesen.

»Ich bin wieder dran!« Riya nahm ihm das Band aus der Hand, welches er soeben aufgehoben hatte. Sie ging ein paar Schritte im Kreis, um die verbleibenden roten Steine besser anvisieren zu können. Dieses Mal versuchte sie, seine Wurftechnik zu imitieren und das Wurfband von unten nach oben rotieren zu lassen, sodass die Steine eher nach oben aus ihrer Halterung springen würden.

Sie entließ das Wurfband aus der Hand und sah, wie es um sich selbst wirbelnd auf den Kranz zuflog. Es touchierte einen roten Stein von unten und schleuderte ihn damit von der Halterung.

»Pivva!«, sagte sie und warf Zikon ein Grinsen zu. »Jetzt hole ich auf.«

»Wir werden sehen.«

Riya holte nicht auf. Nach nur fünf weiteren Würfen hatte Zikon hundertsechzig Punkte gesammelt und Riya nur zwanzig. Bei jedem einzelnen führte er ohne jede Abweichung exakt den gleichen Bewegungsablauf aus wie beim ersten Mal. Wie vollbrachte man es nur, immer das Gleiche zu tun, ohne den kleinsten Fehler? Und wie lange hatte er dafür üben müssen, ohne je Mitspieler zu haben?

»Ich habe gewonnen«, sagte er ganz nüchtern. »Du kannst mich nicht mehr einholen.« Trotzdem nahm er sich noch einmal das Wurfband und schleuderte es gegen den schwarzen Stein in der Mitte. Beim Aufprall wackelte dieser, blieb aber an einer der drei Stangen hängen und fiel nicht ganz zu Boden.

»Das musst du wohl noch üben.« Riya lachte, Zikon verdrehte die Augen.

»Jarestev würde sagen, dass du eine spitze Zunge hast«, sagte er.

»Ich finde eher, dass ich spitze bin«, erwiderte Riya und kicherte über ihren Witz.

»Da, schon wieder die spitze Zunge. Vielleicht sollte man dich besser Spitz nennen, damit jeder gleich Bescheid weiß.«

»Gut. Dann brauche ich aber auch einen besonderen Namen für dich.« Sie sah an dem Jungen herunter, der für sein Alter nicht besonders groß war. Sein blondes Haar schien noch seine natürliche Farbe zu haben, denn es war kein reines Blond wie auf einem Gemälde, sondern hatte ein bisschen Rot darin. Sein Aussehen war nicht auffällig genug, damit es für einen Spitznamen reichte. Und dazu trug er so einen Allerweltsnamen, der nicht in Erinnerung blieb. *Zikon ... Zik.*

»Ich werde dich Zik nennen. Das ist kürzer und klingt auch viel schöner. Hat mehr Salz, würde Mik-Ter sagen.«

Zik brummte nur, aber er schien zufrieden mit dem Namen zu sein.

»Ich will morgen noch einmal spielen«, sagte Riya. »Und dann schlage ich dich!«

Jetzt grinste auch er. »Das werden wir ja sehen.« Dann wurde er sehr ernst und presste die Lippen wieder so aufeinander, wie er es in der Wasserkammer getan hatte. War er plötzlich traurig?

»Warte, ich zeige dir noch etwas. Ich wollte das nicht vor deinem Kivk sagen.«

Er kramte in seiner Hosentasche und zog ein grasgrünes Stück Stoff heraus. Ein Halstuch.

Das Halstuch sah auf den ersten Blick gewöhnlich aus. Solche Seidentücher wurden in Vokvaram von vielen getragen, weil sie in Mode waren. Schon durch das bloße Ansehen des Stoffs konnte man erkennen, wie weich es sein musste.

Riya wollte das Tuch nehmen, aber Zik hielt es zurück. »Nur schauen!«

Er glättete es in seiner Hand und streckte es ihr mit dem Saum voraus hin. Nun erkannte sie das Besondere: In den Stoff war eine goldene Halterung mit einem roten Stein in der Größe eines Fingernagels eingearbeitet. Der Stein leuchtete! Es wirkte, als ob das helle Sonnenlicht sich ganz besonders um dieses wunderschöne Steinchen zu tummeln schien. Es steuerte förmlich darauf zu, wie Schiffe auf den Hafen.

»Ist das ... ein echter Staubkristall?«, fragte Riya und konnte schon zum zweiten Mal an diesem Tag ihren Augen nicht trauen.

Zik nickte stolz. »Echter als echt.«

»Wo hast du das her?«

»Das habe ich schon immer gehabt. Seit ich mich erinnern kann und davor auch.«

Neben dem Stein waren ein paar Buchstaben in das Tuch gestickt. »*N ... V ... V ... K ... M*«, las Riya. Sie fragte sich, was das zu bedeuten hatte. Zwischen den Buchstaben waren Punkte, so wie bei manchen arroganten Kindern, die ihre Initialen überall hinschrieben und nicht verstanden, dass sie nach der Prüfung gar nicht mehr übereinstimmen würden ... Weichbirnen wie Ken-Rav.

Könnte es sein, dass dies auch die Initialen von jemandem waren? Aber von wem und warum sollte Zikon ...

»Der Inz-Kur!«, rief Riya. Erneut hielt sie sich die Hand vor den Mund, weil sie so laut gewesen war, und flüsterte dann: »Nomen-Virt ven Kiv-Marka.«

»Glaubst du jetzt, dass ich die Wahrheit gesagt habe?«
»Hmmm ...«
»Ich sollte eigentlich der nächste Inz-Kur sein, weil ich den Staub vom Inz-Kur erben sollte.«
Riya antwortete nicht, weil sie darüber nachdenken musste. Wie konnte er in den Besitz eines so wertvollen Halstuchs gelangt sein? Die Kinder kamen doch ohne Habe nach Vokvaram, oder nicht? Wer hatte ihm das Tuch gegeben? Seine ... seine *Mutter*, die den Inz-Kur geliebt hatte? Es musste so sein, schließlich war es ansonsten unmöglich, an einen so großen Kristall zu gelangen.

»Das ist wunderbar«, sagte Riya nach einer Pause. Zik war dazu übergegangen, die Spielsteine wieder einzusammeln und sah sie dabei fragend an. »Du bist hier viel besser dran.«

Er hob eine buschige Augenbraue und legte die Stirn in Falten.

»Warum?«

»Weil du kein verhätschelter Vokanv geworden bist.«
Diesmal kicherte der blonde Junge.

»Aber warum hast du es niemandem gezeigt?«

Als er den letzten Stein wieder im Sack verstaut hatte, legte er ihn zur Seite und verschränkte die Arme. »Sie würden mir das nur wegnehmen, aber es ist meins! Und damit werde ich irgendwann selbst der Inz-Kur.«

»Aber mir hast du es gezeigt.«

»Ja. Und du darfst das auf keinen Fall jemandem erzählen. Das musst du versprechen.«

»Ich verspreche es«, sagte Riya. Es war aufregend, in ein Geheimnis eingeweiht zu sein. Sie wusste etwas Großes, das sich die anderen Kinder gar nicht ausmalen konnten. »Weißt du was? Ich helfe dir, damit du der nächste Inz-Kur wirst. Die Vokanv werden noch sehen!«

Zik lächelte und wollte etwas erwidern, da grollte plötzlich ein Geräusch über den Garten. Es war nicht ganz so bebend wie Vysns Stimme, flößte aber trotzdem Ehrfurcht ein – das große Horn von Vokvaram, das den Beginn des Unterrichts markierte.

*Irrwa!* Riya hatte ganz vergessen, dass sie zu Mik-Ter musste, um über die Geschichte und Entstehung der Ordnung zu lernen.

»Ich muss los! Bis morgen, Zik.« Schon wieder musste sie durch die langen Korridore von Vokvaram sprinten.

»Bis morgen, Spitz!« Den Rest seiner Worte konnte sie schon nicht mehr hören.

# Zweiter Teil: Rakvanne

Sommer 370 JdS

## 10

*Die Spiele im Glanz der Sonne und des Staubs.* Das pflegte man im ganzen Imperium zu sagen, weil die Spiele des Inz-Juvenk traditionell vom fünften bis zum zehnten Tag der ersten Sommerwoche beim Sitz der Obersten Inz-Kur abgehalten wurden.

*Welch eine Ironie, dass ich den Sonnenhut trotzdem schon wieder nicht tragen kann*, dachte Riya und setzte ihre Signatur unter einen Vertrag über den Banktransfer von vierzehn Staubkugeln. In dem Papier ging es um das Exklusivrecht zum Angebot von Wetten auf den alljährlichen Wettkampf der Nachwuchsathleten aus den Keten-Zvirer Kivkhäusern. Der Vertrag würde von einem ihrer Boten später zur Gilde gebracht werden, damit ein Notar ihn beglaubigen konnte.

Kurz vor den Spielen hatte Zalt einen seiner schlimmeren Stürme von Nordosten her übers Meer fegen lassen. Dieser Sturm hatte sich nun anscheinend in den Felsen von Keten-Zvir verfangen. Immer wenn die Sonne einmal durchbrach, musste man befürchten, dass gleich wieder ein Platzregen niederprasselte. Aus diesem Grund waren die gigantischen Schiebevorrichtungen zum Öffnen der nördlichen Außenwände der Arena noch nicht einmal bewegt worden.

Der Reichskessel lag direkt an der Steilküste und war Stürmen deswegen besonders ausgeliefert. Die ersten Tage der Spiele waren also davon geprägt gewesen, dass sich die Zuschauer dicht an dicht unter die überdachten Bereiche gedrängt hatten. Die Kämpfe waren eher Schlammschlachten gewesen, Tänzer und Schausteller eher bemitleidenswert statt beeindruckend. Da der Bau von Fran-Ilas Kessel noch nicht ganz vollendet war, fehlten an allen Seiten außer der nördlichen noch die Überdachungen. Es standen nur Holzgerüste da, um provisorische, weitläufige Pavillons zu stützen. Sie sackten regelmäßig unter dem Gewicht des Regenwassers nach unten und dann mussten mutige Arbeiter hinaufklettern, um das Wasser mit langen Schiebern in einen der vielen Abwasserschächte zu befördern. In diesem Augenblick stieg ein pickeliger Junge nach oben, der gerade erst aus dem Kivkhaus kommen musste.

*Zumindest ist es heute etwas ruhiger geworden*, dachte Riya. *Damit ist Festns Kampf ein wenig vorhersehbarer.*

Sie saß etwas zurückgezogen hinter der Annahmestelle von Sprung & Glas. Ihr Platz befand sich in Sichtweite der abgesperrten Sektion, zu der nur die Inz-Kur der großen Inseln und ihre Gäste Zutritt hatten – Vokanv-Volk. Aus geschäftlicher Perspektive war der Platz allerdings ziemlich erträglich, denn hier hielten sich viele Leute mit Staub auf und sie schienen alle gewillt, den Staub in ihre Kassen zu streuen.

Jemand forderte die Zuschauer der unteren Ränge dazu auf, ihren Staub zu setzen, solange sie konnten. Er brüllte in die Menge: »Das Geld soll nicht im Beutel liegen, fließen soll es und obsiegen«, wieder und wieder, bis Riya sich die Ohren abreißen wollte. Erst als er sich endlich entfernte und zu den nächsten Plätzen weiterzog, konnte sie sich wieder auf die Berichte vor ihr konzentrieren.

Die Spiele versprachen wie immer außerordentliche Umsätze für die Buchmacher. Von allen großen Inseln und von den Splittern kamen Schaulustige und solche Leute, die das Schauspiel eher als Gelegenheit zum Knüpfen von Geschäftsbeziehungen begriffen. Die dritte Gruppe war aber die interessanteste für Sprung & Glas: Menschen mit zu viel Staub, einer großen Begeisterung für das Glücksspiel und einer völlig überhöhten Selbsteinschätzung, was die Beurteilung von Siegchancen in den Wettbewerben anging.

Schon erschien die nächste Frau der Obersten Inz-Kur auf einer naheliegenden Plattform und forderte die vorbeigehenden Leute dazu auf, ihren Staub kräftig zu investieren. Es gab kaum einen Platz im Reichskessel, an dem man vor diesen besseren Marktschreiern sicher war. Für die Buchmacher waren diese Bemühungen natürlich ein Segen, ansonsten hätte Riya wohl auch hier und jetzt einen Mord begangen.

Die ersten Tage waren für Sprung & Glas geschäftlich solide und vor allen Dingen ruhig verlaufen. Zik und Riya hatten es mit ihren Kalkulatoren vollbracht, angemessene Quoten auszuschreiben, die ihnen gute und vor allen Dingen gewöhnliche Gewinne beschert hatten. Kein Notar und kein Beamter der Obersten Inz-Kur dürfte bisher ein Auge auf sie geworfen haben. Heute war jedoch der entscheidende Tag. Der Tag, an dem Festn verlieren sollte, um aus ihrem enormen Erbe ein gewaltiges zu machen.

Riyas Langeweile verflog jedes Mal, wenn ihr dieser Umstand bewusst wurde. Stattdessen wurde ihr jetzt übel und sie hätte sich gern auf der Stelle übergeben, wenn das nicht die Schlange stehenden Spieler verschreckt hätte. So sehr wie sie sich permanent durch die Haare fuhr – sie hatte sich erst gestern eine kastanienbraune Farbe mit einer einzelnen roten Strähne verpassen lassen –, musste sie ihre Frisur inzwischen völlig ruiniert haben. Vielleicht sollte sie noch einmal zum Spiegel gehen und sich ein wenig frisch ...

*Platsch!*

»Aaahhhhh!«

Ein Schwall Wasser platzte herab und verteilte sich auf dem glatten Boden. Das Wasser strömte von den Sitzreihen vorne bis zu Riyas Stiefeln. Riya ließ den Bericht liegen, wusste aber schon vor dem Aufsehen, was geschehen war: Der junge Arbeiter, der den Regenpavillon vom gesammelten Wasser befreit hatte, war vom Gerüst gefallen und hatte den gesamten Stoff mit sich gerissen. Jetzt lag er wimmernd auf dem Boden, während sich eine Menschentraube um ihn sammelte.

»Macht Platz!«

Ein Schlaks mit zwei in Rot und Purpur uniformierten Dienern im Schlepptau trat in die Menge. Der Mann – oder eher Junge – trug einen schicken schwarzen Umhang mit mehreren Ausschnitten über einer Weste, die blau wie ein Saphir war und fast genauso zu funkeln schien. Seine Frisur war aufwändig unaufwändig und offenkundig frisch geschwärzt worden. Er hatte eine Haltung so gerade wie ein Fahnenmast, deswegen konnte er die extravagante Kleidung tragen, ohne lächerlich zu wirken.

Riya wusste auf den ersten Blick, was hinter seinem arrogant gehobenen Haupt steckte: *Vokanv*.

Der junge Vokanv betrachtete den gefallenen Jungen, der einen fürchterlichen Beinbruch erlitten hatte. Er sagte etwas zu seinen Begleitern, woraufhin einer losrannte und der andere die Wunde untersuchte und zu versorgen begann.

»Geht alle fort, hier gibt es nichts für euch zu sehen«, rief der junge Vokanv, als wäre er der Imperator persönlich.

Tatsächlich funktionierte es. Zunächst zögerlich, dann aber immer schneller, gingen die Leute in alle Richtungen fort. Zu allem Überfluss wollten sie nicht einmal mehr bei der Wettannahmestelle von Sprung & Glas bleiben.

Riya näherte sich, warf einen Blick auf die Verletzung und verzog das Gesicht. Der Fuß war verdreht und eine Spitze des Knochens hatte die Haut am Knöchel durchstoßen. Vielleicht würde der Junge nie wieder laufen können, was bei jemandem, der ohnehin schon das *Kin* oder sogar das *Varin* in seinem Namen trug, die Aussichten auf Arbeit vollkommen zunichtemachte.

»Wie schlimm steht es um ihn?«, hörte Riya sich fragen, die Augen noch immer auf den Knochen gerichtet.

Der Vokanv zuckte merkwürdig zusammen und ließ die Finger nervös durch die Luft tanzen, wandte sich aber nicht um. »Er kann keine Schaulustigen gebrauchen. Bitte geh weg.«

»Mir gehört die Stelle hier!«, sagte Riya so unfreundlich, wie sie konnte. Der Mann trug ein Schwert, in dem sie ihr Spiegelbild erkennen konnte, aber das hieß noch gar nichts. Was bildete sich dieser aufgeblasene Schnösel überhaupt ein?

Jetzt drehte der Vokanv sich um. Sein »Verzeihung!« klang ganz und gar nicht wie eine Entschuldigung. Allerdings schien ihm dann etwas durch den Kopf zu gehen und er besänftigte seinen Ton. »Jetzt habe ich dir das Geschäft ruiniert?«

»Das würde ich nicht sagen, die Leute stehen doch Schlange«, entgegnete Riya und deutete mit einer Grimasse auf die leere Fläche vor der Annahmestelle von Sprung & Glas.

»Tut mir leid. Manchmal fehlt mir das Feingefühl, wenn man meinen Lehrern glauben darf.«

»Was ihr nicht sagt.«

»Sieht schlecht aus, Herr Kizzra.« Der uniformierte Begleiter erhob sich von dem Jungen. Seine Hände waren blutig und neben ihm lag eine offene Arzneitasche mit allerlei Phiolen und Werkzeugen. »Er ist in Ohnmacht gefallen. Wir brauchen dringend einen richtigen Mediziner.«

»Es gibt einen«, sagte Riya. »Die Treppe dort drüben und dann zwei Stockwerke runter.«

Der Mann nickte. Im selben Moment kam sein Gefährte mit einer hölzernen Trage gerannt, auf die beide Begleiter den Jungen eilig bugsierten und ihn danach in die bezeichnete Richtung davontrugen.

»Du bist hier also Buchmacherin?«, fragte der Vokanv mit dem Namen Kizzra anschließend.

»Richtig. Liv-Riya Ik-Vokvaram.«

Er räusperte sich verlegen. »Vielleicht kann ich den Verlust wiedergutmachen.«

*Oh ... ein Gönner also.*

»Ich möchte eine größere Summe setzen ... auf verschiedene Dinge.«

Riya unterdrückte ein Seufzen und lächelte oberflächlich. Dann zwang sie sich zu einem »Vielen Dank!« und lud den Schnösel ein, mit an ihren Platz zu kommen, wo sie ihn durch die kommenden Wettkämpfe und Quoten führte.

Er schien überhaupt keine Erfahrung mit dem Wetten zu haben, denn er stellte immer unangebrachte Fragen über das Zustandekommen der Zahlen und was sie für die Gewinne bedeuteten. Von »Zusammenfassen zweier Wetten scheint mir deutlich lukrativer für die Spieler zu sein« kam er zu »Aber der Buchmacher verfügt für jede Wette über eine Sicherheit für den Verlustfall, richtig?« Irgendwann gelangte er zumindest zu der Erkenntnis, dass die Quoten nicht nur entsprechend der geschätzten Eintrittschance, sondern ebenfalls nach der vorhergesagten Nachfrage berechnet wurden, um im Mittel einen Gewinn sicherzustellen.

Riya widerstand dem Drang, sich über ihn lustig zu machen, denn es stellte sich heraus, dass es sich bei Kizzra um niemand Geringeren handelte als den Spross der Vokanv Linie der Inz-Kur von Nunk-Krevit, der weitläufigsten aller Inseln im Norden.

»Und was ist das Schwierigste an deinem Handwerk? Welche Schwierigkeiten muss man beachten und welche Aufgaben meistern, wenn man ein erfolgreiches Buchmachergeschäft aufbauen möchte?«

*Was ist das für eine Frage?*, dachte Riya. Es verwunderte sie beinahe, wie sehr sie sich davon angegriffen fühlte. *Untergebene führen? Sicherheit garantieren? Verantwortung übernehmen? Stets ein Auge auf die Bücher und die Kasse haben? Sich gegen die Konkurrenz behaupten, ohne sich aufzureiben? Das Wissen über die Potenziale jedes Kämpfers und Speerwerfers, jeder*

*Sprinterin und Springerin besitzen und auf dem Laufenden halten? Und das alles ohne sich die Notare oder die Inz-Kur auf den Hals zu hetzen?*

Was wollte dieser Kerl von ihr hören? Dass man ihr ganzes Handwerk in einem Gespräch verstehen konnte? Eigentlich war das gar kein Wunder. Ein Vokanv würde natürlich annehmen, dass es so einfach war.

»Man muss die Menschen verstehen. Ihre Absichten lesen können. Das ist etwas, das nicht leicht zu lernen ist«, antwortete sie schließlich unter Einsatz ihrer gesamten Selbstbeherrschung.

»Ich verstehe«, sagte Kizzra, sah aber sehr unzufrieden drein.

*Sicherlich.* Riya bemerkte, dass Kizzra nicht in der Lage war, ruhig auf seinem Stuhl zu sitzen. Irgendein Teil seines Körpers war ständig in Bewegung, seien es die Füße auf dem Boden oder die Finger auf dem kleinen Tisch.

»Für gewöhnlich liegen meine Stärken eher im Körperlichen. Ich kann jeden im Kampf schlagen, frage mich aber, wie ich meine strategischen Fähigkeiten verbessern kann.«

»Warum steht ihr dann nicht dort unten?« Riya zeigte in die Arena, wo inzwischen die Vorbereitungen für Festns Kampf vollzogen wurden. Die Zuschauer zog es nun wieder zu ihren Plätzen hin. »Mit euren Mitteln und eurem Stand wäre es ein Leichtes, den Platz im Rampenlicht zu bekommen.«

»Nun ja ... der wahre Gewinn der Spiele wird nicht dort unten verdient, sondern hier oben, habe ich recht? Meine Vokanv Linie besitzt die Reputa... die Verantwortung gegenüber unserem Volk, Staub zu erwirtschaften. Ich bin die Zukunft meiner Vokanv Linie und muss dem gerecht werden.«

Riya hob eine Braue. Das hatte eher so geklungen, als würde ein schlechter Schauspieler zum ersten Mal einen Text aus dem Gedächtnis vortragen. Wurde sie zum

Narren gehalten? Instinktiv prüfte sie, ob sie aus irgendeinem Winkel von Eshmans Spionen beobachtet wurde. Aber sie konnte niemanden sehen, außer ihren eigenen Leuten bei der Annahmestelle und einigen Fremden, die jedoch nur vorbeigingen.

Nein, das war es nicht. Dieser Vokanv war wirklich nur ein schamloser Tölpel, der glaubte, das Buchmachergeschäft wie eine Trophäe dem Arsenal seiner Linie hinzuzufügen.

Ein schrilles Pfeifen erlöste Riya von der Unterhaltung – das Signal für das unmittelbare Bevorstehen des nächsten Kampfes.

»Ihr solltet zu eurem Platz bei den Inz-Kur gehen, sonst verpasst ihr noch etwas«, sagte Riya.

»Du hast recht, das sollte ich ... hab Dank für deine Auskunft.«

Riya lächelte ihn an, während er aufstand und seinen Umhang zurechtrückte. Eines musste man ihm lassen: Er war durchaus elegant. Riya hätte ihn nicht gutaussehend genannt, aber es war doch offensichtlich, dass er wusste, wie man sich bewegen musste, um Eindruck zu erwecken. Als sie darüber nachdachte, fiel ihr etwas ein.

»Es ist euer erster Kampf in Keten-Zvir, habe ich recht?«

»Ja. Ist es so offensichtlich?«

»Nur so eine Vermutung. Jedenfalls ist es hier in Keten-Zvir Tradition, sich mit dem Startsignal vor den Kämpfern zu verbeugen. Es gilt als Zeichen des Respekts für ihre Aufopferungsbereitschaft.«

»Ich danke dir.« Er lächelte und deutete ein Nicken an. »Aber jetzt habe ich dir deinen Verlust doch nicht ausgeglichen.«

»Beim nächsten Mal«, sagte Riya abwinkend. Alles, was sie jetzt noch wollte, war keine Zeit mehr zu verschwenden.

Der Vokanv nickte und lächelte höflich. Sie sah ihm nach, wie er zu den Terrassen an der Nordseite davonstolzierte und kicherte in sich hinein. Wenn er tatsächlich so naiv war, wie es den Anschein hatte, und er ihren Tipp befolgte, dann würde er sich damit vollkommen lächerlich machen. Und vielleicht würde er dann auch verstehen, dass er sich besser nicht in ihr Geschäft einmischen sollte.

»Wer war das?«, fragte eine bekannte Stimme von der Seite.

»Zik!« Bis auf seine übliche schlichte Weste sah ihr alter Freund nicht normal aus. Etwas hatte seine blasse Haut mit Bleiche überzogen und sein Ausdruck war rastlos. »Du bist besorgt.«

Er war nie so besorgt! Wenn er sich schon unsicher war, dann hieß das für Riya, dass Zittern eine viel zu milde Reaktion war.

»Nicht mehr als sonst«, entgegnete Zik heiser. »Es ist nur ... ein großer Augenblick. Nichts wird sein, wie es war.«

»Das ist es, worauf wir hingearbeitet haben. Seit Vokvaram.«

»Zumindest fast.«

»Es kann nicht schiefgehen, habe ich recht? Festn wird eine Weile kämpfen und dann verlieren.«

»Das wird er. Ich habe vorhin noch mit ihm gesprochen. Es wird ihn reich machen.« Zik marschierte hinter der Annahmestelle hin und her. Er warf einen Blick in die Bücher, die gerade von ihrem Personal zusammengelegt wurden. »Deine Einsätze sind also platziert?«

Riya nickte. Zik hatte Riya die Genugtuung überlassen, so viel bei Eshman zu setzen, wie sie konnte. Sie hatte ihre Schattenspieler beauftragt, nach und nach Wetten bei Eshman zu platzieren, bis er nichts mehr annehmen wollte. Erst danach waren sie zu den anderen Buchmachern gegangen.

»Tatsächlich hat Eshman fast alle Einsätze angenommen. Um die achtzig Laden.« Riya wurde kurz schlecht bei dem Gedanken, dass dieser Vokanv jetzt einen Großteil ihres Vermögens in seinen Händen hielt, wenn auch nur in Form von Schuldbriefen. »Ich war etwas überrascht, als ich das hörte. Hat er so viele Einsätze auf Pan-Renva, um das bei gleichen Quoten auszugleichen? Sein Angebot ist allerhöchstens durchschnittlich.«

»Bei den ganzen Vokanv kommt viel zusammen«, murmelte Zik gedanklich abwesend.

Sprung & Glas verbuchte einhundertdreißig Laden auf Festn und sogar noch zwanzig Laden mehr auf Pan-Renva. Selbst wenn Eshman mehr verbuchen konnte, ging er mit solchen Einsätzen ein ziemliches Risiko ein. Vielleicht war er wirklich so verzweifelt, dass er bereit war, jede Münze zu werfen, die die Spiele ihm reichten. In dem Fall könnte Festns Niederlage ihn an den Rand des Ruins treiben.

»Wir müssen aufpassen, was er nach den Spielen unternimmt«, sagte Riya. »Dann müssen wir sehr auf unsere Sicherheit bedacht sein.«

Zik brummte. Nachdem er ihrem Blick erst ausgewichen war, fixierte er nun ihre blauen Augen. Irgendwo darin steckte noch der kleine Junge, der in Vokvaram immer die Einsamkeit gesucht hatte. Vielleicht war doch noch ein bisschen von seiner Unsicherheit geblieben und kam jetzt zum Tageslicht.

Riya näherte sich ihm, griff in seine Tasche, fühlte etwas Weiches und zog sein Halstuch heraus. Dass er so sentimental wegen eines Stückes Stoff war, versicherte Riya immer darin, dass er tief im Kern genau so ein gefühlsgetriebener Mensch war wie sie. Sie wusste, dass Zik einfach niemandem vertraute, abgesehen von ihr. Sie wusste es, seit er ihr als kleiner Junge zum ersten Mal das Tuch gezeigt hatte.

Der in das Tuch gefasste Staubkristall war entladen – was für die Unversehrtheit ihrer Hand ein Segen war – und reflektierte nur das Licht der inzwischen hervorgetretenen Sonne. Tatsächlich hatte sich der Sturm gelegt. An die Stelle der durch das Gestein pfeifenden Winde war ein vielstimmiges Gesprächsorchester voller Gespanntheit getreten. *Ein gutes Zeichen.*

»Bald«, sagte sie und drückte ihm das Halstuch in die Hand. Sie hörte auf zu zittern und in sein Gesicht trat der gewöhnlich ernste Ausdruck.

Ziks Lippen öffneten sich, aber sie konnte nicht verstehen, was er sagte. Seine Worte wurden überdeckt von einem gewaltigen Krach. Dumpf und brutal, wie die Sprache eines Uryghoy, presste er sich in die Ohren und betäubte sie vollkommen.

Riya wusste, was geschah. Der Sturm war fort und deswegen öffneten sie die Tore. Die Wände des Reichskessels waren darauf ausgelegt, die für Jukrevink üblichen peitschenden Winde abzuwehren, standen aber in manchen Bereichen auf Schienen. Bei lauen Winden konnte die Oberste Inz-Kur die Wände mit der Kraft von achtzig starken Armen und einer mechanischen Konstruktion öffnen lassen. Auf diese Weise entstanden mehrere Öffnungen, durch die man direkt auf das Meer und den Hafen blicken konnte.

Der Boden unter ihren Füßen bebte für einige Sekunden. Von Riyas Platz konnte sie einen entfernten Blick darauf erhaschen, wie diese übermenschliche Konstruktion sich bewegte, um nach und nach das weite Meer zu offenbaren. Irgendwo dahinter kam die kleine Insel Keten-Zand, dann Nunk-Krevit und noch weiter hinaus ... nun, das wusste niemand so genau.

Als die großen Tore zum Stehen kamen, tat es auch Riyas Herzschlag. Es war Zeit für den Kampf.

## 11

Beißend stinkende Leiber überall. Sie drängelten sich zu den billigen Plätzen unter Riyas Loge. Vermutlich roch sie selbst nicht angenehmer, so sehr wie sie vor Aufregung schwitzte. Sie sah Lekovs Gesicht und schob sich so weit in seine Richtung vor, bis sie sich aus der Menge herausschälen und den Eingang zur Loge passieren konnte. Als sie aus dem schattigen Gang in die Sonne trat, kam sie sich vor, als würde sie in ihr Verderben gehen. Ein selten flaues Gefühl breitete sich ausgehend von ihrem Magen bis zur Kehle aus. Vielleicht hätten sie Kalavreyus' Rat doch beherzigen und nichts weiter als solides Geschäft betreiben sollen.

Der durch eine hohe Fassade abgetrennte Bereich war nicht sonderlich groß, trotzdem aber ziemlich kostspielig. Vorne waren drei gepolsterte Sitze aufgestellt. Einer würde unbesetzt bleiben, zumindest wenn Uvrit Kalavreyus nicht plötzlich wieder ins Leben schicken würde. In der zweiten Reihe gab es nur eine unkomfortable Sitzbank für die Untergebenen, von der man gerade so über den Rand der Loge sehen konnte.

Auch Zik war noch nicht eingetroffen. Er kümmerte sich noch um die Kasse, doch er würde in wenigen Minuten dazustoßen.

Riya legte ihren halbtransparenten Zierumhang ab. Darunter trug sie ein weinrotes und schwarzes Kleid mit Brokat, das ziemlich eng anlag und von manchen Prüden wohl als aufreizend bezeichnet werden würde. Es war am Rücken und den Hüften ausgeschnitten, präsentierte ein tiefes Dekolleté und schmiegte sich bis zu den Stiefeln um die Beine und bis zu den Handgelenken um die Arme, wobei an Oberarmen und -schenkeln kurze Fransen eingearbeitet waren.

Riya setzte sich auf den mittleren Platz und stützte das Kinn in die Handflächen, um sich zu beruhigen. Sie konnte bereits erkennen, wie eine große Blaskapelle aufmarschierte, um in der Mitte der Arena Haltung anzunehmen. Der Boden des Kampfplatzes war nichts anderes als der natürliche Fels von Keten-Zvir. Hier und dort ragten sogar noch größere Steine aus dem Boden, die von den

Kämpfenden als Deckung oder für waghalsige Sprungattacken genutzt werden konnten.

Würde der harte Untergrund Festn beeinflussen? Er war staubige Kampfplätze gewohnt, Felsen waren ihm nur aus den Minen auf seiner Heimatinsel vertraut und könnten ihn aus der Fassung bringen. Andererseits: Am Verlieren würde ihn das wohl kaum hindern.

Vor der Kapelle ging ein bizarrer Paradiesvogel umher, dessen Haare in einem satten Gelb strahlten und zu Berge standen wie eine Säule. Eine weiße Schleppe trug er hinter sich her, und nachdem er genau in der Mitte des Platzes angelangt war, vollführte er einen seltsamen Tanz, bei dem er sich im Kreis drehte und seine Armgelenke überstreckte. Währenddessen blies ein einzelner Trompetenspieler eine Melodie, die so verspielt war wie keine andere Gebetsmelodie – Melvris Melodie, die beschwingten Töne der Schönheit und Körperpflege.

Alsbald entledigte sich der extravagante Mann seiner Schleppe und entrollte sie auf dem Boden, sodass sie für jedermann genau sichtbar war. Die Leute hielten den Atem an. Auf dem großflächigen Stück Stoff standen in reinem, blutrot strahlendem Staub die Worte *Salon des Melvris* geschrieben. Auch Riyas Blick klebte an jedem der glimmenden Buchstaben.

*Die Leute werden jedenfalls für den neuen Barbier Schlange stehen, so viel ist sicher,* lenkte sie ein Gedanke kurz ab, wenn auch nur für einen Augenblick, bevor sie sich besann, dass für sie gerade noch sehr viel mehr Staub auf dem Spiel stand.

Nachdem die Reklame beseitigt war, setzte die ganze Kapelle ein und spielte eine andere Melodie. Diese Melodie war von tiefen Tönen ohne große Intervalle geprägt. Sie war beim ersten Hören unspektakulär, bis sich ganz unterschwellig ein gewisses Gefühl einstellte, das zwischen Beklemmung und Faszination lag – die hypnotischen Klänge von Inz, dem alten Gott des blutroten Staubs.

Die Zuschauer starrten nun alle zur Nordseite der Arena, wo sich die Fassaden geöffnet hatten. Sie mussten nicht lange warten, bis das Erwartete geschah. Auch Riya reckte den Kopf vor, damit sie zu ihrer rechten Seite alles erkennen konnte.

Sie sah Fran-Ila ven Vis-Kus, die Oberste Inz-Kur, Imperator über alle Inseln, Spitze der Menschheit in der Ordnung des Staubs, an ihrem Platz über einem Vorsprung stehen. Ihre Silhouette hob sich gegen das durch die großen Öffnungen einfallende Licht ab. Bei ihr war ein nahezu rundes und ihr fast zur Brust reichendes Objekt, das von einer roten Decke verhüllt wurde.

Fran-Ilas Haut war so dunkel, dass sie einfach von den Alten Fahrern abstammen musste, und sie trug ein goldenes Gewand mit roten Akzenten am Kragen und den Ärmeln, die Riya nicht sehen konnte, von denen ihr eigener Schneider ihr aber bereits voller schwärmerischer Eifersucht berichtet hatte. Gleichzeitig war Fran-Ila mit goldener Farbe geschminkt und trug goldene Perlen in den lang geflochtenen Haaren. Gealtert, aber noch immer schön, strahlte sie in der Sonne und winkte lachend den Leuten zu, als wäre sie ihre Freundin und nicht dazu in der Lage, jederzeit die Schnalle der Steuer enger zu ziehen, wenn ihr gerade danach war.

Derzeit musste man als Geschäftsfrau nicht allzu viel an die Institutionen der Inz-Kur abtreten – einer der vielen Vorteile der Ordnung des Staubs. Weil die wichtigen Ämter an die Staubvermögen ihrer Besitzer und damit auch an deren wirtschaftliche Schlagkraft geknüpft waren, bestand stets eine Flut an frischen finanziellen Mitteln.

Unter Fran-Ila wurde nun die Decke von dem großen Gegenstand entfernt. Riya wusste natürlich, worum es sich handelte. Sie hatte dieses göttliche Ding schon mehrfach gesehen, und zwar in Fran-Ilas Sitz, dem Kern des ganzen Imperiums. Inz-Juvenk, der größte aller Staubkristalle, strahlte die Herrscherin von unten an. Er war das Zentrum einer blutroten Sphäre, die gleichzeitig Licht abstrahlte und es verschluckte. Es gab auf der ganzen Welt nichts Vergleichbares. Kein Staubkristall war annähernd so groß wie dieser Stein, dessen natürliche Form über etliche Kanten verfügte, nicht ganz symmetrisch daherkam, aber an den meisten Flächen ziemlich glatt war. Wenn man sich daraufgesetzt hätte – was man um der eigenen Gesundheit willen natürlich besser bleiben ließ – würden die Füße ein ganzes Stück über dem Boden baumeln.

Was musste Inz-Juvenk für eine Energie in sich tragen? Genug, damit Lizvanne, die Gesandte von Inz, es mit ihrer Kontrolle über die göttliche Kraft vollbracht hatte, eine halbe Armee der vereinigten Westinseln mit einem einzigen Schleudern des Kristalls auszuradieren. Den Großen Schuss nannte man dieses geschichtsträchtige Manöver. Das Wort *groß* war fast untertrieben dafür, dass die Ordnung des Staubs dadurch erst entstanden war. Lizvanne und die einhundertdreizehn Kaufleute, die ihre Armee aufgestellt hatten, waren der Grundstein für einfach alles. Der Inz-Juvenk und sie bestimmten noch immer das Leben der Leute im gesamten Imperium.

*In nicht allzu ferner Zukunft werden Zik und ich die Nachfolge Lizvannes antreten. Kein Vokanv, sondern wir.*

Während die Lautstärke der Kapelle immer weiter anschwoll, traten ein Mann und eine Frau neben Fran-Ila. Das Geschlecht der beiden war nur an dem Profil ihrer Panzerungen zu erkennen, denn ihre Gesichter waren unter weißen Plattenhelmen verborgen. Sie waren hohe Mitglieder der Notargilden, ausgestattet mit Schwert und Staubpeitsche und vermutlich tödlicher als alle anderen Krieger im ganzen Reichskessel.

Die Notare waren auch die Einzigen, die nicht unmittelbar an das Wort der Inz-Kur gebunden waren, denn diese gefürchtete Truppe diente über allem dem Schutz der legitimen Eigentumsansprüche und damit dem Schutz der Ordnung. Wenn man das Eigentum bei einer der Gilden gesichert hatte, jedenfalls.

*Dass die Notare sich neben Fran-Ila zeigen, ist ein gutes Zeichen für sie*, dachte Riya. *Es wird ihre Autorität untermauern.*

Das Spielen der Kapelle fand ein fulminantes Ende und es brandete Applaus auf. Unterdessen wurden über zwei gegenüberliegenden Zugängen große Banner abgelassen, auf denen in enormen Buchstaben die Namen der Kämpfer zu lesen waren. Von einer Verkündung der Namen durch einen Anheizer hatte man sich längst verabschiedet. Niemand konnte laut genug schreien, um den frenetischen Jubel der tausenden Zuschauer zu übertönen.

Ein großes Horn wurde geblasen, und die Kämpfer traten aus dem Schatten in das Licht der Arena im Fels. Riya war es inzwischen gewohnt, dass Festn gegen seine Kontrahenten fast nackt wirkte. Ein bisschen Leder um die Brust und die Hüfte, sonst nichts.

Dagegen präsentierte sich Pan-Renva wie eine Frau in einem Schlachtgemälde, das jeder mit gesundem Menschenverstand eigentlich für unrealistisch erklären musste. Die weißhaarige Frau stand Festn in ihrer Größe um fast nichts nach und trug eine blau lackierte Rüstung. Ein weißer Umhang mit einem flammenspeienden Schmelzofen darauf wehte ihr um die Beine. Ihre Vokanv Linie war bekannt dafür, am Ufer des Tekt Metall in großen Massen zu verarbeiten. Viele der Silbermünzen stammten aus ihrer Fertigung und wurden über die Wasserstraßen in alle Gegenden von Jukrevink gebracht.

Riya wurde immer nervöser. Gleich würde der Kampf beginnen und Zik war noch immer nicht hier. War er etwa noch aufgeregter als sie?

Die Kämpfer schritten langsam zum Zentrum der Arena – ein Prozess, der sich quälend in die Länge zog. Als sie endlich Angesicht zu Angesicht standen, warf Pan-Renva mit einer aufplusternden Geste den Umhang ab. Ihre schweren Stiefel standen auf dem harten Boden Festns einfachem Schuhwerk gegenüber. Dann griff sie zu ihrer Klinge, die unsagbar dünn war, dafür aber lang geschwungen, mit einer Reichweite, die der eines Speeres nahekam.

Aus der Ferne konnte Riya sehen, wie Festn provokant aufstampfte und sein eigenes, ungleich grobschlächtigeres und brutaleres Schwert vom Gürtel zog. Er schwenkte es und deutete mit der Spitze auf Inz-Juvenk, als wolle er die Ordnung des Staubs selbst herausfordern. *Mach bloß keine Dummheiten*, dachte Riya, während die Spannung der Zuschauer ein unerträgliches Stadium erreichte.

Erneut legte sich der Fokus auf Fran-Ila. Sie hob den rechten Arm und wartete, bis es im Reichskessel vollkommen still war. Riya fiel es schwer, auf sie zu schauen, weil Inz-Juvenk ihren Blick magisch auf sich lenkte. Sie zitterte. Noch nie hatte sie den Rausch und die Anspannung mit einer solchen Furcht in Verbindung gebracht. Ihr Körper reagierte mit den geliebten Erscheinungen der Aufregung, diesem um sich schlagenden Energiestoß, doch dieses Mal glich er vielmehr einer Tortur.

Fran-Ila senkte die Hand und jemand blies ein Horn – das Startsignal.

Aus irgendeinem Grund kam Riya ganz kurz der närrische Vokanv in den Kopf, der sie vorhin ausgefragt hatte. Womöglich machte er sich gerade vor den Augen der hohen Vokanv zum Deppen. Die Vorstellung, wie er dort oben einen vollkommen unangebrachten Kniefall machte, brachte sie zum Kichern. Sie schluckte es jedoch sofort herunter, weil sie sich hysterisch vorkam.

Schnell war Kizzra vergessen, als Festn und Pan-Renva den ersten Schlag austauschten. Es war wichtig, dass Festn es zumindest so aussehen ließ, als würde er gewinnen wollen und das gelang ihm. Er duckte sich unter einem Schlag der dünnen Klinge hinweg und schloss die Distanz zu seiner Gegnerin. Sie konnte zwar zurückweichen, aber die Spitze von Festns Schwert kratzte, dem Geräusch nach, ganz kurz an ihrem Panzer.

Sofort setzte er nach. Mit einem Gebrüll stürzte er nach vorne, während Pan-Renva noch den Schrecken und die Überraschung abschüttelte. Tatsächlich hatte sie kaum Luft zum Atmen.

Kurz flackerte in Riya die Sorge auf, dass sich Festn in seiner rohen Kampfeslust verlieren und seine Abmachung mit Zik vergessen könnte. So etwas konnte unmöglich passieren, nicht wahr? Zik musste sich unmissverständlich ausgedrückt haben.

Abermals landete Festn einen Streiftreffer am gepanzerten Arm, allerdings musste er danach postwendend ausweichen, um der langen Klinge zu entgehen. Er sprintete ein Stück zur Seite zu einem der größeren Felsen. Pan-Revas Klinge verfolgte ihn, blieb aber am Rand des Gesteins hängen – ein abrupter Widerstand, der ihre Führerin den Kopf schütteln und sich schmerzverzerrt an die Hand greifen ließ.

Ein Raunen ging durch die Zuschauer und dann ein Applaudieren. Es wurde immer gern gesehen, wenn jemand aus dem einfachen Volk das scheinbar Unmögliche vollbrachte und mit einer Vokanv ebenbürtig kämpfte. Eine von Ziks und Riyas Strategien war es immer gewesen, diese vorherrschenden romantischen Vorstellungen in die Berechnung der Quoten einzubringen. Jetzt konnte Riya aber nicht anders, als selbst ein warmes Gefühl zu empfinden, wenngleich sie wusste, dass Festn nur ein Schauspiel aufführte.

Festn umkreiste den hohen Stein und spiegelte Pan-Renvas Schritte, die wie die einer Raubkatze waren. Sie setzte einen schnellen Stich auf Schulterhöhe an, aber ihr Schwert war viel zu lang, um vor diesem Hindernis wirksam zu sein. Nach einem zweiten Fehlschlag zog sie sich deshalb zurück und wartete darauf, dass Festn hinter dem Stein hervorkam.

Es entstand eine kurze Pause, in der kein Kämpfer den eigenen Vorteil aufgeben wollte. Das Warten rief Empörung hervor. Wütende Rufe und Provokationen trafen jeweils den Gegner des eigenen Favoriten.

Zum ersten Mal seit Beginn des Kampfes ließ Riya kurz den Blick von Festn ab. Sie sah auf die Ränge unter sich, da sie spürte, dass ein scharfer Blick auf ihr ruhte. In einer Loge links unten stand Eshman ven Eshama und musterte sie finster. Noch trug er sein wölfisches Grinsen auf den Lippen. Er schien tatsächlich mehr Bestie als Mensch zu sein, mit seinem primitiv wirkenden Fell, den fast unnatürlich langen Haaren und der für sein Alter viel zu gemaserten, ledrigen Haut.

Natürlich war Festn derjenige, der sich dem Druck ergab und wieder auf die offene Fläche marschierte. Er donnerte sein breites Schwert einmal mit der flachen Seite gegen den Stein und brüllte etwas, das Riya nicht verstehen konnte. Pan-Renva stand hingegen bewegungslos da und schien zunächst in sich zu gehen, bevor sie die Klinge hob und auf ihren Gegner richtete.

Unvermittelt und unter dem Gejohle der Massen preschte Festn vor und schlug das Schwert zur Seite, um erneut die Distanz zu schließen. Dieses Mal rechnete Pan-Renva jedoch damit und empfing seinen Ansturm mit einem Tritt in den Bauch. Festns Bauch war von einem Kokon aus puren Muskeln umgeben, aber selbst ihm musste der Einschlag der Metallstiefel den Magen umdrehen. Er taumelte nach hinten und schüttelte sich, bevor er die Füße wieder stabil nebeneinander auf das Gestein setzte.

Mittlerweile spürte Riya, wie sie vom Nervenkitzel und dem Lärm der Zuschauer mitgerissen wurde. Der Kampf wendete sich langsam zu Pan-Renvas Gunsten, so wie es geplant war. Die Vorboten von Glücksgefühlen infizierten Riya bereits.

Die große Frau in Blau ließ sich Zeit beim nächsten Angriff, schlug dafür aber umso verheerender zu. Von oben fiel ihre Klinge wie ein Henkersbeil und Festn musste sich zur Seite werfen, um sich vor dem sicheren Tod zu bewahren. Er trat erneut den Rückzug an. Bevor Pan-Renva ihn jedoch verfolgte, klopfte sie sich einmal seitlich gegen die Brust, als wolle sie ihre Rüstung neu ausrichten. Als sie damit fertig war, stapfte sie auf ihn zu. Seit der Pause war sie deutlich weniger explosiv in ihren Bewegungen. Wahrscheinlich hatte sie jetzt verstanden, wie schnell Festn trotz seiner bulligen Statur war und setzte nun auf den Vorteil, den die Rüstung und die lange Waffe ihr verliehen.

Sehr methodisch vollführte Pan-Renva einen Schlag nach dem anderen. Festn konnte ihnen entgehen, aber es war jedes Mal knapp und seine Kräfte ließen bereits merklich nach. Seine Gegnerin bot ihm keine Angriffsfläche mehr und so wurde er immer weiter zurückgedrängt, bis die beiden fast den Rand der Arena erreicht hatten. Die Kämpfenden befanden sich nun direkt unter Riyas Loge, sodass sie die beiden mit Wein oder Saft hätte treffen können.

Riya konnte plötzlich durch die Zuschauer hören, dass Festn laut redete und immer wieder den Namen seiner Schutzgöttin Vayschan schrie. Pan-Renvas Gesicht war vor Anstrengung verzerrt, aber das seltsame Verhalten ihres Gegners schien sie nicht aus der Ruhe zu bringen. Sie brachte einen weiteren langen Hieb an und streifte den zurückweichenden Festn an der Brust. Er schrie auf und rollte zur Seite, aber sein sauber zerteilter Lederschutz und ein Blutspritzer blieben auf dem Boden zurück. Es würde eine Narbe zurückbleiben, die mit der aus seinem Kampf gegen Aksund ein sauberes Kreuz ergab.

Riya erhob sich von ihrem Sitz, um besser sehen zu können. Sie hielt den Atem an, so wie alle Zuschauer. Nicht mehr lang, dann war es vorüber und sie könnte gemeinsam mit Zik ihren Gewinn verbuchen. Sie konnte sich schon den dummen Ausdruck auf Eshmans Gesicht vorstellen. Die Vorstellung entlohnte für Jahre der harten Arbeit und des Lernens, denn Eshman und seine blanke Eifersucht waren nur Stellvertreter für all jene, die ihnen seit Vokvaram nichts zugetraut hatten. Sie dachte an Ken-Rav, den Schwachkopf aus dem Kivkhaus, an arrogante Notare und an die Vokanv, die Menschen wie Zik und sie am liebsten als eine gänzlich andere Spezies deklariert hätten.

Ja, Eshmans Anblick wäre endlich einmal eine Wohltat.

Statt seiner sah sie aber zunächst die Grimasse in Pan-Renvas Gesicht. Eine Grimasse, die ... hatte sie etwa Schmerzen?

Die Vokanv-Kämpferin griff sich an die Brust. Die blaue Farbe war an einer Stelle abgesplittert, aber der Panzer nicht einmal ansatzweise durchbohrt. Sichtlich wütend spuckte sie aus und packte ihre Klinge wieder fester, um Festn erneut unter Druck zu setzen.

*Der Kampf war nun überzeugend genug*, dachte Riya. *Es wird Zeit, dass Festn dem ein Ende macht.*

Pan-Renva stieß zu und der schwer atmende Festn machte einen Satz zurück. Für ein kurzes Zeitfenster schien er völlig ungeschützt, aber Pan-Renva schaffte es nicht, schnell genug zu reagieren. Noch einmal sprang Festn nach hinten, sodass er die Wand im Rücken hatte. Statt sich aber vor einem neuen Schlag zu ducken, stieß er sich sofort in einem selbstmörderischen Manöver davon ab und schoss nach vorne.

Das war genau das, was Riya brauchte. Einen viel zu leichtsinnigen Angriff, der aber kaum Todesgefahr verhieß. Pan-Renva musste nur noch die Klinge heben, um den Ansturm zu bestrafen und Festn zu einer überzeugenden Aufgabe zu zwingen.

Aber Pan-Renva hob die Klinge nicht. Nicht einmal ein bisschen. Es sah plötzlich aus, als wäre sie aus Blei gegossen. Sie ließ das Schwert fallen und wurde dann ohne jeden Ausweichversuch von Festns verheerendem Schlag an einer verwundbaren Stelle ihres Panzers der Seite getroffen.

Die Zuschauer heulten auf, als das Blut durch die Luft spritzte, Pan-Renva rückwärts taumelte und ohne Abfederung auf die Felsen kippte wie eine umgeworfene Statue.

Sie lag am Boden und regte sich nicht. Genauso wie Riya.

## 12

Pan-Renva war vielleicht tot, vielleicht bewusstlos und wurde mit Gewissheit auf einer Trage vom Kampfplatz befördert. Festn war selbst noch immer benommen, während er als Sieger proklamiert und mit Jubelstürmen überhäuft wurde. In Riyas Augen ging das alles langsamer vonstatten. Sie war benebelt, als wäre etwas in ihrem Kopf zerplatzt und hätte nur Rauch hinterlassen.

Jemand starrte sie an. Ein verschwommener Mensch mit langen Haaren. *Eshman.* Er hatte den Großteil ihres Staubs gewonnen – Kalavreyus' Vermächtnis. Und nun grinste er sie wieder an, als ob er das wusste. Was war geschehen? Hatte er einen Spion gehabt? War er an Festn herangekommen? Hatte ein Schattenspieler sie verraten?

Die Zeit, in der die Arena geräumt wurde, verging mal sprunghaft und dann wieder schleichend langsam. Riya musste sich zusammennehmen, um Eshman nicht die Genugtuung ihrer Verzweiflung zu gewähren. Sie besann sich auf Dinge, die nicht soeben in sich zusammenfielen. Sie besaß noch immer etwas Staub. Sprung & Glas war ab heute in Schwierigkeiten, aber noch nicht tot. Sie konnten nicht mehr an die Position des Inz-Kur denken, kurzfristig jedenfalls, aber Zik und sie waren noch auf den Beinen. Und sie hatten umso mehr Grund, Eshman Stück für Stück alles wieder wegzunehmen.

Sie sah wieder zu Eshmans Loge, um sein Starren zu erwidern, doch er war schon verschwunden.

Ob Zik es schon wusste? Sie musste zu ihm gehen, einen Plan schmieden, um nicht in Eshmans erstarktem Biss zerrieben zu werden. Sie musste es noch heute tun – ja, jetzt sofort.

Wie durch einen Tunnel drückte sich Riya durch die Menschenmassen in den Gängen des Reichskessels. Sie schob sich rabiat durch Körper in prachtvollen Kleidern und farbenfrohen Haartrachten, sodass nicht einmal Lekov ihr folgen konnte. Jemand, den sie zur Seite drängelte, spuckte sie an, doch sie ignorierte ihn und wischte sich den Speichel von der Wange. Jeden Widerstand beförderte sie aus dem Weg, bis sie wieder vor der geschäftigen Annahmestelle von Sprung & Glas stand und vor der verriegelten Tür, die zum Hinterraum führte, wo die Kassen und Wettscheine gesichert waren. Sie nahm ihren Schlüssel vom Gürtel und führte ihn in das Schlüsselloch. Tatsächlich war die Tür gar nicht verriegelt. Sie trat ein.

Der Raum war im Gegensatz zur sonnengefluteten Arena finster. Ohne erkennbares System waren kleine Kisten und Truhen verteilt, aus denen ein gedämpft rötlicher Schimmer hervorquoll, und es waren mehrere Menschen anwesend. Riya erkannte zwei ihrer eigenen Leute und Zik, dazu zwei Männer – einer von ihnen war mit einer glimmenden Staubpeitsche ausgestattet – und eine Frau, die sie nicht kannte. Hinter ihr trat Lekov hinzu.

Zik wusste es bereits. Wenn das nicht durch reine Logik ersichtlich gewesen wäre, dann hätte sein Gesicht es verraten. Er haderte mehr als gewöhnlich. Es war nicht sein üblicher Frust über die Vokanv oder das permanente Misstrauen. Der Ausgang des Kampfes hatte ihn viel tiefer getroffen und jetzt stützte er sich mit bis zum Zittern angespannten Armen auf einen Tisch.

»Zik … Wer sind diese Leute?«

»Sie … ihre Namen sind nicht so wichtig für dich.« Zik richtete sich auf, sog tief die Luft ein und kämpfte sich einen Blick in ihre Augen ab, den er jedoch nicht lange hielt. »Lass mich damit beginnen, dass es mir leidtut, wie die Dinge verlaufen sind.«

»Ich habe es gesehen, Zik. Etwas hat nicht gestimmt. Pan-Renvas Sieg stand kurz bevor, aber dann hat sie die Kraft verlassen. Tzinn! Rhusent! Jemand muss sie vergiftet haben. Eshman ...«

»Du bist frustriert, weil du deinen Staub verloren hast.«

»Frustriert?« Riya konnte gar nicht ausdrücken, wie untertrieben dieser Begriff war. Sie wollte Vergeltung um jeden Preis. Sie wollte jetzt damit beginnen, einen Plan zu schmieden, der Eshman in nichts als seinen Untergang führen würde. »Es war Kalavreyus' Staub! Jetzt ist er verloren!«

»Nicht ganz verloren. Er hat einfach den Besitzer gewechselt.«

»Eine solche Sichtweise sieht dir ganz und gar nicht ähnlich.«

Ein wenig Unruhe machte sich unter den Fremden im Raum breit. Sie verabschiedeten sich von den lässigen Haltungen und legten die Hände an die Hüften, wo sie in Griffweite ihrer Waffen waren. Die Staubpeitsche blitzte kurz auf, als sie touchiert wurde. Ein Schwert schepperte leise gegen die Ecke einer Kiste, als sein Besitzer sich in eine aufrechte Haltung begab.

Zik ächzte. Er schloss für einen Moment die Augen. »Du denkst, dass auch ich nun ruiniert bin, aber du liegst falsch. Meine Schattenspieler haben den Staub bei den anderen Buchmachern nicht auf Pan-Renva gesetzt, sondern auf Festn.«

»Was?« Riya entglitten alle Züge.

»Mein Staub wird zusammengetragen, während wir reden. Ich habe mein Vermögen beträchtlich vergrößert.«

Riya verstand die einzelnen Worte und den Zusammenhang dazwischen, aber ihre Implikation blieb irgendwo auf dem Weg hängen. Es wäre vollkommen abwegig, das zu tun.

»Du machst Witze.« Als sie das aussprach, verstand sie sofort, dass es nicht stimmte. Zik machte keine dummen

Scherze. Immer, wenn Riya sich welche erlaubte, störte er sich daran. *Das bedeutet ...*, dachte Riya schwerfällig, als wären ihre Gedanken von Treibsand geflutet. *Es bedeutet ...*

»Du hast mich absichtlich in die Falle gelockt.« Sie schluckte und riss die Augen weit auf. »Du hast mich belogen und danach den Kampf zu Festns Gunsten manipuliert. Er wusste nie, dass er verlieren sollte.«

»Ich habe nichts Illegales getan. Nichts, was mir jemand nachweisen kann. Ich habe meinen Staub anders eingesetzt als du, Spitz. Nur klüger gewettet.«

»Klüger? Ich habe es beobachtet! Pan-Renva wurde vergiftet!«

Während Riya immer lauter wurde, nahmen die drei Unbekannten ihre Waffen in die Hand und stellten sich zwischen sie und den Ausgang. Aber Riya wollte den Ausgang gar nicht nehmen, sich nicht unter die Menschen mischen, die Gewinne abholten, oder sich schon auf das nächste Spektakel vorbereiteten. Sie musste Zik konfrontieren, hier und jetzt.

»Ich weiß von nichts dergleichen«, sagte er kalt, als wäre es nicht offensichtlich, dass es sich dabei um eine Lüge handelte. »Ich hatte mehr Glück als du. Du hattest Pech. Hoher Einsatz, hohes Risiko.«

»Aber warum hast du nicht unseren Plan verfolgt? Jetzt ist Eshman im Besitz meines Staubs.«

»Das ist richtig. Aber Eshman und ...«

Zik brach ab, weil sich in diesem Augenblick die Tür öffnete und sich ein widerwärtiger Duft einstellte. Einer wie im Schlachthaus.

»Ich hörte jemanden meinen Namen rufen?«

Riya fuhr herum. Wölfisch zur Schau gestellte Zahnreihen und silbriges Metall leuchteten im blassen Rot.

»Was wollt *ihr* hier?«, fuhr es aus Riya.

Eshman trat weiter in den Raum. Als hätte sie ihm ein Kompliment gemacht, zwinkerte er ihr zu, ignorierte aber ihre Frage. Stattdessen klopfte er sich gegen einen kleinen Beutel, der an seinem Fell baumelte, das er um die Schultern gelegt hatte. »Ich habe die Papiere dabei, Zikon. Das Gegenstück befindet sich bereits auf dem Weg zur Gilde.«

*Papiere*, dachte Riya. *Welche Papiere?* Sie sprach die Frage nicht aus. Diese Befriedigung gönnte sie Eshman nicht.

»Ich befürchte, dass dir das auch nicht gefallen wird«, sagte Zik. »Wir haben beschlossen, unsere Geschäfte zu vereinen.«

»Vollkommene Dominanz im Buchmachergeschäft von Keten-Zvir«, schwärmte Eshman und leckte sich genüsslich die Lippen.

»Und dabei wird es nicht bleiben. Wir expandieren, setzen auf andere Geschäftswege. Wir werden den Staub direkt an der Quelle gewinnen. Schwierig, aber mit der richtigen Leitung fast grenzenlos profitabel. Es gibt so viele Gelegenheiten, nur waren wir bis jetzt zu feige, sie zu ergreifen.«

*Hah.* Riya wollte fast auflachen, aber es wäre ihr im Halse stecken geblieben. Das war ... es war lachhaft. Zik konnte unmöglich glauben, dass Eshman ein besserer Geschäftspartner wäre. Zik hasste die Vokanv noch mehr als sie. Das alles klang so falsch.

»Das wird nicht geschehen, solange ich noch Eigentümerin von Sprung & Glas bin!«

Zik seufzte – stöhnte, eher gesagt. Er sah frustriert aus, nicht nur besorgt, wie vorhin, sondern als ob Valryanne selbst in ihm auflebte. Eshman warf ihm einen ernsten Blick zu. Zik zögerte, doch dann nickte er und seine Miene verhärtete sich.

»Mitspracherechte verfallen beim Tod ihres Inhabers, solange kein Testament aufgesetzt wurde.«

Eshman kicherte. »Und du würdest nicht glauben, wie viele Menschen sich nach großen Verlusten im Spiel selbst das Leben nehmen.«

Riya spürte, wie in ihr etwas – alles – auseinanderfiel. Sie wich zurück, bis ihr Rücken gegen die Wand gepresst war. Was war? Was geschah?

»Was hat das alles zu bedeuten?« Das war Lekov, glaubte sie. Der Rhythmus der Stimme neben ihr verriet es. Sie sah aus dem Augenwinkel, dass er zu Zik ging und dieser ihm etwas zuflüsterte. Danach schwieg er, stellte sich zur Seite und machte keine Anstalten mehr, zur Waffe zu greifen.

Lekov scherte Riya nicht. Sie blickte Zik in die Augen, die gerade eher grau als grün waren. Er wich ihr aus, weil er sich schämte. Ihr Körper sagte ihr, dass sie weinen sollte, weil der Verrat so schrecklich war. Aber sie presste nur die Kiefer zusammen, bis ihr vor den Augen schummrig wurde.

»Warum?«

»Es tut mir leid, Spitz. Aber Kalavreyus' Erbe ist für etwas Großes bestimmt. Nicht für gekaufte Liebhaber und für Mode. Sie ist das Fundament für eine Herrschaft, die aus einem Kivkhaus kommt. Und er hatte recht. Dafür muss ich Opfer bringen.«

»Wir kennen uns, seit wir neun Jahre alt sind. Wir haben geschworen, zusammenzuarbeiten.« Riya sprach zu sich selbst, denn sie sah schemenhaft, dass er sich abgewendet hatte.

»Ich habe mir das nicht leicht gemacht. Aber man muss doch irgendwann einsehen: Es konnte immer nur einer von uns Inz-Kur werden. Und wenn du dich nicht selbst belügst, waren deine Ambitionen nie so aufrichtig wie meine. Du hast es dir in deiner Lage bequem gemacht, während ich alles dafür gegeben habe. Ich verdiene diese Position. Ich hätte schon seit meiner Geburt dafür bestimmt sein sollen. Und ich bin besser dafür geeignet als du, weil ich, im Gegensatz zu dir, wirklich den Staub verstehe und ihn beherrsche. Ich bin dir seit jeher in allen Belangen überlegen.«

»Dreh dich um und sag mir das von Angesicht zu Angesicht«, flehte Riya mit bebender Stimme.
»Mach es gut, Spitz. Ich werde dich in guter Erinnerung behalten.«
»Zik!«
Er gab nur ein knappes Handzeichen, ohne sich umzudrehen. Riya wurde von den drei Unbekannten gepackt und bekam den Arm auf dem Rücken verdreht. Die Frau zog so kräftig daran, dass Riya glaubte, ihre Schulter spränge aus dem Gelenk.
»Zik!«, brüllte sie, als bereits alles vor ihren Augen von Tränen milchig war.
Sie spürte einen Schlag gegen die Wange und wie jemand ein großes, stumpf schmeckendes Stück Stoff in ihren Mund stopfte. Die Umrisse von Ziks in sich zusammengesacktem Körper verschwanden.
Man nahm ihr die Geldbörse ab. Dann wurde sie aus dem Lagerraum gebracht und hinter der Annahmestelle entlang geschubst bis zu einem menschenleeren Gang, an dessen Ende getrübtes Sonnenlicht in ihr Auge schien. Ein strammer Luftzug herrschte hier und verdrängte den warmen, stinkenden Atem ihrer Entführer. Er ließ eine kurze Klarheit in ihre Gedanken treten, durch die Riya erkannte, dass sie den Verrat vorerst vergessen und sich darauf konzentrieren musste, um jeden Preis zu flüchten.
Riya zappelte unvermittelt und es gelang ihr, einen Arm aus dem festen Griff der Frau mit dem faulen Atem zu befreien. Sie schlug einen Fuß nach hinten und vernahm ein wütendes Aufstöhnen, dann eine Lockerung an ihrem anderen Arm. Sie riss sich los und den Knebel aus ihrem Mund. Dann rannte sie in die einzige Richtung, die ihr blieb: nach draußen, dem Meer entgegen, wütende Flüche ihr nacheilend.
Das Kleid war so eng um ihre Beine, dass sie es schon nach ein paar aggressiven Schritten aufgerissen hatte. Sie sprintete durch die Öffnung, wo sie abrupt stehenbleiben

musste, weil sie sich sonst zu den Felsen in die Tiefe gestürzt hätte. Rechts von ihr war die Idee einer Treppe in den Felsen gehauen, die sie näher an den Meeresspiegel bringen würde. Ihr einziger Fluchtweg.

Eine Hand griff nach ihrem im Wind flatternden Zierumhang, bekam ihn aber nicht ganz zu fassen. Jeweils zwei der glitschigen, hohen Stufen auf einmal nehmend, eilte Riya nach unten, bis sie mit Schmerzen in den Knöcheln bei einer kleinen Plattform angelangte. Sie überlegte kurz, ob sie von hier einfach ins Meer springen sollte, aber der Aufprall wäre aus dieser Höhe vielleicht tödlich gewesen und außerdem erkannte sie weit und breit keine Möglichkeit, an Land zu kommen, bis auf einen kleinen Steg weiter westlich, der zu einem anderen Zugang zum Reichskessel führte. Richtung Osten sah sie ein paar Segelschiffe auf ihrem Weg, die Hafenanlagen von Keten-Zvir zu verlassen. *Weg von Jukrevink. Ganz weit weg.*

Ihre Intuition entschied sich gegen den Sprung und so sprintete sie die Plattform entlang. Wenn sie wieder in die Arena gelangen könnte, wäre es einfach, in der Menschenmenge unterzutauchen. Der Schutz der Masse war ihre Sicherheit.

Sie bog um eine Ecke, hinter der sie einen weiteren Zugang zum Kessel vermutete. Sie hörte bereits die durcheinander wirbelnden Stimmen der Besucher dahinter. *Entkommen.*

Durch einen Gang konnte sie bis zu den Zuschauerrängen sehen, aber der Zugang war von einem Gitter versperrt. Nach links und rechts war nur verwittertes Gestein zu sehen.

Riya warf sich gegen die Gitterstäbe, aber sie gaben kein Stück nach. So laut sie konnte, rief sie nach Hilfe. Keine der entfernten Gestalten schien sie zu hören. Dutzende gingen am Ende des Ganges vorüber, doch keiner hob den Kopf, um sich umzusehen. Ihre Blicke hingen an den Attraktionen der Arena oder am Boden und ihre Ohren nahmen nichts auf als den Lärm, der ihnen von den Veranstaltern zugedacht war. Immer verzweifelter schrie Riya, doch auf diese Entfernung hatte sie keine Chance gegen die Betäubung der Massen.

Im Handumdrehen war Riya wieder von Eshmans Schergen umzingelt und wurde vom Gitter weggezerrt.

»Anmaßende Hure.« Es war die Frau, die fast wie eine weibliche Version von Eshman aussah. »Wir zerbrechen dir deinen hübschen, kleinen Körper.«

Die zwei Männer hielten Riya fest, sodass sie sich nicht gegen das Knie wehren konnte, das in ihren Bauch gestoßen wurde.

Die Frau riss die Staubpeitsche vom Gürtel ihres Kumpanen und hielt sie Riya so dicht vor das Gesicht, dass sie glaubte, rote Blitze würden ihr sogleich das Augenlicht nehmen. »Das hast du vom Laufen.«

Hieb eins war der schlimmste. Die Peitsche traf Riya an der Seite und wickelte sich förmlich um ihren Rücken. Der Schlag schmerzte, aber er war erträglich im Gegensatz zu der Reaktion, die ihr Körper auf die Berührung mit den aufgeladenen Staubkristallen hatte. Von der Linie des brennenden Aufschlags breitete sich ein Gefühl in ihrem Körper aus, das wie ein plötzlicher Muskelkrampf war, nur dass er jeden Muskel gleichzeitig erfasste. Ein dumpfer Stich drang in ihren Kopf und schien dort Zerstörung zu hinterlassen, wie ein Blitz, der in einen Baum einschlägt und ihn versengt zurücklässt.

Eine Sekunde fragte sie sich, ob sie nicht eigentlich Rakvannes Melodie des Schmerzes hören sollte, und ob sich die Peitsche dadurch wohl erträglicher anfühlen würde. Sie hatte die Melodie immer gemocht, doch konnte sie nicht mehr in Erinnerung rufen.

Hieb zwei folgte wenig später, aber Riya war durch das Nachbeben in ihrem Fleisch noch so sehr betäubt, dass er sich schwächer anfühlte. Wie ein Stein kippte sie zur Seite und prallte mit dem Kopf gegen den Fels. Von milchig zu völlig schwarz wurde ihre Sicht, während weitere Hiebe auf sie einregneten. Sie spürte jeden Schlag weniger und weniger. Stattdessen kam sie sich vor, als würde sie sich von außen betrachten.

Sie glitt in Richtung der finalen Ohnmacht und sah Zik mit einem Berg voll Staub in der Hand. Er war gigantisch und begrub Riya unter dem Staub, der sie wieder und wieder mit seiner Energie quälte, bis sie nur noch ein zitternder, geistloser Körper war. Ein Körper, der nur noch dumpf hörte, dass Wachleute auf der anderen Seite des Gitters etwas schrien. Ein Körper, der nicht fühlte, dass er hochgehoben wurde, sondern plötzlich schwerelos war, bis ein letzter Aufschlag den schlaffen Rücken traf. Drumherum und doch ganz weit entfernt war so etwas wie ein Platschen zu hören und danach nur noch ein Rauschen. Schließlich war da nur noch totale, geistlose Stille.

## 13

Kizzra war rastlos und musste sich unbedingt Luft verschaffen. Er konnte es nicht länger ertragen, tatenlos in Mutters Palast zu sitzen.

*Warten* – es gab nichts Schlimmeres auf dieser Welt. Es schien, als würde sich in seinem Körper eine Energie aufstauen, wenn er nur dasaß. Die Energie verlangte danach, durch Bewegung und durch Taten freigelassen zu werden. Schon der grässlich weiche und jeden Klang abfedernde, braune Teppich unter seinen Schuhen machte ihn wahnsinnig, deshalb marschierte er ganz nah an der Wand durch den Korridor, wo zumindest ein leises Quietschen und ein Gefühl von Widerstand bestätigten, dass sich etwas bewegte.

Er passierte die Küche, aus der ein warmer Duft von frisch gebackenem Brot kam, und danach den Festsaal mit dem Mosaik der Eintausend Masken – eigentlich waren es nur ein paar hundert, weil der Rest bei der Ausgrabung oder dem Transport verschollen oder zerbrochen war. Die Masken stammten noch aus der Zeit vor den Alten Fahrern, als Nunk-Krevit von urtümlichen Völkern besiedelt gewesen war. Die meisten waren aus Gips hergestellt, einige aber auch aus einem Material, das wie eine primitivere, raue Form von Porzellan aussah. Über Jahrzehnte hatte Ankvina sie von alten Grabstätten und Monumenten zusammentragen und in diesem Saal aufhängen lassen. Das war eine von Mutters Leidenschaften gewesen – als sie noch so etwas wie eine Leidenschaft gehabt hatte, die nicht den Staub betraf.

Kizzra hielt inne und betrat den Festsaal, der soeben hergerichtet wurde, um ihm gänzlich unbekannte Bürgervertreter aus Prir zu empfangen. Mutter würde natürlich nicht kommen. Nicht einmal Kizzra hatte mit ihr gesprochen, seit er vor Wochen von den Spielen zurückgekehrt war. Ihr Versprechen, mit ihm über seine Erkenntnisse in der Buchmacherkunst zu reden, war verpufft. Gelernt hatte er auf seiner Reise nicht wirklich etwas, außer dass man den verfluchten Buchmachern nicht trauen durfte.

Er stöhnte bei dem Gedanken daran, wie er sich vor den Augen der Obersten Inz-Kur lächerlich gemacht hatte, weil er sich als einziger vor den Kämpfern verbeugt hatte.

»Dummkopf!«, schalt er sich.

Niemand hatte gelacht – aus Höflichkeit –, aber die Blicke und das Tuscheln waren beinahe noch schlimmer gewesen. »Warum bist du nur so leichtgläubig?«

Kizzra ging vor den Masken, die ihn allesamt aus leeren Augen anstarrten, auf und ab. Er war kein Geschäftsstratege, wie seine Mutter. Er hatte keine Ahnung, was er diesen Vertretern vorlügen sollte, damit es gut für die Vokanv Linie war oder für Nunk-Krevit. Warum konnten sich nicht andere darum kümmern, die dafür ein ausreichendes Nervenkostüm besaßen?

*Führen ... Schützen ...*

»Yk, das kann es doch einfach nicht gewesen sein, was du gemeint hast!«

»Verzeihung, Herr Kizzra?«

Im Eingang war ein Diener mit einem voll beladenen Tablett stehengeblieben und sah ihn fragend an.

»Nicht du!«

»Oh ... entschuldigt, Herr Kizzra!« Peinlich berührt blickte der Diener sich um und tat so, als hätte er etwas Wichtiges vergessen, damit er sich samt Tablett wieder davonstehlen konnte.

Diese Masken ... waren das eigentlich Kriegsbemalungen darauf? Er kam nicht dazu, diesen Gedankengang fortzusetzen, weil er entfernte Stimmen aus dem Korridor hörte. Die Besucher waren anscheinend eingetroffen, um mit Lendon und ihm über ihre Interessen zu sprechen. Und am Ende wüsste Lendon ohnehin besser, was zu tun war.

*Raus.* Kizzra musste etwas tun. Sich beweisen. Er hatte es auf Mutters Art versucht, aber das war in einer Blamage geendet und hatte ihn kein Stück vorangebracht. Er war kein Diplomat und auch kein windiger Geschäftsmann. Kizzra war ein Kämpfer. Es war an der Zeit, sich endlich gegen alle Widerstände durchzukämpfen, ganz besonders den seiner Mutter. Er würde sie vor die Wahl stellen, seinen Weg anzuerkennen oder ihn vollkommen auszustoßen.

Er ging zum Mosaik und griff nach einer der Masken. Es war eine Gipsmaske mit einer schwarzen Bemalung, die einen Totenschädel nachahmte. Daran baumelte ein kleines Lederband, das durch zwei Löcher bei den Schläfen verlief, sodass man sie um den Kopf binden konnte.

Er stürmte aus dem Raum, wobei er den sichtlich unglücklichen Diener fast umgeworfen hätte, und ging zur Waffenkammer. Zielstrebig nahm er sein geschärftes Schwert vom Ständer und trat dann durch einen Hinterausgang des Palastes in die sternenklare Nacht.

Prir lag in einer dicht bewaldeten Gegend, in der sich Hügel an Berge und Berge an Täler reihten, als hätten göttliche Hände dieses Land aus Knete geformt und anschließend Samen darüber gestreut. Als Kizzra nach draußen kam, konnte er die Umrisse des großen Aquäduktes sehen, welcher von den zur Abendstunde entzündeten Lichtern der danebengelegenen Stadt angeleuchtet wurde. Er marschierte darauf zu.

Der Großteil der Lichter war bereits wieder erloschen, als Kizzra die an und auf einem weitläufigen Hügel gelegene Stadt durch das östliche Tor betrat. Die Maske war noch immer in einem Stück, was ein Wunder war, schließlich war er mit den Fingern den ganzen Weg entlang wie ein Verrückter über ihre Strukturen gefahren.

Die meisten Städte waren, wie Lendon ihn gelehrt hatte, an Flüssen erbaut, um die rasche Geschwindigkeit der Gewässer zum Transport von Waren nutzbar zu machen. Dass man Prir nicht am Wasser, sondern auf dem Hügel errichtet hatte, mochte zu Urzeiten für die Verteidigung hilfreich gewesen sein, aber heute bedeutete es, dass der Handel mit dem ganzen Imperium nicht allzu ausgeprägt war. Schließlich war der Transport zu Fuß zum südlich gelegenen Enzben ein aufwändiger Akt, besonders für größere Mengen von Handelsgütern.

Und doch war die Stadt äußerst wohlhabend, selbst wenn Kizzra es mit dem verglich, was er von Keten-Zvir gesehen hatte – wenngleich dies nur ein kleiner Ausschnitt der Stadt gewesen war. Ein seltsamer Umstand: Eine reiche Stadt, die mit kaum einer Ware außer ein paar Nahrungsmitteln Handel trieb.

»Das hat Inz uns ermöglicht«, sagte er und ahmte wie von selbst die Stimme seiner Mutter nach. Der Abbau des Staubs. In den Mooren im Westen von Nunk-Krevit schöpften sie ihn haufenweise aus dem göttergesegneten Boden. Und ein großer Teil der Moore befand sich im Besitz der Prirer, ganz besonders in dem seiner Vokanv Linie.

Kizzra trat aus dem Schatten des Tores auf die ansehnlich gepflasterte Straße, die aussah, als wäre noch nie ein

Fuß auf sie getreten – zumindest kein schmutziger Fuß. Das war anders als in Keten-Zvir. Dort achteten sie zwar auf die Dächer – hier waren sie überwiegend mit roten Schindeln bedeckt –, aber den Boden ignorierten sie völlig.

Irgendwo seitlich waren ein paar Stimmen zu hören. Das waren Bewohner von Prir. Bewohner von Prir kannten die Vokanv Linie ihrer Inz-Kur und damit auch Kizzra.

Er atmete die frische Luft ein, zog sich die Maske über das Gesicht und fädelte sie am Hinterkopf fest, bevor er wieder die Kapuze darüberlegte. Seine Sicht war an den Rändern zwar eingeschränkt, aber daran konnte er sich schnell gewöhnen. Mit der nervösen Hand an seinem Schwertgriff lief er durch die Straßen und hoffte darauf, dass ihn irgendetwas provozierte.

Ganz genau wusste er nicht, was er sich ausmalte. Nur, dass es ihn befreien würde. Doch leider war die Stadt nicht mehr belebt, sondern wirkte vollkommen in einen friedlichen Schlummer verfallen. Hier und dort tanzten ein paar träge Schatten über die Wände, aber niemand zeigte sich.

Also zog Kizzra langsam weiter den großen Hügel hinunter, bis sich der lange Aquädukt fast gerade über seinem Kopf befand. Seinen Umhang streifte er etwas zurück, sodass der Beutel mit Staub einladend an seiner Hüfte baumelte. Hier waren die Straßen nicht mehr so gepflegt – genau genommen waren sie nicht einmal mehr gepflastert, sondern nur noch mit Schotter aufgeschüttet. Jeder Schritt verursachte ein Geräusch, das sein verlässliches Echo in den fensterarmen Steinfassaden fand. Ein beißender Geruch wie von Ruß stieg in die Nase und ein Prasseln gepaart mit ein paar Stimmen in die Ohren.

Hinter einer Ecke entdeckte er eine kleine Gruppe von Leuten an einem Feuer. Mehrere Männer und Frauen in einfachen Hemden und Latzhosen lagen sich in mehr als innigen Haltungen in den Armen oder stießen ihre schmutzigen Becher unter Trinksprüchen gegeneinander.

Im ersten Augenblick hatte Kizzra den starken Drang, jeden hier offen herauszufordern. Er spürte das Bedürfnis nach einem offenen Kampf – ein Bedürfnis, das er unterdrücken musste, auch wenn das schwierig war. Er hätte damit gar nichts bewiesen, hier jemanden im eins gegen eins zu verdreschen.

Die Leute hier sahen nicht aus wie Bettler, aber besonders viel würden sie wohl nicht ihr Eigen nennen. Vermutlich handelte es sich um Tagelöhner, die hier und dort Baumaterial schleppten oder in den Wäldern beim Abtransport gefällter Bäume behilflich waren.

*Zukunft ... aber nicht so!*

Kizzra fasste Mut – dieser war besser als Übermut, sagte Lendon – und trat aus dem Schatten in das Licht des Feuers. Er würde seine Chance bekommen, sich zu beweisen, wenn er sich nur noch ein wenig zurückhielt.

Sofort starben die Gespräche und wenigstens zwanzig verwunderte oder glasige Augen richteten sich auf ihn. Er wusste nicht genau, was er tat, aber er machte einfach damit weiter.

»Ich bin durstig«, sagte Kizzra. Es klang ein wenig gedämpft durch die Maske. Deswegen fiel das aufgebrachte Zittern seiner Stimme weniger auf.

»Verpiss dich, Sonderling!«, sagte jemand.

Eine kleine, ziemlich dürre Frau spuckte auf den Boden und kam näher.

»Mir ist außerdem kalt. Ich will euren ... Tee kaufen.«

Dass es sich um Tee handelte, war nur eine Vermutung. Jedenfalls erwärmten sie das Getränk in einem rostigen Metallkessel auf dem Feuer.

»Zieh Leine!«

»Ich habe Geld«, sagte Kizzra unbeirrt. »Ich kann gut bezahlen.«

Kurz zögerte er. Was tat er hier? War er vollkommen wahnsinnig? Jedoch kam ihm dann wieder die Demütigung in den Sinn. Die Demütigung durch seine eigene

Mutter. Er sollte die Zukunft ihrer Vokanv Linie sein und doch hielt sie ihn für Abschaum.

Die Regeln mussten gebrochen werden.

Er nahm den Beutel in die Hand und holte eine Staubkugel heraus. Durch das Glas leuchtete der Staub seine Handfläche an. Die dürre Frau riss die Augen auf und starrte darauf.

»Sonderling! Jag ihn fort, Mikla!«

Es dauerte, bis Mikla sich wieder bewegte. Sie schaffte es, die Augen vom Staub zu lassen und versuchte nun, durch Kizzras Maske zu sehen, was jedoch aussichtslos war. Die Augenschlitze waren klein und die Nacht viel zu dunkel.

»Einen Tee also?«

Kizzra nickte.

»Gegen eine Kugel?«

Wieder nickte er. Argwöhnisch beäugte die braunhaarige Frau die Kugel in seiner Hand und griff schließlich danach. Kizzra ließ sie gewähren. Als hätte sie eine Reliquie ihres Schutzgottes entdeckt, hielt sie das blutige Rot in einer Hand und streichelte es mit der anderen. Sie schien völlig hypnotisiert, bis Kizzra sie anstupste.

»Hm?«

»Den Tee?«

»Oh ... ja natürlich.« Mikla tänzelte übermütig zum Feuer und füllte mit einer Kelle, die vor Rost fast auseinanderfiel, ein wenig von der Flüssigkeit in ihren Becher. Die Umstehenden beobachteten sie verwirrt. Sie schenkte Kizzra ein breites Grinsen und übergab ihm dann den Becher, der aus dünnem Blech hergestellt war und sich kühler als gedacht anfühlte. Der Becher zitterte in seiner unruhigen Hand.

Um sich nichts anmerken zu lassen, hielt er Miklas Blick aus und schob die Maske ein Stückweit nach oben, sodass er trinken konnte. Schon beim ersten Nippen stellte er fest, dass der Tee nicht so schmeckte, wie er es gewohnt war. Die traditionelle Bitterkeit war da, aber da war auch noch etwas anderes, das Kizzra weder unbekannt noch besonders vertraut war. Alkohol. Wie Wein, nur stärker.

*Nur weg damit*, dachte er und zwang sich, den ganzen Becher auf einmal zu trinken. Es dauerte eine Weile, denn er konnte wegen der Maske nur langsam kippen, und ein paar Spritzer gingen links und rechts daneben, aber er brachte es hinter sich. Und obwohl der Geschmack ziemlich übel gewesen war, fühlte er sich danach gestärkt und wärmer als vorher. Er war nun ganz sicher bereit.

Mikla sagte wohl etwas zu ihm. Kizzra ignorierte es, drehte sich um und ging wieder auf die Straße. Das Letzte, was er von der Versammlung hörte, war das gleiche Stimmengewirr wie vorhin, nur dass die von ihm gestiftete Verwirrung deutlich mitschwang.

Als er wieder das Kratzen und Schaben des Schotters hören konnte, befand er sich in einem Zustand zwischen Zufriedenheit und Anspannung. Er war in heißer Erwartung, aber wenn sein Plan aufgegangen war, dann gab es jetzt kein Zurück mehr.

Es dauerte nicht lange, da wurde das Echo seiner Schritte breiter. Es mischte sich mit den Echos anderer Schuhe und fand einen Einklang mit ihnen, zunächst leicht versetzt und dann von beiden Seiten im selben Rhythmus umlagert. Waren sie direkt hinter ihm? Zu beiden Seiten?

Beim Eintritt in eine schmale Gasse war er sich dann sicher. Kizzra lächelte unter der Maske und fuhr herum. *Na endlich.*

Dort stand Mikla mit drei ihrer Gesellen – allesamt mit improvisierten Knüppeln aus Holzlatten in der Hand. Sie hatte das Gesicht verzogen, Rotz kam ihr aus der Nase und Gier aus den Augen.

»Her mit deinem Staub«, rief einer der anderen die Straße entlang und deutete auf den Boden. »Wir wissen, dass du viel davon hast, Maskenmann.«

Sie hatten es also wirklich getan. Sie wollten ihn ausrauben. Jetzt mussten sie nur noch …

»Sonst schlagen wir dir den Kopf ein«, spuckte Mikla.

»Ja. Versucht es!« Kizzra grunzte laut und zog seine Schwertscheide vom Gürtel, hielt sie vor sich und befreite seine Klinge von ihren Fesseln. Jetzt war sein Augenblick gekommen. Er konnte sich im Kampf beweisen, eins gegen vier. Er schaute links und rechts und sah ein paar Lichter und Silhouetten in den Fenstern. Seine Zuschauer. Die Zeugen seiner Fähigkeiten, die er in etlichen Übungen erworben hatte.

Kizzra warf die Scheide beiseite und stürmte auf die verdutzten Räuber los. Er brüllte dabei, merkte es aber kaum.

»Sonderling!«

Sie schüttelten ihre Überraschung von sich und nahmen den Kampf an. Sofort musste Kizzra sich gegen mehrere Knüppelschläge erwehren. Gut! Das hatte er nicht umsonst so häufig geübt.

*Knüppel links.*
*Abgewehrt!*
*Faustschlag vorne.*
*Abgewehrt!*
*Knüppel rechts.*
*Gegenschlag.*

Kizzra gelang es, mit seiner frisch geschärften Klinge eine tiefe Kerbe in den Knüppel zu schneiden und ihn zur Seite zu reißen, sodass der Angreifer die Kontrolle darüber verlor. Ein Zeitfenster öffnete sich, in dem Kizzra ihn einfach hätte töten können.

Ein Tritt in den Magen und sein erster Herausforderer ging zu Boden. Es war nicht einmal schwierig gewesen.

Aber die anderen waren noch da und sie kreisten ihn ein. Kizzra musste zurückweichen, damit sie nicht hinter ihn kommen konnten. Von allen Richtungen griffen sie an, doch er wich ihren immer hasserfüllteren Schlägen aus, seine Bewegungen flüssig wie Wasser und technisch sauber. Er musste nur warten, bis jemand einen dummen Schritt machte und dann konnte er selbst aggressiv werden.

*Da!*

Eine Angreiferin mit bis zum Schädel abgeschnittenen Haaren strauchelte, denn sie war mitgerissen von der Kraft ihres eigenen Schlages, der das Ziel verfehlt hatte. Kizzra ging sie an, sein Schwert tanzte um sie und streifte sie an der Schulter, sodass auch sie den Knüppel fallen ließ. Blut spritzte. Die Getroffene hielt sich schmerzverzerrt die Schulter und suchte weiten Abstand.

»Kommt doch!«, brüllte Kizzra im triumphalen Rausch. Eine Euphorie erfasste seinen Körper. Sie bestätigte es: Er war dafür gemacht! »Holt euch den inzverdammten Staub!«

Mikla knurrte und zog sich einige Schritte zurück. In einer zunehmenden Anzahl von Fenstern brannte inzwischen Kerzenlicht.

»Ein Gott kämpft in ihm«, krächzte der zweite verbliebene Räuber. »Bei Irrwa! Es steckt persönlich einer unter der Maske!«

»Nein!« Mikla rotzte auf die Straße. »Nur ein Übermütiger!«

*Kein Übermut*, dachte Kizzra und spürte Kraft in sich. Er sprintete mit gehobenem Schwert vor und zwang die beiden, zur Seite zu hechten. Zuerst nahm er sich den Mann vor, denn diese Mikla wollte er sich bis zum Schluss aufsparen. Mit Leichtigkeit entwaffnete er ihn und stieß ihm den Griff seines Schwerts gegen das Kinn und dann in gegen die Brust, bis er am Boden lag.

Jetzt war Mikla endlich an der Reihe. Kizzra war sich sicher, dass es ihre Idee gewesen war, ihn auszurauben. Er war ihr dankbar für die Gelegenheit.

Er warf das Schwert auf den Boden und ballte die Fäuste – den Daumen außerhalb gelegt, wie man es ihn gelehrt hatte.

Mikla war nicht ungeschickt und wich ihm ein paar Mal aus, landete sogar einen schwachen Gegenschlag mit ihrem Knüppel. Doch Kizzra war überlegen. Einmal vor, einmal zurück, dann nach links und schon riss er ihren Knüppel an sich und warf ihn gegen eine Hauswand. Zweimal erwischte er sie mit einem Kinnhaken und brachte sie schließlich dazu, auf die Knie zu gehen. Kizzra sah zu ihr hinab und war zufrieden mit sich. Die Geschichten würden sich bald herumsprechen. Sie würden seinen Ruf als Stratege ruinieren und gleichzeitig den eines Kämpfers etablieren. Er war fast gewillt, seiner Gegnerin auf die Beine zu helfen. Doch plötzlich stellten Miklas Mundwinkel ein Lächeln und schließlich ein Grinsen auf. Ein wenig Blut tropfte heraus. *Warum grinst ...?*

Ein dumpfer Schlag traf seinen Hinterkopf und kurz sah Kizzra nur ein weißes Licht vor Augen. *Uvrit?*

Nein, er lebte noch. Das weiße Licht verdunkelte sich und Kizzra spürte sich mit der Nase voraus auf den Kiesboden fallen, wo sich lauter kleine Steine in seine Haut gruben. Ein Stechen war zu spüren und dann ein Prickeln im Arm. Einiges wurde taub, anderes dafür spürbar mit winzigen Schnitten übersät.

Ein Mann kam über ihn und wälzte ihn auf den Rücken. Kizzra hatte ihn zuerst zu Boden geschickt. Er war doch ... besiegt gewesen.

Der Mann riss den Beutel mit den Staubkugeln an sich.

»Kein Gott«, sagte jemand in weiter Ferne. Es war das Letzte, was er hörte. Tritte mehrerer Füße regneten auf ihn ein. Mindestens drei Rippen spürte er brechen. Den Arm hörte er nur. Ein letzter Tritt auf die Brust versicherte ihm, dass er sterben würde. Sein Herz schlug seltsam sprunghaft. Schließlich verspürte er keinen weiteren Schlag mehr. Nur noch das warme Blut, das über seine Haut rann.

Jemand zog ihm die Kleidung aus, aber durch die Maske konnte er nicht erkennen, wer es war. Schummrig nahm er ein Gesicht wahr. Als auch die Maske weggeschoben wurde, verwandelte es sich in ein erschrockenes Gesicht. Die Augen gingen weit auf, als sie ihn erkannten. Kurz war der Mensch – Mikla – erstarrt. Nach einer unendlich erscheinenden Zeit warf sie die Maske weg und rannte mit ihren Gefährten davon. Sie rannten nicht zurück zu ihrem Feuer, sondern nach Norden – die Richtung des nächstgelegenen Fluchtwegs aus Prir.

Kizzra sah ihnen nach und dann an sich herunter. Er erkannte seine Haut nicht mehr, weil sie an jeder Stelle mit Blut und Dreck verschmiert war. Bald erkannte er nichts mehr.

## 14

Quälend unnachgiebige Helligkeit kitzelte seine Augen. Der erste Impuls war der Wunsch, Yseye zu verfluchen, weil sie die Sonne geschickt hatte, um ihn und damit auch sein Schmerzempfinden wachzurufen. Er hatte nicht die Kraft, sich herumzuwälzen und konnte dem Licht, das sich an den Rändern der Vorhänge vorbeigeschlichen hatte, deswegen unmöglich entkommen.

Kizzra schlug die Augen auf. Er lag im Halbdunkel und fühlte sich höchstens zur Hälfte lebendig. Gleich danach nahm er einen seltsamen Geruch wahr. Alkohol? Er sah grünlichen Tee in einem Becher vor sich.

Dass er sich am ganzen Körper wund und schon von der Matratze angreifbar fühlte, war nur hintergründig. Das hätte er noch ausblenden können. Aber mit seinem rechten Oberarm war das nicht möglich. Mal schien er völlig taub zu sein und mal spürte er einen drückenden, zeitweise stechenden Schmerz im Rhythmus seines Herzschlags. Mit einiger Anstrengung drehte er den Kopf zur Seite und sah, dass der Arm in einen dicken, schwarzen Verband gewickelt war, der bis über die Schulter reichte.

Da war auch eine Malerei an der Wand, die dem Fenster gegenüber lag. Sie zeigte in verschwommenen Schemen –

er wusste nicht, ob dies mit dem besonderen Stil oder der Trägheit seiner Sinne zusammenhing – eine dunkle Landschaft. Hier und dort waren matschgraue Objekte zu sehen und sie standen allesamt in Flammen.

Wenn es ihm doch nur möglich gewesen wäre, wieder hinwegzudösen – aber wie bei seinem ganzen Körpergefühl reichte es nur für einen unbefriedigenden Halbschlaf, der die Zeit kaum verkürzte und die Schmerzen kaum überdeckte. Und die Sonne wurde nur heller. Einige Male, als er die Augen für ein paar Sekunden öffnen konnte, glaubte Kizzra zu wissen, wo er sich befand. Allerdings konnte er sich nicht lange genug darauf konzentrieren, um das schlicht eingerichtete Zimmer zu benennen.

Wieder konnte er kurz genügend Kraft sammeln, um die Malerei an der Wand zu betrachten. Der Himmel war schwarz, bis auf die roten Blitze, die von dort herabgeschmettert wurden und auf die gesamte weichgespülte Landschaft einregneten. In der Mitte des Bildes war ein unförmiges rotes Etwas: Ein blutroter Stein, der mit dem Himmel in Verbindung zu stehen schien.

Kizzra merkte, dass sein großer Zeh andauernd gegen die untere Bettkante wippte. Er kontrollierte das nicht wirklich, sondern spürte nur den Widerstand des Holzes. Es war angenehm, sich darauf zu konzentrieren.

*Tod*, dachte Kizzra und sah erneut zur Wand. Der rote Stein brachte ihn zu den wehrlosen, winzig gemalten Strichen in der Landschaft. Und auf einem Hügel in der Ferne stand eine Frau, die von blutroten Blitzen umgeben war.

Als nach und nach die Erinnerung wiederkehrte, wie er in den Straßen von Prir zusammengeschlagen worden war, wünschte Kizzra, dass er so tot sein könnte wie die vom roten Blitz getroffenen Striche.

Es raschelte in seinem Ohr, nein, bei seinem Ohr. Hatte er gerade geschlafen? Es konnte jedenfalls nicht besonders lange gewesen sein. Das Licht von draußen war jetzt gerade etwas schwächer.

Jemand kam herein. Ein kräftiger Mann mit hellem, rückgängigem Haar und freundlichen Zügen – Onkel Lendon. Kizzra war zuhause im Palast Ankvinas. Er lag nicht in seinem eigenen Zimmer, aber es war gewiss der Palast.

Kizzra wollte seinen Onkel mit dessen Namen ansprechen, brachte aber nur ein Krächzen heraus. Seine Kehle war unwahrscheinlich trocken, wie er jetzt feststellte.

»Ich freue mich auch, dich zu sehen«, sagte Lendon und spazierte um das Bett, bis er direkt neben Kizzras Kopf stand. »Sieh mich an.«

Quälend langsam brachte sich Kizzra dazu, den Kopf zur Seite zu heben. Sofort wurde es ihm mit einem Stechen im Hinterkopf gedankt, das ihn zum Stöhnen brachte.

»Oh ja, eine Achteldrehung des Kopfes. Die schreibe ich auf die lange Liste unserer Übungen.«

»Arschloch.« Kizzra musste husten, aber freute sich doch ein bisschen, dass er dieses eine Wort herausgekriegt hatte. Lendons Anwesenheit belebte ihn ein wenig.

»Schande über mich. Ich jage dir durch die Nacht nach und hebe dich aus dem Staub auf. Man muss sagen, ich bin wirklich ein selbstsüchtiges Arschloch, schließlich hattest du dir diesen Schlafplatz ja ausgesucht.«

Kizzra stöhnte auf. Die reine Erinnerung daran tat weh. Anstatt im Kampf Ruhm zu erwerben, hatte er das Ansehen seiner Vokanv Linie in den Dreck gezogen und sich um den Ruf eines Hornochsen beworben. Einer seiner Gegner hatte ihn von hinten überrumpelt wie einen Tölpel. Die Schande war ein weiterer Grund, warum er lieber nicht aufgewacht wäre.

»Du wolltest, dass diese Leute dir auflauern, nicht wahr? Deshalb hast du die Maske von ihrem Platz genommen und bist mitten in der Nacht unter dem Aquädukt flaniert.« Lendons Stimme hatte plötzlich einen ernsten Tonfall angenommen. Das war selten bei ihm.

Kizzra überlegte, ob er einfach einen Grund erfinden sollte. Aber Lügen war anstrengend und alles

Anstrengende machte sein Kopf gerade nicht mit. Außerdem würde Lendon ihm ohnehin keinen Glauben schenken, deswegen nickte er langsam.

»Was hast du dir dabei gedacht? Dass du Yks Worte damit wahrmachst? Hat er noch einmal zu dir gesprochen und dir aufgetragen, dich wie der größte Schwachkopf von Nunk-Krevit zu benehmen?«

Kizzra räusperte sich und genoss wenige Momente die klare Kehle. Es war anstrengend, aber er sah seinem Onkel unmissverständlich in die Augen. »Ich würde es wieder tun.«

»Dann sieh mich an. Ich war in deinem Alter schon ein besserer Kämpfer und ich habe meinen Platz gekannt. Ankvina hat keinen Sinn für diese Dinge, aber sie hat die Vokanv Linie so weit gebracht, dass wir Nunk-Krevit beherrschen. Sie hat viel Gutes für seine Leute getan. Ich hätte das nicht schaffen können. Und auch wenn ich mir Sorgen um sie mache … du tust gut daran, jede Lektion anzunehmen, die sie dir noch geben kann.«

»Ich kann es nicht, Lendon. So wie du. Ich bin ein Kämpfer.«

Lendon erweichte. »Ich verstehe das. Doch du wirst keine Anerkennung finden, wenn du ein paar arme Prirer dazu bringst, gegen dich zu kämpfen. Es ist armselig und egoistisch. Du hast Talent. Ich würde es gerne sehen, wenn du etwas damit bewirkst. Ich gebe zu, dass ich das auch erst lernen musste …« – er hielt inne und gluckste amüsiert – »… aber selbst in meinen schwachen Kopf ging das irgendwann rein. Unsere Waffen sind nicht dafür gemacht, Ruhm zu erlangen. Sie sollen der letzte Schutz der Anderen sein, wenn ihnen selbst keine Alternative mehr bleibt. Für alles andere will ich dir nichts beibringen.«

Kizzra grummelte. Er verstand schon. Lendon verurteilte ihn nicht dafür, dass er seine Fertigkeit mit dem Schwert hatte beweisen wollen. Er verurteilte die Art und Weise, wie er es getan hatte. Es war das, was ein besonnener Mann sagen würde. Aber Kizzra war kein solcher Mann und würde auch nie einer werden.

Doch was wäre ihm schon für eine Wahl geblieben? Mutter hatte ihm verboten, sich auf Kampfplätzen mit anderen zu messen. Und ihr Wort war buchstäblich das Gesetz, auch wenn sie es nur noch selten nach außen trug.

»Vielleicht geht es dir anders, aber ich habe noch keine Lieder über die großen Helden gehört, die ein paar Halbstarke mit Holzlatten verprügeln.«

Kizzra schmunzelte. »Mutter ...«

»Ankvina hat nur erfahren, dass du überfallen wurdest. Nicht, wie es dazu kam. Das ist das letzte Mal, dass ich ihr etwas zu deinen Gunsten verschweige. Und das habe ich nur getan, weil ich ihre Reaktion nicht mehr einschätzen kann.«

Aus dem Schmunzeln wurde ein halbes Lächeln. Mehr konnte Kizzra nicht aufbringen. Vielleicht war doch noch nicht alles so schlecht, wie es sich gerade anfühlte. Er musste gerade eine Demütigung nach der anderen verkraften, aber er war noch am Leben. Und das bedeutete, dass er noch immer zurückschlagen konnte. Gelegenheiten würden kommen. Er spürte nun wieder mehr Energie in sich, Ungeduld geradezu.

»Lendon?«

»Hm?«

»Wirst du mich weiter unterweisen?«

»Das werden wir sehen, wenn du wieder gesund bist. Vielleicht hast du es noch nicht gemerkt, aber mehrere deiner Knochen sind gebrochen. Wenn du nicht auf den Geschmack gekommen bist, musst du jetzt ruhen.«

Lendon verließ das Zimmer und Kizzras halbes Lächeln wurde zu einem vollständigen, bevor es Abriss nahm, weil sein Arm wieder von einem Stechen durchfahren wurde. Er konnte Lendons seltsame Art der Kommunikation inzwischen sehr gut interpretieren. Das war ein Ja gewesen. Er schämte sich noch immer, fühlte sich aber doch ein wenig friedlicher. Mit einem Mal spürte er den seltsamen Optimismus desjenigen, der das tiefste Tal durchschritten hat und für den es nur noch besser werden kann. Nach einer Weile verschwanden auch die letzten Sonnenstrahlen und er schlief wieder ein.

## 15

Riya befand sich in einem dunklen Raum. Sie fragte sich, ob sie jetzt in Uvrits stiller Melodie spielte. Sie hatte sich den Tod nie als Paradies, als Spiel aller Farben des Regenbogens oder das wohlige Sitzen an einem nie verglühenden Lagerfeuer vorgestellt. Auch hatte sie das mit der Melodie nie so wörtlich verstanden. Nein, in ihrer Fantasie war der Tod nie mehr gewesen als ein traumloser Schlaf voll endloser schwarzer Leere, die einem jedoch nichts ausmachte, weil man selbst Leere war.

Aber nein, sie war ... sie war am Leben. Ansonsten hätte sie wohl kaum die Peitsche an ihrem ganzen Oberkörper nachbrennen fühlen. Und dieses bedrückende Gefühl in ihr hätte sich nicht noch tiefer als jede Wunde gegraben.

Sie stellte fest, dass sie von einem Rauschen umgeben war. Nicht unmittelbar, eher am Rande einer dunklen Sphäre, in deren Mitte sie lag. Wasser. Sie war gelähmt gewesen und ins Wasser gestürzt, um dort zu sterben. Warum war sie nicht gestorben?

Ihre Finger – eine der wenigen Stellen, die nicht verbrannt, betäubt oder geschwollen schien – tasteten an ihrem Körper entlang. Sie spürten ihre verletzte Haut und dazu feuchten Stoff. Es war überhaupt sehr feucht hier.

Ein Husten links von ihr. Das war nicht Riya gewesen, so viel war sicher. Sie wischte sich durch die Augen und sah genauer hin. Alles war verschwommen. Trotzdem erkannte sie, dass dort die Silhouette eines Menschen hockte. Mehrere sogar. Die Silhouetten waren gebückt, manche lagen auch nur flach auf dem Boden. Riya stützte sich auf, um mehr zu erkennen und rutschte sofort wieder auf das splittrige Holz unter ihr. Ihr Arm hielt keine Belastung mehr aus. Noch dazu kribbelte er jetzt beängstigend, als wäre er nicht nur eingeschlafen, sondern kurz vorm Absterben.

»Ah, der Fisch ist erwacht.« Die quäkende Stimme kam von der anderen Seite.

»Fisch?«, brachte Riya verwirrt heraus.

»Die glitschigen Dinger im Wasser mit den Flossen.«

»Wä?« Sie strengte sich an und es gelang ihr, ein grinsendes Gesicht mit einer knubbeligen Nase im Dunkel zu erkennen.

»Du bist sicher durcheinander, weil du so lange geschlafen hast. Mit nassen Sachen, noch dazu.«

»Ich? Wie ...?«

Zwei Erkenntnisse trafen Riya in diesem Augenblick. Die erste betraf ihren Aufenthaltsort. Das Rauschen draußen, die Holzplanken und die Tatsache, dass es nicht nur an ihrem Schwindelgefühl lag, dass alles ein wenig schaukelte – sie war auf einem Schiff.

Gegen die zweite Erkenntnis wehrte sich ihr Geist, wollte sie einfach nicht zulassen. Aber nach und nach kam sie dann doch hervor. Sie hatte am Morgen ihr schönes, rotschwarzes Brokatkleid angezogen, war dann bei den Spielen des Inz-Juvenk gewesen ... und hatte Kalavreyus' Erbe verloren. Sie hatte es verloren, weil ... weil ...

*Zik hat mich verkauft.* Es traf sie wie ein Hammer gegen die Rippen. Es wäre einfacher gewesen, wenn es ein buchstäblicher Hammerschlag gewesen wäre ... ein tödlicher am besten.

Sie wollte sich übergeben.

Sie übergab sich.

Das Erbrochene bildete einen matschigen Haufen und sickerte langsam zwischen zwei Planken in das Dunkel.

»Immer raus damit«, sagte die quäkende Stimme sanft.

»Warum bin ich auf einem Schiff?«, fragte Riya und wischte sich das Kinn ab.

»Ich, ähm … habe keine Ahnung. Sie haben dich gleich nach der Abfahrt aus dem Wasser gezogen. Deswegen habe ich dich ja auch Fisch genannt.« Er kicherte piepsig. »Ich habe mich neben dich gesetzt, damit ich deine Geschichte hören kann, wenn du aufwachst.«

*Ihre Geschichte*. Seit sechzehn Jahren – sie waren kleine Kinder gewesen – war Riya Ziks Partnerin gewesen. Seine beste Freundin. Seine einzige. Sie hatten sich geschworen, gemeinsam zum Inz-Kur aufzusteigen. Und sie hatten es getan, bis er sie kurz vor dem Ende des Weges enteignet, durch einen rylurntreibenden Vokanv ersetzt und sie zum Sterben verurteilt hatte. Das war sie, *ihre Geschichte*. Und aus irgendeinem Grund war sie jetzt hier.

»Meine Geschichte« – sie spuckte die letzten Bröckchen auf den Boden – »geht dich einen Scheiß an.«

Die aufkommende Wut – so bitter sie auch war – belebte Riya ein wenig, sodass sie die Schmerzen besser ertragen konnte. Auch das Kribbeln im Arm ließ allmählich nach. Sie musste sehen, wie sie von diesem finsteren Kahn entkommen und in die Zivilisation zurückkehren konnte. »Was ist das hier überhaupt für eine Fahrt? Ich hoffe, dass wir schnell Station machen.«

»Nicht vor Nunk-Krevit, haben sie gesagt. Hoffentlich können wir schnell dort sein.«

»Nunk-Krevit?« Riya brummte der Schädel, deswegen war es schwierig, komplexere Gedanken als ein Kleinkind zu fassen. Was hatte sie in Vokvaram darüber gelernt? Nunk-Krevit – die größte Insel im Nordosten des Reiches, dafür aber recht spärlich besiedelt und wirtschaftlich wie militärisch weniger schlagkräftig als Jukrevink. Abgesehen davon kam ihr nur noch der widerwärtige Prirer Tee in den Sinn, den Kalavreyus stets getrunken hatte.

Nunk-Krevit war nicht unbedingt der Ort, nach dem sie sich sehnte. Aber wenigstens gab es dort Hafenstädte, von denen sie schnell zurück nach Keten-Zvir kommen könnte.

»Hmm ... Ziele«, murmelte sie und versuchte sich auf die Liste der Hafenstädte von Keten-Zvir zu konzentrieren. »Morenn oder Zells vielleicht?«

»Die kenne ich nicht«, sagte der mit der Knubbelnase neben ihr. Anscheinend fühlte er sich noch immer angesprochen. »Aber wir müssen lange fahren. Bis ganz links oben«

»Links oben?«

»Na, auf der Karte.« Er kicherte, als wäre das eine lächerliche Frage gewesen.

*Links oben auf der Karte.* Er meinte also nordwestlich. Was war auf Nunk-Krevit nordwestlich gelegen? Sie rief sich Weltkarten ins Gedächtnis. Selbst vor dem inneren Auge erkannte sie die Dinge nur schemenhaft, aber trotzdem bekam sie ein Bild. Der nordwestliche Teil von Nunk-Krevit war eine gigantische Landmasse – mehrere hundert Zwitekt lang, dafür aber recht schmal –, die man den Schweif nannte. Warum wollten sie dorthin fahren? Es gab dort fast nur unwirtliche Moorgebiete. War dies etwa ein Staubtransport? Das wäre eine ziemlich aufregende Angelegenheit. Aber nein, die Moore waren nicht in Jukrevinker Hand. Es ergab überhaupt keinen Sinn, den Schweif anzusteuern, es sei denn ...

*Irrwa!*

Riya sah sich genauer um. Je klarer ihr Gehör wurde, desto mehr Geräusche stellte sie neben dem Wasserrauschen fest. Menschen husteten und stöhnten überall im dunklen Raum – viele Menschen ... arme Menschen.

»Sie fahren die Leute zum Arbeiten dorthin.«

Riya kauerte sich zusammen, weil ihr nun klar war, dass sie vorsichtig sein musste. Sie hatte gehört, dass die meisten der Moorarbeiter auf Nunk-Krevit Gefangene waren – Dachräuber oder weitaus Schlimmeres. Man brachte sie dorthin, weil sie dort einen Nutzen hatten und gleichzeitig nicht allzu viel Schaden anrichten konnten, so weit von der zivilisierten Gesellschaft.

Diese Leute waren wirklich nicht zu beneiden. Zwar hatte sie keine Ahnung vom Staubabbau und wusste nicht, ob es schwieriger als zum Beispiel das Holzfällen war, aber wer wollte schon im schmutzigen Moor arbeiten? Die Gesellschaft dort wäre gewiss alles andere als ansehnlich und unterhaltsam.

»Bist du ein Gefangener?« Riya rückte ein Stück von der Knubbelnase weg. Hatte er sich Tzinn hingegeben? Oder Schlimmerem? Sie konnte es sich eigentlich kaum vorstellen, so schlicht wie er wirkte.

»Ich will im Moor meine Frau finden«, sagte er grinsend.

*Seine* Frau? Was meinte er damit? Frauen waren für gewöhnlich nichts, was man besitzen konnte. Jedenfalls nicht, seit die Alten Fahrer nicht mehr die Herren über die anderen Völker waren.

»Darum habe ich mich heute hingekniet vor dem Kapitän, dass er mich mitnimmt auf die Fahrt.«

»Du wirst dort arbeiten müssen«, entgegnete Riya entgeistert. Sie fragte sich, ob es an ihrem Zustand lag, dass sie nicht begriff, warum er sich freiwillig zu den Mooren bringen ließ, um dort zu schuften. War diese Frau seine Geschäftspartnerin, seine Liebhaberin, oder seine Freundin gewesen, so wie sie noch vor kurzem …

Sie wollte nicht daran denken.

»Das ist nicht schlimm. Ich will nur meine Jenna finden. Sie wurde von unseren Gläubenden gefangen und rübergefahren.«

*Seine* Frau und er hatten also zusammen ein Geschäft gehabt und waren in Schulden geraten. Zumindest war das Riyas Schlussfolgerung in der Annahme, dass er *Gläubiger* gemeint hatte. Verwunderlich erschien ihr dieser Umstand nicht wirklich.

»Jenna und ich wollen nämlich immer zusammen bleiben.« Er lächelte sie durch die Dunkelheit an. »Ach … du kennst ja gar nicht meinen Namen. Ich bin Luysch. Wie der Tiergott. Na ja, fast zumindest.«

»Und weiter?«

»Ah ... das willst du auch wissen. Varin-Vokvaram.«

Riya nickte verstehend und sparte sich den Kommentar zu ihrem gemeinsamen Kivkhaus. So groß wie Vokvaram war, hätte sie ihn vermutlich ohnehin nicht gekannt. Davon abgesehen war er augenscheinlich ein paar Jahre jünger als sie, auch wenn er schon Geheimratsecken hatte.

»Wie ist dein Name? Oder soll ich bei Fisch bleiben?« Wieder grinste er.

»Riya wird genügen.«

Als sie noch den Kopf darüber schüttelte, wie man so fröhlich sein konnte, wenn man sich in dieser Situation befand, wurde der Raum plötzlich erhellt. Ein scharfer Wind blies ihr von oben entgegen und arbeitete sich hinter ihr durch die Planken. Sie hielt schützend die Hand vor die tränenden Augen und spähte durch ihre Finger zum Abgang unter der Luke, wo ein bärtiger Seemann mit weiß gefärbten – nicht ergrauten – Haaren und einem dicken Mantel auftauchte. Letzterer war zwar uniformell, aber trotzdem durchaus ansprechend geschnitten und aus hochwertigem Wildleder. Hinter ihm stand jemand mit einer großen Kiste, in der sich mehrere Wasserschläuche und getrocknetes Brot befanden.

»Der nette Kapitän«, sagte Luysch.

*Der Kapitän!* Riya kämpfte sich unter Schmerzen auf die zitternden Beine. Sie musste dringend mit ihm sprechen. Vielleicht konnte er sie in einer Stadt absetzen, oder sie wenigstens wieder nach Keten-Zvir mitnehmen.

»Wo willst du denn hin?«, quäkte Luysch, aber sie ignorierte ihn.

Humpelnd bewegte sie sich auf den Kapitän zu. Als er sie sah, steckte er einen großen Schlüssel weg und legte die Hand an sein Schwert – eine geschwungene Klinge mit einer quadratischen Platte zum Schutz der Hand, wie sie typisch für die stolzen Seeleute von Vimd war. Mit dem anderen Arm bedeutete er Riya, Abstand zu bewahren.

»Die Schiffbrüchige«, nuschelte er durch seinen Bart. Hinter seinen breiten Schultern waren ein Fetzen wolkenloser Himmel sowie die Ecke eines blauen Segels zu sehen.

»Wir müssen den Kurs auf die nächste Hafenstadt ändern.« Riya flüsterte. Es war ihr lieber, wenn die Verbrecher hier nicht davon erführen, dass sie Einfluss hatte. Kalavreyus' Erbe hatten Zik und Eshman, aber Riya war noch im Besitz von ein paar Laden Staub und der Hälfte von Sprung & Glas.

Der Kapitän lachte nur und deutete an, dass die Frau hinter ihm die Nahrungsmittel verteilen sollte.

»Du lachst, weil du nicht weißt, wer ich bin. Ich nehme es dir nicht übel.« Riya wurde kurz schummrig, deshalb hätte sie beinahe das Gleichgewicht verloren. Nachdem sie wieder einen stabilen Stand erlangt hatte, fuhr sie fort: »Ich bin Liv-Riya Ik-Vokvaram, eine der erfolgreichsten Buchmacherinnen von Keten-Zvir. Ich verspreche dir einen halben Zylinder Staub, wenn ...«

»Du hast Staub dabei?«, fragte er undeutlich. Anscheinend kaute er gerade etwas.

Riya schüttelte den Kopf. Eshmans Handlanger hatten ihr ihre Börse abgenommen. »Nicht unmittelbar. Aber ich kann dir einen Schuldschein ausstellen.«

»Eine Schiffbrüchige einen Schuldschein.« Wieder lachte der Kapitän. Auch die Frau – sie hatte die Kiste einfach in die Mitte des Raumes gestellt und die Passagiere drängten sich nun um den Inhalt – stimmte ein.

»Ich bin keine einfache Schiffbrüchige. Sieh meine Kleider als Beweis. Würde eine einfache Frau sich so etwas leisten können?«

Die beiden sahen sie amüsiert an. »Lumpen«, stellte die Matrosin fest und gab dem Kapitän einen sprechenden Blick. *Der Sturz hat sie verwirrt*, lautete die Botschaft.

*Nein, nein, nein,* dachte Riya und fluchte leise. Nicht jeder hatte ein Auge für Mode, aber sie mussten es doch erkennen! Sie wollte zu einer Erklärung ansetzen und sah nach unten.

Ihr kostbares Kleid war nichts mehr als ein Fetzen. Noch dazu durchnässt. Zusätzlich zu den absichtlich eingearbeiteten Aussparungen waren überall Risse und aufgeraute Stellen. Außerdem lag es um die Beine nicht mehr eng an, sondern fehlte vorne völlig und hing hinten von der Hüfte. Wenn man es recht bedachte, könnte es getrocknet und gesäubert sogar gut aussehen – in manchen modischen Bewegungen ließ man Kleider absichtlich in einem Gefecht oder auf einem Bauplatz tragen, um ihnen einen rauen Charakter zu verleihen. Doch das nützte nichts, denn es würde nur noch ein versiertes Auge erkennen, dass dieser Fetzen einmal sehr teuer gewesen war.

Auf einen Schlag war Riya gedanklich wieder voll anwesend. In den Augen dieser Leute war sie schiffbrüchig und vollkommen mittellos. Und sie hatte nichts an sich, um das Gegenteil zu beweisen.

»Bitte!« Sie flehte. Tränen traten in ihre Augen. Hatten sich denn alle gegen sie gewendet? »Bitte.«

»Du siehst besser zu, dass du noch etwas Wasser abbekommst«, sagte die Matrosin. Der Kapitän brummte zustimmend, bevor er sich zum Gehen wand.

»Halt!«, brüllte Riya in einem verzweifelten Befehl. Gemurmel machte sich unter den Gefangenen breit. Egal – Sie packte den Mantel des Mannes und hielt ihn fest. »Stehenbleiben!«

Der Kapitän fuhr herum und versetzte ihr einen heftigen Stoß, der sie zu Fall brachte. Sie fiel auf die Holzplanken, was all ihre Peitschenwunden wieder schmerzhaft brennen ließ. Keine drei Sekunden später schlug er die Luke vor ihrer Nase zu und verriegelte sie von außen.

Es war dunkel und Riya war allein. Nach und nach musste sie erkennen, dass sie eine Gefangene, war wie alle anderen. Sie kauerte sich in eine Ecke und weinte so leise, dass sie niemand hörte.

Vor ihren Augen sah sie zwei Personen: Eshman und Zik und bei ihnen den gesamten blutroten Staub, der Riya einst versprochen worden war. Die zwei grinsten sie an, weil sie gewonnen hatten, ohne dass Riya überhaupt gewusst hatte, welches Spiel gespielt wurde.

Und dann wünschte sie sich, dass Zik seinen Willen bekommen hätte und sie bei der Küste am Reichskessel ertrunken wäre.

## 16

Er schreckte aus dem Schlaf hoch, weil jemand in das Zimmer kam. Vor seinen Augen Miklas Gesicht und ein splittriger Knüppel. Hektisch richtete er sich auf und kroch an die Bettkante, bis er ihren Widerstand spürte.

Kizzra fand sich und wusste, wo er war: noch immer im Krankenbett.

Nur ein wenig Mondlicht kam von draußen und so konnte er zunächst nichts erkennen. Lendon? Nein, er hätte angeklopft. Genau genommen hätte er ihn mitten in der Nacht schlafen lassen. Einer der Diener? Das war noch unwahrscheinlicher.

Jemand schlurfte durch das Zimmer auf ihn zu. Jemand, der nur in ein unförmiges weißes Laken gehüllt war. Wer würde in diesem Palast so angezogen herumlaufen? Wurde er überfallen? Mikla? Wollte jemand die Ordnung stürzen und den Palast übernehmen?

»Du bist wach.«

»Mutter!« Als Kizzra erkannte, dass es ihre Stimme war, wäre er fast aus dem Bett gefallen. »Du hast die Staubkammer verlassen.«

Jetzt war sein Körper neu belebt, als hätte ihn der Staub getroffen. Es drängte ihn, aufzustehen und umherzulaufen. Wenn sein Körper doch nur dazu in der Lage gewesen wäre. Mutter war gekommen, um nach ihm zu sehen. Vielleicht waren ihre Gefühle doch nicht ganz abgestorben und konnten aus all dem Staub herausgeschält werden?

Als sie sich näherte, kamen die Verbrennungen auf ihren Wangen und an den Armen zur Geltung. Es waren noch zahlreichere und noch schlimmere als beim letzten Mal. An ihrer linken Kieferseite schien die Haut fast vollkommen verbrannt. Auch ihre Haare waren dünner geworden und selbst in diesem Licht wirkte sie furchtbar blass. Wenn man es nicht wusste, würde man kaum erkennen, wer hier tatsächlich vor einigen Tagen knapp dem Tod entronnen war.

Kizzra sammelte Worte auf seiner Zunge, doch Mutter redete zuerst. »Ich war bei Yk.« Aus ihrem Mund klang es wie eine beliebige Mitteilung. Aber wenn sie die Staubkammer nun tatsächlich wieder regelmäßig verließe ...

»Du kümmerst dich wieder?«

»Weißt du, was Yk sagt, Kizzra? Dass der Staub von Inz nicht der einzige Staub sein könnte. Seine Zusammensetzung ließe sich verändern. Natürlich nur theoretisch.«

»Wie?«, entgegnete Kizzra verwirrt. »Was soll das bedeuten?«

»Dass es einen anderen Staub, andere Kristalle oder etwas Ähnliches geben könnte. Vielleicht mehr.«

Kizzra seufzte. Eine Sorte göttlichen Staubs war für ihn mehr als genug. Er wollte gar nicht wissen, in welchen Wahnsinn es Mutter treiben würde, wenn es noch mehr davon gäbe. Irrwa! Sie sah wirklich furchtbar aus. Wie eine wandelnde Brandleiche. Und sie kniff die Augen angestrengt zusammen, anstatt ihm irgendeine Freude darüber entgegenzubringen, dass er noch lebte.

»Warum hast du mich besucht, Mutter?«

»Ich lasse nach den Verbrechern fahnden, die dir das angetan haben. Vermutlich wollten sie dich missbrauchen, um an unseren Staub zu gelangen. Sie bedrohen unsere Linie von allen Seiten, Kizzra.«

»*Sie*? Von allen Seiten?«, fragte er durch gepresste Zähne. Sollte er in dieser Unterhaltung nur Fragen stellen? In Gedanken und laut ausgesprochen?

»Die Moore«, sagte Ankvina vorwurfsvoll. »Du solltest das wissen.«

Kizzra wollte erwidern, dass er seit Tagen ans Bett gefesselt war und dabei kaum mal eine Stunde geistig anwesend. Selbst wenn jemand ihm etwas über Moore gesagt hatte, er hätte es sofort vergessen.

»Was ist mit den Mooren?«

»Wie Lendon früher ...« Mutter wendete das Gesicht ab und stöhnte laut genug, damit Kizzra es hörte. »Du weißt, dass wir einen großen Teil unseres Staubs aus unseren Mooren im Westen holen?«

»Ich bin nicht blöd, Mutter!«

»Du verhältst dich noch immer wie ein Kind.«

»Yk sagt, dass ich bereit zum Führen bin.«

Mutter kratzte an ihren Narben, aber zeigte keine Reaktion auf seine Worte. Sie sprach nicht wirklich mit ihm, sondern stellte nur Dinge fest. Sie hatte es gar nicht im Sinn, Kizzras Antworten zu hören. So war es früher doch nicht gewesen! Oder war es das und er erinnerte sich nicht, weil er ein kleiner Junge gewesen war?

»Wie ich schon sagte, hat er vorhin zu mir gesprochen. Er hat es schon vor einem halben Jahr kommen sehen und versuchte, dich zu warnen. Du hast ihn nicht verstanden, wie ein Sprecher es sollte.«

»Warum warnen? Wovor? Du weißt doch kaum, was er zu mir gesagt hat!«

»Zvarngrasverfrachter von Splittern. Emporkömmlinge von Jukrevink. Eigentlich alle, die es sich leisten können!«, sagte Mutter angewidert. »Sie eignen sich unseren Staub an. Übernehmen die Kontrolle über die Moore. Große Teile davon und sogar den an den Stützpunkten gelagerten Staub! Unsere Kontrolle darüber ist nachlässig gewesen. Und auf die Gilde können wir nicht bauen, weil Verträge ausgelaufen sind und sich ihre Anordnungen daher nur auf Teilgebiete beziehen. Yk hat das festgestellt und dich angehalten, die fraglichen Gebiete offiziell zu schützen, bevor die Konkurrenten dahinterkommen. Aber du hast nur dein Schwert gesehen und jetzt ist es zu spät.«

*Gegner ... Staub in Besitz bringen ... Moore ...*

Kizzra erinnerte sich, dass Yk auch diese Worte gedröhnt hatte. Bisher hatte er sich wenig dabei gedacht. Er konnte unmöglich gemeint haben, was Mutter erzählte. Wie hätte er es überhaupt wissen sollen? Er hatte doch seine Gegner in den Kämpfen gemeint! Es war Kizzras Ruf zur Verantwortung gewesen, keine geschäftliche Anweisung!

Kizzras Hand griff in einem Impuls etwas Hartes neben seinem Bett und warf es gegen die Wand. Das Zerschellen der Vase schnitt durch das Zimmer, bevor Kizzra überhaupt erkannte, was er tat. Wasser tropfte auf den Boden und die Blumen lagen mit gebrochenen Stängeln zwischen den Scherben. Sie waren ohnehin fast verwelkt.

Mutter reagierte auf seinen Wutausbruch genauso wie auf all seine Einwände, nämlich gar nicht.

»Inz helfe dir, Kizzra«, sagte sie schließlich. »Was muss geschehen, damit du die Interessen unserer Linie wahrst und nicht deine kindlichen Fantasien?«

Kizzra begann heftig zu atmen. Die Wut staute sich unter seinem Hals auf und wollte ein weiteres Mal ausbrechen. Er krallte sich tief in seine Matratze und hätte sie zerquetscht, wenn er gekonnt hätte.

»Ich rate dir eines: Geh nach Westen. Geh nach Kell-Kirenn. Sieh, woher der Staub kommt« – ihre Stimme schwoll schlagartig an – »*unser Staub!* Bevor wir auch noch den übrigen verlieren. Vielleicht wird das deinen Geist wecken und dich endlich deine Aufgaben erkennen lassen.«

Kizzra dachte gar nicht daran, noch eine hirnlose Reise zu unternehmen, von der er nichts als Demütigung davontrug. »Verflucht sei der verdammte Staub. Besser ist es, wenn er verschwindet.«

Er vergrub das Gesicht in den Händen und wendete sich ab. Mutter sollte sich wieder in ihre rote Kammer einschließen und ihn nicht mehr behelligen. Es war besser, wenn sie die verrückte Herrscherin im Schatten war. Besser, wenn ihr Volk nicht zu Gesicht bekam, wie herzlos sie tatsächlich war.

»Kind ...«, murmelte sie noch und dann hörte Kizzra, wie sie hinweg schlurfte und die Tür hinter sich schloss.

## 17

Morast. Tümpel, graugrüne Gräser und zähflüssiger Schlamm so weit das Auge reichte. Am Horizont eine blasse Reihe Bäume. Wenn man diesen Horizont erreicht und sich ein paar Mal im Kreis gedreht hätte, wäre es nicht mehr möglich zu sagen, aus welcher Richtung man gekommen war und in welche man ging.

Riyas Wunden wurden langsam zu Narben und erinnerten sie nicht mehr jede Sekunde an die Peitsche. Stattdessen warfen ihre Füße inzwischen Blasen von den zigtausenden Schritten, die sie jeden Tag zurücklegen musste. Ihre Stiefel hatten einmal sehr gut ausgesehen, aber für lange Märsche waren sie nicht gemacht. Die Sohle bot keinen Komfort und jedes Aufsetzen der Füße fühlte sich danach an, als riebe jemand mit einer Feile ihre Zehenknochen ab.

Sie trottete am Ende des kleinen Trosses – ihre zehnköpfige Truppe und zwei Aufseher – und zog ihren rostigen Spaten hinter sich über den aufgeweichten Moorboden. Links und rechts vegetierten mit Jahrtausenden von Pflanzenresten versetzte Wassergründe, undurchsichtig wie Brühe. Eigentlich war das besser als klares Wasser. So musste Riya nicht sehen, wie furchtbar verschmiert ihre Haare, wie aufgeraut ihre Haut und wie verkrustet ihre Mundwinkel geworden sein mussten.

Bei jedem Schritt musste man darauf achten, nicht dort aufzutreten, wo man einsinken konnte. Wenn sie nicht gerade die Vorratskiste schleppen musste, bevorzugte Riya es, ganz hinten zu gehen. Auf diese Weise gewann sie den größtmöglichen Abstand zu Luysch, dem Sonderling, den sie auf dem Schiff getroffen hatte und den man bei ihrer Ankunft auf Nunk-Krevit derselben Truppe zugewiesen hatte. Sein dümmlich-infantiles Gehabe war unerträglich. Gerade tat er es schon wieder. Er sang ein Lied über die Sonne, das aus so einfachen Reimen gebildet war, dass es ein Kinderlied sein musste.

Das Schlimmste war aber, dass Luysch andauernd mit ihrem Evteber redete, als handelte es sich dabei um ein menschliches Wesen. Er hatte ihn *Schnüff* getauft. Ein lächerlicher Name für ein lächerlich hässliches Geschöpf.

Schnüff war wie alle Evt ein schweineähnliches Geschöpf mit einem dünnen, bräunlichen Fell, das man in dieser Umgebung schnell übersehen konnte. Er war blind und tastete sich mithilfe zweier Rüssel am Kopf über den Boden. Die Rüssel waren der Schlüssel zur Staubgewinnung, denn sie konnten Staubkristalle wahrnehmen, wenn sie sich einem der natürlichen Vorkommen näherten.

»Riya, nicht wahr?« Ein kleingewachsener, Mann hatte sich zurückfallen lassen und stapfte nun neben ihr. »Du hast noch nicht viel gesagt, seit du mit Luysch zu uns gestoßen bist.«

»Was hätte ich sagen sollen? Dass es alles ein großes Elend ist?«

Sein Name war Ib-Zota. Riya hatte das keine Stunde nach ihrer Ankunft an diesem Ort gewusst, denn er gab sich als selbsternannter Anführer dieser Gruppe von Moorarbeitern, wenn man das so nennen konnte. Anscheinend arbeitete er schon länger im Moor. Jedenfalls war er der Einzige, der mehr zu den zwei Aufsehern sagte als *Jawohl* und *Sofort*.

»Wenn du deinen Spaten hin und wieder so hältst, bekommst du weniger Rückenschmerzen.« Er hob den langen Stab auf die Schultern und legte die Arme von hinten darüber, was seine ausgeprägte Schultermuskulatur hervortreten ließ.

»Danke.« Riya machte keine Anstalten, seine Haltung nachzuahmen.

»Außerdem wäre es schön, wenn du dich der Gruppe zuwenden würdest. Es wird sehr anstrengend und gefährlich werden, deswegen sollten wir zusammenarbeiten.«

»Die Trupps bestehen immer aus zehn Personen, richtig?«, fragte Riya, anstatt auf seinen Appell einzugehen.

»So ist es von den Obersten Aufsehern vorgeschrieben.«

Das Wort der Aufseher war hier Gesetz, da hatten ihre eindringlichen Kommandos nie einen Interpretationsspielraum gelassen. Anscheinend gab es eine strenge Befehlskette, die von den Truppaufsehern über zwei oder drei Ebenen bis zum Verwalter der Schweifmoore reichte, welcher seinerseits der Inz-Kur von Nunk-Krevit unterstand. Die Befehlsdisziplin hatte zur Folge, dass wahnwitzige Vorgaben wie heilige Gesetze geehrt wurden. So wurden die Nahrungsrationen etwa in einer großen Kiste aufbewahrt, die von zwei Personen getragen werden musste und zu der nur die Aufseher Schlüssel besaßen. Dass dies viel ineffizienter war als ein kleiner Vorratsbeutel für jeden Arbeiter und ebenfalls das Risiko mit sich brachte, dass der gesamte Proviant der Gruppe auf einmal dem Moorschlamm zum Opfer fiel, schien keine gültige Argumentation zu sein.

Die zwei Aufseherinnen ihres Trupps hätten unterschiedlicher nicht sein können. Nicht in dem Sinne, dass sie verschiedene Haarfärbungen oder Mode wählten – dieser trübe Ort drückte jedem früher oder später sein natürliches Aussehen auf –, sondern durch die Art, wie sie sich gaben.

Ana-Siya war wie einer von Eshmans Rylurnen ständig in Bewegung. Sie brüllte Befehle durch die Gegend, als bereite es ihr Spaß. Wenn sie die Wahl gehabt hätte, wäre Riya lieber von ihr fern geblieben.

Lizten war dagegen ruhiger und schien eher still zu beobachten. Allerdings hatte sie das letzte Wort bei der

Entscheidung, wohin marschiert wurde, auch wenn es Ana-Siya war, die die Entscheidungen in Angst umsetzte.

»Also, was ist mit den beiden geschehen?«, fragte Riya.

»Den beiden?«

»Die Luysch und ich ersetzt haben.«

Ib-Zota zögerte. Seine Miene verfinsterte sich in einem Ausdruck zwischen Zorn und Resignation. »Wie gesagt, es wird gefährlich werden. Nicht nur das Moor.« Ohne ein weiteres Wort schloss er zu den vor ihnen Stapfenden auf.

Riya ging nun wieder allein. Sie dachte darüber nach, welche Quoten sie anbieten würde, wenn man darauf wettete, wer als erster aus ihrem Trupp das Zeitliche segnete. Für Luysch hätte sie ganz gewiss nicht viel geboten, vielleicht eins zu zwei, oder besser nur eins zu drei. Ib-Zota hingegen war kräftig und erfahren. Er schien fast so gut auf sich aufpassen zu können wie die bewaffneten Aufseherinnen. *Ein Bereich von fünfzehn bis zwanzig zu eins für einen dieser drei würde dennoch ein paar Risikofreudige locken*, schloss Riya.

Außerdem gab es Aminzrakk und Onravina. Etwas klüger als Luysch waren sie schon, doch er, ein schmächtiger Künstler, und sie, eine ausgezehrte und von tiefem Kummer gezeichnete, kleine Frau, waren körperlich recht fragil. *Sieben zu Zwei auf sie beide.*

Und dann war da noch Sella, die Priesterin. Einerseits schien sie am wenigsten von allen an diesen Ort zu passen. Ihre völlig unpraktischen, langen Haare und die Art, wie sie jedes Tun nicht nur metaphorisch, sondern buchstäblich auf das Wirken der Götter zurückführte, qualifizierten sie für jeden Tempel, aber auf keinen Fall für das Moor. Und dennoch wirkte sie gefestigter und furchtloser als die anderen. Zudem kannte sie sich mit dem Körper und der Natur aus und würde sicherlich besser mit jeder Krankheit fertig als Riya, wäre sie auf sich allein gestellt. *Zehn zu eins*, fasste Riya ihre Überlegungen in eine Zahl und ihr Bauchgefühl sagte ihr, dass Sella den meisten

Staub einbringen könnte. *Und für dich?*, fragte eine Stimme in ihrem Kopf. *Welche Chancen würdest du dir selbst einräumen? Eine Buchmacherin und Geschäftsfrau, die seit Jahren keine Tätigkeit mit den Händen verrichtet hat, bis auf das Schreiben und gelegentliche Schwertkampfübungen zum Spaß. Die Spieler würden in endlosen Schlangen anstehen, um auf dein Ableben wetten zu können. Du würdest entweder sie oder die Buchmacher mit reichlichen Gewinnen beglücken.*

Am Nachmittag ließen sie das kleine Waldstück, das vorher der Horizont gewesen war, hinter sich und erreichten ein offenes Gebiet ohne Bäume, dafür aber mit besonders viel Feuchtigkeit und einem Wind, der völlig ungebremst ins Gesicht blies. Riyas Haare waren inzwischen ein fettiges Büschel in natürlichem Blond mit ein paar erbärmlich verblassten Farbresten und sie wehten ihr um die Nase und in die Augen. Sie strich sich das Gesicht frei und blickte in die Ferne. Diese Moore waren wahrlich endlos. Auf einer Länge, die etwa der von ganz Jukrevink entsprach, gab es nur Schlamm. Von Kell-Kirenn waren sie tagelang nur weiter landeinwärts gezogen, was bedeutete, dass sie inzwischen vollkommen von diesem Moor umgeben sein musste. Es gab keinen Ausweg.

»Jaha, Schnüff! Immer rein in den Sumpf!«

Riya verdrehte die Augen und wollte einfach weitergehen, aber tatsächlich hatte die Gruppe vor ihr auf Luyschs Geschrei hin angehalten. Der dürre Aminzrakk und eine Frau, deren Namen Riya vergessen hatte, setzten die große Proviantkiste ab.

»He da, die beiden Neuen!« Das war Ana-Siya und es bedeutete sicher nichts Gutes. »Alle an die Schaufeln und ins Moor! Der Evt hat angeschlagen.«

Riya packte ihren Spaten und drängelte sich durch die wartende Truppe nach vorne. Der Evt wedelte wie gestochen mit den zwei Rüsseln und zerrte an der Leine in Luyschs Hand. Etwas zog ihn in die zähe Suppe, die danach aussah, als könne sie jeden Augenblick zu blubbern beginnen und eine verschrumpelte Leiche emporsteigen lassen. Ana-Siya hatte den Finger in die gleiche Richtung gestreckt.

»Da rein? Das ist furchtbar unsicher«, protestierte Riya.

Ana-Siyas Blick kam einem Befehl gleich. Riya schluckte. Sie wollte Hilfe bei Lizten suchen, jedoch saß sie ein Stück entfernt auf der Vorratskiste und nahm gar nicht wirklich teil.

»Komm schon, Riya, wir müssen alle mal!«, sagte Ib-Zota, woraufhin der Rest der Truppe ein betretenes Murmeln von sich gab.

»Ich habe nichts gegen ein kleines Bad«, sagte Luysch grinsend und machte einen weiten Schritt in den tiefen Moorschlamm. »Oh, es geht mir kaum bis zum Knie.«

Riya sah in die Runde. Die meisten sahen sie verhalten auffordernd an, aber das einzig Überzeugende waren Ana-Siyas weiß hervortretende Fingerknöchel.

Riya trat an den Rand des einigermaßen festen Bodens und atmete tief durch. Wozu hatte sie die Prüfung in Vokvaram als eine der Besten absolviert, wenn sie nun so etwas tun sollte? Noch einmal sah sie zurück und spielte mit dem Gedanken, die Strafe in Kauf zu nehmen. Aber die Erinnerung an die Peitschenhiebe und das Zittern in ihrem kraftlosen Körper war noch zu präsent.

Dann machte sie einen Schritt nach vorn ... und hätte sich fast übergeben.

Schon das schmatzende Geräusch war unerträglich und ihr Fuß fühlte sich sofort nass und kalt an. Sie hielt inne und verzog angewidert das Gesicht. Das hier war eine einzige Demütigung. Wie war es nur dazu gekommen? Vor wenigen Wochen hatte sie die Sonne genossen, Saft geschlürft und mit schönen Menschen gevögelt. Hier war alles hässlich, stank, machte widerwärtige Laute oder klebte an einem fest. Dieser Ort war so furchtbar, dass nicht einer der einunddreißig großen Götter ihn für sich beansprucht hatte. Ackerland, Ozeane, auch Flüsse oder Seen, dafür gab es Götter, aber keinen für das Moor und eben danach fühlte es sich an.

Riya setzte den zweiten Fuß vor und stakste hinter Luysch her, der seinerseits dem Evteber folgte. Tatsächlich war es an dieser Stelle nicht so tief wie befürchtet, sodass sie einigermaßen hindurch waten konnte, den Spaten vor sich gehoben. Bei jedem Schritt vorwärts spürte sie einen weichen und dennoch harten Widerstand, der sie an Ort und Stelle halten wollte.

Als sie zu Luysch aufgeschlossen hatte, der dem Evt zuredete wie einem Haustier, hatte sich ein ganzer Schwarm von leise schwirrenden Mücken um ihre Nase gesammelt. Sie ließ schnell vom Verscheuchen ab, da es ohnehin zwecklos war. Ihre Haut würde am Abend mit juckenden Stichen übersät sein.

Das Tier schaffte es, sich recht mühelos durch den Schlamm zu bewegen. Ib-Zota hatte es der Runde bei ihrem Kennenlernen erklärt. Immer wieder sog es durch die Rüssel Luft ein und stieß sie beständig durch Hautporen am ganzen Körper wieder aus, sodass der Schlamm sich nicht an ihm festsaugen konnte. Noch in Sichtweite der anderen erreichten Luysch und Riya einen Bult, wie die Moorarbeiter es nannten – eine winzige, grasbewachsene Erhebung, auf der sie gerade zu zweit stehen konnten.

»Guter Schnüff«, rief Luysch begeistert. »Sieh nur, Fisch, er hat etwas aufgespürt.«

Riya grunzte und lehnte sich gegen die feste Erhebung. Diese kurze Strecke hatte ihre Oberschenkel schon brennen lassen. Sie sah zu, wie der Evt am Rand des Bults scharrte. »Es könnte falscher Alarm sein. Der Häufigkeit nach ist das öfter der Fall.«

»Ich weiß nicht, was du von Häufigkeit redest. Du hast etwas gefunden, nicht wahr, Schnüff? ... Ja!«

Luysch tätschelte das Tier. Es schien ihm zu gefallen, so wie es mit den Rüsseln wedelte und seine Hand suchte.

»Nein, hier ist nichts«, sagte Riya, während sie alibihaft mit der Hand über die Grasfläche strich. »Gehen wir zurück zu den anderen.«

Luysch beachtete sie nicht. Mit der freien Hand schob er einige von Wasser bedeckte Grashalme und Wurzelreste zur Seite.

»Hier ist es!«, rief er und winkte den kleinen Menschen zu, die in einiger Entfernung auf sie warteten. »Bei Inz!«

Riya ließ sich wieder ein Stück herab und trat neben die völlig dreckverschmierte Knubbelnase. Er streckte ihr die Hand hin. Sie war voller Schlamm und Wasserpflanzen, aber ein blutrotes Leuchten sah sie nicht darin.

»Ich weiß nicht, das ist doch nur …«

»Schau hier.« Er deutete auf eine Ansammlung kleiner kristalliner Körner zwischen dem Dreck. Sie waren tatsächlich rötlich gefärbt – blass nur, aber leicht rötlich.

»Ich verstehe«, sagte Riya. »Er ist nicht aufgeladen, weil er unter der Erde steckte.«

Und sie verstand noch mehr. Luysch hatte in seinem ganzen Leben vermutlich kaum einmal eine größere Menge aufgeladenen Staubs zu Gesicht bekommen und daher nicht die gleichen Erwartungen gehabt wie Riya.

»Inz! Echter Staub in meinen Händen!« Er vollführte einen Freudensprung, der allerdings im Schlamm keine nennenswerte Höhe erreichte. »Jenna hat gewiss auch schon welchen gefunden.«

Riyas Mundwinkel hoben sich ein wenig, doch die Erheiterung weilte nur, bis sie schlussfolgerte, was der Fund bedeutete: Dass sie stundenlang hier im kalten Schlamm waten und graben würden, bis sie sicher waren, auch das letzte Staubkörnchen ausgegraben zu haben.

Während Luysch mit dem Evt schmuste, beobachtete Riya die Gruppe, die sich nun mit Schaufeln und der im Vergleich zur Vorratskiste handlichen Staubkiste näherte. Jeder sah auf seine Weise jämmerlich aus, einige sehr mager, andere mit leeren Blicken und alle voller Schmutz.

Riya bemerkte auch, dass Ib-Zota und der im Gegensatz zu den anderen erstaunlich gepflegt wirkende Aminzrakk sehr dicht nebeneinander gingen. Hielten sie sich an den Händen, oder sah es nur so aus?

*Vermutlich ist ihnen nichts geblieben, bis auf die anderen Moorarbeiter*, dachte Riya mürrisch.

Sie selbst hatte noch weniger. Dieser Gedanke trieb einen Kloß in ihren Hals. Zik und sie hatten eigentlich immer zusammengehört. Sie hatten eine Bindung gehabt, die über das Körperliche hinausging und das konnte sie sonst eigentlich über keinen Menschen sagen. So wie Luysch und *seine* Jenna, von der er unaufhörlich plapperte. Aber inzwischen pochte das Blut jedes Mal wie Trommeln in ihren Schlagadern, wenn sie sich Ziks Gesicht vor Augen rief. Sein selbstgefälliges, arrogantes Gesicht – sein verräterisches Gesicht.

Als auch Ana-Siya eintraf, fing Riya wie alle anderen mit dem Graben an und holte regelmäßig kleine Mengen Staub von knapp unter der Oberfläche. Zu zehnt standen sie um den Bult. Kaum ein Wort fiel, weil alle sich verausgabten. Riya ignorierte die Schmerzen in Beinen und Armen. Wut ließ sie den Spaten immer wieder in die weiche Erde treiben und den Schlamm in hohem Bogen hinter sich werfen. Wieder und wieder hieb sie auf das Moor ein, als könne sie ihm damit die gleichen Schmerzen zufügen wie es ihr.

Ein Impuls in ihr wollte sie dazu drängen, die bellende Ana-Siya einfach von hinten zu erschlagen und hier verrotten zu lassen. Das wäre wenigstens ein bisschen Gerechtigkeit. Sie hätte es vielleicht getan, wenn Lizten nicht gewesen wäre. Die jüngere Frau saß in der Ferne auf ihren Vorräten und würde, auch wenn sie weniger aggressiv war, sicherlich keine Gnade walten lassen.

Selbst wenn Riya sie auch noch erledigte, wären sie umringt von einem unendlichen Moor, fernab jeglicher Zivilisation, in dem vermutlich alles Essbare gleichzeitig giftig war. Die Nahrung und das saubere Wasser würden ihnen ausgehen, bis sie elendig verreckten. Aber wer wurde schon alt an so einem Ort?

Umringt von den anderen Götterverlassenen, aber trotzdem allein mit ihrer Erinnerung und ihrem Spaten, gab sich Riya ihrer Wut hin, bis sie Krämpfe bekam. Und erst Stunden später, als die Sonne bereits unterging, durften sie aufhören – nur um am nächsten Tag wieder zu graben und durch das Moor zu marschieren. Und am Tag danach auch und an den darauffolgenden hundert Tagen ebenfalls.

## 18

»Kommst du also auch mal in die Runde?«, fragte Ib-Zota. Riya empfand seinen Tonfall als herausfordernd, doch sie hatte nicht die geringste Lust, darauf einzugehen.

»Am Feuer ist es wärmer«, antwortete sie und riss das ihr gereichte Stück Brot an sich. Es war genau genommen nicht viel mehr als eine wochenalte, harte Kruste, denn der Trupp musste die Vorräte langsam rationieren, um es noch bis zum nächsten Stützpunkt zu schaffen. Diese halb verrottete Nahrung war für sie ungefähr so verdaulich wie ein Klumpen Erde und schmeckte auch nicht besser. Trotzdem stopfte sie es in sich hinein, als wolle es jemand stehlen, weil der Hunger so groß war. Heute Nacht würde sie wieder Magenkrämpfe ertragen müssen. Sie fragte sich, ob die anderen denselben Ekel verspürten und ob ihre Körper dieselbe undankbare Reaktion zeigten, und sie es nur überspielten. Wahrscheinlicher war es jedoch, dass sie seit langer Zeit minderwertige Nahrung zu sich nahmen und ihre Verdauungstrakte sich daran gewöhnt hatten.

Die Gruppe hatte am Vormittag die Ausgrabung beendet und war bis zum Abend in ein kleines Waldstück gelangt, das – Edruv sei Dank – einigermaßen trocken und fest war. Jetzt saßen die Arbeiter etwas abseits von den beiden

Aufseherinnen unter der Blätterdecke. Sie blieben bei der Staubkiste, deren Boden mittlerweile fast vollständig von dem blassen Staub bedeckt war.

Ein, vielleicht zwei Zylinder Staub hatten sie bisher insgesamt ausgegraben und wenn man den Gesichtern trauen konnte, dann war dies eine mehr als überdurchschnittliche Menge. Noch vor Wochen hatte Riya diese Summe an einem guten Tag verdienen können, und das ganz ohne Schwielen, Blasen und dieses penetrante Gefühl der Demütigung, das ihre Selbstachtung in Schutt und Asche legte.

Riya setzte sich zwischen Onravina und Sella, die Priesterin mit den blonden Haaren, die bis über den Hintern reichten. Riya war froh darüber, dass ihre Haare nicht so lang waren und dadurch nicht die gleichen hässlichen Schlammspuren an den Spitzen annahmen, wo sie hin und wieder in den Tümpel hingen.

Dass sie Tesvie gewesen war, hinderte Sella daran, die Haare zu stutzen oder wenigstens zusammenzubinden. Tesvien waren fahrendes Priestervolk, das neben der Predigt auch wohltätige Dienstleistungen wie Krankenpflege verrichtete und anschließend eine *freiwillig* genannte Spende verlangte. Man konnte sich innerhalb des Ordens zu einer zentralen Gestalt machen, indem man den Nachwuchs unter seine Fittiche nahm und an dessen Einkünften beteiligt wurde. Ab dem Zeitpunkt des Eintritts durfte man seine Haare nicht mehr stutzen, woran sich Sella offenbar bis heute hielt, obwohl sie nur als Gefangene hier war, wie alle anderen auch.

»... es ist kein Ertrinken, zumindest meistens nicht«, setzte einer der Arbeiter seine düstere Erzählung fort. »Man bleibt stecken, wenn man Pech hat. Und nach einer Zeit zerren die Kälte und auch der Kraftverlust an dir, dass du alleine nicht wieder rauskommst.«

Riya starrte in die prasselnden Flammen und ließ die Gespräche zum Hintergrundgeräusch werden. Ihre Arme, ihre Beine, ihre Lunge – alles schmerzte von den Grabungen. Und all diese Anstrengung für Staub, den sie selbst nie wieder zu Gesicht bekommen würde, wenn er einmal abtransportiert war.

Die Tage verflossen in eine einzige Erinnerung von Schmerz und Wut. Aber was Zik gesagt hatte, das verfestigte sich jeden Tag etwas stärker.

*Und wenn du dich nicht selbst belügst, waren deine Ambitionen nie so aufrichtig wie meine. Du hast es dir in deiner Lage bequem gemacht, während ich alles dafür gegeben habe. Ich verdiene diese Position.*

*Es stimmt einfach nicht. Ich war bereit,* dachte sie, als der Rauch des Feuers gerade in ihre Richtung wehte und sie das Gesicht abwenden musste. *Zik* ... das war der Spitzname, den sie ihm gegeben hatte, als sie sich kennengelernt hatten. Aber Unbekannten gab man keine Spitznamen. Und genau das war er geworden – ein Unbekannter, der sie für seine Zwecke benutzt und dann fallen gelassen hatte.

Oder war er das sogar schon immer gewesen?

»Rylurne?« Luyschs Stimme konnte man nicht so gut überhören wie die anderen. Eshmans falsch gebräuntes Antlitz und sein wölfisches Lächeln erschienen kurz im Feuer und lösten sich sofort wieder in Rauch und Funken auf.

»Sie jagen in Waldstücken wie diesen«, erklärte Ib-Zota über das Prasseln der Flammen. »Wir sind schon häufiger Rudeln begegnet, allerdings greifen sie meist nicht an. Vor allen Dingen nicht, wenn man in der Gruppe bleibt.«

»Meist«, sagte Riya und lachte trocken. Wie bezeichnend war es für ihr Schicksal, dass Eshmans Bestien sie selbst an diesem einsamen Ende der Welt noch bedrohten?

»*Meist* ist das Beste, was wir hier bekommen können«, gab der breitschultrige Veteran zurück. »Und wie man daran einfach erkennt, müssen wir immer zusammenbleiben. Das erhöht unsere Überlebenschancen gewaltig.«

»Wir sind wahrlich die Halbtoten«, sagte Aminzrakk, der in dem warmen Licht vergleichsweise hübsch anzusehen war. Es war nur wenig Dreck um seine unfassbar gerade Nase und seine schulterlangen, kastanienbraunen Haare leuchteten im Licht der Flammen, als hätte der Schlamm ihnen gutgetan. Das Schönste an ihm waren jedoch zweifelsfrei seine eisblauen Augen, die in dem Rahmen warmer Farben strahlten. Riya hatte auch blaue Augen, aber sie stachen nicht annähernd so stak hervor. Bei Aminzrakk lag seine ganze Zerbrechlichkeit darin, aber auch eine Schönheit.

»Amin ...«, setzte Ib-Zota an, brach dann aber ab.

»Ich finde Halblebenden besser«, sagte Luysch und kicherte, während er Schnüff streichelte, der neben ihm angebunden war. Auch ein paar der anderen glucksten. Riya konnte hingegen keine Freude an dem Gedanken finden. Das Reden vom Tod war auch immer mit dem Gedanken an Zikon verknüpft.

»Und was hat dich überhaupt zu den Halblebenden verschlagen, Riya?«, fragte Sella freundlich.

Auf diese Frage war sie nicht vorbereitet und sie hatte auch keine besondere Lust, sie zu beantworten. Was sollte sie bezwecken?

Sie wedelte die lästigen, sich gegen das Feuer abhebenden Mücken weg, als könne sie damit auch die Frage verscheuchen.

»Es ist wichtig, dass wir offen sind«, sagte Ib-Zota und sah sie durchdringend an. »Nur so können wir einander vertrauen. So ist es im Gefecht und das hier ist manchmal nichts anderes. Vielleicht denkst du, dass wir alle gefährliche Straftäter sind. Aber das liegt nur an den Leuten, die über die Strafen entschieden haben. Sella zum Beispiel. Sie hat in ihrem Orden unangenehme Fragen gestellt. Sie ist nur hier, weil sie aufrichtig und fromm geblieben ist und den Leuten ohne jede Gegenleistung half. Ich bin froh, dass sie bei uns ist, aber sie hat es nicht verdient.«

Riya warf der langhaarigen Frau einen mitleidigen Blick zu und erhielt ein Lächeln als Antwort. Das war tatsächlich furchtbar ... wenn es denn wirklich so gewesen war. Schließlich würde wohl niemand hier zugeben, wenn er zu Recht hierher gebracht worden war – falls man das überhaupt so nennen konnte. Riya war jedenfalls verraten worden und verdiente es ganz sicher nicht, hier zu sein. Stets war sie ein starkes Glied der Gesellschaft gewesen und hatte ihre eigenen Lasten getragen, wie man es sie in Vokvaram gelehrt hatte.

»Aber die meisten von uns hatten Schulden«, fuhr Ib-Zota fort, während er mit einem Stock im Feuer stocherte. »Bei mir waren es die Spiele ... und der Wein. Nachdem ich aus Fran-Ilas Armee entlassen wurde, habe ich den Boden unter den Füßen und auch eine Menge Silber verloren. Alle haben gewusst, dass ich permanent gesoffen habe. Ich habe es auch gewusst.«

»Verdammte Gläubiger«, sagte jemand.

»Verdammte Notare!«

»Denen gebe ich keine Schuld«, sagte Ib-Zota. »Ich habe das Geld selbst verspielt.«

»Aber die gewissenlosen Gastwirte und Buchmacher haben es gern genommen«, flüsterte Amin bekümmert und erntete zustimmendes Gemurmel und ein paar Flüche aus der Runde.

Riya hätte diesen verqueren Vorwurf gern richtiggestellt. Doch das hätte sie nur zum Ziel all der Frustration gemacht.

»Ich bin ...«, druckste sie. Was sollte sie nur sagen? Am besten erfand sie einfach eine Geschichte, die gut zu denen der anderen passte. »Ich bin auch wegen einer verlorenen Wette hier.«

Als ihr klar wurde, dass sie die Wahrheit sagte, bekam sie kurz keine Luft mehr und wollte am liebsten im Moor versinken. Genau wie Ib-Zota waren ihr falsche Einsätze zum Verhängnis geworden. Wenngleich sie wesentlich mehr verloren hatte und nicht betrunken, sondern das Opfer von Zikons Hinterlist gewesen war.

Sie schluckte, als sich diese Erkenntnis mehr und mehr verfestigte: Sie war unglaublich naiv gewesen. Und dumm – viel dümmer noch als Ib-Zota. Viel dümmer noch als all die Spieler, die jeden Tag leichtfertig und die eigenen Kenntnisse überschätzend den Staub zum Fenster herauswarfen.

Riya bekam das dringende Bedürfnis, doch alles ohne Ausnahme zu erzählen. Sie rang nach Atem und setzte zu einer Erklärung an. Aber wie sollte sie es sagen? Einfach raus damit, dass sie eine der erfolgreichsten Buchmacherinnen gewesen war, ein Dämon in den Augen derer, an die sie nun gebunden war?

Ihre Lippen zitterten, doch es kamen keine Worte darüber.

Dann verflog der Impuls und sie war froh, dass sie nicht unbedacht den Hass der ganzen Runde auf sich gelenkt hatte. Sie wäre sicherlich dafür im Moor versenkt worden.

Riya seufzte erleichtert, weil Luysch in diesem Augenblick das Wort ergriff.

»Du also auch schuldig. So wie meine Jenna und ich. Wo sie wohl gerade ist?«

»Sicher in der gleichen Misere wie wir.«

Luysch seufzte und tätschelte den grunzenden Evt. »In Kell-Kirenn hat ein Mann gesagt, dass sie wenige Tage vor uns nach Nordwesten marschiert ist.«

»Es ist nicht selten, dass man anderen Trupps auf den Hauptpfaden oder bei den Stützpunkten begegnet«, sagte Ib-Zota und lächelte müde. »Wir werden sie gewiss eines Tages finden.«

Luysch erwiderte das Lächeln. Er schien es wirklich zu glauben. Vermutlich hatte Ib-Zota nur seine Moral heben wollen, schließlich waren die Moore von einer für Menschen völlig unüberschaubaren Dimension. Selbst wenn es stimmte, dass ihr Trupp in die gleiche Richtung gezogen war: Je länger sie marschierten, desto unwahrscheinlicher wurde es, Jenna zu begegnen.

»Bei mir waren es keine Schulden. Es war mein Kind.« Onravina sprach nicht so gefasst wie die anderen, sondern atmete schwer dabei.

»Ich hatte keine Ahnung, dass du eine Vokanv warst.«

»Vokanv oder Varin«, sagte Ib-Zota. »Für uns Halbleb...«

»Ich war keine Vokanv!« Onravina begann zu schluchzen. »Aber ich bin die Einzige hier, die schonmal ein Kind zur Welt gebracht hat, deshalb erwarte ich nicht, dass ihr das Gefühl versteht.«

Riya blickte zu den anderen Frauen in der Runde und zu Sella neben sich. Die Tesvie sah nur betreten zum Boden, der beinahe von ihren Haaren berührt wurde, wenn sie so gebückt saß.

»Ich wollte einfach nur mein Kind sehen. Es an meine Brust drücken.«

»Ist es denn nicht verboten?«, fragte Luysch.

»*Natürlich ist es das!* Aber Verbot oder nicht, nach der Geburt habe ich mir nichts sehnlicher gewünscht. Der Gedanke daran, dass ich sie, selbst wenn ich sie wieder treffen sollte, niemals erkennen würde ... Und deswegen habe ich versucht, mit ihr zu fliehen. Ins Hinterland, ein abgelegenes Dorf ... wo es eine gewöhnliche Sache ist, wenn du ein Kind großziehst.« Sie schüttelte den Kopf, schniefte und stützte den Kopf danach auf Riyas Schulter ab.

Wie alle anderen schwieg Riya, weil sie nicht wusste, was zu sagen oder davon zu halten war. Sie selbst hatte aufgepasst, so gut es möglich gewesen war, und auf den Rat der Medizinkundigen gehört, welche Salben zu welchen Ständen des Mondes aufgetragen werden sollten, um das Risiko zu verringern. Sie war froh gewesen, dass sie nie schwanger geworden war. Ein Kind zu gebären mochte ein Dienst für die Gesellschaft sein und neben Uvrans Gunst erhielt man auch ein wenig Geld dafür, aber für sie wäre es doch nur mit Strapazen verbunden gewesen.

Ihre Gedanken und die Berührung an ihrer Wange ließen ganz kurz Bedürfnisse in ihr aufflackern, die sie nunmehr seit Wochen nicht gespürt hatte. Für eine Weile taten sich Erinnerungen an gewisse Tage und Nächte hervor – solche mit Pal und Linna und mit Fraylis in ihrem Geist und Körper. Sie waren sauber gewesen, ganz und gar nicht wie jemand in diesem Moor. Und zärtlich waren sie gewesen, so gut in dem, was sie ...

»He! Aufstehen!«

Onravina löste den Kopf von Riyas Schulter und drehte ihn zur Seite. Die ganze Runde schoss ungeachtet der Brotkrusten in ihren Händen binnen weniger Wimpernschläge auf die Füße, weil es Ana-Siyas Stimme gewesen war.

Am ersten Tag in Kell-Kirenn, als Riya noch nicht mit bedingungslosem Gehorsam auf diese Stimme reagiert hatte, waren Luysch und sie gezwungen worden, stundenlang im Kreis zu marschieren. Riyas Herz pochte jetzt wieder wie am Ende dieser Tortur.

»Da ist jemand bei ihnen«, flüsterte Luysch, während sich die Arbeiter in eine Reihe stellten.

»Sammler«, hauchte Amin.

»Pivva«, sagte Sella und fing leise an zu summen.

Riya kniff die Augen zusammen, um im Halbdunkel des Waldes etwas zu erkennen. Bei Lizten und Ana-Siya war ein kräftiger, älterer Mann. Er hielt den Griff eines Stabes, der sein Ende an einem schalenartigen Wagen mit kleinen Rädern fand.

Als sich Riya noch fragte, warum sie selbst nicht so einen Wagen hatten, der offenbar für den Moorboden geeignet war und sie von der überflüssigen Anstrengung der schweren Vorratskiste befreit hätte, marschierte Ana-Siya auf sie zu. »Du und du« – sie deutete auf Riya und Sella – »Vorräte umpacken und sortieren.« Dann wandte sie sich umgehend dem Sammler zu und reichte ihm die kleine Staubkiste mit der Ausbeute des letzten Tages.

Lizten gab Ana-Siya den Befehl, nach den Arbeitern zu sehen. Anscheinend hatte sie wirklich das letzte Wort, denn Ana-Siya stapfte ohne Murren zur Seite.

Sella und Riya folgten den Anweisungen und nahmen die aus Zwieback, altbackenem Brot und kleinen Frischwasserschläuchen bestehenden Vorräte aus dem Wagen. Nachdem die Vorratskiste geöffnet worden war, nahmen sie zunächst die alten Vorräte heraus, um sie später oben auf die frischeren stapeln zu können. Zwischendurch erhaschte Riya aus dem Augenwinkel einen kurzen Blick auf den Staub in der nun geöffneten Kiste. Tatsächlich schien er nicht mehr ganz so blass zu sein wie bei der Ausgrabung. Ein rötlicher Schimmer zeichnete sich langsam daran ab, auch wenn er nicht ausreichte, um wirklich zu leuchten.

Als sie ein zweites Mal kurz hinsah, strich der Sammler mit einem gierigen, wenn nicht sogar erregten Biss auf die Unterlippe über den Deckel. Als er den Staub beinahe berührte, sprang kaum sichtbar ein roter Funke auf seinen mit Biss- und Kratzspuren bedeckten Armschutz, woraufhin das Leder wie von Zauberhand an seinem Arm zuckte.

Der Staub in Riyas Besitz war stets in Glasbehältnisse gefüllt gewesen. Natürlich waren ihr bereits ungeschützte Staubkristalle untergekommen, allerdings zumeist aus der Ferne, daher waren ihre Kenntnisse über dessen Wirkweise hauptsächlich theoretischer Natur. Die Energie von Inz übertrug sich in unterschiedlich stabiler Form auf Wasser, Zvarngras und die menschliche Haut. Doch zu genauen Vorhersagen über das Ausmaß von Wirkungen war sie nicht in der Lage. Sie hatte, wie sie nun feststellte, kaum eine Vorstellung vom praktischen Umgang mit dem Staub, deshalb benötigte sie einige Zeit, bis sie eine Erklärung für ihre Beobachtung fand.

*Das Leder*, befand sie schließlich unter dem Eindruck einer Erinnerung, die so flüchtig aufkam wie der Funke. *Es ist nichts Anderes als die gegerbte Haut der Tiere und empfängt die Kraft von Inz, weil es von der gleichen Struktur und Beschaffenheit ist.*

Auch die energetische Aufladung der Kristalle war besser zu beobachten, als Riya erwartet hatte. Hatte sie den Staub bei der Ausgrabung aufgrund der blassen Farbe kaum als solchen erkannt, war er doch inzwischen, nach dem Liegen in der Sonne, dem Staub gar nicht mehr unähnlich, den sie kannte und den sie bis vor kurzem noch ihr Eigentum genannt hatte – als sie noch so etwas gehabt hatte.

*Und ich bin besser dafür geeignet als du, weil ich, im Gegensatz zu dir, wirklich den Staub verstehe und ihn beherrsche.*

Angewidert schmiss sie ein Brot in die Kiste und hätte Sella dabei fast an der Schulter erwischt. Von der Seite überhörte sie das leise Summen der Priesterin und daneben das Gespräch zwischen den Aufseherinnen und dem Sammler.

»... Rylurne im Wald. Ich habe sie umgehen müssen, nachdem ich eine Truppe einen halben Tag westlich getroffen hatte. Ihr passt besser auf, dass ihr euch nicht zu sehr verstreut.«

Riya horchte auf und verspürte Übelkeit. Das hatte gerade noch gefehlt.

»Und dieser neue Abnehmer?«, fragte Lizten.

»Will mehr. Genau genommen ...«

»Warte. Sie sind fertig«, unterbrach die junge Aufseherin und warf Riya und Sella einen Blick zu. »Kommt her.«

Riya verkniff sich ein Seufzen. Sie verabscheute es, so herumkommandiert zu werden, weil hörig zu sein das Gegenteil von dem war, was sie im Leben angestrebt hatte. Allerdings war Liztens Befehlston nicht so bellend wie der von Ana-Siya. Sie setzte sogar ein Lächeln auf, als Riya zu ihr kam.

Während der Sammler sich daran machte, die Staubkiste bei einer Handvoll gleichartiger Gefäße im Wagen zu verstauen und diese dann mit einer Abdeckung zu verschließen, kramte Lizten etwas aus seiner Tasche und hielt es Riya und Sella hin. Durch die Nase stiegen sofort Bilder von prall gefüllten Wirtshäusern mit schönen, zufriedenen Gesichtern vor die Augen. Das war eine Tasche mit gepökeltem Trockenfleisch in kleinen Streifen. Ihr würziger Geruch stach aus dem Gestank von Moor und Wald heraus, der sich vor Tagen festgesetzt und seitdem keinen Platz für andere Gerüche gelassen hatte.

»Für die gute Ausgrabung«, sagte Lizten.

Sella und Riya brachten ihre Belohnung zu den anderen. Als sie näherkamen, drehten sich erstaunte und dann beglückte Gesichter in ihre Richtung. In gleichen Anteilen verteilten sie das Fleisch und erhielten dafür dankbare Blicke. Dann aßen sie.

Als wäre das Feuer plötzlich wärmer geworden, stellte sich mit jedem Bissen ein etwas wohligeres Gefühl ein. Sella setzte wieder zu einer Gebetsmelodie an und wenig später stimmte Aminzrakk mit einem Lied ein. Seiner Stimme wohnte ein warmer Klang inne, ganz anders als Luyschs. Sie war sogar berührend, wenn er lange, tiefe Töne sang. Auf den Text seines Liedes achtete Riya nicht, denn sie verfiel wieder in ihre eigenen Gedanken.

*Was ein Bissen richtiger Nahrung ausrichten kann,* stellte Riya gedanklich fest. Ihr tat noch immer jeder einzelne Muskel weh, doch zum ersten Mal seit den Spielen des Inz-Juvenk wünschte sie sich nicht, dass sie einfach an der Steilküste beim Reichskessel zerschellt wäre. Luysch, Ib-Zota, Sella – sie musste sich eingestehen, dass sie nun auf einer gesellschaftlichen Stufe mit diesen Leuten stand, nämlich auf der untersten. Nur ihr Name verband sie jetzt noch mit ihrem Dasein in Keten-Zvir und den kannte hier niemand vollständig.

Lizten hatte sie für gute Leistung belohnt. War das nicht im Grunde das gleiche Prinzip, nach dem Riya sich auch in Vokvaram oder in Keten-Zvir ausgerichtet hatte?

Vielleicht konnte sie also doch aus diesem Elend herauskommen. Sie müsste nur ihre Fähigkeiten richtig einsetzten, dann würde man selbst hier ihre Talente erkennen und einsetzten.

Die Sammler – das wusste sie – waren nichts anderes als sehr erfahrene Moorarbeiter. Man konnte also aufsteigen, wenn man sich hervortat. Besser behandelt werden, mehr Rechte erwerben. Wenn man Staub brachte, dann wussten die Leute das zu schätzen – das galt auf der ganzen Welt, selbst an ihren hässlichsten Flecken. Vielleicht sogar besonders dort.

*Ich hätte schon seit meiner Geburt dafür bestimmt sein sollen.* Vielleicht war Riya nie dafür bestimmt gewesen, auf Zikons Weise reich und mächtig zu werden. Nein, welche Götter auch immer in ihr wirkten, sie hatten etwas anderes gewollt. Nämlich, dass sie erkannte, wer er wirklich geworden war. Dass sie sich selbst aus dem Schicksal befreite, in das er sie geführt hatte. Und dass sie zurückkehren, all seine Pläne zerstören und ihm seine trügerische Bestimmung nehmen würde.

*So unsagbar viel Schmerz und Entbehrungen es auch kosten mag, genau das werde ich tun. Und danach werde ich ihn umbringen.*

## 19

»Wir folgen den Spuren des anderen Trupps durch den Wald, bis wir wieder staubhaltigen Boden erreichen«, hatte Ana-Siya am Morgen mit Blick auf eine detailarme Karte verkündet. Daraufhin hatten sie die Spaten gepackt – Riya musste mit Ib-Zota die große Vorratskiste tragen – und waren losgezogen. Nach dem, was für sie ein Festmahl am Feuer gewesen war, kehrten sich die meisten an diesem Tag eher nach innen, sodass man neben dem Schmatzen der Schuhe auf dem weichen Waldboden nur den Gesang von Vögeln hörte, der jedoch nicht im Geringsten belebend wirkte. Die Vögel besaßen ein weinrotes Gefieder, das zwischen den grün-grauen Blättern gut auszumachen war. Mik-Ter hatte Riya gewiss einmal erzählt, wie man diese Art nannte, doch sie hatte es schnell wieder vergessen. Ihre schrillen, piepsenden Laute waren jedenfalls unerträglich, weil sie keinen Abriss nahmen, bis sie aus dem Ohr selbst zu kommen schienen.

Die Nachricht von den Rylurnen in der Umgebung hatte sich herumgesprochen, weshalb alle aus dem Trupp darauf bedacht waren, den Abstand zu den anderen nicht zu groß werden zu lassen. Sie waren ein wehrloser Haufen in diesem unendlich gleichförmigen Land. Die Menschen hatten von Stürmen regierte Meere überquert und eine Stadt errichtet, wo nur kalter Stein gewesen war und doch hatten sie sich diese Gegend nicht untertan machen können. Warum musste der Abbau von Staub so beschwerlich sein? Ginge es nicht einfacher, wenn man einmal richtige Wege anlegte? Oder war der Staub gerade deshalb etwas wert, weil man ihn nur unter Mühen und Qualen erlangen konnte?

Unvermittelt stoppte Ib-Zota und Riya stieß mit der Hüfte gegen die leere Kiste, die sie an den oberen Griffen trug.

»Verflucht, Luysch!« Ib-Zota ließ die Kiste fallen und versuchte vergeblich den Evt festzuhalten, der die Rüssel angelegt hatte und zum Dornendickicht trappelte. Die Leine, die Luysch eigentlich an sich hätte festbinden sollen, schleppte er über die Erde hinter sich her.

»Schnüff, bleib hier!«, rief Luysch und stürzte hinter dem grunzenden Staubsucher her ins Gebüsch, wo er schnell nicht mehr zu sehen war.

»Idiot«, sagte Riya.

Ib-Zota stöhnte. »Wir müssen ihn zurückholen.«

Riya wollte widersprechen. Sie dachte nicht daran, im Rylurnterritorium durchs Unterholz zu streifen, weil Luysch sich wieder einmal als Schwachkopf erwiesen hatte. Doch bevor sie etwas sagen konnte, spürte sie etwas Hartes in ihrem Rücken und stolperte zwei Schritte nach vorne.

Beim Umdrehen sah sie in das Angesicht von Ana-Siya, die mit gezogenem Schwert und einem gepressten Ausdruck dastand. Mit dem linken Arm deutete sie auf die Stelle, wo Luysch und der Evt verschwunden waren.

Schon das erste Gestrüpp stach mit seinen Dornen in Riyas ungeschützte Arme, als sie es beiseiteschob. Auf dem Boden lag ein dicker Brei aus Laub und weicher Erde. Bei jedem Schritt haftete er an den abgeliederten Stiefeln. Hier und dort huschten seltsame Krabbeltiere mit wenigstens sechs Beinen aus einem kleinen Umkreis fort, wenn sie auftrat. Das alles hatte jedoch einen merkwürdigen Geruch an sich, der nicht wie der übliche in den Mooren war – auf gewisse Weise wie ein frisch gebadeter Wald. Dabei stand ein richtiges Bad erst noch bevor, wenn man die zunehmende Schwüle der Luft bedachte.

Sie warf noch einen Blick über die Schulter und sah, dass die ganze Gruppe sich am Rand des plattgetretenen Pfades versammelt hatte und ihnen durch die Zweige nachsah. Auf den gekräuselten Stirnen stand Besorgnis.

Ib-Zota ging direkt neben ihr und nuschelte unverständlich. Sein Tonfall ließ seine Laune betreffend aber wenig Interpretationsspielraum.

Mit jedem weiteren Schritt, den sie sich von den anderen entfernten, und jeder Pflanze, die Ib-Zota mit seinem Spaten wegräumte, wurde Riya ein bisschen mulmiger zumute.

*Rylurne.* Einzeln konnten sie wie kleine Kuscheltiere wirken, aber wenn sie sich um einen sammelten, wurde man in Fetzen gerissen. *Hinterhältige Mistviecher. Perversionen der Götter.*

Etwas knackte laut. Riya hatte immer heftiger auf den Boden getreten und dabei einen morschen Ast zerbrochen. Einige Vögel stoben auf und die plötzliche

Abwesenheit des durchgehenden Zwitscherns schnürte ihr den Magen zusammen.

Ib-Zota warf ihr einen ernsten Blick zu. Sie mussten wirklich vorsichtig sein.

Doch die Stille hatte auch etwas für sich. In ihrem rechten Ohr hörte Riya leise eine quäkende Stimme. Eine Stimme, die schimpfte, wie ein Kivk mit einem unartigen Kind schimpfen würde.

»Hier lang«, flüsterte Riya und arbeitete sich durch die Büsche an einer Baumgruppe vorbei. Dahinter offenbarte sich ein kleiner, freigetretener Bereich.

Luysch saß gebückt da und hielt den Evt in den Armen. Sein Oberarm war völlig zerkratzt und ein bisschen Blut hatte er im braunen Fell des Evt verschmiert. Das Tier hatte die Rüssel angelegt, gab ein Schnurren von sich und schien ganz und gar keine Schuldgefühle zu haben.

Luysch bemerkte sie und drehte sich zu ihnen. »Freunde! Es tut mir leid ... Schnüff hat sich einfach ...«

»Still!«, flüsterte Riya, weil Ib-Zota es nicht tat. Sie hielt einen Finger vor den Mund und horchte. Sogar der Evt hörte auf sie. Es wurde so still, dass ihr ein Schauer über den Rücken lief. Sie waren nur drei Menschen – würden Rylurne vor ihnen Halt machen, wenn sie ihre Fährte schon aufgenommen hatten? Wenn es ein größeres Rudel war, vermutlich nicht.

»Wir müssen schnell zu den anderen.«

Luysch nickte und ließ sich von Ib-Zota die Leine aus der Hand reißen. Dann schlichen sie so vorsichtig wie möglich den Weg zurück, den sie gekommen waren. Hätten die weinroten Vögel nicht eigentlich wieder zurückkehren und ihren Gesang fortsetzen sollen? Riya wünschte sich das schrille Geräusch in ihrem Ohr zurück.

Etwas raschelte in den Büschen hinter ihr. *Sicher nur ein gewöhnliches Tier, ein Fuchs oder eine Maus.* Es war kein kratzendes oder pfeifendes Hecheln zu hören. Riya bemerkte, dass Ib-Zota und Luysch ihre Schritte immer weiter beschleunigt hatten. Der Veteran hielt den Evt im Arm und marschierte mittlerweile im zügigen Tempo voran.

Riya wollte nicht zurückfallen. Sie gab ihren müden Beinen den Befehl, schneller zu laufen, und rückte wieder zu ihren Gefährten auf, was diese allerdings nur mehr in Panik zu versetzen schien.

Wieder raschelte etwas und dann knackte es.

Ib-Zota sah sich hastig um und begann zu rennen. Riya keuchte und tat es ihm gleich. Sie achtete nicht mehr darauf, leise zu sein und brach mit voller Kraft durch ein Dorngestrüpp. Die Dornen gruben sich schmerzvoll in ihren Oberschenkel und wollten sie zurückhalten wie die wehrlose Beute, die sie in diesem Augenblick war. Sie riss sich los und fühlte warmes Blut an ihrem Bein hinunterlaufen.

Riyas eigenes Keuchen war inzwischen alles, was sie noch hörte. Sie rannte nur noch geradeaus und war darauf gefasst, dass Zikon jeden Augenblick gewonnen hätte. Zu dritt sprinteten sie über eine große Wurzel. Riya folgte den Fersen von Luysch und Ib-Zota an einem Erdhaufen vorbei, auf dem dutzende große Tausendfüßler krabbelten, brach durch ein Gebüsch, stolperte über einen Ast ... und fand sich zwanzig Schritt von ihrem Trupp entfernt auf den Knien.

Sie spuckte auf den Boden und schüttelte den Kopf, um das Verschwimmen ihrer Sicht zu verhindern. Neben ihr hatte Luysch erschöpft die Hände auf die Oberschenkel gestützt. Ib-Zota stand als Einziger aufrecht und übergab den Evt an die Gruppe. Als er wieder zu ihnen kam, sah Riya, dass ein großer Blutstrom über seine Wange lief und seine Züge in rasender Wut verzerrt waren.

»Du verfickter Schwachkopf!«, zischte er. »Wie kann man so wenig Kameradschaft innehaben? Auf dem Weg bleiben. Vorsichtig sein. Ist das wirklich zu schwierig für dich?«

Luysch schluckte. »Es tut mir leid. Schnüff ist ...«

»Das hier ist ein Kampf! Wir sind nichts als Soldaten in diesem Moor. Jeder Fehler kann für uns den Tod bedeuten. *Den Tod.*«

Als er dampfend davonstapfte, suchte Luysch Riyas Blick, aber sie wich ihm aus. Sie musste selbst den Schrecken aus ihren Gliedern vertreiben und darüber nachdenken, was gerade geschehen war. Waren sie wirklich verfolgt worden, oder war sie so paranoid geworden, dass sie inzwischen überall Mörder sah, wo keine waren?

Sie fand kein eindeutiges Fazit und das war vielleicht das Schlimmste an der Sache.

Stattdessen näherte sich Ana-Siya und sie schien nicht über die Verzögerung erfreut zu sein. »Aufstehen«, befahl sie Luysch. »Du wirst die Kiste alleine tragen, bis wir Rast machen.«

Am späten Nachmittag erreichte der Trupp eine kleine Lichtung. An den Seiten des Pfades hatte jemand einige größere Büsche entwurzelt und kleinere plattgemacht, weshalb eine einigermaßen freie Fläche entstand. In der Mitte des Bereichs fand sich ein Haufen Steine mit Asche dazwischen.

»Die ist noch nicht alt«, stellte Ib-Zota fest. Er hatte sich gebückt und untersuchte die Feuerstelle. Aminzrakk gesellte sich zu ihm.

»Das war die andere Truppe. Der Sammler hat davon berichtet.« Ana-Siya tauschte einen Blick mit der jungen Lizten aus und verkündete: »Wir werden hier eine Pause machen. Bindet den Evt an. *Fest.*«

Sie waren also tatsächlich auf demselben Weg unterwegs wie die andere Truppe. Das schien Riya keine besonders gute Verteilung ihrer Ressourcen zu sein. Wozu hatten sie alle ihren eigenen Evt zum Aufspüren von Staub, wenn sie dann alles doppelt absuchten?

Im Grunde war es doch alles vergebene Müh. Sie investierten so viel und was hatten sie davon? *Nichts.*

»Vielleicht hat Jenna hier vor kurzem gesessen.« Luysch stellte die Kiste neben ihr ab und wäre beinahe zu Boden gefallen. Er sah aus, als hätte ihm jemand einen Wassereimer über die knubbelige Nase geschüttet, so stark schwitzte er. Und trotzdem lachte er, als er den Namen der Frau aussprach, die er als seine eigene bezeichnete.

»Möglich wäre es.«

Riya wollte nicht mit ihm sprechen, deshalb setzte sie sich auf der anderen Seite der Feuerstelle auf den weichen Boden. Sie schaute an ihren Kleidern herunter. Sie sah miserabel aus. Nicht nur, dass dieses einfache Hemd an ihr unfassbar fehl am Platz wirkte – es war auch noch völlig verdreckt und voller Blutspritzer. Sie krempelte das linke Hosenbein bis zum Anschlag auf und betrachtete ihren Oberschenkel. Er war nicht besonders schwer verletzt, dafür aber völlig zerkratzt, als wäre sie bereits von einer Bestie angefallen worden. Um sich davon abzulenken, dachte sie darüber nach, wie sie die Staubsuche organisieren würde, wenn sie die Macht über die Moore hätte. Sie kam zu dem Schluss, dass sie diese wesentlich effizienter organisieren könnte. Man hätte die Arbeiter sogar besser behandeln und trotzdem mehr Staub ausgraben können. Es war völliger Irrsinn, die Trupps in willkürliche Richtungen loszuschicken, die sich teilweise überlagerten und teilweise große Freiräume ließen. Und die Sammler erst? Man schickte einzelne – zugegeben erfahrene, aber trotzdem verletzliche – Experten durch die Gegend, auf dass sie Vorräte gegen Staub tauschten. Warum kamen die Trupps nicht einfach selbst regelmäßig zu den Stützpunkten? Warum waren sie nicht besser koordiniert?

Riya begann mit einem Stock einen Landstrich vor sich in die Erde zu zeichnen. Sie hatte schon in Vokvaram gelernt, dass die meisten Menschen dazu in der Lage waren, gewisse Aufgaben zu erledigen, aber nicht dazu, es mit so wenig Einsatz wie möglich zu tun. Dazu brauchte es Planung und eine gut abgestimmte Arbeitsteilung.

Sie ließ auf ihrer improvisierten Karte ein Netzwerk aus Punkten entstehen. Die Punkte verband Riya mit Linien. Sie konnte die Dimensionen nur ungefähr schätzen. Wie viele Zwitekt waren es? Hundertfünfzig? Mehr sogar?

Sella ging mit einem Holzstapel in den Armen vorbei und zertrampelte einige Linien.

Riya fluchte und die Priesterin drehte sich um. »Oh je, das habe ich nicht gesehen, dass du malst. Ich wusste nicht, dass du der Kunst ...«

»Schon in Ordnung«, sagte Riya gehetzt und scheuchte Sella mit einer Handbewegung fort. Durch Sellas Fußabdruck auf der Erde waren zusammen mit einer Linie zwei nebeneinanderliegende Kreuzungen mit einem abgesenkten Übergang dazwischen entstanden. »Das ist viel besser. Man könnte so viele Arbeiter einsparen und wäre gleichzeitig so flexibel.«

Riya sah sich um. Die meisten hatten sich in den Schatten der Bäume gelegt und waren eingedöst.

Diese Strategie, die vor ihr in der Erde lag, war wirklich gut. So gut, dass man sich fragen musste, warum noch niemand auf die Idee gekommen war. Wenn Riya überzeugend war, dann könnte die Idee vielleicht Anklang finden bei den Aufseherinnen ... und dann bei den höheren Ebenen. Möglicherweise war das eine Chance, sich von den einfachen Arbeitern – den Halblebenden, wie sie sich nennen wollten – abzuheben, sozusagen wieder ganz lebendig zu werden. Sie musste sich unverzichtbar machen, dann würde sie nicht länger wie Dreck behandelt werden.

Ana-Siya stand wie ein Denkmal am anderen Ende der Lichtung, wachsam wie ein Notar. Ihr stets gehärteter Blick traf Riya, die sofort den Kopf senkte.

Lizten. Sie würde es Lizten sagen. Vor ihr fürchtete sie sich nicht so sehr. Sie schien rational zu denken, anstatt immer gleich einen cholerischen Anfall zu bekommen. Außerdem war sie ein paar Jahre jünger als Riya, da war sie sich recht sicher.

Wie üblich saß Lizten ein Stück abseits und beobachtete das Geschehen, während sie gerade ihren blauen Gehrock anlegte. Dieser ließ ihre ansonsten einfachen Kleider deutlich eleganter erscheinen, wie Riya mit einem Hauch von Rhusents Neid feststellte. Sie versuchte auf ihre Haltung zu achten, selbstbewusst zu wirken, aber dem Blick von Liztens braunen Augen gleichzeitig demütig zu begegnen.

»Aufseherin Lizten«, stammelte Riya. Verdammt, sie war es nicht gewohnt, so unterwürfig zu sein.

»Was willst du?«, fragte Lizten mit neutralem Ausdruck.

»Es ist so, dass ... nun ja ...«

»Ja?«

*Du machst dich lächerlich,* dachte Riya. *Sprich einfach ganz normal mit ihr.*

»Ich glaube, dass unsere Suchstrategie äußerst ineffizient ist. Genau genommen die Gesamtstrategie, also die Zusammenarbeit aller Trupps.«

Lizten hob eine Braue.

»Wir fischen im Trüben und hoffen, dass Inz uns mit Staub segnet.«

»Es ist ein Moor. Da fischt man grundsätzlich im Trüben. Außerdem haben wir die Evt, die uns beim Aufspüren helfen.«

»Gewiss. Aber ihr Spürsinn reicht nicht einmal einen halben Zwitekt. Wenn mehrere Trupps die gleiche Route ablaufen, verschwendet man Mühe und lässt sehr große Regionen aus. Außerdem ist es reiner Zufall, ob ein Sammler auf die Trupps stößt. Wird nicht so mancher Staub dadurch aufs Spiel gesetzt?«

»So ist es vorgeschrieben. Die Sammler haben das Vertrauen der Verwaltung, deswegen sind sie dazu bemächtigt.« Lizten wirkte immer skeptischer, doch sie hörte ihr aufmerksam zu.

»Ich glaube, dass man jede Menge Arbeitskraft sparen könnte, wenn man kleine, bewegliche Stützpunkte auf festen Bahnen durch die Moore ziehen lässt. Genau genommen bin ich mir sogar recht sicher.« Riya hob die Mundwinkel, doch Liztens Miene blieb wie in Stein gemeißelt.

»Zu jedem Stützpunkt könnten vier Trupps mit je einem Evt gehören ... vielleicht auch sechs, so weit bin ich mit der Überlegung noch nicht gekommen. Die Trupps könnten alle einen Tag lang in den verschiedenen Himmelsrichtungen nach Staub suchen. Am zweiten Tag würden sie den Weg zurück zum Stützpunkt machen und am dritten würde sich der gesamte Stützpunkt auf einer vorgegebenen Route vorarbeiten, die in Kell-Kirenn geplant wird. Wenn man diesen Ablauf wiederholt und mit vielen Stützpunkten ausführt, kann man das Land durchsuchen wie bei einem ...«

Sie überlegte, was die beste Bezeichnung wäre.

»Netz?«, fragte Lizten.

»In etwa«, sagte Riya und lächelte wieder. »Wenn ihr mir eure Karte zeigt, kann ich meine Vorstellung besser skizzieren.«

Lizten zögerte, nickte aber dann. »Komm mit. Wir können uns mit Ana-Siya besprechen.«

Die schlanke Aufseherin legte ihren Gehrock, den sie gerade erst angezogen hatte, wieder ab und faltete ihn ordentlich zusammen. Dann gab sie Ana-Siya ein Zeichen und deutete auch Riya an, zu folgen. Sie entfernten sich von der Feuerstelle und gingen ein Stück in den Wald hinein. Dieses Mal fühlte sich Riya aber nicht so verunsichert, schließlich hatten beide Aufseherinnen Waffen dabei. Außerdem zwitscherten die Vögel fröhlich dahin und kein Dornengestrüpp versperrte den Fluchtweg.

Riya stellte verwundert fest, dass der Wald sogar eine gewisse Schönheit hatte – zumindest wenn man ihn auf einem Gemälde verewigt hätte, anstatt mit aufgekratzten Gliedern und Mückenschwärmen um den Schädel hindurchzuwandern.

»Wie gesagt«, setzte Riya an, als die drei außer Hörweite der Gruppe waren, »größere Gruppen mit vier bis sechs Suchtrupps, die an zwei von drei Tagen ausschwärmen und am dritten weiterziehen. Die Karte?«

Lizten durchdrang sie mit ihrem Blick. Vermutlich hatte sie es noch nie erlebt, dass eine Arbeiterin das große Ganze hinterfragte. Nach einem Zögern griff sie dann aber doch zu ihrem Gürtel.

Riya fühlte sich jetzt selbstbewusst. Sogar Ana-Siyas Anwesenheit – sie kaute gelangweilt auf ein paar Nüssen – beunruhigte sie jetzt nicht mehr. Sie musste diese Gelegenheit für sich nutzen, sich beweisen. Dann würde sie Zikon schon bald wieder begegnen können, um Rache zu nehmen. »Es wäre übrigens schön, wenn wir die Anerkennung für ...«

Weiter kam sie nicht, weil sie etwas Hartes in ihrem Magen spürte, das sie fast ihre Eingeweide hätte ausspucken lassen. Lizten ... sie hatte ihr den Schwertgriff in den Bauch gerammt.

Riya sank auf die Knie und rang nach Luft. Bevor sie wieder richtig sehen konnte, traf Liztens Knie ihr Kinn, sodass sie auf die Seite geschleudert wurde. Ihr Blut spritzte und sickerte in die weiche Erde ein.

»Was maßt du dir eigentlich an?«, hörte sie Liztens Stimme im linken Ohr. Riya blickte auf und sah die Faust der jungen Frau auf sich zufliegen. Im Augenwinkel bemerkte sie noch, dass sogar Ana-Siya entsetzt zu sein schien. Dann wurde ihr Gesicht auf die Erde gedrückt.

»Was ist? Steh da nicht so teilnahmslos.« Mehr brauchte die ältere Aufseherin nicht, um Riya einen weiteren Tritt zu versetzen. Eshmans und Zikons Schergen – Riya sah sie wieder mit der Staubpeitsche auf sie eindreschen und die langsam verheilten Wunden erneut aufreißen.

»Du bist *Arbeiterin*! Weniger als der beschissene Evt.«

Ihr Kopf wurde von einem Streiftreffer erschüttert und mit ihm die Fähigkeit, Gedanken als Reaktion auf das

Hier und Jetzt zu formulieren. Die Schläge und Tritte waren übel, genau wie die Peitschenhiebe übel gewesen waren. Die Wellen des Schmerzes verschmolzen miteinander zu einem Ozean der konstanten Qual und es waren nicht mehr Lizten und Ana-Siya, die sie verursachten, sondern Zikon und Eshman.

Abermals hörte sie keinerlei Melodie und erkannte, dass nichts Göttliches daran war. Schmerzen waren immer richtig schlimm, wenn sie wirklich da waren. Wenn man von Schmerzen las oder sich an vergangene erinnerte, tat man sie schnell ab als kurze Unannehmlichkeit, die man schon irgendwie aushielt und die mehr oder weniger an einem vorbeizog und dann verblasste. Aber nicht hier, nicht im Augenblick des Schmerzes. Im Hier und Jetzt war die Tortur nicht zu ertragen.

Irgendwann, nach Sekunden oder Minuten oder Stunden, hörten die Prügel auf.

»Du hinterfragst nie wieder, wie wir arbeiten.« Das war kein Befehl, sondern eine Feststellung. Irgendeines Tages hatte Riya einmal den Unterschied dazwischen gelernt, um selbst davon Gebrauch zu machen.

Riya nuschelte ein paar Silben, aber es war einerlei. Durch die Schlitze ihrer Augen sah sie Liztens Stiefel, die zurück zur Feuerstelle stapften und dann Ana-Siyas, die dahinter trotteten. Irgendjemand sagte noch das Wort »Moorleiche«, bevor nur noch der leise Rhythmus des Waldes und das Vogelzwitschern klangen. Riya schloss die Augen in der Hoffnung, dass sie sie nie wieder aufmachen musste.

Für eine Weile, die sich nach mehreren Stunden anfühlte, lag Riya bei halbem Bewusstsein auf dem Boden und konzentrierte sich auf die Schmerzen, denn die Schmerzen waren trotz allem angenehmer als die Erinnerungen an Zikon, die sich immer wieder in ihre Gedanken drängelten. Ab und zu krabbelte oder raschelte etwas neben ihrem Kopf. Jedes Mal dachte sie, dass es dieses Mal gewiss die Rylurne wären, doch kein einziger tauchte auf. Tatsächlich hörte sie irgendwann Schritte neben sich – menschliche allerdings. Auf der Seite liegend öffnete Riya die Augen und sah einen langen Haarschopf, der fast bis zum Boden reichte.

*Sella.*

Die Priesterin sagte nichts. Stattdessen kniete sie sich hin und riss einen Fetzen von ihren Kleidern ab. Dann krempelte sie sanft den halb zerrissenen Stoff an Riyas Oberkörper hoch. Riya hörte etwas gluckern und tropfen und spürte dann Feuchtigkeit an ihrem Arm.

»Ich glaube, dass sie einen Teil des Staubs an der Verwaltung vorbeischleusen. Anscheinend machen es die meisten Aufseher und es wird geduldet.«

Riya krächzte, weil ihre Wunden brannten, wenn der nasse, als Lappen zweckentfremdete Fetzen damit in Berührung kam. Als das Brennen langsam nachließ, fühlte es sich aber besser an, als wäre eine erfrischende Brise über sie geweht.

»Es tut mir leid, dass wir es dir nicht früher gesagt haben«, flüsterte die Tesvie, während sie weiter Riyas Wunden säuberte. Ihre Hände waren geschult, sie fühlten sich angenehm sanft an den aufgerauten Stellen an.

In ihrem Zustand hätte Riya sich gern in einen weichen Kokon gehüllt und gewartet, bis sie einschlief und sich an keine Demütigung mehr erinnern konnte. Allerdings stützte Sella sie und beförderte sie damit zu einem sterbenden Baum, gegen den sie Riya lehnte. Die Priesterin führte den Wasserschlauch an ihren Mund und ließ Riya trinken. Sie trank gierig, weil das Wasser ihren Körper auch von innen erfrischte.

»Ib-Zota wollte nicht darüber sprechen«, sagte Sella und setzte sich ebenfalls gegen den Stamm. »Der Verlust von Izvan und Kolk hat ihm am meisten zu schaffen gemacht.«

»Meine Vorgänger?«, fragte Riya, bevor sie sich geräuschvoll räuspern musste.

Sella nickte.

»Was ist geschehen?«

»Sie haben sich dafür eingesetzt, dass wir uns auf den Weg zum Stützpunkt machen, als unsere Vorräte knapp wurden. Lizten hat darauf beharrt, dass wir auf einen Sammler warten. Dann, als sie nicht nachgeben wollten, hat sie sie ...«

»Im Moor zurückgelassen.«

»Irgendwann ja. Vorher hat sie uns zusehen lassen, wie sie dort eingesunken sind. Bis ihre Muskeln von der Kälte völlig bewegungsunfähig waren. Erst dann sind wir weitergezogen.«

»Furchtbar«, flüsterte Riya, während Sella eine kurze Melodie summte. Vor der Vorstellung, über Stunden und Tage fast vollkommen bewegungsunfähig im Moorschlamm zu liegen und dabei von der Kälte aufgezehrt zu werden, fühlten sich ihre Kratzer und Blessuren gar nicht mehr so schmerzhaft an.

»Ib-Zota hat gesagt, dass wir nicht mehr darüber sprechen. Jedoch habe ich das Gefühl, dass die Last sich dadurch nur vergrößert. Man muss Valeryanne in die Arme nehmen, sonst überfällt sie dich eines Tages.«

Riya dachte, dass ihr gleich übel werden musste. Sie war also noch glimpflich davongekommen und beim nächsten Mal würde sie dasselbe Schicksal erwarten.

Entgegen ihrer Erwartung wurde sie langsam wieder klarer. Sie wusste nun, warum niemand daran interessiert zu sein schien, den Prozess des Staubabbaus zu verbessern.

Die Aufseher schlugen Profit aus den Fehlern und die Inz-Kur von Nunk-Krevit schien trotzdem so viel Staub zu erlangen, dass ihr das vermutlich nicht einmal bewusst war. Nach allem, was Riya gehört hatte, lebte die Inz-Kur ohnehin sehr zurückgezogen, sodass es nicht einmal verwunderlich war, dass sie ihren eigenen Staubabbau nicht mehr unter Kontrolle hatte.

Ebenso existierte die lästige Vorratskiste nicht, weil niemand auf die Idee gekommen war, die Vorräte aufgeteilt zu transportieren, sondern diente als bewusste Schikane. Die Moorarbeiter waren so wenig Herren über ihre Nahrung wie über ihren eigenen Körper und das Tragen der abgeriegelten Vorräte verfestigte diesen Umstand in den Muskeln wie im Gedächtnis.

Und was die Verschwendung von Arbeitskräften anging, ereilte Riya ebenfalls eine Erkenntnis – eine unheimlich bittere. Wer arbeitete hier? Gefangene, Ausgestoßene, Vergessene. Menschen, denen die Gesellschaft keinen Wert mehr beimaß. Solange man genügend Evts zum Aufspüren züchtete, war der Verschleiß vollkommen gleichgültig. Eine einzelne Arbeitskraft war einfach unbedeutend, denn es kostete lächerlich wenig, neue Moorarbeiter zu finden. Auf dem Schiff hatte sie dutzende davon gesehen, in Kell-Kirenn gar hunderte und sie war nur eine davon. Sie hatte keine Chance, irgendetwas zu erreichen, denn das war gar nicht vorgesehen.

»Die Ordnung des Staubs«, hauchte sie unhörbar und grunzte. *Zum zweiten Mal hat sie mich verraten.*

»Kannst du laufen?«, fragte Sella, nachdem sie mindestens eine halbe Stunde dort gesessen hatten.

Riya nickte zögerlich. Den größten Schaden hatte ihr Oberkörper davongetragen. Beine und Kopf waren bis auf Blessuren weitestgehend unversehrt geblieben.

»Komm«, sagte Sella. »Lass uns wieder zu den Halblebenden gehen.«

Riya kämpfte sich auf die Füße, wobei ihre Wirbelsäule knirschte, und folgte der langhaarigen Frau zur Feuerstelle, wo der Trupp nach und nach Vorbereitungen für ein neues Feuer vornahm. Dieser Tag hatte gewiss gezeigt, dass Riya genau das war: ein Mensch ohne Rechte, der zwar noch gehen, aber nichts mehr in der Welt ändern konnte, nicht einmal um sich zu rächen – eine Halblebende.

## 20

»Die gute Nachricht ist, dass wir das Waldstück bald hinter uns gebracht haben.«

Gemurmel machte sich unter den Halblebenden breit. Ib-Zota hatte mit Ana-Siya gesprochen und ihnen zwei Botschaften angekündigt. Wenn die gute Nachricht war, dass sie statt Gestrüpp bald wieder hüfttiefen Moorschlamm um sich hätten, wollte man die schlechte gar nicht hören.

»Was ist die schlechte?«, fragte Luysch. War er wirklich ein Streich der Götter, der nur existierte, um Riya zu verhöhnen?

»Sieh nach oben«, sagte Ib-Zota.

Wie von einem Puppenspieler gelenkt, hoben alle in der Runde gleichzeitig die Köpfe. Was sie sahen, war eine Erscheinung, die manche als das Antlitz Zalts, eines der alten Götter, interpretieren wollten. Gewitterwolken, die so dunkel waren, dass sie wie der Spiegel des Moorbodens wirkten, zogen ohne erkennbares Ende vom Westen her in ihre Richtung. Sobald Riya sich des nahenden Sturmes bewusst war, spürte sie seine unsichtbaren Vorboten in der Luft. Sie kitzelten an den Blessuren der gestrigen Demütigung, von der sich ihr Körper glücklicherweise einigermaßen zu erholen schien. Vielleicht gewöhnte man sich sogar irgendwann daran, Prügel einzustecken.

»So etwas muss doch schon häufiger geschehen sein«, stellte Riya fest.

»Ist es«, sagte Ib-Zota und tauschte einen wissenden Blick mit Aminzrakk aus, was Onravina ein kurzes Kichern entlockte.

»Jedenfalls«, fuhr er fort, »werden wir die Nacht nicht trocken überstehen. Nur den Blitzen sollten wir entgehen und die Vorräte vor dem Regen schützen.«

Niemand hatte Riya darauf angesprochen, was mit Lizten geschehen war, aber sie glaubte, dass alle es wussten.

Sie war mit einer unangenehmen Mischung aus Mitleid und einem unausgesprochenen *Jetzt weißt du es ja* am Feuer empfangen worden. Es kam ihr beinahe so vor, als hätte sie eine Art Ritual abgelegt, das darin bestand, das miserable vor ihr liegende Dasein zu akzeptieren und den Widerstand dagegen aufzugeben.

Sie funktionierte noch, aber das war auch schon alles.

»Wir ziehen weiter und halten Ausschau nach einer Mulde oder einer Gruppe niedriger Bäume mit wenigen Ästen. Zalt ist bequem, er visiert gern die hohen Bäume mit seinen Blitzen an.«

»Doch der Regen wird uns auf jeden Fall treffen«, sagte Aminzrakk und verzog das Gesicht.

»Schreiben sie nicht die schönsten Lieder im Regen?« Luysch stand auf und streichelte den Evt, dessen Leine fest in Ib-Zotas Händen ruhte. Der großgewachsene Veteran ließ es zu, hielt seinen Blick aber auf ihn gerichtet.

»Melancholische Balladen handeln vom Regen und werden an verregneten Tagen geschrieben«, gab Aminzrakk zurück. »Ich singe sie gern, aber ich möchte keinen Grund haben, eine zu schreiben.«

Riya gluckste. Sie könnte ihm einhundert Gründe nennen, ein trauriges Lied zu verfassen. Nur hatten die anderen schon jede Menge Übung darin, diese Gründe in einer staubigen Schublade ihres Gedächtnisses wegzusperren.

»Haltet links und rechts vom Weg Ausschau. Wenn ihr einen geeigneten Ort seht, dann teilt es mir mit. Ich werde es dann Lizten und Ana-Siya beibringen.«

»Ist das nicht zu gefährlich?« Aminzrakk griff Ib-Zota an den Arm. »Sie könnten noch« – er warf Riya einen Blick zu – »gereizt sein. Vielleicht sollten wir besser darauf hören, was sie vorschlagen. Sie werden doch auch Unterschlupf wollen.«

»Sie werden nicht«, setzte Ib-Zota an, bevor er die Lippen aufeinander presste. Die beiden Aufseherinnen waren gerade im Anmarsch.

Es brauchte keinen Befehl, damit die Gruppe Schaufeln und Vorräte auflud und sich in Bewegung setzte. Sie zogen Richtung Westen. Inzwischen hätte sogar Riya das am Stand der Sonne erkannt. Aber die Sonne war bald hinter der dunkelgrauen Wolkendecke verschwunden.

Ib-Zota ging mit dem Evt voran und wich immer häufiger auch etliche Schritte zu den Seiten aus, um zu sehen, ob er einen Ort finden konnte, der die Aufseherinnen von einer Rast überzeugt hätte. Luysch blieb ihm am dichtesten auf den Fersen und erkundigte sich immer wieder bei den anderen, ob dieser oder jener Ort nicht geeignet sei – meistens waren sie völlig ungeeignet, weil viel zu wenig Platz vorhanden war, oder gerade die Sorte morscher Bäume in der Nähe stand, von denen man befürchten musste, dass ihre Äste einen im Schlaf erschlugen.

Nach kurzer Zeit spürte Riya die ersten Tropfen auf ihrem Kopf. Die anderen bemerkten den Regen ebenfalls und verstreuten sich weiter links und rechts des Pfades, um das Suchgebiet auszuweiten. Riya blieb immer in der Mitte, verlor aber Sella zu ihrer Linken und Onravina zu ihrer Rechten immer stärker aus den Augen. Ana-Siya und Lizten hatten sich dicke Mäntel übergeworfen und waren ganz auf den Marsch konzentriert.

*Ob die Rylurne noch in der Nähe sind?*, fragte Riya sich. Waren sie überhaupt schon in der Nähe gewesen, oder waren es lediglich die Angst und die Erinnerung an ihr Aufeinandertreffen mit Eshman, die ihr die Fähigkeit zum rationalen Denken nahmen? Von Rylurnen gab es jedenfalls keine Spur. Vielleicht suchten sie ebenfalls Schutz vor dem Regen, der nun immer stärker zu Fallen begann.

Riyas Körper zuckte zusammen und sie blinzelte heftig. Hatte sie sich den Blitz eingebildet, oder war er tatsächlich gerade vor ihr vom Himmel gekommen? Sie griff sich an den Kopf und spürte, dass ihre Haare mittlerweile feucht waren. Dann stieg ihr ein Geruch in die Nase. Er war plötzlich dort und gab sich sofort eindeutig zu erkennen: der Geruch des Moores, unverkennbar und doch weniger faulig als in ihrer Vorstellung. Sie mussten sich tatsächlich dem Waldrand nähern und die zunehmend blasenden Winde trugen ihren Teil dazu bei, dass man es mitbekam.

Es donnerte.

Links neben ihr rief jemand. Riya war die Einzige, die es hörte, oder hatte es herbeifantasiert, denn niemand sonst reagierte. Sie zögerte und kam zu dem Schluss, dass es sicherer wäre, einfach weiterzugehen.

Aber dann folgte ein zweiter Ruf und dann ein dritter, der mit einem weiteren Donnergrollen verschmolz. Sie konnte nicht sagen, um welche Art von Schrei es sich genau handelte – ein Schrei zur Warnung, oder um Aufmerksamkeit zu erregen? Ein Hilfeschrei? Ein Schmerzensschrei?

Riya stieß die abgekühlte Luft aus ihren Lungen und blieb stehen. Der Ursprung der Rufe lag im Dickicht. Waren denn nicht mehrere Halblebende auf dieser Seite gewesen?

Sie verharrte und versuchte, die im Wind wankenden Büsche zu überblicken, während die patschenden Schritte der anderen sich langsam von ihr entfernten. Die Böen gaben ein schwaches Pfeifen von sich, als sie ihren Weg zwischen den Bäumen nahmen. Zusammen mit dem Schaukeln der Blätter entstand ein unheimlicher Klang, eine schleppend geflüsterte Melodie.

*Hier flehen sogar die Bäume um Hilfe, weil sie vom Moor eingesperrt sind*, dachte Riya. Bewegen wollte sie sich nicht mehr, weil plötzlich die Verletzungen zu spüren waren. Sie zitterte in ihren nassen Kleidern, während sie in das grausame Angesicht des halbtoten Waldes sah.

Ihre Starre endete, als sich jemand aus dem Dickicht herausschälte wie die Rinde von den Bäumen – jemand mit Haaren bis zu den Oberschenkeln. Sellas Erscheinung gab Riya ein merkwürdiges Gefühl. Ihr Gesicht war ebenso verzerrt wie ihr eigenes, aber trotzdem übertrug sie eine Standfestigkeit auf Riyas Beine. Das Zittern legte sich wie durch göttliche Hand. Sella verlieh Kraft. Das hatte sie schon gestern getan.

»Jilvanne hat mich zu einem Platz der Zuflucht geführt. Einen Felsen, den das Moor noch nicht weich gemacht hat.«

In diesem Augenblick brach der Regen in voller Stärke über sie herein. Sella begann mit dem Summen einer unruhigen Melodie – Irrwas Melodie. Sie war besorgt, vielleicht sogar verängstigt.

»Ich sage es ihm.«

Riya rannte zum Kern ihrer Truppe, der noch auf dem Pfad verblieben und nicht ausgeschwärmt war. Ib-Zota ging ein Stück abseits von Ana-Siya und Lizten. Allerdings konnte man über das Brausen und Prasseln ohnehin nicht weit hören. Der Veteran zerrte den aufgeregten Evt, der offenbar nichts lieber tun wollte, als an Ort und Stelle zu verweilen, an der Leine hinter sich her. Er bemerkte Riya erst, als sie ihm hastig auf die Schulter klopfte. Seine breite Brust ging in rasanter Geschwindigkeit auf und ab und seine Augen waren rastlos. Wenn Sella besorgt ausgesehen hatte, dann war er vollkommen außer sich.

»Wir haben einen Ort gefunden«, brüllte Riya über den Regen. »Einen großen Felsen!«

Ib-Zota stöhnte und senkte erleichtert den Kopf. Wortlos drückte er Riya die Leine in die Hand und schloss die Distanz zu den Aufseherinnen. Die Kapuzen ihrer Mäntel hingen ihnen tief ins Gesicht. Das Gewebe war mit einem Öl imprägniert, wodurch er das Wasser besser abweisen konnte.

Riya zerrte an der Leine, bis der Evt seinen Widerstand aufgab und ging Ib-Zota nach. Je weiter sie ging, desto besser ließ sich auch das Tier ziehen. Man konnte glauben, es wäre doch vernunftbegabter, als Riya gedacht hatte.

Sie blieb vor einer kleinen Pfütze stehen, wo sie etwas außer Hörweite war und Ib-Zota dabei zusehen konnte, wie er wild gestikulierend auf die beiden verhüllten Gestalten einredete. Der Evt zog an seiner Leine, aber Riya hielt ihn von der Pfütze fern.

Lizten und Ana-Siya hatten ihr den Rücken zugewandt. Eigentlich wäre es ganz einfach gewesen, eine von ihnen zu überwältigen. Sie waren sonst immer wachsam. Eine Gelegenheit wie jetzt bot sich selten. Und wenn Ib-Zota gedankenschnell handelte, könnte er die andere übernehmen. Immerhin hatte er Kampferfahrung.

Die Konsequenzen wären fatal. Ohne Aufseher war es für sie unmöglich, an lebensnotwendige Vorräte zu gelangen, schließlich konnten sie nicht zu einem der Stützpunkte gehen. Es wäre ein Überlebenskampf in einem Land, das den Menschen umbringen wollte.

Riya schluckte und schaute den Spaten in ihrer rechten Hand an. *Ein Schlag auf den Hinterkopf. Und dann hätte Zikon mit Verspätung bekommen, was er wollte.*

Sie griff den Spaten fester, weil sie wieder zitterte. Als sie sich umdrehte, sah sie, dass Sella umherging und die anderen nach und nach versammelte – die Halblebenden. Wenn Riya den Spaten schwang, dann traf sie damit nicht nur für sich eine Entscheidung, sondern für sie alle. Für Aminzrakk, für Onravina, für Luysch. Sie wollten lieber in ihrem Elend weiterleben.

Riya packte den Spaten und rammte ihn in tief den Boden, um sich darauf zu stützen. Als sie sich entspannte, fiel ihr auf, dass der Evt inzwischen ziemlich energisch an der Leine zog und sah nach unten. Das Tier scharrte heftig im Schlamm, hatte die Rüssel aufgestellt und wedelte damit in der Luft, als könne es nicht genug davon inhalieren.

*So hat er sich das letzte Mal verhalten, da ... Irrwa!*

Das Tier hatte durch den Sturm Staub aufgespürt. Und wenn man der Stärke der Bewegungen glaubte, war es eine ganze Menge.

Ib-Zota hatte es auch bemerkt. Seine Augen waren für einen Moment panisch aufgerissen. Er gab Riya mit einer drastischen Kopfbewegung zu verstehen, dass sie sich schleunigst außer Sichtweite begeben sollte. Daraufhin zerrte Riya an der Leine, konnte den Widerstand des Evts allerdings nicht überwinden.

»Rakvanne«, flüsterte sie mit leichtem Ekel. Kurzerhand bückte sie sich und nahm das massige Tier auf die Arme. Das Fell des Ebers war viel weicher, als sie erwartet hatte, dafür war er aber auch viel schwerer. Das Tier zappelte und grunzte, als werde es zur Schlachtbank geführt und wedelte mit beiden Fühlrüsseln in ihrem Gesicht.

Riya ächzte, weil ihr Rumpf wieder schmerzte. Sie ignorierte die Tatsache, dass sie kaum etwas sehen konnte und ging zügig ein Stück in den Wald hinein. Dort wartete sie bei einem Baum und versuchte zu erkennen, ob die Aufseherinnen sie beobachtet hatten. Erleichtert seufzend sah sie nach kurzer Zeit Ib-Zota in das Gebüsch treten. Das nasse Hemd klebte inzwischen an seinem Oberkörper, wodurch seine angespannte Muskulatur hervorstach.

»Sie sind zu den anderen gegangen«, zischte er durch den Regen. »Ich weiß nicht, ob mich jemand gesehen hat. Du hast gut reagiert. Wenn wir jetzt auf Staub stoßen, werden sie uns graben lassen, bis wir ertrinken oder vom Blitz erschlagen werden.«

Riya nickte. Je mehr Staub sie aus der Erde holten, desto einfacher war es für Lizten, sich und ihren Komplizen größere Mengen abzuzweigen, da niemand zwischen einer guten und einer sehr guten Ausbeute unterscheiden würde, wohl aber zwischen einer guten und einer schlechten.

»Der Evt ...« Sie machte eine Kopfbewegung nach unten.

»Geh zu den anderen. Ich beruhige ihn irgendwie.« Er warf einen schnellen Blick über die Schulter und legte dann die Arme von der anderen Seite um den prallen Bauch des Tieres. Als sein Arm den von Riya streifte, spürte sie, dass die Muskeln nicht bloß angespannt waren, sondern heftig bebten.

»Ich habe Erfahrung mit den Mistviechern«, sagte er und rang sich ein verkrampftes Lächeln ab.

Das war genug für Riya. Ihr war wieder eingefallen, woher sie kam, woher die Halblebenden und dass sie nicht zusammengehörten. Sich in Gefahr begeben für diese Menschen, die keinen Hehl daraus machten, wie sie mit einer früheren Buchmacherin umgehen würden – sie hatte schon viel zu viel riskiert in Anbetracht von Liztens Warnungen des vorherigen Tages –, das war kein Nervenkitzel mehr, es war purer Leichtsinn.

Sie verschwand hinter dem nächsten Gebüsch und hörte noch, wie Ib-Zota den Evt verfluchte. »Nein, verdammte Scheiße! *Nein!*«

Riya lief ein Stück weiter, aber dann zweifelte sie. Einander allein zu lassen, war gefährlich. Und etwas sagte ihr, dass Ib-Zota die Sorte Mann war, die lieber den Helden spielte und starb, als den besten Ausgang für sich herbeizuführen. Sie hatte das Bedürfnis, sich umzudrehen und nachzusehen, ob es ihm gelang, das Tier zu bändigen.

Sie näherte sich einem Strauch, um einfacher darüber hinwegzusehen. Es war dunkel unter den Bäumen, deswegen sah sie nur seine breite Silhouette, die mit der des massigen Evts vor der Brust verschmolz.

Es blitzte. Aus der einen Silhouette waren zwei geworden, eine große und eine kleine. Riya blinzelte, um das plötzliche Farbenspiel aus ihrer Sicht zu vertreiben. Da war noch eine dritte Silhouette. Es war eine weibliche, die langsam auf die anderen zuging und einen langen Gegenstand in der Hand hielt.

Es blitzte erneut und für einen Augenblick konnte Riya einen Blick auf Liztens verzerrtes Gesicht erhaschen, das unter ihrer Kapuze hervorlugte. Sie ließ Ib-Zota rückwärts taumeln und stieß dann mit dem Griff ihrer Klinge in seinen Magen, woraufhin er umkippte.

Lizten riss die Leine an sich und hielt sie so fest, dass auch der wie gestochen umher trappelnde Evt sich nicht lösen konnte. Anschließend hob sie den Stiefel und trat ihm dem Veteranen so kräftig gegen den ungeschützten Schädel, dass Riya das Gefühl bekam, den dumpfen Schlag sogar über den Donner zu hören.

Die Blessuren von gestern schmerzten mit dem Pochen ihres Herzens. Es kam ihr vor, als würde sie sich selbst beobachten.

Jedoch war Ib-Zota noch schlimmer dran als sie. Lizten wusste, dass er versucht hatte, den Staub vor ihr zu verheimlichen. Riya hatte sie nur gewarnt, aber ihn bestrafte sie – mit ihrem Stiefel und bald auch mit ihrem Schwert.

Irrwa! Wollte sie ihn denn wirklich umbringen?

Riya schaute sich um und versuchte zu erkennen, ob sonst irgendjemand in der Nähe war. Vorsichtig schlich sie davon, bis sie sicher war, dass Lizten sie nicht mehr aus dem Augenwinkel bemerken konnte und stürzte dann durch das Unterholz zu ihrem Spaten, nahm ihn mit und lief in die Richtung, aus der Sella vorhin gekommen war. Wie mit einer Machete hieb sie alle Ranken und Äste in ihrem Weg beiseite.

Den Göttern sei Dank waren die anderen noch nicht verschwunden. Riya fand einen Teil der Gruppe noch immer in der Nähe des Pfades. Luysch war dabei, genauso wie Onravina, Aminzrakk ... und wie Ana-Siya.

*Egal*, dachte Riya, als sie mit pfeifendem Atem durch die Büsche rumpelte und dabei fast jemanden zu Fall gebracht hätte. *Es bleibt keine Zeit.*

»Lizten hat sich Ib-Zota vorgenommen. Sie könnte ihn umbringen!«

Aminzrakk riss die Augen auf und wurde leichenblass.

»Wo?«, fragte Onravina.

Riya beschrieb mit wenigen Worten den Ort, an dem sie Ib-Zota zurückgelassen hatte. Auf Aminzrakks Wangen vermischten sich augenblicklich dicke Tränen mit

Regentropfen. Bei Ana-Siya entstand nur der übliche Ausdruck des nahenden Wutausbruchs, als die anderen sie fordernd anblickten.

»Ich gehe hin«, sagte Luysch schließlich und rannte los.

»Ich auch.« Onravina wollte ihm folgen, da stellte Ana-Siya sich ihr in den Weg und hielt sie davon ab.

»Ihr folgt den Anweisungen«, brüllte sie über den Regen, als Onravina sich losreißen wollte.

Riya wusste nicht, was sie tun sollte. Schon wieder bereute sie eine Entscheidung, nämlich Ib-Zota allein gelassen zu haben. Aminzrakk hatte die Hände vors Gesicht geschlagen und taumelte Luysch nach. Doch die beiden verfehlten die Richtung um eine Vierteldrehung.

Es blieb keine Zeit zum Nachdenken; Riya musste instinktiv handeln. Und ihre Instinkte sagten ihr, dass Luysch und Aminzrakk sich allein nur selbst in die Misere treiben würden.

Also packte sie den Spaten und rannte ihnen nach, um ihre Laufrichtung zu korrigieren. Gemeinsam hasteten sie mit ihren Spaten bewaffnet durch den Wald. Riya ließ den Wind alle Fragen zur Seite wehen, die sich in ihr regten und den Sinn und Zweck ihres Handelns hinterfragten.

Sie erreichten die Stelle kurze Zeit später, allerdings war von Ib-Zota und Lizten keine Spur. Nur kleine Pfützen hatten sich auf dem Boden gebildet und Riya hatte das unangenehme Gefühl, dass sie neben Dreck und Regenwasser auch dunkles Blut enthielten. Jedoch waren ihre Sinne vollkommen überfordert mit Eindrücken. Es wirkte, als hätte die Nässe in der Zwischenzeit Moos an den Bäumen ansetzen lassen. Vermutlich war ihr das vorhin einfach nicht aufgefallen.

Aminzrakk sank hechelnd auf die Knie, während Riya und Luysch sich umschauten.

»Ich bin mir sicher, dass sie hier standen. Dieser Strauch ... ich habe mich dahinter versteckt.« Sie stand ratlos da und spürte jeden Regentropfen, der vom Blätterdach abgebremst und langsam zum Boden weitergegeben wurde, wie einen kleinen Hammerschlag auf ihrem Schädel. Ein paar Strähnen, die durch die Nässe kaum noch als blonde zu erkennen waren, klebten auf ihrer Stirn und vermischten sich am Rand ihres Sichtfelds mit den Bäumen und Ästen. Alles schien ineinander überzugehen: Die Haare, die Bäume und Gräser, das Wasser und der Schlamm, genauso wie ihre Gedanken, die mal die Götter und mal sie selbst verfluchten und ihr schon im nächsten Augenblick wieder einreden wollten, dass sie es von sich erwarten sollte, etwas zu unternehmen, weil ihre Begleiter dazu nicht imstande waren.

Eine Frauenstimme schrie etwas hinter ihnen. Wie ein Echo antwortete eine zweite vor ihnen. Es blitzte und Riya glaubte, etwas Kratzendes zu hören. Dann folgte der Donner und das Geräusch war verstummt. Stattdessen bäumte sich eine Männerstimme in einem Schrei auf.

»Sieh dort«, rief Luysch und deutete tiefer in den Wald. »Sie kämpfen!«

»Aber nicht gegeneinander. Nebeneinander. Sie kämpfen gegen ...«

In diesem Augenblick bewegten sich plötzlich zwei kleine Büsche vor Riyas Füßen. Sie sahen aus wie kleine Bälle und was Riya erst für Moos gehalten hatte, war tatsächlich grünlich-braunes Fell. Ein hechelnder Busch schob sich auseinander und präsentierte zwei Zahnreihen wie Waffenständer in einer Garnison des Grauens.

*Eshman ...*

»Rylurne!«

Dagegen kämpften sie also. Die Rylurne hatten sie verfolgt und nur darauf gewartet, dass sich die Gruppe auseinanderzog. Und jetzt wollten sie sie zerfleischen. Riya stand ihnen auch an diesem endlosen Ende der Welt gegenüber. Wie im Gewinners Biss, als sie noch ein richtiger Mensch gewesen war. Als sie stark gewesen war. Angst wollte sich in ihr ausbreiten und ihr die Luft abschnüren.

Sie hatte auch damals Angst vor dem Biss der Rylurne gehabt. Doch sie hatte sich gegen Eshman und seine Ausgeburten behauptet, auch wenn die Gründe dafür verräterisch gewesen waren. Und jetzt? Jetzt hatte sie gar nichts mehr zu verlieren.

Riyas anfängliche Bewegungslosigkeit währte nur für einige Wimpernschläge. Dann packte sie ein Gefühl, das sie noch nie in dieser Stärke überkommen hatte – blinde Wut. Ein Rausch durchfloss sie – viel stärker als bei jedem Arenakampf, dem sie je beigewohnt hatte – und aktivierte ihre Kampfausbildung, die sie vor Jahren in Vokvaram erhalten hatte. Sie konnte den Spaten wie einen Kriegshammer schwingen.

Dem ersten Rylurn begegnete sie mit der flachen Seite ihres Spatens und dem zweiten mit der löchrigen Schuhsohle. Beide Fellbündel flogen ins Gebüsch, doch sie spürte, dass die spitzen Zähne wie kleine Nadeln durch die Hornhaut ihres Fußes gestochen hatten, die sich hier im Moor gebildet hatte.

Sie schrie den Schmerz heraus und verdrängte ihn sofort. Die beiden Rylurne lagen wenige Schritte vor ihr. Es gab Kraft, zu sehen, dass sie beide nur noch zuckten. Sie konnte sich wehren. Und sie wollte sich wehren, denn mit jedem Rylurn versetzte sie auch Eshman und ihrem Schicksal einen Tritt oder einen Schlag.

*Wo sind die anderen?* Schwer atmend blickte sie sich um. Im Wind schien sich der ganze Wald zu bewegen. Mit jeder neuerlichen Böe glaubte sie, es spränge ein weiterer Busch auf sie zu, vielleicht diesmal alle gemeinsam.

Zwei weitere Rylurne hoppelten von rechts heran. Allerdings hatten sie es nicht auf Riya abgesehen, sondern auf Aminzrakk und Luysch. Die beiden stellten sich weniger geschickt an als Riya. Luysch konnte dem bissigen Fellknäuel zunächst mit einem Hechtsprung ausweichen, der Sänger hingegen schien sich einfach nur seinem Schicksal ergeben zu wollen. Wenn Riya nicht gerade rechtzeitig ihren Spaten geschwungen hätte, wäre seine Wade bereits zerfetzt worden.

Darüber hinaus wurden ihre Chancen nicht gerade besser, wie Riya aus dem Augenwinkel erkannte. Aus dem Unterholz hüpften weitere Rylurne hervor, darunter auch ein Alphatier – eines wie Eshman es besessen hatte. Es war nicht so entstellt, aber in den schwarzen Augen glomm umso stärkerer Blutdurst.

»Wir müssen uns sammeln«, brüllte Riya. Die anderen beiden stolperten zu ihr, doch das schien die Rylurne, die in ihrer Zahl immer weiter wuchsen, nicht abzuhalten.

*Sie kreisen uns ein und wollen uns gemeinsam anfallen*, erkannte Riya. *Dann sind wir wehrlose Beute.*

»Mir nach!«

Lizten – so sehr Riya sie hasste, war sie doch besser bewaffnet. Und Ib-Zota kannte den Überlebenskampf durch seinen Dienst in Fran-Ilas Armee.

Riya machte einen Vorstoß durch den Kreis der Rylurne und räumte mit ihrem Spaten gleich drei Stück aus dem Weg. Ihre Gefährten folgten ihr, Luysch neben ihr und Aminzrakk dicht an sie geklammert.

Lizten streifte in gebückter Haltung zwischen den Bäumen entlang und hackte immer wieder mit ihrem Schwert um sich, als wolle sie das Gestrüpp zu ihren Füßen ernten. Um sie herum lagen die Leichen mehrerer Rylurne.

Ib-Zota war dicht bei ihr und hatte sein Hemd ausgezogen. Wie eine Staubpeitsche ließ er den nassen Stoff durch die Luft zischen, um die angreifenden Bestien in Schach zu halten. Riya erschrak, als er zu ihr herumfuhr. Seine Schienbeine waren bereits bis zum Fleisch geöffnet. Es war eine göttliche Gabe, dass er darauf überhaupt noch stehen konnte. Sein Gesicht war geschwollen und verkrampft. Seine blutunterlaufenen Augen hatten selbst etwas Animalisches inne. Der Eindruck änderte sich jedoch, als er ihre Begleiter bemerkte. Er beruhigte seine Bewegungen und suchte Aminzrakks Blick.

»Bildet einen Kreis!«, brüllte Riya, als irgendwo in der Nähe ein Blitz einschlug.

Lizten sah sie argwöhnisch an, folgte aber dann der Forderung. Riya wurde klar, dass sie die Aufseherin um jeden Preis beschützen mussten. Sie hätte diese Erkenntnis fast so gerne verworfen, wie sie Rache an Zikon nehmen wollte.

»Wir müssen an das Überleben denken«, sagte sie zu den anderen wie auch zu sich selbst, und zügelte damit die Impulse in der Hand, mit der sie den Spaten hielt.

Ihr Überleben bestand darin, dass sie ihre Rücken gegeneinander drängten und jeden sich nähernden Rylurn mit dem Schwenken ihrer Waffen zurückdrängten. Riya nahm Aminzrakk zwischen Lizten und sich, denn sie beide schienen noch am ehesten zum Kampf befähigt.

Das Alphaweibchen der Rylurne schob sich durch das Geäst und fletschte die Zähne. Doch es griff nicht an. Es würde warten, bis ihre Brut die Beute mit ihren Bissen so sehr geschwächt hatte, dass sie hilflos am Boden lag. Seine eigene Aufgabe war nur der letzte Biss.

Es war inzwischen wenigstens ein Dutzend kleiner Rylurne versammelt. Das Fell vieler schien bereits mit Blut getränkt. Hatten Ib-Zota und Lizten denn schon so viele überlebt?

Wie auf ein stummes Signal hoppelten sie mit kurzen Beinen und aufgerissenen Mäulern direkt auf ihre Waden zu. Den Spaten mit beiden Händen im Griff empfing Riya sie. Sie fürchtete sich, doch sie wollte überleben – sie konnte überleben und sie musste es beweisen.

Einige Rylurne fielen dem Schwert und den Spaten zum Opfer, doch ein paar landeten auch verheerende Treffer. Riya versetzte einem geschwächten Angreifer einen Tritt und brach damit seine spitzen Zähne aus dem Kiefer, von denen sich jedoch zwei wie Dolche in ihren Fuß gruben.

Die zweite Welle der Rylurne brachte Ib-Zota zu Boden. Der Veteran sank auf die Knie und musste sich mit den

Händen abstützen. »Um ihn!«, schrie Riya und tatsächlich folgten Luysch und Aminzrakk ihrer Anweisung. Gemeinsam schützten sie Ib-Zota und dünnten die Reihen der Rylurne weiter aus.

*Wie viele können es denn noch sein?*, fragte Riya sich verzweifelt und warf einen Blick auf das Alphatier, das an Ort und Stelle verharrte und geiferte.

Sie hieb nach einem weiteren Fellbüschel, doch diesmal ging sie zu weit nach unten. Ein gleichzeitig angreifender Rylurn biss sich in ihrem linken Unterarm fest und blieb darin hängen, als sie ihn wieder hob. Seine Zähne waren tief eingedrungen und bewegten sich leicht, um die Wunde zu vergrößern und ihr mehr Kraft aus dem Körper zu reißen. Riya schrie und spuckte das Tier an. Sie versuchte es abzuschütteln, doch jede Bewegung ihres Armes verbreiterte ihre Wunde. Sie war kurz davor, sich absichtlich auf den Boden fallen zu lassen, als das Fellbüschel vor ihren Augen in zwei Teile geschnitten wurde. Liztens Klinge hatte sein hinteres Ende sauber abgetrennt.

Riya presste die eigenen Zähne aufeinander, als die des Tieres von ihrem Körper fielen. Sofort quollen dicke Blutströme aus der Wunde und verdünnten sich mit dem Regenwasser.

Zumindest hatten sie die Angriffswellen fürs Erste gestoppt. Überlebende und teilweise stark verletzte Rylurne zogen sich zu den umliegenden Sträuchern zurück, von denen die meisten inzwischen völlig abgeknickt waren. Das Alphatier war noch immer ein Stück entfernt und hechelte sie aus der Ferne an. Es wirkte wie ein General nach einer Schlacht mit schweren Verlusten.

*Sie werden noch einmal angreifen*, wusste Riya, nachdem sie dem Tier in die knopfartigen, schwarzen Augen geblickt hatte. Wenn sie warteten, würde das Alphatier ihre Soldaten wieder und wieder auf sie hetzen, bis ihre Waffen abgenutzt und ihre Kräfte aufgebraucht waren. Riya erkannte, dass es nur eine einzige Chance gab, das zu verhindern. Und sie war bereit, alles auf diese Chance zu setzen. Sie würde der nächsten Schlacht ein Ende vor dem Anfang bereiten.

Den Schmerz in Arm und Fuß unterdrückend, machte Riya einen Satz nach vorne und rannte auf das Alphatier zu. Für einige Sekunden wären keine anderen Rylurne bei ihm, dazu waren sie zu weit entfernt. Als ob das ihr bis über die Knie reichende Tier ihre persönliche Herausforderung annehmen wollte, scharrte es mit den Pfoten, sperrte das Maul mit seinen dolchartigen Zähnen auf und setzte in ihre Richtung.

Riya, die nach dem Kampf die immer gleichen Bewegungen der Rylurne antizipieren konnte, wich dem Biss knapp aus. Diese Raubtiere jagten in der Gruppe. Allein waren sie nicht so bedrohlich, wie sie taten. Sie hob den Spaten über den Kopf, sagte das seitliche Traben des Alphatieres richtig voraus, und hieb ihm die Kante mit den letzten Kräften zwischen die Augen.

Das Tier gab ein abgehacktes, pfeifendes Geräusch von sich.

Dann wurde Riya schwarz vor Augen. Sie war verausgabt, körperlich wie geistig. Sie fiel auf den Hintern und als sie wieder sehen konnte, betrachtete sie wie von Schrecken benebelt, was sie in ihren Händen hielt: Nur den hölzernen Stiehl ihres Spatens.

Als sie erkannte, dass ihre Waffe unbrauchbar war, spürte sie keine Verzweiflung, sondern Akzeptanz. Zumindest hatte sie alles gegeben, um sich und die Halblebenden zu retten. Sie hatte das Spiel wieder einmal verloren, aber dieses Mal immerhin in Würde.

Sie konnte die Zähne schon durch ihren Hals stoßen spüren und hoffte, dass es schnell vorbei wäre. Langsam hob sie den Kopf, um ihr Schicksal in Empfang zu nehmen. Erst jetzt sah sie, wo der Rest ihres Spatens geblieben war. Er steckte mehrere Fingerbreit zwischen den toten Augen des Alphaweibchens.

Ihre trägen Augen fuhren über die klaffende Wunde in ihrem Arm. Ihr kam kein sinnvoller Gedanke, als dass die resultierende Narbe vermutlich viel tiefer und hässlicher sein würde als die der Peitschenhiebe oder der Prügel von gestern.

Während sie um Luft rang und den Regen ihre brennende Haut kühlen ließ, passierten sie jede Menge verschiedener Füße. Zuerst zogen sich die übrigen Rylurne nach und nach in den Wald zurück. Es folgten Liztens widerstandsfähig elegante, aber völlig verdreckten Stiefel. Ihre Besitzerin hatte das Schwert weggesteckt und dachte zum Glück nicht mehr an so etwas wie Bestrafung.

»Du bist ja großartig.« Luysch beugte sich über Riya und grinste über beide Wangen. Davon, dass er gerade noch Uvrit gegenübergestanden hatte, war keine Spur – bis auf das Blut, welches von seinem Schenkel zur Ferse tropfte. »Wo hast du so kämpfen gelernt?«

*In Vokvaram. Wie du,* antwortete Riya gedanklich, konnte aber nicht sprechen. Stattdessen spuckte sie Schmutz und Blut aus.

Luysch zuckte die Achseln und kicherte. »Komm, steh auf.«

Ihre Glieder wehrten sich dagegen. Nur mit Luyschs Hilfe konnte sie wieder stehen.

Ib-Zota war jedoch noch schlimmer dran als sie. Er sah aus, als hätten die Rylurne ihre Mahlzeit schon lange begonnen, Wunden und Blessuren an jeder erdenklichen Stelle des Körpers. Aminzrakk stützte ihn auf sich und sang kurzatmig ein paar Zeilen. Er schien heillos überfordert.

»Hilf ihm«, sagte Riya zu Luysch. »Vielleicht kann Sella ihn notdürftig versorgen.«

Irrwa, lebte Sella überhaupt?

Sie lebte, wie Riya erleichtert feststellte, nachdem sie sich zum Pfad gearbeitet hatte. Allerdings konnte man das Gleiche nicht von Onravina und Ana-Siya behaupten. Ihre

Leichen waren von den anderen nebeneinander an eine erhöhte Stelle gelegt worden, wo sich kein Regenwasser sammelte. Eigentlich hätten sie die vollkommen zerfetzten Körper wenigstens abdecken sollen, aber sie konnten keinen Stoff entbehren, besonders nachdem alles entweder nass oder voller Blut war.

Die Tatsache, dass Lizten nun die einzige Aufseherin war, brachte sie dazu, dass sie ihre Klinge gar nicht mehr aus der Hand legte, während sie hin- und hermarschierte, um alles noch Brauchbare zu sammeln und in die Vorratskiste zu laden.

Riya betrachtete die Leichen. Unter gewöhnlichen Umständen hätte der Anblick sie angewidert, aber diesmal nicht.

*Onravina … sie wollte ihr Neugeborenes sehen. Deshalb ist sie gestorben. Und es hat nicht viel gefehlt, dann hätte man mich dazulegen können. Dann wäre ich gestorben wegen Zikon … und wegen des Staubs. Wegen der Ordnung des Staubs, der wir seit Vokvaram nachjagten.*

Diese lähmenden Gedanken zu verdrängen, dauerte länger, als ihr lieb war. Erst als Luysch erleichtert aufheulte, weil jemand den Evt gefunden hatte, gelang es ihr.

Die Gruppe schleppte sich den Pfad entlang und der Regen ließ irgendwann nach. Es war noch ein wenig Tageslicht übrig, sodass man das aufgewühlte Tier in einiger Entfernung mit den Rüsseln wedeln sehen konnte.

»Wenigstens ist Schnüff nichts geschehen«, sagte Luysch und sprintete voraus.

»Warte!« Riya wollte ihn festhalten, scheiterte aber am Widerstand ihres Armes, den sie mit einem Fetzen verbunden hatte. Sie hatte erkannt, warum der Evt so außer sich war. Es hätte sie schockieren sollen, aber eigentlich war sie kaum noch überrascht.

»Ist das eine besitzerlose Staubkiste? Wie unsere?« Sella begann zu den Göttern zu summen.

»Der andere Trupp …«, hörte Riya sich murmeln.

Sie waren ganz am Rand des Waldes angekommen. Vor ihnen lag wieder das unendliche Moor und unter den letzten Bäumen tanzte der Evt um eine kleine Staubkiste, die halb in den aufgeweichten Boden gesackt war und deren Besitzer drumherum verteilt lagen – tot.

*Die Rylurne ... wir waren nicht die ersten Opfer.*

Zwei zerfetzte Leichen befanden sich direkt bei der Kiste. Eine hielt sogar noch mit dem leblosen Arm daran fest, als könne sie sich nicht vom Staub darin lösen. Es war eine Menge Staub – deutlich mehr als sie das letzte Mal gefunden hatten. Er war vollkommen blass.

»Sie sind beim Ausgraben überrascht worden«, stellte Lizten fest und ging mit gezogenem Schwert auf die Kiste zu. Wie eine Wächterin blieb sie daneben stehen und befahl, dass die Halblebenden die Sachen der Toten einsammeln sollten. Stumm leisteten sie dem Befehl Folge, wie es der Rolle entsprach, die man ihnen verliehen hatte.

Luysch war schon weitergegangen. Er hatte sich gar nicht mehr um den Evt gekümmert. Nach und nach sah er sich die Leichen aus der Nähe an und trat schließlich unter dem Blätterdach hervor. Dort, wo zwei weitere Körper halb im Moor versunken waren, sank er auf die Knie.

»Er hat etwas gefunden«, sagte jemand und einige setzten sich in Bewegung, um es zu begutachten.

»Nein«, flüsterte Riya aus einer bitteren Gewissheit. »Nicht etwas, sondern jemanden.«

Luysch war über eine der beiden Frauenleichen gebeugt. Nein, er klammerte sich regelrecht daran fest, wippte vor und zurück. Immer wieder flüsterte er leise einen Namen: »Jenna ... Jenna ... Jenna.«

Er wiederholte ihren Namen so oft, bis seine Worte von Schluchzern verschluckt wurden. Als er sich umdrehte, da erkannte Riya in seinem leeren Gesicht, dass sein Optimismus für immer in die Brüche gegangen sein musste.

Die Halblebenden versammelten sich im Schlamm, der ihn umgab, aber niemand vermochte etwas zu sagen.

Riya perlte selbst eine Träne über die Wange. Sie hatte nicht gedacht, dass sie jemals Mitleid für ihn empfinden würde, doch wie konnte sie es jetzt nicht? Und es war nicht nur Mitleid – es war ein tiefes Gefühl der Ungerechtigkeit, das sie überwältigen wollte.

Ib-Zota trat, von Aminzrakk gestützt, in den Kreis und legte Luysch die Hand auf die Schulter. Seine Wunden waren ebenfalls notdürftig mit abgerissenem Stoff verbunden. Sella musste zudem den Segen der Götter auf ihn übertragen haben, denn eigentlich hätte er überhaupt nicht mehr bei Bewusstsein sein dürfen.

»Das waren die Aufseher ... die Gläubiger.« Luyschs Stimme hatte ihren quäkenden Ton völlig verloren. Sie war stumpf und heiser.

»Der Staub. Es war der Staub« Ib-Zota hustete, setzte sich herab und lehnte sich erschöpft gegen Luyschs zitternde Schulter.

Riya schluckte. Sprung & Glas hatte viele Verlierer produziert, die im Anschluss von den Gläubigern verfolgt worden waren. Sie hatten die Leute auf jede erdenkliche Weise dazu gebracht, ihren Staub zu riskieren. Und dann hatten sie die Kämpfe für Staub manipuliert. Kalavreyus hatte das getan. Zikon hatte das getan. Sie hatte das getan. Eigentlich jeder in ihrem Geschäft, andernfalls konnte man gar nicht überleben.

Sie setzte sich zu den beiden, als könnte sie sich damit reinwaschen. Sella tat es ihr gleich, drückte ihren Arm an Riyas und ließ ihre Haare hinter sich fallen.

Riya wollte erzählen, wie sie hierhergelangt war und dass sie Menschen wie die Halblebenden einmal verachtet hatte. Doch es war ihr nicht möglich, weil sie dann von ihnen verachtet würde, und das wäre mehr als ihr Ende gewesen.

Als sich schließlich alle Halblebenden Schulter an Schulter aneinanderdrückten, Sella leise summte und Aminzrakk noch leiser zu singen begann, da dachte Riya darüber nach, an welchem Punkt in ihrem Leben sie die Abzweigung genommen hatte, die sie hierhergeführt hatte.

Hätte sonst möglicherweise jemand anderes an ihrer Stelle gestanden? Oder war es unausweichlich gewesen?

Der Sturm war vorüber, doch der Himmel klarte erst sehr viel später auf.

# Vokvaram II

Herbst 356 JdS

»Die Ordnung des Staubs.«

»Hat Jarestev euch schon wieder damit gequält?«

Mik-Ter seufzte und legte seinen Kopf auf die verschränkten Handflächen. Die Ellenbogen hatte er auf den Schreibtisch gestützt. Dieser war ganz anders dekoriert als die Schreibtische der anderen Kivk. Bei ihnen sah man darauf Silbervasen und verschnörkelte Rechenschieber, bei Mik-Ter nur mehrere selbst geschnitzte Holzfiguren. Außerdem befand sich dort etwas Neues: Eine kleine Schatulle, schlicht und aus Holz, aber gründlich poliert. Zärtlich strich er mit seinen Fingern darüber.

»Er hat angekündigt, die Inhalte beim nächsten Unterricht genau abzufragen«, antwortete Riya und zog die Lippen kraus.

»Ich will dir verraten, wie seine Aufgabe lauten wird: Nenne und erkläre mir die drei Gebote von Inz-Juvenk, mit denen Lizvanne, die Gesandte von Inz, den Grundstein für unser Zeitalter legte. Wobei ich eher den Begriff Grundkristall als angebracht erachten würde.«

Er kicherte über sein Wortspiel und nahm die Hand von der Schatulle.

»Ich habe Angst, etwas zu vergessen«, gab Riya zu. Sie sah das Gesicht des strengen Mannes, der zwar nicht ihr Kivk war, sie aber im Unterricht trotzdem bestrafen konnte, rot anlaufen. »Was, wenn mein Gedächtnis einfach nicht gut genug ist, um die Beste bei der Prüfung zu sein?«

»Die Prüfung liegt noch Jahre vor dir, Liv-Riya. Du bist erst zwölf und hast noch so viel Zeit, die du genießen kannst. Zeit, in der du unbeschwert sein und deine Sorgen im Hier und Jetzt belassen kannst.«

Sie runzelte nur die Stirn. Wie sollte sie die Zeit genießen, wenn sie doch wusste, dass sie sich dauernd anstrengen musste, um die Beste zu werden und den Namen Ziv zu erlangen? Die anderen Kinder lernten und übten fleißig, allen voran Zik.

Ihr Kivk bemerkte, dass sie Sorgen hatte, als könnte er ihre Gedanken lesen. »Aber nun gut ...« Er stellte sich hin, nahm eine steife Haltung an und legte eine fiese Grimasse auf. »Nun stell dir vor, ich wäre Jarestev.«

Riya musste ein Lachen zurückhalten. Er traf Jarestevs Ausdruck erstaunlich gut: Eine Augenbraue tief liegend, die andere gehoben und die stets gerümpfte Nase.

»Also: Die Gebote?«

»Erstes Gebot«, schoss es aus Riya. »Militärische Treue dem Obersten Inz-Kur. Die Inz-Kur der verschiedenen Inseln müssen dem Imperator im Falle einer Rebellion zur Seite stehen.«

»Teilweise richtig. Was hast du vergessen, Liv-Riya?« Mik-Ter hob spielerisch den Zeigefinger.

»Oder im Falle einer Bedrohung von Außen.« Riya schlug sich gegen die Stirn. Diesen Punkt vergaß sie immer, weil es nach dem Erscheinen der Alten Fahrer nie wieder Hinweise auf so etwas wie ein Außen gegeben hatte. Vielleicht gab es so etwas gar nicht, und die Alten Fahrer waren einfach von den Göttern geschickt worden?

Ihr Kivk nickte. »Das zweite Gebot?«

»Unantastbarkeit der Wirtschaft. Der Imperator greift nicht in Geschäfte ein, die ihn nicht unmittelbar betreffen. Der Staub soll entscheiden, welcher Handel sich im Reich abspielt, nicht ein Inz-Kur.«

»Und das dritte?«

»Souveränität der Inz-Kur«, sagte sie nach kurzem Überlegen. »Alle Inz-Kur dürfen ihre Inseln nach ihrem Gutdünken regieren, sofern sie sich den Entscheidungen des Imperators nicht widersetzen und die militärische Treue halten.«

Der Mann mit der Halbglatze setzte das Jarestev-Gesicht ab, deutete Applaus an und ließ sich wieder in seinen

Stuhl sinken. »Wie du siehst, musst du dir wegen Jarestevs Fragen keinerlei Gedanken machen.«

*Er hat recht*, dachte Riya. *Ich bin klüger und geschickter als die meisten anderen Kinder. Vielleicht kann ich die Prüfung tatsächlich als Beste absolvieren.* Sie lächelte. »Danke, Mik-Ter!«

Mik-Ter lächelte zurück und sprach dann in belehrendem Ton weiter. »Zur Ordnung des Staubs gehören noch viel mehr Dinge. Zum Beispiel die Definition der wenigen Angelegenheiten, in denen der Oberste Inz-Kur doch die Entscheidungsgewalt hat. Beispielsweise kann er Steuern erheben, um damit Bauwerke zu errichten oder Schiffe zu bauen. Allerdings geschieht das, verglichen mit der alten Zeit, nur in geringem Ausmaß, schließlich ist der Inz-Kur per Definition die reichste Person des Imperiums. Es gehören auch allerlei Förmlichkeiten zur Ordnung, etwa die Aufbietung vor Inz, oder dass Inz-Juvenk immer zum Regierungssitz des neuen Inz-Kur verlegt werden muss. Aber über das Wichtigste daran, nämlich die Implikationen, darüber wird selten gesprochen.«

Riya rutschte auf dem Stuhl hin und her. Er war zu groß für sie und wurde auf die Dauer ziemlich unbequem. Eigentlich wollte sie ihre Vorbereitungen für den Unterricht schnell zu Ende bringen, um sich dann mit Zik zu treffen. »Was sind diese Implika... Dinger?«

»Implikationen. Die Auswirkung, welche die Ordnung auf uns als Gesellschaft hat.«

»Sie gibt uns vor, wie wir leben können und wer welche Rechte besitzt«, sagte Riya. »Dass die Dinge ihren vorgesehenen Gang gehen und alle die Chance haben, etwas aus sich zu machen. Der Staub entscheidet und nicht, aus welchem Kivkhaus oder von welcher Insel man kommt. Ohne sie wäre alles ein großes Chaos. Deshalb heißt sie ja auch *Ordnung*.«

»Jarestevs Worte«, entgegnete Mik-Ter und schmunzelte. »Aber auch, wenn er es so klingen lässt, die Ordnung des Staubs ist keine natürliche Sache. Sie wurde von Menschen errichtet. Menschen mit gewissen Interessen.«

»Die Interessen der Menschen sind der Wind in den Segeln der Ordnung«, zitierte Riya den strengen Lehrer weiter. »Das Streben nach dem Staub treibt die Menschen zu Arbeitskraft und Erfindergeist an. Sie ermöglicht unser Leben.«

»Und dass man in diesem Streben auf sich allein gestellt ist – das ist die Strömung. Sie läuft entweder gegen dich oder mit dir. Sieh die einfachen Landleute an. Sie haben keine Kivkhäuser, aber Zusammenhalt, denn sie bleiben bei ihren Erzeugern. Den schwachen und Angehörigen der Gemeinschaft wird geholfen, ohne eine unmittelbare Gegenleistung. Der Umstand der Hilfsbereitschaft *ist* die Gegenleistung.«

*Und deshalb leben sie auch in Strohhäusern mit ihrem Vieh*, wollte Riya sagen, doch sie verkniff es sich. Viel bedeutender war doch, was ihr Kivk insgesamt sagte.

»Du zweifelst also an der Ordnung? Sie ist eine göttliche Gabe von Inz.«

Mik-Ter hatte auf viele Dinge eine andere Sichtweise, aber die ganze Ordnung des Staubs zu hinterfragen? Das war, als hinterfrage man, ob es überhaupt richtig war, dass die Menschen auf dem Land siedelten und nicht auf dem Wasser. Kein Wunder, dass man ihn nur noch unbedeutenden Unterricht leiten ließ.

»Ein paar Zweifel sind grundsätzlich sehr gesund, liebe Liv-Riya«, erwiderte der gemütliche Mann. »Der Staub legitimiert die Macht. Und die Macht bringt wiederum Staub ein. Wer ein Vokanv ist, der wird mit Staub geboren. Manchmal frage ich mich, ob diese Zusammenhänge uns guttun, oder ob sie uns den falschen Dingen nachjagen lassen.«

Riya ballte die Faust. In diesem Punkt hatte er recht. »Die Vokanv sind eine Schande«, sagte sie und hörte dabei Ziks Stimme in ihrem Kopf. »Aber es gab schon einmal einen Obersten Inz-Kur, der nicht aus einer Vokanv Linie stammte. Jarestev sagt, dass es möglich ist, wenn wir diszipliniert arbeiten. Ich werde den Vokanv zeigen, dass sie uns aus Vokvaram nicht unterschätzen dürfen, wenn ich endlich den Namen Ziv trage.«

Erneut seufzte Mikt-Ter und zog ein leidiges Gesicht. Vielleicht hing es damit zusammen, dass er nur den Namen Vik trug, also nur mittelmäßig bei der Prüfung abgeschnitten hatte.

Eine Weile betrachtete er nachdenklich die Gemälde an seiner Wand, auf denen nur verschiedene Farbkleckse abgebildet waren. Die Sonne schien immer greller durch das Fenster und ließ die Malereien strahlen. Auf Riya wirkten die Bilder, als wäre der Maler einfach mit seinen Farbeimern auf der Leinwand ausgerutscht. Es musste wohl ein Erwachsenending sein, das schön zu finden.

»Sprechen wir nicht mehr darüber«, sagte Mik-Ter. »Lass uns die restliche Zeit bis zum Mittag lieber zum Lernen nutzen. Wie wäre es mit ein wenig Musiktheorie?« Er deutete lächelnd auf die Flöte, die in der Ecke des Raumes an einer Halterung hing. Sie war lang und breit, dazu hatte sie enorm dicke Öffnungen, die Riya mit ihren kleinen Fingern gar nicht abdecken konnte – ein altertümliches Instrument, das sonst kaum jemand benutzte.

»Ich weiß nicht«, sagte Riya und stöhnte. »Lieber möchte ich etwas über die Notargilden lernen. Oder noch einmal meine Rechnungen üben. Damit kann ich später wenigstens einmal etwas anfangen.«

»Nein«, widersprach Mik-Ter. Riya erschrak über seinen bestimmten Tonfall. »Ich weiß, dass du die bereits beherrschst. Du solltest nicht nur lernen, was dich in der Prüfung erwartet. Es gibt so viel mehr als das. Dinge, die dich sehr bereichern können.«

»Die anderen Kinder müssen so etwas nicht lernen. Es ist vollkommen überflüssig, und Staub lässt sich damit später auch keiner verdienen!«

»Ich sehe es als meine Pflicht an, dich mit mehr auszustatten als der Fähigkeit, Staub zu verdienen. Mein Kivk – er summe frohgemut in Uvrits Lied – betrachtete Bildung wie das Hegen eines Blumengartens.«

»Weil sie langweilig ist?« Riya hoffte, dass ihr Kivk über ihre Bemerkung schmunzeln würde, aber er blieb vollkommen ernst.

»Ein Garten ist nicht ansehnlich, wenn man immer dieselbe Blume pflanzt und sie so hoch sprießen lässt wie möglich. Es geht darum, verschiedene Pflanzen großzuziehen. Sie miteinander zu kombinieren und immer neue Inspiration aus ihnen zu ziehen. Manche Setzlinge mögen eingehen, aber manche – vielleicht sogar solche, von denen man es gar nicht erwartet hat – bringen prächtige Blüten hervor und machen den Garten wie auch das Gärtnern zu etwas Wunderbarem.«

»Warum kannst du nicht wie ein normaler Mensch reden, Mik-Ter?«

Er antwortete nicht, sondern zuckte nur die Achseln. Unter seiner knolligen Nase machte sich nun doch ein Grinsen breit.

Riya verschränkte die Arme. Häufig konnte man Mik-Ter überreden, aber dieses Mal nicht. Warum war er so versessen darauf, dass sie diese Dinge lernte? Was, wenn Zik und die anderen währenddessen etwas lernten, das man wirklich gebrauchen konnte? Was, wenn sie dadurch besser auf die Prüfung oder auf das Leben außerhalb von Vokvaram vorbereitet wären?

»Dann bringen wir es hinter uns«, knurrte sie. Vielleicht hörte er dann wenigstens mit dem Gefasel über Blumengärten auf.

Voller Vorfreude griff Mik-Ter seine Flöte und begann zu spielen. Man musste ihm lassen, dass er das Instrument ziemlich gut beherrschte. Seinen Melodien wohnte eine beschwingte Leichtigkeit inne. Als Riya danach fragte, erklärte er ihr, dass es damit zusammenhing, wie die

Intervalle zwischen den Noten einem bestimmten Schema folgten.

Die nächste Zeit verbrachte Riya damit, die neun Grundtypen von Melodien der Varenvinker Musikschule zu lernen. Die Einteilung von Melodien entsprach den Yqua, den neun Göttern, die jeweils eine bestimmte Art der Empfindung in den Menschen kontrollierten.

Je länger sie Mik-Ters Spiel lauschte, desto besser konnte sie die prägnanten Merkmale der verschiedenen Melodien erkennen. Besonders einfach waren die Muster bei den göttlichen Gebetsmelodien zu erkennen. Eine Irrwa-Melodie war unruhig und sprunghaft, als könnte sie jederzeit zusammenbrechen. Ashvonins Melodien waren dagegen nicht so sprunghaft, aber hatten immer eine bestimmte Steigerung in sich. Wenn man ihnen länger zuhörte, konnte man seinen Zorn in sich spüren.

Die Melodien von Rakvanne, der Göttin des Schmerzes, hallten besonders stark in ihren Gedanken nach. Sie konnten sowohl sprunghaft als auch gleichförmig sein, aber etwas an ihnen war immerzu auffällig. Einzelne Noten schienen hier und dort am falschen Platz zu sein, was Mik-Ter durch eine abgehackte Spielweise untermalte. Deswegen konnte man diese Melodien nicht in den Hintergrund treten lassen, wie manch andere, sondern empfand Aufregung und hin und wieder Beklemmung, wenn man ihnen lauschte. Sie waren auf gewisse Weise faszinierend und ließen Riya nicht so schnell wieder los. Als ihr das klar wurde, erschrak sie und fragte sich, ob das normal war, oder ob etwas verrückt an ihr war. Sie erzählte Mik-Ter jedoch nichts von dieser seltsamen Vorliebe.

Am Ende der Lektion brummten Riyas Ohren von den Klängen der Flöte und sie war froh über eine Pause. Sie blickte aus dem Fenster. Die Sonne stand bereits im Zenit über Keten-Zvir. An einem gegenüberliegenden Gebäude stand ein Baugerüst, an dem gerade jemand hinabkletterte, der einige Arbeiten an der Dachdekoration verrichtet hatte. Er begab sich zu den anderen Arbeitern und deutete zur riesigen, aus hellem Gestein gebauten Speisehalle.

»Es ist ja schon Mittag!«, rief sie.

»Die Zeit vergeht schnell, wenn man beschäftigt ist«, sagte Mik-Ter lachend.

»Ich wollte Zik suchen. Ich muss ihn beim Fallstein schlagen!« Sie sprang aus ihrem Stuhl und wollte nach ihrer dünnen Jacke greifen.

»Nicht so hastig«, sagte Mik-Ter und hielt sie zurück. »Ich habe noch etwas für dich.«

Er nahm die Holzschatulle, die Riya vorhin bereits aufgefallen war, vom Schreibtisch. Behutsam fuhr er mit der Handfläche über eine kaum sichtbare Gravur auf dem Deckel, die Riya erst dadurch überhaupt bemerkte. Dann öffnete er den Verschluss und drehte die Schatulle zu ihr, sodass sie den Deckel öffnen konnte.

Von innen war die Schatulle mit rotem Samt ausgepolstert. Riya fühlte die weiche Beschaffenheit des Stoffs und fuhr darüber, bis ihre Finger den Gegenstand berührten, der darin lag.

»Es ist aus Zvarngras gefertigt«, erklärte Mik-Ter.

Riya griff sich den Gegenstand – ein grünlich-graues Band, das aus mehreren dünnen Halmen geflochten war. Das Band wirkte sehr robust und hatte etwas Hartes an sich, gleichzeitig war es aber biegsam wie eine gewöhnliche Schnur. An den beiden Enden war je eine kurze Stange aus glänzendem Metall angebracht, indem die einzelnen Fasern des Bandes spiralförmig darum gewickelt waren.

»Es fühlt sich so anders an als alles …«, murmelte Riya fasziniert.

»Gefällt es dir nicht? Es ist von großer handwerklicher Qualität. Für die Ewigkeit gefertigt.«

»Es ist unheimlich schön«, entgegnete Riya und grinste ihren Kivk an.

Es handelte sich um ein Wurfband, das man beim Fallstein verwendete. Riya konnte sich bereits schleudern und neunzig Punkte auf einmal abräumen sehen. »Damit werde ich Zik schlagen!«

»Richtig werfen musst du schon noch damit.« Mik-Ters Mundwinkel standen höher als seine knubbelige Nase.

Riya hatte das Bedürfnis, ihn zu umarmen und fiel ihm um den Hals. »Danke, Mik-Ter!«

»Und jetzt probiere es aus und zeige Zikon, wie du werfen kannst«, flüsterte er ihr ins Ohr.

Riyas Kivk entließ sie aus seinen Armen und machte eine Handbewegung zur Tür. Riya nickte heftig und lief mit ihrem Geschenk aus Mik-Ters Lehrzimmer heraus. Dass sie ihre Jacke vergessen hatte, bemerkte sie erst, als sie schon ein weites Stück durch den Korridor gerannt war.

Sie lief auf der Suche nach Zik durch die großen Häuser von Vokvaram und schwenkte dabei ihr neues Wurfband in den Händen. Er war vor keiner der Speisehallen zu finden, also musste er bereits im Garten bei der Statue von Edruv sein. Dort spielten sie seit jenem ersten Treffen vor drei Jahren. Riya hatte ihn nie beim Fallstein geschlagen, aber sie war schon häufiger nah dran gewesen. Heute, mit ihrer neuen Ausrüstung, würde es ihr endlich gelingen.

Riya war von ihrem Dauerlauf völlig verausgabt, als sie die dichte Hecke umrundete und bei der Frauenstatue mit den Saatkörnern in der Hand angelangte. Zik saß tatsächlich schon da. Neben ihm lag der Kranz mit den Spielsteinen.

Riya wollte rufen und ihm ihr Geschenk zeigen, musste sich jedoch zurückhalten. Zik war zusammengekauert und schniefte. Weinte er etwa?

»Zik!«

Der blonde Junge hob den Kopf. Eine Haarsträhne fiel ihm über die Stirn. Darunter waren seine Züge verkrampft und ein Glanz von Feuchtigkeit perlte auf seinen Wangen. Sein grünes Halstuch drückte er fest mit beiden Händen.

»Was hast du?«, fragte Riya und setzte sich neben ihn. Sie wusste nicht, was man in so einer Situation am besten tun sollte. Sie versuchte es mit einem Tätscheln der Schulter, aber darauf schien Zik nicht zu reagieren.

»Er ist gestorben«, schluchzte Zik.

»Wer?«

»Der Inz-Kur.«

Nomen-Virt ven Kiv-Marka, der Inz-Kur von Jukrevink. Er war Ziks Erzeuger gewesen und hatte ihn nach der Geburt verstoßen. Darauf wies zumindest das Halstuch mit dessen Initialen und dem großen Staubkristall hin.

»Ich wollte es ihm doch beweisen!«, schrie Zik, formte eine Faust und schlug auf den Steinboden. Wieder und wieder schlug er, bis die ganze Hand rot verfärbt war. Er verzog das Gesicht vor Schmerz. Mit schwächelnder Stimme sagte er: »Ich wollte, dass er eines Tages weiß, dass er sich geirrt hat.«

Riya schluckte. Es kam ihr nicht richtig vor, jetzt noch mit ihrem Geschenk anzugeben. Sie legte den Arm um seine Schulter und drückte ihn an sich, während er weiter schluchzte.

Riya konnte es kaum ertragen, ihren Freund so zu sehen. Sie war seine einzige Freundin. Wie konnte sie nur dafür sorgen, dass es ihm wieder besser ging? Dass er wieder so entschlossen war wie vorher?

Eine Gruppe Kinder, die zum gleichen Jahrgang gehörten, stampfte durch den Garten. Als sie Zik und Riya sahen, warfen sie ihnen seltsame Blicke zu. In den Blicken steckten Verurteilung und Missgunst. Sogar ein Grinsen konnte Riya erkennen. Sie freuten sich darüber, dass es ihnen beiden schlecht erging, weil Zik und Riya zu den besten Schülern in ihrem Alter gehörten. Es passte ihnen gut, ihre Konkurrenz am Boden zu sehen.

»Verschwindet!«, rief Riya wütend.

Die anderen lachten nur und starrten sie weiter an. Riya hätte sie am liebsten mit dem Wurfband verprügelt, das sie noch immer in der linken Hand hielt. Die Kleider, in denen sie steckten, waren braun und grau und abgenutzt. Eines der Mädchen trug ein hässliches blaues Halsband und hatte eine gelbe Schleife im Haar. Sie waren allesamt so furchtbar gewöhnlich und mittelmäßig. Eines Tages würden ihre Mittelmäßigkeit ihnen den Namen Vik oder Kin einbringen. Sie würden ein langweiliges Leben mit einem unbedeutenden Tagewerk führen. Aber Zik und Riya – sie würden etwas erreichen. Sie würden sich nicht ihrem Schicksal hingeben und für irgendwelche Vokanv schuften.

Es war eine Schande, dass sich diese Armleuchter ihnen überlegen fühlten und Riya konnte das nicht länger ertragen. Sie wischte Zik mit seinem Halstuch die Tränen ab, nahm ihn an der Hand und zerrte ihn auf die Füße.

»Komm, Zik«, sagte sie. »Ich habe eine Idee. Wir machen heute etwas, das sich diese Weichbirnen niemals trauen würden.«

Mit den aufgehobenen Spielgeräten in der einen und ihrem Freund in der anderen Hand lief sie los. Die anderen Kinder lachten und riefen ihnen etwas nach, aber sie hörte nicht hin. Sie rannten zu dem Innenhof, bei dem sich Mik-Ters Zimmer befand. Das Baugerüst, das sie vorhin durch das Fenster gesehen hatte, lehnte an der Wand des großen Steingebäudes. Eigentlich war es wegen der Dacharbeiten verboten, den Hof zu betreten, aber weil die Arbeiter noch immer Pause machten, war niemand dort, der sie daran hindern konnte.

»Sie haben die Glasfenster eingeschlagen«, stellte Zik fest, als sie sich dem Gerüst näherten.

»Ja. Und jetzt machen sie die Dachschindeln neu. Hoffentlich diesmal eine schönere Farbe als grau.«

Zik zuckte mit den Schultern. Farben und Formen hatten ihn noch nie interessiert. »Wir sollten nicht hier sein.«

»Mir egal, was wir sollten. Wir klettern jetzt aufs Dach und spielen dort Fallstein.«

Zik ließ ihren Arm los und verweilte vor dem Gerüst. Er sah nicht mehr traurig aus, stattdessen hatte er verwirrt die Augenbrauen gehoben. Riya beachtete sein Zaudern nicht, sondern griff mit der freien Hand einen Holzbalken und zog sich am Gerüst nach oben.

»Ich wette, du traust dich nicht, bis ganz nach oben zu klettern«, sagte sie und hievte sich hoch. Den schweren Kranz und den Sack mit den Spielsteinen zog sie mit Mühe hinter sich her.

Der Junge mit den dünnen, aufeinander gepressten Lippen bewegte sich nicht. Er verschränkte die Arme und schien ratlos.

»Was ist los?«, rief Riya von der ersten Ebene. »Du stehst da unten wie eine Statue. Hast du etwa Angst vorm Klettern?«

»Worum?«, fragte er schließlich und sah ihr in die Augen. Seine eigenen schienen plötzlich grün zu leuchten.

»Wie, worum?«

»Worum wetten wir? Man muss einen Einsatz festlegen, wenn man eine Wette abschließt.«

»Ich weiß nicht. Ich habe das nur so daher gesagt.« Sie ließ die Beine vom Gerüst baumeln. »Aber wenn wir uns nicht schnell etwas ausdenken, werden sie uns runterziehen, bevor wir wissen, ob du es schaffen kannst. Wie wäre es mit der Ehre?«

»Pah. Das ist ja langweilig. Die Ehre zählt nicht als Einsatz. Man wettet um Staub.«

Riya lachte. Sie legte den Kranz neben sich und stülpte demonstrativ ihre Taschen nach außen. »Bin leider kein Vokanv und deshalb staublos.«

Zik schien das nicht so witzig zu finden. Bei dem Wort *Vokanv* kehrte sein trauriger Gesichtsausdruck unverzüglich zurück. Riya hätte sich dafür, dass sie das gesagt hatte, am liebsten vor die Stirn geschlagen.

»Zehn Silberstücke«, schoss es aus ihr heraus. Es war nicht so, dass sie Geld hatte. Als Kind in einem Kivkhaus brauchte man es nicht. Aber je nachdem, wie gut man in der Prüfung abschnitt, erhielt man ein Startkapital, damit man die Zeit überbrücken konnte, bis man eine Arbeit gefunden hatte. Wenn sie also nicht gerade zur Varin wurde, könnte sie ihm die Silberstücke irgendwann zahlen.

Als habe Pivva Valeryanne mit einem Schlag aus ihm vertrieben, breitete sich ein Lächeln auf Ziks Gesicht aus. Es blieb nur kurz, war aber nicht zu übersehen. »Die Wette gilt.«

Im Handumdrehen war Zik ebenfalls die erste Ebene hinaufgestiegen und kletterte bereits höher hinaus. Es waren insgesamt sechs Ebenen bis zum Dach, doch es bereitete ihnen keine Schwierigkeiten, bis ganz nach oben zu kommen. Seit etwa einem Jahr wurden sie im Schwertkampf unterrichtet. Die regelmäßigen Übungen hatten ihnen Kraft verliehen.

Zik war als Erster oben und streckte Riya die Hand hin, damit sie sich daran hochziehen konnte.

»Wette gewonnen«, sagte er grinsend. Die Silberstücke waren verloren, doch dafür hatte er wieder gute Laune, und das war viel mehr wert.

Mit einem Ruck bugsierte Riya sich über die Dachkante und stand auf einem abschüssigen Balken, an dem noch einige übrige graue Dachschindeln lagen. Am Rand des großen Gebäudes, das zu den östlichsten von Vokvaram gehörte, grenzte ein riesiger Felsen an, der noch einmal höher in die Luft ragte. Er bildete eine der vier Wände des Gebäudes und war unter ihren Füßen so behauen, dass göttliche Steingesichter die Innenwand zierten.

Sie wollte nach einem guten Platz suchen, an dem sie den Kranz befestigen konnte, doch es gab nur harten Stein. Außerdem hätte ganz Vokvaram ihnen dann zusehen können und es hätte deftigen Ärger gegeben. »Wir können hier nicht spielen«, stellte sie enttäuscht fest.

»Aber wir können noch weiter«, sagte Zik. »Sieh, dort am Felsen können wir auf das nächste Dach springen.«

An der Dachkante gab es einen Felsvorsprung und von diesem war es nur eine gute Armlänge bis zu einem grellgelb geziegelten Dach.

»Zehn Silberstücke, dass du dich nicht traust«, sagte Zik, als er bereits auf den Felsvorsprung kletterte. Ohne zu zögern, nahm er Anlauf und überwand die Lücke mit einem kräftigen Sprung.

Riya erklomm ebenfalls den Felsen, hielt jedoch inne, als sie oben war. Es war verboten, Vokvaram zu verlassen. Richtig verboten, nicht nur ein bisschen. Ihre Kivk würden Rakvanne nach ihr schicken, wenn sie es herausfänden, und zwar nicht zu knapp.

Andererseits hatten sie die Regeln ohnehin gebrochen, indem sie das Dach bestiegen hatten. Sie taten tatsächlich etwas, das die Trottel aus dem Garten ganz bestimmt nicht wagen würden.

Riya warf den Kranz und den Beutel auf die andere Seite. Der letzte Gegenstand in ihren Händen war das Wurfband aus Zvarngras und glänzendem Metall – Mik-Ters Geschenk. *Die Prüfung liegt noch Jahre vor dir, Liv-Riya. Die Zeit genießen. Unbeschwert. Hier und Jetzt.*

Sie sah zu Zik, der sie vom nächsten Dach herausfordernd angrinste. Dann sah sie nach unten in die Gasse zwischen den Häusern. Vielleicht führte sie in ein Gewölbe im Felsen, doch das konnte sie nicht genau erkennen. Ein kleines Tier wühlte unter ihr in etwas, das wie eine Gemüsekiste aussah. Doch sie war viel zu hoch, um zu erkennen, um welche Art von Tier es sich handelte.

Was, wenn sie stolperte und in die Tiefe stürzte?

Doch Zik hatte den Sprung ohne Probleme geschafft. Und was er konnte, das konnte auch Riya.

Sie sprang und landete auf den gelben Ziegeln. Eine Last fiel von ihr ab und ließ sie aufatmen. Dann kam die Selbstzufriedenheit.

»Ha!«, sagte Riya und schnalzte mit der Zunge. »Wette gewonnen.«

Zik lächelte sie an. Riya hatte angenommen, dass ihn der Verlust stören würde, aber dem war nicht so. Er orientierte sich bereits Richtung Osten und sprang auf das nächste und dann auf das übernächste Dach.

»Wo willst du hin?«

Riya folgte ihm zunächst vorsichtig und dann immer selbstverständlicher über die Dächer, bis sie ein leicht abschüssiges Dach in karmesinroter Farbe erreichten. Auf dem Dach gab es mit schwarzen Linien markierte Gehwege. Diese mündeten an Holzplanken, welche eine Verbindung zu den benachbarten Dächern bildeten.

Sie kam aus dem Staunen gar nicht heraus. Diese Dächer waren wunderschön! Ihre Farben harmonierten in geschmackvollen Rot- und Brauntönen, die wie Blätter in einem herbstlichen Wald wirkten. Sie glichen kleinen Gärten, denn hier und dort waren Blumen und kleine Grüngewächse gepflanzt. Doch am auffälligsten war der große Bogen in der Mitte des Daches, dem höchsten Punkt, wo alle Pfade zusammenliefen. Der Bogen bestand aus purem Silber. Er glänzte in der Sonne und hatte dabei einen blutroten Schimmer.

Bei Inz! Er war mit Staubkristallen besetzt.

»Hier will ich hin«, sagte Zik. Er deutete auf eine silberne Stange in der Mitte des Bogens. »Da können wir den Kranz dranhängen.«

Riya war nervös, seit sie den Staub erblickt hatte. Die Kristalle waren nicht so groß wie der in Ziks Halstuch, aber doch größer als das Pulver, das man in Kugeln und Zylinder füllte. So eine kostbare Zier würden die Eigentümer des Hauses nicht unbewacht lassen. Die gewöhnlichen Aufgänge waren stets bewacht und dann gab es noch die Patrouillen. Dachwächter konnten jeden Augenblick von einem der anderen Dächer herüberkommen.

»Ich sehe keine Dachwächter«, kam Zik ihrer Sorge zuvor. »Bevor welche erscheinen, sind wir längst verschwunden.«

Riya nickte. Sie waren schließlich mit einem Ziel hergekommen. Sie befestigte den Kranz an der Stange und begann zügig damit, die Spielsteine aus dem Beutel zu nehmen und daran zu befestigen. Währenddessen nahm Zik ihr das neue Wurfband ab und machte sich am Silberbogen zu schaffen.

»He, vorsichtig damit! Was tust du da überhaupt?«, fragte Riya.

»Dafür sorgen, dass sich unsere Investition gelohnt hat.« Er schabte mit einem der Metallstäbe zwei kleinere, blutrot glimmende Staubkristalle vom Silber.

»Spinnst du?«, zischte Riya.

»Selbst wenn wir geschnappt werden, wir sind doch nur Kinder. Außerdem nehme ich nur ein paar winzige Kristalle, die werden gar nicht auffa… *Autsch*!« Er verzog das Gesicht und schüttelte die Hand mit den Staubkristallen, bevor er sie in seine Tasche gleiten ließ. »Geladen«, murmelte er.

Bevor Riya noch weiter protestieren konnte, drückte Zik ihr die Metallstäbe des Wurfbandes in die Hand. »Du darfst anfangen«, sagte er und grinste herausfordernd. »Danach wird es ohnehin schnell gehen.«

*Das werden wir ja sehen*, dachte Riya. Ziks provokant lässige Haltung ließ etwas in ihr erwachen, das die Sorge um die Dachwächter verblassen ließ. *Mit Mik-Ters Geschenk werde ich dich schlagen.*

Sie nahm das Wurfband an und stellte sich in der üblichen Entfernung vom Lederkranz auf. In ihrer Hand fühlte sich das neue Spielgerät zittrig an, als hätte dieses edle Stück seinen eigenen Willen.

Riya richtete nun ihre volle Konzentration auf die Schwungbewegung ihres Armes. Sie warf so, wie sie es schon hunderte Male getan hatte, und traf einen der äußeren roten Spielsteine von unten. Der Spielstein wurde durch die Luft geschleudert und das Wurfband wickelte sich in seiner Drehbewegung um den Kranz.

»Zehn Punk ...«, setzte Riya freudig an, doch sie brachte das Wort nicht zu Ende.

Der Kranz tat etwas, das er noch nie getan hatte. Als wäre er ein Mensch, den aus dem Nichts ein unaufhaltsamer Niesreiz überkam, erzitterte er und wand sich an seinem Haken. Die Bewegung war innerhalb einer Sekunde vorüber und es gab kein Anzeichen, dass es sie überhaupt gegeben hatte.

Riya blinzelte. Sie hatte das Gefühl, einen Lichtblitz aus ihren Augen vertreiben zu müssen, aber der blieb auch noch zu sehen, wenn sie sie geschlossen hatte.

*Die Steine ...*

Bis auf den schwarzen Stein, der an den drei Halterungen in der Mitte hing, lagen alle weißen und roten Steine auf dem Boden – hundertachtzig Punkte.

»Ich habe gewonnen«, murmelte Riya und konnte es selbst kaum glauben.

Zik war erstarrt und konnte zunächst nicht einmal seinen Mund schließen. »Wie ... wie hast du das geschafft?«

»Ich habe keine Ahnung«, sagte Riya wahrheitsgemäß. Sie wusste nicht, wie es geschehen war, nur dass es geschehen war. »Aber ich habe gewonnen!«

Zik war baff. Er stand bestimmt eine halbe Minute da und bekam erst dann langsam wieder seine Souveränität zurück. Als er endlich so weit war, sammelte er die Steine ein und hängte sie von Neuem an den Kranz. »Das neue Wurfband«, murmelte er grummelig und machte sich für einen eigenen Wurf bereit.

Er schleuderte es wie immer so hart und präzise gegen den Kranz, dass es gleich zwei rote Steine erwischte. Jedoch bewegte sich kein anderer der Steine auch nur um die Stärke eines Fingernagels.

»Es kann doch nicht nur Glück gewesen sein«, brummte er und versuchte es erneut.

Abwechselnd versuchten sie, Riyas Treffer zu wiederholen, aber es gelang ihnen nicht ansatzweise. Mit jedem

Wurf wurde Zik etwas schweigsamer. Nach wenigstens zwanzig Versuchen gaben sie auf. Es war Riyas erster Sieg beim Fallstein und sie konnte ihn letztendlich nur auf den Willen der Götter schieben, was ihn jedoch nicht weniger süß machte.

Zufrieden setzte sie sich neben Zik, der inzwischen die Beine von der Dachkante baumeln ließ. Er sah nachdenklich in die Ferne. Sein Halstuch rollte er dabei zwischen den Fingern auf und ab. Sie legte den Arm um seine Schultern und lehnte sich gegen ihn.

»Weißt du, es tut mir leid, dass du dem hier«, sagte Riya und tippte auf die Initialen auf Ziks Halstuch, »nicht mehr beweisen kannst, dass du auch ohne ihn Inz-kur werden kannst. Aber du wirst es trotzdem sein. Und ich, als deine Freundin, die viel besser beim Fallstein ist, werde dir dabei helfen.«

»Wir«, erwiderte Zik, halb anwesend und halb mit dem Kopf in den Wolken. »Wir machen das gemeinsam. Zwei aus Vokvaram statt einem aus einer Vokanv Linie.«

Riya kicherte. Die Vorstellung klang seltsam – zwei Inz-Kur auf einmal. Aber sie klang auch schön. Genau genommen sogar wundervoll.

Sie sah ihrem Freund in die Augen. Er wirkte so entschlossen wie eh und je. Dann richtete sie den Blick auf die Dächer von Keten-Zvir, die sich in allen bunten Farben des Regenbogens vor ihr erstreckten und mit den ersten orangebraunen Blättern des Herbstes gesprenkelt waren.

# Dritter Teil: Aschvonin

Spätsommer 372 JdS

## 21

»Ihr könnt noch immer der Inz-Kur von Nunk-Krevit werden, Herr Kizzra. Unsere Hochrechnungen ergeben, dass eure Konkurrenten trotz der Einbußen seit dem Verlust der Moore nur etwa …«

»Würdest du endlich schweigen!«, fuhr Kizzra aus der Haut.

Onkel Lendon musste seinen behandschuhten Arm zurückhalten, weil er den Vorsitzenden der herrschaftlichen Bank von Prir ansonsten möglicherweise umgebracht hätte. Er hatte Übungen mit schweren Rüstungen gemacht, als die Diener die Nachricht vom Tod seiner Mutter überbracht hatten, also war sein Handschuh so schlagkräftig wie ein Hammer.

Sie befanden sich im Saal der Eintausend Masken. Kizzra hätte sie zu gerne eine nach der anderen zwischen seinen Fingern zerbrochen, denn sie erinnerten ihn an sein Versagen vor zwei Jahren in Prir. Damals hatte er hitzköpfig gehandelt – dazu hatte er noch immer eine starke Neigung, wie er sich nun eingestehen musste.

Er hatte Mutters Regierung und Geschäft seither noch weniger Mühe entgegengebracht. Seine ganze Kraft, seine ganze Leidenschaft – sie galten dem Kampf. Mit jeder einzelnen Übung brachte er sich an seine Grenzen. Ständig mussten die Schneider neue Kleider für ihn anfertigen, weil er in die alten nicht mehr passte.

Lendon ging dazu über, ihm beim Ablegen des Stahlpanzers zu helfen.

»Du lässt mir keine Zeit zum Atmen. Nimm Lendon und lasse ihn Yk befragen, was zu tun ist. Meine Mutter ist gerade erst verstorben und du besitzt die Anmaßung, von *Staub* und *Inz-Kur* zu reden.«

»Genau genommen könnte sie auch schon seit gestern tot sein, Herr Kizzra, schließlich ist sie die ganze Zeit in der Staubkammer ...«

Weiter kam der Bankier nicht, denn nun hatte er Kizzras fein polierten Plattenstiefel in die Magengrube bekommen. Er sackte auf die Knie und gab ein Wimmern von sich, aber kein Wort mehr von der Aufbietung vor Inz.

»Kizzra«, mahnte Lendon. »Es wird die Zeit zum Trauern kommen. Aber jetzt bist du das Oberhaupt dieser Vokanv Linie. Und damit kommen Belange, die nicht ignoriert werden dürfen.«

»Ich trauere nicht.«

»Das mag sein, aber ...«

»Außerdem kann ich sie sehr wohl ignorieren. Die einzige Konsequenz ist der Verlust des Staubs in dieser verdammten Kammer. Vielleicht sollte ich sie einfach zuschütten, auf dass ein Unglückseliger sie in eintausend Jahren wieder ausgräbt.«

Lendon seufzte, löste die Brustplatte von Kizzras Rüstung und stemmte sie wie ein großes Bierfass auf den Tisch, der eigentlich für Silbergeschirr und staubverzierte Kelche gedacht war. So sehr Kizzra an Kraft gewonnen hatte, so sehr schien sie bei Lendon zu schwinden. Einst war er ein großer Kämpfer gewesen, dem Kizzra nachgeeifert hatte. Sicher, seine Technik war noch immer brillant, doch auch er schien an der gleichen Schwäche des Herzens zu leiden, die auch seine Schwester Ankvina geplagt hatte.

Als auch die Platten von seinem Oberschenkel entfernt waren, fühlte sich Kizzra unfassbar leicht. Der Drang zur Bewegung trieb ihn, in Kreisen durch den Saal zu laufen.

»Zumindest um die Beisetzung sollten wir uns kümmern«, sagte Lendon, während ein Diener zu dem stöhnenden Bankier ging und sich nach seinem Wohlbefinden erkundigte. »Sie wollte keine gewöhnliche Seebestattung, sondern ...«

»Mit Staub beerdigt werden? Bei Inz?« Kizzra verdrehte die Augen.

»Ja.«

Ein Energiestoß wütete in ihm und löste das Bedürfnis aus, etwas zu zerschlagen. Im gleichen Atemzug hörte er ein lautes Würgen. Der Bankier übergab sich direkt vor einer finster dreinblickenden Maske auf den Boden.

»Lass uns zumindest nach draußen gehen, Lendon. Dieser Raum engt mich ein.«

Sein Onkel verzichtete darauf, auf die außerordentliche Größe des Saals hinzuweisen und nickte nur. Er legte ihm die Hand auf die muskulöse Schulter, als sie gemeinsam nach draußen und zu der kleinen Erhöhung gingen, von der man eine gute Sicht auf Prir und den Aquädukt hatte. Der Ausblick war ganz und gar normal und hatte dieselbe Wirkung auf Kizzra wie vor der Nachricht von Mutters Tod. Wenn jemand denken sollte, dass er die Welt nun mit anderen Augen sah, dann hatte dieser jemand sich geirrt: Vor ihm lag eine einigermaßen grüne Landschaft mit den gleichen paar Hügeln und Felsen und hier und dort Bewaldung. Von der Handvoll Schornsteinen der Stadt stieg dünner, wenig beeindruckender Rauch zum Himmel.

Kizzra atmete tief ein. Die Luft schmeckte genau so wie vor einer halben Stunde ... vielleicht etwas weniger nach Schweiß und Anstrengung.

Sein Schwert war noch immer an Ort und Stelle. Er hatte es hier in die Erde gerammt, als der Diener ihm die Nachricht überbracht hatte.

»Verbinde dir damit die Augen«, sagte Lendon in einem ungeahnten Befehlston. Er hielt ihm ein schwarzes Seidentuch hin.

»Was soll das nützen?«

»Dass du dich endlich mal auf eine Sache fokussierst, und wenn es nur die Schwärze vor deinen Augen ist.«

Der bald Dreiundzwanzigjährige wollte protestieren, doch Lendon sah anders aus als sonst – herrisch und aggressiv. Er war wütend und das brachte Kizzra dazu, sich seiner Idee hinzugeben. Er band sich das Tuch vor die Augen. Nur noch Dunkelheit war zu sehen.

Zunächst beunruhigte Kizzra das Gefühl, das ihm die Blindheit bescherte. Ausgeliefert und nicht im Geringsten handlungsfähig war er. Jedoch schlug das Gefühl nach und nach um. Er nahm Geräusche wahr, die er noch nie zuvor beachtet hatte: Das Summen von Insekten, das Scharren von Lendons Stiefeln im Gras, das leise Rauschen der Blätter über seinem Kopf und ... war es Werkstattlärm, den der Wind von Prir zu ihnen wehte?

Sein Herz, das – wie ihm nun bewusst wurde – stärker arbeitete als bei jeder Übungseinheit, verlangsamte seinen Schlag. Zwar fummelte er nach wie vor an seinen beigen Unterkleidern herum, jedoch wurde aus einem aufgebrachten Kratzen schnell ein sanftes Streichen.

»So«, sagte Lendon. Er musste sich ebenfalls beruhigt haben. »Und nun wirst du meine Angriffe abwehren.«

Kizzra nickte und wollte sich die Augenbinde abnehmen, doch sein Onkel hielt ihn zurück. »Die wirst du dabei aufbehalten.«

»Wie soll das funktionieren?«

Etwas Hartes berührte seine Hand. Kizzra betastete es. Der Griff seiner Klinge. Er war so vertraut wie sein Bettlaken und so oft berührt wie seine Gabel.

»Versuche es einfach.«

*In Ordnung.* Kizzra wartete ab und horchte. Lendons Schritte waren deutlich hörbar. Er umkreiste ihn gegen den Uhrzeigersinn. *Hinten. Rechts. Vorne.*

Ein Augenblick Stille.

*Vorne.* Kizzra wappnete sich und bereitete sich auf eine Parade vor. *Er wird von dort ...*

Ein schmerzhafter Schlag auf den Hinterkopf beendete seine Gedanken.

»Ausgezeichnet, schon sehr nah dran. Nur noch einmal in die komplett andere Richtung und dann hast du es.«

Kizzra schnaubte und rieb sich den Schädel. »Ist der Sarkasmus wirklich angebracht? Du hast mich absichtlich mit den Schritten hinters Licht geführt.«

»Oh, tut mir leid. Ich hatte vergessen, dass richtige Gegner so etwas niemals versuchen würden.«

*Richtige Gegner? Wenn ich denn nur welche hätte ...*

Er wollte die Binde abnehmen, um Lendon sein Augenverdrehen zu zeigen, doch da kam bereits der nächste Schlag. Diesmal traf er ihn in die rechte Seite und ließ Kizzra nach links torkeln. Was war das überhaupt? Ein Stock? Ein Übungsschwert?

»Wieder nur ein bisschen Pech.«

Eigentlich war es etwas Gutes, dass die Übung Lendons Sarkasmus zurückgebracht hatte. Seine schwermütige Ernsthaftigkeit im Saal der Eintausend Masken hatte einfach nicht zu ihm gepasst.

»Ach, Lendon.« Obwohl der Schlag ihn getroffen hatte, musste Kizzra leicht schmunzeln. Diesmal hatte er gehört, wie Lendon ausgeholt hatte. Es war deutlich gewesen, nur hatte er vorher nicht darauf geachtet, weil er von den Schritten abgelenkt gewesen war. Eine Lektion, dachte Kizzra. *Achte nur auf die unmittelbaren Signale des Angriffs und begegne allem anderen mit Misstrauen. Wichtig im Kampf gegen mehrere Gegner.*

Noch einmal raschelte es, als Lendon ihn umkreiste, doch diesmal blendete Kizzra es aus. Er griff nur seine Klinge fester und konzentrierte sich auf die Abwehr.

Als er hörte, wie die Holzwaffe die Luft schräg vor ihm zerschnitt, musste er nur noch sein Muskelgedächtnis aktivieren. Es war ein Leichtes, den Schlag zu parieren, dann einen Schritt nach vorne zu gehen, seinen Onkel zu packen und ihn auf den Boden zu werfen.

»Glück gehabt«, sagte Kizzra, als er sich die Augenbinde abnahm. Er reichte Lendon die Hand, welcher sie sofort ergriff und sich daran aufrichtete. Er lächelte, aber da war noch etwas anderes an ihm: Die Trauer über den Verlust seiner Schwester, in deren Schatten er immerzu gestanden hatte, die ihn mit ihrem Geschäftssinn immerzu übertrumpft hatte, und der er trotzdem immerzu treu gedient hatte.

»Du wirst immer besser«, ächzte der Mann mit dem hellen Haar.

»Mutter ist tot«, murmelte Kizzra. Als Lendon ihm die Hand auf die Schulter legte, ließ er sein Schwert fallen und vergrub sein Gesicht in den Händen.

Kizzra weinte mehrere Minuten lang. Binnen dieser Minuten kamen ihm hunderte Gedanken, manche nur aufblitzend und manche so standhaft, dass sie neue Tränen fließen ließen. Zorn, Trauer ... Angst. All das war teilweise da, aber nichts füllte ihn gänzlich aus. Nach einiger Zeit bemerkte er, dass er den Kopf nicht länger in die Hände, sondern auf Lendons Schulter gelegt hatte.

Die Zukunft dieser Vokanv Linie – war er sie noch? Sollte er Yk dazu befragen?

Er hob den Kopf, schniefte und blickte auf die nunmehr verschwommenen Stadt Prir.

Nein, er musste es selbst herausfinden.

»Ich möchte sie sehen.«

Nachdem er das Gesicht getrocknet hatte, gingen sie gemeinsam hinunter zur Staubkammer. Als sie vor der massiven und mit mehreren Schlössern gesicherten Tür standen, war Kizzras Nervosität zurückgekehrt. Ihm war nicht klar, was er denken würde, wenn er Mutters Leichnam zu Gesicht bekam.

Lendon brachte die Stellräder in die richtige Position und Kizzra führte den Schlüssel ein. Gemeinsam öffneten sie die Tür und offenbarten den blutroten Schein im Inneren der Kammer.

Obwohl sie einen Teil der Moore verloren hatten, schien die Menge an Staub sich eher vergrößert denn verkleinert zu haben. Das war der erste Gedanke, der Kizzra in den Sinn kam und den er sogleich verabscheute. Inz – der

Staub; er hatte Kizzra seiner Mutter beraubt. Nicht erst heute, sondern schon vor Jahren, als er damit begonnen hatte, Ankvina den Kopf blutrot zu verdrehen.

Sie lag in ihrem Bett über dem gläsernen Kasten – die Inz-Kur von Nunk-Krevit, für die schon bald der Nachfolger, der den meisten Staub aufbringen konnte, gefunden würde. Sie war noch blasser als gewöhnlich. Ein Arm hing schlaff von der Bettkante und der Mund stand offen. Die mittlerweile weißen Haare waren so dünn geworden, dass man die Kopfhaut deutlich durchscheinen sah. Ihr Gesicht war, wie ihr Körper insgesamt, mit kleinen Brandnarben übersät.

Kizzra unterdrückte den Drang, den Blick abzuwenden und durchquerte neben Lendon die dunkle Kammer. Sie stiegen die Stufen hinauf, bis sie direkt bei der Leiche auf dem Aufgang standen. Er sah Lendon fragend an, denn er wusste nicht, welches Verhalten in einer solchen Situation angebracht war, oder von ihm erwartet wurde. Mit Aggression oder Kampfgeist war nichts auszurichten. Doch Lendon wusste es ebenfalls nicht.

»Dein Herz ist schon immer schwach gewesen«, flüsterte Kizzra. »Du hast vom ewigen Leben durch den Staub gesprochen, aber er hat dich umgebracht.«

Instinktiv berührte er ihr Kinn, schloss ihren Mund und ihre Augen. Nun sah sie etwas friedlicher aus, eher der Frau entsprechend, an die er sich noch aus frühen Kindertagen erinnerte. Streng war sie schon immer gewesen, doch auch nahbar und liebevoll. Ihm wurde klar, dass er Reue empfand. Ihm war die Welt von seiner Mutter zu Füßen gelegt worden und er hatte sie ausgeschlagen, weil er zu stur gewesen war, um ihrem Rat zu folgen. Es blieb dabei: Er war kein Geschäftsmann. Und doch hätte er sich mehr Mühe geben können, seine Fähigkeiten für die Vokanv Linie einzusetzen. Stattdessen hatte sein Leben bei sinnlosen Kämpfen mit armen Schluckern aus Prir aufs Spiel gesetzt.

*Ich habe darin versagt, Verantwortung zu tragen. Ich habe darin versagt, die Moore zu schützen. Ich habe darin versagt, die Zukunft der Linie zu sein.*
*Ich habe versagt.*
Er hatte nicht einmal ihren letzten Vorschlag beherzigt, den sie vor zwei Jahren gemacht hatte: Die Quelle des Reichtums der Familie mit eigenen Augen zu sehen. *Vielleicht wird das deinen Geist wecken und dich endlich deine Aufgaben erkennen lassen.*
Danach hatte Mutter nie wieder etwas von ihm gefordert. Möglicherweise war das seine letzte Chance gewesen, die Verbindung aufrechtzuerhalten.
»Es tut mir leid, dass ich es so spät sehe, Lendon. Ich hätte euer beider Ratschlag nicht ignorieren sollen. Ich bin seit jeher ein Egoist gewesen, habe die Waffe nur für meinen Ruhm einsetzen wollen. Aber das ändere ich nun. Ich will wenigstens jetzt noch tun, was ich kann. Ich setze die Waffe für etwas Bedeutenderes ein. Und wenn es auch nur eine Geste sein soll, die Mutter mit Stolz bei Uvrit singen lässt.«
Lendon zog die Augenbrauen nach oben. »Was willst du tun, Kizzra?«
»Mutters Willen durchsetzen. Ich werde unsere Moore zurückholen. Mit jedem Mittel, das notwendig ist. Und wenn mir das nicht gelingt, werde ich wenigstens diejenigen zur Rechenschaft ziehen, die Mutters Vermächtnis dem Erdboden gleich machen wollen.« Kizzra sah Bilder der Zukunft vor sich und Bilder von seinem möglichen Tod. Wenn er vorhin so etwas wie Ruhe verspürt hatte, war nun das Gegenteil der Fall. Sein Körper wollte nicht länger still bleiben, drängte ihn zur Tat. »Bitte ... ich sehe es an deinem Blick. Dies ist mein Entschluss und du kannst mich nicht mehr umstimmen.«
»Du bist aufgebracht, Kizzra. Aber ich verstehe dich auch. Jedoch wirst du in diesem Zustand nichts erreichen. Lass uns Ankvina bestatten und in Ruhe darüber

nachdenken. Lass uns Yk aufsuchen und Informationen einholen. Wir können einen Plan fassen. Einen guten. Wir beide gemeinsam.«

Kizzra wollte den Einwand zunächst abschmettern, doch die letzten Worte ließen ihn zögern. Sein Tatendrang hatte ihn ein ums andere Mal in schlechte Lagen gebracht. Vielleicht war es an der Zeit, endlich einmal einen kühlen Kopf zu bewahren und geschlossen vorzugehen, so wie es in Mutters Sinn gewesen wäre.

»In Ordnung, Lendon. Du magst richtig liegen. Wir planen die Sache. Diesmal nicht mit dem Kopf durch die Wand, sondern mit der Hand an der Klinge und durchs Herz des richtigen Ziels.«

Den Rest des Tages verbrachte er allein in Trauer und Gedanken.

## 22

»Das ist mein siebtes Mal hier«, antwortete Riya auf Amins Frage.

Ihr Zug hielt auf den Küstenstützpunkt Kell-Kirenn zu. In der Ferne konnte man bereits die Baracken der Arbeiter erkennen. Sie verliefen turmartig über mehrere Etagen, waren aus Holz – nicht etwa aus bearbeitetem Bauholz, sondern aus dem Sammelsurium von teils modrigen Erlen- und Eichenstämmen, die in der Umgebung zu finden waren – und auf jeder Ebene über enge, wacklige Gänge miteinander verbunden. Die Lagerhallen und das Verladedock mit den zwei Liegeplätzen waren hingegen vornehmlich aus Ziegeln errichtet. Die ganze Festung war auf einer alten Grabstätte aus der Zeit vor den Alten Fahrern errichtet worden, weshalb man hier und dort noch Überreste heidnischer Götzen finden konnte, versunkene Teile einer zerbrochenen Maske hier, einen mit verschlissener Kalk- oder Kohlenfarbe getönten Felsen dort.

Amin hob die Augenbrauen. »Tatsächlich? Du gehörst inzwischen auch zum alten Eisen. Doch bei dir ist es kein

Wunder der Götter, dass du noch nicht in Uvrits Melodie singst, so wie bei mir.«

»Unsinn, Amin. Du hast mehr durchgemacht als die meisten hier und du hebst mit jedem Lied die Moral des Zuges. Du lässt die anderen weitermachen. Wobei ... deine Stimme stünde selbst Uvrits Melodie nicht schlecht zu Gesicht.«

Amin grunzte und winkte ab. Bald ließ er sich zurückfallen und suchte das Gespräch mit Ib-Zota. Neben ihnen fütterte Luysch soeben die vier Evte, die ihnen im Moor so gute Dienste geleistet hatten. In seiner neuen Rolle – seine Hauptaufgabe lag im Wohlbefinden der Tiere – ging er tatsächlich auf und trug erheblich zur Effektivität des Zuges bei.

Der Moorboden wurde langsam etwas fester unter den ausgelatschten Stiefeln. Nach der langen Hitzewelle war der Boden hier stellenweise vollkommen ausgetrocknet. Hier musste man zu dieser Zeit im Jahr nicht einmal mehr auf der Hut sein, um nicht links oder rechts einen Fehltritt zu machen und in den Schlamm zu sinken. Nicht wie im weiten Moor dort draußen, wo sie den Staub aus der Erde gruben.

Amin hatte Riya zum Nachdenken angeregt. Sie rechnete nach, wie lange sie bereits eine Halblebende war. Der wievielte Sommer lag hinter ihnen? Da war der erste Sommer mit dem Verlust von Onravina und dem Tod von Ana-Siya. Im zweiten Sommer waren Var-Menz und die namenlose Frau, die wie eine Alte Fahrerin ausgesehen hatte, dem Moor zum Opfer gefallen. Und Schnüff. Dann der letzte, in dem sie schon ein Zug gewesen waren, Dutzende verloren hatten und Riya zweimal beinahe selbst das Zeitliche gesegnet hätte. Der dritte Sommer also. Das hieß, dass Zikons Verrat zweieinhalb Jahre zurücklag.

Zweieinhalb Jahre im Morast.

Riya war ein Neuling gewesen, als sie diesen Ort zum ersten Mal gesehen hatte. Weder hatte sie gewusst, was auf sie zukam, noch hatte sie eine Ahnung gehabt, wie mit dem Leben im Moor umzugehen war.

Zweieinhalb Jahre der Entbehrungen.

Die mangelnde Körperpflege, welche insbesondere die Frauen vor Aufgaben stellte – Sella hatte ihr die nützlichen Pflanzen gezeigt, die in der Natur vorkamen und Zyklusschmerzen linderten –, der Hunger, die Anstrengung der Muskeln. All das war Riya inzwischen gewohnt. Sie war mager geworden, aber auch widerstandsfähiger. Und, was vielleicht das größte Wunder war, sie hatte sich mittlerweile gezwungenermaßen mit ihrer natürlichen Haarfarbe angefreundet.

Zweieinhalb Jahre zerbrochener Körper und Existenzen.

Viele waren gekommen und viele gestorben. Nur ein harter Kern überdauerte die Zeit. Inzwischen wurde Riya von vielen neben Ib-Zota als zweite Anführerin ihres Zuges betrachtet. Sie hatte sich selbst nie so nennen wollen, doch so war es nun einmal.

Der Zug näherte sich dem ersten von vier hohen Drahtzäunen, die Kell-Kirenn zu einem Gefängnis machten. Sie erstreckten sich in Halbkreisen von der Küste westlich des Stützpunktes zur davon östlich gelegenen und machten eine Flucht unmöglich. Doch wohin hätte man auch fliehen sollen? Diese kleine Festung war eine Bastion gegen das endlose Moor, welches sich landeinwärts erstreckte.

Es existierte nur eine Stelle, an der der äußerste Zaun den Halbkreis unterbrach. Dort bildete er einen langen Korridor bis ins Moor. Dieser führte fast einen halben Zwischentekt nordwärts und verlief dort in einer großen Halbellipse am Rand zum tiefen Moorschlamm, wodurch er die Bezeugung des niederträchtigsten Rituals ermöglichte, das es in allem Menschengedenken gegeben haben musste: der Moorstrafe.

Zwei ihrer Aufseher gingen zu dem kleinen Wachhaus am Zaun und redeten auf die Wächterin ein, woraufhin diese sich träge von ihrem Platz erhob. Sie öffnete das

Schloss und schwang dann das große Holztor auf, das breit genug für einen großen Wagen war.

»In Ordnung«, erhob Riya die Stimme und richtete sich damit an die vierzig Halblebenden ihres Zuges. »Ib-Zota scheint mir sehr mit Amin beschäftigt, deshalb verkünde ich euch die frohe Botschaft. Die meisten von euch kennen es bereits, aber an die Neuen: Wir werden wenigstens einige Tage hier in Kell-Kirenn rasten, bis sie eine neue Route für unseren Zug geplant haben, vielleicht länger. Unsere Stauberte lag über dem Durchschnitt, deshalb werden wir einer anständigen Baracke zugewiesen werden. Ib-Zota und ich kennen die Zeugfrau. Sie wird uns Decken ohne Löcher besorgen. Wir werden sieben, acht Leute zum Tragen benötigen, der Rest kann sich schon ausruhen.«

Einige wenige jubelten, die meisten Mitglieder ihres Zuges seufzten jedoch nur erleichtert auf. Sie waren ausgezehrt und ihre Kleider waren nach dem langen Marsch und den Wochen im Moor nur noch klebrige Lumpen. Sie hatten einen Halblebenden verloren. Er war einem Fieber zum Opfer gefallen.

»Und jemand wird den neuen Rekruten einsammeln und vorstellen müssen«, fügte sie hinzu, als sich bereits eine Gruppe von acht zusammengerottet hatte.

*Früher wäre das fast der ganze Trupp gewesen*, dachte Riya. Ihr war einmal zu Ohren gekommen, dass Kell-Kirenn und ein großer Teil der Moore seit einer Weile nicht mehr der Inz-Kur von Nunk-Krevit gehörten. Es gab einen neuen Eigentümer. Der Wechsel hatte auch eine neue Suchstrategie gebracht. Sie wurde Rastersuche genannt und ähnelte Riyas Vorschlag, den sie Lizten vor Jahren unterbreitet hatte und für den sie verprügelt worden war. Das Ganze war mit Liztens Beförderung einhergegangen, was für Riya noch immer einen bitteren Beigeschmack hatte, der ihr den Magen umdrehte. Seither gab es nicht mehr zehn Halblebende, sondern vierzig, die in vier

Einzeltrupps mit je einem Evt von zentralen Sammelpunkten ausgehend alle Himmelsrichtungen absuchten und nach zwei Tagen zurückkehrten, um dann mit dem ganzen Zug weiterzuziehen. Die Suchen waren zweifellos im Gesamten effizienter und auch etwas sicherer geworden.

Trotzdem ging noch immer nicht alles mit rechten Dingen zu. Die überflüssigen Sucher gab es weiter. Außerdem hatte Riya bei ihrem letzten Aufenthalt in Kell-Kirenn die gesamte Ausgrabungsmenge aller Züge im letzten Jahr in Erfahrung gebracht: Einundvierzig Laden, achtzehn Zylinder und ein paar Kugeln. Aber diese Zahlen stimmten nicht mit ihren eigenen Rechnungen überein. Vierunddreißig Züge, die zwischen zwei und viermal im Jahr zurückkehrten. Konservativ geschätzt hatten die Halblebenden dabei zumindest fünfzehn Zylinder im Durchschnitt ausgegraben, manchmal sogar eine knappe Lade. Grob überschlagen kam man so auf einen Wert von wenigstens sechzig Laden Staub.

Die Differenz zwischen diesen Zahlen konnte zweierlei bedeuten: Entweder arbeitete ihr Zug um Längen besser als alle anderen, oder ein großer Teil des Staubs wanderte noch immer in die Taschen von Aufsehern, Suchern oder sonst jemandem.

»He da!«, brüllte ein Aufseher. »Weitergehen, wir haben noch drei Zäune vor uns!«

»Noch drei Chancen, dass wir doch noch mit freien Menschen verwechselt werden«, murmelte Riya zu sich selbst.

Von innen war Kell-Kirenn ein Netz aus verwinkelten Gängen, die über mehrere Ebenen, teilweise kreuzend oder übereinander hinweg verliefen – ein improvisiertes Spinnennetz in drei Dimensionen, das in seinem Zentrum stabil war und nach außen hin aus verrottenden Holzlatten und wackligen Stegen bestand.

Während Riya sich mit Ib-Zota und den acht Freiwilligen auf einen kleinen Hof im Zentrum zubewegte, bog der

Rest des Zuges schon in Richtung ihrer Baracke ab. Sie mussten dabei gegen einen Strom aus Moorarbeitern anlaufen, der Richtung Verladedock floss und nicht abzureißen schien.

»Habt ihr eine Ahnung, was hier für ein Aufstand umgeht?«, fragte jemand.

»Was Warmes bei der Essensausgabe?«

»Nein«, murmelte Riya zu sich selbst. »Es sind dafür zu viele und sie gehen alle gleichzeitig. Etwas, das sie nicht verpassen wollen ...«

»Du da!« Ib-Zota packte einen besonders aufgeregt dreinblickenden Arbeiter. »Warum gehen alle zum Dock?«

Der Mann war dünn und seine Haut so trocken, dass sich an manchen Stellen weiße Stellen abschälten. Als er Ib-Zotas kräftigen Händedruck spürte, zuckte er merklich zusammen und schüttelte ihn dann ab. Er reagierte, wie man eben reagierte, wenn man schon jahrelang Moorarbeiter war.

»Die neuen Eigentümer«, sagte er mit kratziger Stimme, räusperte sich und erklärte dann: »Einer kommt her, um die Anlagen und den Staubabbau zu begutachten. Wir hoffen, dass er die Bedingungen verbessern wird, wenn er viele von uns zu Gesicht bekommt.«

Innerhalb einer Sekunde beschloss Riya, dass sie die Richtung wechseln mussten. Sie würde in der ersten Reihe stehen, wenn das Schiff dieses neuen Eigentümers anlegte.

Sie wusste, wie diese Leute dachten, schließlich hatte sie selbst einmal zu ihnen gehört. Zu denen, die nicht nur über die Arbeit, sondern auch über das Schicksal von Menschen bestimmen konnten. Vielleicht könnte sie die richtigen Worte finden und an den Strategen in diesem neuen Eigentümer appellieren, dass bessere Arbeitsbedingungen und weniger Korruption seinem Geschäft langfristig zugutekämen.

Sie drängelten sich durch die Gänge und betraten die große Halle, in der sich zwei Liegeplätze befanden. Die Fassaden waren aus blassroten Ziegeln gemauert. An der Decke waren ein paar an Seilen hängende Brücken angebracht, über die man durch die ganze Halle und über die Segel der vertäuten Schiffe gehen konnte. Eine schwenkbare Hebevorrichtung diente zum Be- und Entladen der Schiffe. Die Ladungen – hauptsächlich Vorräte und Ausrüstung beim Entladen und Staubkisten beim Beladen – konnten von oben postierten Arbeitern auf verschieden angewinkelte Rutschen gelegt werden, die eine Verbindung zu den umliegenden, sicher verriegelten Lagerräumen herstellten. Die gesamte Konstruktion schien auf den ersten Blick so komplex, dass das betrachtende Auge verloren war, was Rutsche und was Steg, was Hebekran und was Haltevorrichtung war.

Um das Wasser herum hatten sich wenigstens fünfhundert Arbeiter versammelt, die gespannt auf die kleine Bucht südwärts des Docks blickten. Als hätten sie noch nie so etwas gesehen, starrten sie auf eine langsam näherfahrende Brigg.

Riya sog die aufgeregte Stimmung auf, denn sie würde nicht ewig halten. Es war ein Genuss, dass endlich einmal etwas geschah – eine Art friedlichen Spektakels an einem Ort, an dem jedes andere Spektakel mit Todesangst verbunden war.

Sie drängelte sich ein Stück nach vorne, um die Brigg besser in Augenschein nehmen zu können. Dabei verlor sie den Kontakt zur Gruppe, sodass sie allein in der Menschenmenge war. Sie fand an der Kaimauer eine erhöhte Position und konnte sich ein Stück über die Arbeiter hinwegsetzen. Ein strammer Wind blies ihr frontal ins Gesicht. Er formte kleine Wellen, die gegen die Kaimauer prallten. Ein paar Tropfen spritzen bis in ihr Gesicht.

Das Schiff war offenbar nagelneu, vielleicht sogar auf seiner Jungfernfahrt. Die versilberten Beschläge um das nussbraune Holz glänzten noch und reflektierten die Sonne. In einem tiefen Ozeanblau waren die Segel gehalten, ebenso wie Teile der Takelage. Das Schiff blendete Riya geradezu, sodass es schwerfiel, die am Bug stehender Mannschaft genauer zu betrachten.

Als sich die Brigg langsam in den Schatten der Halle vorschob und einige Arbeiter sich schon auf das Vertäuen vorbereiteten, schob sich eine Wolke vor die Sonne. Riya konnte nun erkennen, dass sowohl auf den Rahsegeln, als auch auf dem vorderen Schratsegel ein Kopf abgebildet war. Es war das angedeutete Haupt eines Tieres in einem blassen Gelb.

Der Tierkopf war rundlich, mit winzigen, knopfartigen Augen und kaum erkennbaren Ohren. Irrwa! Sollte das ein Rylurn sein? Die bissigen Zähne hätten jedenfalls dazu gepasst.

Ein Schauer lief ihr über den Rücken und kurz wähnte sie etwas in der Menge hecheln und kratzen.

Die Moorarbeiter zeigten verschiedene Reaktionen auf das Anlegen des Schiffes. Einige klatschten und jubelten, dass es im ganzen Dock widerhallte, während andere skeptisch oder ehrfurchtsvoll abwarteten.

Als sich das Schratsegel fast direkt vor Riyas Kopf schob, konnte sie sehen, dass der mutmaßliche Rylurn einen rötlich schimmernden Kristall zwischen den messerscharfen Zähnen zusammenpresste. Sie hatte ein beunruhigendes Gefühl, weil der Eigentümer diese Darstellung gewählt hatte. Wenn er wusste, welchen Gefahren die Moorarbeiter ausgesetzt waren ... das käme einer Verhöhnung gleich.

Das Schiff machte fest und die Mannschaft ging langsam von Bord. Voran gingen ein paar schwer bepackte Seemänner und -frauen. Danach folgte eine lange Reihe an Kämpfern in seltsamen Rüstungen. Sie waren aus Leder gefertigt, das so roh erschien, als sei es gerade erst vom Tier abgezogen worden, was besonders im Hinblick auf die hochwertigen und fein säuberlich polierten Schwerter seltsam grobschlächtig wirkte. Riya überlegte, ob sie schon einen von ihnen ansprechen sollte, doch wahrscheinlich hätten sie ihre Worte unter dem Lärm kaum verstanden. Außerdem wollte sie mit dem Eigentümer direkt sprechen. Nur so konnte sie ihn erreichen.

Ihr war, als käme ihr für einen Augenblick ein Schlachthausgeruch entgegen, bevor sie wieder nur die salzige Seeluft roch. Sie schloss die Augen, um sich zu fokussieren und unangenehme Erinnerungen zu verdrängen.

Sie hörte ein seltsam vertrautes Pfeifen und wie die ganze Halle den Atem anhielt. Als sie die Augen wieder öffnete, fielen sie auf den Eigentümer, der langsam von Bord stolzierte. Seine Haut, von der man unter seinem fellartigen und für die See zu luftigen Umhang viel zu sehen bekam, war tief gebräunt. Aber es war keine angeboren dunkle Hautfarbe wie bei den Alten Fahrern, sondern wirkte künstlich und ließ die Haut selbst stellenweise wie Leder wirken.

Ein gequälter und von unzähligen Narben verunstalteter Rylurn tapste neben ihm die Kaimauer entlang, an der schwer bewaffnete Leibwächter eine Gasse freimachten. Der Eigentümer war Eshman ven Eshama.

## 23

Aufgrund der Rillen in den laienhaft zusammengezimmerten Wänden, deren einzelne Bestandteile häufig nicht zueinander passten, war es in der Baracke zugig. Zu dieser trockenen, heißen Zeit war das jedoch ein geringes Problem. Außerdem waren allein auf dieser Ebene zwei Züge untergebracht, was für den gegebenen Platz deutlich zu viele waren. Es stank dementsprechend nach Schweiß und der Luftzug bot die einzig nennenswerte Abhilfe für die Nase.

Hinter, vor und neben ihnen keuchten und husteten Moorarbeiter. Riya kauerte sich in ihre Decke, während sich einige der Halblebenden auf zwei gegenüberliegenden Schlafreihen versammelt hatten. Ihr war nicht kalt und trotzdem zitterte sie. Nur mit einem Ohr überhörte sie die optimistischen Gespräche der anderen. Das andere Ohr war damit beschäftigt, Peitschenhiebe und die unbarmherzigen Worte von Eshman und Zikon nachzuhören. Weit über zwei Jahre war es her, dass sie von ihnen bei den Spielen des Inz-Juvenk verraten worden war, und sie hatte seither jeden Tag daran gedacht. Doch mit ihrer Verantwortung und ihrer Arbeit waren die Gedanken weniger intensiv geworden. Hass war immer präsent gewesen, aber im Hintergrund. Bis Eshman vorhin vom Schiff gestiegen war.

Wie sollte sie sich verhalten? Sollte sie die Gelegenheit nutzen, um Rache zu üben? Hatten die Götter deshalb dafür gesorgt, dass die verdammungswürdigen Geschäftspartner die Moore an sich rissen? Damit einer von ihnen herkommen und durch Riyas Hände zu Uvrit geschickt würde?

Doch das wäre auch Riyas Todesurteil. Ein Todesurteil, das ihre Halblebenden allein zurückließ. Und ein Todesurteil, das Zikon am Leben ließ, das ihm geschäftlich vielleicht sogar in die Karten spielen würde. Sein Verrat wog schwerer. Eshman war schon immer ein hinterhältiger und verabscheuungswürdiger Vokanv gewesen, aber Zikon war von Riya einmal als ihr Freund betrachtet worden, vielleicht sogar als noch mehr.

»... alles so ... erbärmlich«, hörte sie den neuen Rekruten sagen. Er saß zwischen Sella und Luysch und rümpfte die Nase, während er sich in der Baracke umsah. Sein Name lautete Zul-Bort und er stammte ebenfalls aus Keten-Zvir. Seine abgetragenen, aber einst kostspieligen Kleider zeugten davon, dass er leichtgläubig sein musste, was modische Empfehlungen anging. Es handelte sich um eine lange, beigefarbene Robe mit einem völlig fehlplatzierten Stehkragen und einst wohl goldfarbenen Rüschen, die inzwischen eher braun waren. Früher hätte Riya die

Zusammenstellung als geschmacklos bezeichnet, heute sah sie aber nur, dass sie für diesen Ort vollkommen ungeeignet war. Früher oder später würde er sich aus Vernunft oder mangels Alternativen mit der einfachen Kleidung arrangieren müssen, die jeder Moorarbeiter trug.

»Zumindest haben wir noch eine Arbeit und machen etwas«, murrte Ulliv, ein kleingewachsener Mann, der noch nicht lange in ihrem Zug war und gerade hinzukam. »Wo ich herkomme, liegen viele nur auf der faulen Haut und tragen nichts bei. Sie leben zu Dutzenden unter dem freien Himmel und leben von gesammelter oder gestohlener Nahrung.«

»Was kümmert es dich, was die anderen Leute tun?«, fragte Amin.

»Wenn die allesamt hier wären, hätten wir es alle viel einfacher. Es ist eine einfache Rechnung. Mehr Leute, die etwas beitragen, bedeutet weniger Last für alle.«

»Es ist eine dumme Rechnung«, sagte Amin kurz angebunden.

»Unsinn. Was soll daran dumm sein?«

Amins Mundwinkel zuckten. Er wollte etwas sagen, hielt sich aber zurück und blickte Ib-Zota hilfesuchend an.

»Du wirst doch nicht glauben«, sagte dieser an Amins Stelle, »dass ein Schwung neuer Moorarbeiter einfach die bestehenden Züge verstärken würde. Nein, sie würden neue Züge einteilen und diese tiefer ins Moor schicken, um dort noch mehr Staub auszugraben. Niemand hätte etwas davon, außer natürlich den Eigentümern.«

»Also befürwortest du, dass sie nichts tun, statt uns zu helfen?«

»Ich befürworte es, wenn sie einer sinnvollen Arbeit nachgehen. Das hier hat gar keinen Sinn.«

»Es muss ja nicht das Moor sein. Vielleicht wären wir ja gar nicht hier, wenn auch jeder Varin etwas Sinnvolles tun würde. Es gäbe mehr von allem und es hätten weniger Leute Schulden, die sie hierher zwingen.«

Als Ulliv das Wort *Varin* sagte, verdüsterten sich die Blicke der meisten. Ullivs Wangen verfärbten sich etwas rötlich. Anscheinend war ihm gerade bewusst geworden, dass er an einem Ort war, wo sein Leben von Varin abhängig war.

»Sei doch nicht naiv. Was ändern einige Dutzend am großen Ganzen von Hunderttausenden? Nichts davon würde bei Leuten wie uns ankommen. Solange der Staub regiert, werden sie immer Wege finden, uns zu seinen Sklaven zu machen. Du suchst die Schuld bei den Falschen und merkst es nicht einmal.« Ib-Zotas Blick verfinsterte sich, als er hinzufügte: »Und wenn du die Varin noch einmal so nieder redest, dann kannst du dir einen eigenen Zug aufbauen.«

»Ich finde es sehr in Ordnung hier«, sagte Luysch, um dem sich anbahnenden Streit zuvorzukommen. »Sieh es so, Zul-Bort: Es ist geselliger als im Moor und man ist vor Zalts Unwettern geschützt.«

Riya betrachtete ihren Gefährten, der es trotz seines einfachen Geistes irgendwie geschafft hatte, bis hierhin zu überleben. Nachdem sie Jenna – seine Frau, wie er sie trotz allem noch immer nannte – tot aufgefunden hatten, war er ernster geworden und weniger optimistisch, zumindest für seine Verhältnisse. Äußerlich drückte es sich dadurch aus, dass auch die letzten Haare inzwischen von seinem Kopf verschwunden waren.

*Es hat lang nicht mehr ernsthaft geregnet*, dachte Riya. Für Luysch war die Trockenzeit ein Segen, denn bei jedem Unwetter und Rylurnhecheln entwickelte er einen Angstzustand, in dem er kaum einen Fuß vor den anderen setzen konnte.

»... Riya? Nein, die ist schon lange bei uns.«

Ihr Name ließ sie aufschrecken. Plötzlich wurde sie von allen betrachtet. Hatte sie etwas verpasst? Der neue Rekrut musterte sie skeptisch, und Riya antwortete mit einem fragenden Blick, bevor sie sich tiefer in ihre Decke kuschelte, um zu verdeutlichen, dass sie von nichts wusste und auch nicht sprechen wollte.

Zul-Bort zuckte aber mit den Schultern und wendete den Blick wieder ab. Er fuhr fort: »Nun ja, jedenfalls hat mich das Glück, oder sagen wir Fortüne, verraten.«

»Spielschulden.« Ib-Zota spuckte auf den Boden. »Da bist du nicht der Einzige.«

Als er das sagte, horchten sogar von den benachbarten Strohsäcken und Betten die Leute auf. Ein kollektives Murren war zu hören und mehrere bedrückte Blicke stachen durch den Raum, als hätte jemand ein verbotenes Wort in den Mund genommen. Riya versuchte, diese Stimmung seit Jahren zu ignorieren, doch es gelang ihr nie vollständig. Es brannten nur ein paar Kerzen hier und viele Sichtlinien waren durch die Pfosten der Stockbetten blockiert. Trotzdem war ein Teil von ihr sicher, dass die Leute sie entlarvt hatten und jetzt vorwurfsvoll anstarrten.

»Verratet mir«, sagte der Neuling, »wie verhält es sich hier mit dem Genusstrunk, oder sagen wir Alkohol?« Er griff in die Tiefen seiner Robe, holte einen Flachmann aus Blech hervor und schüttelte ihn demonstrativ. Man konnte hören, wie ein Rest Flüssigkeit darin schwappte.

»*Pass bloß auf!*«, zischte Ib-Zota wie mit der Nadel gestochen.

Amin griff ihm an den Arm. Die beiden tauschten besorgte Blicke aus, bis der Veteran sich wieder beruhigte. Ib-Zota war nach seiner Zeit in der Armee ein Trinker geworden und hatte einen Schuldenberg angehäuft.

»Nur die Aufseher dürfen welchen dabeihaben«, erklärte Sella. »Du solltest ihn schleunigst entsorgen.«

»Besser gestern als heute«, sagte Ib-Zota.

Zul-Bort sah für einen Moment so aus wie ein Kivk, dem der Uryghoy kein einziges Kind zugewiesen hatte und dem damit praktisch die Existenzberechtigung fehlte. Dann blähte er die Backen auf und pustete die Luft daraus. »In Ordnung. Ich entsorge ihn. Aber erst nachher. Vor dem Einschlafen will ich noch den Rest trinken, sonst drücke ich an diesem Ort kein Auge zu. Ein letzter Schluck, oder sagen wir ein Abschied vom ...«

»Das erinnert mich an eine Geschichte«, platzte Amin dazwischen, noch bevor der Neue wirklich ausgesprochen hatte. »Eine Geschichte, wie ich einmal dem Paarungsritual der Uryghoy beiwohnte.«

Riya schmunzelte. Diese Geschichte kannte sie definitiv schon. Sie ging davon aus, dass Amin nur das Thema wechseln wollte. Er war ein guter Erzähler, definitiv der beste bei den Halblebenden, insofern würde sie sich nicht darüber beschweren.

»Ich hörte davon«, sagte Zul-Bort. »Sogar die Krustenviecher sind triebgesteuert wie ein Priester von Fraylis.«

»Ich reise zum großen Flussdelta der fünf Türme, wo der Schlangenfluss Juzvulut sich in die See ergießt, um dort Inspiration zu finden. Ich hatte von einem Eremiten erfahren, dass dies einer der wenigen Orte war, die von den Uryghoy für die Paarung aufgesucht werden. Dem Delta wohnt eine Göttlichkeit inne. Einige Altgottromantiker sprechen auch von Wrillas fünf Fingern, mit denen er seine Geliebte Rella zärtlich streichelt ...«

Riya lauschte Amins Geschichte und ließ ihre Gedanken sich mit seinen Bildern anreichern und langsam in einen dösenden Zustand übergehen. Sie dachte an die urtümlichen Monolithen am Meer, die aus der Zeit vor den Alten Fahrern stammten. Sie sah zwei Uryghoy, die sich aus ihren Unterwasserhöhlen gelöst hatten und eine lange Reise unternahmen, um sich darunter zu begegnen. Das Dämmerlicht ließ ihre grünlichen, rötlichen oder bläulichen Krusten in einem unwahrscheinlich violetten Schein erstrahlen. In wundervoller Langsamkeit tanzten sie zwischen diesem Licht und den Schatten der Monolithen. Das Handeln dieser Wesen war geprägt von Rationalität und doch nahmen sie alle paar Jahre die Gefahr der

Austrocknung in Kauf und brachten dabei eine schier göttliche Schönheit hervor.

Es war angenehm, die Gedanken an Eshman und Zik mit diesen Vorstellungen zu verdrängen. Amin war dazu in der Lage, wie kein anderer Mensch, den sie je getroffen hatte. Und neben ihm saß Sella, von der Riya manchmal dachte, dass sie mehr Göttin war als die Götter selbst, schließlich könnte kein normaler Mensch ein solches Maß an Selbstlosigkeit aufbringen.

Es gab gute Gründe, das Leben nicht für die Rache an Eshman wegzuwerfen, und diese Gründe saßen ...

»Doch, ich bin mir ganz sicher!«, riss Zul-Bort sie aus den Gedanken. »Ich habe dich in Keten-Zvir gesehen. Auf einem Kampfplatz.«

Riya sah ihn fragend an, war zunächst ungläubig. Hatte sie sich im Halbschlaf verhört?

»Ja, ja, genau. Du bist es. Die große Buchmacherin, die häufig hinter der Annahmestelle saß. Hinter dem mit dem großen Schwert. Staub & Glas, hab ich recht?«

Eine kalte Hand legte sich um Riya und riss ihr alles vom Leib: Jede Geschichte, jedes Umgehen von Fragen, jeden Themenwechsel, mit dem sie sich je bedeckt hatte. Sie stammelte etwas Unverständliches vor sich hin.

»Ihr habt mir so einiges abgeknöpft«, sagte Zul-Bort. Es schien ihn zu amüsieren, denn er schüttelte die Unmengen von Stoff an seiner Robe in einem Kichern.

Riya wurde mit dutzenden fragenden Augenpaaren konfrontiert, in die Verletzlichkeit wie ein Vorbote der Enttäuschung getreten war. Ihr fehlten die Kraft und der Wille, ihnen ein Angebot zu machen, das sie ihr abkaufen könnten.

»Sprung ...«, Riya stockte und musste ein Halskratzen mit einem Räuspern vertreiben. »Sprung & Glas.«

»Ich dachte, dass du selbst wegen Spielschulden hier bist, Riya?«, fragte Luysch. Es war eine ehrliche Frage, ohne jede Spur von Misstrauen.

»Nein ... doch ...« Sie blickte zu Sella, dann zu Amin und Ib-Zota, dann zu Luysch. »Ich bin ins Meer gefallen, nachdem ich verraten wurde. Ich wurde von meinem Partner hinters Licht geführt. Er hat mich um mein Erbe gebracht.«

»Du bist eine Vokanv?« Amin war entsetzt.

»Nein. Ich stamme aus einem Kivkhaus, wie ihr alle. Aus Vokvaram. Ich absolvierte die Prüfung als zweitbeste meines Jahrgangs und erhielt den Namen Ik. Und einige Jahre später übernahmen mein Partner und ich die Führung von Sprung & Glas. Wir gehörten zu den führenden Buchmachern von Jukrevink. Dann wurde ich von ihm hintergangen, stürzte ins Meer und landete hier.«

Riya seufzte. Sie hatte immer gedacht, sie würde das nicht offenbaren. Zumindest eine ganze Weile nicht. Doch nun, da der Stein ins Rollen gekommen war, brachte er eine ganze Lawine mit sich. »Ihr denkt, ich mache Witze, aber so war es. Wir wollten zusammen zu den Inz-Kur von Jukrevink werden. Wir haben Quotenfallen ausgegeben, wir haben Kämpfer gekauft, andere manipuliert. Wir haben selbst riskant und im großen Stil gespielt. Und sicherlich hunderte wie euch in die Schulden gestürzt.«

Die Halblebenden, die von hinter ihr das Gespräch überhört hatten, spuckten angewidert auf den Boden und entfernten sich. Während die anderen sie noch bestürzt anblickten, zeigte Luysch als Erster aus der Runde eine Reaktion. Er begann auf so hemmungslose Art zu weinen, wie er es nur getan hatte, nachdem er seine Frau tot vorgefunden hatte. Kein Wort kam über seine Lippen, nur Schluchzen. Sella legte ihm den Arm auf, doch das konnte Riya nur aus dem Augenwinkel erkennen, weil sie beschämt zu Boden sah.

Sie war für diese Leute das Messer gewesen, das von der unbarmherzigen Hand der Ordnung geführt worden war. Aber das bedeutete nicht, dass die Ordnung mit Riyas Sturz in die See entwaffnet worden war. Lediglich eine ungeschlachte und brutalere Klinge aus einem endlosen Arsenal war an ihre Stelle getreten.

Als Riya die Kraft fand, wieder aufzublicken, weinte Luysch noch immer. Amin und Sella sahen zu Boden, als wäre Riya nicht anwesend.

Ib-Zota jedoch ... er wirkte beinahe manisch. Seine Augen waren zu Kreisen aufgerissen, seine Brust bebte in rasanten Atemzügen und seine ausgeprägten Muskeln waren zum Zerreißen gespannt.

Er zuckte und wollte sich auf Riya stürzen, ihr ins Gesicht schlagen. Amin hielt ihn mit beiden Armen zurück und flüsterte ihm etwas zu. Es schien den kräftigen Veteran kaum zu beruhigen.

»Was tust du hier?«, knurrte Ib-Zota. »Du gehörst nicht zu uns, hast es auch nie. Du bist keine Halblebende. Du bist eine von denen, die dafür sorgen, dass es die Halblebenden geben muss. Soll dich der Tod im Moor finden, denn nichts anderes hast du verdient.«

Damit schüttelte er Amins Hand von sich, stand auf und stapfte zu seinem Schlafplatz, der ein Stück von Riyas entfernt war. Wo immer er vorbeiging, ebbten die Gespräche ab, bis in dem großen Raum ängstliches Schweigen herrschte. Amin sah Riya finster an, und obwohl er mit seiner Erscheinung nicht annähernd die gleiche Furcht erzeugen konnte, konnte sie seinem Blick nicht standhalten. Dann ging er hinter seinem Geliebten her.

Zul-Bort hatte alles mit angesehen. Ihm stand nun nichts als Verwirrung in das füllige Gesicht geschrieben. Wortlos und dem Anschein nach beschämt erhob er sich und entfernte sich zu seinem Schlafplatz, der sich bei einem Stockbett in der entgegengesetzten Richtung befand. Beim Gehen raschelte seine Robe wie ein Stapel Papier, dessen Blätter gegeneinander gerieben wurden. Luysch ging ihm nach, sodass nur noch Sella bei Riya blieb.

Die Priesterin sog tief die Luft ein und schloss die blauen Augen. Eine unerträglich lange Zeit verharrte sie in einer starren Haltung, die einem Schneidersitz ähnelte. Ihr Haar lag ihr in langen Strähnen im Schoß.

»Es fällt mir schwer, die richtigen Worte zu finden, Riya«, sagte sie, als die Kerzen in der Baracke bereits erloschen und die Leute sich zum Schlafen legten. Ihr Tonfall, der wie der einer enttäuschten Mutter klang, drehte Riya den Magen um. »Die Götter bekriegen sich in diesem Augenblick in dir, in mir und zwischen uns. Ich habe im ersten Moment Rakvannes Stich in mir gespürt, und jetzt spüre ich Ashvonins wütendes Feuer. Du hast mit deinen Taten viel Leid angerichtet, und das übersehen die Götter nicht. Eben jenes Unheil, das wir erdulden müssen ... hast du es nur zu bereitwillig anderen angetan?«

Sie ließ Raum für eine Antwort. Riya sprach keine aus und gab damit wohl eine eindeutige.

»Ich lernte dich als eine Frau kennen, die Yuenkas Gerissenheit und Handelsgeschick besitzt, und dazu von Krevent zum Führen anderer bemächtigt wurde. Ich sehe diese Dinge noch immer in dir. Aber diese Taten und deine Lügen werden die Menschen hier für lange Zeit beschäftigen. Ich bete, dass sie, wie auch ich, eines Tages darüber hinwegsehen können.«

Sie ließ Riya allein. Es wurde dunkel und Riya legte sich auf ihren Strohsack. Sie zog sich die Decke bis über den Kopf, um das Schnarchen und Tuscheln über und um sich nicht hören zu müssen. Es nützte nichts, denn der Schlaf wollte sie so wenig erreichen wie an einem lichten Vormittag, an dem man durch das Moor marschierte.

Traumloser Schlaf war ihr einziger Wunsch; dann müsste sie nicht mehr an ihre Schuld denken und daran, dass sie – wieder einmal – völlig allein war. Dann müsste sie sich nicht wünschen, dass Eshman und Zikon vom Blitz getroffen würden, weil sonst niemand Gerechtigkeit herbeiführen würde. Dann müsste sie nicht länger die bittere Gewissheit ertragen, dass sie in gleicher Weise eine Schande war wie diese beiden.

Doch anstatt sich im Schlaf zu verlieren, flossen ihre Gedanken unkontrolliert hierhin und dorthin wie Treibgut in der Stromschnelle. Sie sprangen von der Zukunft in die Vergangenheit, von den Mooren Nunk-Krevits über die Kampfplätze Jukrevinks bis zurück nach Vokvaram. Hypothetische Gesprächsverläufe und verpasste Abzweigungen in ihrem Lebensweg mischten sich mit Vorstellungen von der Zukunft, in der sie, von allen verachtet, im Moor zum Sterben zurückgelassen wurde.

Seltsamerweise kam ihr eine Situation aus der Vergangenheit in den Sinn. Die arme Wäscherin, die sich Zikon und ihr einst nach einem Kampf in den Weg gestellt hatte. Weil sie ihre gesamten Ersparnisse bei dem manipulierten Kampf verloren hatte, war in Riya ein schlechtes Gewissen aufgekommen. Doch sie hatte keine Reue gezeigt. Stattdessen hatte sie ihr Gewissen mit ein wenig Staub und bevormundenden Worten besänftigt und sich dann auch noch für eine Wohltäterin gehalten. Wie selbstgerecht sie doch war.

Es musste schon tief in der Nacht sein, als Riya aus ihrem Gedankengefängnis gerissen wurde. Sie stellte fest, dass sie unter ihrer Decke schwitzte und dass sich neben ihr etwas bewegte.

Schritte. Schwere Schritte, die sich auf sie zubewegten und unmittelbar neben ihr Halt machten. Nur wenige Handbreit von ihrem Ohr atmete jemand schwer durch den Mund und Riya wusste, dass sie von einem Starren durchbohrt wurde.

Sie wagte es nicht, die Augen zu öffnen, oder auch nur einen Finger zu bewegen. Sie atmete einfach ruhig weiter, als würde sie schlafen. Wenn ein Halblebender sie für ihr früheres Dasein im Schlaf ermorden wollte, dann würde sie nicht kämpfen können. Es wäre die Vorwegnahme ihres unausweichlichen Schicksals.

Doch es kam kein Messer, keine Hand und auch kein abgebrochener Bettpfosten. Sie wurde nicht erdrosselt, erstochen oder erschlagen. Nur das Atmen der Person wurde gehetzter und nahm einen bebenden Rhythmus an, wie bei einem bevorstehenden Tränenausbruch.

Dann wurde das Atmen leiser und die Schritte entfernten sich in die Richtung, die ihrer Herkunft entgegen lag.

Und so nickte sie wieder in ihren quälenden Halbschlaf.

## 24

Rohes Verlangen. Nicht nur an den üblichen, sensitiven Stellen machte es sich breit, sondern an ihrem gesamten Körper. Jede seiner Berührungen war wie geladener Staub auf ihrer Haut.

Sie war in einem Salon. Die Frauen und Männer um sie diskutierten über moderne Stücke, lästerten über das biedere Volk in den armen Gegenden im Landesinneren, das Monogamie und eine beängstigende Nähe zu den eigenen Erzeugern pflegte. Die Frauen trugen größtenteils Kleider in klaren Farben, die sich von den aus Silber gegossenen Sesseln mit roten Polstern absetzten. Einige trugen freizügige Einteiler, die Riyas Fantasie noch weiter in Wallung brachten. Schmuck zierte ihre Hälse und Arme und sie alle stellten modische Hüte mit Schleifen auf den wohl frisierten und geschminkten Häuptern zur Schau. Eine Gruppe Männer legte gerade ihre aus dezent karierten Stoffen hergestellten Mäntel ab. Darunter trugen sie lediglich eng anliegende Hosen, sodass man jede Muskelpartie genüsslich betrachten konnte.

Riya erinnerte sich, dass sie hergekommen war, um Informationen über etwas oder jemanden einzuholen – vielleicht über einen aufstrebenden Arenakämpfer? Doch stattdessen hatte sie amüsante Gesellschaft gefunden, die über ihre Scherze lachte und keinerlei Forderungen an sie stellte, außer sie selbst zu sein.

Zwischen all den zurechtgemachten Leuten war es dieser eine, schlicht in ein einfarbiges Hemd gekleidete Mann gewesen, der ihre Aufmerksamkeit am meisten erregt hatte. Er hatte ihre Scham über ihre naturblonden und unfrisierten Haare gar nicht erst zugelassen und sie mit Komplimenten überhäuft. Sie konnte sich nicht an sein Aussehen erinnern, nur dass er Verlangen in ihr gesät hatte. Und nun liebkoste er sie und schob die Hand unter ihrem Kleid auf ihre Brust.

O Fraylis, dieses Gefühl! Es machte sie zugleich so glücklich und so wahnsinnig. Sie wollte ihn. Ihm alles geben und noch mehr. Bis ans Ende ihres Lebens seinen warmen Körper an ihrem spüren.

Die anderen Gäste des Salons spürten anscheinend das Gleiche, denn sie begannen sich auszuziehen und näherten sich dem Mann und Riya wie schwebend immer weiter an. Bald spürte sie eine Frauenhand am Oberarm und eine weitere an ihrer Wange, der sie sich stöhnend hingab. Ein erregter Mann berührte ihren Hintern und presste sie ganz nah an ihren Liebhaber. Sie wollte vor Genuss explodieren, doch sie konnte noch nicht. Die Gäste wandten sich einander zu und ließen sie an den gottgleichen Mann gepresst, der so gut in dem war, was er tat.

Wenig später waren sie völlig allein in einem Schlafzimmer, das ebenso silbern und rot ausgestattet war. Riya stellte fest, dass sie sich an das Aussehen des Zimmers nur erinnern konnte, denn ihr Liebhaber hatte ihr die Augen verbunden und führte sie an ihrer Hand zur Bettkante. Sie fühlte einen der Pfosten des Himmelbetts, schob sich daran vorbei und legte sich auf den Rücken, so wie er es von ihr wollte und ihr Körper es von ihr verlangte.

Sein warmer Atem, seine zielstrebigen Bewegungen – das waren unausgesprochene Versprechungen, die ersehnten Antworten auf die tausend Fragen in ihr. Sie spürte Vertrauen zu ihm. Genau genommen wollte sie ihr Leben in seine Hände legen, wenn er sie nur weiter berühren würde.

Er packte sie an den Händen, führte sie über ihrem Kopf zusammen. Dann küsste er sie und sie erwiderte den Kuss hemmungslos und sich ihm so sehr entgegen lehnend, als wolle sie ihr Gesicht mit seinem vereinen. Er fuhr mit den Lippen ihren Hals entlang und dann in einer zielstrebigen Linie ihre Brust hinunter über ihren Bauchnabel.

Dann führte er ihre Hände auseinander und sie spürte etwas Weiches an den Gelenken. Er fixierte die Fesseln an den oberen Bettpfosten und ging wieder dazu über, ihren Körper zu liebkosen.

Allerdings bewegten sich seine Hände und seine Lippen immer zügelloser. Riya lehnte sich auf, wurde aber von den Fesseln zurückgehalten. Sie genoss für einen Augenblick seine härter werdenden Berührungen und die Spur von vielversprechendem Schmerz, als seine Fingernägel sich in die Haut an ihrer Hüfte pressten.

Als er den Druck immer weiter erhöhte, bog sich ihr Körper, dessen Füße plötzlich ebenfalls unbeweglich waren. Sie streckte ihm die Hüfte entgegen und glaubte zunächst, dies sei der Höhepunkt ihres Verlangens.

Jedoch war dies kein Höhepunkt. Es war ein Übergang zwischen Lust und Sinnlichkeit hin zu körperlichem Schmerz. Er ließ ihre Hüfte los, nur um die Hände wenig später um ihren Hals zu legen und zuzudrücken.

Nadelstiche, Messerstiche, Bisswunden und Verbrennungen, all das wirkte gleichzeitig auf ihre Haut ein. Sie wollte schreien und sich befreien, doch sie konnte weder die Gliedmaßen bewegen noch den Atem aus ihrer Lunge lassen.

Nein, dies war nicht nur körperlicher Schmerz. Es war ein tieferer Schmerz, der sich von ihrem Gemüt auf ihre Glieder übertrug und sie verkrampfen ließ. Sie bekam keine Luft und spürte, wie ihre Luftröhre zusammengepresst wurde. Ihre Sicht wurde schummrig, bis sie feststellte, dass sie allmählich wieder mehr Licht erkennen konnte. Ihre Augenbinde … sie begann zu schmelzen. Brennend heiß und gleichzeitig kalt floss der Stoff auseinander und verwandelte sich dabei in schwarzen

Schlamm. Zwischen all dem Dreck konnte sie endlich das Gesicht ihres Folterers erkennen: graugrüne Augen, lange, blonde Haare mit Rotstich, die ein selbstsicheres Lächeln umrahmten. Das Gesicht des ewigen Gewinners.

Als ihr Körper zu sieden und ihr die Luft völlig auszugehen begann, konnte Riya noch wahrnehmen, dass die Matratze unter ihr ebenfalls schmolz. Er presste sie tiefer und tiefer hinab. Ihr Körper wurde ummantelt von einer zähflüssigen Masse, die nichts außer Kälte und Tod beinhaltete. Die Masse verschluckte sie schließlich von ganz allein und drang in jede Pore ihres Körpers ein, bis Riya nichts weiter als ein vergessener Teil davon wurde.

Das Letzte, was sie erkennen konnte, bevor sie im kalten Schlamm erstickte, war eine Krone aus blutrotem Staub, die sich aus seiner Schädelplatte schob und mit dem Ende ihrer Folter von unsichtbaren Händen auf seinen Kopf gesetzt wurde. Ihr Griff danach war sinnlos und nur der klägliche Ausdruck ihres kaum noch vorhandenen Lebenswillens, bis auch dieser letzte Rest versiegte.

## 25

Sie erwachte, weil ein Tumult um sie ausbrach. Dutzende Moorarbeiter warfen die Decken beiseite, zogen ihre abgenutzten Stiefel an und strömten einem der Ausgänge der Baracke zu. Sie bewegten sich in Richtung des zentralen Verladedocks, weshalb Riya schlussfolgerte, dass es irgendeine Form der Verkündung geben musste.

*Eshman.* Er schoss in ihre Gedanken und sie war hellwach. Ein Sonnenstrahl schien durch eine der Ritzen in der Holzfassade direkt in ihr linkes Auge. Sie hielt sich die Hand vor das Gesicht und blinzelte heftig, um auszumachen, ob ihre Halblebenden zu sehen waren. Sie sah einige bekannte Gesichter, doch nirgendwo jemanden aus ihrem Zug. Anscheinend waren sie schon fort.

*Warum hat mich niemand geweckt?*, fragte Riya sich und im selben Augenblick drehte sich ihr Magen von innen nach außen. Sie erinnerte sich an den Ausgang des vergangenen Abends, an Zul-Bort, der sie hatte auffliegen lassen. Auch seine faltige Robe war nirgends zu erkennen. Sie erinnerte sich ebenfalls an die Verachtung der anderen, was sie dazu trieb, sich so sehr die Haare zu raufen, dass sie dachte, sie würde sie jeden Moment ausreißen. Kurz dachte sie darüber nach, ob sie einfach alleine hierbleiben sollte, kam dann allerdings zu dem Schluss, dass sie sich nicht auch noch zur Zielscheibe der Aufseher und Wachleute machen wollte. Also reihte sie sich ans Ende einer Kolonne aus unbekannten Moorarbeiterinnen.

Als sie Zul-Borts Schlafplatz passierte und sich zwischen zwei diskutierenden Menschen und dem Pfosten des Stockbetts hindurchzwängte, hörte sie ein blechernes Geräusch unter sich. Eine Blechdose rutschte einige Fuß weit über den Boden, bis sie sich mit einer eiernden Bewegung überschlug und gegen einen anderen Bettpfosten prallte. Riya betrachtete den Gegenstand und sah, dass es sich keineswegs um eine Dose handelte, sondern um Zul-Borts Flachmann. Er war leergetrunken.

Der Ausgang war nicht weit entfernt und die zwei dort postierten Wachleute sahen aufgrund des Geräusches prüfend in ihre Richtung. Wenn sie den Flachmann entdeckten, würde es Ärger geben. Nicht für Zul-Bort, aber für denjenigen, dem der Schlafplatz daneben gehörte.

Sie bückte sich und tat so, als würde sie ihre Stiefel zurechtrücken. Dabei ließ sie den Flachmann unauffällig unter ihr Hemd gleiten und steckte ihn in ihre Hose. Schnell richtete sie sich auf und drängelte sich wieder zwischen die Frauengruppe. Umgeben von den Arbeiterinnen ließ sie sich von der Masse durch die metallisch verstärkte Holztür schieben und schaffte es dadurch, die recht offensichtliche Ausbeulung ihrer Hose vor den Wachleuten zu verbergen.

Draußen gelangte sie auf einen freiliegenden Holzsteg, der sich durch die Menschenmenge bereits zu biegen schien. Sie drängte durch die Frauen zum wackligen Rand des Stegs. Er war nur durch eine schlaff hängende Leine gesichert, von der sie nicht sicher sagen konnte, dass sie ihr Gewicht hätte halten können.

Riya schluckte, als sie nach unten sah. Der Boden unter ihr war mit Stein gepflastert. Wenn man durch den Sturz nicht gestorben wäre, hätte man sich wenigstens mehrere Knochen gebrochen. Hastig blickte sie über die Schulter, sah keine Wächter in ihre Richtung blicken und warf den Flachmann in eine dunkle Ecke auf dem Steinboden. Dort könnte er zumindest keinem unschuldigen Arbeiter mehr zugeordnet werden.

»He, da vorne!«, rief jemand in den Eingang zum Verladedock. »Weiter durchgehen, wir wollen es auch sehen.«

»Kein Platz mehr!«, krächzten gleich mehrere von vorn. Jammern und Fluchen waren zu hören.

»Wir können von oben zusehen«, sagte Riya. »Unter dem Dach können einige Leute stehen.«

Zunächst dachte sie, dass niemand sie gehört hatte, doch bald machte sich zustimmendes Gemurmel unter den Arbeitern breit. Anstatt weiter die Treppe nach unten zu nehmen und sich in die Menschenmenge zu pressen, gingen viele die Stufen nach oben, bis sie einen der Zugänge zu den von der Decke der großen Halle hängenden Gänge erreichten. Sie führten allesamt zu der zentralen Plattform, von der aus die Hebevorrichtung zum Be- und Entladen bedient wurde und boten einen schwindelerregenden Blick auf den nagelneuen Zweimaster am Kai.

Dicht hintereinander betraten die Arbeiter die Stege und arbeiteten sich zur Mitte vor. Riya schaute erst nach unten, als sie an einer der von der Decke hängenden Halterungen angelangt war und sich an dieser festhalten konnte. Aus der Menschenmenge unter ihr stieg ein gleichförmiges Stimmgewirr auf, aus dem man keine einzelnen Worte mehr herausfiltern konnte. Eine schwerfällige Aufregung waberte in der Luft.

Nach und nach verstummten die Leute und drehten die Köpfe in Richtung Wasser. Riya klammerte sich fester an die Stange und folgte den Blicken zum Bug des Schiffes, wo insgesamt sechs Personen und ein zusammengerollter, von Menschenhand verunstalteter Alpha-Rylurn an Deck waren.

»Eshman«, zischte Riya. Einige neben ihr tuschelten aufgeregt. Sie wussten noch nicht, dass durch ihn nichts besser werden würde. Riya machte sich nicht die Mühe, es ihnen zu erklären.

Neben dem Original standen drei weibliche Abbilder Eshmans, zumindest was die Haare und die Kleidung betraf – je ein viel zu eng anliegender Lederpanzer, der wie die Haut eines lebendigen Tieres aussah, und hinten ein schwarzes Fell, unter dem Schwert und Staubpeitsche griffbereit hingen, wie man an den leichten Ausbeulungen an den Hüften erkennen konnte. Wenn es keine Anordnung war, dann schien Eshmans Leibwache sich seinen animalischen Habitus durch ihr permanentes Dasein in seiner Präsenz zu eigen gemacht zu haben – die gleiche leicht gebückte Haltung, die gleiche süffisante Angriffslust im Gesicht.

Da waren noch zwei Personen, die Riya nicht wirklich erkennen konnte. Anscheinend knieten sie, denn sie wurden von Eshman und den Wächterinnen verdeckt. *Gefangene,* folgerte sie gedanklich.

Es kam häufig vor, dass jemand einen Fluchtversuch unternahm oder gegen die Regeln verstieß und daraufhin öffentlich bestraft wurde, um ein Exempel zu statuieren. Abschreckung war die grausamste Form der Motivation von Untergebenen, doch sie funktionierte. Riya verzog das Gesicht bei der Vorstellung, was Eshman und seine Schoßtiere mit den armen Schluckern anstellen könnten.

»Moorleute«, begann Eshman zu sprechen. Darin steckte tiefe Verachtung. Wenn Riya nicht so weit über ihm gewesen wäre, hätte sie mit Sicherheit gesehen, dass er sich gierig über die Lippen leckte oder die Zähne fletschte.

»Moorleute. Ich kenne eure Sorgen. Seit wir die Verantwortung für diese Moore tragen, höre ich zwei Dinge. Wieder und wieder höre ich von diesen Problemen, die euer Dasein so sehr erschweren.«

Riya konnte die Worte nur mit Anstrengung verstehen. Diejenigen am Rand der Menge mussten auf die Wiederholung aus zweiter Hand angewiesen sein.

»Nummer eins! Der Staub. Ihr grabt ihn aus, tragt ihn durch das Land, doch er findet nur zu einem Teil ... zu einem verdammt nochmal viel zu kleinen Teil sein rechtmäßiges Ziel. Korruption und Schieberei haben dazu geführt, dass *eure Leistung* geschmälert, ja, in den Dreck gezogen wurde. Dies werden *wir* unter *unserer Führung* nicht länger zulassen.«

Während sie sich ein paar Haltestangen vorarbeitete, fragte Riya sich, wen er mit seinem Gerede für dumm verkaufen wollte. Die Arbeiter interessierten sich nicht dafür, wie viel Staub bei ihren Unterdrückern angelangte. Sie sorgten sich um festes Schuhwerk und die nächste Mahlzeit. Doch zu ihrer Verwunderung deuteten einige der Zuhörer Zustimmung an und applaudierten sogar.

»Nummer zwei! Solidarität. Sie ist die wichtigste Voraussetzung für eure Arbeit. Nicht Nahrung, nicht Kleidung. Zusammenhalt im Zug. Nicht ein einziger Mann oder eine einzige Frau, die weniger leistet als die nächste. Umso widerwärtiger ist der Betrüger, der sich in euren Reihen verbirgt und wie ein Parasit an der Sabotage eurer Unternehmung arbeitet. Umso verdienter der Hass und die Strafe für denjenigen, der eure Regeln bricht und das Wohl der Gemeinschaft wie einen Scheißehaufen am Wegesrand würdigt. Zwei solche Verräter haben wir heute Nacht gefasst.«

Das beunruhigende Gefühl in Riyas Brust war immer stärker geworden und jetzt fand es seinen schlagartigen

Höhepunkt. Ihr blieb die Luft weg, als hätte jemand ihre Lunge zusammengequetscht. Die Wachen waren beiseite getreten und hatten die beiden Gefangenen zum Bug des Schiffes geschubst: Ein Mann in einer seltsam faltigen Robe und ein breitschultriger, aber kleingewachsener Glatzkopf, der Riya gestern noch verwünscht hatte.

Ib-Zota hatte einen dunklen Klecks an der Schläfe. *Getrocknetes Blut.* Außerdem stand er, wie Zul-Bort, wacklig auf den Beinen, torkelte beinahe. Das Kinn hatte er auf die Brust gesenkt und es wirkte so, als könne er jeden Augenblick wie ein Baumstamm über die Reling ins Wasser fallen. Er war offensichtlich völlig betrunken.

Als hätte geladener Staub ihre Haut gestreift, überkam Riya ein Gedankenblitz. Ihre Augen erfassten die bewegliche Vorrichtung, die bis über das Schiff ragte. Wenn sie schnell war, könnte sie sich an den Zuschauenden in ihrem Weg vorbeidrängen, bis sie dort war. Dann könnte sie sich fallen lassen und Eshman unter sich begraben. Sein Körper würde unter ihr zerbrechen.

Doch ihre einzige Bewegung blieb der hastige Griff zur Haltestange, als sie drohte, in die Menschenmenge zu kippen.

»Wir erwischten sie betrunken mit gestohlenem Branntwein. *Eine ganze Kiste* haben sie aus dem Lager entwendet!«

*Was hast du nur getan, Ib-Zota? Du konntest doch nicht glauben, dass du nicht erwischt wirst? War es diese Versuchung, die immer in dir geschlummert hat? Warum hast du nicht Amin um Hilfe gebeten?*

»Ist das Solidarität? Ist es gerecht? Denken diese sich selbst bepissenden Säufer etwa, sie wären besser als der Rest von euch?«

Eshman wartete darauf, dass die einzelnen Rufe der Empörung sich steigerten und ein feindseliges Rauschen von Stimmen entfalteten. Nicht alle schlossen sich an, aber doch genug, damit es nach der ganzen Menge klang.

*Lasst euch doch nicht gegeneinander ausspielen! Das ist genau, was er will, um uns klein und gefügig zu halten!* So etwas wollte Riya rufen, doch sie fand weder den Mut noch die Stimmgewalt. Sie fühlte sich gelähmt.

»Ich höre euch. Ich sehe, ihr duldet dies nicht. Ebenso wenig, wie wir es tun. Wir werden ein Exempel statuieren.« Eshman fletschte die Zähne und wartete darauf, dass die Menge nach und nach verstummte. Dann sprach er leiser, dafür aber umso genüsslicher: »Ich hörte von einem Verfahren ganz nach meinem Geschmack. Hart und unerbittlich für jene, die es verdient haben. Und diese beiden, meine Moorleute, haben es durch ihren Verrat mehr als verdient. Lasst es mich für euch aussprechen: Ich verhänge die Moorstrafe.«

Augenblicklich verstummten auch die letzten Stimmen. Nur der leichte Wellengang, der vergeblich gegen Kai und Schiff anarbeitete, war noch zu hören.

Riya glaubte in diesem Moment, außerhalb ihres Körpers zu sein. Ihre Perspektive verengte sich und sie schien alles wie durch das Auge einer Spinne an der Decke zu beobachten. Schockierte Gesichter, wütende Gesichter, weinende Gesichter und eine große Menge Schadenfreude. Dazu Ib-Zota und Zul-Bort, die sich vergeblich gegen die animalischen Gestalten wehrten und geprügelt wurden, bis sie erneut auf die Knie fielen.

Beinahe willenlos folgte Riya dem Strom der Leute, vorbei an den technisch ausgefeilten Konstruktionen, dann über die schäbigen Stege nach draußen, bis zum vierten Zaun, der Kell-Kirenn vom Moor trennte, und glaubte dabei bei jedem Atemzug, dass nicht genügend Luft in ihren Körper geriet, um so etwas wie strukturiertes Denken zu ermöglichen.

Die Arbeiter wurden gezwungen, nach und nach durch den langen Korridor ins Moor zu marschieren, sich entlang der umzäunten Halbellipse aufzustellen und zu warten. Obwohl die Trockenzeit noch nicht vorüber war, fiel tropfenweise Nieselregen vom Himmel. Allerdings waren die Wolken so vereinzelt, dass die Sonne einen Regenbogen über den Horizont spuckte. Sie verhöhnte die Gefangenen, die von den Bestien, die sich Menschen nannten, durch ein Tor im Zaun geprügelt wurden. Vögel, deren Gesang Riya über Jahre als Zeichen der Sicherheit zu interpretieren gelernt hatte, waren plötzlich zu Vorboten des Schreckens geworden. Der typische Geruch des Moores, den ihre Nase wie keinen zweiten erkannte, zu einem des Todes.

Die Moorarbeiter mussten zusehen, wie die sich wankend fortbewegenden Ib-Zota und Zul-Bort am Rand des festen Bodens entlanggeführt wurden, bis sie bei einem Stapel dünner Holzstämme angelangten. An dieser Stelle hatte die Trockenheit die Feuchtigkeit noch nicht völlig vertrieben, weshalb noch immer ein Tümpel aus Wasser und Schlamm vorhanden war.

Die Verurteilten kämpften, um auf den Beinen zu bleiben. Insbesondere der breitschultrige Veteran drohte in regelmäßigen Abständen umzukippen. Sie standen den sich gegen den Zaun drängenden Moorarbeitern nun entgegen, waren allerdings so weit entfernt, dass man ihre Gesichter nicht einmal im Ansatz lesen konnte. Doch das wäre für Riya ohnehin nicht möglich gewesen, weil sie in einer Trance gefangen war, die weder Deutungen noch gezielte Beobachtungen zuließ.

Die beiden verurteilten Männer bekamen einen Gurt um die Brust gelegt. Je eine eiserne Kette wurde durch eine Lasche im Leder geführt. Die freien Enden der Ketten wurden mit metallischen Ösen befestigt, die man zu beiden Seiten in die Stämme geschlagen hatte.

Dann, als die Menge den Atem anhielt und Eshman persönlich nach einer Staubpeitsche griff, gingen die beiden mit ihrem kaum von einem Menschen zu bewegenden Zusatzgewicht in den Moorschlamm hinein. Wenn sie es bis zur anderen Seite schafften, wären sie frei. Doch das war noch nie jemandem gelungen und die Aussicht diente nur dazu, die psychologische und körperliche Folter des Überlebenskampfes ins Unermessliche zu treiben.

Riya hatte den Eindruck, ihre Halblebenden zu sehen: Sella, die in sich gekehrt und in eine Gebetsmelodie verfallen war. Luysch, der seine großen Augen in Panik aufgerissen hatte und nur stammeln konnte. Amin, der die Prozedur auf den Knien verfolgte und in purem Grauen schrie, als hätte man ihm die Haut vom Leib gezogen.

Doch in Wahrheit waren sie nur der Hintergrund für eine groteske Szene, die von einem götterlosen Wesen aufgeführt wurde. Während die anderen in all ihrer Verzweiflung noch Hoffnung hatten, dass Ib-Zota wie von göttlicher Hand getragen ans Ufer gelangen konnte, wusste Riya, dass es illusorisch war. Das Spiel, in dem sie sich befanden, ließ keine Gnade zu. Die Ordnung des Staubs hatte sie alle zur Qual verurteilt. Dies war der Höhepunkt von Ib-Zotas und Zul-Borts Qual und würde gleichzeitig ihren bitteren Abschluss darstellen.

Die beiden Verurteilten glitten bis zur Hüfte in die Brühe, die von oben wie eine bewachsene Grasfläche wirkte, in Wahrheit aber unter dieser Schicht so zähflüssig war, dass sie einen förmlich einsog. Eshmans Alpha-Rylurn sprang hin und her. Er war wieder in seiner natürlichen Umgebung. Obwohl er weit weg war und Riya kaum Geräusche bewusst wahrnahm, glaubte sie, sein kehlig pfeifendes Hecheln zu hören. Das Geräusch war eine grausame Untermalung und hörte sich nach Kälte an.

Riya wusste, was Ib-Zota und Zul-Bort nun an ihrem Körper spürten. Sie fühlte, wie sogar ihre eigenen Beine trotz der Sommerhitze schlagartig kalt und steif wurden, wie jede Bewegung ein Vielfaches an Kraft kostete und wie binnen weniger Minuten Erschöpfung die Muskeln erfasste. Dann war das Gefühl verschwunden und sie spürte gar nichts mehr, war einmal mehr zur teilnahmslosen Beobachterin verdammt.

Während der kräftige Veteran sich mitsamt dem Holz ein Stück vorarbeitete, kam Zul-Bort nicht eine Handbreit voran. Stattdessen verharrte er, bis sich sein Körper krampfartig rührte. Er erbrach sich.

Mitleid, Angst und Verzweiflung nahmen unter den Moorarbeitern Überhand. Viele begannen, sich abzuwenden. Niemand applaudierte mehr.

Als Zul-Bort, dessen Robe ihn noch tiefer in den Schlamm zu ziehen schien, wieder ein wenig Kontrolle über seinen Körper erlangte, versuchte er sich zurück zum Festboden neben ihm zu arbeiten. Als er seine Hand nach einem Grasbüschel streckte, fand er jedoch nur Eshmans Schuhsohle. Dieser nahm einem der Wächter die Staubpeitsche ab. Aus der Ferne erkannte Riya einen roten Schimmer wellenartig durch die Luft schwirren, dann einen blutroten Lichtblitz, dann die spasmische Erschütterung von Zul-Borts Körper.

Die Arbeiter hielten den Atem an. Schließlich blieb Zul-Bort ganz bewegungslos. Nicht einmal auf den Rylurn reagierte er mehr, weshalb man glauben musste, dass er ohnmächtig war und nur noch von der zähen Masse des Schlamms aufrecht gehalten wurde.

Ib-Zota war hingegen zumindest ein paar Schritte in ihre Richtung vorgedrungen, ließ aber ebenfalls immer mehr Kraft vermissen. Er hielt inne, um zu regenerieren. Nicht einmal ein Drittel der Strecke hatte er geschafft. Der Baumstamm, der bis zum Grund gesunken sein musste, wirkte nun wie ein Anker, der sich in immer tiefere Schichten des Untergrunds grub.

Die Halblebenden, deren Anführer er gewesen war, weinten um ihn oder flehten bei alten und neuen Göttern um ein Wunder. Eshman hingegen lachte und machte perverse Bemerkungen.

Über Stunden versuchte sich Ib-Zota hunderte Male gegen das Moor aufzubäumen. Der Regen, der nicht viel mehr als eine Anhäufung einzelner Spritzer gewesen war, hatte den Kampf gegen die Trockenheit längst wieder aufgegeben. Er warf den Oberkörper nach vorne und hinten, wirbelte dabei Schlamm in sein verzerrtes Gesicht. Wenn er sich überhaupt bewegte, konnte es sich dabei nur um Fingerspitzen handeln.

Bald lichteten sich die Reihen der Zuschauer. Der Schrecken war gesät, deshalb war es ihnen erlaubt, zu gehen. Andererseits blieben viele, entweder weil sie starr vor Furcht waren, oder weil sie dem Mann, der sich immer um sie gesorgt hatte, Respekt zollen wollten. Doch kein Respekt dieser Welt konnte ihn am Leben halten.

Als die Nacht hereinbrach, war Ib-Zota bewegungslos. Sein Körper wurde vom Schlamm Stück für Stück in eine waagerechte Position gezogen, in der sich Zul-Bort schon seit Stunden befand. Spätestens am Morgen wären sie beide bei Uvrit.

Als Riya feststellte, dass Ib-Zota sich nicht mehr rühren würde, entglitt ihr die Beobachterperspektive. Ihr schützender Damm brach, Trauer und Gedanken überschwemmten sie. Amin lag ein Stück weiter zusammengekauert auf dem Boden; die anderen kümmerten sich um ihn, doch nicht Riya. Sie hatte nicht das Recht dazu, denn all ihre Gedanken kulminierten in dieser einen Frage: *Hätte Ib-Zota in dieser Nacht zu Flasche gegriffen, wenn ich mein früheres Dasein nicht so lange verborgen hätte?*

Sie bat einen Gott – irgendeinen, der ihr einreden könnte, dass sie nicht letztendlich der Auslöser für die Besiegelung seines Schicksals gewesen war. Doch ein solcher Gott existierte nicht. Ihre Gebete gingen ins Leere.

Zumindest müsste ihr doch jemand eine Aufgabe geben können, oder eine Strafe. Etwas zu tun, oder ein Opfer, das sie von ihrer Schuld erlösen konnte.

*Es gibt nur eine Sache, die du tun kannst*, sagte sie sich.

Inzwischen war ein Sichelmond am Himmel zu sehen. Er schien an diesem Ort stärker und kälter zu leuchten als in Keten-Zvir. Eine viel zu lange Haarsträhne, die eigentlich blond gewesen war, durch den Schmutz aber mittlerweile graubraun und stumpf wirkte, fiel ihr ins Gesicht. Sie wischte sie beiseite und fokussierte die Gedanken auf Eshman.

Dann fasste sie ihren Entschluss.

Sie warf noch einen Blick auf ihre Halblebenden. Sie weinten zusammen. Sella hielt Amin in ihrem Schoß wie eine Mutter ihr Kind. Ihre Haare wirkten beinahe wie eine Decke. Luysch klammerte sich an den Zaun und beobachtete Eshmans gemarterten Rylurn, als dieser auf der anderen Seite umher tapste.

Still und heimlich nahm Riya Abschied und ging.

## 26

Kein Schlaf seit zwei Tagen. Neben Sekundenschlaf und der Unfähigkeit, selbst einfache Dinge wahrzunehmen, ließ die Müdigkeit Riya vor allen Dingen eines spüren: Kälte.

Möglicherweise wurde die aussaugende Empfindung auch durch ihre Angst und durch die Erinnerung an die Moorstrafe verursacht, welche seither Schaden in ihr anrichtete. Das Wetter konnte jedenfalls nicht dafür verantwortlich sein. Die Sonne hatte den ganzen Tag über gebrannt, sodass sich die trockene, heiße Luft unter dem Dach aufgestaut hatte. Trotz der Kälte im Inneren schwitzte Riya also und hatte einen völlig ausgetrockneten Mund.

Riya hustete und wischte sich den unangenehm kühlenden Schweiß in die Haare. Sie wartete seit Stunden darauf, dass endlich passierte, was sie von einem der privilegierten Verladehelfer namens Jukre erfahren hatte. Sie hatte bei ihrem letzten Aufenthalt in Kell-Kirenn mit ihm geschlafen, deshalb hatte es gestern nur einiger vielversprechender Worte und sehnsüchtigen Blicke bedurft, um Informationen und Rückendeckung von ihm zu bekommen.

Jukre hatte ihr auch das Messer besorgt, das sie in den

Händen wiegte wie eine Vokanv ihren Säugling. Es war nicht besonders scharf, aber mit Wucht würde es eine Kehle durchstoßen können.

Zumindest war sie noch immer gut im Erkennen der Beweggründe anderer sowie darin, die richtigen Worte zu finden, um diese für sich zu nutzen. Noch bevor sie den Gedanken zu Ende gedacht hatte, traf sie die bittere Erinnerung. Zikons Beweggründe hatte sie vielleicht erkannt, aber nicht die Konsequenz, zu der sie ihn führen würden.

Der Lagerraum war ziemlich hoch, ziemlich düster, doch kaum gefüllt. Zwei versiegelte und durch ein Gitter abgesperrte Kisten konnte sie von hier oben erkennen. Gegen diese großen Schatztruhen wirkten die üblichen Staubkisten wie Schminkdöschen, aber Riya war sich trotzdem sicher, dass darin Staub bewahrt wurde, schließlich hätte man für nichts anderes an diesem Ort zusätzliche Sicherheitsvorkehrungen getroffen. Der Rest des Lagers war gefüllt mit neuen Werkzeugen, Trinkschläuchen und demselben getrockneten Proviant, dessen faden Geschmack sie seit so langer Zeit über sich ergehen ließ.

Ein Teil des Staubs aus den Mooren war am vorigen Tag auf ein zweites Schiff verladen worden, welches an diesem Nachmittag Segel Richtung Keten-Zvir gesetzt hatte. Während alle mit den Verladearbeiten beschäftigt gewesen waren, hatte Riya Jukres Deckung genutzt und war über eine der Rutschen aus dem Dock bis hierher geklettert. Nun brach der Abend an und sie versteckte sich auf einem schmalen Gang unter dem Dach, etwa gegenüber einem langen Fenster.

Sie wartete darauf, dass Eshman durch eines der Tore unter ihr eintreten würde. Er hatte an diesem Abend mit einem wichtigen Geschäftspartner, der mit dem zweiten Schiff angekommen war, einen Rundgang durch Dock und Lager geplant, wie die Vorarbeiter aufgeregt und etwas ängstlich angekündigt hatten. Sie stützte die linke Hand an der glatt geschliffenen, kreisrunden Basis einer der Hebevorrichtungen ab. Eine große Spinne wurde aufgeschreckt und krabbelte mit flinken Bewegungen in Deckung. Die Müdigkeit rückte immer weiter in den Hintergrund. An ihre Stelle drängte sich eine Spannung, die den ganzen Körper erfasste.

Der Gang, auf dem sie sich befand, glich einer Empore, war aber nicht viel mehr als eine Verbindung von zusammengezimmerten Holzlatten, auf denen die über die Rutschen vom Verladedock eintreffenden Güter in Empfang genommen werden konnten. Allerdings zog der Gang sich rechtwinklig an den Wänden entlang und hatte rechts einen Zugang, der zu den Bereichen der Aufseher und höheren Verwaltung führte. Außerdem konnte man die obere Ebene der Regale mit einem kleinen Satz erreichen, was Riya einen ausgezeichneten Angriffswinkel bieten würde. Sie würde aufs Regal springen und sich dann aus großer Höhe auf Eshman fallen lassen. Selbst wenn dabei ihre Knochen brachen, würde sie ihn unter sich begraben und ihm das Messer so oft in den Körper rammen, bis sie von seinen Begleitern getötet würde. Sie würde Ib-Zota, sich selbst und so viele rächen und die Welt von diesem Ungeheuer erlösen.

Würde dadurch schlagartig alles besser werden? Vermutlich nicht. Die Ordnung des Staubs würde den nächsten Tyrannen für die Moorarbeiter hervorbringen. Vielleicht würde Zikon jemanden wie Lizten dazu berufen. Doch zumindest hätte Riya etwas getan, bevor sie starb – das Spiel etwas spannender gemacht, einen Gegenschlag vollführt, auch wenn er im großen Ganzen unbedeutend war.

Das alles stand unter der Voraussetzung, dass die Wachleute sie nicht vorher aufspürten. Zweimal hatten Eshmans mit Staubpeitschen und hässlichen Lederpanzern ausgestattete Wächter bereits nach dem Rechten gesehen und sich dabei glücklicherweise auf den unteren Bereich zwischen den Regalen beschränkt.

Riya betrachtete das Messer und hielt es in das Licht der langsam untergehenden Sonne. Es war rostig, doch an einzelnen Stellen spiegelte es dennoch eine flüchtige Wärme zurück. In Vokvaram hatte sie sich vor Gewalt gefürchtet. Anschließend hatte sie Gewalt in Kauf genommen – ja, sie geradezu zu ihrem Alltag werden lassen. Doch es war kontrollierte Gewalt gewesen. Wenn sich die Leute ihr nicht willentlich ausgesetzt hatten, sondern lediglich als letztes Mittel, um Brot auf ihren Tisch zu bringen, so war das doch wenigstens ein bewusstes Risiko gewesen. Jetzt ging ihr Leben zu Ende und die Gewalt war zu einem Korsett geworden, das immer enger geschnürt wurde und das man unmöglich ablegen konnte. Dieses eine Mal würde sie es mit Freude tragen.

Etwas raschelte bei dem Flaschenzug neben ihr. Da waren gedämpfte Schrittgeräusche, die ihre Müdigkeit bis jetzt gefiltert hatte.

Bilder vom Ende in Riyas Kopf. Ein weibliches Abbild Eshmans, daneben Eshman selbst, halb Mensch, halb Raubtier. Die Kälte in ihr löste sich schlagartig, weil die Narben der Staubpeitsche an ihrem Rücken energetisch zu vibrieren schienen. Zikon, der siegesgewiss lächelte wie eh und je – sicher, dass sie ihn niemals übertrumpfen würde.

»Du solltest nicht hier sein, Moorarbeiterin«, sagte eine gedämpfte Männerstimme hinter ihr, gefolgt von dem Sirren einer aus der Scheide gezogenen Klinge.

Riya fuhr herum in der Erwartung, eine in grobes Leder gehüllte, braungebrannten Person, oder zumindest einen gewöhnlichen Wächter zu sehen und akzeptierte bereits, dass sie den Kampf suchen musste, damit sie schnell starb statt quälend langsam durch die Moorstrafe.

Ihre Erwartung wurde nicht bestätigt. Etwa drei Schritte von ihr entfernt stand ein junger Mann, der so breitschultrig war, dass er sie auf Anhieb an Festn erinnerte. Jedoch waren seine Gesichtszüge weniger dümmlich und sein Auftreten nicht annähernd so grobschlächtig. Der Mann hatte kurze, silbern gefärbte Haare, die er unter einer braunen Kapuze verbarg, welche wiederum aus einem dicken, rüstungsähnlichen Lederanzug hervorragte. Das Leder war deutlich glatter und mühsamer verarbeitet als Eshmans und war trotz der vielen Taschen und Riemen schnittig und figurbetonend. Er wirkte elegant, obwohl seine Augen beinahe panisch aufgerissen waren.

Dieses Gesicht, diese Kombination aus langer Nase und schmalen Lippen ... warum konnte Riya die Person vor ihr nicht verorten?

Der Mann, der danach aussah, als bräuchte er sein filigranes, aber umso längeres Schwert gar nicht, um Riya mit Leichtigkeit umzubringen, atmete heftig aus und ein. Die fleischigen Finger seiner freien Hand klimperten auf unsichtbaren Tasten. Er gehörte hier ebenso wenig hin wie Riya, so viel war klar.

Riya überlegte, ob sie seine Unsicherheit nutzen sollte, um ihn mit Worten einzuwickeln – ihm Lügen auftischen, oder seine Gedanken weg vom Schwert und hin zu der verwundbaren Stelle zwischen seinen Beinen zu lenken. Aber sie wollte dieses Spiel nicht spielen.

»Ich will Eshman umbringen«, sagte sie mit gedämpfter Stimme und legte damit alle Karten auf den Tisch. »Ich lauere ihm hier auf und dann springe ich auf ihn. Und dann ramme ich ihm dieses Messer zwischen die Augen, bis er nicht mehr zappelt.«

Dem silberhaarigen Mann wich jegliche Farbe aus dem Gesicht. Sein rastloser Blick stolperte über Riya hinweg und suchte dann die Umgebung ab.

*Treffer*, dachte Riya. *Er fühlt sich ertappt. Jetzt nicht nachgeben, sondern den Einsatz erhöhen.*

»Du siehst mir nicht wie eine seiner Doppelgängerinnen aus, also nehme ich an, dass du etwas Ähnliches vorhast. Du kannst dich gern zurücklehnen und mich die Drecksarbeit machen lassen.«

Er zögerte und packte seinen Schwertgriff mit beiden Händen, wodurch sich seine nervösen Finger etwas beruhigten. Wo hatte Riya ihn nur schon einmal gesehen? Bildete sie sich diese unwirklich kraftvolle Gestalt nur ein? War es die Müdigkeit oder die Bilder von Ib-Zotas Überlebenskampf, die ihr nicht aus dem Kopf gehen wollten?

»Warum habe ich den Eindruck, dass du mich zum Narren hältst?«, fragte er.

»Warte ab und sieh, ob es so ist.«

Er hielt inne und entgegnete dann flüsternd, aber bestimmt: »Ich muss dein Angebot ablehnen. Mir geht es nur um Informationen. Das ist nicht nur eine Angelegenheit des Geschäfts, sondern eine persönliche, und ich kann nicht zulassen, dass du mir in die Quere kommst, Moorarbeiterin. Du wirst mit deinem Attentat warten müssen, bis ich sie habe. Danach kannst du mit diesem grausigen jukrevinker Evteber anstellen, was du möchtest.«

Riya schnaubte. »Und was für Informationen sollen das sein?«

Es war zu sehen, dass er zunächst antworten wollte. Er öffnete sogar den Mund. Jedoch schien es, als hielte ihn ein Einfall zurück, weshalb er kein Wort entweichen ließ.

Etwas würde geschehen. Demnächst. Jetzt. Riya sah es kommen, als sie sich gegenseitig beäugten. Sie sah die unruhigen Augen des großen Mannes einen Fokus finden – einen Fokus auf sie.

Sie stieß sich von der zylinderförmigen Basis der Hebevorrichtung ab, machte einen schnellen Schritt und setzte zum Sprung auf eines der untenstehenden Lagerregale an. Als sie bereits glaubte zu fallen, hörte sie die elegante Klinge hinter sich sirren und verfluchte alle Götter dafür, dass sie ihr nicht einmal dieses letzte bisschen Genugtuung gewähren wollten.

Die Klinge verfehlte sie. Genau genommen wurde sie nicht einmal geschwungen, sondern nur weggesteckt, bevor Riya an der Hüfte von kräftigen Armen gepackt und zurück nach oben gezogen wurde. Der Mann mit der Kapuze stieß ihr das Messer aus der Hand, hielt sie gleichzeitig an sich gepresst in die Luft und machte kleine Schritte nach hinten, um Abstand zur Kante zu gewinnen. Dann stellte er sie wieder auf den Boden, seinen Griff nicht ansatzweise lockernd.

»Ich habe deine Absichten sofort gelesen«, sagte er.

*Arrogant ...*, dachte Riya und atmete heftig aus und ein. Sie versuchte, über die Schulter zu sehen und ihn aus dem Augenwinkel zu mustern. Aus der neuen Perspektive ergab sich ein anderes Bild von ihm, eines, das sie schon einmal vor sich gehabt hatte. Das Bild war schlaksiger und bei weitem nicht so breitschultrig. Die Haare waren mehr nach der Jugendmode frisiert und nicht so klassisch wie das, was man unter der Kapuze des tatsächlich vor ihr stehenden Mannes erkennen konnte.

*Nein*, schalt sie sich. *Was weiß ich schon, was der aktuellen Mode entspricht? Ich habe keine Ahnung mehr davon.*

Wenn sie nicht verrückt geworden war ... dann war er es – der schnöselige Vokanv, der sie an jenem Tag im Reichskessel so unverhohlen über das Buchmacherhandwerk ausgefragt hatte.

»Vokanv«, zischte sie und legte all ihren Frust hinein.

Die gesuchten Informationen mussten den Besitzerwechsel der Moore um Kell-Kirenn betreffen. Eshman und Zikon hatten seine Linie, ebenso wie Riya, um ihren wichtigsten Besitz gebracht. Wenn die Erinnerung und der Schmerz der Peitsche nicht so tiefe Narben hinterlassen hätten, dann wäre es beinahe komisch gewesen.

»Wenn deine Mutter auch nur halb so leichtgläubig und arrogant ist, dann wundert es mich gar nicht mehr, dass sie ihr die Moore abnehmen ko...«

Sie konnte nicht weitersprechen, weil der junge Mann – Kizzra war sein Name und er war der Sohn der Inz-Kur von Nunk-Krevit – die Arme anspannte und sie zu zerquetschen begann. Sie bekam keine Luft mehr und konnte sein rasendes Schnauben direkt an ihrem Ohr hören.

»Du ...«, grunzte er und drückte noch fester zu.

Riya spürte, dass ihre Rippen jeden Augenblick nachgeben und sich durch ihre Lunge bohren konnten. Sie glaubte bereits ein Knacken zu hören, doch durch das Fehlen der Atemluft in ihrem Körper konnte sie sich nicht mehr darauf konzentrieren.

»Na los«, presste sie mit aller Kraft heraus. »Bring ... mich ... um ... Vokanv ... dein ... Wille ... gegeben ...«

Er verminderte den Druck und Riya konnte keuchend nach Luft schnappen. An ihrer Ferse spürte sie, wie er unruhig mit den Beinen wippte. Er zögerte und war vermutlich nicht sicher, ob er sie töten sollte. Dabei hatte er allen Grund dazu. Sie hatte damals im Reichskessel versucht, ihn auflaufen zu lassen und nun durchkreuzte sie die Geschäfte seiner Linie.

»Warum zögerst du?«, fragte Riya, während sich ihre Wahrnehmung wieder etwas stabilisierte. »ist dir nicht ohnehin gleichgültig, was ...«

Seine gigantische, fleischige Hand wurde mit der ganzen Kraft seines Armes auf ihren Mund gepresst und ihr Zappeln schon im Ansatz verhindert. Als Riya sich sicher war, dass er sie jetzt töten würde, hörte sie Stimmen und sah ein Licht, das sich von unter ihren Füßen ausgehend im Lager verbreitete.

*Schlachthausgeruch.*

Bei dem Licht handelte es sich um den warmen, gelblichen Schein einer Öl- oder Tierfettlaterne und bei den Stimmen um solche, mit denen Riya Schmerz verband.

Eshman kam von unten in ihr Sichtfeld. Er bewegte sich selbst schon beinahe wie ein Raubtier auf der Pirsch – leicht gebückt und wie zum Sprung bereit. Er trug eine Staubpeitsche und hörte seiner Begleiterin zu, deren Worte wesentlich sparsamer eingesetzt und weniger bellend vorgetragen waren. Sie war in die grauschwarze Uniform der Aufseher gekleidet und trug die streifenförmigen, gelbblauen Epauletten, die sie als eine der Obersten Aufseherinnen markierten. Ihre Arme waren beim Gehen hinter dem Rücken verschränkt, auf den die Spitzen ihrer zu einem unästhetischen Zopf gebundenen Haare fielen.

*Lizten*, dachte Riya und hätte ausgespuckt, wenn es die Hand vor ihrem Mund nicht verhindert hätte. *Sie hat ihren Aufstieg nur uns Halblebenden zu verdanken. Wir haben für sie geschuftet. Wir haben den Staub aus dem Boden gegraben, den sie sich selbst in die Tasche gesteckt hat. Und dann hat sie sich mit der Verbesserung der Suchstrategie gebrüstet.*

Aber wo war der angekündigte Besucher?

»Wie ich schon sagte, konnten wir die Staubgewinnung seit der Übernahme um sechsunddreißig Prozent steigern. Wir haben die Kosten auf dem gleichen Niveau gehalten, doch wir arbeiten am Limit. Ihr könnt es hier im Lager sehen, Herr. Die Werkzeug- und Vorratsbestände sind auf einem Tiefstand und wir brauchen dringend mehr Nachschub, wenn wir weiter so graben wollen.«

»Das ist akzeptabel. Eshman und ich werden bei unserer Rückkehr eine Lieferung veranlassen.«

Etwas schmolz in Riya, als sie diese Worte und die dazugehörige Stimme hörte. Sie war streng und trug die Worte selbstbewusst farblos vor.

Hinter Eshman und Lizten kam ein Mann in einem durchgeschwitzten, olivfarbenen Hemd und einfachen Hosen mit Trägern zum Vorschein und begutachtete skeptisch die in den Regalen befindlichen Werkzeuge. Er wiegte eine Hacke hin und her und hängte sie schnell zurück an ihren Platz, wie man eine Frucht, die an einer Stelle braun und verschrumpelt ist, zurück in den Korb des Händlers legt. Dann schloss er zu Eshman auf. Sein Gang war auffallend aufrecht.

Riyas Augen blinzelten und suchten nach merkwürdigen Erscheinungen, die ihr versichern konnten, dass es sich bei dem Mann mit den offenen, rotblonden Haaren um eine der Müdigkeit geschuldete Einbildung handelte, fand aber nichts.

Zikon war hier in Kell-Kirenn. Er stolzierte durch sein neues Eigentum und hatte keine Ahnung, dass Riya über ihm war und ein Messer in Reichweite hatte.

»Jedoch sieht unsere Strategie vor«, fuhr Zikon fort, »dass wir diesen Stützpunkt, wie auch die weiter westlich gelegenen, vom Grundstein neu aufbauen und einen weiteren im Landesinneren errichten. Wenn wir es wie geplant vollbringen können, weitere Gebiete im Norden zu erschließen, können wir die Staubgewinnung in neuen Maßstäben ausweiten. Ankvinas Nachfolger ist Berichten zufolge ein unmotivierter Hitzkopf, es sollte also ohne große Schwierigkeiten realisierbar sein.«

Riya spürte, wie Kizzras Arm um ihre Hüfte vor Anspannung zu zittern begann. Er gab ein Schnauben von sich, das von hier oben allerdings niemand hören konnte, weil es kaum lauter als das Rascheln einer Maus unter den Regalen war.

Wenn er doch nur locker gelassen hätte, dann hätte Riya Eshman und Zikon gleichzeitig umbringen können.

»Details, die wir später besprechen können«, schaltete Eshman sich ein und rief ein verächtliches Grunzen in Riyas Hintermann hervor, »und genau bedenken sollten, bevor wir den Nunk-Krevit-Scheißern eine Angriffsfläche bieten.«

Zikon blieb stehen und drehte sich Eshman eindringlich zu. Riya konnte erkennen, dass er wie früher ein kurzes Messer an der Seite trug, das jedoch im Gegensatz zu Eshmans Peitsche und Schwert fast niedlich wirkte. Die Dreiergruppe stand etwas nach links versetzt unter ihr zwischen zwei langen Regalreihen, welche oben mit Streben verbunden waren. An den Streben hingen einige

Kurbelgriffe und Hebewerkzeuge, mit denen man die Vorrichtung bedienen konnte, bei der Kizzra und Riya standen. Mit einem guten Sprung könnte Riya die Regale erreichen und zu ihrem Mordanschlag ansetzen.

»Zeige mir die Ausrüstung, von der du gesprochen hast«, sagte ihr einstiger Partner in einem ungewöhnlich gereizten Tonfall zu Lizten. »Vielleicht nehme ich eine Auswahl mit nach Keten-Zvir, damit unsere Handwerker Werkzeuge von höherer Qualität bereitstellen können.«

Riya bemerkte, dass ihr Körper in Kizzras Unruhe eingestimmt hatte. Sein Griff lockerte sich etwas. Anscheinend hatte er nicht gelogen, als er gesagt hatte, dass es auch für ihn eine persönliche Angelegenheit war. Vielleicht könnte sie sich von ihm befreien, schnell ihr Messer aufheben und dann aus dem Schatten angreifen, wie sie es geplant hatte. Aschvonin, es musste möglich sein!

»Bringen wir es hinter uns«, sagte Eshman und deutete Lizten an, dass sie sich beeilen sollte. »Und zeig mir auch, wie ihr in Zukunft die Vorräte vor den Moorlingen sicherstellen wollt. Ich will nicht wissen, wie häufig sie schon mit Diebstählen aus dem Lager davongekommen sind, weil deine Leute sie gedeckt haben.«

Eine Welle der Wut überkam Riya. Wie er Ib-Zota beim Sterben zugesehen hatte ...

Sie versuchte es. Sie schüttelte sich, stieß Kizzras zitternden Arm mit einer Kopfbewegung zur Seite und riss sich vom anderen Arm los, der inzwischen nur locker um ihre Hüfte lag.

Doch seine Reaktion war einfach zu schnell. Bevor sie überhaupt einen Schritt machen konnte, schloss er den Arm wieder um sie und legte ihr erneut die Hand auf den Mund. In Verzweiflung entwich Riya ein leises Schluchzen, das durch den ganzen Lagerraum hallte. Es war so kurz, dass nur Lizten sich kurz umdrehte und nach oben sah, wo Kizzra sich nun hinhockte und Riya hinter dem Gestänge der Hebevorrichtung auf die Knie zwang.

Liztens Blick fand sie nicht im Schatten, und sie ging dazu über, den beiden anderen ein paar Spaten und Staubkisten zu zeigen.

Aus Frust wollte Riya in Kizzras Finger beißen. Jedoch gelang ihr nicht einmal das. Ihr Kiefer war zu schwach, um sich unter seinem Druck zu öffnen.

»Sei jetzt still«, flüsterte er direkt in ihr Ohr. »Du kannst ihn umbringen, nachdem er mit seinem Partner und der Aufseherin besprochen hat, wie sie gegen uns vorgehen wollen.«

Er sagte das, als ob sich dann wieder eine Gelegenheit bieten würde. Eshman würde mit Zikon nach Keten-Zvir segeln. Riya würde im Moor zurückbleiben und hätte nach der Sache mit Ib-Zota nicht einmal mehr ihre Halblebenden. Ihr blieb nur die Gewissheit, dass sie mit einer unwahrscheinlichen Gelegenheit zur doppelten Vergeltung gesegnet worden war und dieses göttliche Geschenk nicht angenommen hatte. Aber wenigstens hätte dieser eingebildete Dummkopf sie ausspioniert, um sich danach wieder dumm anzustellen und ihnen auch noch den Rest der Moore zufallen zu lassen.

Die drei setzten ihre Besichtigung fort, bis sie sich einmal von der linken bis zur rechten Wand des Lagers durchgearbeitet hatten. Mit winzigen Schritten schob Kizzra sie dabei über den Gang bis zur zweiten Hebevorrichtung, gleichzeitig lauschend und den Druck seines Armes aufrechterhaltend. Sie spürte das schwere Leder seiner Rüstung am Hinterkopf. Es war kein unangenehmes Gefühl, vielleicht hätte sie es unter anderen Umständen sogar genossen. Das Material war meisterhaft verarbeitet und sie vermutete, dass es sich an den Körper schmiegte wie eine zweite Haut.

»Was ist mit dem geernteten Staub?«, fragte Eshman. »Gibt es noch welchen hier?«

»Zwei Kisten, die zuletzt reingekommen sind«, antwortete Lizten.

»Zeig ihn mir! Ich wollte schon immer sehen, wie er aussieht, wenn er frisch aus der Erde kommt.«

»Genau genommen wurde der Großteil schon viele Wochen ...«

»Zeig ihn mir einfach!«

»Jawohl.«

Die drei näherten sich der Ecke des Raumes, die Riya nur noch einsehen konnte, wenn sie den Kopf streckte. Der Lichtkegel der Laterne war bald so nah, dass nur noch zwei oder drei Handbreiten fehlten, bis er Riyas Stirn direkt von unten beleuchten würde. Sie waren nun fast wieder unter ihnen angekommen. Bei der zusätzlich vergitterten Lagersektion, an deren Zugangstür zwei massive Schlösser baumelten, machten sie Halt und ließen die Aufseherin die Schlösser öffnen.

Mit einem schwerfälligen Rumpeln rieb die Gittertür über den Boden. Eshman setzte ungeduldig auf die zwei Kisten zu, die mit einem Deckel verschlossen waren und darauf warteten, abtransportiert zu werden, damit man den Staub auf einer anderen Insel des Imperiums in die standardisierten, gläsernen Kugeln, Zylinder und Laden füllen konnte, in denen er für gewöhnlich im Umlauf war.

Durch das Gitter konnte Riya erkennen, wie er einen der Deckel beiseitelegte und sich über eine Kiste beugte. Ein blutrotes Licht – es hatte eine mittlere Intensität von Staub, der nicht gerade aus der Erde kam, aber auch noch nicht viel Energie hatte aufnehmen können – war zu sehen. Der Schein waberte um seine braungebrannte Haut, ließ Narben am unteren Rücken hervorstechen. Seine lange, schwarze Mähne schien geradezu darin zu versinken. Lizten wahrte schweigend Abstand, während Zikon ebenfalls herantrat. Sein Gesicht ... war es etwa verzerrt?

Etwas Metallisches blitzte auf und reflektierte das rote Licht.

Mit einem ansatzlosen Stich stieß Zikon Eshman die filigrane Messerklinge hinterrücks in den Hals. Er versenkte sie so tief, dass sie auf der anderen Seite wieder zum Vorschein kam. Ein erstickter Schrei, der fast wie das Geräusch der Metalltür klang, entwich Eshmans Kehle. Eine Blutfontäne spritzte und wollte kein Ende nehmen.

»Vokanv Abschaum«, spuckte Zikon aus.

Eshman sackte zu Boden. Sein wölfisches Grinsen erstarb in einer Pfütze, die so blutrot war wie der Staub, der sein letzter Anblick gewesen war.

## 27

Eshman ... er war tot, so wie Riya es gewollt hatte. Doch er war nicht durch ihre Hand gestorben. Genau genommen war er wenige Jahre später demselben Verrat zum Opfer gefallen wie sie selbst, deshalb fühlte sie keinerlei Befriedigung.

Lizten, der genau wie Riya die Züge entglitten waren, wich zum Gitter zurück und führte die Hand zu ihrem Kurzschwert. Zikon säuberte unterdessen in seliger Ruhe sein Messer und strich ärgerlich über sein Hosenbein, das ein paar Blutspritzer abbekommen hatte. Er drehte sich um und sagte: »Wie du gleich verstehen wirst, hat sich unsere Strategie in einem stärkeren Maß geändert, als ich vorgegeben habe. Dies war eine gute Gelegenheit für mich, diesen überheblichen Vokanv loszuwerden.«

Er drehte sich um und rümpfte die Nase, bevor er sich Lizten näherte. »Ich habe dich aus gutem Grund hierfür ausgewählt. Du hast hier als Aufseherin gute Arbeit geleistet. Deine Gelegenheiten erkannt und genutzt. Ich muss dich jetzt dazu anhalten, dass du gerade weggesehen hast und auch gleich wegsehen wirst. Wenn du das getan hast, und tun wirst, dann soll es deiner Laufbahn hier sehr zuträglich sein. Hier, an meinem von Grund auf neu errichteten Kell-Kirenn.«

Lizten sagte nichts, machte nur große Augen.

»Nicken genügt ... gut. Ich sehe, du wirst keine Probleme haben, nicht ein Sterbenswörtchen hierüber zu verlieren.«

Riya konnte kaum klare Gedanken fassen, doch dass auch Lizten irgendwann einen tragischen Unfall erleiden konnte, wusste sie sofort. Sie hätte nicht geglaubt, ihrer früheren Aufseherin einmal zu wünschen, dass sie das mit ihr gespielte Spiel durchschaute.

Zikon ging zu der Staubkiste, schätzte unter Zuhilfenahme der Hände etwas ab und stemmte sie dann aus einer tiefen Kniebeuge in die Luft wie ein Gewichtheber. Seine Adern traten hervor und jeder Muskel in seinem Oberkörper spannte sich, als er den darin befindlichen Staub unter einem Knistern und Funkensprühen in die zweite Kiste kippte, bis diese bis zum Rand und darüber hinaus gefüllt war, sodass sie gerade noch verschlossen werden konnte. »Und jetzt ist es an der Zeit, die Segel zu setzen. Ich kann bereits spüren, dass es warm wird.«

Riyas ehemalige Aufseherin warf Zikon einen fragenden Blick entgegen.

»Der Moorboden, auf dem wir stehen, ist zu dieser Zeit wie Feuerholz, nicht wahr? Und meine Leute haben die Feuer schon vor einiger Zeit entfacht. Nicht mehr lange und hier steht alles in Flammen.«

Als Lizten immer noch nichts sagte, erklärte er: »Wie ich sagte: Wir bauen hier alles von Grund auf neu.«

Riya hob den Blick und bemerkte, dass sie nicht mehr im Dunkeln stand. Von draußen kam ein für diese Tageszeit außergewöhnlich helles Licht durch die Fenster. Es hatte eine wärmere Farbe als das Mondlicht.

Lizten schien das Licht ebenfalls zu sehen und stammelte: »Wa ... was ist mit den ganzen Arbeitern?« Allerdings klang sie dabei weniger besorgt als verwundert.

»Eingesperrt in ihren Baracken. Meine Leute im Personal haben die Türen verriegelt, nachdem alle zum Schlafen geschickt wurden.«

Lizten bewegte ganz langsam den Kopf auf und ab. Sie war ihrerseits grausam, doch hunderte Menschen ganz bewusst zu opfern, noch dazu verbrennen zu lassen, um einen Mord zu verschleiern, als wären ihre Leben nichts als eine beliebige Währung; das überstieg offensichtlich auch ihr Vorstellungsvermögen.

»Die Aufseher und das restliche ...«

»In ihren eigenen Zimmern.«

»Eshmans Wächter?«

»Nichtsahnend und zum Großteil betrunken in den Aufseherräumen. Los jetzt.«

Zikon wandte sich noch einmal Eshmans Leichnam zu, spuckte darauf und bückte sich dann zu der bis zum Rand gefüllten Kiste. Lizten zögerte noch einige Sekunden, atmete tief ein und folgte dann seiner stummen Aufforderung, ihm beim Tragen behilflich zu sein. Schnellen Schrittes und mit der Kiste zwischen ihnen marschierten sie dann auf den Ausgang des Lagers zu. Gedankenschnell zwang Kizzra Riya, den Kopf einzuziehen, als Lizten sich zwei Regale weiter noch einmal umsah, damit sie von unten nicht gesehen werden konnten.

Als Zikon und Lizten außer Reichweite waren, löste Kizzra seine hemmende Umarmung. Er stöhnte, lehnte sich gegen die Rutsche, über die Riya hineingeklettert war, und schwenkte das Schwert zitternd in der Luft wie einen Fächer. Da das nicht genug zu sein schien, hockte er sich hin und wippte dabei heftig auf und ab, raufte sich die Haare, die inzwischen nicht mehr unter der Kapuze waren, und wurde leichenblass. Als wäre er selbst wehrlos auf dem Scheiterhaufen, starrte er auf die gegenüberliegenden Fenster. Er war deutlich größer und kräftiger als Riya, jedoch wirkte er in diesem panischen Zustand jämmerlich und schwächlich. Wie auch immer er sich hier eingeschlichen hatte, er sah nicht danach aus, als ob er es allein wieder hinausschaffen würde.

Auch Riya glaubte nicht daran, Kell-Kirenn lebendig zu verlassen, doch lag dies nicht daran, dass sie die Kontrolle verlor. Das näher rückende Feuer war nichts anderes als ein flammender Nervenkitzel – ein Zeichen, dass endlich die Zeit für ihre Rache gekommen war. Ihre geistigen Abläufe blühten regelrecht auf, waren so klar, wie sie seit Tagen – genau genommen seit Eshmans Ankunft – nicht gewesen waren.

Immerzu hatte sie das Spiel gegen Zikon verloren. Das große Spiel, jenes, das wirklich etwas bedeutete, hatte sie vermutlich in der Sekunde verloren, als sie sich entschieden hatte, ihm gegen Mik-Ters Ratschläge in die Buchmacherbranche zu folgen – zumindest hatte sie das gedacht, seit sie Moorarbeiterin geworden war. Doch dies war eine Gelegenheit, etwas daran zu ändern. Eine Gelegenheit, nicht um das Spiel zu gewinnen, aber um ein Unentschieden zu erzwingen.

»Ich werde ihn endlich töten«, sagte sie und nahm ihr Messer auf. »Wenn er schon glaubt, in Sicherheit zu sein, werde ich auf ihn springen, ihn erstechen und in den Ozean werfen.«

Kizzra sah sie noch immer panisch an. Er verstand rein gar nichts.

»Du kannst mitkommen, Vokanv, wenn dir nach Sterben zumute ist.«

Er starrte weiter, aber Riya konnte keine Zeit mehr verlieren. Mit einer Kraft, die ihr übermüdeter Körper nicht hätte innehaben dürfen, kletterte sie an der Hebevorrichtung empor auf die hölzerne Rutsche, über die sie in das Lager gekommen war. Kriechend überwand sie den steilen Winkel, bis sie sich durch die Klappe in der Wand zwängen konnte und sich draußen zwischen dem Lager und dem aus Stein errichteten Verladedock befand.

Der Geruch war sofort zu bemerken – Rauchpartikel, die in Nase und Rachen stiegen und dort eine gereizte Trockenheit hervorriefen. Der Rauch schien bereits aus allen Richtungen zu kommen und er enthielt außerdem den Gestank verbrannten Moorbodens. Rechts war nur die Holzwand einer hohen Baracke zu sehen, doch als sie nach links blickte, konnte sie bereits die Flammen sehen, die den Himmel in Richtung Osten lichterloh erstrahlen ließen und sich über den ausgetrockneten Boden in ihre Richtung vorarbeiteten.

Sie klammerte sich dicht an das massive Holz und kroch zügig weiter zur nächsten Klappe, durch die sie wenig später wieder unter das Dach des Verladedocks gelangte.

Noch war es kalt und dunkel im Dock und der Rauch war nicht zu bemerken. Der große Hebekran zwischen den beiden Liegeplätzen war ein schwarzer Umriss vor Riyas Augen. Die Dunkelheit unter ihr wurde nur von der Spiegelung von Mond- und Sternenlicht im Wasser und einer in der Kajüte brennenden Kerze durchbrochen. Zwei Silhouetten von Seeleuten befanden sich an Bord eines Ruderbootes, das allein an der Kaimauer lag. Im Hintergrund schob sich die Brigg bereits langsam am Warpanker aus der kleinen Bucht. Das Verholen, bei dem das Schiff stückweise am Anker aus dem Dock gezogen wurde, musste stattgefunden haben, während Riya im Lager gewartet hatte.

Riya hievte sich selbst über den Rand der Rutsche auf einen der Stege. Wie Zikon angedeutet hatte, war kein Arbeiter oder Aufseher anwesend. Sie schlich sich über die Bretter, bis sie bei dem großen Hebekran angekommen war, der gerade eine flache Palette von sechs augenscheinlich leeren Vorratskisten auf halber Höhe fast direkt über dem Ruderboot hielt. An jeder der vier Ecken waren Seile befestigt, die unter dem Dach über rollenartige Führungen zu einer gemeinsamen Seilwinde liefen.

Lizten und Zikon mussten mit der schweren Kiste einen Umweg gehen, doch sie würden bald aus einer der Türen an der Ostseite kommen – ebenso wie das Feuer.

»Das ... das ist hoch.«

Riya fuhr herum und geriet ins Wanken. Sie musste sich am Kran festhalten, um nicht ungebremst ins Wasser zu stürzen. Irrwa! Zum zweiten Mal hatte dieser verzogene Vokanv sie heute fast zum verfrühten Tode erschreckt.

Riya öffnete die Lippen zum Sprechen, sagte aber nichts. Sie verspürte ein Kratzen im Hals und nahm wieder den Rauchgeruch wahr.

Kizzra sah noch immer blass aus, aber zumindest hatte er es selbstständig über die Rutschen und Stege geschafft. »Er war dein Partner, nicht wahr?«, fragte er. »Als ich dich in Keten-Zvir getroffen habe und du Buchmacherin warst?«

Riya schnaubte und gab ihm keine Antwort. Sie sah in das Dunkel unter sich, wo Wellen, die sie nicht erkennen konnte, leise rauschten.

»Was hast du getan, um hier zu landen?«

Riya hielt einen Finger vor den Mund, denn soeben kam jemand von Osten her. Lizten und Zikon machten einen eiligen Bogen durch das Dock, um zum Ruderboot zu gelangen. Als sie die Kaimauer erreichten, verfielen auch die Seeleute in Hast, der eine zur Begrüßung und zum Einladen der Kiste herbeieilend und der andere einige Gegenstände beiseite räumend.

Der junge Vokanv riss die Augen auf und massierte seine Schläfen, als wolle er seinen Schädel zerdrücken, während Riya zu klettern begann. Sie hangelte sich am Gerüst des Krans wie an einer schiefen Leiter nach unten, bis sie mit dem gestreckten Bein den Rand der frei hängenden Palette erreichen konnte. Sie zog die übergroße Holzplatte ein Stück zu sich und machte dann einen Satz darauf. Obwohl ihr Körper Anstrengung spürte, war sie so fokussiert, dass nichts schiefgehen konnte. Als hätte sie es eintausend Mal geübt, federte sie den Sprung ab und hielt mit ausgestreckten Armen das Gleichgewicht, bis der Boden unter ihren Füßen zu schwingen aufgehört hatte. Bei alledem behielt sie Zikon fest im Blick. Gleich, wenn er einen weiten Schritt ins Boot machte, würde er sich direkt unter ihr befinden. Gleich würde das Messer in ihrer Hand mit der vollen Geschwindigkeit ihres Falls in seinen Körper eindringen. Wieder und wieder würde sie zustechen und wenn sie dann noch aufstehen könnte, würde sie sich gemeinsam mit ihm über den Rand werfen.

Lizten und Zikon händigten dem Seemann ein Papier aus und überbrückten nacheinander die Lücke zum Boot, zuerst die Aufseherin, dann der Buchmacher.

Riya trat an den Rand und machte sich zum Sprung bereit.

*Ich wette, du stirbst erbärmlich wie jeder ...*

Ein ohrenbetäubender Lärm fiel wie ein Hammer nieder und brachte die Spannung zum Platzen. Er zog Riya durch die Ohren, das Zwerchfell und in den Magen. Er brachte den Tunnel zum Einsturz, in den sie sich begeben hatte.

Der Lärm kam von der Ostseite und war langanhaltend. Er erinnerte Riya an das Öffnen der behäbigen Wände des Reichskessels, wenngleich dieser Lärm etwas ... chaotischer war.

*Etwas ist eingestürzt. Kell-Kirenn fällt auseinander.*

Durch eine der kleinen Fensteröffnungen konnte man einen orangefarbenen Feuerball erkennen, der einen nebenstehenden Wachturm erfasste.

Über ihr torkelte Kizzra ziellos über die schmalen Stege und hielt sich mit beiden Händen den Kopf. Es war eine Frage der Zeit, bis er umkippen und in die Tiefe stürzen würde.

Zikon und Lizten hielten auf dem Boot inne und sahen zur östlichen Mauer. Ihr einstiger Freund stand still unter Riya. Sie konnte sein Herz beinahe schlagen hören, konnte beinahe sehen, wie sich seine einfachen Kleider mit Blut vollsogen, das so rot war wie der Staubkristall in seinem Halstuch.

Allerdings konnte sie auch den Flammen beinahe dabei zuhören, wie sie an der Steinfassade leckten, wie sie sich wieder und wieder gegen den Mörtel und die Holzbalken warfen, bis diese den Widerstand aufgaben und zu ihrem Träger wurden ... und wie sie bald Prasseln würden, wenn sie das Holz der Baracken verschlangen. Riya konnte auch die Schreie der hilflos weggesperrten Moorarbeiter hören. Die Halblebenden ahnten vielleicht noch nicht einmal, dass Uvrit schon an die versperrten Türen klopfte.

Riya spürte alle Narben an ihrem Körper pulsieren und alle Geräusche verblassten, außer das Knallen einer brennenden Peitsche und der Luftzug eines bodenlosen Sturzes. Inmitten dessen verstummten Luyschs letzter Scherz, Amins letztes Klagelied, Sellas letztes gesummtes Gebet. Der Tod der Halblebenden.

Sie besann sich und machte einen Schritt vor, das Messer im Anschlag und bereit zum finalen Sturz.

## 28

Der Wachturm krachte durch das Dach und ließ Lehmziegel und große, in Flammen stehende Splitter regnen, die durch den östlichen Teil der Halle wirbelten und entweder auf dem Boden weiterbrannten, oder mit einem Zischen und Platschen im Wasser landeten.

Die Palette, von der Riya sich eben fallen lassen wollte, geriet erneut ins Wanken, weil ein brennendes Trümmerteil von oben darauf gefallen war. Durch den plötzlichen Schwung kippte Riya nach hinten und drohte herunterzurutschen und auf die Kaimauer zu fallen. Ein Reflex ließ sie nach einem der Halteseile greifen. Sie ertrug den Schmerz in der Hand, als das Seil beim Bremsen der Bewegung dagegen scheuerte. Unfähig zur Bewegung musste sie das Schaukeln abwarten.

Nach genau neun Schwüngen war wieder ein genügendes Maß an Gleichgewicht hergestellt, damit Riya wieder aufrecht stehen konnte. Sie lugte noch einmal über die Kante nach unten und sah, dass Zikon noch in Reichweite war. Er hatte geistesgegenwärtig eine Planke von der Kaimauer genommen, und sie sich schützend über den Kopf gehalten, wobei er in die Knie gegangen war.

»Ablegen!«, brüllte er, woraufhin ein Seemann sein Schwert zog und die Seile entzweihackte, mit denen das

Boot vertäut war. Der andere Seemann griff nach einem Ruder, um das Boot abzustoßen und die Strecke zu Eshmans Brigg zurückzulegen.

Der Geruch von Ruß und Feuer geriet in Riyas Nase und machte sich danach in Form eines Kratzens in ihrer Lunge breit. Sie fragte sich, ob man bei einem Brand wie diesem wohl eher ersticken, verbrennen oder von Trümmern erschlagen würde, und welche Quoten ein Buchmacher wohl für die Arten des Todes anbieten würde.

Sie sah über ihre Schulter, wo in einigen Fuß Entfernung das Gerüst des Hebekrans stand. Es war unversehrt geblieben. Gleichzeitig begann das Boot unter ihr sich langsam in Bewegung zu setzen.

Sie fand festes Gleichgewicht, nahm Anlauf und sprang.

Mit einem kräftigen Satz überwand sie die kleine Lücke zum Gerüst, warf sich dagegen und klammerte sich an den Streben fest. Während sie zurück nach oben kletterte, konnte sie durch das Loch im Dach schon eine tiefschwarze Rauchsäule gen Himmel steigen sehen.

Riya zog sich über den Rand der Plattform nach oben. Hinter ihr lief das Ruderboot unter dem Nachthimmel auf die Brigg zu, wo inzwischen lauter Seeleute an Deck waren, um die Abfahrt zu veranlassen. Zikon würde einmal mehr damit davonkommen, seinen Partner durch ein *tragisches Unglück* loszuwerden.

Auf dem Steg fand Riya den einst so stolzen Kizzra in einem panischen Zustand vor. Dass seine Gedanken keinerlei geradlinige Struktur hatten, war nicht schwierig zu erkennen, schließlich tat er nichts Sinnvolleres, als mit über den Kopf geschlagenen Armen und himmelwärts gerichteten Blick im Kreis zu laufen.

»Vorbei ... Moore ... Mutter ... Zukunft der Linie. Es gibt keine Zukunft der Linie.«

Riya packte ihn an der Schulter und schnipste dreimal neben seinem Ohr. »Nicht, wenn du dich nicht zusammenreißt, Vokanv.«

»Gegner und Schwäche. Meine Schwäche. Führen ... Schützen ... Verstand.«

Und da begriff Riya, welcher Kampf diesen naseweisen Kerl dazu getrieben hatte, sich hier einzuschleichen. Seine Erzeugerin – die Inz-Kur von Nunk-Krevit – war tot und die Moore im Schweif hätten in seinen Händen gelegen, wenn seine Linie sie nicht an Zikon und Eshman verloren hätte. Er wollte etwas beweisen, doch sein Scheitern lähmte ihn.

»Sieh mich an und pass auf«, hörte Riya sich sagen. Trotz der aufkommenden Panik, die daraus resultierte, dass sie gerade ihre einzige Gelegenheit zur Vergeltung weggeworfen hatte, bildete sich bereits ein Plan vor ihrem inneren Auge. Sie nahm seinen Kopf und zwang ihn, in ihr Gesicht zu sehen. »Du gäbest ganz bestimmt einen lausigen Buchmacher ab. Aber immerhin hast du das Schwert und zwei pralle Arme. Und wenn du schon von Führen und Schützen redest, dann werde endlich zum Mann der Tat, der du sein willst.«

Er hörte auf zu faseln, schluckte laut und blickte sie aus verletzlichen und, wie Riya nun erkannte, leicht verschiedenfarbigen Augen an – eines war grau, das andere eher grün.

»Da drüben sind hunderte Menschen in einem großen Holzklotz eingepfercht und warten darauf, dass sie da verbrennen. Wenn man ohne ein Kivkhaus auch nur ein wenig Anstand gelehrt bekommt, dann unternimm jetzt etwas dagegen. Sieh es meinetwegen als Ehrenrettung deiner Linie.«

Kizzra zögerte und ließ ein weiteres Krachen von der Ostseite vorüberziehen. Doch dann straffte er die Schultern und nickte. »Was sollen wir tun?«

Riya seufzte erleichtert. Auf einen Vokanv angewiesen zu sein, fühlte sich fürchterlich an. Doch allein hatte sie keine guten Chancen. »Wir müssen die Schlüssel aus den Räumen der Aufseher holen. Der Lärm dürfte Eshmans Leute ausgenüchtert haben. Wenn sie noch nicht geflohen sind, müssen wir wahrscheinlich durch sie hindurch.«

Kizzra nickte abermals und strich über seinen Schwertgriff. Es sah beinahe aus, als lächelte er bei der Vorstellung eines Kampfes.

»Komm mit. Wir nehmen den Weg über das Lager.«

Das breitschultrige Silberhaar hatte bereits über einen der schmalen Stege zur Treppe gehen wollen und hob nun die Augenbrauen.

»Es dauert nicht länger und wird uns einen Vorteil verschaffen. Komm jetzt, Vokanv!«

Zum zweiten Mal an diesem Tag schwang sich Riya auf die Rutsche und kletterte zum Lager hinüber. Draußen zwischen den Gebäuden konnte sie inzwischen das ganze Ausmaß des Brandes erkennen. Überall lagen brennende Trümmer. In einem großen Halbkreis um Kell-Kirenn stiegen schwarze Rauchsäulen vom brennenden Moorboden auf. Zwei der östlichen Türme waren bereits eingestürzt und auch im Westen näherten sich die Flammen den Baracken, welche – wäre der große Holzblock mit den Stegen zum Verladedock erst einmal mit den Flammen in Kontakt – nicht lange standhalten würden.

Riyas Körper reagierte auf den Rauch mit Tränen und auf den Anblick mit Ekel, den sie jedoch ignorierte.

Im Lager ließ sie sich mithilfe von Kizzras starkem Arm hinunter auf den Boden fallen und rannte zu Eshmans Leichnam, der noch immer vor den Staubkisten lag. Sein toter Gesichtsausdruck sah seltsam friedlich aus ... friedlicher, als er es zu Lebzeiten je gewesen war.

Zikons Angriff war ebenso hinterhältig gewesen wie sein Verrat an Riya, somit war seine Staubpeitsche noch immer am Gürtel. Ausgerollt lag das etwa zweieinhalb Arme lange, mehrfach geflochtene Zvarngras auf dem Boden. Die in kleine Fassungen eingelassenen Staubkristalle waren blass und als Riya vorsichtig die Hand danach ausstreckte, spürte sie keinerlei instabile Energie, die sich auf ihre Haut entlud. Die Peitsche war – wie Zikon es damals bei Aksunds Kampf gegen Festen veranlasst hatte – entladen und als Waffe kaum zu gebrauchen.

»Nutzlos, ohne geladene Kristalle«, gab Kizzra das Echo ihrer Gedanken wieder. »Das Schwert ist verlässlicher.«

Riya grunzte. Zum Glück wusste sie durch ihre Jahre im Moor viel mehr über die Eigenschaften des Staubs als früher. Im Zvarngras war seine Energie instabiler als im Wasser, doch nicht so instabil wie beim Kontakt mit hautähnlichen Materialien. Einige Minuten floss sie darin und konnte genutzt werden, bevor sie vollständig abgegeben war.

Sie beschrieb dem jungen Vokanv den Weg zu den Räumlichkeiten der Aufseher, wo sie die Schlüssel zu den Baracken erwartete. Während er sich auf den Weg machte, nahm sie Eshmans Staubpeitsche, ging zu der übrigen und nur noch zu einem kleinen Teil gefüllten Staubkiste, und vergrub die Peitsche bis zum Griff im blass glimmenden Staub. Sie wartete und fragte sich währenddessen, wie wahrscheinlich es sein mochte, dass es sich bei dieser Peitsche um jene handelte, mit der sie vor über zwei Jahren am Rand des Reichskessels verprügelt worden war.

Als sie die Peitsche herauszog, hatte sie das Gefühl, als wären die winzigen Staubkristalle, die damit in Berührung gewesen waren, deutlich blasser geworden. Zügig, aber auf Vorsicht bedacht, ließ sie die Staubkiste und den Leichnam hinter sich und folgte dem Weg, den sie Kizzra beschrieben hatte.

Zwei blutbesudelte Leichen in hautengen, animalisch wirkenden Lederrüstungen fand sie in einem der Gänge vor. Der ersten Frau fehlte ein Unterarm und eine unversehrte Halsschlagader, dem zweiten – einem Mann, der Eshmans Aussehen geradezu kopiert hatte – der Kopf. Dieser lag, sauber abgetrennt, wenige Schritt vom Körper entfernt.

Wenn sie nicht vollkommen auf ihren Plan fixiert gewesen wäre, hätte Riya in diesem Augenblick ein zweites Mal hinterfragt, ob sie sich wirklich mit diesem verwöhnten und so gewalttätigen Vokanv abgeben wollte. Stattdessen stieg sie über die Körper hinweg und fand ihn wenig später im Türrahmen stehend und das lange Schwert auf zwei weitere braungebrannte und mit grobschlächtigen Klingen ausgestattete Männer und eine Frau richtend.

*Er nutzt die Tür als Flaschenhals, damit sie ihn nicht umzingeln können*, dachte Riya. Trotzdem standen seine Chancen im Kampf eins gegen drei nicht besonders gut, auch wenn Riya zwischen umgekippten Schemeln und herumliegenden Spielkarten ausgelaufenen Alkohol und zersplitterte Glasflaschen erkennen konnte.

An einem Brett am hinteren Ende des Raumes hingen etwa zwanzig Schlüssel.

Sie schlich sich in der Deckung von Kizzras Körper, der durch die Anspannung nur noch breiter geworden war, heran und flüsterte »Beiseite« in sein Ohr. Er brauchte eine kurze Zeit, bevor er reagierte, doch dann drückte er sich schlagartig gegen die rechte Wand.

Riya hatte die Todesangst bereits vor Stunden abgelegt und sie ließ sich auch jetzt nicht von ihr bremsen. Sie nutzte die Lücke, setze durch die Tür und schwang intuitiv die Peitsche, so wie sie es schon auf dutzenden Kampfplätzen beobachtet hatte.

Eshmans Abbilder sahen sie an, als käme Ulvron, Gott des Kämpfens und Tötens, persönlich auf sie zu.

Sie traf den vordersten. Das Ende der Peitsche streifte das wie eine Tierhaut wirkende Leder auf seiner Brust. Ein flüchtiger, blutroter Lichtblitz erfasste das Leder. Mit dem lautstarken Aufprall der Peitsche wurde der darunter verborgene Körper erschüttert und gegen einen Schemel geschleudert, der mehrere Fuß entfernt gestanden hatte. Glas zersplitterte und der mit einer versengten Brust gezeichnete Körper blieb bewegungslos liegen.

Noch in der gleichen Anlaufbewegung drehte Riya das Handgelenk herum, sodass sie die Peitsche dieses Mal von links nach rechts schwingen konnte. Auch ihr zweites Ziel konnte nicht rechtzeitig ausweichen und bekam ebenfalls ein Stück Peitsche gegen die Brust geschmettert. Dieses Mal war der Lichtblitz weniger grell und der auf das Leder übertragene Energieschlag weniger stark. Der Mann wurde nicht wie sein Gefährte weggeschleudert, doch zumindest ließ er seine Klinge fallen, griff sich an die Brust und sackte zitternd auf die Knie, bevor er wenig später flach auf den Boden fiel.

In Riya kam wieder etwas wie triumphaler Nervenkitzel auf, doch dieser währte nur für einen Wimpernschlag. Aufgrund ihrer mangelnden Erfahrung mit der Staubpeitsche konnte sie ihren zweiten Schlag nicht richtig kontrollieren, wodurch das Ende der verflochtenen Zvarngrashalme in der Rückholbewegung gegen ihre Wade prallte. Der Einschlag war nicht hart, jedoch reichte die restliche Ladung aus, um ihre Muskeln augenblicklich verkrampfen zu lassen.

Ein ziehender Schmerz in ihrer Wade warf sie zu Boden, erst das Bein, dann die Brust, dann den Kopf, und ihr wurde schwindelig. Mit milchig verschwommener Wahrnehmung beobachtete sie vom Boden, wie Kizzra die verbliebene Gegnerin überrumpelte und mit einem seidenweichen und gleichzeitig verheerenden Schwertstreich zu Uvrit beförderte.

Kizzra beugte sich zu ihr herab und fuhr mit der Hand über ihre Wade. Entweder war ihr Körper betäubt, oder er konnte trotz seiner Handschuhe federleicht zudrücken. Sein Körper schien ruhig zu sein, viel ruhiger als er es vorher gewesen war. Dazu hatte sein Gesicht einen zufriedenen und dabei fokussierten Ausdruck angenommen. Einen Gott hätte man genau so dargestellt, wenn man eine Skulptur oder Büste herstellte. Als sich ihre Panik verflüchtigt hatte und ihr Atem weniger stoßweise ging, kehrte auch das Gefühl in ihr Bein zurück. Ihre Muskeln schmerzten, doch die Ladung in der Peitsche war bereits zu schwach gewesen, um mehr als einen Krampf auszulösen.

»Gewagtes Manöver«, sagte er und half ihr auf.

»Verzweifelt, Vokanv. Verzweifelt.«

Sie humpelte zum Schlüsselbrett und warf jeden Schlüssel, der rostig und nach *schäbiger Baracke* aussah, in einen Beutel. Als sie gerade den Raum verlassen hatten, wurden die bewegungslosen Körper am Boden unter einem umstürzenden Pfeiler und der davon eingerissenen Wand begraben.

Trümmerteile flogen ihnen um die Ohren, als sie durch die Gänge rannten. Immer wieder mussten sie hektisch zur Seite weichen, wenn wieder ein Stück Decke herabfiel. Sie gelangten wieder in das Verladedock, auch wenn es damit nicht mehr viel zu tun hatte. Flammen hangelten sich an der Ostseite empor und züngelten an den Balken der oberen Konstruktionen, auf denen Riya vorhin noch gestanden hatte. Bald würden sie herunterfallen wie ein Kronleuchter, dessen Ketten man durchtrennt hatte. Eshmans Brigg mit Zikon an Bord war nur noch ein kleiner Punkt am Horizont hinter den Ausläufern der kleinen Bucht. Das Wasser im Dock war voller hölzerner und steinerner Brocken und Dachziegel, die teils untergingen, teils an der Oberfläche schwammen und immer wieder dem durch stürzende Trümmer ausgelöstem Wellengang ausgesetzt waren.

»Dort entlang«, schrie Riya und zeigte zum breiten Korridor, der hinüber zu den Baracken führte. Aus dieser Richtung kam ein besonders ätzender Geruch nach Tod im brennenden Moor und pechschwarzer Rauch verdeckte die Sicht auf das Gelände beim Ausgang.

Kizzra hustete den Rauch aus und stieg über einen angebrannten Balken hinweg, der in ihrem Weg lag. Er preschte durch den schwarzen Rauch, schützte dabei

Mund und Nase mit dem Ellenbogen und war bald ein Umriss in der stinkenden Suppe.

Riya riss sich einen Fetzen ihrer Kleidung vom Leib, atmete tief ein und bedeckte ihr Gesicht damit. Kalte Gedanken an wärmere Tage kamen in ihr auf. Sie stellte sich vor, sie läge in ihrem Federbett, ohne Schmerzen in der Wade und am Rücken, in der Lunge oder im Kopf. Die Gedanken vervielfältigten sich, blähten sich auf wie eine Blase der Erinnerung, die einst geliebt und inzwischen zu einem lähmenden Joch geworden war. Warme Körper auf und neben ihr und die schönste Aussicht auf Keten-Zvir durch das ausladende Fenster. Das Gefühl von Sicherheit. Das Gefühl von Erfolg, den man sich selbst erarbeitet hatte und mit dem man sich von denen abgesetzt hatte, deren Dächer man unter sich hatte sehen können.

Die Blase des Vermissens platzte. Riya begann zu sprinten, durchquerte den Rauch und kam im Freien wieder zum Vorschein. Beinahe wäre sie Kizzra, der in dem kleinen Hof vor dem Barackenklotz stand, in die Hacken gerannt. Über ihnen verliefen die Gänge, die zur zweiten Ebene führten. Das Feuer arbeitete sich bereits daran ab. Nach rechts waren die vier weitläufigen Zäune kaum noch zu sehen. Das Inferno, das wenigstens ein Viertel des ausgetrockneten Bodens bedeckte, ließ die Szenerie taghell und wie ein Gemälde der göttlichen Folter aus früheren Zeiten erscheinen.

»Da vorne zur Tür!«, schrie Riya durch den krachenden und prasselnden Lärm. »Wir müssen sie da rausholen!«

Als sie sich dem Eingang näherte, wurde die Geräuschkulisse um ein schreckliches Geräusch erweitert. Gedämpfte und heisere Schreie drangen aus dem Inneren durch die handbreite Holztür. Es dröhnte und klopfte von der anderen Seite dagegen, aber die Tür war nicht mit der Absicht gefertigt worden, ein Entkommen zu ermöglichen. Das Holz würde durch die verstärkenden Eisenbeschläge nicht so einfach splittern wie die Wände auf den oberen Ebenen und die Scharniere nicht so einfach brechen.

»Ich die Schlüssel, du ziehst!«, brüllte Riya und steckte den ersten Schlüssel in das Metallschloss. Sie wunderte sich darüber, wie wenig ihre Hände im Vergleich zu Kizzras Arm zitterten, mit dem er bereits die Tür aufstemmen wollte. Der erste Schlüssel passte nicht. Ihr war, als würden das Geschrei und das Poltern auf der anderen Seite sekündlich kraft- und hoffnungsloser. Sie warf ihn weg und probierte dann den zweiten, dann den dritten. Bei jedem weiteren Fehlschlag verschlechterten sich die Chancen der Moorarbeiter. Die Flammen erfassten bereits die Wände und sogar hier draußen bekam Riya kaum Luft und schwitzte schlimmer als bei jedem Moormarsch. Was, wenn das Gebäude einstürzte, bevor sie frei waren? Was, wenn der richtige Schlüssel gar nicht in ihrem Beutel war?

Beim vierten Schlüssel gab das Schloss nach. Kizzra zog ruckartig an der schweren Tür.

Riya wähnte vor sich einen Berg an erstickten Leichen und ein paar letzte Überlebende, die steif und sterbend auf dem brennenden Boden krochen.

Wie beim Öffnen eines heißen Ofens kam ein Schwall von schmutzigem Rauch und heißer Luft aus der Tür. Riya wurde kurz schwarz vor Augen, so dünn war die Luft geworden. Das gerade noch gedämpfte Geschrei nahm eine ohrenbetäubende Lautstärke an. Es überdeckte sogar den Lärm des einstürzenden Kell-Kirenn.

Menschen kamen in einer einzigen, panischen Traube, die nur aus Schreien, Husten und Röcheln bestand, aus der Tür in den Vorhof geströmt und warfen Riya auf den Boden. Es war eine Masse, die vom puren Überlebensinstinkt getrieben alles in ihrem Weg zertrampeln würde. Nur weil Kizzra einen Moment der Geistesgegenwart hatte, konnte er sie noch zur Seite ziehen und über den Boden in Deckung schleifen.

Riya hustete ihre Lunge auf den Boden und sah verschwommen dutzende, nein, hunderte Moorarbeiter ins Freie treten. Einige fielen auf die Knie, sogen die Luft ein, oder priesen neue oder alte Götter, doch die meisten rannten von der Panik verwirrt blindlings in alle Richtungen.

»Rennt nach Westen!«, schrie Riya aus voller Lunge, bevor ein Hustenanfall sie zur Pause zwang. »Rennt zur Küste!«

Sie musste sich wieder den Stofffetzen vor den Mund halten. Unterdessen strömten immer weiter Moorarbeiter aus dem Gebäude, das inzwischen auch im Inneren brannte. Sie mussten von den oberen Ebenen hinunterkommen.

Sie wusste nicht, wie sie es tat, doch sie richtete sich auf und schwenkte die Arme in die Richtung, in der der Feuerring am schwächsten und die Rauchsäulen am dünnsten zu sein schienen. »Helft euch gegenseitig, wenn ihr könnt! Nehmt die Schwachen, die Verwirrten und zieht sie mit euch!«

Und dann wurde Riya durch ihre tränenden Augen Zeuge von etwas Wundersamem – einem Vorgang, der fast göttlich koordiniert zu sein schien. Die wenigen Moorarbeiter, die klar denken konnten, leisteten ihrem Aufruf Folge. Sie sammelten die Umherirrenden ein, scharrten Gruppen um sich und geleiteten die Menschen aus dem Hof in Richtung der freien Fläche, wo der Boden noch nicht brannte. Die Weinenden wurden getröstet und die Lahmenden getragen. Einige rannten sogar noch einmal in die Baracken zurück und schleppten gemeinsam bewusstlose und bewegungsunfähige Menschen ins Freie.

Sie allesamt entronnen dem grausamen Tod, den Zikon für sie vorgesehen hatte. *Er hat nicht gewonnen*, dachte Riya. *Er hat nicht gewo...*

»Da ist sie! Neben dem Krieger dort!« Jemand johlte und hastete in ihre Richtung. Eisblaue Augen und schulterlanges Haar ... das war Amin. Er blutete an der Stirn, schien aber ansonsten wohlauf zu sein. »Pivva, du hast uns hier rausgeholt. Gepriesen sei deine Existenz.«

Riya wurde übel. Sie hatte seinen Dank nicht verdient. Ihr Körper wehrte sich mit allen Mitteln gegen seine Situation. »Amin ... Amin«, hechelte sie »Ib-Zota. Es tut mir leid ... ich war nicht ehrlich ... ich wollte ihn rächen. Eshman ... er ist tot.«

»Dieser Ort soll niederbrennen bis auf den letzten Stein.« Schmerzverzerrt kniff der Sänger die Augen zusammen und begann zu schluchzen. Er wischte sich über die blut- und rußverschmierte Stirn, in deren Hintergrund das Feuer loderte und einen Stützpfeiler des Gebäudes in sich zusammenfallen ließ. Auch einer der Gänge zum Verladedock bröckelte.

»Wir müssen fort von hier«, sagte Amin heiser. »Sella! *Sella!*«

»Ich bin hier.« Die Priesterin hatte eine Ruhe in der Stimme, die angesichts der Feuersbrunst unmöglich erschien. »Hier drinnen ist niemand mehr, der noch am Leben ist.« Sie streckte den Kopf aus der Tür und Riya erschrak. Ihre langen Haare waren auf der rechten Seite angesengt und statt der üblichen strohblonden Farbe waren sie vollkommen aschfarben. Sie winkte und kurz darauf kam auch Luysch aus dem brennenden Gebäude.

»Kannst du das Bein belasten?«, fragte Sella, die wohl erkannt haben musste, dass Riya wieder humpelte.

Riya nickte. Sie wollte keine Zeit mehr verlieren und folgte dem Strom der Moorarbeiter, die in einer langen Reihe über die brennenden Trümmer hinwegstiegen und auf die Zäune zuhielten. Die Eisenzäune hielten dem Feuer noch stand, doch nicht dem Druck der Dutzenden, die sich bereits dagegen lehnten, um sie zu Fall zu bringen. Aus der Entfernung sah Riya die vom Feuer aus der Schwärze der Nacht gehobenen Gestalten einen Zaun nach dem anderen niedermähen und sich durch die schmalen Gräben zwischen den Flammen einen Weg in die Freiheit bahnen. Und da war sich Riya endlich sicher, dass sie die richtige Entscheidung getroffen hatte.

»Ich sehe, dass Rakvannes Stachel dich getroffen hat, Riya«, fuhr Sella fort. »Du bist benebelt. Möglicherweise wirst du gleich in Ohnmacht fallen. Hab keine Angst, wir werden ...«

»*Luysch*!« Kam das von hinter ihr? Amin? »Luysch, was tust du?«

»Das ist die falsche Richtung, Moorarbeiter«, rief auch Kizzra, doch Luysch hielt weiter auf den von schwarzem Rauch ausgefüllten Zugang zum Verladedock zu.

*Dieser Schwachkopf*, hätte Riya wohl gedacht, wenn sie noch Kraft für etwas anderes als Stehen und Gehen gehabt hätte.

Ungeachtet der Rufe und mit weit aufgerissenen Augen rannte Luysch in den Rauch und verschwand. Es war, als hätte er dort einen Dämon gesehen, der sich seiner bemächtigt hatte.

Ratlos und weinend sahen Sella, Amin, Kizzra und Riya einander und dann das Dock an, dessen Steine inzwischen tief orange zu glühen begannen. Hatte er Wahnvorstellungen? Einen Todeswunsch, so lange nachdem *seine Frau* den Rylurnen zum Opfer gefallen war?

*Das wäre nicht Luysch*. Riya hörte inzwischen keine Rufe und keine einstürzenden Strukturen mehr über das Fiepen in ihren Ohren.

Keine Sicht mehr.

Keine Luft mehr.

Keine Kraft ...

Und dann kam Luysch wieder aus dem schwarzen Rauch heraus. In seinen Armen hielt er etwas, ein riesiges, rundliches Bündel.

Das ballartige Bündel bewegte sich. Es zuckte unruhig und gab ein aggressives – nein, ein ängstliches – Hechelgeräusch von sich. Es hatte Fell, das einmal gräulich gewesen war, aber inzwischen nur noch Ruß zu sein schien. Ruß, durchgehackte Nägel und Narben.

Luysch weinte bitterlich, doch er hielt den Alpha-Rylurn fest vor der Brust. Er trug ihn hinter den anderen her, die nicht gezögert hatten, ihn in Empfang zu nehmen und dem Zug der Flüchtenden zu folgen.

Links und rechts stieg weiter Rauch aus dem Moor. Er musste wohl ätzend sein, doch das blieb bloße Vermutung, weil Nase und Lungen inzwischen taub waren. Einige Male mussten sie eine andere Route zwischen den Bränden nehmen als die Moorarbeiter vor ihnen. Hinter ihnen krachte das, was von Kell-Kirenn übrig war, nach und nach zusammen. Die Reste brannten zu einem einzigen Haufen Asche nieder.

Als Riya zum ersten Mal die Hitze nur noch im Rücken und nicht mehr vor sich spürte, in eine sternenklare Nacht und auf eine ächzende Menschentraube schaute, verlor sie das Bewusstsein.

## 29

Riya schlug die Lider auf und erblickte im Dämmerlicht vier hohe, braune Säulen vor dem Himmel. Sie wackelten sanft hin und her und Riya befürchtete, dass sie einstürzen könnten. Doch, wie sie nach einiger Zeit verwundert feststellte, brannten sie nicht. Sie standen einfach nur auf zwei ebenso braunen Schalen. Die Schalen waren leicht versetzt und liefen nach links spitzer zu als nach rechts.

Sie hustete. Ihre Kehle brannte, genau wie ihre Lunge.

Es waren nicht vier Säulen auf zwei Schalen, sondern zwei Säulen auf einer. Das konnte sie erkennen, weil sie nach und nach wach wurde und klarer sehen konnte. Was sieh erblickte, war ein Schiff, das vor einem endlosen Horizont und hinter einer bewucherten Klippe lag, an die wiederum ein schmaler Strand anschloss.

Im ersten Augenblick dachte sie, dass sie tot sein könnte. Doch das Wasser schwappte nicht seicht gegen die Küste, sondern reißend, und das Grün des Grases unter ihrem Rücken war nicht satt genug, um sich nennenswert vom Moorboden zu unterscheiden. Außerdem hätte sie, wenn sie tot wäre, keinen Ruß ausgehustet.

*Zikon!*, dachte sie und schreckte hoch. *Er ist hier.*

*Nein.*

Nein, bei Eshmans Schiff hatte es sich um eine Brigg gehandelt, nagelneu, frisch gestrichen und poliert. Dies war ein lumpiger, abgesegelter Schoner, so viel konnte sie auch bei eingeholten Segeln erkennen. Also hatte sie doch noch etwas aus Vokvaram behalten, außer der Wahrscheinlichkeitsrechnung.

»Ganz ruhig, Riya. Bleibe erst einmal liegen, sonst wird dir schwarz vor Augen werden.«

»Sella«, hustete sie.

Die Priesterin legte ihr eine Hand auf die Stirn. Die kühlende Berührung genießend drehte Riya den Kopf und sah Sella in das hübsche Gesicht, das sie in diesem Moment an das einer Maus erinnerte. Hinter der Priesterin waren Schemen von Gestalten zu erkennen. Es waren hunderte, die sich auf der freien Fläche bis zu einem Waldstück verteilten. Teils saßen sie erschöpft, teils schlugen sie die Hände vors Gesicht und teils gingen sie aufgeregt durch die Reihen.

»Die Moorarbeiter«, sagte Riya. »Sie helfen einander.«

»Ja.« Sella tätschelte sie leicht. »Weil Kizzra und du sie dazu ermutigten. Ihr habt sie befreit und vor dem Tod bewahrt.«

Riya lachte, als sie Luysch sah. Er hatte Eshmans Alpha-Rylurn vor sich auf den Boden gesetzt und versuchte, ihn zu Kunststückchen zu animieren. Der Rylurn blieb jedoch einfach flach auf dem Boden liegen, was Luysch zunächst enttäuscht grunzen und dann nachdenklich werden ließ.

»Das ist sie?«, fragte eine fremde Stimme.

Riya setzte sich auf und sah Kizzra – er hatte die Lederrüstung abgelegt und trug nur noch eine verschwitzte, aber sehr gut anliegende, veilchenfarbene Tunika aus Seide – neben einem etwas kleineren und schmächtigeren Mann herannahen, der denselben Schwertkämpfergang besaß.

»Sie ist tatsächlich so hübsch, wie du es verschwiegen hast«, sagte Kizzras Begleiter breit grinsend.

Kizzra sah ihn finster an. Riya konnte darüber kichern, obwohl, oder vielleicht gerade weil sie sich sicher war, dass Kizzra zwar ein eindrucksvolles Auftreten hatte, jedoch ganz und gar nicht ihrem Beuteschema entsprach. Das Kichern verging ihr schnell bei einem neuerlichen Hustenanfall.

»Tut mir leid, ich sollte keine Scherze machen. Hier sind viele Menschen zu Schaden gekommen. Du, Riya, nicht wahr? Du bist die Anführerin, von der Kizzra sagte, dass sie all diese Leute gerettet hat. Ich bin Lendon.«

Riya dachte an Ib-Zota und wollte wieder in tiefen Schlaf versinken. »Ich bin bestimmt keine Anführerin.«

»Sicherlich nichts, was eine Anführerin sagen würde.« Lendon grinste verschmitzt. Diese Vokanv waren wirklich seltsam. Entweder hatten sie gar keinen Humor, oder sie waren so sarkastisch, dass es kaum zu ertragen war. Sie hoffte, dass es auch dazwischen etwas gab.

»Während du ohnmächtig warst, hat der Zug hier den Weg zu meinem Schiff zurückgelegt«, erklärte Kizzra, bevor er nach Osten deutete, wo mehrere Zwischentekten entfernt schwarzer Rauch am Himmel stand und vom Wind Richtung Norden getrieben wurde. »Der Rauch ist inzwischen dünner geworden, aber Kell-Kirenn brennt wohl noch immer.«

»Unglaublich, zu was Menschen in der Lage sind«, flüsterte Sella und Lendon nickte ernst.

»Das war die Ordnung des Staubs.« Riya spuckte Dreck auf den Boden. Es wunderte sie ein wenig, dass sie es so aussprach, aber sie bemerkte noch beim Sprechen, dass sie davon überzeugt war. »Sie hat erst bedingt, dass es

Moorarbeiter überhaupt geben muss, und nun hätte sie sie eben fast getötet. Alles für Eshmans Anteil am Geschäft und an den Mooren. Zikon will Oberster Inz-Kur werden und weil er die Ordnung voll und ganz verkörpert, hat er gute Chancen, das zu schaffen.«

»Was macht dich da so sicher?«, wollte Lendon wissen.

»Weil die Ordnung die Ordnung ist und Zikon eben er selbst. Er beherrscht den Staub wie kein anderer ... nun ja, vielleicht nicht im praktischen Sinn, aber in dem, der für die Aufbietung vor Inz wichtig ist. Der Staub zieht nicht nur Energie an, er zieht auch weiteren Staub an. Das haben wir schon im Kivkhaus gelernt, aber erst jetzt verstehe ich es vollständig. Dass viele auf der Strecke bleiben, ist keine lästige Begleiterscheinung. So ist es gedacht. Die Moorarbeiter etwa, waren nie dazu bestimmt, mehr als Brennmasse für ihr blutrotes Feuer zu sein.«

»Irrwa, jemand muss dem Einhalt gebieten«, flüsterte Sella.

»All dem. Am besten der Ordnung selbst.«

Kizzra sog scharf die Luft ein. »Die Ordnung ist Inz, sie ist von den Göttern gegeben.«

»So heißt es jedenfalls«, sagte Riya. »Und ich weiß noch nicht einmal, wie man Zikon aufhalten soll. Er ist mächtig, macht wenige Fehler und hat die letzten Skrupel offenbar abgelegt, falls er so etwas jemals besaß. Was immer er sich seit Vokvaram eingeredet hat, er wird im Namen von Inz noch viel mehr Menschen in seinem Fahrwasser ertrinken lassen. Und nebenbei: Wenn er zum Obersten Inz-Kur wird, könnt ihr Vokanv euch ebenfalls auf Veränderungen gefasst machen.«

»Warum? Veränderungen welcher Form?« Kizzra zuckte, als hätte ihn ein Insekt gestochen.

»Er hasst euch. Prinzipiell. Und ich hasse auch ... dass es euch gibt.«

»Ich habe diesen Hass nicht verdient«, erwiderte Kizzra. »Meine Mutter hingegen ...«

»Kizzra.«

»Es ist wahr, Lendon! Sie hat genau das verantwortet, was Riya bei Zikon beschreibt.«

»Wirklich der ideale Zeitpunkt, um meine Schwester zu verurteilen, sehr gut, Kizzra. Und überhaupt sind diese Themen viel dringlicher als das alles hier.« Lendon beschrieb einen Kreis mit dem Arm. »Ich schlage vor, dass wir uns zunächst um so beiläufige Angelegenheiten wie die Evakuierung von einigen hundert Menschen kümmern, aber das ist nur ein Vorschlag.«

»Schon verstanden«, sagte Kizzra.

Riya hatte ihr Bewusstsein inzwischen vollkommen zurückerlangt und betrachtete die vielen Moorarbeiter. »Sie haben etwas Besseres verdient, als für euresgleichen und euren Staub ihr Leben zu riskieren. Sie sollten nicht hierbleiben.«

»In Anbetracht dessen, dass Kell-Kirenn ein Häufchen Asche ist, scheint mir das logisch«, sagte Lendon. »Aber wohin sollen sie gehen?«

»Wir haben kaum Proviant dabei«, merkte Sella an. »Und in dieser Gegend von Nunk-Krevit gibt es nicht viel.«

»Ihr müsst uns in eine Stadt bringen«, sagte Riya. Sie sprach das bewusst als Forderung aus. »Von dort können wir uns möglicherweise in der Gemeinschaft ein neues Dasein aufbauen.«

»Sie passen längst nicht alle auf das Schiff«, erwiderte der ältere Vokanv.

»Dann rufen wir schnellstmöglich weitere«, sagte Kizzra. »Wir haben genügend Staub, um weitere Schiffe zu schicken. Binnen weniger Tage können wir nach Morenn segeln, dort Handelsschiffe kaufen und sie hierher zurückschicken.«

»Gut«, sagte Riya, um jede Gegenrede im Keim zu ersticken. Kizzra hatte die Hand ausgestreckt und die würde sie nicht mehr loslassen. »Ich nehme an, dass ihr Proviant und Trinkwasser geladen habt. Lasst uns den Großteil hier. Ein paar Tage können wir damit durchhalten. Am besten segelt ihr schnellstmöglich los. Jedoch müsst ihr die Verletzten und Geschwächten bereits sofort an Bord bringen und ihnen in Morenn Versorgung bereitstellen. Das ist doch wohl nicht zu viel verlangt, Vokanv.«

Kizzra und Lendon warfen einander fragende Blicke zu. Wenn das hier eine Verhandlung war, dann konnten sie Riya offensichtlich nicht das Wasser reichen.

»Sehr gut. Vielleicht steckt ja doch noch irgendetwas Geschäftsgeist in euch, Kizzra.« Sie war bewusst zur förmlichen Anrede zurückgewechselt, da sie ihr geeigneter vorkam, um den Stolz der beiden Vokanv zu kitzeln.

»Ähm ... Geschäftsgeist?«

»Hunderte, an körperliche Arbeit gewöhnte Menschen, die euch dankbar sein werden. Ich sehe hier eine großartige Möglichkeit für Investitionen. Was machen sie bei euch in Prir noch gleich? Diesen scheußlichen Tee? Nun, vielleicht diversifiziert ihr euch noch ein wenig, da die Moore euch wegbrechen. Und eine eingeschworene Arbeiterschaft kommt dafür gerade recht.«

Kizzra runzelte die Stirn. Riya war sich nicht sicher, ob er sie verstand, jedoch glaubte sie, dass er zumindest so wirken wollte.

»Ich muss darüber nachdenken«, sagte er mit einem Unterton, der wohl geheimnisvoll klingen sollte. »Jedenfalls werden wir sie erst einmal evakuieren.«

»Pivva«, flüsterte Sella, deren Haare ein einziges Chaos darstellten. »Ich werde die Nachricht verbreiten und die Überlebenden versammeln, die eure Hilfe am nötigsten haben.«

Die Priesterin ging den kleinen Abhang nach unten auf die Menschen zu. Jetzt, da das Tageslicht ganz da war, fielen der Dreck und die Blessuren stärker auf. Die Moorarbeiter waren ausgezehrt wie eh und je, aber ihre Blicke schienen noch leerer geworden zu sein. Sellas Botschaft, die sich offensichtlich schnell verbreitete, ließ Leben in die Augen zurückkehren, manche jubelten sogar laut, oder stimmten eine Gebetsmelodie des Dankes an.

Lendon marschierte schwungvoll zum Strand. Riya bemerkte, dass er einen Umhang mit den blutroten Umrissen eines Uryghoy trug und zog für einen Augenblick Freude aus dem Wallen und Flattern, das der glatte Stoff im Küstenwind vollführte.

Sie musterte Kizzra, der seine silbernen Haare frisiert haben musste, als Riya ohnmächtig gewesen war. Jedenfalls glänzten sie und waren ordentlich zurückgekämmt.

*Sein äußerliches entspricht wirklich ganz und gar seinem Stand*, dachte sie. *Aber immerhin hat er einen gewissen Geschmack.*

Sie folgte ihm einige Schritte Richtung Küste, bis sie an einem Felsvorsprung standen, unter ihnen der Strand und etwas weiter das ankernde Schiff.

»Ich verstehe dich nicht recht, Kizzra ven Ankvina. Woher die plötzliche Gunst für die Arbeiter? Du hast, was du wolltest. Eshman ist tot und du hast alle Informationen, die du bekommen konntest. Du hättest dich in Kell-Kirenn einfach aus dem Staub machen können. Dich heimlich zu deinem Schiff absetzen.«

Kizzras Gesicht veränderte sich. Er senkte die Augenbrauen, ballte die Faust und fixierte Riya mit seinem Blick. Wo vorher ein nachdenklicher Ausdruck gewesen war, deutete sich nun Frustration an. »Warum verachtest du mich? Du kennst mich nicht.«

»Ich kenne Vokanv«, erwiderte Riya, wobei sie auf den Ozean blickte. »Wonach andere ihr Leben lang vergeblich streben, damit werdet ihr geboren. Ihr musstet nie durch die Prüfung gehen, nie Angst haben, schlecht abzuschneiden und den Namen Kin oder Varin zu tragen. Ihr musstet nie hoffen, dass die Kinder links und rechts neben euch versagen, um selbst besser dazustehen. Nie mit dem Gedanken spielen, sie zu sabotieren, um die eigenen

Chancen zu steigern. Ihr erhaltet ein Erbe, strebt nichts als seine Vermehrung an, und vermacht den Nachfolgern in eurer Linie dann ein noch größeres Erbe. Uns hingegen legt man rein gar nichts in die Wiege, und die meisten können noch nicht einmal weitergeben, was sie erwirtschaftet haben, weil man dafür einen Haufen Staub benötigt.«

»Pah. Ich gebe einen Dreck auf mein Erbe. Ich habe es nie gewollt und schon gar nicht darum gebeten. Was soll ich dir also sagen? Dass jedes Neugeborene wie ein Vokanv behandelt werden sollte? Oder dass jeder Vokanv enterbt und in ein Kivkhaus gesteckt wird? Mir ist es einerlei und ich weiß nicht, was besser wäre. Aber bei den Göttern, mein Erbe hat mir nichts als Misere beschert.«

»Das sagst du, als wärst du nicht persönlich hergekommen, um das Vermögen deiner Familie zu schützen, auch wenn du mehr als genug hast, um tausend Leben zu führen. Ich kenne diesen Trieb, ich hatte ihn früher auch. Aber das ändert nichts daran, dass ...«

»*Das war nicht der Grund!*« Der Vokanv atmete heftig und seine Brustmuskulatur schien beinahe aus seiner Tunika zu platzen. »Aschvonin, wie oft muss ich es noch sagen? *Es ging um etwas anderes*!«

»Um was?«

Seine Stimme fiel aus der Höhe seiner Wut in einen hauchenden Ton, als spräche er nur zu sich selbst. »Das Gefühl der Dringlichkeit. Es war, wie Lendon gesagt hat ... was Yk gemeint hat.«

Er öffnete die Faust und legte die Hand an den Griff seines Schwertes, das ihm fast zum Knöchel reichte. Er brummte und ging zweimal an der Klippe auf und ab, bis er sich erneut neben Riya stellte.

»Man muss diesen Zikon wirklich davon abhalten, dass er zum Obersten Inz-Kur wird.«

Nun wandte Riya sich ihm zu. Eine starke Windböe blies ihre schmutzigen Haare um ihre Nase und wirbelte etwas

Ruß auf. »Deine Linie verfügt über ziemlich viel Staub. Vielleicht, wenn du dich geschickt anstellst, kannst du bis zu Fran-Ilas Tod genügend zusammenkratzen, um ihn bei der Aufbietung vor Inz zu überbieten. Vielleicht solltest du zunächst auf die Position des Inz-Kur von Nunk-Krevit bieten, um dir so viele Geschäftspartner wie möglich zugeneigt zu halten.«

Kizzra lachte trocken. »Dafür, dass du mich für einen ausgemachten Dummkopf hältst, bist du wirklich schwer von Begriff. Ich will nicht Inz-Kur werden. Ich bin nicht gut darin, nicht wie mit dem Schwert. Wenn ich Zikon zu einem Kampf eins gegen eins herausfordern könnte, dann würde ich es mit Freude tun. Aber ich bezweifle, dass er darauf eingeht. Du verfluchst die Ordnung des Staubs. Ich tue dasselbe. Sollte ich Inz-Kur oder Oberster Inz-Kur werden, dann würde ich das Amt nur zu gerne an den nächstbesten abtreten, der sich der Politik, den Ansprachen, der Wirtschaft und dem von Inz verdammten Staub annehmen möchte.«

*Warum sagt er das?*, fragte Riya sich und sah ihm in die Augen. Sein Gesicht war gewaschen, aber gewiss mitgenommen. Dunkle Ringe unter den heterochromen Augen zeugten von Müdigkeit. Doch er sah nicht unaufrichtig aus. Das hatte er noch nie. Schnöselig, aufgeregt und ein wenig naiv vielleicht, aber nicht unaufrichtig.

Sie seufzte. Bei allen Zweifeln, die sie hinsichtlich der Absichten von Menschen hegte, hätte Kizzra sie und die Moorarbeiter letztendlich doch stehen lassen können. Dass er sie als Profitchance betrachtete, schien jedenfalls sehr unwahrscheinlich. Und wenn er sich als ungeeignet für die Stellung des Inz-Kur betrachtete, dann besaß er doch sogar eine gewisse Weisheit, die man von jemandem in seinem Alter nicht erwartete.

*Meine Güte, er redet ein wenig wie ein junger, ungestümer Mik-Ter*, stellte sie erschrocken fest. *Ich habe ihn wohl tatsächlich unterschätzt. Vielleicht ist er eine*

*Anomalie in der Ordnung. Vielleicht sogar genau die Anomalie, die es braucht.*
»Entweder du lügst ziemlich überzeugend, oder du bist wirklich kein typischer Vokanv.«
Kizzra seufzte und Riya wusste nicht, ob es genervt oder erleichtert klang.
»Und du? Buchmacherin? Moorarbeiterin? Ich weiß nicht einmal, wofür du untypisch bist. Nur dass du eine spitze Zunge hast, da bin ich mir ziemlich sicher.«
*Spitz ...*
Riya wendete sich ab und sah in die Richtung, in der sie Keten-Zvir vermutete. Sie wischte sich das Gesicht ab, um zu verbergen, dass ihr die Züge entglitten. Es war ihre Priorität, den Moorarbeitern zu helfen, so wie allen, die von der Ordnung in ähnlicher Weise geschändet wurden. Aber als sie ihren früheren Spitznamen hörte, wurde ihr auch etwas Weiteres bewusst: Sie wollte Zikon noch immer umbringen.
»Ich will mit dir fahren«, sagte sie, »und meinen Beitrag leisten, damit kein Moorarbeiter hierher zurückkommen muss. Das schulde ich ihnen. Aber wenn das alles erledigt ist, möchte ich, dass du mich wieder nach Keten-Zvir bringst, Kizzra. Ich habe dort Rechnungen zu begleichen.«
»Ich verstehe. Das können wir tun. Und wenn es darum geht, den Verantwortlichen dafür« – Kizzra deutete auf die schwindende Rauchsäule in der Ferne – »zu Fall zu bringen, dann vielleicht sogar noch mehr.«
»Dann lass uns keine Zeit verlieren. Sieh, Sella hat bereits die Verwundeten gesammelt.« Riya ging zu einer Gruppe Moorarbeiter, unter denen auch ein paar Halblebende waren. Gleich zwei von ihnen versorgte Sella mit einem nassen Lappen, so wie sie es einst bei Riya getan hatte, als Lizten sie im Moor verprügelt hatte, weil sie aufbegehrt hatte. Kizzra folgte ihr und bog dann Richtung Strand ab, um mit Lendon die Abfahrt vorzubereiten.

Was hatte Mik-Ter noch gleich gesagt? *Die Ordnung des Staubs ist keine natürliche Sache. Sie wurde von Menschen errichtet.*

Als Kizzra schon fast außer Hörweite war, drehte Riya sich noch einmal um und rief ihm zu: »Du sagtest, die Ordnung sei etwas Göttliches. Nun, für mich ist es demnach an der Zeit, Götter und Gläubige herauszufordern.«

# Vokvaram III

Winter 361 JdS

Zik erwachte mit dem ersten Blasen des großen Horns und war sofort fokussiert. Heute war *der* Tag.

Er strich sich die langen Haare aus dem Gesicht, streifte sein Nachthemd ab, legte sein olivfarbenes Hemd und seine graue Hose an, die ordentlich, aber nicht penibel gefaltet auf dem Hocker neben seinem Bett lagen. Noch bevor Ken-Rav mit dem Gähnen und Kaj-Livra mit dem Räkeln fertig waren, war er bereits in die Schuhe gestiegen und auf dem Weg in den Waschraum.

Er vollführte seine Morgenroutine haargenau so wie jeden Tag, denn er hatte gelernt, dass die Regelmäßigkeit einen bei so gut wie allem effizienter werden ließ. Je weniger er über die einzelnen Bewegungen nachdenken musste, desto besser konnte er sich auf die vor ihm liegende Aufgabe konzentrieren. Zunächst schrubbte er den Mundraum, dann das Gesicht und als Letztes entwirrte er die Haare mit seinem Kamm, den er bereits verwendete, seit er dreizehn Jahre alt war. Während er das tat, ging er sechzehn der zweihundertdreiundsechzig Antworten durch, die er sich über Wochen zurechtgelegt hatte, sowie einige der Rechenformeln, von denen er glaubte, dass die Wahrscheinlichkeit für ihre Anwendung heute besonders groß war.

Wortlos passierte er die anderen, als sie den Waschraum betraten und ging noch einmal zu seinem Bett. Als er sicher war, dass niemand zusah, griff er unter die Matratze und holte das grüne Halstuch mit dem Staubkristall hervor. Heute war ein Meilenstein auf seinem Weg zum Inz-Kur, deshalb wollte er es bei sich haben. Für einen Moment verharrte er und sah in die Tiefe des blassroten Staubkristalls. Er konnte wolkenartige Strukturen ausmachen, die durch das wabernde Licht in Bewegung zu sein schienen. Doch nicht seine Schönheit oder sein gewaltiges

Zerstörungspotenzial machten den Staub für Zik so besonders, sondern das, was er repräsentierte: Erfolg und Autorität.

Zik steckte das Tuch in die Hosentasche und heftete das Schild mit der Nummer dreiundvierzig, das man ihm gestern ausgehändigt hatte, an den Kragen. Dann verließ er den Schlafraum.

Wie immer war er einer der Ersten in den ewig hellen Korridoren von Vokvaram. Beim Vorbeigehen betrachtete er die gepflegten Gärten mit den Wasserspeiern und fein säuberlich beschnittenen Hecken, die symmetrisch angelegten Innenhöfe, die breiten Eingänge zu Speisesälen und dem Tempel. Dabei war er nicht rührselig, sondern erleichtert, dass dieses Kapitel, in dem er hier gefangen und in seinem Potenzial beschränkt war, bald beendet wäre. Nicht mehr lange und die Welt und all ihre Gelegenheiten – die Geschäfte, die Kämpfe, die Bündnisse und Konflikte, die Treffen in Banken und Hinterzimmern, in Gasthäusern und vielleicht sogar am Sitz der Inz-Kur beim großen Inz-Juvenk – stünden ihm offen.

*Im Regelfall geht das Wachstum einer Stadt auf wenigstens einen der folgenden Umstände zurück*, rief er sich eine seiner vorbereiteten Antworten ins Gedächtnis, als er eine Gruppe nervös tuschelnder Mitschüler passierte und ihre ehrfürchtigen Blicke ignorierte. *Eine militärisch vorteilhafte Position, einen Zugang zu besonderen Ressourcen, oder die spezielle geografische Beziehung zu Städten mit den beiden erstgenannten Kriterien, etwa in Form eines warenumschlagenden Hafens. Die Faustregel lässt sich in ähnlicher Form auf den Erfolg einer geschäftlichen Unternehmung übertragen.*

Als Nächstes rief er sich die Rechenregeln für bedingte Wahrscheinlichkeiten sowie ihre übliche, spinnennetzartige Darstellung vor das innere Auge. Dabei passierte er den Garten, in dem sich die Statue von Edruv befand, und verweilte einen Augenblick am Zugang. Die Statue war verwittert oder ziemlich verdreckt. Er konnte es durch ein Loch in der Hecke erkennen, die zu dieser Jahreszeit nur wenige Blätter trug. Die ausgestreckte Hand, in der sonst Saatkörner und Vogelfutter lagen, war leer, ein paar verwelkte Blätter ausgenommen.

Hier hatte Zik häufig mit Riya Fallstein gespielt, als sie jünger gewesen waren. Bis auf wenige Male hatte er den Sieg davongetragen, aber das war nicht der einzige Grund dafür, dass er sich gern daran erinnerte – und das tat er in diesem Kindergefängnis wirklich nicht bei vielem.

*Warum haben wir in den letzten Jahren so selten eine Partie gespielt?*, fragte er sich. *Sind wir einfach aus dem Alter entwachsen?*

*Lenk dich nicht ab. Für sentimentale Gedanken hast du keine Zeit, besonders nicht heute*. Kurz hatte er den Impuls, sich selbst zu bestrafen. Er kochte innerlich, aber das durfte er nicht.

Es hatte ihn viel Arbeit und Disziplin gekostet, zu jeder Zeit die Selbstbeherrschung zu wahren und nicht emotional auszubrechen, wie es ihm als Kind oft unterlaufen war. Es gelang ihm auch diesmal, sich nach außen hin gelassen zu geben, und nach einer Weile konnte er die Erinnerungen ganz von sich schieben, um weiter seine Antworten durchzugehen.

Weil es aus einem ihm unerfindlichen Grund so häufig perfide in der Welt zuging, wurde sein Fokus erneut unterbrochen, als er bei der Wasserkammer angelangte. Riya war bereits dort und saß auf einem der Hocker, die man für die wartenden Prüflinge aufgestellt hatte.

»Nummer zweiundvierzig? Ah ja, bitte dorthin setzen«, sagte der Aufpasser bei der Tür.

Riya trug die Nummer vierzig auf der Brust, was Zik allerdings nur peripher wahrnahm. Auffälliger war, dass sie die Hand des Jungen mit der Nummer einundvierzig so fest hielt, als stürze sie von den Klippen Keten-Zvirs, wenn sie losließe.

*Sie haben miteinander geschlafen*, dachte Zik und war erstaunt, wie sicher er bei dieser Einschätzung war. Es stieß ihm nicht unbedingt sauer auf, das war einfach nur eine unangenehme Feststellung.

Zik entschied sich dagegen, etwas zu sagen, und setzte sich nur auf den Hocker an der gegenüberliegenden Wand. Er lehnte den Kopf an die kalte Wand und vertiefte sich in seine Gedanken.

*Bei der Investition von Staub oder Silber gilt es, stets das Zusammenspiel von Risiko und Rendite zu beachten. Die Risikobereitschaft obliegt der persönlichen Präferenz des Investors.*

Verstohlen öffnete Zik die Augen. Riya klammerte sich nun an den Oberarm ihres Liebhabers – sein Name war Rus-Javil und er war die fleischgewordene Durchschnittlichkeit –, während die Nummer neununddreißig gerade in die Wasserkammer gerufen wurde. Zik erhaschte einen Blick durch die große Tür. Dahinter schien es stockfinster zu sein.

*Der Oberste Inz-Kur darf nach Belieben Steuern auf den Handel im gesamten Imperium erheben. Jedoch ist es geboten, diese nur dann über fünf Prozent zu erhöhen, wenn eine finanzielle Notlage und ein konkreter Zweck bestehen, da der Oberste Inz-Kur per göttlicher Definition die vermögendste Person aller Inseln darstellt.*

Noch einmal sah er zu Riya auf. Sie trug ihre Haare wieder einmal in einer merkwürdigen Steckfrisur, von der Zik glaubte, dass es viel zu lange dauern musste, sie herzustellen. Er hielt es für Zeit ... verdammt! Sie hatte seinen Blick bemerkt und erwiderte ihn mit ihren fast saphirartigen Augen.

Zik zwang sich dazu, nicht wegzusehen, denn das wäre wie eine Niederlage gewesen. Riya sah selbstsicher aus, aber da war auch eine Verletzlichkeit, wie bei einem verängstigten Welurn, der aber gelernt hatte, alleine zu überleben. Eine ganze Zeit starrten sie einander an, bis seine

Freundin – wenn sie denn noch Freunde waren – zu lächeln begann und auf den frisch polierten Boden blickte.

*Gewonnen*, dachte er und verspürte einen kleinen Triumph. Dann fiel ihm auf, wie kindisch es war, sich vor der Prüfung mit solchen Spielchen abzulenken. Was ging nur mit ihm vor? Er sollte voll fokussiert sein. Er hatte jahrelang Fleiß investiert, während die anderen sich vergnügt hatten. Auf gar keinen Fall sollte er kurz vor dem Ziel die Konzentration verlieren und womöglich noch vor den Kivk stottern wie ein zukünftiger Varin.

»Nummer vierzig«, sagte ein ganz in weiß gekleideter Aufpasser, der Zik noch gar nicht richtig aufgefallen war. Gleichzeitig schwang die Tür auf und eine völlig verstörte Nummer neununddreißig trottete hinaus. Das Mädchen war kreidebleich, ihre Lippen bebten, doch der Rest ihres Gesichts war völlig starr, als sie die Wartenden passierte und – wie es auf Zik wirkte – ziellos durch den Korridor und in den abgesperrten Garten ging, wo sich die anderen Prüflinge teils ausgelassen und teils als nervliche Wracks aufhielten. Zik glaubte sich zu erinnern, dass sie Notarin werden wollte. Doch ohne den Status einer Vokanv war es unwahrscheinlich und mit einem durchschnittlichen Ergebnis in der Prüfung unmöglich, denn die Notargilden nahmen nur einzelne, hoch befähigte Kandidaten aus Wohlwollen oder vielleicht auch nur für den Schein aus den Kivkhäusern auf.

Riya schluckte so laut, dass Zik es hören konnte und stand dann auf. Bevor sie durch die Tür, die der Aufpasser ihr offenhielt, in die Dunkelheit ging, sah sie noch einmal zurück – nicht zu ihrem Liebhaber, sondern zu Zik.

Er reagierte mit einem Nicken, das ihm wie eine ermutigende Geste erschien. Sie deutete ein Verdrehen der Augen an, grinste galgenhumorig und verschwand in der Wasserkammer.

Plötzlich fühlte Zik sich doch ein wenig nervös. Sein Bein wippte beim Durchgehen seiner Formeln auf dem Boden, und zwar genau so lange, bis sich die Tür einige Minuten später wieder öffnete und Riya heraustrat. Dann war er wieder fokussiert.

Er betrachtete Riya, während Rus-Javil an ihr vorbei zur Wasserkammer ging, und versuchte, ihre Empfindungen zu deuten. War ihr ein gutes Ergebnis gelungen? Sie war eine der wenigen, die sich neben Zik Chancen auf den besten Abschluss und damit auf den Namen Ziv ausrechnen konnte, somit wäre es gut für ihn, wenn es nicht außergewöhnlich gut gelaufen war. Gleichzeitig wollte er aber auch nicht, dass sie versagte, schließlich war sie intelligent und lange seine beste Freundin gewesen.

Zunächst sah sie blass aus, wie jemand, dem man gerade auf unangenehme Weise zu nahe getreten war. Sie rieb sich die Augen, schüttelte den Kopf und strich sich eine Haarsträhne hinter das Ohr. Ihre Unterlippe war definitiv zerkaut – ob aus Nervosität, oder von ihrem Liebhaber konnte er nicht sagen. Doch sie rührte sich und bildete nach und nach ein immer breiteres Grinsen.

»Wie viele Punkte?«, fragte Zik reflexartig.

»Pschhhht«, zischte der Türsteher und funkelte ihn an. Das Sprechen mit den Prüflingen, die bereits ihre Fragen gestellt bekommen hatten, war verboten.

Riya verdrehte die Augen, behielt ihr Grinsen aber bei, was einen seltsamen Gesichtsausdruck ergab. Sie zuckte die Schultern und passierte ihn. Trug sie Parfum?

*Sie ist wirklich eine attraktive Frau geworden,* dachte Zik. Nicht, dass er sich davon beeindrucken ließe, aber es war nicht zu leugnen. Ihre Gesichtszüge waren klarer geworden. Ihre gewachsenen Brüste und Hüften waren wie die Fortsetzung ihrer straff gewölbten Wangenknochen am Körper. Sie sah ganz und gar danach aus, als könnte sie für eines der großen Schneidergeschäfte Modell stehen und es gleichzeitig führen.

»Spitz …«, sagte er und bemerkte, dass er diesen Namen schon lange nicht mehr gebraucht hatte. Er war sich nicht sicher, warum er trotz der Umstände das dringende Bedürfnis hatte, die Beziehung, die sie einst gehabt hatten, zu erneuern.

»*Kein Wort mehr!*«, rief der Türsteher scharf und lief rot an.

Zik und Riya machten gleichzeitig eine entschuldigende Geste und gingen auseinander. Sie wollten beide keinen nachträglichen Punktabzug riskieren.

»Eine Menge«, wähnte Zik noch zu hören, als sie in den abgesperrten Bereich verschwand, wo Nummer vierunddreißig oder fünfunddreißig bis neununddreißig warteten.

»Was?«, rief er hinterher.

»Punkte.«

Als nach etwa einer halben Stunde Nummer einundvierzig zum Vorschein kam – sein weder unzufriedener noch besonders glücklicher Eindruck deutete auf eine mittelmäßige Punktzahl hin, die ins Verhältnis zum durchschnittlichen Prüfling gesetzt den Rang Vik ergeben könnte – war Zik wieder voll fokussiert. Wenn Riya eine hohe Punktzahl erreicht hatte, dann musste er eben eine noch höhere erreichen. Es würde kein Problem darstellen, schließlich hatte er sich intensiver vorbereitet als alle anderen Prüflinge.

»Nummer zweiundvierzig.«

Die Doppeltür zur dunklen Wasserkammer stand nur einen Spalt offen, sodass er sich hindurchquetschen musste. Sobald er im Inneren war, sah er kaum etwas. Die eigentlich weißen Steine an der hohen, gewölbten Decke wirkten dunkelgrau und spiegelten schwächlich die bunten Farben der Wasserpflanzen wider – Blau- und Violetttöne mit ein wenig Grün und ein wenig Rot dazwischen. Die Dunkelheit verlieh dem leisen Plätschern des Wassers in dem großen Becken eine unheimliche Präsenz.

Ein Grollen von unfassbarem Bass ging von einer hohen Struktur über dem Becken aus. Zik erstarrte, als sich seine Augen langsam an das mangelnde Licht gewöhnten und die Struktur zwischen einem traubenartigen Violett und einem Ozeanblau schimmern sahen.

*Vysn*, war der einzige Gedanke, zu dem Zik gerade in der Lage war.

Ein Aufpasser, den Zik nicht sehen konnte, wies ihn darauf hin, dass er sich vor Vysn auf die Plattform stellen sollte. Er legte den langen Weg über den weißen Steg zurück, bis er sich auf der Plattform in der Mitte des Wasserbeckens befand, an dessen Rand, gerade einmal zwei Armlängen von ihm entfernt, Vysn auf seinen kurzen Beinen wie eine spröde und mit Auswüchsen übersäte Säule thronte.

Zik schluckte, doch er hatte keine Angst. Der Weg über den Steg hatte ihn wieder klare Gedanken fassen lassen. Er war konzentriert.

Der Uryghoy des Kivkhauses grollte ein zweites, längeres Mal, woraufhin sich eine Zik wohl vertraute Stimme zu Wort meldete.

»Zikon Vokvaram«, sagte Jarestev mit feierlicher Strenge.

*Woher spricht er?*, fragte Zik sich. Weder konnte er seinen Kivk sehen, noch konnte er seinen Aufenthaltsort akustisch bestimmen, da der Hall in der hohen Kammer dies nicht zuließ.

Über und um ihn klang die Stimme weiter: »Im ersten Jahr verliehen dir deine Kivk für deine Leistungen dreißig von dreißig möglichen Punkten. Im zweiten Jahr verliehen dir deine Kivk für deine Leistungen neunundzwanzig von dreißig möglichen Punkten. Im dritten Jahr …«

Jarestev verfiel in eine Monotonie, während er jedes Unterrichtsjahr durchging, das Zik in Vokvaram verbracht hatte.

Erst jetzt bemerkte Zik, dass alle achtzehn Kivk von Vokvaram sich an der halbkreisartigen Rückwand der Wasserkammer aufhielten. Sie waren im Schatten verborgen, weshalb man sie nur erkannte, wenn man wusste, dass sie dort waren. Einer neben dem anderen saßen sie in Hochsitzen und schauten auf Vysn und ihn herab. Er strengte die Augen an und erkannte seine drei Kivk: Jarestev, Riz-Mila und Leira-Siya. Sie saßen mittig und direkt nebeneinander.

»Im sechsten Jahr verliehen dir deine Kivk für deine Leistungen achtundzwanzig von dreißig möglichen Punkten. Im siebten Jahr« – kurz erhob sich Jarestevs Stimme – »verliehen dir deine Kivk zwanzig von dreißig möglichen Punkten.«

Zik knirschte mit den Zähnen. Verdammungswürdige zwanzig Punkte! Es hatte nicht an seinen Leistungen gelegen, sondern daran, dass man ihn erwischt hatte, wie er mit Riya auf die Dächer geklettert war. Was hatte es nur für eine Schelte von Jarestev gegeben. Und dazu zehn Punkte Strafe.

Im Anschluss hatte er sich gezügelt, Riyas wilden Plänen Gehör zu schenken, auch wenn es ein denkwürdiger Tag in vielerlei Hinsicht gewesen war. Sie hatten sich versprochen, gemeinsam zum Inz-Kur von Jukrevink aufzusteigen ... mindestens. Eine kindische Idee, schließlich konnte realistischerweise nur einer von ihnen Inz-Kur werden. Und doch ... wenn er sich vorstellte, dass Riya und er an einem Strang zögen, um genügend Staub zu verdienen, damit sie jeden einzelnen Vokanv in Keten-Zvir übertrumpfen konnten und im Anschluss sogar solche, die in Schlössern bei Keten-Zand lebten ...

»Im zwölften Jahr verliehen dir deine Kivk für deine Leistungen dreißig von dreißig möglichen Punkten.«

Als Jarestev zu sprechen aufhörte, ließ Vysn ein weiteres kurzes Grollen vernehmen, das Zik den Magen vibrieren ließ. Er fragte sich, ob der Uryghoy nur als Zeuge der Prüfung anwesend war, denn es schien kein Sprecher zum Übersetzen anwesend zu sein.

»Achtzehn Kivk, achtzehn Fragen, die dir im Durchschnitt zwanzig Punkte gewähren sollen, wenn du sie richtig beantwortest. Bist du bereit, die Prüfung abzulegen, um deinen vollständigen Namen sowie deinen Platz in der Gesellschaft zu erwerben?«

»Ich bin bereit für die Fragen«, sprach Zik laut und deutlich. Er würde sich keine Unsicherheit gestatten und falls er doch zweifeln sollte, würde er sich das auf gar keinen Fall anmerken lassen.

»Dann nenne die zwei Grundprinzipien der Buchführung, die ein Schulden tragendes Geschäft erbringen muss, sowie ihren Adressaten.« Das hatte einer der Kivk am linken Ende der Stuhlreihe gesagt. Ein alter Mann, der seine Worte dafür aber wie von der Bogensehne schoss.

»Der Adressat ist stets die zuständige Notargilde sowie bei einem Schuldenstand von wenigstens zehn Laden Staub die Meldestelle des Inz-Kurs der jeweiligen Insel«, gab Zik in gleicher Manier zurück. »Die Grundprinzipien bestehen in der sachgemäßen Berechnung und in der Chancen betonenden Beurteilung.«

*Das war einfach*, dachte Zik, doch bevor er den Gedanken ganz vollendet hatte, folgte bereits die nächste Frage, diesmal von einer deutlichen jüngeren Frau auf der rechten Seite.

»In welchem Jahr fand der große Schuss statt und welche Schlüsse können wir noch heute aus diesem Ereignis ziehen?«

»Im Jahre Null. Er begründete die Zeitrechnung des Staubs.«

Zik wollte beinahe die Augen verdrehen bei einer solch einfachen Frage. »Einerseits ist der große Schuss als die Geburtsstunde der Ordnung des Staubs zu betrachten. Andererseits kann ihm jedoch auch eine symbolische Bedeutung beigemessen werden. Das Auslöschen einer ganzen Armee verdeutlicht für viele die göttliche Kraft von Inz und die Legitimation seiner Ordnung.«

Die Frau nickte zufrieden. Zik sah sich um und war auf die nächste messerscharfe Frage gefasst, doch es entstand erst einmal eine Pause. Auch die Kivk schienen verwundert zu sein. Ihre Köpfe drehten sich nach und nach erwartungsvoll in die Richtung des äußeren rechten Platzes, wo ein seltsamer und etwas dicklicher Kauz saß. Es handelte sich um Mik-Ter Vik-Vokvaram, der einer von Riyas Kivk war, und er wollte mit seiner undiszipliniert legeren Haltung nicht so recht zu den anderen Kivk oder gar dem Anlass passen.

»Ich, ähm ... ich möchte an diese Frage anschließen, Zikon«, sagte er schließlich in einer Langsamkeit, die Zik nervös machte. »Du sprachst von der Bedeutung, die Inz göttliche Kraft für *viele* hat. Nun würde ich gerne erfahren, was du darüber denkst, und zwar in argumentativer Manier. Die alten Götter der Natur werden vornehmlich regional oder in ausgewählten Orden verehrt. Inz ist unter den alten Göttern der einzige, dem im ganzen Imperium Rituale und Lieder gewidmet werden. Wie kann dieser Umstand zu erklären sein?«

Jemand seufzte und es war sogar in der Dunkelheit zu erkennen, dass Jerestev einen verächtlichen Blick in Mik-Ters Richtung sandte. Auch Zik war nicht sicher, was er mit dieser Frage bezwecken wollte. Er hatte sie nicht vorbereitet. Warum auch? Er hatte nicht gedacht, dass er hier nach seiner Meinung gefragt werden würde, schon gar nicht zu einem solchen Thema. Wie sollte man für eine persönliche Einschätzung überhaupt Punkte vergeben?

Ob Mik-Ter ihn in eine Falle locken wollte, oder ihn zumindest dazu verleiten, etwas Kontroverses über die alten Götter zu sagen, die Ziks Meinung nach noch viel eher in Vergessenheit gehörten als die Yaque und die Yqua?

Er räusperte sich, um Zeit zu gewinnen, und sah sich um. Der Uryghoy war noch immer kurz vor seiner Nase. Seine korallenähnlichen Auswüchse vibrierten intensiver, je länger Zik sich mit seiner Antwort Zeit ließ.

Nicht unruhig, aber zielstrebig wanderte Ziks Hand in die Hosentasche und fand dort die weiche Textur des

Halstuches und den leicht prickelnden Widerstand des großen Staubkristalls. Nachdem er das Tuch eine Weile betastet hatte, war er in der Lage, über eine Antwort nachzudenken, weil er den Gewinn für seinen Einsatz wieder klar vor Augen sah.

»Nun, Inz ist der neueste der alten Götter, vielleicht auch der geheimnisvollste. Außerdem spielt sein Staub, von dem die Priester sagen, es stecke seine Seele darin, jeden Tag für jeden Menschen eine präsente Rolle. Das Eisenerz etwa – es ist nur den Bergleuten geläufiger. Der Ozean nur den Seefahrern. Der Staub hingegen hält unser aller Leben im Gange und wir alle begehren ihn mehr oder weniger. Es ist daher nicht verwunderlich, dass man ihm huldigt und sich um seinetwillen aufopfert. Ja ... Es ist sogar essenziell für das Bestehen der Zivilisation, schließlich ist es das Streben nach dem Staub, das die Menschen zu Produktivität und Kreativität bewegt. Sogar für die Vermögenden ist dies als Ansporn wichtig, möglicherweise noch wichtiger als für einfache Leute, da sie Lohn, Stätten und Materialien zur Herstellung von Waren und auch von anderen Leistungen bereitstellen müssen. Aus meiner Perspektive ist das Verehren von Inz in der gesamten Gesellschaft also gleichermaßen Resultat und Bedingung der Ordnung.«

Mik-Ter sah ihn nachdenklich an. Zunächst war Zik nicht sicher, ob er noch einmal nachhaken würde. Doch dann lehnte der Kivk sich noch tiefer in seinen Stuhl zurück und nickte.

Jarestev legte seine Verärgerung ab und deutete der nächsten Kivk mit einer Handbewegung an, dass sie sich mit ihrer Frage beeilen sollte.

Die nächsten fünfzehn Fragen verliefen mehr oder weniger so, wie Zik erwartet hatte. Hier einen wirtschaftlichen oder gesellschaftlichen Zusammenhang erklären, dort eine oder zwei Rechenformeln anwenden, manchmal auch mit beigefügter Begründung. Selten musste er länger als ein paar Sekunden überlegen, um eine zutreffende Antwort in überzeugender Weise vortragen zu können. Gegen Ende der Prozedur war er in einen regelrechten Rausch verfallen, sodass er gar nicht mehr mitgezählt hatte, als die letzte Frage beantwortet war und die Prüfung für abgeschlossen erklärt wurde. Man versicherte ihm, dass er das Ergebnis mitgeteilt bekäme, sobald alle Prüflinge an der Reihe gewesen waren und man somit den Rang jedes Einzelnen bestimmt hatte. Jarestevs zufriedenes Lächeln war für ihn ausreichend, um sicher zu sein, dass er nicht weniger als den Namen Ziv erhalten würde.

Erst das helle Licht der Korridore von Vokvaram holte ihn wieder in das Hier und Jetzt zurück. Ihm wurde bewusst, wie dunkel es in der Wasserkammer gewesen war und er rieb sich die Augen, die mit dem Licht überfordert waren. Sie gewöhnten sich jedoch schnell daran, genau wie seine Gedanken sich an die wirklichere Umgebung gewöhnten.

Prüfling dreiundvierzig kam ihm entgegen, während zwei weitere auf Hockern saßen. Sie alle schwitzten, die Panik stand ihnen in die unsicheren Gesichter geschrieben. Allein an ihrem mangelnden Selbstbewusstsein konnte Zik erkennen, dass sie seine Punktzahl – welche auch immer es nun geworden sein mochte – nicht erreichen konnten.

Er beachtete sie nicht weiter und ging stattdessen auf den abgesperrten Innenhof zu, wo sich Riya und die anderen aufhielten. Riya lachte gerade über etwas, das Nummer einundvierzig gesagt hatte. Sie lachte mit dem ganzen Körper, schüttelte ihre Haare und Arme. Auch Zik fühlte sich langsam ausgelassener.

Vielleicht würde er sich zur Abwechslung einmal in die Gruppe begeben. Es könnte interessant sein, die Erfahrungen der anderen anzuhören.

Jemand hielt ihn energisch am Ärmel zurück, als er in den Hof treten wollte. Ein Aufpasser wie jener, der am

Eingang zur Wasserkammer gewartet hatte, allerdings nicht derselbe.

»Es ist jemand für dich hier, Zikon. Ein sehr wichtiger Mann.«

Zik berührte das Halstuch in seiner Tasche. Nein, so ein Unsinn! Nomen-Virt war vor Jahren verstorben. Schon für diese kindische Hoffnung hätte man ihm Punkte abziehen sollen.

Argwöhnisch folgte er dem Aufpasser durch den langen Korridor um eine Ecke und in einen kleinen Raum, dessen Eingang sich so unauffällig in die weiße Wand fügte, dass Zik sich fragte, ob normalerweise ein Vorhang davor aufgehängt war. Der Aufpasser drehte den Kopf zum Raum und sah ihn auffordernd an.

Zik trat ein. Es handelte sich um eine nur durch den Türrahmen beleuchtete Abstellkammer, wo allerhand Arbeitsgerät gelagert war – Schaufeln, Haken, Heckenscheren. Dazu lehnten in einer Ecke Holzlatten und etwas, das wie ein Fensterrahmen mit zerbrochener Glasscheibe aussah. Es roch streng nach Farbe oder etwas Ähnlichem sowie nach etwas Süßlichem, das nicht hierher gehörte. Letzterer Duft ging von einem alten, aber schlanken und aufrecht stehenden Mann aus. Es war eine Mixtur aus Parfum und dem Dampf, der in eben diesem Augenblick aus seiner Pfeife strömte, von der er genüsslich schmatzend absetzte.

»Zikon?«, fragte der Fremde mit kratziger Stimme.

Der Angesprochene nickte langsam. Für gewöhnlich war es sogar unter den Kivk nicht gern gesehen, wenn man in Vokvaram Pfeife rauchte, doch für diesen in eine silberne Weste gekleideten Mann schien es selbstverständlich zu sein.

»Ich beglückwünsche dich zu deinem vorläufigen Prüfungsergebnis.«

Der Mann zog noch einmal an seiner Pfeife, bevor er weitersprach. Zik sah ihn fragend an.

»Du fragst dich wahrscheinlich, wer ich bin. Mein Name lautet Kalavreyus Ziv-Ponkayin. Ich bin Buchmacher und habe dir aus dem Schatten bei deiner Prüfung zugesehen.«

Tausend Gedanken drängten sich von einem Augenblick auf den nächsten in seinen Geist. Vor ihm stand der erfolgreichste Buchmacher von ganz Jukrevink. Sein Ruf eilte ihm voraus; er galt als Genie, als exzentrischer wie effektiver Geschäftsmann. Gewiss hatte er ein Vermögen, das nicht weit davon entfernt war, ihn eines Tages zum Inz-Kur der Insel zu machen. Dass er Zik bei der Prüfung beobachtet hatte, musste einen Grund haben. Je länger er darüber nachdachte, desto mehr traute er der leisen Hoffnung, die in ihm aufkeimte, bis er schließlich ganz davon überzeugt war, da die Logik keine Alternativen bot.

Noch einmal berührte er das Halstuch seines Erzeugers. Die Dinge fügten sich. Zik würde bald die Früchte seiner harten Arbeit ernten. Dann würde er noch härter arbeiten, und dann irgendwann …

Irgendwann …

»Ich nehme an, dass ich weiß, warum du mich sprechen möchtest«, sagte Zik und wunderte sich beinahe selbst, wie gelassen er sprach. Der Buchmacher hob eine Augenbraue, ließ ihn aber weitersprechen. »Wenn meine Vermutung korrekt ist, willst du mir ein Angebot machen. Ich werde der beste Absolvent von Vokvaram sein und du suchst einen Lehrling.«

Zik atmete ruhig und dachte einen Augenblick nach. Es war wichtig, in solchen Augenblicken rationale Entscheidungen zu treffen. Es ging darum, die besten Bedingungen für Erfolg zu schaffen. Das Buchmachergeschäft war neben dem Herstellen von Ausrüstung und dem Reedereibetrieb eines der lukrativsten Geschäfte, zu denen man hier in Keten-Zvir nach dem Kivkhaus Zugang hatte, doch es war auch anspruchsvoll und schon per Definition mit Risiko verbunden. Man benötigte den richtigen Riecher und musste überzeugend auf die Leute wirken. Vielleicht war es sogar von Vorteil, wenn man sie um den Finger wickeln konnte, mit Worten und mit dem Klimpern blauer Augen.

*Gemeinsam zum Inz-Kur*, dachte Zik. Wenn man ehrlich war, dann war es ein sentimentales Hirngespinst gewesen. Doch warum nicht einen Teil des Weges zusammen gehen? Warum nicht die Freundschaft zu beidseitigem Vorteil aufleben lassen? Es wäre eine rationale Entscheidung, oder etwa nicht?

»Ich nehme an. Allerdings nur unter einer Bedingung.«
»Und die wäre?«, fragte der Buchmacher stirnrunzelnd.
»Dass ich einen weiteren Lehrling vorschlagen darf.«

# Vierter Teil: Menschen

Sommer 373 JdS bis Sommer 374 JdS

## 30

Als Riyas Passage im Hafen von Keten-Zvir festmachte, erhob sich soeben die Sonne über die Stadt im Felsen. Ihre Ankunft fiel mit den Spielen des Inz-Juvenk im dreihundertdreiundsiebzigsten Jahr des Staubs zusammen. Vom Bug aus konnte sie bereits erkennen, dass die letzte Nacht eine voller Rausch, Völlerei und Sex gewesen war. Einige bunte Wimpel schwammen an der Wasseroberfläche, dazu lagen auf den Stegen hier und dort Alkoholleichen, die entweder völlig regungslos schliefen, oder den Kopf schlaff über das Wasser hängen ließen, um sich gewaltsam zu übergeben.

»Welch Exzess«, stellte Amin fest, der neben ihr an der Reling von Kizzras Handelsschiff stand. »Welch Exzess aus Ignoranz oder Unwissen. Und ich wollte vor Jahren dort auftreten, diese Bühne der Bühnen nutzen, dieses wohlwollendste aller Auditorien.«

»Zumindest hättest du den Leuten etwas Wahrhaftiges gegeben«, sagte Riya. Die Bitterkeit in ihrer Stimme überraschte sie, war sie nach dem Winter in Freiheit doch eigentlich optimistisch gestimmt gewesen.

Amin grunzte, sah aber nur auf seine weißgoldene Strickweste, anstatt weiter darauf einzugehen. Riya wusste, dass er – im Gegensatz zu Sella und Luysch – mit sich rang, ihr zu verzeihen. Ib-Zotas Tod traf ihn weiter schwer und obwohl er Riya und Kizzra bei ihrer Unternehmung ohne Ausnahme unterstützt hatte, glaubte sie, dass er hin und wieder noch einen Groll hegte, der wohl nie ganz verschwinden würde.

Wenig später streckte Luysch die knubbelige und von Seekrankheit blasse Nase aus der Kabine und rieb sich die Augen.

»Einen Augenblick«, sagte er, verschwand für eine kurze Zeit, und kam dann mit einem prall gefüllten Beutel voller Habseligkeiten wieder heraus, mit dem er schnurstracks über das Deck marschierte und die Füße auf den Landesteg setzte. Seinen Beutel schwang er bei dem Sprung in einem großen Bogen, sodass er beinahe eine Frau mit weiß gefärbten Haaren und Brüsten, die aus ihrem freizügigen Kleid heraushingen, erwischt hätte. Die Frau sah ihn wütend an, und wollte etwas sagen. Es gelang ihr nicht, weil ihr Körper stattdessen beschloss, seinen Mageninhalt vor Luyschs Füßen zu entleeren.

»Einen über den Durst getrunken?«, fragte er kichernd und wandte sich dann dem Hafen zu, wo bereits die demolierten Zelte und Podeste für den nächsten Abend instandgesetzt wurden. Die meisten davon waren um einen Monolithen angeordnet, den man vor Jahrhunderten hatte stehen lassen, während man die Felsen zu einer riesigen Treppe geschlagen hatte. Links und rechts der Treppe, die nach oben in die Stadt führte, waren reihenweise große Seilzüge befestigt, mit deren Hilfe schwere Fracht in die Handelslager auf dem oben liegenden Felsen transportiert werden konnte.

Riya machte einen Bogen um das Erbrochene, schließlich trug sie seit Langem mal wieder Stiefel, die nach mehr aussahen als einem Schlammfänger und sogar farblich zu ihrem bernsteinfarbenen Kapuzenmantel passten.

Zu dritt passierten sie den Festplatz am Hafen und stiegen die lange Treppe zur Stadt empor. In der Mitte und an den Flanken der Treppe befanden sich in langen Reihen Warenhäuschen und Verkaufsstände, vor denen die Leute schon jetzt zu Hunderten Schlange standen. Auf die Beobachtung, dass auf Jukrevink Olivtöne bei den Massen in Mode waren, reagierte Riya mit einer Mischung aus Belustigung und Bedauern.

Gleichzeitig drängte sich mit jeder weiteren Stufe eine Kakophonie aus Marktgeschrei in ihre Gehörgänge.

»Für nur fünfzig Silber färben wir euch die Haare!«
»Hüte und Schleifen zum halben Preis!«
»Staub verdienen und anonyme Passage!«
*»Hüte und Schleifen zum halben Preis!«*
»Winterkleider ...«
»Götterbilder ...«
»... für zweihundert!«
»... für fünfhundert!«
»Hüte und Schleifen zum halben Preis.«
Die drei Halblebenden beschleunigten ihre Schritte, um das Getöse schnell hinter sich zu lassen und gelangten bald zum oberen Plateau, in dessen Mitte sich ein großer Brunnen mit pumpbetriebenen Wasserspeiern befand. Riya erinnerte sich, dass sie früher nach seinem Wasser gelechzt hatte, wenn sie die Treppe erklommen hatte. Damals hatte sie nicht gewusst, wie sich Erschöpfung und Durst wirklich anfühlten.

Ein fremder Mann mit pomadigem, silberblondem Haar kam zielstrebig auf sie zugelaufen.

»Ihr da ...«

Riya wandte sich ab und wollte an ihm vorbeigehen.

»Ihr da!«

Sie hatte keine Zeit für ...

»Sprichst du mit uns?«

*Luysch ...* Riya seufzte.

»Ja, genau. Ihr drei findigen Geister, die wissen, was eine gute Investition ist und wie man Geheimnisse bewahrt. Lasst Jilvanne in eure Herzen, es ist euer Glückstag.«

Er griff nach Luyschs und Amins Arm und zog die beiden in den Schatten eines kleinen Sonnenschirms. Riya folgte, weil sie das Gefühl hatte, dass jemand mit Erfahrung in solchen Angelegenheiten seine Intentionen im Blick behalten sollte.

»Kennst du dich mit Wettkämpfen aus, lieber Herr?«

»Wettkämpfe? Investition?«, fragte Luysch und wirkte

dabei, als sagte er das Wort zum ersten Mal. »Unseren Staub investieren? Eigentlich haben wir ihn für etwas anderes ...«

»Papperlapapp«, unterbrach der andere und befeuchtete sich die Lippen mit Speichel. »Bei einer Investition vermehrt sich der Staub, du kannst ihn also danach noch immer ausgeben.«

Amin warf Riya einen belustigten Blick zu. Dass sie mit ihren Kleidern den Eindruck von Staub erweckten, war eine Sache, dass Luysch es bei der erstbesten Gelegenheit ausplauderte, eine ganz andere.

*Nun gut*, dachte sie, jetzt läuft das Gespräch, *warum also nicht zuhören und sich im schlechtesten Fall ein wenig amüsieren?*

»Ich weiß nicht ...«, stotterte ihr nach dem Gott der Bodentiere benannter Freund mit quäkender Stimme.

»Lass deinen Staub für dich arbeiten, mein Freund.«

»Ich habe viel Staub gesehen«, gluckste Riya. »Dass er einen Hammer schwingt, oder einen Graben aushebt, noch nie, aber die Vorstellung ist erheiternd.«

»Im *übertragenen* Sinne, selbstverständlich.« Der Fremde funkelte sie an.

»Tragen auch nicht.« Riya war in Scherzlaune.

»Mach dich nur lustig über meine Redensart. Aber mit der Einstellung kommst du nicht weit. Was dich hingegen weiter bringt, das ist die Information, die ich anzubieten habe.«

»Welche Art von Information?«, fragte Luysch. Riya konnte nicht sagen, ob sein Ton spöttisch oder verschwörerisch klang.

Jetzt war der Fremde in seinem Element. Er begann mit einem kurzen Schauspiel, das etliche Male eingeübt wirkte. Er ging zu dem Holzgestänge, das den Schirm hielt, sah nach links und rechts über die Schulter und sprach dann hinter vorgehaltener Hand: »Dass es bei den Spielen des Inz-Juvenk nicht mit rechten Dingen zugeht.

Die Gewinner stehen schon im Vorhinein fest. Die großen Buchmacher, allen voran Sprung & Glas und die Blauschild Buchmacher, haben schon entschieden, wer siegen soll.«

Riya schluckte. Diesmal war ein Vorwurf in Amins Blick zu erkennen.

»Dann sollte man sie verpfeifen«, sagte Luysch. »Mit Beweisen am besten.«

»Unsinn! Dafür sind sie viel zu mächtig. Die Obrigkeit würde doch nie auf einfache Kaufleute und Glücksritter wie dich und mich hören. Aber einen kleinen Teil vom Kuchen abschneiden, dazu sind wir in der Lage. Ich weiß, wie einer der Kämpfe ausgeht.«

Riya konnte ihre Neugier nicht zurückhalten. »Kämpft Festn in diesem Kampf? Festn Varin-Unitiv?«

Der Silberblonde blickte sie verwirrt an. »Der ist seit über zwei Jahren tot, meine Liebe.« Er lachte. »Ich weiß ja nicht, von welchem Splitter ihr stammt, aber sein Verschwinden war ein ziemliches Rätsel, das das halbe Imperium in Atem gehalten hat. Ihr habt wirkliches Glück, dass ihr auf mich getroffen seid, wenn ihr nicht einmal darüber in Kenntnis seid. Nun, wo war ich?«

»Die Kämpfe«, erinnerte Luysch.

»Ja ...« Zum wiederholten Male leckte er sich die Lippen. »Der Kampf, um genau zu sein.«

»Welcher ist es?«

»Das ... das ist eine Information, die ihren Wert hat. Ihren Wert und ihren Preis. Fünf schmale Kugeln verlange ich. Und nur vier beim nächsten Mal, da mache ich einen Freundschaftspreis.«

Riya lachte auf, was dem Scharlatan gar nicht zu gefallen schien. Er sah seine Felle wohl schon davonschwimmen, doch er hatte nichts zu verlieren, also machte er einfach weiter.

»Ich habe persönlichen Kontakt zu Zikon Ziv-Vokvaram. Der Name ist euch vielleicht neu, aber er zieht die Fäden bei Sprung & Glas und so ziemlich jedem anderen Geschäft dieser Stadt. Und Pivva, oh Pivva, wieder einmal ließ ich zur gleichen Zeit wie er meine Haare färben.«

»Ich habe von Zikon gehört«, murmelte Riya. Die Erwähnung des Namens war wie ein kurzer Blitz, wie ein Energiestoß des Staubs, der ihre Brust peitschte. Sie wurde wütender, als sie sich eingestehen wollte. Allein dadurch, dass dieser Mann ihren früheren Freund offensichtlich nicht verachtete, kam er ihr wie dessen Komplize und treuer Anhänger vor.

»Dann wirst du sicherlich einsehen, dass sich mein Ohr an der Quelle befindet.«

»Ich sehe nur ein, dass er sich niemals freiwillig die Haare färben würde. Kommt, wir gehen!«

Sie packte Luysch und Amin an den Ärmeln und zog sie gewaltsam unter dem Schirm hervor. Der Fremde wollte protestieren, doch Riya achtete nicht auf ihn. Sie stellte fest, dass sie eine solche Verachtung für diesen Fremden und vielleicht sogar für diese ganze ignorante Stadt empfand, dass sie sich dem nicht länger aussetzen durfte als unbedingt notwendig.

Amin und Luysch verstanden ihre Körpersprache und passten sich ihrer Eile an. Bevor der Fremde noch etwas sagen oder sie festhalten konnte, hatten sie den Brunnen bereits so gut wie passiert und marschierten zum ersten und doch zweitrangigen Ziel ihres Besuchs.

## 31

»Wir werden schon einmal beginnen«, sagte Amin und verschwand mit Luysch im Schlepptau in der Menschenmenge.

Ein mulmiges Gefühl überkam Riya. Was sie versuchen wollte, kam ihr wie eine Rückkehr in ihr früheres Dasein vor, wie das Essen eines klebrigen Bonbons, das lange unter der Schuhsohle geklebt hatte. Sie wandte sich zu dem großen Gebäude, das sogar in dieser hoch gelegenen

Gegend durch seine Pracht herausstach – durch die Pracht und durch die Tatsache, dass die Dachfarbe seit Jahrzehnten keine andere als ein blitzblankes Schneeweiß war.

Das Weiß wurde an den Wänden nur durch in Grau und Schwarz gehaltene Ornamente und Fensterrahmen sowie durch das altehrwürdige Holzschild mit den Gravuren *Jukrevinker Notargilde* und *Niederlassung Keten-Zvir* unterbrochen. Die Farbgebung sollte Neutralität signalisieren und die getönten Scheiben der Diskretion dienen.

Dass das in steilem Winkel ansteigende Dach und die Wände so sauber waren, war der täglichen Arbeit der Putzleute geschuldet, von denen sich gerade zwei bemitleidenswerte Vertreterinnen in der prallen Mittagshitze abseilten, um mit langen Wischern Schmutz und Wasserflecken zu entfernen. Sie sahen im Gegensatz zum Gebäude nicht danach aus, als hätten sie sich in den letzten Tagen gewaschen oder auch nur umgezogen.

Riya prüfte ein letztes Mal, ob ihre Kleider sauber waren und richtig anlagen. Dann trat sie durch den Eingang, eine schwere und alte Kiefernholztür.

Der Eingangsbereich des Gildenhauses unterschied sich nicht signifikant vom äußeren Bild. Was nicht aus dunklem Holz gefertigt war, das war entweder weiß, grau oder schwarz. Es war unheimlich sauber und es herrschte eine Sterilität, von der Riya glaubte, dass sie ihr in Alpträumen wieder begegnen könnte. Gleiches galt für die beiden Notare in weißen Plattenrüstungen – es musste kochend heiß darunter sein – und Umhängen in einem matten Graphitton. Ihre Gesichter waren unter den Helmen nicht zu erkennen und sie standen vollkommen regungslos zu beiden Seiten der Tür, als wären sie Statuen. Riya konnte noch nicht einmal erkennen, ob es sich um Männer oder Frauen handelte.

Außerdem prangte ein ähnliches Holzschild wie draußen an der Wand, nur dass dieses die Aufschrift *Zum Schutze des Eigentums, zum Schutze der Ordnung* trug. Die einzig anderen Farben im Raum stammten von den Kleidern der wartenden Menschen, die in zwei Reihen anstanden.

Eine muskulöse Frau mit tiefschwarzem Haar, durchscheinend blauen Augen und einer hellgrauen Robe kam auf Riya zu – eine Notarin ohne Rüstung. Sie musterte Riya von oben nach unten, wiegte den Kopf von rechts nach links und sagte dann: »In der zweiten Reihe anstellen«, bevor sie wieder eins mit dem Hintergrund wurde.

Riya tat wie geheißen. Beide Reihen führten zu einem kolossalen Pult, hinter dem je ein Notar mit ähnlichen äußerlichen Merkmalen wie die Frau stand und die Anmeldung der wartenden Leute entgegennahm. Hinter ihnen führte jeweils eine Tür zu einem privaten Besprechungszimmer. Riya wusste, dass die meisten der Wartenden dies nicht einmal von innen sehen würden.

Die zweite Reihe war deutlich kürzer als die erste. Lediglich zwei Männer – einer in einer Offiziersrüstung der Elitetruppen der Obersten Inz-Kur und ein sehr dunkelhäutiger, attraktiver Mann in einer legeren, aber definitiv kostspieligen Tunika – standen vor ihr.

Die erste Reihe hingegen war deutlich länger und dort erkannte Riya eine bunte Mischung von Personen. Die meisten schienen einfache Kaufleute zu sein, kaum jemand trug mehr als einfache Hemden oder Röcke. Eine Frau ganz hinten trug gar nur eine verdreckte Lederschürze, sodass Riya sich fragte, ob sie wirklich gar nicht darauf vorbereitet war, dass sie hier bei der Notargilde war und nicht am Amboss.

Riya bemerkte auch, dass es ein drittes Pult auf der anderen Seite gab, welches sogar von einer Notarin besetzt war. Im Augenblick wartete dort jedoch niemand. Kalavreyus war der Einzige gewesen, bei dem sie je gesehen hatte, dass er zu dieser Reihe des Reichtums und Prestiges zugewiesen worden war. *Zikon wird seine Verträge wohl auch dort hinterlegen, wenn er nicht sogar einen eigenen*

*Notar für seine Angelegenheiten hat*, dachte sie und es schmerzte.

Als Riya an der Reihe war, wurde sie direkt in den Raum dahinter geführt. Die Diskretion war ein weiteres Privileg der zweiten Reihe.

Die Einrichtung bestand hauptsächlich aus drei Stühlen und einem Tisch, auf dem kleine Erfrischungen bereitgestellt waren. Riya setzte sich und füllte sich aus einer gläsernen Karaffe dunkelroten Saft in einen Becher, obwohl ihr nicht danach war. Sie wusste aber aus Erfahrung, dass es zum guten Ton gehörte. Etwas an dem Raum kam ihr seltsam vor, sie konnte es aber nicht festmachen.

Eine hoch aufgeschossene Notarin betrat wenig später den Raum. Ihre rundlichen Gesichtszüge standen ihrer machtvollen Statur entgegen. Sie war definitiv gutaussehend, mit den frisch gefärbten und hochgesteckten schwarzen Haaren und der geradezu perfekten Haltung.

Die Notarin setzte sich Riya gegenüber und lächelte schwach. »Vokanv?«

»Was denkt ihr?«

Die Notarin hob eine Augenbraue. Ihr hübsches Gesicht veränderte sich. Sie wurde zur personifizierten Ungeduld.

»Nein.«

Sie nickte. »Möchtest du eine Erbschaft hinterlegen? Einen Vertrag sichern lassen?«

»Nichts dergleichen«, sagte Riya. »Ich möchte durch die Gewalt der Notargilde einen Eigentumsanspruch durchsetzen lassen.«

»Wurdest du beraubt oder um Staub betrogen, der dir notariell zusteht?«

»Das kann man so sagen. Es ist etwa drei Jahre her, ziemlich genau sogar.«

»Fahre fort.«

Riya räusperte sich. Dann legte sie so knapp wie möglich dar, was ihr vor drei Jahren widerfahren war. Einige Details ließ sie aus, doch sie nannte ihren und Zikons Namen und betonte die Tatsache, dass sie einen Großteil ihres Staubs zwar rechtmäßig bei den Wetten verloren hatte, aber noch immer gleichberechtigte Erbin von Kalavreyus' Buchmachergeschäft war.

»... und ich fordere, dass man mich entsprechend entschädigt und mir den geschätzten Wert meiner Anteile in Staub auszahlt«, schloss sie erleichtert, dass sie ihre Geschichte ohne Emotionalität vorgetragen hatte.

Wenn die Augenbraue der Notarin noch höher in ihrem Gesicht stehen konnte, dann tat sie es jetzt. »Und dein Anteil an Kalavreyus' Geschäft ist notariell hinterlegt?«

»Richtig«, antwortete Riya und deutete auf eine unscheinbare Tür, von der sie vermutete, dass dahinter das Archiv lag.

»Ich sehe nach.« Die Notarin verschwand in der Tür. Durch den Türspalt konnte Riya in einen Raum mit zigtausenden Dokumenten sehen. Welche Verträge, Besitz- und Erbschaftsurkunden dort wohl aufbewahrt wurden? Und was geschah, wenn jemand das ganze Archiv in Brand setzte? Wenn niemand mehr in der Lage wäre, den Anspruch auf das Eigentum des Staubs durchzusetzen, wäre es der Untergang der ganzen Ordnung, die Pforte zur Anarchie oder der Beginn von etwas Neuem?

Vermutlich bestand hier deshalb bis auf das Papier und wenige Holzmöbel kaum etwas aus brennbarem Material.

Nun wurde Riya auch klar, was ihr an dem Besprechungsraum seltsam erschien. Es gab keinen Geruch. Keine einzige erkennbare Note, nicht einmal von der Notarin. Im Moor waren faulige und beißende Gerüche an der Tagesordnung gewesen, deswegen fragte Riya sich kurz, ob ihr Geruchssinn einfach abgestumpft war. Aber nein, sie hatte beim Aufstieg zur Stadt die Backwaren und Kerzen, die Früchte und Salben in der gleichen Stärke wahrgenommen wie früher. Selbst die Seeluft hatte etwas in ihrer Nase verursacht, doch dieser Raum ... nichts.

Etwas später kam die Notarin zurück und hielt zwei mit

einem weißen Wachssiegel beglaubigte Dokumente in der Hand. »Ich habe tatsächlich den Erbschaftsbrief gefunden. Allerdings musste ich feststellen, dass Liv-Riya Ik-Vokvaram nicht mehr am Leben ist. Dies ist ihre Todesbekundung.«

»Ich gestehe, dass es mehrfach knapp war, doch ich bin tatsächlich quicklebendig«, erwiderte Riya trocken.

Als hätte die Notarin sie gar nicht gehört, fuhr sie fort: »Dadurch werden natürlich jegliche Ansprüche auf Eigentum nichtig, sofern nicht selbst eine Vererbung an eine erbschaftsberechtigte Partei bekundet wurde.«

»Ich bin Liv-Riya!« Riya stand vom Stuhl auf und sah auf die Frau gegenüber herab. Diese zog nur die Lippen kraus, als hätte ein kleines Kind, das ihr nicht das Geringste anhaben konnte, gerade einen Aufstand gemacht. Und es stimmte ... Riya hatte dieser Frau wirklich nichts entgegenzusetzen, weder finanziell noch körperlich.

»Unwahrscheinlich. Warum hätte uns Liv-Riya in drei Jahren der Abwesenheit nicht konsultieren sollen? Ein Irrtum ist auszuschließen, es sei denn, du kannst einen handfesten Beweis dafür anführen, dass du sie bist.«

Riya musste sich zusammennehmen, um nicht weiter aus der Haut zu fahren. Sie hatte souverän bleiben wollen, doch die Gleichgültigkeit, mit der ihr hier Unsinn aufgetischt wurde von einer Vertreterin einer der mächtigsten Instanzen der Ordnung ... es war wie auf einem Teppich auf Nadeln zu gehen, der zu keiner Seite ein Ende fand.

»Zeugen«, spuckte sie einen Gedanken auf den Tisch. Viele mochten sie vergessen haben, aber einige würden sie gewiss erkennen. »Ich kann Zeugen auftreiben, die meine Identität beschwören.«

»Einen Augenblick.« Die Notarin erhob sich, baute sich in ihrer gesamten muskulösen Erscheinung auf und ging an Riya vorbei und ein Stück in den Empfangsraum hinein. Dort tippte sie einem anderen Notar auf die Schulter und flüsterte ihm etwas zu. Riya beschlich das Gefühl, dass gewisse Informationen in den kommenden Stunden bis zu Zikons Ohren getragen würden – Ohren, die Informationen anzogen wie Scheiße die Fliegen.

Sie nutzte die Pause, um tief Luft zu holen und sich wieder zu sammeln. Es war natürlich gewesen, dass sie die Beherrschung verloren hatte, aber ein Aufstand brächte sie in ihrem Vorhaben nicht weiter. Sie seufzte und beschloss, sich von dem Frust abzuschotten.

Bei ihrer Rückkehr sagte die Notarin: »Bei einem solchen Wert können wir nicht jeden beliebigen dahergelaufenen Zeugen akzeptieren. Ein entsprechender Zeuge müsste ...«

»Lasst mich raten«, unterbrach Riya und lachte trocken. »Zikon Ziv-Vokvaram wäre ein angemessener Zeuge?«

»Korrekt.«

»Oh ja, gewiss wird es ihm große Lust bereiten, meine Identität zu bestätigen, nachdem er alles unternommen hat, um mich an den Klippen beim Reichskessel zerschellen zu sehen.«

*Ich bin so sarkastisch*, stellte Riya fest und war tatsächlich davon amüsiert. *Lendons Einfluss vielleicht?*

»Einer von Liv-Riyas Kivk wäre eine weitere Möglichkeit.«

»Tot. Alle«, schoss Riyas Antwort heraus. »Doch das war der Notargilde vermutlich schon bekannt.«

Die Notarin blieb stoisch und legte beide Hände abwartend auf den Tisch.

»Welchen Namen soll ich der Notargilde gegenüber tragen, wenn mein richtiger Name nicht anerkannt wird?«

»Den Namen, der dir von deinen Kivk gegeben wurde und den Nachnamen, den du in der Prüfung verdient hast. Es sei denn, du stammtest vom Lande, abseits jeder zivilisierten Gesellschaft« – verächtlich rümpfte sie die Nase – »in diesem Fall ... nenne den Namen, den deine Erzeuger, dein Stammeshäuptling, oder du selbst dir gegeben haben mögt. Er wird ausreichen für deine ... Zwecke. Ich stelle dir sogar ein Identitätsdokument aus, wenn es das ist, was du begehrst.«

»Ich habe meinen Namen bereits genannt. Den Namen, den Mik-Ter mir ...« Riya erinnerte sich an ihren Beschluss und hielt sich zurück.

»Im Fall der Namenlosigkeit bist du in Keten-Zvir ohne Eigentumsanspruch. Dein Name bindet dich an dein Eigentum und deine Rechte. Vor der Notargilde und vor den Göttern selbst.«

*Abseits der Gesellschaft*, dachte Riya. *Gewissermaßen bin ich das gewesen im Moor. Ich bin für sie gestorben.*

»Stydja«, sagte sie. »Das soll mein Name sein für die Ordnung des Staubs, bis an ihr Ende oder eures.«

Die Notarin ließ sich von der Drohung nicht beeindrucken, reagierte nicht einmal darauf. Sie nahm ein Stück Papier, kritzelte den Namen darauf und stempelte ein graues Siegel darunter. Dann wiederholte sie den Vorgang und reichte Riya die Kopie. Sie hatte ganz offensichtlich nichts weiter zu sagen. Ebenso wenig wie Riya.

*Es lief also haargenau so, wie ich es Kizzra angekündigt habe. Vielleicht sieht er nun endlich ein, dass die Notare nichts weiter als die korrupten Steigbügelhalter der Ordnung sind.*

Weder zufrieden noch enttäuscht drehte Riya sich um und verließ den Raum ohne ein weiteres Wort. Sie stapfte durch den hässlichen, weißen Raum an den bemitleidenswerten Wartenden vorbei und stieß die Tür zum Sonnenlicht auf.

Sie war sich von Anfang an ziemlich sicher gewesen, dass sie durch diesen Besuch kein Staubkorn gewinnen würde. Doch wenn sie die Lage richtig einschätzte, dann würde Zikon bald eine seltsame Nachricht über eine Frau erhalten, die sich als seine tote Partnerin ausgeben wollte und das würde ihn sehr beunruhigen. Er würde paranoid werden und Riya würde dieses Wissen als einen kleinen Sieg in ihrem Herzen tragen.

Auf dem Vorplatz sah sie Luysch und Amin, die je im Gespräch mit einigen Menschen waren, darunter auch die armen Dachputzerinnen in ihren verschwitzten Hemden. Sie hatten also schon Erfolg bei ihrem Unterfangen gehabt, die Werbetrommel für das neue Forum zu rühren, das sie an diesem Abend eröffnen würden.

Aus den Erlösen der verkauften Waren, welche die befreiten Moorarbeiter mit Kizzras Unterstützung über den Winter hergestellt hatten – es handelte sich dabei hauptsächlich um Metallerzeugnissen aus den Erzen von Kizzras Minen, wie Pfannen, Töpfe, aber auch Werkzeuge, mit deren Einsatz sie sich bestens auskannten –, hatten sie zunächst eine alte Taverne im Stadtzentrum von Prir gekauft. Jeden Abend gab es dort Geselligkeit. Poeten und Sängern wurde eine Bühne geboten und zu Debatten über verschiedene Themen, häufig aber über die Ordnung des Staubs, angeregt – und das alles ohne ein einziges Stück Silber dafür zu verlangen. Sogar im verschlafenen Prir hatten sie schnell ein Publikum aus jenen gefunden, die von der Ordnung allein gelassen worden waren, und nach einer Weile sogar von ein paar wohlhabenden Prirern.

Sie nannten es *Forum der Unordnung* und wollten in diesem Sommer auch eines in Keten-Zvir eröffnen.

## 32

»Es ist ... rustikal«, stammelte Amin, zehn Sekunden, nachdem er die von der Straße abschüssig gelegene Tür zum Keller des über mehrere Felsebenen abgestuften Gebäudes mit maroder Lehm- und Steinfassade geöffnet hatte. Es war zweifellos eines der ältesten Gebäude der Stadt und lag nicht einmal in Sichtweite von den Bezirken, in denen Riya früher ihre Zeit verbracht hatte. Einen Vorteil aber gab es: An diesem maroden Bau kamen unzählige Menschen auf dem Weg aus der Stadt zu den Hafenanlagen entlang, was besonders auf die Leute zutraf, die in der Weberei auf den oberen Ebenen des Hauses oder in einem der riesigen Schifffahrtslager in der direkten Umgebung arbeiteten.

»Bist du dir sicher, dass dein Briefkontakt diesen Keller gemeint hat?«

»Ohne Zweifel«, antwortete Riya dem Sänger. »Und ich würde sagen, dass er es sogar noch schlimmer beschrieben hat. Die Dielen bedecken den Felsboden bis auf ein paar Brüche vollständig und sieh, die Theke scheint mir noch immer in einem ordentlichen Zustand zu sein.«

Riya hatte keine Gelegenheit gehabt, sich die alte Wirtsstube, die einmal *Unterm Steigbügel* geheißen hatte, anzusehen, da Kizzra und sie den Kauf noch in Prir beschlossen hatten. Doch tatsächlich war sie nicht überrascht davon, dass die Wände vergilbt, die meisten Hocker umgefallen und sämtliche Kerzenhalter abgebrochen waren, und dass zudem überall Spinnen und einige kleine Nager das Weite suchten, wo man mit dem Fuß hintrat. Sie hatte das alles nicht in Kauf genommen, sondern sich exakt so einen Ort gewünscht.

Riya schritt über die knarzenden Dielen in den Raum hinein und winkte Amin und Luysch hinterher, die daraufhin zaghaft folgten.

»Anstelle der einzelnen Hocker werden wir lange Tafeln aufbauen und gemütliche Sitzecken einrichten«, sagte sie und vollführte eine ausgreifende Armbewegung, als präsentiere sie ihren Gästen einen frisch renovierten Salon. »Aber zuerst sollten wir den Boden und die Wände ausbessern. Ich denke, es wäre schön, wenn wir ein paar Wandbehänge ...« Sie stockte, als sie sich so weit herumgedreht hatte, dass sie wieder den Eingang sehen konnte.

Dort war ein fremder, braungebrannten Mann mit Glatze, einem kantigen Schädel und mehr Sommersprossen auf den Wangen, als man zählen konnte. Riya erkannte in ihm einen der Männer, mit denen Luysch und Amin zuvor gesprochen hatten, als sie bei der Notargilde gewesen war.

»Is' hier das mmh ... Forum?«, fragte der Mann, der dem Klang nach etwas kaute.

»Hier bist du richtig, mein Lieber«, sagte Luysch und fügte kichernd hinzu: »Zumindest bald.«

»Willkommen im Forum der Unordnung.« Riya ging auf den Mann zu, der im Türrahmen stehen geblieben war und die Hände auf die Hüften stützte. »Wer bist du?«

»Slevn Kin-Vokvaram«, entgegnete er schulterzuckend.

»Nicht den Namen, den habe ich nicht gemeint«, sagte Riya. »Ich meinte, was macht dich aus?«

Der Mann, der ein gutes Stück größer war als sie und dessen Muskeln sich unter seinem einfachen, grauen Hemd besonders an der Brust und den Schultern hervortaten, schien nicht zu wissen, was er mit der Frage anfangen sollte.

»Bin Hafenmann. Dachte, hier gibt's Arbeit.«

Es handelte sich um die gleiche Ratlosigkeit, auf die Riya nun schon so oft gestoßen war, wenn sie zum ersten Mal versucht hatte, Fremde in den Reihen der ehemaligen Moorarbeiter willkommen zu heißen. Sie empfanden zunächst eine Skepsis gegenüber offenen Fragen, was kein Wunder war, schließlich hatten sie bereits im Kivkhaus gelernt, dass man zuallererst sich selbst vertraute und dem Fremden zum eigenen Wohl eher Misserfolg als Erfolg wünschen sollte. Deshalb wurde Offenheit gemeinhin als schlechtes Geschäft verstanden.

»Eine ganze Menge Arbeit sogar«, sagte Riya und verzichtete zunächst auf weitere Nachfragen, um ihn nicht zu verschrecken. »Sieh dich um. In einigen Wochen soll das hier ein Ort sein, an dem man sich vergnügt.«

Slevn rümpfte die Nase, kam aber auf Riyas Geste tiefer in die Schankstube und begann, einzelne Gegenstände aufzuheben und zu begutachten.

Riya wollte ihre Gefährten fragen, wie sie weiter vorgehen wollten, doch ihr blieben die Worte im Halse stecken, als ihr Blick auf Amin fiel. Dieser hatte sich hinter die

Theke gesetzt und starrte gedankenversunken etwas an. Riya konnte zwar nicht sehen, was es war, jedoch war ihr sofort klar, worum es sich handeln musste.

Sie setzte sich neben ihn auf einen brüchigen Schemel und sah ihre Vermutung sofort bestätigt. Mit zusammengepressten Lippen starrte Amin die unter dem Tresen gesammelten, überwiegend zerbrochenen Flaschen an.

Riya schluckte. Auch in ihr flammte unvermittelt die Erinnerung an Ib-Zota und die Moorstrafe auf. Es war eine Erinnerung wie ein kurzer Stich, der es vermochte, jeglichen Optimismus wegzufegen und durch Beklemmung zu ersetzen. Sie hatte Amin lange schon um Verzeihung gebeten, aber sie glaubte, dass sein Schmerz mit ihrem Schmerz durch Ziks Verrat zu vergleichen war und daher niemals völlig besiegt werden konnte.

Intuitiv lehnte sie den Kopf gegen seine Schulter. Er zog sie nicht fort und sagte auch nichts. Riya verzichtete ebenfalls auf Worte und betrachtete eine Weile mit ihm die bräunlichen und mit Staub verklebten Scherben, während die Luft von nichts erfüllt war als dem Knarzen des Bodens, wenn Luysch und Slevn sich durch den Raum bewegten.

Der Wiederaufbau dieser Ruine bedurfte eines Kraftakts. Böden und Wände wollten in wenigen Wochen gereinigt und neu verkleidet, Einrichtung gezimmert und Dekoration gemalt, geflochten und geformt werden. Dazu mussten sie eine Menge Freiwillige begeistern, ihre Talente in Handwerk und Kunstfertigkeit aufzubringen. Sie brauchten Leute für Küche, Einkauf, Abendplanung und Hauswirtschaft. Von den Kosten für alle Materialien ganz zu schweigen. Und doch war das alles nichts gegen die Aufgabe, eine Beziehung zu reparieren, in der man sich schuldig gemacht hatte.

Riya verspürte den Drang, sich Amin zu öffnen, doch sie wusste nicht, wie sie anfangen sollte. Besonders lähmend war die Ungewissheit. Die Ungewissheit darüber, ob die zerbrochenen Flaschen jemals wieder etwas anderes zu Amin sagen würden als in diesem Augenblick. Die Ungewissheit, ob er wollte, dass sie sich um ihn bemühte, oder ob er ihre Gegenwart nur zum Wohl des großen Ganzen ertrug. Die Ungewissheit, ob ein wirkliches Verzeihen für ihn überhaupt möglich war, oder ob allein Akzeptanz die Wogen seines Zornes geglättet hatte.

Die Ungewissheit musste verschwinden.

Zögerlich und etwas zitternd führte Riya die Hand neben Amins, ließ sie dort verharren und traute sich schließlich, ihn in den Arm zu nehmen.

Er ließ die Berührung zu und sie taten nichts anderes, als nebeneinander zu sitzen.

Nach einer Zeit, die für Riya nicht zu messen war, schwang plötzlich ein vollmundiger Dur-Akkord durch die Luft. Ihre Blicke fanden sich flüchtig, dann sah Amin an ihr vorbei. Doch nun begann er zu lächeln, wenn auch nur zaghaft. Im selben Augenblick erklang ein zweiter Akkord, gefolgt von einem dritten, der die wärmende Kadenz abschloss.

Slevn stand in der Ecke des Raumes und hielt eine zerschlissene Laute in den Händen. Er musste sie zwischen den Trümmerteilen gefunden haben und hatte zu einem einfachen, aber kraftvollen Begleitspiel angesetzt.

»Genau dort werden wir die Bühne errichten«, flüsterte Riya, wusste aber nicht, ob Amin ihr noch zuhörte. Er verfiel in das Summen einer Jilvanne-Melodie, die sich perfekt in das beschwingte Spiel einfügte und sich mehr und mehr mit ihr verwob, je lauter das Summen wurde. Bald begann Amin, mit einer Stimme wie warmer Honig, die beinahe wie eine Frauenstimme klang, ein Lied zu singen. Riya konnte die Melodie nicht zuordnen und die Worte klangen bis auf einzelne Bruchstücke fremd für sie. Es musste eines der ländlichen Tanzlieder sein, die er auf seinen Reisen fernab aller Städte gelernt hatte und es hätte für diesen Tag nicht passender sein können.

Vielleicht war dies das Beste, was hätte passieren können.

Riya hörte eine Weile zu und stand dann auf, um die angrenzende Küche zu untersuchen. Zwar war der Zustand kein anderer als in der Schankstube, jedoch stellte sie fest, dass hier noch einiges an brauchbaren Vorräten zurückgelassen worden war. Sie stieß auf einige erst halb abgebrannte Kerzen und ein paar intakte Stühle. Sie entdeckte sogar einen alten Wandbehang, auf dem in einer gekonnten Stickerei ein grün-gelber Uryghoy als Umriss angedeutet war.

Was sie jedoch vorfand, als sie mit den Kerzen unter dem Arm in die Schankstube zurückkam, wo es durch die Musik von Slevn und Amin bereits deutlich einladender wirkte, war noch besser. Im Eingangsbereich befanden sich vier junge Frauen in langen, bunten Röcken und lauschten. Zwei warteten noch schüchtern bei der Tür, während die anderen beiden bereits von Luysch an den Händen in den Raum gezogen wurden.

»Wer seid ihr?«, fragte Riya lachend über die Theke.

»Unsere ...« – die zwei hinteren Frauen tauschten einen Blick und ein Kichern aus – »Wir sind Weberinnen. Wir kommen von oben und waren neugierig, wer in diesem alten Wrack Musik macht.«

»Das wären wir«, sagte Luysch und nahm auch diese beiden an den Händen. »Willkommen im Forum der Unordnung!«

## 33

Nachdem es über den Winter etwas leerer geworden war, war das Keten-Zvirer Forum der Unordnung mit jedem Abend dieses zweiten Sommers wieder von mehr und mehr Gästen besucht worden. Inzwischen musste Riya sich fragen, wie sie all die Menschen unterbringen sollten, oder ob es infrage kam, ein weiteres Forum in Keten-Zvir zu eröffnen.

Riya saß an diesem lauen Abend auf ihrem angestammten Platz am hinteren Ende der Taverne, von der man die kleine Bühne meist kaum erkennen konnte, weil hoch aufgeschossene Seefahrer oder ausgefallen aufgerichtete Frisuren und Hüte die Sicht versperrten. Nur den angenehmen Klang von Amins Gesang hörte sie unter einem Wabern der Stimmen von lachenden oder streitenden Menschen. Drumherum hingen bunte Vorhänge und einige Kunstwerke, die aufstrebende Maler und Bildhauer gespendet oder als Zeichen des Dankes aufgehängt hatten.

Amin sang im flackernden Kerzenschein eine Ballade über seine Reise zum Delta der fünf Türme und verharrte am Ende des Liedes wie gewöhnlich, um Spannung aufzubauen, zwischen den Zeilen »Noch eine Reise, noch einmal Zeuge, sieben Jahre will ich geben« und »O du, Sprung der Ruhe, Mündung des Lebens.«

Wenn Mik-Ters Lektionen über die Varenvinker Melodielehre sie nicht täuschten, dann enthielt das Lied Elemente aus Jennav-Melodien in der Strophe und ging zum Refrain in eine Tervyanne-Melodie über – ein warmes Bad in Nostalgie, aus dem man sich in eine bittersüße Melancholie erhob. Die warme Textur seiner Stimme regte einige der Gäste zum Schmusen mit dem nächstbesten Nebensitzenden an, andere zu einem Nippen am Getränk, auf das ein wohliges Lächeln oder eine Träne folgte.

Auch Riya nahm einen tiefen Zug aus ihrem Becher, in dem billiger Wein schwappte, der seinen Dienst aber trotz des säuerlichen Geschmacks verrichtete. Ein hübsches Mädchen saß neben ihr und hatte die Hand auf ihren Oberarm gelegt. Sie wollte mit Riya schlafen, doch leider wollte sie eines noch mehr: Sie beeindrucken. Sie hörte einfach nicht auf, auf schrecklich prätentiöse Weise in Metaphern zu verpacken, was inhaltlich nicht mehr als das Rauschen eines Baches an einem lauwarmen Nachmittag war.

Deshalb trank Riya gleich einen weiteren Schluck.

Die Stupsnase und die lächerlich glatte Haut des jungen Mädchens waren ihr schon an einigen anderen Abenden im Forum aufgefallen, doch heute hatten sie zum ersten Mal miteinander gesprochen. Es hatte mit kleinen Neckereien und ein paar Scherzen begonnen, so wie Riya es mochte, doch dann hatte das vielversprechende Gespräch sich schnell zu einem zwischenmenschlichen Gefängnis entwickelt. Früher hätte Riya das Mädchen wohl mit einer mehr oder weniger gewitzten Bemerkung sitzen lassen. Heute ließ sie das Geplapper aber einfach über sich ergehen und lächelte hin und wieder. Zu mehr konnte sie sich nicht überwinden, nachdem sie schon den ganzen Tag Gespräche geführt hatte.

*Eine Schande*, dachte Riya. *Sie hat wirklich wundervolle Augen und ihre Hüften sind auch nicht ...*

»He!«, brüllte jemand Richtung Eingang. »Was will die denn hier?«

Eine Frau mit einem sehr dunklen Hautton und aschblond gefärbten und geflochtenen Haaren hatte das Forum betreten und verweilte am Abgang in den Raum. Sie trug ein drapiertes rotes Tuch. Ohne es hätte das weiße Kleid darunter fast keine der interessanten Stellen ihres Körpers verdeckt. Ihre Züge waren so klar definiert wie von einem Bildhauer gemeißelt und ihre Augen tiefgrün, aber nicht zu durchdringend, sondern eher einer Perle ähnelnd.

Riya sah die Frau direkt an und verspürte das unangenehme Gefühl, das einen hin und wieder ereilte, wenn jemand zu attraktiv schien, um ein wirklicher Mensch zu sein. Sie konnte kaum wegsehen, hatte bei ihrem Anblick aber immer das Gefühl, dass diese Schönheit nur einen quälend flüchtigen Augenblick bei ihr bleiben würde.

»Ich kenne sie«, rief ein älterer Mann in Seemannskleidung. »Ihr gehört jedes dritte Schiff im Hafen, das schwöre ich, so wahr ich hier sitze.«

»Vokanv!«

»Evtsau!«

Amin brach sein Lied ab und rutschte unbequem auf seinem Schemel auf der Bühne hin und her.

Riya erhob sich und ging auf die Vokanv zu.

»Ihr Name ist ...«, setzte der Mann hetzerisch an.

»Halt!«, unterbrach Riya ihn. »Bist du Varin, Vik oder Ziv? Ich könnte es nur anhand der Verteilung raten, der man uns in den Kivkhäusern unterworfen hat.«

Sie sah in die Runde. Die Leute hörten ihr zu. Das war einer der Vorteile, der mit ihrem Ruf als Gründerin des Forums daherkam, doch sie versuchte es sich nicht zu Kopf steigen zu lassen. »Weder kenne ich deinen Namen noch den der meisten hier und die wenigsten kennen meinen richtigen Namen. Wir verwenden keine Namen hier im Forum. Zumindest keine, die darauf schließen lassen, wer wir unter dem Fallschwert der Ordnung sind.«

Zustimmendes Gemurmel. Der Seemann zog eine Grimasse, gab aber klein bei.

»Also setz dich an einen freien Platz und nimm dir Wein, wenn du ihn magst«, sagte Riya zu der eingetretenen Frau.

Diese schien weder überrascht von der ihr entgegengebrachten Stimmung, noch schien sie ihr etwas auszumachen. Ihre selbstbewusste Ausstrahlung war womöglich entscheidend dafür, dass sie so unnahbar schön wirkte. »Ich habe von diesem Forum gehört, weil seit einem halben Jahr viele der Bootsleute, die für mich arbeiten, hier einkehren. Ich möchte mich gerne mit meiner Sicht an euren Debatten beteiligen, wenn es gestattet ist. Etwas sagt mir, dass ihr an diesem Abend wahrhaftiger diskutieren werdet, als jede Gesellschaft, der ich ansonsten beiwohnen könnte. Doch ich kann auch erkennen, warum nicht alle von euch vor Freude im Kreis springen deswegen. Wir Vokanv sind privilegierter, das sehe ich ein. Ich möchte daher etwas für eure Gastfreundschaft geben, das ich aufgrund meiner Privilegien bekommen habe.«

»Staub?«, fragte jemand. »Den wollen wir nicht von dir.«
»Neuigkeiten«, sagte die Vokanv. »Solche, die bisher nur ein Kreis von wenigen Personen erfahren hat, genauer gesagt einige Bedienstete der Obersten Inz-Kur, ihren Leibwachen und meinem Bruder, der ihr persönlicher Arzt ist.«

»Was sind das für Neuigkeiten?«, fragte Riya stellvertretend für alle Anwesenden, die nun gespannt zuhörten.

»Dass die Oberste Inz-Kur, Fran-Ila ven Vis-Kus an einer unheilbaren Vergiftung des Blutes leidet und höchstens ein Vierteljahr zu Leben hat.«

## 34

Kizzra hatte Prir noch nie so voller Leben gesehen. Gerade schlenderte er an der Stelle vorbei, wo man ihn vor einigen Jahren so sehr verprügelt hatte, dass er wochenlang ans Bett gefesselt gewesen war. Gewissermaßen hatte er es verdient gehabt. Er warf einen Blick auf den Boden, beinahe in der Erwartung, dass das Blut noch immer zu sehen wäre, oder aber, dass es versickert und zum Nährboden einer dornigen Pflanze geworden wäre. Doch die Stelle unterschied sich kein bisschen vom Schotter rundherum.

Die Prirer Oberstadt war schon in vielen Ecken schön gewesen, seit er sich erinnern konnte – und das blieb sie mit den traditionell roten Ziegelgebäuden und den akkurat gepflasterten Straßen –, doch stets leer. Nur unter dem Aquädukt hatte es hin und wieder Versammlungen gegeben, wie er an jenem Tag schmerzlich hatte bezeugen können.

Die Leere rührte daher, dass die Bewohner der Oberstadt sich lieber zurückzogen, um die Einkünfte, die ihnen Investition und Geschäfte eingebracht hatten, im Privaten zu genießen.

Dies änderte sich mit jedem weiteren Tag, an dem die niedergelassenen Moorarbeiter ihre Behausungen am

Fuß des Hügels weiter errichteten. Sie mochten nicht so reich sein wie die Hausherren und -damen der Oberstadt, mit denen sie recht häufig in Auseinandersetzungen gerieten, doch der Verkauf der Metallwaren, die sie durch ihre schweißtreibende Arbeit herstellten, brachte ihnen allemal genügend Staub für ein Leben ein, das im Vergleich zum Dasein im Moor geradezu luxuriös sein musste.

Er kam an dem Skelett eines Hauses vorbei, an dessen erstem Dachbalken soeben zwei frühere Moorleute zimmerten. Außerdem standen bislang nur der abgesteckte Rahmen der Grundfläche, ein paar tragende Balken und ein breiter Schornstein, der vom Mittelpunkt der Fläche bis zur späteren Dachhöhe hochgezogen war.

Die Moorleute sahen auf, als Kizzra vorbeiging und wischten sich den Schweiß von der Stirn.

»Seltsamen Schal tragt ihr da, Kizzra«, rief ihm einer hinterher, woraufhin Kizzra mit »Es ist eine Stola!« antwortete. Er hatte das schöne Stück gerade gestern in einer Lieferung von den Splittern erhalten und es unmittelbar so schneidern lassen, dass man es an seiner Rüstung anbringen konnte.

»Banausen«, seufzte er und ging weiter.

Kizzra hatte den Moorarbeitern Zugang zu den Erzen aus den Minen seiner Linie verschafft und ihnen beim Abtransport der Waren zum Fluss Enzben geholfen, was auch ihm letztendlich zu einem guten Geschäft verholfen hatte.

Beinahe fühlte er sich, als könne er doch noch als Geschäftsmann in die Fußstapfen seiner Mutter treten ... aber nur beinahe. Er würde den Staub nach wie vor gern massenweise ins Meer schütten, um damit sicherzustellen, dass er niemals so werden würde, wie sie am Ende gewesen war.

Er kam zum Alten Teehaus, einer heruntergekommenen Schänke, die nach der Rettung aus Kell-Kirenn zum

Forum der Unordnung umfunktioniert worden war. Es waren ein paar Silhouetten hinter den mit Tierhäuten bespannten Fenstern zu sehen. Am Eingang zum Forum traf er Sella, die langhaarige Priesterin, die gerade etwas mit Kreide an die Fassade zeichnete, das wie eine Welle aussah und sich bereits über die Hälfte der Seitenwand zog.

»Was wird das, wenn es fertig ist?«, sprach Kizzra sie an, woraufhin sie die Kreide beiseitelegte. »Ein Symbol deines Ordens, das Erkennungszeichen für Besucher des Forums, oder vielleicht die bildliche Darstellung eines Prinzips, dem Welt und Götter folgen?«

»Nein, es soll nur gut aussehen.«

»Oh.«

»Wir möchten das alte Haus ein wenig verschönern, von innen und von außen.«

»Nun, es ist ...« Kizzra zögerte und musste den Drang unterdrücken, auf der Suche nach Worten mit seinem Finger zu schnipsen. »Es erregt Aufmerksamkeit.«

»Es ist nicht fertig. Das Motiv haben zwei Maler aus Morenn entworfen und ich bereite nur die Hilfslinien für ihre Malerei vor.«

»Gut.« Kizzra war verlegen. Er wusste über die Malerei in etwa so viel wie über die Buchmacherei und damit hatte er sich bei Riya bereits blamiert. »Da fällt mir ein, dass ich wieder einen Brief von Riya erhalten habe«, wechselte er das Thema. »Sie berichtet auch im Frühling von einem großen Erfolg des Forums in Keten-Zvir, fast noch ein größerer Erfolg als hier. Außerdem hat Lendon mit einigen unserer Handelspartner von anderen Inseln korrespondiert, die Interesse an der Geschichte des Forums zeigen. Anscheinend wurden Berichte darüber durch Seefahrer im halben Imperium verteilt, und nun tun sich hier und dort ähnliche Treffpunkte auf.«

Sella drehte sich zu ihm. Durch die Bewegung wurden einige ihrer Haarsträhnen um ihren Körper geworfen und reichten dabei fast einmal rundherum. Sie schien nicht überrascht über diese Neuigkeiten zu sein, ganz im Gegensatz zu Kizzra. »Pivva! Wie wir gehofft hatten, sind wir nicht die Einzigen, in denen die Ordnung von Inz das Bedürfnis nach Geselligkeit hinterlassen hat.«

»Und wenn diese Treffpunkte ebenfalls den Namen Forum der Unordnung tragen? Ihr habt keinerlei Einfluss, was dort veranstaltet oder diskutiert wird.«

»So hat Riya es gewollt. Nur wenn niemand die Foren kontrolliert, ist es ein wahrhaftiger Ort, ein Ort ohne die Ordnung. Nein, vielmehr eine Idee, der Ort ist von zweitrangiger Bedeutung.«

Kizzrra wiegte den Kopf hin und her und dachte eine Weile darüber nach. »Womöglich liegst du damit richtig. Jedenfalls bin ich mir recht sicher, dass ihr euch damit nicht von Gönnern abhängig machen solltet.«

»So wie von euch, meint ihr.«

»Ja. So wie von mir.«

»Wir haben Hilfe gebraucht, das ist wahr. Doch wir können schon fast auf eigenen Füßen stehen.« Sella summte eine kurze Melodie.

»Und es ist besser so. Noch hat meine Linie ein gewaltiges Vermögen, doch ich befürchte, dass ich nach wie vor nicht geeignet bin, um es in dem Maße zu vermehren, wie eine Person mit richtigem Geschäftsgeist es könnte. So, wie meine Mutter es vermochte.«

Die Priesterin trat näher an ihn heran, summte für einen Augenblick und legte dann leicht die Hände auf seine Schulterpanzer. »Viele der Götter wirken kraftvoll in euch, Kizzra. Ihr habt Hunderte vor dem Tod im Feuer und im Moor bewahrt. Jilvannes Hoffnung strahlt von euch und ihr entfesselt die Kräfte Uvrons wie kein Zweiter, den ich sah. Nehmt diese Geschenke entgegen, pflegt sie und setzt sie gnadenvoll ein. Weint nicht um Kräfte, die ihr auch nach eintausend Versuchen nicht erlernen mögt, denn sie sind nicht für euch bestimmt. Es ist nicht ratsam, wenn ihr dem nacheifert.«

Kizzra brummte. Es klang einfach, doch wie so viele Dinge war es das in der Tat überhaupt nicht. Teil der Wahrheit war nun einmal auch, dass ihm eine Staubkammer vermacht worden war, die einem Inz-Kur gut zu Gesicht gestanden hätte.

Er verabschiedete sich von der Priesterin und nachdem er einmal rund ums Haus gegangen war, machte er sich auf den Rückweg zum Palast ven Ankvina, der inzwischen eigentlich Palast ven Kizzra heißen müsste. Er hatte sich allerdings noch immer nicht bemüht, eine Änderung des Schriftzuges an der Eingangspforte in Auftrag zu geben. Beim Palastgelände angekommen, drehte er Richtung Tempel ab. Die Begegnung mit Sella hatte ihn nachdenklich gestimmt – ein Gefühl, das für ihn unerträglich war und ihm das Bedürfnis gab, Yk um Rat zu fragen. Doch wie so häufig war der Uryghoy nicht bereit, zu ihm zu sprechen, und so wartete er nur eine Weile in dem dunklen Raum vor dem Wassertank.

Hier hatte Yk ihm damals verkündet, dass die Moore in Gefahr waren, und er hatte es alles falsch verstanden.

»Wäre ich heute klüger? Bedachter und weniger hitzköpfig?«, fragte er laut, erhielt jedoch keine Antwort. Nicht einmal ein kurzes Grollen gab der Uryghoy von sich. Bemerkte er Kizzras Anwesenheit überhaupt, oder war er in Gedanken vertieft, in Berechnungen, Überlegungen und theoretische Zukünfte? Kannte Yk so etwas wie Selbstzweifel?

Je länger seine Frage unbeantwortet blieb, desto mehr bildete Kizzra sich ein, dass ihn die Statuen von Jennav verspotteten, die ihm nur den Rücken zudrehten. Er war kurz davor, den Tempel zu verlassen, als einer seiner Bediensteten die Stufen hinunterstieg.

»Ah, Herr Kizzra, da seid ihr ja. Ein Schreiben für euch.«

»Was für ein Schreiben?«, fragte Kizzra kurz angebunden. Er hatte wirklich keinerlei Lust, geschäftliche Briefe zu beantworten.

»Ich weiß es nicht, Herr Kizzra, der Absender ist nicht angegeben.«

Er seufzte und nahm den versiegelten Brief entgegen. »Gut, gib her und lass mich bitte allein.«

»Natürlich. Und Herr Kizzra?«

»Was denn noch?«

»Herr Lendon trug mir auf, euch an die Kiste in der Staubkammer zu erinnern.«

Kizzra verdrehte die Augen und deutete mit einer Kopfbewegung an, dass der Junge verschwinden sollte.

Vor einigen Wochen hatte jemand mitten in der Nacht eine riesige und unsagbar schwere Kiste vor dem Anwesen abgestellt. Sie war adressiert an seine Mutter. Lendon hatte sie für wertvoll befunden und sie in die Staubkammer bringen lassen, damit Kizzra sie sich ansah. Doch er hatte sich einfach nicht überwinden können, diesen Raum, in dem nur geisterhafte Erinnerungen spukten, zu betreten.

Er setzte sich auf die Stufen, sodass etwas Tageslicht von draußen auf den Brief scheinen konnte. Das Siegel – es hatte keinerlei Wappen oder Initialen darauf, was nur eines bedeuten konnte ...

Ungeduldig riss er den Umschlag entzwei und las, was auf dem Briefpapier geschrieben stand:

*Mein lieber Freund,*
*Für gewöhnlich würde ich mich bemühen, Dir meine Lage auf möglichst blumige und schmeichelhafte Weise zu schildern und anschließend nach Deiner fragen. Aber ich schreibe Dir nicht, weil ich Dir sagen möchte, wie es mir geht. Ich schreibe Dir, weil ich an Informationen gelangt bin, die behütet werden wie der Vertrag vom Notar.*
*Die Oberste Inz-Kur wird sterben.*
*Nicht in dem Sinne, wie wir alle sterben werden, sondern schon sehr bald. Und falls die Tinte verwischt oder*

*das Papier beschmutzt wird, schreibe ich es noch einmal:*
  *Die Oberste Inz-Kur wird sterben!*
  *Und das bedeutet, wie Du weißt, dass sie in Keten-Zvir zeitnah eine Aufbietung vor Inz abhalten werden. Zikon wird seinen Staub auf die Waage legen, Kizzra! Zikon könnte der nächste sein, der sich als Auserwählter von Inz betitelt. Ich muss dir nicht erklären, was das bedeuten könnte, denn Du hast es selbst gesehen. Du hast das Moor gesehen. Das Feuer.*
  *In meinen ersten Zeilen habe ich gelogen. Ich möchte Dir nicht nur Informationen mitteilen. Ich möchte Dich darum bitten, ja, Dich anflehen, dass Du etwas unternimmst.*
  *Dein Vermögen ist noch immer eines der größten im Imperium. Ich befürchte, dass Zikon sich durch seine Vormachtstellung in den Mooren und auf den Kampfplätzen inzwischen noch mehr Staub einverleibt hat, doch ich bin nicht sicher. Du musst etwas tun. Nutze Deinen Wissensvorsprung, um so viel Staub aufzubringen, wie Du irgendwie vermagst. Sei einfallsreich und verhandle hart, quetsche deine nichtsahnenden Vokanv-Gefährten aus oder tue Dich mit ihnen zusammen. Und dann stelle Dich zur Wahl bei der Aufbietung vor Inz.*
  *Ich flehe Dich an, Kizzra. Ich könnte es nicht ertragen, wenn er zum Imperator wird. Er ist die grauseligste Ausgeburt, welche die Ordnung je hervorgebracht hat.*
  *Ich flehe Dich an.*
  *Bitte antworte mir so schnell wie möglich. Bedenke die Konsequenzen. Bedenke, was geschieht, wenn niemand es verhindert. Bedenke, dass ich alles daransetzen werde. Dass ich mein Leben einsetzen werde, wenn Du ablehnst oder keinen Erfolg hast.*

*In drängender Erwartung Deiner Antwort*
*Deine Freundin*

Kizzra betrachtete die Worte und wenn ihn ein Mensch dabei beobachtet hätte, dann hätte dieser sich fragen müssen, ob er der geschriebenen Sprache überhaupt mächtig war.

»Pah«, rief er schließlich aus und stieg auf die Füße. Seine Rüstung schränkte seine Beweglichkeit ein wenig ein, sodass er nicht so kraftvoll aufspringen konnte, wie er es sonst getan hätte. Er zog kleine Kreise im Inneren des Tempels und malte sich allerhand Szenarien aus.

»Die Inz-Kur bald tot. Ist dies überhaupt sicher? Ja. *Ja.* Riya würde das nicht erfinden. Sie ist verzweifelt.« Er griff sich an den Kopf und stöhnte laut auf. »Wie kommt sie nur darauf, mich um so etwas zu bitten?«

Er stellte sich haareraufend vor den Wassertank und starrte den Uryghoy an, als könnten die abwechselnd rötlichen und grünlichen Lichtsprengel, die von seiner Kruste ausgingen, ihn irgendwie erleuchten.

»Yk, du weißt es doch. Du warst dabei, wie ich nicht einmal deine klaren Anweisungen befolgen konnte. Oberster Inz-Kur ... das wird nicht in meinen kühnsten Träumen geschehen. Höchstens in meinen Alpträumen. Nein, Riya. Ich kann dir nicht helfen, es tut mir aufrichtig ...«

Wie ein Donner grollte es aus dem Becken. Die Glaswand des Wassertanks vibrierte. Von einer der Statuen des Jennav bröckelten ein paar Krümel auf den Boden.

»Gehen«, übersetzte Kizzra. »Wohin gehen?«

Der Uryghoy trieb näher zur Scheibe, bis jede einzelne schillernde Pocke auf seiner Oberfläche zu erkennen war. Dann wiederholte er, was er gesagt hatte.

»In die Staubkammer gehen? Nein, Yk, davon habe ich wirklich genug. Ich werde wie Mutter enden, wenn ich dort zu viel Zeit verbringe.«

Ein weiteres Mal wiederholte Yk die Abfolge von Lauten und obwohl die Worte immer gleich betont waren, klang es dieses Mal dringlicher. Hatten sich auch seine schwarzen Augen verengt, oder bildete Kizzra sich das ein?

*Wenn Yk zu einem spricht, sollte man seinen Rat besser befolgen, außer man hält große Stücke auf die eigene Ignoranz*, hörte er Lendon reden.

»Gut. So will ich also in die verdammte Staubkammer gehen, auf dass es jeden hier zufriedenstellen möge. Hast du noch etwas anderes zu sagen, Yk?«

Der Uryghoy blieb stumm und zog sich wieder in die Dunkelheit des Wassertanks zurück. Kizzra seufzte, rollte Riyas Brief zusammen und machte sich auf den Weg. Er würde den Brief verbrennen, bevor jemand anderes in seinen Besitz gelangen konnte.

## 35

Kizzra verharrte bereits seit Minuten vor der Staubkammer. Wäre es nicht Yk gewesen, der ihn dazu angehalten hätte, dann wäre er der schweren Tür mit den Zahnrädern wohl für immer ferngeblieben. Allein der Gedanke an den befremdlichen Raum dahinter trieb ihm eine unerträgliche Trägheit in die Glieder und gab ihm das Gefühl einer tiefen Trauer in der Brust.

Er gab sich einen Ruck und drehte den Schlüssel in einer endlos schweren Bewegung herum, woraufhin sich das Portal öffnete. Dann setzte er einen Fuß in den roten Lichtschein.

Es kam ihm heller vor als beim letzten Mal. Hatte sich sein Staub etwa doch so sehr vermehrt, seit er das Oberhaupt seiner Vokanv Linie war? Brauchte es keinen Unternehmergeist oder göttliche Führung? Riya hatte gesagt, dass – hatte man erst einmal mehr davon als die meisten anderen – Staub sich beinahe von allein vermehrte, wie ein Schimmelpilz in einem feuchten Raum.

*Und ebenso schwierig ist er loszuwerden*, dachte Kizzra. *Ich wollte, ich könnte den Staub und mein ganzes Dasein einfach abstreifen wie einen Mantel und ihn an den Nächstbesten geben, der mir dafür geeignet erscheint.*

War es möglicherweise wirklich genügend Staub, um

zum Obersten Inz-Kur zu werden? Zum Herrscher über jeden Landstrich und jeden Wasserweg, den die Menschheit seit dem Erscheinen der Alten Fahrer gefunden hatte?

Überall waberte roter Schein und nirgendwo war eine Quelle richtigen Lichtes. Für Kizzra war es ein Zustand zwischen Licht und Dunkelheit, der anstrengend für seine Augen war. Das Bett seiner Mutter war inzwischen abgebaut worden. Stattdessen stand auf dem großen Glaskasten voller Staub eine Kiste, in die ein Mensch ohne Schwierigkeiten hätte eintreten können.

Voller Unbehagen stieg er die Treppe zu der Kiste hinauf. Sie bestand aus massivem Holz und war an den Seiten mit Metallbeschlägen verstärkt. Er betastete die kalten Materialien, fuhr vorsichtig mit den Fingerspitzen über die Kanten. Wie der gesamten Kammer schien ihnen die Wärme ausgesaugt worden zu sein.

Er fand den Verschluss und löste ihn. Gleichzeitig klickte etwas, ein feiner Mechanismus, der irgendwo in der Kiste verborgen schien. Ein tellergroßes Stück Holz löste sich von der Vorderseite, klappte in die Waagerechte und offenbarte einen Brief, der an die Innenseite geklebt war.

Mit einem schmatzenden Geräusch entfernte Kizzra den Brief. Er war an ihn adressiert und mit einem auffälligen Wachssiegel versehen. Es zeigte einen schematischen U-ryghoy und einen Menschen vor einem Zahnrad, das den Stellgliedern der Tür zur Staubkammer gar nicht unähnlich sah.

*Der schweigsame Konstrukteur, den Mutter vor Jahren beauftragte*, erinnerte sich Kizzra.

Kizzras kalter Schweiß tropfte auf das Papier, als er das Siegel brach. Der Text dahinter war kurz:

*Ihr schwaches Herz vermochten wir nicht anzutreiben, doch konnten wir einen anderen Auftrag eurer Mutter erfüllen. Verwendet dieses Geschenk, wenn ihr müsst, aber tut es mit Bedacht. Ich möchte euch ausdrücklich zur Vorsicht anhalten, denn über das potenzielle Ausmaß seiner Kraft kann ich bisher nur Vermutungen anstellen.*

*Hochachtungsvoll
Jush-Vot Ik-Ubravannan und Voknym*

Die Kiste ließ sich ohne den Verschluss zu allen Seiten auf den Boden klappen. Kizzra legte die beiden Seitenwände auf den Glaskasten und klappte dann die Front herunter. Sie gab den Blick auf einen massiven Holzblock frei, der eine lang geschwungene Aussparung besaß, die von einer Klinge ausgefüllt wurde. Ein Schwert in der Scheide. Eines, das ähnlich wie sein eigenes und lang wie zwei ausgestreckte Arme war. Allein etwas breiter war die Schneide und der Griff ein wenig dicker und mit feinen Linien aus gegossenem Silber verziert. Ein purpurfarbenes Band war im Griffbereich darum gewickelt. Kizzra kannte das Material nicht, doch bemerkte sofort, dass es der Handfläche selbst in seinem schwitzigen Zustand einen enormen Halt ermöglichte. Auf der silbern und purpurn gestalteten Schwertscheide war vielfach das Wappen seiner Linie abgebildet. Allerdings waren die dargestellten Uryghoy leicht verfremdet und nicht blutrot, sondern aus hauchdünnen Silberplättchen gefertigt und gingen an den Gliedern in verschnörkelte Linien über.

Kizzra war wie gebannt von der meisterlichen Handwerkskunst, die in den Gegenstand vor seinen Augen geflossen war. Er erfühlte mit einem Finger die Struktur. Die Spalte am Rand der Silberformen waren kaum zu spüren, so fein waren sie eingefügt. In einer weiteren Aussparung unter dem Schwert lagen fünf gläserne, etwa daumengroße Zylinder, die auf der einen Seite einen korkenartigen Verschluss und auf der anderen eine konkave Wölbung besaßen. In der Wölbung befand sich eine graugrüne Schicht auf dem Glas.

Da Kizzra sich nicht vorstellen konnte, was er mit diesen kleinen Behältern anfangen sollte, widmete er sich wieder der Klinge. Er nahm sie aus der Halterung und prüfte ihr Gewicht. Selbst mit der Scheide war sie angenehm leicht und beweglich.

Euphorie packte ihn. Dies war eine ganz besondere Klinge und sie schien genau an seine Bedürfnisse angepasst zu sein. Mutter musste sie noch vor ihrem Tod in Auftrag gegeben haben. Er konnte sich nicht erinnern, jemals so viel Stolz verspürt zu haben, während er das Wappen seiner Linie zur Schau trug.

*Doch warum warnte Jush-Vot mich vor dem Ausmaß ihrer Kraft?*

Als er mit einem Grinsen die Klinge aus der Scheide zog, sah er den Grund für die Warnung. Es handelte sich nicht um eine gewöhnliche Klinge. Zwar war die stählerne Schneide ebenso scharf wie die schärfsten Schwerter und das Gewicht ausgezeichnet verteilt, doch glänzte sie nur schwächlich im Licht des Staubs. Nein, sie war an einigen Stellen eher matt und blass in einem Farbton zwischen Grau und Grün.

»Zvarngras«, stellte Kizzra voller Erstaunen fest. An beiden Seiten waren in die Klinge dünne Halme eingearbeitet, die sich verästelten und sich an ihr entlangzogen wie Adern, die man gerade so durch blasse Haut wahrnehmen konnte.

»Nach so kurzer Zeit hast du es also schon gefunden.« Lendon spazierte durch den Eingang zur Staubkammer, wobei seine sonnengebräunte Haut durch das Leuchten des Staubs blutig erschien.

»Ich bin nicht sicher, was ich von dieser Klinge halten soll, Lendon. Sie ist mit Zvarngras versetzt, als wäre sie eine Staubpeitsche.«

»Nun, wenn sie nicht zum Brotschneiden gedacht ist, dann vermutlich aus dem gleichen Grund«, sagte sein Onkel und kam die Stufen empor.

»Aber ich sehe keine Fassungen für Staubkristalle. Man verwendet sie nicht für Schwerter, schließlich wären sie eine Katastrophe für die Balance. Und das Zvarngras ist nutzlos, wenn man es nicht mit der Energie von Inz aufladen kann.«

»Gewiss steht die Lösung des Rätsels nicht auf dem Stück Papier zu deinen Füßen. Das wäre schlichtweg zu einfach.« Er bückte sich und las ein aufgerolltes Papier, das beim Ziehen aus der Scheide gefallen sein musste.

»Austauschbare Staubladungen für den Griff«, murmelte er, »die man mit geladenem Staub füllen soll.«

»Diese hier?« Kizzra hielt eines der Glasgefäße in die Luft, doch Lendon schaute nur fasziniert auf das Papier.

Während Lendon las, streichelte Kizzra den schönen Griff mit seinem Daumen. Dabei fiel ihm eine kleine Erhebung am vorderen Ende des Griffs auf.

»Und es gibt eine Möglichkeit, eine kurzzeitige Verbindung zwischen dem Zvarngras an der Schneide und der Ladung herzustellen. Einen Druckknopf am ...«

Kizzra drückte auf die Stelle und wurde von einem roten Lichtblitz geblendet. Die Klinge, die er knapp neben Lendons Oberschenkel hielt, glühte blutrot auf und vibrierte kurz. Kizzra erschrak und strauchelte. Dabei berührte er das Bein seines Onkels und das rote Licht kanalisierte sich an der Stelle der Berührung zu einem roten Lichtblitz, der nur einen Wimpernschlag andauerte. Kizzra sah, wie sein Onkel von dem Einschlag vom Glaskasten gestoßen wurde, durch die Luft flog und mehrere Schritt entfernt auf dem Boden landete, wo er zitternd liegen blieb.

»Irrwa!«, schrie Kizzra und ließ die Klinge fallen wie ein glühendes Eisen. Was hatte er getan? Was hatte diese Waffe getan? Die Klinge hatte Lendons Haut nicht einmal wirklich berührt, sondern ihn nur am Hosenbein gestreift.

Er sprang herunter zu Lendon und drehte ihn auf den Rücken. Er atmete. Jedoch hielt er das Gesicht verkrampft und sein linkes Bein zitterte unaufhörlich. An seinem Handgelenk floss etwas Blut hinab. Im bedrückenden Licht der Staubkammer schien es fast schwarz zu sein.

»Ich rufe den Arzt!«

Dann tat Lendon etwas, das Kizzra nicht erwartet hatte. Er lachte gellend – zwar voller Schmerz und mit Tränen im Gesicht, aber er lachte.

»Dieses Schwert ist ein Wunderwerk«, keuchte er, bevor er wieder das Gesicht verzog. Zunächst waren es pure Schmerzen in seiner Miene, dann aber grinste er. »Wenn ... wenn sogar du mich damit zu Fall bringen kannst.«

Später am gleichen Tag, als Lendon bereits im Krankenbett war – ein Bein versengt, ein Unterarm gebrochen – grübelte Kizzra weiter über die Briefe nach, die er erhalten hatte. Wenn Zikon tatsächlich so viel Staub erworben hatte, lag die Herrschaft über das Imperium womöglich bald in den Händen eines Mannes, der keinerlei Skrupel kannte. Kizzra war zu dem Schluss gekommen, dass es seine Pflicht war, Riya so schnell wie möglich zu antworten. Doch nach dem Vorfall mit dem Staubschwert, das er für den Augenblick Selbstmordklinge getauft hatte, war er noch stärker davon überzeugt, dass er sich auf keinen Fall zur Aufbietung vor Inz aufstellen lassen sollte.

Es waren insgesamt sieben neue Briefpapiere notwendig, bis er endlich eine Version zustande bekam, die ihm weder allzu dämlich vorkam, noch von seiner dauerhaft zitternden Hand verwischt war. Er schrieb:

*Meine liebe Freundin,*
*Deine Hoffnung ist vergebens. Kein Rudel ausgehungerter Rylurne treibt mich dazu, mich zum Obersten Inz-Kur zu kaufen. Ich täte der Welt und den Menschen darin unrecht.*
*Ich habe eine bessere Idee: Ein Gedankenspiel, das ich seit langer Zeit vor mir selbst aufführe und das mir mit jeder neuen Vorführung besser gefällt. Und eine*

*Vorführung ist auch genau das, worum es dabei geht.*
*Meine Idee mag einige Klugheit und einigen Geschäftsgeist erfordern. Und sie wird Dir nicht gefallen ...*

## 36

Wenn Riya sich umsah, dann kam ihr dieser Ort unwirklich vor – unwirklich auf eine geschmacklose Art. Das Haus war zwar groß für eine einzelne Person, doch nichts im Vergleich zu Kizzras Palast auf Nunk-Krevit. Die Einrichtung war nicht besonders umfangreich. Im Grunde gab es nur das Nötigste, was man zum Leben brauchte, wenn man einmal von der umfangreichen Sammlung von Kunstgegenständen absah, die sich einem aufdrängte, wohin man auch sah.

Riya hielt kurz an einem Spiegel mit einem Rahmen aus marmorartigem Stein und einem das Licht reflektierenden Quarz an der Oberseite. Sie sah beinahe aus wie früher, vielleicht etwas weniger modisch, aber dafür mit mehr Klasse. Ihr Samtkleid war definitiv länger, als sie es früher getragen hätte, und der Hut, den sie entsprechend der Jukrevinker Knigge im Hausinneren seitlich an ihrem Körper hielt, nicht so ausladend.

Der Blick in den Spiegel war mehr oder weniger zufriedenstellend. Ihr starker Lidschatten passte hervorragend zu den Azurtönen ihrer Kleidung und sie glaubte, kein einziges Anzeichen der Nervosität zu erkennen, die sie in diesem Augenblick verspürte. Es war endlich einmal wieder eine positive Nervosität, eine, die nicht durch Todesangst, sondern durch die Aussicht aufs Gewinnen getrieben war, und die man mit dem ganzen Körper auskosten konnte.

Sie ging vorbei an Zierschwertern, Gemälden, urtümlichen Relikten und kostbaren Kleidungsstücken von Samt und Seide. All dies passte weder ästhetisch zusammen – verschiedene Epochen dicht an dicht, sogar solche aus der Zeit vor den Alten Fahrern, und kein erkennbares farbliches Konzept – noch gab es irgendeine andere herausstechende Gemeinsamkeit. Und dann wurde Riya klar, woran sie dieser Ort erinnerte: an ein Lager.

Der Eigentümer hatte keinen Sinn für Schönheit und betrachtete die kostbaren Gegenstände nicht als Zierde, oder um eine Erkenntnis in ihnen zu finden. Er hielt sie lediglich vor, weil es wahrscheinlich war, dass ihr Wert im Laufe der Zeit stieg, denn vergleichbare Stücke wurden seltener und seltener hergestellt. Insofern war dieses Haus nur zu einem kleinen Anteil als Wohnort gedacht und zu einem sehr viel größeren als Wertspeicher.

Als Riya von einer Frau, die zugleich Köchin und Haushälterin zu sein schien, zum Empfangszimmer geführt wurde, wuselten permanent Hilfsarbeiter durcheinander und verstauten viele der Kunstgegenstände nach und nach in Kisten. Sie würden schon bald verkauft werden, wie Riya wusste, am besten bevor andere vermögende Kaufleute, Inz-Kur und Vokanv auf die gleiche Idee kamen und den Markt überfluteten, ohne wieder Stücke einzukaufen, wie sie es vorher getan hätten.

Riya verharrte einen Augenblick, als sie einen Gegenstand entdeckte, den sie nicht erwartet hatte. Er lugte zur Hälfte aus einem Beutel mit eingepackten Werkzeugen hervor – ein Kontrast aus dem Glanz polierten Metalls und einem stumpfen Graugrün. Wenn sie noch etwas von den Göttern gehalten hätte, dann hätte sie das Objekt wohl als eines ihrer Zeichen interpretiert. So war sie sich nur sicher, dass wirklich noch etwas von dem vorhanden war, was sie wecken wollte.

Sie nahm den Gegenstand an sich und verbarg ihn hinter ihrem Rücken, als die Haushälterin sie weiterführte.

»Bitte setzt euch doch schon einmal, Frau ven Ib-Zota«, sagte die Frau und deutete in einen kleinen Raum mit einem langen, schlichten Tisch darin.

»Botschafterin ven Ib-Zota«, bestand Riya auf ihren ausgedachten Titel, den sie der Haushälterin auf dem von

Kizzra ausgestellten Schreiben gezeigt hatte. Das Schreiben hatte ihr wie ein Zauberwort Eintritt in das Haus verschafft, das sie sonst niemals von innen gesehen hätte.

»Verzeihung, Botschafterin. Herr Zikon wird gleich bei ihnen sein.«

Beim Klang des Namens wurde Riya kurz mulmig, bevor sie Wut unterdrücken musste und schließlich versuchte, ihre Atmung zu beruhigen und nicht zu hektisch zu werden. Sie betrat das Zimmer und hängte ihren Hut über die Lehne eines Stuhls, setzte sich aber nicht hin. Stattdessen ging sie umher und begab sich auf die Suche nach möglichen Mordwaffen – ein silberner Kerzenständer, ein Briefbeschwerer aus massivem Metall oder Ähnliches. Es hatte eine beruhigende Wirkung, sich Gedankenspielen hinzugeben, und sich im Kopf ein Hintertürchen offenzuhalten, falls das Gespräch nicht nach Plan verlaufen sollte. Riya fragte sich, ob sie sogar hoffte, dass es dazu kam.

Welche Methode war wohl die befriedigendste, wenn es darum ging, einen verhassten Menschen umzubringen? Ertränken? Nach und nach erdrosseln, hin und wieder ein wenig Atmung zulassend, damit zunächst alle Hoffnung schwand und dann erst das Leben? Auch der Stoß von einer hohen Klippe schien nicht schlecht zu sein; konnte das Opfer doch im Fall noch für einige Sekunden bereuen, sich in diese Situation gebracht zu haben. Bloßes Erschlagen schien recht langweilig zu sein, und doch ... war das Ziel erst einmal außer Gefecht, könnte man damit eine Menge Schmerzen erzeugen. Außerdem war das unter den gegebenen Bedingungen eine der wenigen realistischen Möglichkeiten.

*Eine Staubpeitsche*, dachte Riya. *Die Waffe, deren Narben ich seit Jahren mit mir trage. Genau das, was er ...*

»Ich hatte nicht damit gerechnet, so bald wieder die Gespräche mit der Linie der verstorbenen Inz-Kur von Nunk-Krevit aufzunehmen.«

Seine Stimme.

»Ich verstehe, dass es Ankvina nicht gefallen haben kann, dass wir uns das nicht ordnungsgemäß beanspruchte Land im Schweif erworben haben. Ich habe viel ... Interessantes über ihren Sprössling gehört. Er versteht hoffentlich, dass ich keineswegs einen persönlichen Groll gegen ihn hege.«

Riya nahm ihren Mut zusammen und drehte sich zu ihm um. Der gegenüberstehende Mann sah genau so aus wie früher: Muskulös, die rötlich blonden Haare lang über die Schulter fallend und die Kleider einfach geschnitten und in einem matten Oliv gehalten.

Zikon schien sie mit der natürlichen Haarfarbe und der starken Schminke nicht zu erkennen, oder ließ es sich nicht anmerken.

»Kizzra ist nicht seine Mutter. Auch ist er nicht erfreut über deine ... Aktivitäten auf Nunk-Krevit. Dennoch hegt er eine gewisse Form der Bewunderung für deinen Geschäftsgeist.«

»Bewunderung?« Zikon grunzte. »Ich hoffe, dass ihr auch ein lohnenswertes Anliegen habt und dass das Aussprechen von Bewunderung nicht der Grund für euren plötzlichen Besuch ist. Nein, wenn es nur Bewunderung ist, dann kann er sich gleich zu den Dummköpfen scheren, die mich belagern, als sei ich eine Art Gott. Sie studieren jede meiner Taten und sind doch nicht dazu in der Lage, für sich selbst auch nur die geringsten Schlüsse daraus zu ziehen. Ich hoffe, dass Kizzra nicht zu dieser Sorte Bewunderer gehört.«

Riya legte den Kopf schräg. Anscheinend war Zikon kein Stück diplomatischer geworden. »Das ist natürlich eine Lüge. Es würde dir nur zu gut passen, wenn sich einer der vermögendsten Menschen des Imperiums als fahrlässig entpuppte, noch dazu ein Vokanv aus einer langen Linie. Konkurrenz, die du nicht einmal selbst zu Uvrit schicken musst, so wie du es für gewöhnlich mit allen tust, die du als solche erachtest.«

Er blieb auf der Stelle stehen und spannte sich sichtlich an. »Wie kommt ihr darauf, mir dies zu unterstellen?«

»Weißt du das nicht, Zik?« Als er nichts anderes tat, als Riya durchdringend anzustarren, bemerkte sie mit Blick auf seine olivfarbene Weste: »Ich finde es wirklich erheiternd, dass du wohl zum ersten Mal in deinem Leben der Mode entsprichst. Es stört dich ein wenig, nicht wahr? Es war dir schon als Kind wichtig, anders zu sein. Du hast dich dadurch den anderen Kindern überlegen gefühlt. Und nun hast nicht du dich der Mode angepasst, sondern die Mode sich dir und es frustriert dich.«

»Dann warst also tatsächlich du die Frau, die bei der Notargilde auftauchte. Die gleiche Frau, die das Forum der Schwätzer und Tagträumer gegründet hat.« Er ließ ein kehliges Glucksen verlauten und strich sich nachdenklich durch die langen Haare, verbarg aber ansonsten jedwedes Anzeichen der Überraschung. »Und Eshman hat damals gelogen, oder zumindest seine Leute.«

»Das wäre ja etwas ganz Neues.«

Auch auf ihren Sarkasmus reagierte er nicht. »Was hast du mit dem Vokanv von Nunk-Krevit zu schaffen?«

»Wir führen eine Beziehung zu beiderseitigem Vorteil. Ich habe wieder einige Mittel und er weiß, dass Fran-Ila sterben wird. So wie du.«

»Du schläfst also mit ihm und dafür lässt er dich seine Botschafterin spielen, damit du dir wichtig vorkommst und an mich herankommst.« Zikon zuckte unbeeindruckt die Schultern. Er sollte ruhig denken, dass Kizzra und sie sich nur gegenseitig benutzten. Riya war sich dennoch sicher, dass er diese falsche Annahme mit Unbehagen verarbeitete.

»Du hast also mit seiner Hilfe wieder ein wenig Staub angesammelt«, stellte er nach einer Pause fest.

Er musste innerlich kochen. Vor allem aber musste er sich fragen, wie bei Aschvonin sie hatte überleben können und wo sie die letzten vier Jahre gewesen war. Er zeigte es nur nicht, weil es eine Niederlage für ihn wäre, dies einzugestehen. Besser gesagt: Er zeigte es *noch* nicht.

»Ein wenig. Doch nicht einen Bruchteil dessen, worum du mich betrogen hast. Zumindest musste ich dieses Mal auch niemand anderen dafür betrügen, wie wir es früher getan haben.«

»Betrügen. Wer leichtfertig seinen Staub verspielt, den kann man kaum betrügen. Wer ohne nachzudenken ein dummes Geschäft eingeht, den kann man kaum betrügen. Und wer ihn ansonsten ohnehin für Oberflächlichkeiten verprasst, wer das Ziel aus den Augen verliert und ein Vermögen in die Hände des Kontrahenten legt, den kann man ebenfalls kaum betrügen. Ich habe deinen Staub einem Zweck zugeführt. Ich werde zum Obersten Inz-Kur werden und dafür sorgen, dass nie wieder ein einziger privilegierter Vokanv dieses Amt erwirbt.« Als seine Stimme gerade im Begriff war anzuschwellen, nahm er sich wieder zurück. »Ich nehme an, dass du gekommen bist, um mich zu bitten, deine Identität vor den Notaren zu bezeugen. Aber du irrst dich, wenn du glaubst, dass ich Reue empfinde. *Spitz.*«

»*So nennst du mich nicht!*«, fuhr sie ihn an, sodass man es auf der Straße hören musste. »Wie kannst du keine Reue empfinden? Du hast mich in den Abgrund gestürzt! Sag mir, wann hast du entschieden, mich zu verraten? War es, nachdem ich im Gewinners Biss war und er mir einen Pakt angeboten hat? Hat er dich erst auf die Idee gebracht? Oder hattest du schon vor, mich auszunutzen, als du mich Kalavreyus empfohlen hast?«

Zikon sah weg und für einen Augenblick glaubte Riya, er würde zu einer Erklärung ansetzen. Doch das erste Wort brach ab, bevor es über seine Lippen gekommen war.

»Wenn dir keine Antwort einfällt, dann gib mir, was mir zusteht!«

»Du warst schon immer zu emotional«, erwiderte er stöhnend und ohne sie anzusehen. »Es wird nicht funktionieren. Niemand wird dir irgendetwas glauben. Dieser Tage trägst du ja anscheinend nicht einmal einen Zehnlauf lang den gleichen Namen, gibst dich sogar als Vokanv aus. Liv-Riya Ik-Vokvaram wird eine Behauptung bleiben. Du solltest die Vergangenheit begraben und deinen Neid vergessen.«

Riya lachte auf, sodass es – wie sie hoffte – geradezu hysterisch klingen musste. »Die Vergangenheit hast du jedoch immer nah bei dir behalten«, sagte sie. Dann schleuderte sie das alte Wurfband auf den Tisch, das sie in dem Beutel draußen gefunden hatte. Es war dasselbe Wurfband aus Zvarngras, das Mik-Ter ihr einst geschenkt hatte. »Du hast es aufbewahrt, nachdem du meinen Besitz an dich gerissen hast.«

Zikon winkte ab, doch die Provokation zeigte Wirkung. Er presste die Arme auf den Tisch, als wolle er ihn in die Erde drücken. »Dieses beschissene Ding ist das Symbol deiner Schwäche. Egal, wie viel du geübt hast, du konntest mich nie schlagen, nicht einmal in diesem Kinderspiel.«

Wie in einem Ballspiel nahm Riya die Kraft und Geschwindigkeit seiner Worte auf und warf sie noch stärker zurück. Sie legte alles hinein, was sie hatte – die Trostlosigkeit des Moores, die Narben auf ihrem Rücken – und noch mehr: Schmerz, der nie dagewesen war und den sie an sich zog, um ihre Worte wie eine Staubpeitsche knallen zu lassen.

»Du ziehst den Staub aus allen Richtungen an, sitzt auf einem Berg davon und gönnst dem Anderen nicht ein Körnchen. Lieber lässt du ihn für dich ausbluten und für deine schmutzigen Geschäfte. Du betrachtest deine Verkommenheit als eine Tugend und nur die Uryghoy könnten noch weniger Empathie haben als du. Du bist alles, was an der Ordnung falsch ist und noch mehr. Ich verachte dich und ich kann die Male nicht zählen, in denen ich mir gewünscht habe, die letzte Lebenskraft aus dir zu pressen.«

»Wirst du versuchen, mich zu töten? Es wird dir nicht gelingen.«

»Ich hätte es schon lange tun können. Ich war in Kell-Kirenn. Habe dich gesehen, wie du Eshman ermordet hast, als er von Inz geblendet war. Stand über dir mit meiner Klinge, als du feige davongerudert bist.«

Endlich entglitten ihm die Gesichtszüge. Sie starrte ihn an, bedeutend, dass sie ihr Versäumnis gerne sofort nachholen würde.

»Aber das musste noch warten. Vorher werde ich dich besiegen und dir alles nehmen. Alles. Ich werde dich leiden lassen. Und dann wirst du darum betteln, dass ich es beende.«

»Du kannst mich nicht besiegen«, erwiderte Zikon »In welcher Hinsicht hast du eine Chance gegen mich? Ich werde bald schon Oberster Inz-Kur sein und du kaufst weiterhin Kleider von deiner Handvoll Staubkugeln. Nicht einmal im Kampf eins gegen eins hast du mir etwas entgegenzusetzen. Dazu bist du heute zu wenig, wie du schon immer zu wenig dafür warst.«

Riya verkrampfte ihre Hände so sehr, dass ihre Adern weiß hervortraten. Sie schwitze am ganzen Leib. »Ich werde es verhindern. Diese Welt braucht so viel Veränderung. Rein gar nichts würdest du verändern, nicht einmal die Vokanv entmachten. In Wahrheit verachtest du sie doch dein Lebtag nur aus einem Grund: Du wolltest immer einer sein, und es wird dir immer verwehrt bleiben.«

Eine Vase oder ein Kerzenhalter sauste an ihrem Kopf vorbei und zerschellte an der Wand hinter ihr. Zikon hatte mit bebender Brust einen Wert von mehreren Staubkugeln vernichtet und Riya dadurch beinahe enthauptet.

*Gut,* dachte Riya und setzte sich in Bewegung. Sie hatte abgeladen, was sie hatte abladen wollen. Vielleicht hatte sie den Bogen sogar überspannt. Jetzt musste sie so schnell wie möglich entkommen. Vom Tisch griff sie sich noch das Wurfband und ließ den schwer atmenden Zikon dann im Raum stehen. Er war nicht geistesgegenwärtig genug, um sie festzuhalten. Sie wand sich im Flur zwischen den packenden Helfern hindurch, sprintete durch die kahle Eingangshalle und preschte durch den Türrahmen nach draußen.

Als sie auf die Straße trat und die Spannung von sich abfallen spürte, öffnete sie die Hand, weil sie bemerkte, wie stark sie beide Enden des Wurfbandes in der Faust zusammengepresst hatte. Es war schweißnass.

## 37

Fran-Ila ven Vis-Kus, die Oberste Inz-Kur, war tot. Von ihrem Palast war vor vier Tagen roter Rauch aufgestiegen. Ein einziger Glockenschlag war erklungen und hatte die stille Melodie von Uvrit nach sich gezogen. Seit jenem Abend antworteten auch alle anderen Glocken der Stadt mit Stille. Ebenso verstummte jeder Sänger und jeder Priester, denn es durfte kein Fest gefeiert und kein Spiel ausgetragen werden und überhaupt kein gewöhnlicher Lauf der Dinge erfolgen, bis der Staub einen neuen Herrscher gekürt hatte. Es konnte mehrere Wochen dauern, bis die Nachricht zu allen Inseln getragen wurde und sich die Reichsten der Reichen versammelt hatten, um sich der Aufbietung vor Inz zu stellen. Und bis dahin erklang jeden Tag nur ein einziges Mal diese eine Glocke in diesem einen Tempel auf dieser einen Insel.

Was gemeinhin als Zeichen des Respekts bezeichnet wurde, war, wie Riya inzwischen fand, doch im Grunde nur einem Zweck geschuldet: Das Volk sollte sich nicht an die Leere über ihren Häuptern gewöhnen oder sich gar daran erfreuen. Es sollte die Nachfolge herbeisehnen und dafür beten, dass die Schiffe der Kandidaten geschwind wären, wenn sie sich aus allen Winkeln der Welt aufmachten.

»Einhundertunddreizehn«, sagte Luysch, während er eine Spinne auf dem Fenstersims absetzte, sodass sie an der Außenwand des Forums hinaufklettern oder die Straße entlang krabbeln konnte. »Das sind ziemlich viele Leute, die für einen bürgen müssen, damit man an der Aufbietung teilnehmen darf. Und sie alle an einem Ort versammelt. Das Forum wird gut gefüllt sein.«

*Und bei einem bestimmten Notar*, wollte Riya augenverdrehend hinzufügen, sparte es sich aber. Die Notargilden verwalteten in diesem Zustand des Machtvakuums die wichtigsten Angelegenheiten und beaufsichtigten die Aufbietung vor Inz. Und irgendwie musste man schließlich eine Auswahl der Kandidaten herstellen. Natürlich war es für jeden mit genügend Staub ein Leichtes, eine Menge von der Straße gegen je ein paar Silberstücke anzuheuern und für sich bürgen zu lassen. Doch Geld war nicht die Motivation, die im Forum der Unordnung verwendet wurde.

Die anwesende Notarin schlug Luysch die Fensterläden vor der Nase zu und sah ihn strafend an. Es handelte sich um dieselbe eindrucksvoll strenge Frau, die Riya im vorigen Jahr bei der Notargilde abgewimmelt hatte. Sekunzintra ven Sekunzento trat ebenso unnahbar auf wie an jenem Tag, aber nicht so gleichgültig. Anstatt einer Robe trug sie ihre schneeweiße Notarrüstung, deren gewölbte Platten sich wie eine zweite Haut an die Form ihres Oberkörpers schmiegten, und hielt den dazugehörigen Helm unter dem Ellenbogen.

»Wie viel Zeit haben die Bürgen, wenn wir die Türen öffnen?«, wollte Riya wissen.

Sekunzintra stellte sich wieder zu einem der hohen Tische in der Ecke des Raumes, auf dem sie ihre Papiere, einen Stempel und ein Tintenfässchen samt Feder ausgebreitet hatte. Das Licht wurde so knapp, dass Sella bereits die Kerzen anzündete, die in unregelmäßigen Abständen an allen Wänden verteilt waren.

Der Mund der Notarin bildete eine flache Linie, als sie sagte: »So viel, wie die Notargilde als angemessen erachtet.« Ihr Blick durchdrang die vier Halblebenden und blieb an einen unsichtbaren Fixpunkt in der Luft über der Bühne geheftet.

Riya vermutete, dass es kein Zufall war, dass dieselbe Notarin für ihr Anliegen zum Forum gekommen war. Und sie war sich sicher dabei, dass sie alles in ihrer Macht Stehende tun würde, um zu verhindern, dass genügend Fürsprecher in der rechten Zeit eintreffen würden ... wenn dem Aufruf überhaupt genügend gefolgt waren.

»Es ist an der Zeit, das Forum zu öffnen.« Riya nickte Amin zu, der die Hand an die altgediente, maserige Schänkentür legte und sie ein Stück weit öffnete.

Von ihrer Position konnte Riya nur einen horizontalen Streifen der höherliegenden Straße erkennen. Sie sah jede Menge Schuhe, die meisten davon voller Dreck oder Feuchtigkeit. Die zwei nächsten Beinpaare, die noch auf der ersten Treppenstufe standen, waren allerdings in blitzblanke, weiße Plattenstiefel gehüllt. Neben den Stiefeln hing jeweils das graugrüne Zvarngrasende einer Staubpeitsche herab.

Es entwickelte sich ein Aufruhr vor der Tür, Stimmgewirr ertönte, dazu Stiefelscharren und das metallische Geräusch einer Rüstung, die mit einem harten Gegenstand kollidierte.

»Die Notare versperren den Weg«, protestierte Amin.

Wenn Sekunzintra eine Reaktion zeigte, dann war es nur ein flüchtiges Zucken des linken Mundwinkels.

»Was machen die Notare hier? Sie müssen die Fürsprecher reinlassen.«

»Ich weiß von nichts«, log die Notarin. »Aber wenn die Fürsprecher nicht zur vereinbarten Zeit eintreffen, gehe ich meiner Wege.«

Riya starrte Sekunzintra nieder, doch sie begegnete ihr nur mit derselben Gleichgültigkeit – ihrer parteiergreifenden Neutralität. Wie viele mochten wohl draußen warten, nur um von den Notaren abgehalten werden, weil gewisse Kräfte sich gegen Riya und das Forum gestellt hatten? Über einhundertdreizehn?

Sie ging entschlossen zur Tür, drängte Amin zur Seite und stieg auf die erste Treppenstufe. »He, Notare« – sie reagierten nicht – »Tut eure Arbeit und sorgt für Recht und Ordnung. Lasst die Menschen eintreten.«

Sie konnte zwischen den breiten Rüstungen nach oben sehen und erkannte, dass mehrere Leiber wellenartig gegen die Notare gepresst wurden, nur um an ihnen abzuprallen wie ein Lederball an einer massiven Wand. Außer dass es viele waren und sie, Männer wie Frauen, laut durcheinanderredeten, konnte sie nichts Genaueres ausmachen.

Einer der Notare drehte sich zu ihr um und nutzte nun seinen Rücken, um den Weg zu blockieren, wobei er sich mit vollem Gewicht von den in den Felsen geschlagenen Stufen abdrückte. »Die Menschenmasse ist gefährlich«, sagte er und Riya malte sich einen stoischen Gesichtsausdruck unter seinem Helm aus. »In einem so kleinen, unterirdischen Raum könnte es eine Panik geben.«

»Unsinn. Sekunzintra hat befohlen, dass ihr Platz macht«, log Riya, worauf der Notar nicht reagierte. Jemand prallte mit Schwung gegen seinen Rücken, wodurch beinahe der Halt seines Stiefels nachgegeben hätte. Sie konnten die Leute nicht ewig abhalten, aber das mussten sie auch gar nicht. Ein paar Minuten würden ausreichen, damit Sekunzintra eine Rechtfertigung hatte, einfach zu gehen und in ihrem Bericht festzuhalten, dass keine Fürsprecher eingetroffen wären. Gleichzeitig durfte Riya keinesfalls Gewalt anwenden, denn dann hätte sie darüber hinaus auch eine Rechtfertigung, sie in Gewahrsam zu nehmen oder Schlimmeres.

»Huren.« Riya vertraute auf ihr Mundwerk, um einen der Notare die Konzentration verlieren zu lassen oder alternativ auch die Beherrschung. Riya war mit der Peitsche vertraut und hätte sie gerade nur zu gerne in Kauf genommen. »Ist euch aufgefallen, dass sie gerade die einzigen in der Stadt sind, die etwas auf ihr Äußeres geben und keine verdammten Olivtöne am Körper tragen? Nun ja, neben euch weißen Rittern der Ordnung natürlich.«

Hinter ihr trat Amin in den Türrahmen, um nach dem Rechten zu sehen, aber Riya schickte ihn mit einer Handbewegung fort. »Sie geben weniger auf die Mode, als man denken würde, schließlich wollen sie vor allen Dingen die Aufmerksamkeit der Freier erwecken. Ich sah neulich eine Rothaarige und eine Schwarzhaarige, die sich auf heiliger Straße küssten, um Kundschaft anzulocken. Wobei Küssen es nicht ganz trifft. Sie sind übereinander hergefallen, hatten die prallen Brüste unter den kurzen, ineinander verschränkten Mänteln gegeneinandergepresst. Dann nahm die Rothaarige ihre Hand, leckte sich die Finger einen nach dem anderen, zuerst den Zeigefinger, dann den Mittelfinger und schließlich den Ringfinger, nur um sie dann ebenfalls unter den Mantel zu führen. Und dann begann die Schwarzhaarige vor Lust zu stöhnen, dass es jeder auf dem ganzen Platz hören konnte ...«

Riya redete weiter und weiter und beschrieb den ausufernden Liebesakt, den ihre Fantasie während des Sprechens produzierte. Sie musste jedoch feststellen, dass ihre Beschreibungen die Notare nicht auf Gedanken brachten, oder dass sie diese Gedanken unter ihren Panzerungen ebenso abschirmen konnten wie die Menschenmenge vom Eingang.

Wie taube, weiße Statuen, blieben die beiden auf der Treppe stehen und versperrten den Zugang.

»Seid ihr nicht durstig? Hungrig?« Weiterhin keine Reaktion.

Riya kam eine andere, zugegeben weniger elegante Idee. »Wartet, ich bin gleich zurück.«

Sie trat wieder in den Schankraum und sagte im Vorbeigehen zu Amin: »Nerve sie. Sing ihnen ins Ohr. So schief du kannst oder wie es deine Sängerwürde hergibt.«

Dann eilte sie in die Küche der Schänke, durch den schmalen Durchgang in eine kleine Kammer, wo Abfälle gesammelt wurden. Ohne genau zu überdenken, was sie tat, leerte sie die Abfälle auf dem Boden aus und fand, was sie gesucht hatte: Fleischreste, Federn, Eingeweide und etwas, das wie ein Tiermagen aussah. Dazu Stiele von Früchten und Gemüse, das braun geworden oder nicht am Vortag verzehrt worden war. Das widerwärtige Gemisch schwamm in einer Suppe aus Tierblut und den braunen Säften, die der Abfall von sich gegeben hatte.

Riya wendete sich kurz ab, holte tief Luft und überwand sich. Sie begann damit, den Abfall an sich aufzutragen wie ein Parfum. Sie biss die Zähne zusammen, als sie die widerwärtigsten Stücke herausgriff und an ihren Kleidern rieb wie ein Stück Seife. Einiges steckte sie sogar in ihre Taschen und wollte bereits um die dünne Kapuzenjacke, das Korsett und den Ledergürtel weinen.

Als die Prozedur abgeschlossen war, atmete sie ein und stellte mehr oder weniger zufrieden fest, dass sie einen vollkommen abscheulichen Gestank vernahm, der bestialisch von der Nase bis in den Rachen brannte. Sie unterdrückte ihren Brechreiz, wie sie es im Moor gelernt hatte. Genau genommen hatte sie dort wahrscheinlich häufiger gerochen wie jetzt, nur war ihre Umgebung ebenso scheußlich und ihr Geruchssinn abgestumpft gewesen.

Als sie wieder durch den Schankraum ging, ignorierte sie die angeekelten Blicke und platzte aus der Tür zu Amin und den Notaren, die sich wieder zur Straße gewendet hatten und weiterhin standhielten. Amin sang Tonleitern in einem unerträglich schiefen Falsett in ihre Ohren.

In dem Hauseingang, der etwas unter der Straße lag, konnte sich der von Riya ausgehende Gestank hervorragend sammeln und es dauerte nicht lange, bis sich beide Notare zu ihr umdrehten. Amin hielt sich angewidert die Nase zu und dasselbe wollten auch die Notare tun. Ihre Finger fanden allerdings nur ihre Helme.

»Was ist das für ein Gestank?«, fragte ein Notar dumpf und gab im gleichen Moment ein kehliges Geräusch von sich, als stiege die Galle seinen Rachen empor. Er verlor den festen Stand auf der Stufe und stolperte die Treppe ein Stück hinab. Sofort erinnerte seine Disziplin ihn an die Aufgabe, doch es war schon zu spät.

Mehrere Menschen drängten sich vor und quetschten sich zwischen den Notaren hindurch. Der Damm war gebrochen und konnte nicht wieder geschlossen werden. Riya machte den ersten Leuten – breitschultrige Männer in Arbeitsschürzen – Platz und folgte dann dem Strom in die Schankstube.

Sie entfernte sich von den Leuten, um sie mit ihrem Gestank und Aussehen nicht gleich wieder zu vertreiben. Jeden, der eintrat, erinnerte Amin: »Ihr sprecht für Stydja vor, vergesst das nicht.« Dann schickte er sie in die Ecke, in der Sekunzintra mit versteinerter Miene saß und die Leute mechanisch nach ihren Namen fragte. Jede weitere Person, die ihr gegenübertrat, war ein kleiner Erfolg für Riya und bald war der ganze Schankraum mit Menschen geflutet.

Und es waren nicht nur einhundertdreizehn Männer und Frauen des Forums. Es wären wenigstens fünfhundert gewesen, wenn die Schankstube so viel Platz hergegeben hätte. Mehr als genug Fürsprecher, um sie zur Aufbietung vor Inz zu nominieren. Sie – Liv-Riya aus Vokvaram – würde zur Aufbietung vor Inz antreten, wie sie es sich als kleines Kind ausgemalt hatte. Dass sie einen anderen Namen tragen musste, konnte die Euphorie nicht bremsen, schließlich war ein Name in der Ordnung häufig nicht weniger als eine Fessel. Beinahe konnte sie Mik-Ters zerfurchte Gesichtszüge vor sich sehen. Er hatte immer mit den Augen gerollt, wenn sie ihm beschrieben hatte, dass sie Wagenladungen an Staub aufbringen würde, damit die Notare sie zählen konnten, um sie zur Herrscherin über alle anderen zu erklären.

*Mich und Zikon. Und nun kommt es dazu, wenn auch nicht mit dem einst erträumten Ausgang.*

Riya beobachtete aus sicherem Abstand, wie die Anhänger des Forums nach und nach ihre Namen auf Sekunzintras Liste setzten, oder ihn von Sekunzintra daraufsetzen ließen, wenn sie nicht schreiben konnten. Sie triefte und stank und hätte sich zu gerne gewaschen. Doch nicht. bevor nicht der Einhundertunddreizehnte sie nominiert hatte. Es war ihr ein persönliches Anliegen, nominiert zu werden. Viel wichtiger als die Aufbietung vor Inz an sich war nämlich eines: Sie und Kizzra würden wieder Zugang zu Zikon erhalten. Und dann könnte sie das nachholen, was sie in Kell-Kirenn und bei ihrem Besuch vor einigen Wochen versäumt hatte.

## 38

Auf den breiten Stufen, die zu Fran-Ilas Palast hinaufführten, hoppelte ein streunender Welurn. Das putzige Fellbüschel bahnte sich seinen Weg hinunter und krabbelte durch dutzende Beinpaare, unter Röcken und Mänteln hindurch sowie unter Achsen und zwischen Speichen, und tauchte hier und dort wieder auf, sodass Riya kurz beobachten konnte, wie das Tier sich schnuppernd umsah, bevor es wieder zwischen den wartenden Leuten verschwand.

Riya bildete den Abschluss der langen Prozession, die den Fels quälend langsam erklomm. Während Kizzra schon das gigantische Tor erreicht haben musste, mühte sich die Arbeiterschaft hinter ihm noch damit ab, die zahlreichen und teils versilberten, teils aber auch sehr funktional gestalteten Wagen und Transportkisten nach oben zu hieven. Menschen und Material ächzten aufgrund der Anstrengung. Das blutrote Glimmen, das aus den meisten Transportgefäßen drang, ließ den Schaulustigen die Kinnladen reihenweise hinunterfallen. Einige Vorwitzige versuchten gar, sich zu nähern, um möglicherweise eine

Handvoll ungesicherten Staubs abzugreifen. Doch die Träger oder die in regelmäßigen Abständen postierten Notare drängten sie sogleich zurück. Einige patriotische Jukrevinker gaben Schmährufe von sich oder zogen über Nunk-Krevit her, nannten sie Stinkteesäufer oder Hinterwäldler. Während Trubel und Lautstärke ihr Crescendo erreichten und die elektrisierende Stimmung vor der Bekanntgabe eines neuen Imperators jeden erfasste, klammerte Riya sich an eine einzige Lade Staub und einen großen Beutel und drückte beides fest an die Brust.

Auf manche der Spalier stehenden Bürger von Keten-Zvir musste es wirken, als bildete sie das letzte Glied in Kizzras Kette der Staubgefäße. Doch die beiden mit Staubpeitschen und blitzenden Schwertern ausgestatteten Notare hinter ihr hatten sicherlich erfahren, dass sie selbst an der Aufbietung vor Inz teilnehmen wollte. Riya bildete sich ein, dass sie unter ihren Helmen verächtlich – oder vielleicht eher belustigt – geschnaubt hatten, als sie die Lade gesehen hatten, die im Vergleich zu den Staubmengen der Gegenkandidaten mickrig war.

Der Palast befand sich auf einem hoch gelegenen Felsen über der Stadt. Der Tempel von Inz, in dem die Aufbietung stattfand, war ein separates Gebäude mit einem Grundriss in Form eines Oktagons. Turmhoch und von acht breiten Säulen getragen ragte ein versilbertes Schrägdach in den Himmel und schickte Glanz über die gesamte Stadt, wenn, wie jetzt, die Sonne darauf schien.

Die Unmengen Staub, die vor Riya bewegt wurden, gehörten nicht wirklich Kizzra. Es handelte sich um geliehenen Staub im Gegenwert dessen, was über Jahre in der Staubkammer seiner Linie angehäuft worden war, zuzüglich der Menge, die er durch kurzfristige Verkäufe hatte realisieren können. Für die Aufbietung vor Inz musste der Staub an Ort und Stelle vorliegen, so verlangte es die Ordnung. Wenn man aber nicht gerade von der Insel des vorherigen Imperators stammte, dann musste man den

Staub per Schiff dorthin transportieren, was mit einem erheblichen Risiko verbunden war. Die Handlungsschnellsten – und dazu hatte Kizzra aufgrund seines Wissensvorsprungs gehört – konnten sich gegen niedrige Zinsen Staub von vielen hiesigen Kaufleuten leihen, um dieses Risiko zu vermeiden. Wer allerdings nicht zu den ersten Interessenten gehörte, würde auf leere Geldbeutel stoßen, da selbst auf Jukrevink einfach nicht genügend Staub existierte, um den Vermögen aller Teilnehmer zu entsprechen.

Riya hatte sich heute einfach gekleidet. Sie trug eine gut sitzende Leinentunika und dicke Stoffhosen in hohen Stiefeln, wie man sie im Moor hätte gebrauchen können. Ihr Kurzschwert hatte sie an einem schlichten Gürtel befestigt. Dieses einfache Aussehen war ihr für den heutigen Tag passender erschienen als jedes Kleid, auch wenn sie den Drang verspürt hatte, sich etwas Besonderes zuzulegen.

Als sie fast am weißen Tor angekommen war, entdeckte sie Sellas Schopf in der Menge. Amin und Luysch standen neben ihr, gemeinsam mit ein paar Gesichtern, die Riya inzwischen sehr gut aus dem Forum der Unordnung kannte, darunter auch Slevn, der lautenspielende Hafenarbeiter. Der gesamte obere Treppenabschnitt schien von Freunden des Forums besiedelt zu sein, denn anstelle von Beleidigungen kamen Riya plötzlich erwartungsvolle Blicke von hunderten Augenpaaren entgegen.

»Platz da!«, rief ein Notar und schob die Leute grob nach hinten. Der letzte Wagen hätte problemlos zwischen ihnen über die dafür vorgesehenen Latten gezogen werden können, doch, wie es schien, war dieser Notar nervöser und dadurch aggressiver als seine Gefährten. Riya ignorierte ihn.

Bevor sie durch das Tor ins Dunkel des Tempels schritt, drehte sie sich noch einmal um, damit sie den Blick auf das versammelte Volk von Keten-Zvir genießen konnte.

Lange hatte es keinen neuen Obersten Inz-Kur mehr gegeben und lange war Riya nicht mehr so hoch gestiegen. Der Blick auf die Stadt und ihre Menschen ließ ihre ängstliche Anspannung in eine positive umschlagen.

Aufbietung vor Inz – der Einsatz so hoch wie nie, das Spiel so bedeutend, wie es nur sein konnte. Und sie war ein Teil davon.

Im Inneren des Tempels war es trotz der großen Mosaikfenster erstaunlich dunkel. Das einfallende Licht schien zu einem großen Teil von dem gewaltigen Gegenstand in der Mitte verschluckt zu werden. Der Inz-Juvenk stand auf einem vergoldeten Sockel mit einem etwas größeren Umfang, der einen kleinen Sicherheitsabstand herstellte. Riya hatte den riesigen roten Kristall zuletzt vor vier Jahren gesehen, nämlich an dem Tag, an dem sie von Zikon verraten worden war. Und nun stand sie Kristall und Verräter erneut gegenüber.

Kreisrund verteilt standen drei Frauen und fünf Männer, von denen sich manche trotz der Hitze in herrschaftliche Mäntel gehüllt hatten, um jederzeit bereit zu sein, als neuer Imperator vor das Volk zu treten. Riya erkannte Atzon-Rian ven Freman, den Inz-Kur von Ternank, die bärbeißige Sylla ven Tylla, die ebenfalls von Jukrevink stammte und im Süden der Insel eine Privatarmee führte, und den Kaufmann Azvio ven Grasten, dessen Linie dafür bekannt war, dass sie zwei Dinge brannte: Ziegel und Alkohol. Außerdem stachen ihr ein Mann und eine Frau ins Auge, deren Namen sie nicht kannte, dafür aber eindeutig ihre Herkunft. Der Mann trug einen überlangen Umhang, auf den menschengroß der Umriss der Insel Varenvink gestickt war, und die Frau, die stolz und verwegen das Kinn in die Höhe hob, führte ein vimder Schwert mit der typischen eckigen Platte am Griff.

Und dann war da Zikon.

Sie waren die reichsten und mächtigsten Menschen des Imperiums, einige sogar Inz-Kur ihrer Insel, und doch wirkten die meisten wie das scheue Kind im Kivkhaus, das völlig verloren abseits des Geschehens stand. Die Menschen gingen zwischen den gewaltigen Säulen unter, die sich so hoch erhoben, dass man ihr oberes Ende nicht sehen konnte, wenn man davorstand und den Kopf in den Nacken legte.

Riya durchquerte den Tempel und passierte den Inz-Juvenk auf der rechten Seite. Wenn sie sich ein wenig streckte, dann könnte sie ihn berühren – eine Berührung, die sie womöglich zu Uvrit schicken könnte.

Sie glaubte nicht, dass irgendjemand sie überhaupt bemerkte, als sie an den versammelten Notaren vorbeiging, die beaufsichtigten, wie die Arbeiter Kizzras Wagen entluden und den Staub nach und nach in badewannengroße Fächer füllten, die in den weiß gefliesten Marmorboden eingelassen waren. Später würden sie zählen und vermessen, welcher Bewerber die meisten Fächer bis zum Rand gefüllt hatte und dieser würde dann zum Imperator erklärt.

Insgesamt vier Fächer taten sich im Boden vor Riya auf. Bei den anderen waren es sicherlich mehr, doch der Platz war trotzdem lächerlich überdimensioniert, wenn man den kleinen gläsernen Kasten in Riyas Händen betrachtete. Nicht ein einziger Notar beaufsichtigte sie, während sie den Beutel ablegte und darüber nachdachte, ob sie den Staub wohl der Ästhetik wegen gleichmäßig auf die Fächer verteilen sollte.

Als sie um die Fläche herumging, hätte sie die Staublade beinahe fallengelassen. Aus dem Schatten an der Seitenwand des Tempels schimmerte ihr kaum merklich eine blassrote Kontur entgegen, die sie nur allzu gut zuordnen konnte. So wie sich Vysn in Vokvaram vor ihr erhoben hatte, türmte sich hier eine noch größere Uryghoy vor ihr auf. Sie – Riya spürte aus irgendeinem Grund, dass sie weiblich war – schwamm in einem Wassertank aus weißem Metall, der auf ein schulterhohes Podest gestellt war.

Als Riya näher an den Tank herantrat, schwamm auch die Uryghoy näher an die Scheibe. Sie sahen einander an, Riyas blaue Augen trafen ihre schwarzen, die alles durchschauten und denen jede nur erdenkliche weltliche Erkenntnis innewohnte.

»Du gehörst zu den Notaren«, murmelte Riya, erhielt jedoch keine Antwort.

Stattdessen hallte ein im stumpfen varenvinker Akzent vorgetragenes Gemecker durch den Tempel. Der Kaufmann mit dem Inselwappen war zu Zikon herüber marschiert und beschuldigte ihn, zunächst verhindert zu haben, dass ihm irgendein Jukrevinker Staub lieh und dann Piraten nach seinen Schiffen ausgeschickt zu haben.

Zikon – selbstverständlich trug er keinen langen Umhang und war auch nicht geschminkt – blieb von den wutschäumenden Worten vollkommen unbeeindruckt und zuckte nicht einmal die Schultern. Er wartete einfach ab, bis zwei Notare herübergeschritten kamen und den Varenvinker auf seinen Platz verwiesen. Eine der beiden hatte dieselbe kräftige Statur und elegante Haltung wie Sekunzintra ven Sekunzento und Riya befürchtete, dass diese unter der Rüstung steckte. Sie verweilte noch ein wenig länger bei Zikon als der andere Notar und sagte ihm ein paar Worte.

Riya sah ihren einstigen Freund aus der Ferne an. Das blutrote Glühen und die damit einhergehende Aura der Dunkelheit schienen bei seinen Bodenfächern besonders intensiv zu sein, wenn die Aufregung und der Schreck Riya keinen Streich spielten. Er schien sie noch nicht bemerkt zu haben. Das schien niemand, bis auf die Uryghoy.

Riya wartete, bis Stille einkehrte. Dann warf sie die gläserne Staublade auf den Boden. Es klirrte laut. Während das Zersplittern noch dutzendfach in den unendlichen Höhen des Tempels widerhallte, betrachtete sie, wie die Staubkristalle sich auf den Steinplatten verteilten und teils mit den Glassplittern in die Fächer rieselten.

Nun war sie bemerkt worden. Alle starrten sie an – die Notare, die Bewerber und Kizzras Hilfsarbeiter, die gerade im Begriff waren, die geleerten Wagen und Kisten wieder nach draußen zu bringen. Auch Zikon sah herüber. Nur lag in seinem Blick keine Verwirrung, sondern etwas wie eine reservierte Wut, von der Riya wusste, dass nur sie diese bei ihm auslösen konnte.

Gleich darauf kamen zwei Notare zu ihr gelaufen. Ihre schneeweißen Rüstungen klapperten und sie hatten die Hände nervös an die Schwerter gelegt. Womöglich lag es daran, dass sie Kizzras lange Klinge bemerkt hatten, die er in der Scheide versteckt in der rechten Hand hielt. Kurz verweilten ihre Blicke auf dem traurigen Staubhaufen bei Riya, dann rollten sie stöhnend das Podest mit dem Wassertank durch den Tempel, bis er gleich neben dem Inz-Juvenk stand.

Es folgte der große Auftritt der Notargilden. Zwanzig weitere Krieger in weißen Rüstungen marschierten durch das Eingangsportal aus dem Sonnenschein in den Schatten des Gebäudes ein und verriegelten die Tore hinter sich.

*Von jeder Insel sind Notare angereist,* dachte Riya, während sich die Hüter der Ordnung neben dem Inz-Juvenk und ihrer Uryghoy versammelten. Zur Hälfte Jukrevinker, zur anderen Hälfte Notare aus dem ganzen Imperium.

Ihre Gesichter waren unter den Helmen verborgen und sie alle waren hoch aufgeschossen und kräftig wie Sekunzintra. Einzig an den Kieferpartien, welche so nah am großen Kristall in einem schwachen, aber tiefroten Schein standen, und der teils unterschiedlichen Bewaffnung konnte man erkennen, dass es sich um verschiedene Menschen handelte. Die meisten hatten aufgerollte und glühend aufgeladene Staubpeitschen an der linken Hüfte. Ihre behandschuhten Hände lagen so fest auf den Griffen, als wären sie die letzten Strohhalme, die sie davor bewahrten, in einen tödlichen Strudel zu geraten. Die Waffen auf der rechten Seite waren je nach Ursprungsinsel verschieden. Bis auf zwei ternanker Streitäxte waren es Schwerter, doch sie unterschieden sich in Länge, Krümmung und Material. Während einige Notare, wie Kizzra, außerordentlich lange und dafür eher dünne Klingen führten, wirkten einige Kurzschwerter dagegen wie abgebrochene Glasscherben, die nur einem wehrlosen oder überwältigtem Gegner wirklich etwas anhaben konnten.

Historisch betrachtet war es wichtig, dass die Notare eine Übermacht stellten, waren doch schon so manche Aufbietungen in Blutvergießen geendet, nachdem in letzter Sekunde Pakte im Zuge obskurer Geschäfte oder Intrigen geschlossen oder gebrochen worden waren. Kein Wunder, schließlich waren diese Kandidaten für gewöhnlich Staubbesessene, die einen verwehrten Willen schlechter ertrugen als jedes Kleinkind.

Als alle Notare in vier Reihen standen, pfiff die Frau, mit der Zikon gesprochen hatte. Wie als Antwort stampften die weißen Krieger mit dem rechten Fuß auf den Boden.

Riya warf Kizzra einen besorgten Blick zu, doch er schien entschlossen. Auch hinter ihm tat sich eine beträchtliche rot glimmende Fläche auf, wenngleich die Menge an Staub nicht so groß war die Zikons. Wie alle anderen Kandidaten traten die beiden um den großen roten Kristall und hörten zu, was die Notarin – Riya war nun sicher, dass es Sekunzintra war – verkündete.

»Die Oberste Inz-Kur singt in Uvrits Melodie. Den Streit um ihre Nachfolge kann nur die Aufbietung vor Inz entscheiden. Atzon-Rian ven Freman, Inz-Kur von Ternank! Taljenn ven Uljo, Inz-Kur des Splitters Vimd! Titum ven Vern! Azvio ven Grasten! Fentri ven Driz! Sylla ven Tylla! Kizzra ven Ankvina! Murginnov ven Mastn! Zikon Ziv-Vokvaram und ...«, sie hielt den Atem an und ließ ihre Stimme dann einen Tiefpunkt erreichen, »... Stydja.«

Blicke zwischen Abneigung und Neugier trafen Riya, bevor Sekunzintra ihren feierlichen Ton wiederaufnahm und fortfuhr: »Ihr zehn Kandidaten wurdet ordnungsgemäß von euren einhundertdreizehn Fürsprechern nominiert, so wie Lizvanne einst von einhundertdreizehn Kaufleuten unterstützt wurde. Ihr stellt euch an diesem Tage mit allem Staub, mit jedem kleinen Korn von Inz, den die Götter euch vermachten. Inz hat die Person unter euch ermächtigt, in der seine Geschicke am stärksten wirken, die sich der Führung der Menschen durch den Staub als würdig erwies, und die unter Beweis stellte, dass sie die Verantwortung und Stärke besitzt, um die Kraft des Staubs zu lenken. So wie Lizvanne, die Gesandte von Inz, es uns an ihrem Beispiel gewiesen.«

Die Notarin ließ eine dramatische Pause, während sie jeden der Bewerber kurz und dann das blutrote Glimmen hinter ihnen etwas länger beobachtete. Viele ihrer Gefährten spielten nervös mit den Fingern an den Staubpeitschen.

»Bald werden die versammelten Vertreter der Notare das Zählverfahren beginnen – wir, die wir den Schutz des aufrichtigen Eigentums und Verdienstes über jedes Anliegen stellen. Vorher sollt ihr, wie es die Tradition gebietet, noch die Gelegenheit für letzte Geschäfte und die Klärung letzter Eigentumsansprüche unter unseren Augen erhalten.«

Die Blicke fielen auf den extravaganten Varenvinker, der sich vor wenigen Minuten echauffiert hatte. Er giftete Zikon und die Notarin mit einem Knurren an, unternahm aber nicht mehr, als seine Schwertscheide zu erwürgen. Eine Zeit lang warfen die Leute opportunistische Blicke in die Runde. Das Schicksal ganzer Inseln und zigtausender Bewohner wurde für ein paar Sekunden zur Verhandlungsmasse, die in jede nur denkbare Richtung geknetet und herumgereicht wurde. Alle nahmen sie an dieser stummen, taktierenden Verhandlung teil – alle bis auf

Kizzra, der sich solchen Spielen niemals freiwillig hingeben würde, sowie Riya und Zikon, die nur einander fokussierten.

Zikons übliche Selbstsicherheit war einem Ausdruck gewichen, den man seit seinen jungen Jahren im Kivkhaus nicht mehr zu Gesicht bekommen hatte. Er fletschte nicht die Zähne und verzog auch nicht das Gesicht, aber dennoch strahlte er gegenüber Riya eine Aura des Hasses aus, die nur dadurch verstärkt wurde, dass sie sich über den gewaltigen glimmenden Kristall ansahen wie durch einen Nebel, der alles in tiefes Rot tauchte und die Augen schmerzen ließ. Riya war sich in diesem Augenblick sicher, dass er sie nicht nur töten, sondern auch aufs Tiefste demütigen wollte, wenn er die Gelegenheit dazu bekam.

»Ich möchte etwas vorbringen«, sagte Riya, was die Runde erschrecken und die eigene Wahrnehmung hinterfragen ließ. Nur Zikon war nicht überrascht.

»Sprich«, quetschte die Notarin heraus.

»Zwei Dinge, um genau zu sein«, erklärte Riya und genoss das Zähneknirschen der Kandidaten. »Erstens heiße ich nicht Stydja. Das ist nur mein Name vor der Ordnung. Mein ursprünglicher Name lautet Liv-Riya aus Vokvaram. So sehr er auch verwischt werden soll, so sehr ihr mich aus der Ordnung verbannen wollt, wird dies immer mein richtiger Name bleiben.«

»Ich hoffe, dein zweites Anliegen ist von größerer Bedeutung«, sagte die Notarin.

Riya nickte und bemühte sich um Fassung. Ihr kamen die Worte nicht leicht über die Lippen und sie war froh, dass niemand draußen sie hören musste. »Zweitens fordere ich, dass die Eigentumsverhältnisse zwischen Zikon Ziv-Vokvaram und mir korrigiert werden.«

»Du jagst noch immer diesem Hirngespinst nach«, antwortete Zikon um Gelassenheit ringend. »Doch es gibt nichts zu korrigieren. Du bist eine Fremde, ein Niemand. Liv Riya Vik-Vokvaram ist vor vier Jahren gestorben.«

»Lüge!« Riya musste sich beherrschen, sich nicht gemeinsam mit ihm gegen den Inz-Juvenk zu werfen. »Spiel gegen mich!«

Sie schmiss den Beutel auf den Boden und behielt seinen Inhalt in der Hand: Einen gestrafften Kranz aus Grobleder mit dreizehn farbigen, pyramidenförmigen Steinen und das Wurfband aus Metall und Zvarngras, das Mik-Ter ihr geschenkt hatte.

»Dreizehn Steine. Der bessere Spieler gewinnt. Ich wette, dass ich die bessere Spielerin bin. Mein Vermögen gegen deins.«

Atzon-Rian ven Freman lachte auf. Alle hielten es für einen Scherz. Kizzra legte unruhig die Finger an sein neues Schwert.

»Dies ist die Aufbietung vor Inz. Ich denke nicht daran, dieses Kinderspiel gegen dich zu spielen. Noch dazu zu solchen Bedingungen. Hast du wirklich gedacht, ich ließe mich darauf ein? Hat das Moor deinen Verstand so weich geklopft?«

»Dann spielen wir nur um die Höhe meines Vermögens«, knurrte Riya.

»Verpiss dich zurück in dein Forum, gottlose Aufrührerin«, schimpfte Fentri. »Notare, nehmt ihr diese Zeitvergeudung einfach hin?«

»Soll das eine Verzögerungstaktik sein?«, fragte die Inz-Kur von Vimd.

Einige Notare aus den hinteren Reihen begannen ungeduldig mit den Füßen zu scharren und Tuschelei kam auf. Niemand war in Stimmung, die Prozedur aufgrund eines Betrages, der in den Augen dieser Inz-Kur, Vokanv und Großkaufleute so unbedeutend war, weiter zu verzögern.

Urplötzlich dröhnte es wie Donner, sodass die Spielsteine am Kranz in Riyas Hand vibrierten. Die Uryghoy, die sich bisher gar nicht bewegt hatte, ließ den Boden erbeben.

»Lasst sie gewähren«, murmelte Kizzra ehrfürchtig.

Sekunzintra, die ebenfalls die Fähigkeiten einer Sprecherin zu besitzen schien, hob einen Arm, woraufhin sogleich jeder Laut beigelegt wurde. Dann überließ sie Zikon wieder das Wort.

Naserümpfend taxierte dieser die Fächer hinter Riya, in denen man das im Vergleich armselige Häufchen Staub nicht einmal sehen konnte. In seinen hellen Augen konnte Riya erkennen, wie gerne er sie ein letztes Mal besiegen würde. Er dachte darüber nach.

»Nein«, antwortete er schließlich. »Warum sollte ich dir die Chance gewähren, die Aufbietung zu missbrauchen für eine Verdopplung deines armseligen Vermögens? Es wäre mir ein Leichtes, dich zu schlagen, aber es ist den Staub nicht wert. Wir können – alle, die wir nicht blind sind – sehen, dass ich bald Imperator sein werde. Das ist mir Sieg genug.«

Riya schluckte. Ihr brach erneut der Schweiß aus. Sie hatte gehofft, für ihr Spiel nicht so weit gehen zu müssen. Nicht ihr Leben einsetzen zu müssen. Bei jedem Wort, das sie nun sprach, spürte sie den Einschlag der Staubpeitsche und Liztens Schläge. »Und neben dem Einsatz meines Vermögens verpflichte ich mich, wenn du gewinnst, *und die hier anwesenden Notare seien meine Zeugen*, zum lebenslangen Dienst in deinen Staubmooren.«

»Akzeptiert«, schoss es aus Zik noch bevor sie ganz ausgesprochen hatte. Die ungemeine Schnelligkeit seiner Reaktion verunsicherte Riya noch mehr. »Schlechte Wetten ist auch Liv-Riya damals eingegangen. Und auch du wirst es bereuen, dass dich dein Übermut dazu verleitet hat.«

Stille verschiedenen Ursprungs erfüllte für kurze Zeit den riesigen Raum. Für die meisten eine Stille der Verwirrung, für Zikon eine Stille der Zufriedenheit und für Riya eine Stille des Schocks über ihre eigenen Worte, deren Bedeutung ihr erst jetzt wirklich klar wurden.

»Dann steht die Wette hiermit unwiderruflich fest«, verkündete die Notarin. Sie begann, Anweisungen zu geben, und einige der jukrevinker Notare setzten sich in Bewegung.

Während ein Notar die Wette schriftlich besiegelte, verließen zwei weitere den Tempel, um einen passenden Kranzhalter aus Fran-Ilas Palast zu besorgen. Sie öffneten dabei das Tor nur einen Spalt, und es wurde schnell wieder versperrt, nachdem sie sich hindurchgezwängt hatten. In diesen wenigen Sekunden konnte man dennoch das Getöse des versammelten Volkes von Keten-Zvir hören – einschließlich der vielen Besucher des Forums.

*Sella, Luysch und Amin sind dort draußen*, dachte Riya und malte sich aus, wie sie mitten in der aufgeregten Menge beinahe zerdrückt würden. Doch sie konnte keine weiteren Gedanken dafür erübrigen. Sie musste sich auf den Plan konzentrieren. Alles hing davon ab.

Die anderen Kandidaten verdrehten die Augen, als sich die Wartezeit länger und länger hinzog. Zikon hingegen war ruhig und, wie sie wusste, voller Gier.

»Ich werde deinen Staub zählen, Stydja. Solltest du siegen, werden wir die entsprechende Menge von Zikons Vermögen subtrahieren und dir anrechnen«, sagte der Notar, der das Schriftstück aufsetzte, durch seinen Helm. Er bekam zwei leere Glasgefäße in Größe einer Staublade gereicht und wollte zu den Fächern gehen, bei denen Riya vorhin die Staublade zerschmettert hatte.

Kizzra hielt den Notar an der Schulter zurück. Er war der Einzige, der die Kraft dazu besaß und der sich so etwas erlauben konnte; schließlich war seine Rüstung noch dicker als die der Notare und sein seltsames, mit Zvarngrasfasern durchsetztes Schwert noch länger.

»Die beiden Gefäße werden für ihren Staub nicht ausreichen«, sagte Kizzra voller Stolz. »Dies hier ist mein Staub.«

»Ich verstehe nicht«, sagte der Notar blechern durch seinen Helm. »Dies ist ihr Platz, und sie hat den Staub selbst hier hineingeworfen.«

»Niemand hat bestimmt, dass man seinen eigenen Staub hertransportieren muss.« Riya deutete auf die gewaltige Menge Staub – fünfzehnhundertundneunzig Laden, zwei Zylinder und acht Kugeln hatten sie im Vorhinein gezählt –, die von Kizzras Helfern in die Fächer gefüllt worden war. Ihre Strategie war erfolgreich gewesen. Schon mit ihrem Besuch bei ihm hatte sie Zikon nur provozieren wollen, um sein ganzes Kalkül aus dem Spiel zu nehmen und ihn dazu zu bringen, nur noch leichtfertige Rachsucht in ihr zu sehen.

»Unmöglich«, schnaubte Zikon verächtlich über den Inz-Juvenk hinweg. »Du bist nicht vermögend. Woher hättest du …?«

»Natürlich kannst du es nicht verstehen«, sagte Riya. »Es widerspricht deinem Weltverständnis.«

Die anderen Bewerber waren ganz und gar nicht mehr gelangweilt. Die Kinnladen standen offen.

»Er hat es ihr überschrieben. Ankvinas Vermögen«, erkannte der Varenvinker als erster. »Ihr Sohn hat es einer Aufrührerin geschenkt wie ein Almosen.«

»Es kann nicht stimmen.« Azvio ven Grasten schien den Tränen nah zu sein. »Sie kann ihm keinen Gegenwert geboten haben, der annähernd gerechtfertigt ist. Wer würde solch ein Vermögen jemals verschenken?«

»Jemand, der eure Spiele verachtet«, entgegnete Kizzra. »Und es ist nicht nur ein Geschenk. Es ist die einzig vernünftige Investition, die ich je getätigt habe. Eine Investition, die mir die Freiheit bringt und die Welt davor bewahrt, in eure Hände zu fallen.«

»Dieser traurige Wicht von einem Vokanv«, knurrte Zikon.

Kizzra fühlte sich offenbar bereits wie der Triumphator. Er stand dort in seiner schweren Rüstung, aufrecht und mit breiter Brust, die Hand am Schwertgriff, als hätte man ihn aus einem heroischen Gemälde entnommen.

Auch Riya genoss die Verachtung, die Zikon ihnen

entgegenbrachte. Sie enthielt die Lorbeeren eines ersten Sieges. Doch das wahre Spiel musste erst noch ausgetragen werden. Wenn sie es gewann, dann hätte sie Kizzras – ihr – Vermögen verdoppelt und wäre damit die mit Abstand reichste Person in diesem Tempel. Und ganz nebenbei hätte sie Zikon viel mehr genommen als er ihr – und das nicht nur im Hinblick auf den Staub.

Der Nervenkitzel stieg ins Unermessliche. Sie wollte mehr. »Hättest du auch darauf gewettet?«

Diesmal funktionierte ihre Provokation nicht. Zikon fing sich viel schneller, als sie erwartet hatte.

Der Notar, der sich nun doch nicht an die Zählung gemacht hatte, zögerte und drehte den Kopf in Sekunzintras Richtung. Sie hielt inne und betrachtete Zikon, bis dieser zischte: »Hohes Risiko, hoher Gewinn. Eine gute Wette«, und nickte. Daraufhin drängte die Notarin den Schreiber mit einer Geste zum Fortfahren.

Sie einigten sich darauf, den eingesetzten Staub nur zu zählen, falls Riya den Sieg davontragen sollte. Während ein Notar den Kranz am inzwischen eingetroffenen Halter befestigte – er brauchte dafür eine nervenzerschmetternde Zeit, weil er in seiner Rüstung nicht besonders feinmotorisch agierte –, bildeten die Anwesenden einen Kreis. Nur Kizzra stand ein Stück entfernt und marschierte auf und ab, ohne aber je hinsehen zu können. Von draußen drang der Lärm der Keten-Zvirer durch die Risse in der Fassade. Sie schienen mit jeder weiteren Minute nervöser zu werden und würden gewiss bald schon voller Ungeduld und manche auch voller Wut gegen die Tore drängen, wenn die draußen postierten Notare sie nicht aufhalten konnten.

»Ich fange an«, sagte Zikon bemüht monoton und riss das Wurfband an sich. »Es gehört ohnehin mir«, murmelte er noch, während er um den gemalten Kreidering herum schritt, um den besten Winkel für den ersten Wurf abzupassen. Mit jedem weiteren Blick, den er tat, kam wieder der kleine wütende Junge aus Vokvaram zum Vorschein, der um jeden Preis gewinnen, noch lieber aber die anderen Kinder verlieren sehen wollte. Die Bewegungen folgten, obwohl er muskulöser war und die Haare inzwischen weit über seinen Rücken fielen, im Grunde noch immer den gleichen geübten und weichen Abläufen: Das leichte Schieflegen des Kopfes, derselbe starre Blick aus einem geöffneten Auge und dasselbe Vorstellen des linken Fußes.

Und als er sich nach vorne lehnte und zum Wurf ansetzte, da entdeckte Riya noch etwas. Aus der leicht ausgebeulten Brusttasche seiner Weste lugte ein grünes Stück Stoff hervor, das einen kaum sichtbaren, blutroten Schimmer um sich warf.

Der Wurf war ausgezeichnet. Gleich drei der äußeren roten Steine wurden von dem rotierenden Wurfband touchiert, rollten über den Boden und blieben vor den Füßen des Varenvinkers liegen.

Kizzra, der nun doch hingesehen hatte, keuchte hörbar auf und wendete sich gleich wieder ab.

»Dreißig Punkte für Zikon Ziv-Vokvaram«, sagte die Notarin.

Darum bemüht, möglichst würdevoll auszusehen und sich die Angst vor der Rückkehr ins Moor nicht anmerken zu lassen, hob Riya das Wurfband auf und wog es in den Händen. Sie stand vor der Entscheidung, von welcher Seite sie werfen sollte. Sie könnte das Risiko eingehen, auf den weißen Stein zu zielen, den Zikon mit seinem Wurf entblößt hatte. Bei einem Treffer könnte sie ausgleichen, allerdings hing dieser Stein fester an seinem Platz als die roten Steine auf der anderen Seite.

Sie drehte mehrere Runden entlang der Kreidelinie, bis die Zuschauer schon ungeduldig wurden. Aber sie brauchte noch etwas Zeit. Zikon würde nicht mehr viele Würfe benötigen, um wenigstens hundertfünfzig Punkte zu erzielen.

»Du warst schon immer ein guter Werfer«, sagte sie zu Zikon, der nicht darauf reagierte. »So wie du in eigentlich allem immer gut warst, wenn du dich einmal darum bemüht hast.«

Sie schwenkte das Wurfband probeweise, aber warf es nicht. Stattdessen entfernte sie sich vom Kreidekreis und blieb vor dem Wassertank stehen. Das Betrachten der feinen Linien, die auf der Kruste der Uryghoy durch das Wasser leuchteten, beruhigte ihre zitternde Hand ein wenig. Sie glaubte, dass sie ein leises Brummen von sich gab, doch niemand sonst schien es zu hören. »Und ich bin mir sicher, dass ich dieses Mal keine zweieinhalb Jahre im Moor überleben würde. Wahrscheinlich würdest du dafür sorgen, dass ich nicht einmal dort angelange.«

»Ich werde Leute abstellen, die dafür sorgen, dass du lange überlebst«, entgegnete Zikon. »Doch du wirst dort keinen einzigen Freund haben. Du wirst schuften ohne jeden Lohn. Niemand wird dir gestatten, in der Rangordnung aufzusteigen und deine spitze Zunge wird dir nicht zu Trost verhelfen.«

»Spitze Zunge.« Riya schmunzelte bitter. Nun ging sie hinüber zum Inz-Juvenk, »Willst du wissen, was du noch nie konntest?«

Sie streckte die Arme aus, bis sie ein Prickeln in den Fingerspitzen der freien Hand spürte. Noch etwas näher und ein Energiestoß, der um ein Vielfaches stärker als jeder Peitschenhieb war, würde auf sie übertragen. Sie blickte in die blutrote Tiefe dieses gigantischen Kristalls. In ihm spiegelten sich die Tausenden, die er unmittelbar getötet hatte und die Hunderttausenden, die an seiner Ordnung zugrunde gegangen waren.

Und dann wusste sie, dass sie wahrhaftig in das Antlitz eines Gottes starrte. Zikons Gottes. Dem mächtigsten Gott überhaupt, dessen Macht, ja, dessen gesamte Existenz nur daher rührte, dass die Menschen seine Sklaven geworden waren. Wer würde ihn töten?

»Deine Schwäche waren immer die Menschen«, sagte Riya und kehrte zum Kreis zurück. In ihrer Hand spürte sie noch immer die Energie des Inz-Juvenk. »Du kannst nicht mit ihnen umgehen, kennst ihre Bedürfnisse und Träume nicht. Du bist nur ein grausames Werkzeug, das eine grausame Ordnung ausgespuckt hat, um ihr zu dienen.«

Sie beugte sich vor und zielte auf den Kranz. Als sie fertig gezielt hatte, schloss sie die Augen.

Sie sah sich über den mit Staub und Silber verzierten Dächern von Keten-Zvir stehen. Zik war neben ihr. Er war ihr bester Freund. Und er war ein Junge voller Wut, aber auch voller Courage. Ein Junge, der sich ihrer angenommen hatte und sie sich seiner. So oft verlor sie gegen ihn. Doch dieses eine Mal, an diesem einen schmerzlich wundervollen Tag, mit diesem besonderen Band aus geflochtenem Zvarngras hatte sie den Sieg davongetragen.

»Und trotz alledem bist auch du in wenigen Augenblicken noch immer ein Mensch mit Fehlern und mit Emotionen. Ich war deine einzige Freundin.«

Sie schluckte und hielt den Atem an. Dann warf sie, doch hielt die Augen geschlossen, weil sie das Dach noch nicht verlassen konnte.

## 39

Kizzras Herz schlug in der donnernden Frequenz von Schwertschlägen auf einem Schlachtfeld und keines seiner Glieder blieb für eine Sekunde am gleichen Platz, doch er konnte nicht anders als zuzusehen. Gerade als das Wurfband durch Riyas Finger glitt, wandte er sich dem Geschehen zu.

Das Wurfband flog auf die Steine zu und berührte den Lederkranz an seiner Oberseite, wo kein Spielstein befestigt war.

Ein plötzlicher Schock erfasste Kizzras Zwerchfell. Ihm wurde schwindelig. Doch zum ersten Mal an diesem Tag zuckte kein einziger Muskel unter seinem Panzer. Er traute seinen Augen nicht, als sich der Kranz im Augenblick des Aufpralls zusammenzog und einen roten Lichtblitz zur schwarzen Spitze des Tempels schickte wie ein Herz, das einen Schwall Blut durch den Körper pumpt. Das Leder glühte kurz und dampfte, nachdem die Bewegung vorbei war. Es hing nunmehr schief an der Halterung. Sämtliche Steine, sogar der schwarze, waren wie Geschosse zu Boden geflogen und hatten sich in einem weiten Umkreis verteilt.

Nachdem die erste Realisation eingesetzt war, zählte Kizzra die Herzschläge. Die Kandidaten im Kreis waren ungläubig, genau wie die Notare, die in Reih und Glied darauf zu warten schienen, dass jemand einordnete, was geschehen war, und welche Bedeutung das Geschehene haben mochte.

Nach siebenundzwanzig Herzschlägen räusperte sich jemand, wie man es aus Verlegenheit tat, wenn man nicht wusste, was zu sagen war.

Nach vierunddreißig vollbrachte es Zikon, die Zähne von seiner blutig gebissenen Unterlippe zu heben und die Faust zu ballen. Er sagte etwas zu der Notarin. Kizzra konnte es nicht verstehen.

Nach fünfundvierzig öffnete Riya wieder die Augen. Sie sah Kizzra warnend an, deshalb machte er sich gefasst. Er legte die Hand an Chaosbringers Griff und verharrte mit dem Daumen über dem kleinen Knopf.

Nach fünfzig Herzschlägen hörte er das kollektive Zischen von Staubpeitschen, nach einundfünfzig den Knall, als sie auf Haut und Panzerungen trafen.

Nach dreiundfünfzig das Geräusch des Aufpralls von Plattenrüstungen auf den harten Boden und nach fünfundfünfzig das Sirren von Klingen und die erstickten Schreie der auswärtigen Notare – zumindest derer, die von dem Peitschenhieb oder dem Aufprall noch nicht ohnmächtig waren.

*Sie haben sich von ihm kaufen lassen*, dachte Kizzra. *Die gesamte Notargilde von Jukrevink. Vielleicht sogar diejenigen, die draußen postiert sind.* Es war eine bittere, aber keine verwunderliche Erkenntnis.

Er zog Chaosbringer aus der Scheide und hielt die Klinge der Breite nach vor das Gesicht, um sich ein letztes Mal zu sammeln.

Etwa die Hälfte der angereisten Notare war sofort tot, nachdem die Jukrevinker sie auf Zikons Geheiß angegriffen hatten. Kizzra zählte neun übrige Notare von den anderen Inseln, die geistesgegenwärtig genug waren, um sich zusammenzufinden und zur Wehr zu setzen. Staubpeitschen knallten aus allen Richtungen und jukrevinker Klingen prallten auf Schwerter von Nunk-Krevit und den Splittern sowie Streitäxte von Ternank.

Zikon hatte sich bald wieder gefasst und sprintete in blinder Wut auf Riya zu. Eine Klinge blitzte auf. Zunächst dachte Kizzra, dass er Riya einfach erstechen würde, doch sie schaltete ebenfalls und wich mit einem Hechtsprung zur Seite, rollte sich geschickt ab und verwickelte Zikon dann in einen Zweikampf. Zikon rechnete nicht mit ihrem kraftvollen Gegenangriff, weshalb das Messer aus seiner Hand rutschte und neben den beiden liegenblieb. Allerdings konnte auch Riya nicht ihr Schwert ziehen, während sie so mit ihm rang, weshalb sie nur gegenseitige Faustschläge austauschten und jeweils versuchten, die Oberhand zu gewinnen.

Währenddessen stoben die restlichen Kandidaten panisch in alle Richtungen davon. Einige liefen schreiend in Richtung des Tores, hinter dem die Keten-Zvirer tobten, doch eine Gruppe jukrevinker Notare schnitt ihnen den Weg ab. Ebenso stürmten zwei Notarinnen zu Kizzra, Staubpeitschen und Schwerter im Anschlag. Eine von ihnen war die Anführerin, die sich mit Zikon abgestimmt hatte. Sie zögerten nicht, gleichzeitig mit den glühenden Peitschen auf ihn einzudreschen.

Doch Kizzra war auf den Angriff vorbereitet. Er vollführte eine Vierteldrehung und tänzelte trotz des Gewichts seiner Rüstung leichtfüßig zur Seite. Dabei wirbelte er Chaosbringer zum perfekten Zeitpunkt gegen das Geflecht aus Zvarngrashalmen, das die Staubpeitsche der kleineren Notarin war, und durchtrennte sie damit in der Mitte.

Kizzra stellte sich bereits Lendons hinter einer Beleidigung verstecktes Lob für die perfekte Durchführung des schwierigen Manövers vor, als ihn das ausschwingende Ende der Peitsche doch noch erwischte. Staubkristalle flogen samt Fassungen in alle Richtungen davon, als seine Rüstung, die zum Glück aus festem Stahl und nicht aus Leder bestand, von dem Aufprall erschüttert wurde. Er spürte einen krampfartigen Schlag unter einer Schulterplatte, konnte ihn aber gleich ausblenden. Der Einschlag konnte seinen folgenden Streich nicht abbremsen, mit dem er die von der Reaktionsschnelligkeit vollkommen überraschte Notarin präzise an der verwundbaren Stelle zwischen Helm und Schulterplatte traf. Sie sackte sofort zu Boden und die ungebremste Blutfontäne, die aus ihrem Hals spritzte, bildete innerhalb weniger Sekunden eine Pfütze auf dem Boden.

Die Anführerin der Notare fluchte und blieb für eine Weile auf Abstand. Obwohl ihr Gesicht unter dem Helm verborgen war, wähnte Kizzra ein wütendes Funkeln in ihren Augen. »Verräter deinesgleichen«, zischte sie, um ihn zu provozieren.

Chaosbringer war lang, doch seine Reichweite war trotzdem nicht so groß wie die der Staubpeitsche, mit der die Notarin immer wieder nach ihm hieb, während sie ihn im Gegenzug nicht an sich herankommen ließ.

Kizzra wehrte die Spitze der Peitsche mit seiner Klinge ab, doch das konnte er nicht ewig durchhalten. Irgendwann würde sich die Peitsche um sein Handgelenk wickeln und er wäre mit Leichtigkeit zu entwaffnen. Er schluckte. Sein Daumen ruhte immer noch über dem Knopf. Doch als er ihn das letzte Mal betätigt hatte, wäre Lendon um ein Haar zu Tode gekommen. Was, wenn er sich selbst an der Ferse oder an der Fußspitze streifte, weil er einen Schlag unsauber ausführte, oder von einem Angriff aus dem Gleichgewicht gebracht wurde?

*Verdammt, Kizzra. Wenn du es jetzt nicht tust, dann sollst du für immer am Verhandlungstisch sitzen müssen.*
Er zauderte nicht länger und presste seinen Daumen auf den Knopf.

Chaosbringers Klinge begann sofort durch das Blut der sterbenden Notarin hindurch zu glimmen. Blutrote Linien hoben sich leuchtend aus der dunkelroten Flüssigkeit ab und Kizzra fühlte, wie ihn eine kämpferische Allmacht durchströmte.

Wieder hielt er Chaosbringer schützend vor sich und wieder prallte die Spitze der Staubpeitsche dagegen. Doch diesmal geschah noch etwas. Als die beiden von der Energie des Staubs durchwirkten Waffen aufeinanderprallten, sprühten grellrote Funken von der Stelle des Aufpralls und Chaosbringer schien sich für eine Sekunde aus seinen Händen losreißen zu wollen wie ein angeketteter Rylurn.

Dasselbe passierte mit der Staubpeitsche der Notarin. Nur war sie nicht auf die Entladung vorbereitet gewesen, sodass ihr die Peitsche aus der Hand gerissen wurde.

Wieder fluchte sie, als sie ihr Schwert in beide Hände nahm, als könne sie dadurch den Verlust der Peitsche ausgleichen.

Kizzra war jetzt in seinem Element. Er hatte noch keinen Gegner getroffen, der ihm im Kampf eins gegen eins mit Schwertern das Wasser reichen konnte. Fast war er ein wenig enttäuscht, dass sich die Notarin als mittelmäßige Schwertkämpferin herausstellte. Mit jedem seiner aggressiv gesetzten Schläge prüfte er ihre Reaktionen und ihre Technik. Sie geriet immer mehr ins Wanken, während Kizzra Chaosbringer von allen Seiten mit der Frequenz und Stärke eines Schmiedehammers niederschlagen ließ wie die Inkarnation von Ulvron.

Er entwaffnete sie mit einem Streich von rechts, warf sich mit seinem gepanzerten Ellenbogen gegen sie und riss ihr den Helm vom Schädel. Bissig und mit blutunterlaufenen Augen starrte die schwarzhaarige Frau ihn an. Sie spuckte ihm Blut und einen Zahn ins Gesicht, doch er ließ sich davon nicht beirren. Keine fünf Sekunden später lag sie ohnmächtig und mit einem gebrochenen Arm neben ihrer verbluteten Kameradin.

Ohne die Abwehr jemals mental zu vernachlässigen, verschaffte Kizzra sich einen Überblick über das ausgebrochene Chaos. Direkt vor dem großen Kristall kämpften weiße Rüstungen gegen weiße Rüstungen. Rote Funken stoben von den knallenden Peitschen und gleich zwei taumelnde Kämpfer wurden von den Verrätern in den Inz-Juvenk geschubst, von dem sie leblos abprallten und durch die Luft geschleudert wurden.

Die jukrevinker Notare gewannen auch ohne ihre Anführerin langsam die Oberhand. Sie kesselten ihre überrumpelten Widersacher nach und nach ein. Vor dem Tor lagen der Inz-Kur von Ternank, die bärbeißige Frau von den Splittern und der großmäulige Varenvinker – abgeschlachtet von den drei Notaren, welche nun über den Leichen standen und den Ausgang versperrten. Auch die restlichen Kandidaten, die sich bis zu den tragenden Säulen am Rand des Tempels zurückgezogen hatten, wurden soeben von den kampferprobten Notaren niedergemetzelt. Er sah wieder zu Riya und erkannte, dass sie sich auf dem Boden und in einem verzweifelten Überlebenskampf gegen Zikon befand.

## 40

Zikons Ellenbogen traf Riya am Kinn. Ihr Kopf wurde durch den Aufprall in den Nacken geworfen und gab ein Geräusch wie Zähneknirschen von sich. Im Gegenzug versetze Riya ihrem Gegner einen Tritt gegen das Schienbein, wodurch er neben sie fiel.

Während um sie herum Kampfeslärm und Todesschreie ausuferten und einander überlappten, begannen sie auf den Knien zu ringen. Wie Kinder zogen sie sich an den Haaren und versuchten mit jedem erdenklichen Mittel, ob Biss, ob Kratzer, ob Faustschläge, die Oberhand zu gewinnen.

Riya spuckte Zikon ins Auge und versuchte aufzustehen. Sie riss ihren Körper aus seiner Umklammerung und stieß sich mit einer sprunghaften Bewegung vom Boden ab. Aber noch bevor sie den Kontakt zum Boden verlor, bekam er sie am Knöchel zu fassen, wodurch sie vornüber kippte und schmerzhaft aufschlug.

Unmittelbar danach kroch Zikon zu ihr und warf sich auf ihren Rücken, bevor sie in der Lage war, sich umzudrehen. Sein rechter Arm schlang sich um ihren Hals, sein linker um ihre Hüfte und Riya wusste, wenn sie sich nun von ihm festnageln ließ, wäre sie so gut wie tot. Sein Körper fühlte sich hart auf ihr an, jeder Knochen und jedes Gelenk wie eine Spitze, die in ihr Fleisch bohren wollte. Die Bewegungen seiner Muskeln waren ruckartig und erdrückend.

»Gib auf und stirb«, keuchte er direkt in Riyas Ohr.

*Nein!* Sie spürte eine unbändige Willenskraft in sich, diesen Kampf zu gewinnen und übertrug diese in ein ruckartiges Rollen auf die Seite.

Offenbar hatte er nicht mit der Explosivität ihrer Bewegung gerechnet. Obwohl er stärker und in der überlegenen Position gewesen war, wurde er ebenfalls herumgewirbelt und lag nun neben Riya.

*Mein Schwert*, dachte sie. Endlich hatte sie ihre Hände wieder frei. Sie griff sich an die Hüfte und wollte es an sich reißen und noch in derselben Bewegung durch eines seiner graugrünen Augen stoßen.

Ihre Hand fand nichts, nicht einmal den Gürtel.

Völlig perplex sah sie sich um. Dann realisierte sie, dass sie einen leichten Druck an der Hüfte spürte und erkannte, wo sich der Gürtel mit dem Schwert befinden musste. Zikon hatte ihn in Windeseile geöffnet, als er auf ihr gesessen hatte und bei ihrem anschließenden Ruck hatte er sich abgerollt, sodass das letzte Ende des Leders jetzt unter ihr lag, der längste – und wichtigste – Teil aber direkt vor Zikon.

Das Sirren der Klinge hinter ihr und die Ahnung, dass er diese in dem Bruchteil einer Sekunde durch ihren Rücken stoßen konnte, ließen schwindelerregende Dunkelheit vor ihre Augen treten. In einer bloßen Panikreaktion rutschte sie zur Seite, drehte sich um und konnte gerade noch sein Handgelenk packen, als er wieder über sie kroch und im Begriff war, mit dem Schwert zuzustechen.

Die Spitze des Schwertes verharrte nur eine Fingerspitze über ihrer Brust, als sie seinen Stoß mit zitternden Armen zurückhielt. Nur ihr Wille gab ihr die dazu notwendige Kraft, doch er schwand mit jeder Sekunde, in der sie realisierte, dass sie einmal mehr nicht genug gewesen war, um eine Chance gegen ihn, seine Kraft, seine Intelligenz und seine götterverdammte Geistesgegenwart zu haben.

Sie schloss die Augen, denn sie ertrug es nicht, ihn anzusehen. Wieder einmal hatte er sie an den Rand des Todes gebracht. Dieses Mal würde es ihm tatsächlich gelingen. Riya besaß einfach nicht genügend Stärke, um die Klinge noch lange von sich fernzuhalten und wenn sie erst einmal in sie eindrang, würde Zikon sie binnen eines Wimpernschlags aufspießen wie ein Schlachttier.

Sie spürte die Adern an seinem Unterarm hervortreten. Salziger Schweiß tropfte von ihm herunter. »Du wirst nicht über mich triumphieren«, sagte er und Riya glaubte ihm.

Die Gewissheit der Niederlage trug eine kurze Klarheit in ihre Gedanken. Sie bedauerte es, dass keine Zeit geblieben war, um zumindest ihren zwischenzeitlichen Sieg und ihre gelungene Intrige auszukosten. Außerdem bedauerte sie es, dass ihre Kraft nicht ausreichte, um all den Unterstützern, die an sie geglaubt hatten, in diesem Kampf gerecht zu werden.

Sie schlug ein letztes Mal die Augen auf, allerdings ohne Zikon anzusehen. Stattdessen ließ sie den Blick noch einmal kreisen. Sie stellte fest, dass sie für kurze Zeit mit Zikon in einer Blase gewesen war, die sie geistig erst jetzt wieder verlassen konnte. Nun sah sie die mit Blut besudelten Stiefel der Notare durcheinanderwirbeln. Sie sah den Uryghoy in seinem riesigen Tank über der Szenerie schweben und davor den Inz-Juvenk, in diesem Augenblick das Symbol des Todes selbst.

Und dann sah sie Kizzra. Er befand sich im Kampf gegen Sekunzintra, die ihren Helm verloren hatte und dominierte sie meisterhaft. Schwerthieb auf Schwerthieb ließ er auf sie niederprasseln. Seine Angriffe folgten so schnell aufeinander, dass der rot glimmende Schatten, den die Klinge nach sich zog, noch die letzte Attacke abbildete, während er die nächste bereits ansetzte. Nachdem Sekunzintra durch den Angriffswirbel vollkommen die Kontrolle verloren hatte, wirbelte Kizzra um sie herum, packte dabei ihren Arm und nutzte sein Momentum, um ihn zu brechen und sie unmittelbar danach niederzustrecken.

Noch nie hatte Riya einen Menschen so unaufhaltsam kämpfen sehen. Wenn sie es nicht besser wüsste, hätte sie gedacht, ein Gott höchstselbst hätte ihm seine Fertigkeiten verliehen. Er war einmalig gut in dem, was er tat.

Er war so gut, dass Riya es nicht zu sein brauchte.

»Du hast recht«, sagte sie um Atem ringend zu Zikon. »Aber *wir* werden triumphieren!«

Damit gab sie den Widerstand gegen seinen Schwertstoß auf. Ihre eigene Klinge durchstieß ihre Haut und drang tief in ihren Körper ein. Allerdings traf das Schwert nicht ihr Herz, sondern nur ihre Schulter, da Riya im letzten Augenblick ihren Oberkörper zur Seite geworfen hatte.

Sie fokussierte sich auf die Energie, die Kizzras Anblick ihr gegeben hatte, und ließ ihren Geist einen Schutzwall gegen den Schmerz errichten. Ohne zu beachten, dass sie schwer verwundet wurde, trat sie gegen Zikon aus. Dieser war von dem plötzlich fehlenden Widerstand überrascht worden und fiel mehr mit der Klinge auf Riya hinab, als aktiv zu stoßen. Ihr Tritt und der darauffolgende Stoß mit ihrem rechten Arm brachten ihn aus dem Gleichgewicht, sodass Riya sich losreißen konnte. Sie sprang auf, riss sich mit einem gewaltigen Schrei das Schwert aus der Schulter und rannte auf Kizzra zu, um seinen Schutz zu suchen.

## 41

Kizzra beobachtete, wie Riya sich von Zikon löste. *Sie ist verwundet und flieht vor ihm,* erkannte er, als sie auf ihn zu rannte. Offenbar hatte Zikon eben sein Messer zurückerlangt und war noch wütender als vorher, seine Grimasse verbissen und seine Unterlippe aufgeplatzt. Kizzra ließ die Notare gegeneinander kämpfen und stürmte Riya entgegen. Sie hatte sich den Kopf aufgeschlagen. Dunkles Blut verklebte ihre blonden Haare. Doch viel schlimmer sah die klaffende Wunde an ihrer linken Schulter aus.

Zikon stach ihr mit seinem Messer nach, Hass in die blutverschmierte Grimasse geschrieben. Er verfehlte sie, doch bei dem Ausweichversuch verlor Riya das Gleichgewicht und schlitterte über die kalten Marmorplatten. Genau vor Kizzras Stiefeln blieb sie liegen. Sofort ließ er Chaosbringer erglühen und streckte die Klinge schützend über sie.

Zikon rümpfte die Nase und blieb auf Abstand. Er wirkte nicht mehr so unantastbar. Trotz der Blutflecken sah er aus wie ein bockiges Kind, das seinen Willen nicht bekam. Doch nur für einen Augenblick, dann war die Regung verschwunden. Ein Blick auf die kämpfenden Notare hatte sie weggewischt und brachte ihn dazu, sich zu ihnen zurückzuziehen.

»Ich bin in Ordnung«, sagte Riya mechanisch und ließ sich von Kizzra aufhelfen, ohne ihn anzusehen.

Kizzra war sich sicher, dass sie nach dem Abklingen des Adrenalinrausches etwas anderes sagen würde, doch zumindest schien es sich nicht um eine tödliche Verletzung zu handeln. Seine Augen folgten ihrem Fingerzeig zu einem der erhöhten Buntglasfenster. Dahinter waren schemenhafte Kreise zu erkennen ... Köpfe.

»Das sind Leute aus dem Forum, Kizzra! Ich bin ganz sicher.«

Die Leute hatten den Kampfeslärm bemerkt. Sie mussten Leitern besorgt haben oder irgendwie anders hinaufgeklettert sein. Konnten sie überhaupt etwas durch die Trübung des Glases erkennen?

Die Antwort folgte. Mehrfache Stöße gingen vom Eingangstor aus und hallten in den Höhen des Tempels wider. Zwei der jukrevinker Notare warfen sich von innen dagegen, während ein dritter nach Gegenständen suchte, mit denen es sich verbarrikadieren ließ.

»Die Notare«, sagte Riya hustend und deutete auf die drei Verbliebenen, die sich nicht Zikons Willen gebeugt hatten und zum Dank von einer vierfachen Übermacht eingekreist wurden. »Sie sind die einzigen Zeugen, denen man glauben wird.«

Kizzra nickte. Er nahm eines der gläsernen Staubgefäße von seinem Gürtel und tauschte es mit wenigen geübten Griffen mit demjenigen aus, das in Chaosbringer gesteckt hatte und inzwischen farblose Kristalle enthielt. Es klickte vielversprechend, als er die neue Ladung einsetzte, und ein tiefes Schimmern ging vom Schwertgriff aus.

Einst hatte Kizzra Seite an Seite mit den Notaren von Nunk-Krevit kämpfen wollen. Einst hätte es ihn mit Stolz erfüllt, für etwas zu kämpfen, das gemeinhin als Recht und Ordnung bezeichnet wurde. Nun tat er es, weil ihm keine Alternative blieb.

Wie Lendon es ihn gelehrt hatte, schloss er für kurze Zeit

die Augen, um seinen Fokus zu finden. Er brauchte ihn, wenn er gegen die Übermacht der Feinde bestehen wollte – Feinde, die weitaus tödlicher waren als geworfene Wasserballons oder Prirer Tunichtgute. Er verharrte, bis seine Glieder nicht mehr im Rhythmus seines Herzschlags bebten, sondern ganz und gar seinem Willen folgten. Dann hielt er auf die kämpfenden Notare zu, Riya im Schutz hinter sich.

Er durchbrach den Kreis der Jukrevinker mit Wucht und bahnte eine Schneise bis zu der Stelle zwischen dem Wassertank und dem Inz-Juvenk. Die Helme der drei Notare strahlten Dankbarkeit aus. Ohne dass Absprache notwendig war, teilten sie sich auf, nahmen Riya in ihre Mitte und verteidigten gemeinsam mit Kizzra die beiden verbliebenen Seiten, von denen sie noch angegriffen werden konnten.

Drei Notare näherten sich Kizzra. Sie waren vorsichtiger und versuchten gar nicht erst, ihm mit der Staubpeitsche zuzusetzen. Stattdessen hielten sie die langen Schwerter vor sich wie Spieße und wollten ihn aus verschiedenen Winkeln damit durchstoßen.

*Ich muss Riya und die Notare beschützen*, dachte Kizzra. *Um jeden Preis.*

Wieder presste er seinen Daumen auf den Knopf.

Sie griffen ihn an.

*Von Links.*

Abgewehrt, die Klingen erzitternd.

*Rechts.*

Von Chaosbringers Kraft zurückgestoßen.

*Nochmal links.*

Ausgewichen und zum Straucheln gebracht.

Riya sagte seinen Namen.

*Vorne.*

Gerade rechtzeitig pariert.

*Der Rechte ist als Nächstes dran*, dachte Kizzra, als er einen klappernden Schritt von dort hörte. *Nein. Achte nur auf die unmittelbaren Signale des Angriffs und begegne allem anderen mit Misstrauen. Kein Sirren der Klinge.*

Er hörte einen stummen Schmerzensschrei hinter sich. Er machte einen Satz zurück, fuhr herum und schmetterte Chaosbringer im selben Moment gegen den kaum geschützten Unterarm des jukrevinker Notars, der ihn in diesem Augenblick von hinten erstechen wollte.

Die Energie sprang rot leuchtend auf den Körper des Mannes über und dieser flog gegen den Wassertank, als hätten zehn Panzerstiefel ihm auf einmal einen Tritt in die Seite verpasst. Die schwere Rüstung hinterließ einen dünnen Riss im Glas.

Geistesgegenwärtig lud Kizzra Chaosbringer gleich wieder auf und vollführte eine Pirouette, in der er das Schwert einmal im Kreis wirbelte. Mit diesem Streich erwischte er zwei der drei ursprünglichen Angreifer und auch sie wurden weggeschleudert, wenngleich mit etwas weniger Wucht.

Kizzra fühlte sich, als wirkten alle Götter zugleich in seinem Körper. Noch nie hatte er sich mit so einer Geschwindigkeit bewegt, während er die Rüstung trug; noch nie hatte sein Schwert so präzise die Schwachstellen in den Panzerungen seiner Gegner gefunden. Mit Leichtigkeit wehrte er den letzten der drei Notare ab und köpfte ihn mit einem Streich. Er schrie. Nicht vor Schmerzen und nicht aus einem Gefühl des Triumphes. Er schrie, weil er diese enorme Kraft aus seinem Körper entlassen musste.

Als seine Euphorie wieder kontrollierbar wurde, hörte er, dass sein Schrei von einem vergleichsweise leisen, aber dennoch mächtigen Geräusch überlagert wurde.

Kizzra hielt inne. Während er noch einmal die Staubladung austauschte, fokussierte er sich auf das Dröhnen der Uryghoy, das so tief war, dass es beinahe außerhalb jeder hörbaren Frequenz waberte. Er musste sich vergewissern, dass er es sich nicht einbildete; es verstehen und es übersetzen.

*Beschütze mich. Sie haben keinen Sprecher mehr. Lenke sie von mir ab und beschütze mich.*

Er wappnete sich und ließ Chaosbringer erglühen.

## 42

Als Kizzra vorpreschte, sich auf das verbliebene ungefähre Dutzend der jukrevinker Notare stürzte, zwei auf einen Schlag wegschleuderte und den Rest in Furcht zurückdrängte, ließ ein Stoß das verbarrikadierte Tor beben.

Riya warf einen hoffnungsvollen Blick in die Richtung, doch es kamen weder Rammbock noch Fäuste und Stiefel zum Vorschein. Das Tor hielt vorerst Stand.

Obwohl Kizzra sich größte Mühe gab, konnte er nicht die volle Aufmerksamkeit der Notare auf sich ziehen. Während er scheinbar mühelos gegen drei von ihnen standhielt, bekämpften die anderen die beiden verbliebenen Verteidiger. Der erste fiel durch den Einschlag einer Staubpeitsche, der ihn wie versteinert zurückließ.

Unterdessen biss Riya die Backenzähne aufeinander, um den Schmerz aus ihrer Schulter zu vertreiben und packte das Schwert, an dem noch ihr eigenes Blut klebte, fester.

»Klettere hinauf«, rief sie dem letzten Zeugen ihres Sieges zu und begann selbst, sich auf das Podest mit dem Wassertank zu ziehen. Als sie oben auf Brusthöhe der Angreifer stand, wirbelte sie das Schwert umher, um dem ternanker Notar genügend Zeit zu verschaffen. Sie stach links und rechts nach Gegnern und versuchte sie abzuhalten, aber sie war nicht erfolgreicher als bei dem Versuch, eine Vielzahl von blutdürstigen Mücken mit Schlägen von der eigenen Haut fernzuhalten.

Kizzra hatte kurzen Prozess mit drei weiteren seiner Gegner gemacht. Ihre Leiber lagen über eine große Fläche verteilt. Er kam eilig wieder zu Riya gesprintet, aber für den ternanker Notar war er nicht schnell genug. Das Gewicht seiner Rüstung zog an ihm, als er sich auf das Podest hieven wollte, dann zogen die Hände der Jukrevinker an ihm. Er fiel rücklings auf den Boden, wo er von mehreren Klingen durchstoßen wurde, bevor er auch nur schreien konnte.

»*Tot! Alle tot!*«, triumphierte einer der Angreifer.

Riya hörte auf zu schlagen. Sie taumelte nach hinten, bis ihr Rücken gegen die Glaswand des Wassertanks gepresst war. Sie war erschöpft. Eine letzte Niederlage. Diese wäre in nichts bekundet als in Blut.

Sie fand Zikons Augen, die über das Licht des Inz-Juvenk hinweg strahlten. Er wendete sich nicht ab, wie er sich damals abgewendet hatte, als er sie im Reichskessel zum Tode verurteilt hatte. »Tötet sie trotzdem.«

Kizzra schrie auf und wollte die Notare daran hindern, zu Riya hinaufzuklettern. Sein Wille schien ungebrochen im Rausch des Kampfes. Riya hingegen fand nicht die Courage, noch einmal aufzustehen und das Schwert zu schwingen. Wenn Zikon in Reichweite gewesen wäre, hätte sie sich auf ihn geworfen. Sie hätte sich mit ihm zusammen in den großen roten Kristall gestürzt. Aber es standen sieben oder acht Feinde zwischen ihm und ihr, also blieb sie gegen den Tank gepresst und wartete.

»Es ist noch nicht vorbei, Riya!«, brüllte Kizzra verzweifelt, doch der erste Notar hatte bereits seine gepanzerte Hand auf die Kante des Podests gelegt und zog sich ruckartig daran hoch.

Die Schläge gegen das Eingangstor wurden schneller und kraftvoller ... zu spät, um zu beobachten, wie Zikon die letzten Notare hatte töten lassen. Zu spät, um seinen Anspruch auf die Herrschaft infrage zu stellen.

»Aaaaahhhhhhh«, brüllte Kizzra und schleuderte den kletternden Notar mit seinem Schwert zur Seite.

Ein weiterer Gegner setzte einen Fuß auf das Podest, dann den zweiten und baute sich vor Riya auf. Die Luft pulsierte vor Energie, wie ihre Adern vor Angst pulsierten. Ein letzter Hieb der Peitsche. Wo frühere Hiebe gelähmt und gezeichnet hatten, stand dieses Mal der Tod.

Riya schloss die Augen. Ein letztes Flackern von Mooren und rotem Staub und dann nur noch Schwärze.

»Der verdammte Uryghoy!« Zikons Schrei klang atemlos, als wäre ihm eine furchtbare Erkenntnis gekommen. »Tötet den Uryghoy!«

»Sie gehört zu uns«, sagte ein Notar. »Seit Jahrzehnten.«

»Tötet sie«, zischte Zikon. »Zerstört den Tank und bringt sie um!«

Ein ohrenbetäubendes Dröhnen ließ den Wassertank vibrieren und Riya einen Schritt nach vorne strauchen. Die Uryghoy entließ einen Schrei, in dem Angst steckte, oder Wut, oder Kommando. Und da wusste Riya, dass doch noch eine Zeugin ihres Sieges am Leben war.

Sie öffnete die Augen. Auch der zum Peitschenhieb ansetzende Notar war ins Strauchen geraten. Sie nutze die Gelegenheit und versetzte ihm einen Tritt in den Magen, der so kraftvoll war, dass der weiß gepanzerte Mann rücklings in die Tiefe stürzte und auf den Boden knallte.

Auch Riya geriet aus dem Gleichgewicht. Sie konnte ihre eigene Bewegung nicht bremsen und fiel vorn über. Sie sah sich über die Kante stolpern und auf eine Handvoll schneeweißer und blutbefleckter Rüstungen stürzen. Vorboten des metallischen Geschmacks ihres eigenen Blutes deuteten sich auf ihrer Zunge an.

Sie fiel nicht. Stattdessen wurde sie wie von göttlicher Hand gehalten und nach hinten gezogen. Kizzra stand turmhoch neben ihr.

Riyas Fuß schmerzte, als wäre er gebrochen. Ihre Schulter pochte fürchterlich. Nichtsdestotrotz packte sie wieder das Schwert und machte sich bereit, die restlichen Notare abzuhalten.

Hastig wollten sechs Notare von allen Seiten gleichzeitig das Podest erklimmen. Wie weiße Dämonen aus dunklen Abgründen krochen sie hervor, um sie einzuschließen. Riya versuchte, eine Hand von der Kante zu treten, konnte gegen den steinharten Panzer aber nichts ausrichten. Es hätte auch nichts genützt, denn links und rechts von ihr krallten sich weitere Hände an die Kante, gefolgt von aufsteigenden behelmten Köpfen und dann Oberkörpern. Die Notare schlossen sich um Kizzra und Riya wie eine Faust, die ein Insekt zerquetscht.

Da erschollen ein lautes Krachen und Splittern beim Tor. Die Barrikade fiel in sich zusammen und die linke Hälfte des Tores aus ihrer Verankerung. Natürliche Sonnenstrahlen fielen ein und vertrieben das krankhafte, blutrote Licht zu seinem Ursprung. Die Kämpfenden hielten inne und sahen in die Richtung, geblendet vom Tageslicht und betäubt von dem anschwellenden Lärmpegel.

Ein abgelederter Stiefel trat auf das am Boden liegende Tor. Dann ein zweiter und dann unzählige weitere Schuhe verschiedener Größe und Beschaffenheit. Eine Handvoll Wagemutiger überwand das Hindernis. Aufgeregte Blicke und laute Rufe gingen von ihnen aus, dann winkende Gesten, mit denen sie die Leute hinter sich herbeiriefen.

Riya sah durch das Visier des Notars, der ihr am nächsten war, und glaubte, seinen Blick zu finden. Er war erstarrt und traute sich nicht mehr, zu tun, was er eben noch hatte tun wollen. Den anderen Notaren erging es ähnlich. Auch sie ließen vom Angriff ab und richteten die Blicke zur Tür, wo ihre Gefährten den verzweifelten Versuch unternahmen, die Masse vom Eindringen abzuhalten. Sie waren unsicher, ob sie sich zurückziehen sollten.

Menschen strömten nun wie reinigendes Wasser zu Dutzenden über die wachenden Notare in den Tempel. Wo keine Sonnenstrahlen waren, trugen die sich durcheinander bewegenden Köpfe das gedämpfte, durch das Buntglas einfallende Licht in wogenden Wellen auf und nieder. Binnen kurzer Zeit war fast die ganze Fläche um den Inz-Juvenk voller schreiender, fluchender und jubelnder Menschen, die eine Geräuschkulisse wie in einem tosenden Sturm erzeugten.

Riya sah bekannte Gesichter zwischen ihnen: Luysch, Sella, Amin. Auch andere Halblebende fanden sich ein, ebenso wie viele Bekannte aus dem Forum.

Menschen fielen über die kreisrund in die Bodenfächer gefüllten Staubhaufen her, griffen ihn mit bloßen Händen wie Hühner, die sich um die letzten Samenkörner stritten, und stopften alles in ihre Taschen. Andere versuchten ihnen Einhalt zu gebieten, wurden aber weggeschubst.

Die Uryghoy gab wieder Laute von sich und setzte sich damit sogar kurze Zeit über die Menschenmenge hinweg. Zwei oder drei Anwesende brüllten, sie seien in der Lage, das Gesprochene zu übersetzen. Ihre Stimmen überschlugen sich, als sie mehr schlecht als recht wiedergaben, dass Riya die Besitzerin des meisten Staubs geworden war.

»Oberste Inz-Kur«, brüllte einige. »Oberste Inz-Kur aus einem Kivkhaus!«

Jemand musste widersprechen, glaubte Riya ... die jukrevinker Notare. Doch als sie den Blick von den Menschen löste und sich umsah, war von ihnen keine Spur.

»Zikon«, stammelte sie. Sie hatte ihn aus den Augen verloren. Panisch suchten sie nach einer olivfarbenen Weste in der Menschenmenge. Sie fand eine ... dann noch eine und dann noch eine. Die Menge gab ihm Deckung. Womöglich stürzte er bereits in dieser Sekunde die Stufen hinunter in die Stadt, um seine Siebensachen einzupacken und zu verschwinden.

Er hatte verloren und Riya gewonnen. Doch einmal mehr konnte sie ihn nicht zur Rechenschaft ziehen. Es war ein Versagen an Ib-Zota und an all den anderen, die seinetwegen das Leben gelassen hatten. Sie konnte sein Gesicht vor sich sehen. Er – zunächst der kleine Junge in Vokvaram, dann der Mann, der keine Liebe hegen konnte, außer für die Ordnung des Staubs. Sie sah die Flammen die Baracken verschlingen und spürte die Hitze um sich.

Riya fiel und sank ins Moor. Sie wurde von dem zähflüssigen Schlamm in die Tiefe gezogen. Er war warm und zog sie mit einer Kraft nach unten, gegen die sie sich nicht zur Wehr setzen konnte.

Aber sie versank nicht, sondern blieb an der Oberfläche.

Euphorie und Ekstase brandeten um sie auf und sie bemerkte, dass sie auf dutzenden Händen getragen wurde. Zwischen den Händen waren hoffnungsvolle Gesichter zu sehen und ihre Lippen formten Riyas wahren Namen und nannten sie Oberste Inz-Kur. Sie wurde über die gesamte Menge bis nach draußen getragen, wo das Sonnenlicht in ihre Augen schien und sie in der Realität verankerte.

Sie wurde bei einem großen Vorsprung abgesetzt, wo Kizzra, Amin, Sella und Luysch ein wenig Platz freigemacht hatten. Sie vermied es, auf die Knie zu fallen, obwohl diese schlackerten und fand sogar die Kraft, ein paar Anweisungen zu geben. Jemand solle verhindern, dass die Leute sich beim Kampf um den herrenlosen Staub gegenseitig erschlugen, auch wenn sie nicht wirklich wusste, wer dieser Jemand sein sollte.

Zwei Schritte nach vorne und sie konnte auf eine Tausendschaft blicken. Die Menge war seit ihrer Ankunft noch um ein Vielfaches gewachsen. Sie bedeckte die ganze Treppe und füllte sogar einen Großteil der bunten Dächer aus, auf die man von dieser Spitze der Stadt herabblicken konnte. Keten-Zvir und sein Volk lagen vor ihr und erwarteten, dass die neue Herrscherin über das Imperium etwas von sich gab, das ihnen Mut machte. Manche verlangten nach Revolution. Die meisten aber wollten wohl hören, dass ihre Geschäfte auch am nächsten Tag noch ergiebig wären, ihre Arbeit ihnen auch weiterhin genügend Brot auf den Tisch brächte, dass das Kivkhaus Kivkhaus bliebe, die Wäscherin Wäscherin und der Moorarbeiter Moorarbeiter.

Mit verkniffenem Ausdruck sah sie sich um. Sie suchte nach jedweder Hilfe und fand mehr als das.

Luysch jubelte wie ein kleiner Junge, machte Luftsprünge und rief Lobgesänge, die dem Augenblick nicht im Mindesten angemessen waren, aber Riya gerade dadurch etwas Spannung aus dem Körper nahmen.

Sella kümmerte sich bereits um einen kleinen, in Lumpen gekleideten Jungen, der eine Platzwunde am Schädel hatte. Sie deutete dabei eine Verbeugung an und flüsterte dem Jungen etwas ins Ohr, woraufhin dieser grinste und die Geste imitierte.

Amin jubelte nicht. Ihm standen Tränen in den Augen. Der Anblick schnürte Riya zunächst die Luft ab, bevor sie bemerkte, dass zum ersten Mal seit fast zwei Jahren kein unausgesprochener Vorwurf zwischen ihnen stand. Noch während er weinte, lächelte der Sänger und nachdem sie einander einige Momente fixiert hatten, begann er zu nicken. Es war eine Geste der Ermutigung.

Riya wandte sich wieder zum Volk, dessen Herrscherin sie nun sein musste. Sie holte tief Luft und sagte: »Die Ordnung des Staubs muss fallen.«

# Vorwärts

Die alte Frau wollte zunächst so etwas wie Mitleid bekommen, als sie den jämmerlichen Mann in seiner jämmerlichen Hütte auf dieser jämmerlichen kleinen Insel Nunk-Niket im Sturm betrachtete. Sie war nach Jahrzehnten mit Kapitän Kindraza und ihrer gesamten Besatzung auf diesen so unscheinbaren und verwitterten Felsen gefahren, nur um einen solchen Kauz vorzufinden und mit ihm ein Gespräch auf dem Niveau eines Fünfjährigen zu führen.

»Das ist ... das ist ein Spiel. Ja, ein Spiel ist es ... für Kinder.« Er schluckte hörbar und wollte dem Wurfband, das sie kurz zuvor auf den Tisch gelegt hatte, noch immer nicht näherkommen. Der seltsame Singsang, in dem er schon die ganze Zeit gesprochen hatte, fiel ein wenig aus seiner Stimme, als würde sie durch den Gebrauch vor anderen Menschen entstaubt.

»Nicht nur für Kinder, wenn man den Geschichten ...«

»Still, Kindraza!« Die alte Frau hielt ihrer Begleiterin beschwichtigend die Hand entgegen.

»Erinnerst du dich daran?«, wandte sie sich wieder an den braungebrannten Einsiedler. Ihre Stimme wurde aufbrausend, weil ihr selbst Erinnerungen vor den Augen aufblitzten. Von leichteren Zeiten und auf völlig andere Weise ebenso ambitionierten. Und dann von dunklen, einsamen Zeiten. »Du warst gut darin, nicht wahr? Du hast geglaubt, du wärest unschlagbar. Dass jene erste Niederlage bloßer Zufall war. Aber du lagst falsch.«

Sie wollte ihren Triumph noch einmal auskosten, den sie hart mit endlosen körperlichen und seelischen Torturen erkauft hatte und dem Wissen über den blutroten Staub verdankte, dessen Farbe so gut zu seinem Wesen passte wie bei keiner anderen Sache. Aber das war einerseits egoistisch und andererseits angesichts des traumatisierten Zustands ihres Gegenübers keineswegs so befriedigend wie gehofft. Ihr wurde klar, dass es lange nicht mehr um Sieg oder Niederlage ging, sondern nur noch um einen endgültigen Abschluss.

Der Wind pfiff laut wie bei einer Flöte durch die Löcher im Gebälk, das aus nicht viel mehr als ein paar Ästen bestand. »Du hast auch noch einen Gegenstand von damals in deinem Besitz. Zumindest hat ihn niemand gefunden, als du verschwunden bist.« Sie deutete mit Daumen und Zeigefinger eine Geste um ihren Hals an, als wolle sie mit einem Kind oder einem der letzten Eingeborenen kommunizieren, der die zivilisierte Sprache nicht beherrschte.

Zu ihrer Überraschung dauerte es nicht lang, bis Erkenntnis in den Augen des Einsiedlers funkelte und sein Blick flüchtig zu einem kleinen Sack neben der Eingangstür wanderte.

Die alte Frau nickte Kapitän Kindraza zu, welche den Wink sofort verstand. Sie begann, den Sack zu durchsuchen.

»*Nein!*«, schrie der Einsiedler auf und warf sich nach vorne. »*Neineinein!*«

Er prallte gegen die alte Frau, die ihn mit Leichtigkeit zurückhalten konnte. Sie war nicht mehr jung, aber ihre Aufgaben und die Bedrohungen, die beinahe überall lauerten, hatten sie in guter Form gehalten. Wie ein nasser Sack prallte der Mann, dessen Haut sich ein wenig wie vergilbtes Papier anfühlte, zurück gegen die Wand, wo er halb zusammensackte und schwer zu atmen begann.

»Bei Rellas Strom und Zalts Zyklon ...« Kindraza holte ein grasgrünes Tuch aus dem Sack, das im Vergleich zu allen anderen Gegenständen geradezu glänzend sauber war. Ehrfürchtig betrachtete sie den roten Kristall in der in das Seidentuch eingearbeiteten Fassung. Er schimmerte nur noch sehr blass, weil ihm das Licht gefehlt hatte.

Die alte Frau nahm das Tuch entgegen und wehrte eine weitere Angriffswelle der Erinnerungen ab. »Ich war nie ganz sicher, wie du wirklich herangekommen bist. Dein letztes Geheimnis, das ich noch nicht aufdecken konnte.«

»Gib es her!«

Die alte Frau behielt es außerhalb seiner Reichweite. »Die Verarbeitung, die Größe des Kristalls ... und das in der Wiege eines Jungen. Vielleicht hat deine Geschichte tatsächlich gestimmt und der Inz-Kur war dein Erzeuger. Zumindest sehe ich kaum eine bessere Erklärung.«

Vom Dach her drang eine Art Gurren – nein, ein tieftönendes Piepsen – in die hellhörige Hütte. Der seltsame Vogel mit dem feurigen Gefieder. Er war zu seinem Nistplatz zurückgekehrt.

Das Gezwitscher war zwar gedämpft, hatte aber einen klaren Rhythmus an sich, den die alte Frau wiedererkannte. Zunächst dachte sie an Gebetsmelodien, dann an kleinere Vögel mit weinrotem Federkleid. Ihr Gezwitscher war zu einer Zeit in ihrem Leben so behaglich wie ein warmer Kamin gewesen, denn es hatte Sicherheit bedeutet. Doch dies war nicht der gleiche Rhythmus. Ihr wurde klar, dass sie den Rhythmus vor wenigen Minuten erst gehört hatte.

*Der merkwürdige Singsang in seiner Stimme.* Sie sah den Einsiedler mit neuen Augen. *Er hat so lange nur zu diesem Vogel gesprochen, dass er sich dessen Manier angeeignet hat. Jeden Tag spricht er zu ihm, zu anderen Menschen nur ein paarmal im Jahr. Zu dem einzigen Freund, der ihm geblieben ist.*

Sie behielt das Halstuch nicht länger bei sich, sondern drückte es dem Einsiedler in die Hand. Er entriss es ihr, sobald er konnte, und hielt es an die Brust. Nachdem er es eine Weile festgehalten und zwischen den Fingerkuppen gerieben hatte, wurde sein Blick etwas klarer. Er richtete sich ein wenig auf und sprach beinahe farblos: »Warum bist du hier? Willst du mich töten?«

»Das habe ich noch nicht entschieden«, sagte sie und gab dann zu: »Zunächst wollte ich sicher sein, dass du weißt, dass ich erreicht habe, wovon du nur geträumt hast. Ich wollte in deinen Augen die Erkenntnis sehen, dass du gegen mich verloren hast und dass ich alles zu Fall bringe, woran du wie an einen Gott geglaubt hast.«

»Du hast dich mit den Vokanv gemein gemacht«, sagte er, als seine Erinnerung nach und nach zurückzukommen schien. »Ich hatte mir alles allein erarbeitet. *Alles allein.*«

»Dein Erfolg stand auf dem Rücken Tausender, die du allzu gern arbeiten lassen hast, bis sie verhungerten, und die du nur zu gerne dem Staub im Feuer geopfert hast. Von deinem Betrug an mir und so vielen anderen ganz zu schweigen.«

Er hatte keine Antwort für sie. Tatsächlich schien der schrullige Einsiedler sofort wieder Besitz von ihm zu ergreifen. All die Dominanz früherer Tage hatte der Sturm auf diesem kargen Felsen abgetragen. Die Frau sprach eigentlich nur noch für sich selbst.

»Aber du hast recht. Ich habe es nur geschafft, weil mir einer der reichsten Menschen, ein Günstling der Ordnung, den Weg geebnet hat. Und zuvor war ich auf deine Gunst angewiesen. ›Strengt euch im Kivkhaus an. Büffelt für die Prüfung und fasst euch brav an die eigene Nase für jedes eurer Probleme.‹ Das Versprechen des Aufstiegs, das sie uns in die Wiege gelegt haben, war Gift. Für jeden, der es schafft, werden Hundert in den Staub getreten.«

»*Unsinn!* ... Ich habe es geschafft. Ich habe es verdient. Unsinn ...«

»Nur weil jemand Gefallen an dir gefunden hat. Du warst gut, dennoch war es reine Willkür.«

Die alte Frau wendete sich von ihm ab und seufzte. Kindraza hatte sich auf einen Schemel in der Ecke des Raumes gesetzt und schabte geistesabwesend mit einem kleinen Zahnstocher den Dreck unter ihren Fingernägeln ab. Die Erkenntnisse über die Ordnung schienen sie nicht besonders zu fesseln. Wie so viele nicht. Es war eine Geschichte ohne Spannung, ohne Nervenkitzel und behagliche Versprechungen, die den eigenen Platz in der Welt unter einer Decke aus warmen Illusionen verhüllten.

»Revolution. Davon fantasierte ich in einer dunklen Zeit«, fuhr die alte Frau fort und sah dabei ihren Unterarm mit den alten Narben an. »Die Untersten lehnen sich gegen die Obersten auf, die Basis der Pyramide stellt das Tragen ein. Aber es gab nichts dergleichen. Nichts, was über zarte Anfänge hinausging. Die Leute waren zu schwach, zu arm ... zu abhängig, um etwas zu unternehmen. Die Schere war bereits zu groß – dachte ich.«

Sie seufzte erneut, diesmal mit den Überresten jahrelanger Verbitterung eines aussichtslosen Kampfes, den sie trotzdem kämpfen musste.

»Wenn es doch nur das gewesen wäre. Aber im Grunde hatten die meisten bis auf ein wenig Wut, dass man ihnen hier und dort ein kleines Unrecht tat, gar keine Vorstellung davon, dass die Ordnung nicht alternativlos war. Die Foren waren hilfreich, um unsere Beschlüsse zu untermauern, aber die Diskussionen dort haben doch nur einen Bruchteil tatsächlich erreicht. Es wurde eine kurze Euphorie darin geschürt, aber mehr konnte den Käfig, den die Kivkhäuser gebaut haben, kaum durchbrechen. Das Allerschlimmste ist, dass selbst die Fußabtreter des Stiefels an den Stiefel geglaubt haben. Und manche – die völlig Illusionierten – tun es noch heute.

Was, wenn es nicht Kizzra gewesen wäre? Ich hätte nichts erreicht. Die größte Perfidität der Ordnung des Staubs war, dass es einen ihrer größten Profiteure bedurfte, um sie zu stürzen. Und selbst jetzt sucht sie ihren Weg zurück in jeder Sekunde, in der wir unsere Augen schließen. Warum sollte jemand diese Ordnung stürzen, wenn sie der Nährboden seines Erfolgs ist? Und wie kann ich ihren Niedergang über meine Lebenszeit garantieren?«

Der Einsiedler hatte ihren Monolog angehört, aber die Worte schienen einfach an seinem Verstand vorbeigeflattert zu sein, ohne dort auch nur Rast einzulegen.

»Du verstehst es natürlich nicht. Für dich muss das alles klingen, als wolle ich dir erzählen, dass der Regen inzwischen vom Boden in die Wolken steigt. Ich habe die Ordnung des Staubs beendet. Keine Aufbietung vor Inz mehr. Inz-Juvenk treibt nur noch einen Apparat im Hafen von Keten-Zvir an. Dies ist meine letzte Reise als Oberste Inz-Kur. Ein neuer Imperator wird auf andere Weise gekürt. Diese Entscheidung ist den Foren überlassen. Darüber hinaus sollen dort auch die Entscheidungen getroffen werden, die uns früher von den Vokanv und den Notaren untergejubelt wurden. Was die Leute dort mit dieser Macht tun, kann ich nicht mehr beeinflussen. Mir bleibt nichts als zu hoffen, dass sie dort gut entscheiden werden, und dass der giftige Geist der Ordnung die Köpfe der Menschen verlässt, lange nachdem ich nicht mehr lebe. Die Ordnung des Staubs ist tot und dein kleiner Kristall dort ist nicht mehr wert als die Energie, die in ihm steckt.«

Bei ihrem letzten Satz schien er endlich etwas zu begreifen. Seine Augen waren weit aufgerissen und voller Unverständnis. Und dann trat in einem Moment der Klarheit Hass hinein – ein Überbleibsel alter Schärfe –, sodass die Hand der alten Frau wie von selbst den Schwertgriff suchte. Und da war noch eine Regung, die noch flüchtiger war ... ein kurzer Moment der Verletzlichkeit und des Hinterfragens.

Das war sie – die Reaktion, auf die sie Jahrzehnte gewartet hatte. Sie fühlte sich ... befriedigend an? *Ja ... befriedigend.*

»Man sollte dich umbringen«, sagte er so schwächlich, dass sämtliche Bedrohlichkeit verpuffte. Dann erlitt er einen Hustenanfall, an dessen Ende sein sonnengegerbtes Gesicht rot war.

»Das haben sie schon oft versucht. Vierzehnmal, um genau zu sein. Kizzra hat es jedes Mal verhindert. Aber auch er wird älter, seine Knochen zerbrechlicher. Möglicherweise geht dein Wunsch eines Tages in Erfüllung.«

»Du bist nicht weniger selbstsüchtig als andere.« Ein paar seiner kalten Speicheltropfen trafen das Gesicht der alten Frau. Sie wischte sie mit dem Ärmel fort.

»Ich bin auch selbstsüchtig. Was man daran sieht, dass ich hergefahren bin, nur um mich zu rächen. Daran, dass ich aus der bloßen Tatsache Genugtuung ziehe, dass ich gesehen habe, wie du hier lebst.«

Wie aus Empörung begann der Vogel auf dem Dach wieder zu piepsen, was die Situation seltsam und lächerlich erscheinen ließ und dem letzten Höhepunkt des Nervenkitzels unwürdig, als den die alte Frau diesen Augenblick so lange vorhergesehen hatte.

Sie wägte ab, wie sie sich fühlte. Genau genommen war es schon vorbei mit der Befriedigung. Sie war unmissverständlich da gewesen, aber nicht so, wie die alte Frau es sich ausgemalt hatte. Er fiel nicht vor ihr auf die Knie und bettelte. Er verfluchte nicht sein früheres Ich, das es nicht besser gewusst hatte. Da war keine Einsicht, nur Sturheit und Feindseligkeit. Die Befriedigung hatte ungefähr so lang gehalten wie das Wohlgefühl, einen wackelnden Zahn endlich losgeworden zu sein. Danach blieben nur eine Lücke und ein subtiler Anflug von Schmerz zurück.

»Ich habe genug davon«, schloss die alte Frau. »Genau genommen kann ich deinen Anblick nicht länger ertragen, wenn ich daran denke, welche Menschen Zuhause auf mich warten. Ich kann es gar nicht erwarten, die mir verbleibenden Jahre mit ihnen zu verbringen und dabei nichts anderes zu sein als eine Freundin und Geliebte.«

Sie gab Kindraza ein Handzeichen, dass sie die Hütte verlassen wollte. Zunächst zog sie die Stirn kraus. *Dafür?*, fragte Kindrazas Blick. *Dafür die ganze Unternehmung und die Reise zum einsamsten Ort der Welt?*

»Ja«, murmelte die alte Frau geistesabwesend und machte eine dringliche Kopfbewegung zur Tür.

Kindraza zuckte die Achseln und öffnete die Tür, woraufhin sofort ein pfeifender Luftzug durch den Raum fegte und die kleine Flamme auf dem Ofen zappeln ließ. Die alte Frau nutzte dies, um die kalte Hand der Vergangenheit von der Schulter zu schütteln und folgte nach draußen.

Als sie im Türrahmen stand, fing der Einsiedler noch einmal an zu sprechen. »Du kannst die Ordnung des Staubs nicht zerstören. Sie ist die natürliche Ordnung der Stärke. Niemand kann das. *Niemand.* Sie wird zurückkehren und raubt dir alles, was du besitzt.«

Die Worte kamen mit einer Bitterkeit, die sich wie ein Nadelstich anfühlte. Sie drehte sich noch einmal um und wollte sagen, dass das, was sie besaß, ihr unmöglich geraubt werden konnte, doch unterließ es, weil sie noch etwas Neues in seinen Augen sah. Einen dringlichen Wunsch.

Ihr wurde klar, dass ihre rechte Hand noch immer am Schwertgriff ruhte. Sie machte einen Schritt zurück in die Hütte, bis sie dem Mann wieder gerade von Angesicht zu Angesicht gegenüber stand. Sie sah zu ihm auf und dann wieder zu ihrer Klinge.

Als sie einige Zeit später wieder in See stachen, stand die alte Frau allein am Bug des Schiffs und blickte auf den Ozean hinaus. Das Schwert hielt sie noch immer in der Hand, weil sie es, genau wie ihre Gedanken, bis jetzt nicht hatte loslassen können.

Sie hielt Ausschau nach der Richtung, in der sie Keten-Zvir vermutete. Dann sah sie weiter in Richtung Süden, als könne dort jeden Augenblick etwas auftauchen – Reisende von fremden Kontinenten oder die letzten Alten Fahrer, die seit jeher unsterbliche Irrfahrten auf den Meeren vollzogen. Jahrelang angeeignete Instinkte drängten ihre Sinne, auf jede Regung zu achten, die vom Gewöhnlichen abwich, auch wenn sie hier auf dem Ozean wohl sicherer war als an den meisten anderen Orten.

Mit jedem Stück Wasser, das sie zwischen sich und diesen tristen Felsen brachten, schienen sich auch Wind und Wellengang etwas zu beruhigen. Vielleicht waren die Dinge nun wirklich abgeschlossen. Keine Ämter mehr und keine Bürden. Keine aussichtslosen Kämpfe, die man nur der Prinzipien wegen führte.

Aber tief drinnen wusste sie auch, dass dies eine der wenigen Wahrheiten war, mit denen sie heute konfrontiert worden war: Es brauchte mehr als sie allein, um die Ordnung für immer zu begraben. Sie hatte gerade einmal den ersten Nagel in den Sarg geschlagen und dafür hatte sie schon all ihre Kraft aufwenden müssen. Für alles Weitere mussten andere Menschen sorgen – jüngere. Und auch wenn sie nicht darauf vertraute, so wollte sie sich doch zumindest die Hoffnung bewahren, die sie sich trotz allem zurück erkämpft hatte.

Eine hohe Welle prallte gegen den Bug und ließ Gischt auf das Deck spritzen. Die alte Frau sah ihr Schwert an und stellte fest, dass es nicht ganz trocken war. Sie nahm ein schwarzes Seidentuch aus der Tasche und wische die Tropfen vorsichtig von der Klinge.

In diesem Augenblick wusste sie, dass sie das Schwert nie wieder verwenden wollte, deswegen ließ sie es einfach in die Fluten fallen. Sie sah dabei zu, wie es noch von einer Welle getragen wurde, bevor es in die Tiefe sank.

Sie war alt geworden und ihr Leben, das für sie immer ein Wettkampf gewesen war, würde nicht mehr ewig andauern. Viele Male hatte sie den Sieg davongetragen, einige Male die Niederlage und in den meisten Fällen etwas dazwischen.

Es war für sie nun an der Zeit, dass das Spiel aufhörte, Spiel zu sein.

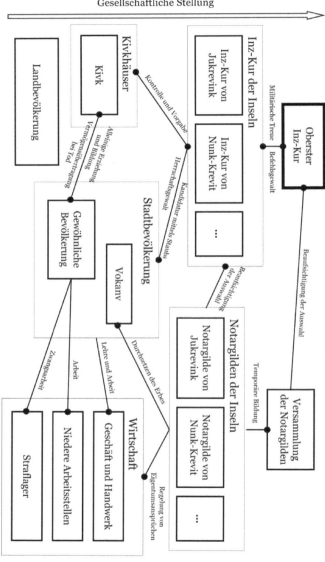

# Figurenübersicht

| | |
|---|---|
| Aminzrakk | Ein anmutiger Künstler und Poet, der eine außergewöhnliche Singstimme besitzt. Jedoch ist er von Schulden geplagt. |
| Ankvina ven Kizzort | Oberhaupt der bedeutendsten Vokanv Linie von Nunk-Krevit und derzeitige Inz-Kur der Insel. Seit einigen Jahren lebt sie zurückgezogen in ihrer Staubkammer und pflegt nur noch sporadischen Kontakt zu ihrem Bruder Lendon und ihrem Sohn Kizzra. |
| Eshman ven Eshama | Ein exzentrischer Mann mit einer Vorliebe für die grausame Abrichtung von wilden Tieren. Er stammt aus einer Vokanv Linie von Keten-Zvirer Buchmachern und steht in unerbittlicher Rivalität zu Kalavreyus. |
| Fran-Ila ven Vis-Kus | Seit 349 JdS die Oberste Inz-Kur des Imperiums. Politische Verwerfungen auf den Splittern erstickte sie mit militärischer Macht und festigte während ihrer Laufbahn die Unantastbarkeit ihrer Position. |
| Ib-Zota | Ein Veteran und aufopferungsvoller Anführer, dem seine Laster zum Verhängnis wurden |
| Kalavreyus Ziv-Ponkayin | Ein gebildeter und selbstgefälliger Buchmacher hohen Alters, der Zikon und Riya unter seine Fittiche nahm. In seinen Glanzzeiten führte er Sprung & Glas in die höchste Riege der Buchmacher von Keten-Zvir. |

| | |
|---|---|
| Kizzra ven Ankvina | Als einziger Abkömmling von Nunk-Krevits reichster Vokanv Linie soll er in die großen Fußstapfen seiner Mutter Ankvina treten und Verantwortung für Geschäft und Regierung übernehmen. Kaum erwachsen, sehnt er sich jedoch nach dem Ruhm des Kampfplatzes. |
| Lendon ven Kizzort | Stets im Schatten seiner Schwester Ankvina, glänzt Lendon durch seine sarkastischen Weisheiten sowie als Kizzras Schwertmeister. |
| Luysch Varin-Vokvaram | Früher ein einfacher Arbeiter, ist er nun auf der Suche nach seiner Geliebten. Als Varin ist er zu einem niedrigen Ansehen verdammt, bleibt aber unverbesserlich optimistisch. |
| Mik-Ter Vik-Vokvaram | Riyas Kivk und wichtigste Bezugsperson in ihrer Kindheit. Von vielen Kivk aus Vokvaram belächelt, verfügt er über ein sanftes Gemüt und einen reichhaltigen Wissensschatz abseits der üblichen Lehrinhalte. |
| Riya | Liv-Riya Ik-Vokvaram ist Buchmacherin und leitet gemeinsam mit ihrem Kindheitsfreund Zikon Sprung & Glas. Sie liebt den Nervenkitzel des Spiels und den Glücksrausch eines Sieges. Wie Zikon verachtet sie die privilegierten Vokanv und möchte beweisen, dass sie im großen Spiel der Ordnung bestehen kann. |

| | |
|---|---|
| Sella | Als ehemaliges Mitglied des Tesvien-Ordens weiß Sella das Wirken der Götter in allen Menschen zu erkennen. Weil sie einige Praktiken ihres Ordens kritisierte, musste sie ihr Leben als fahrende Priesterin und Heilkundlerin aufgeben. Ihre Haare schneidet sie gemäß der Ordenstradition dennoch niemals ab. |
| Vysn | Uryghoy des Kivkhauses Vokvaram |
| Yk | Uryghoy-Berater von Kizzras Linie |
| Zikon Ziv-Vokvaram | Ein herausragender Stratege, der die Geschäfte von Sprung & Glas leitet. Seit jeher versteht er sich als Einzelkämpfer und öffnet sich nur seiner Partnerin Riya, mit der ihn eine lange Freundschaft verbindet. Er ist fest entschlossen, eines Tages die Vokanv zu übertrumpfen und Inz-Kur zu werden. |

Ich danke meinen Eltern,
meinen ersten Probelesern
und ewigen Unterstützern.